1945.

POUR L'AMOUR DE L'INDE

DU MÊME AUTEUR

Romans

Bildoungue, Paris, Christian Bourgois, 1978.
La Sultane, Paris, Grasset et Fasquelle, 1981.
Le Maure de Venise, Paris, Grasset, 1983.
Bleu Panique, Paris, Grasset, 1986.
Adrienne Lecouvreur ou le cœur transporté, Paris, Robert Laffont, 1991.
La Senora, Paris, Calmann-Lévy, 1992.

Essais

Lévi-Strauss ou la structure et le malheur, Paris, Seghers, 1ʳᵉ édition en 1970, 2ᵉ édition en 1974, dernière édition entièrement remaniée en Bibliopoche en 1985.
Le Pouvoir des mots, Mame, coll. « Repères sciences humaines », 1974.
Miroirs du sujet, 10/18, série « Esthétiques », 1975.
Les fils de Freud sont fatigués, Paris, Grasset, coll. « Figures », 1978.
L'Opéra ou la défaite des femmes, Paris, Grasset, coll. « Figures », 1979.
Vies et légendes de Jacques Lacan, Paris, Grasset, coll. « Figures », 1981. Repris en Biblio-poche en 1986.
Rêver chacun pour l'autre, essai sur la politique culturelle, Paris, Fayard, 1982.
Le Goût du miel, Paris, Grasset, coll. « Figures », 1987.
Gandhi ou l'athlète de la liberté, Paris, Gallimard, coll. « Découvertes », 1989, 2ᵉ édition, 1990.
La Syncope, Philosophie du ravissement, Paris, Grasset, coll. « Figures », 1990.
La Pègre, la Peste et les Dieux (Chronique du Festival d'Avignon), Paris, Éditions Théâtrales, 1991.
Sissi, l'impératrice anarchiste, Paris, Gallimard, coll. « Découvertes », 1992.

Poésie

Growing an Indian Star, poèmes en anglais, Delhi, Vikas, 1991.

En collaboration

L'anthropologie : science des sociétés primitives?, avec J. Copans, S. Tornay, M. Godelier, Denoël, « Le point de la question », 1971.
Pour une critique marxiste de la théorie psychanalytique, avec Pierre Bruno et Lucien Sève, Paris, Éditions sociales, 1973, 2ᵉ édition, 1977.
La Jeune Née, avec Hélène Cixous, Paris, UGE 10/18, 1975.
La Psychanalyse, avec François Gantheret et Bernard Mérigot, Larousse, Encyclopoche, 1976.
Torero d'or, avec François Coupry, Paris, Hachette, 1981. Nouvelle édition entièrement remaniée, Paris, Robert Laffont, 1992.
La Folle et le Saint, avec Sudhir Kakar, Paris, Le Seuil, 1993.

CATHERINE CLÉMENT

POUR L'AMOUR DE L'INDE

FLAMMARION

© Flammarion, 1993
ISBN 2-0806-6816-1
Imprimé en France

à tous mes amis indiens

Adieu; servons tous trois d'exemple à l'univers
De l'amour la plus tendre et la plus malheureuse
Dont il puisse garder l'histoire douloureuse.

Jean Racine, *Bérénice*, acte V, scène dernière.

Se regarder en étrangers, d'un regard neutre,
voilà le propre des amoureux.

Tiruvalluvar, *Le Livre de l'amour*, chant II,
(d'après la traduction du tamoul par F. Gros).

Le champagne et la prison

Chauri-Chaura, près de Gorakhpur, 4 février 1922

C'était une nuit claire et tiède d'un bel hiver indien. La manifestation lancée par le Mahatma s'achevait dans un calme à peine troublé par quelques slogans.

« Hind! Hind Swaraj! Mahatma Gandhi ki jaï! »... Quelques cris retentissaient encore, moins ardents, comme de lourdes gouttes isolées après une bonne averse de mousson. Par petits groupes, la foule des manifestants s'éparpillait dans l'obscurité, torches à la main; certains, paisiblement, bavardaient en s'arrêtant sur place. L'air avait fraîchi, et ils s'enveloppèrent dans leurs longs châles bruns. La rangée de policiers armés qui protégeait le petit hôtel de ville n'avait pas bronché; personne ne les menaçait, ils n'avaient même pas eu à lever leur long gourdin de bambou.

Le rassemblement s'était en tous points déroulé conformément aux instructions du Mahatma Gandhi : tranquille, pacifique, non violent. Et c'était ainsi que devrait commencer deux jours plus tard le grand mouvement de désobéissance civile dans tout le district de Bardoli, près de Bombay, au sud de l'Inde. Les magasins fermeraient leurs volets, les maisons, leurs portes et les rues seraient vides; jour après jour, confinés à l'intérieur des cours, on passerait le temps en famille, et en prières. Le district entier serait privé de vie. On formerait de longs cortèges de protestation silencieuse, mais aucun geste de violence n'était autorisé; en cas d'agression policière, on se laisserait frapper sans répondre.

La manifestation de Chauri-Chaura avait été un excellent

modèle, et donc, elle s'achevait. Soudain, les policiers entendirent de grands rires moqueurs surgis de l'invisible, quelques insultes lancées dans la nuit, et se regardèrent avec colère. Quand les derniers traînards furent assez loin du cortège de tête, ils se lancèrent à l'assaut avec leurs bâtons cerclés de fer. Des cris éclatèrent; un homme couvert de sang se mit à courir en se prenant la tête à deux mains avec des hurlements. La foule revint sur ses pas à toutes jambes, et gronda.

Les policiers n'étaient pas très nombreux; l'effroi et la haine se lisaient dans leurs yeux. L'un d'eux se mit à tirer en l'air; mais la foule, loin de reculer, avança résolument. Alors les policiers firent feu en désordre et les manifestants se déchaînèrent.

Ils avaient pour eux le nombre et la fureur; les policiers eurent vite épuisé leurs munitions. Ils coururent vers l'hôtel de ville dont ils assuraient la protection, et se réfugièrent derrière les portes closes et les fenêtres grillagées. Brusquement jaillit une torche qui tomba sur le toit, puis une autre; le bâtiment s'enflamma. Au-dehors, la foule hurlait sa joie; c'était la fête. « Qu'ils crèvent! Ils ne sont pas des nôtres! Ils sont avec les Anglais! » criaient des jeunes gens en montrant le poing.

Quand les vingt-quatre policiers sortirent du bâtiment en suffoquant, on se précipita sur eux. Les restes déchiquetés de leurs membres sanguinolents furent jetés au feu, qui dura jusqu'à l'aube.

Bardoli, au sud de Bombay, 8 février 1922

— O Ram, murmura Gandhi avec accablement. Ce n'est pas possible. Ils n'ont pas fait cela!

— Si, Gandhiji, murmura quelqu'un à ses côtés; ils ont osé! Ils ont fait couler le sang... On nous accuse d'avoir tout préparé. Regardez le titre du journal: « Boucherie près de Gorakhpur: des policiers brûlés vifs dans une attaque organisée. »

— Désobéissance civile, non-coopération pure et simple!

s'écria le petit homme. Aucune violence, je l'avais dit aussi! N'était-ce pas assez clair?

Les fidèles rassemblés baissèrent la tête.

– Et le mot d'ordre pour le district de Bardoli a commencé à s'appliquer hier... fit Gandhi, le doigt posé sur ses lunettes. Mais non! Je ne peux pas cautionner cette atrocité. Il faut tout annuler.

– Vous n'y pensez pas, Gandhi, lança quelqu'un de loin en détachant les mots. L'action a déjà commencé; elle est massive, ardente et combative. L'Inde entière a les yeux fixés sur Bardoli. Elle est prête... L'Anglais est entre nos mains!

– C'est vrai... répondit le Mahatma en fixant l'interlocuteur avec un regard douloureux. Vous avez mille fois raison. Mais rien ne peut justifier l'assassinat sauvage d'hommes sans défense.

– Ils avaient tiré sur la foule! s'exclama l'homme irrité en tortillant sa barbe rougie au henné. Des brutes, des policiers sanguinaires! Voulez-vous défendre l'oppresseur contre l'opprimé?

– Mais on a massacré, soupira Gandhi. Vous savez bien que ces policiers avaient épuisé leurs munitions quand ils ont été lynchés. Non, non, je ne peux me porter garant de ce type d'action. J'annule le mot d'ordre de désobéissance civile.

– Monsieur Gandhi, vous assassinez le Parti du Congrès! siffla l'homme en colère. Si vous freinez tout net nos militants, vous anéantissez nos espoirs, vous nous mettez tous à genoux!

– Laissez donc nos adversaires se glorifier de notre humiliation; laissez-les se gausser de notre défaite supposée. Oh! Je sais bien ce que dira le gouvernement de Sa Majesté; tant pis! Je ne veux pas pécher contre Dieu. L'hindouisme est tolérance et douceur. Ma décision est prise, fit-il en se levant.

L'homme leva les bras au ciel avec impatience.

– Est-ce que je vous parle d'Allah, moi qui suis né musulman? Nous militons tous deux dans un parti laïque, Mohandas; que venez-vous mêler votre hindouisme à nos luttes? fit-il en se contenant à peine.

– Je vous comprends, murmura Gandhi. Ce renversement de notre programme d'action est peut-être imprudent sur le plan politique. Mais sur le plan religieux, il est juste.

– Si vous mêlez la religion à notre indépendance, alors... s'écria le musulman furieux en tournant les talons.

– Oui! fit le Mahatma avec résolution. La non-violence appartient à l'Inde; si l'Inde fait sienne la doctrine du glaive, elle peut remporter pour un temps la victoire, mais elle cessera d'être l'orgueil de mon cœur. Je vais commencer un jeûne de purification. Et j'écris une lettre confidentielle aux membres du comité de travail du Parti du Congrès. Nous annulerons le mot d'ordre de grève générale, voilà tout.

Delhi, 9 février 1922

Le Vice-Roi des Indes britanniques tapotait ses papiers avec perplexité. Devant lui s'étalaient les rapports de police sur les actions indépendantistes du Parti du Congrès, et les dernières dépêches en provenance de Londres. Le Premier Ministre exigeait brutalement l'arrestation de Gandhi; mais la police était formelle : à la demande du Mahatma lui-même, la grève générale prévue à Bardoli s'était arrêtée brusquement, dans la discipline. La tête dans les mains, Lord Reading réfléchit longuement, puis fit appeler son premier secrétaire.

– Votre Excellence? fit l'homme en entrant.

– Dites-moi... Où sont en ce moment les principaux responsables du Congrès?

– Vous avez entre les mains le rapport d'ensemble, Sir. Là, sur le côté, fit le premier secrétaire en prenant un dossier dans une pile. Nombre de militants importants sont déjà en prison, Sir. Y compris ce Motilal Nehru, qui avait rendu sa charge d'avocat en signe de rébellion, et son fils Jawaharlal. Un jeune homme très actif dans le mouvement de boycott de la visite du prince de Galles, Sir. Il distribuait des tracts au nom du devoir national et religieux. Nous l'avons arrêté en décembre dernier; son père a tenu à l'accompagner en prison.

– Je me souviens en effet, murmura le Vice-Roi pensivement. Le père et le fils ont transformé leur arrestation en triomphe. Ils sont allés au pénitencier comme on monte sur le trône, vêtus de coton blanc, la tête haute... Quelle arrogance! Les deux pandits d'Allahabad, oh oui! Je ne les ai pas oubliés.

– Et *The Independent* a titré : « Pour la gloire éternelle de la ville d'Allahabad », Votre Excellence, soupira le premier secrétaire.

– Et dire qu'ils ont étudié chez nous! Pensez que le père a été anobli! s'indigna le Vice-Roi. Dites-moi, ces gandhiens, combien en avons-nous jeté en prison?

– Eh bien... vingt mille en décembre dernier, dix autres milliers en janvier, cela fait environ trente mille, Sir.

– Dans quatre jours, le Parlement de Londres débat de la situation des Indes, murmura le Vice-Roi ; à cette date, l'arrestation de Gandhi devrait être un fait accompli. Quelle folie!

– Et dans quelques jours, vous célébrez les fiançailles de Lord Mountbatten, le cousin du prince héritier, avec... observa le premier secrétaire.

– Ne mélangez pas tout! coupa Lord Reading avec impatience. D'abord les fiançailles ne sont pas annoncées; tout au plus le jeune Mountbatten attend-il la réponse de Miss Edwina Ashley; et s'il est vrai qu'ils sont pratiquement fiancés, nous sommes censés ne rien savoir.

– Mais vous les hébergez tous deux à Viceregal Lodge, Sir, fit le fonctionnaire étonné.

– Pas sous le même toit, mon cher! A quelques mètres de distance! Que dirait-on de nous? Non, je ferme les yeux, voilà tout; le prince de Galles regarde favorablement cette idylle, il attend comme nous le verdict de la demoiselle, il m'a même annoncé qu'il serait garçon d'honneur au jour du mariage – s'il a lieu – mais il m'a aussi fait comprendre à demi-mot que nous devions rester discrets. Soyez-le donc vous aussi, je vous prie. Et ne me distrayez pas avec cette affaire quand j'ai Monsieur Gandhi sur les bras.

– La présence du prince de Galles n'est pas étrangère au problème de Monsieur Gandhi, Sir, remarqua le premier secrétaire. Il profite de la visite officielle de l'héritier de la couronne pour lancer le mouvement de boycott et la résistance civile. Pouvez-vous affronter des troubles majeurs tant que l'héritier de la couronne n'a pas quitté les Indes?

– Précisément. Londres ne comprend rien à l'influence de

Gandhi. Que dis-je, influence, c'est un rayonnement considérable!... Un simple mot de lui, et c'est une déflagration générale. Il faudrait l'arrêter! Pour la première fois!

— Il se dresse contre le roi, Sir, répliqua le premier secrétaire avec un soupçon d'étonnement. Il s'attaque aux fondements de l'Empire!

— Je n'en disconviens pas, admit le Vice-Roi. Mais quand il était en Afrique du Sud, il suffisait qu'il fût en prison pour gagner ses batailles... On veut me faire commettre une erreur! Une injustice aussi, sans doute, ajouta-t-il après un silence.

— Votre sympathie est manifeste, Sir, à ce que je vois, nota le fonctionnaire avec réticence.

— Monsieur Gandhi, que je connais un peu, est un homme sincère, courtois, et j'avoue qu'il me touche, fit pensivement Lord Reading. Avant d'engager sa grève générale, il m'en a averti par lettre, fort civilement. Mais vous ne pouvez pas comprendre. Fort bien. L'arrestation aura lieu après l'engagement du jeune Mountbatten. Un mois plus tard.

— Et si Miss Ashley éconduit son prétendant? demanda le premier secrétaire en rangeant les dossiers.

— Après le départ du prince, j'ai dit! Et de toute façon, pas maintenant! tonna le Vice-Roi.

Delhi, 10 février 1922

Assise sur le couvre-lit de brocart cramoisi, Miss Edwina Ashley contemplait pensivement les bas de soie sur ses longues jambes. Le protocole des Vice-Rois des Indes ne tenait aucun compte du climat des colonies; quand l'hiver indien ressemblait à un début d'été anglais, la mince et soyeuse pellicule collait à la peau. Elle enleva sa jupe à plis et fit glisser le premier bas sur son genou blanc; la jarretelle était humide de sueur. D'un geste vif, elle enleva le second bas et dégrafa le porte-jarretelle avec agacement. Trop long!

Enfin nue, elle s'affala à la renverse sur le lit. Ainsi donc, elle venait de dire oui à Louis Mountbatten. Après de longues semaines de flirt, elle l'avait arraché à cette écervelée dont il s'était entiché avant de la connaître. Edwina avait entraîné le jeune lord dans des danses effrénées qui l'avaient tellement étourdi qu'il en avait fait un mauvais poème sans rimes ni raison, qu'elle avait appris par cœur.

> O femelle de dimensions ridicules
> Absurde est ta propension à la danse
> Bien que tes efforts chorégraphiques surpassent
> Toutes les annales animées de la terre.

Elle avait ri aux éclats, il l'avait enlacée. Il la désirait, elle avait hésité. Elle était immensément riche, il n'avait pas un sou ; il était de sang royal, elle n'était que la petite-fille d'un banquier juif de Coblence, naturalisé anglais depuis peu. Mettre fin à la vie brillante d'une héritière comblée, renoncer au flirt, faire des enfants, se soumettre à l'étiquette ? Edwina n'était pas sûre d'être prête pour un destin princier. Avec la grâce d'une fée, elle avait éludé la demande en mariage en tourbillonnant.

Puis le prince de Galles avait emmené Louis Mountbatten en visite officielle aux Indes. A peine était-il parti qu'il lui manqua. Brusquement, sur un coup de tête, elle avait décidé d'aller passer des vacances chez la Vice-Reine, une amie de sa mère, un bon prétexte pour rejoindre celui que tout le monde appelait « Dickie », surnom que lui avait donné sa grand-mère, la reine Victoria. Les Indes les avaient rapprochés ; Dickie l'avait emmenée en promenade à cheval le long des ruines des vieux forts moghols, lui avait fait visiter de grandes tombes abandonnées, l'avait embrassée maladroitement. Ils avaient passé de longues après-midi à danser au son d'un gramophone dans les appartements du prince de Galles, leur complice ; ils avaient usé un disque, toujours le même, *Kalhua Blues*. Dickie lui avait raconté que l'astrologue de la cour de Mysore, l'éminent professeur Coomaraswamy, lui avait prédit que bientôt il se marierait. Miss Ashley avait fini par accorder sa main à Lord Louis.

La Vice-Reine, Lady Reading, avait manifesté de sérieuses réticences. « Il est bien jeune, ma chère Edwina. Je préférerais qu'il ait une carrière plus avancée. » Fine mouche, Edwina avait compris entre les mots que Lady Reading trouvait le prétendant trop pauvre, et la fiancée trop fortunée. Edwina s'en moquait. Louis Mountbatten était grand et gauche, parfaitement beau malgré ses maladresses, plus beau que son ami et cousin David, appelé à monter sur le trône sous le nom d'Edouard VIII; comme Edwina, Dickie était d'origine allemande, né Battenberg, et comme elle il aimait les nuits dispersées. Leur vie serait légère et folle comme un nuage de mars chassé par le vent.

La moustiquaire se souleva, gonflée par la brise du soir. Edwina l'attrapa au vol et s'entortilla dans la mousseline blanche en riant de bonheur. « Lady Mountbatten, cria-t-elle à tue-tête, Lady Louis Mountbatten! »

Le léger voile craqua d'un coup et retomba sur le jeune corps pâle.

Delhi, 10 février 1922

« Hourrah! » crièrent en chœur les jeunes gens en frac autour de la table.

Louis Mountbatten, pâle de bonheur et d'orgueil, regardait d'un air souverain ses compagnons, et le premier d'entre eux, le plus noble, le plus élégant, le prince de Galles, son cher David, héritier de la couronne d'Angleterre, qui le contemplait avec une ironique émotion. Miss Ashley avait enfin fait connaître sa réponse; elle acceptait d'épouser le jeune lord. La nouvelle était tenue secrète; mais à Viceregal Lodge, personne n'en ignorait rien. Et pendant que la belle Edwina s'endormait dans son pavillon au fond du parc, les amis du fiancé, toutes portes fermées, avaient organisé une fête à leur façon.

Sur la vaste table de teck attendait un seul objet. Une immense coupe d'argent sculpté.

— Eh bien! Puisque je serai votre garçon d'honneur, Dickie, c'est à moi de donner le premier ordre, j'imagine, fit le prince de Galles en traînant légèrement sur les mots. Qu'on verse le champagne!

Aussitôt, les serviteurs en uniforme rouge et or se précipitèrent vers la table, les coudes au corps, écartant respectueusement les jeunes gens. L'un après l'autre, ils vidèrent les bouteilles dans la coupe, guidés par le maître d'hôtel qui donnait des ordres brefs à voix basse. Bientôt elle fut remplie.

– Allons! Que chacun boive, s'il vous plaît, reprit le prince de Galles. Je serai le dernier, comme il convient.

La coupe était si lourde que les jeunes gens durent la soulever à plusieurs, avec des « han » de bûcherons. Le plus jeune se baissa, la bouche ouverte, et le champagne éclaboussa son habit. Le défilé commença; la coupe devenait plus légère.

– Soixante-sept, soixante-huit, comptait le prince Edouard. Soixante-neuf... Ah! C'est à moi maintenant. Levez la coupe pour le soixante-dixième, messieurs...

Et, royal, il tendit ses lèvres vers la coupe d'argent. Quand il eut pris son dû de champagne, elle était encore à moitié pleine.

– Mon cher Dickie, fit le prince de Galles en se tournant vers son cousin, il revient au fiancé que vous serez bientôt le redoutable honneur de boire le reste. C'est un ordre!

Louis Mountbatten prit la coupe à deux mains et, dans le plus grand silence, la porta à ses lèvres. Soixante-dix regards clairs le fixaient attentivement; il y allait de son honneur. Il but jusqu'à la dernière goutte, sans s'arrêter, à petits coups, longuement. Quand il reposa la coupe, il était plus pâle encore.

– Il l'a fait! Hourrah pour Louis Mountbatten! cria une voix.

La main sur le front, la tête renversée, il titubait. Les soixante-dix paires d'yeux, tournoyant comme des étoiles, étaient devenus mille; les cravates noires sur plastron blanc dessinaient un dédale de marqueterie céleste, c'était un enchantement; une mouche bourdonnante s'obstinait à hanter son oreille gauche, et les plafonds se mirent à valser lentement. Il eut un hoquet ravi et s'effondra dans les bras affectueux de son royal cousin.

– Voilà pourquoi la fiancée n'était pas nécessaire, fit une voix lointaine dans un ciel obscur où riaient des anges aux cheveux noirs. Dieu sait comment se serait comportée la belle Edwina!

Prison de Lucknow, 19 février 1922

Affalé sur un méchant lit de camp que des chaînes attachaient au mur de la cellule, le vieux Motilal Nehru ne décolérait pas. Son fils, assis à ses pieds, repliait soigneusement la lettre qu'il venait de recevoir du Mahatma en personne.

— Cet homme est fou! s'écria Motilal Nehru avec colère. Non seulement il annule le mouvement qui nous donnait la victoire, mais encore il t'envoie des excuses écrites!

Le jeune Jawaharlal leva vers son père des yeux brillants de larmes et ne répondit pas. Dans le lointain d'un corridor, les gardiens criaient, comme des paysans qui éloignent les chacals des villages, avec des hurlements brutaux et des jurons.

— Relis-moi cela lentement Jawahar, fit le vieil homme en se drapant dans son châle.

Le jeune homme déplia la lettre et commença en soupirant :

— « Je sympathise avec vous mon cœur est avec votre père... »

— Pfft! siffla Motilal. Il en parle à son aise, lui, il est libre!

— Cela ne saurait durer, fit Jawahar. Il sera arrêté sous peu. Et vous savez qu'il attend la prison comme une consécration.

— J'ai fait de même, et regarde comme nous voilà pris, grogna le vieil homme en s'emmitouflant de plus près. Une eau croupie, des murs lépreux, une vie de gueux, et les vêtements! Crasseux, tachés! Continue...

— « Mais je sais que le premier choc de l'annulation dont j'ai donné l'ordre aura été suivi d'une vraie compréhension de la situation... »

— Rien du tout! gronda Motilal. Je ne comprends rien à ton Gandhi. Car c'est toi, Jawahar, qui m'as entraîné sur ses pas! C'est toi qui m'as convaincu de retourner à une existence ascétique, sans automobile, sans électricité, sans alcool... J'avais une vie de seigneur, tes sœurs roulaient carrosse, elles portaient même des capelines de dentelle, tu étais promis à un brillant avenir au barreau, je t avais marié superbement, nous

20

mangions de la bonne viande, je ne me privais d'aucun des plaisirs de la vie, et j'ai tout abandonné! Pourquoi? Pour moisir entre quatre murs pendant que ton Mahatma ploie l'échine devant l'ennemi?

– Et vous avez voulu m'accompagner en prison, père, murmura le jeune homme.

– Te souviens-tu de la harangue que j'ai faite devant la foule? fit Motilal avec un demi-sourire. Quel beau matin!

– Je me souviens très bien, fit le jeune homme en hochant la tête. Vous étiez sur le balcon, devant la foule, vous avez levé les bras, vous leur avez parlé avec un tel enthousiasme... « Après vous avoir servis de mon mieux, maintenant j'ai ce privilège de servir la mère patrie en allant en prison avec mon fils unique. » Personne n'a oublié. Surtout pas moi, père...

– Tout cela pour rien! Continue, fils. Dis-moi ce qu'il raconte encore, ton grand homme.

– « Par-dessus tout, continua Jawahar, quoi que vous fassiez, ne soyez pas dégoûté du rouet... Vous et moi, nous ne devons jamais regretter d'avoir filé tant de fil de coton par jour au nom de la mère patrie... »

– Ha! ricana Motilal. Sornettes! Et tu vas recommencer à filer, Jawahar?

– Non! s'écria le jeune homme. Ce qu'a fait Gandhi est inadmissible! Non, je ne filerai plus. Comment éviter la violence au combat? Il aurait dû comprendre, excuser, aller de l'avant, fermer les yeux pour une fois, une si petite fois...

Motilal, gêné, se cala sur sa paillasse.

– Vingt-quatre hommes lynchés, tout de même, mon fils, ce n'est pas une petite fois, murmura-t-il. Et brûlés vifs...

– Combien de morts quand le général anglais a tiré sans sommations sur la foule à Amritsar? Plus de cinq cents! hurla Jawahar. Il faudra bien en passer par le sang!

– Peut-être bien, qui sait? marmonna le vieil homme. Tout de même. Il reste encore une phrase, il me semble?

– « Le destin de notre temps est de filer le rouet », acheva le jeune homme en laissant tomber le papier.

Il se fit un grand silence. Les deux hommes baissèrent la tête. Machinalement, Jawahar attrapa le rouet abandonné sur le sol et fit tourner la roue sans y penser, d'une main lasse.

– Ton fil... tu oublies de tenir ton fil, Jawahar, soupira Moti-lal Nehru. Il n'empêche. J'ai confiance. Te souviens-tu de ce que j'ai écrit sur une de tes photographies d'enfance ? « Roi de l'Inde ».

Ahmedabad, 10 mars 1922

La nuit était tombée sur l'ashram de Sabarmati, où vivait Gandhi avec ses disciples. La rivière au pied de la petite falaise était si paisible qu'on l'aurait jurée à sec comme aux terribles chaleurs de juin ; les animaux furtifs qui venaient s'y désaltérer faisaient craquer les broussailles. Les femmes, assises devant la cabane du Mahatma, attendaient, le cœur serré. Gandhi filait son rouet à la lumière d'une lampe à huile, comme à l'accoutumée ; son maigre bagage était prêt. La veille, pressen-tant l'événement, il avait fait paraître dans *Young India* un article en forme d'annonce publique : *« Je suis arrêté. »*

Le rugissement de la voiture de police s'entendit de très loin ; Kasturba, la femme de Gandhi, releva la tête et rabattit sur son visage le pan de son sari. Puis le vacarme s'arrêta brus-quement, comme si la police hésitait. Un homme en uniforme apparut à la lisière de l'enclos, un officier de police qui mar-chait d'un pas raide, la tête basse, son stick sous le bras.

Il s'arrêta au pied de la maison ; le Mahatma déjà s'était levé et le regardait, debout.

– Monsieur Gandhi ? fit l'officier respectueusement.

– Mohandas Karamchand Gandhi, cultivateur et tisserand, fit le Mahatma en souriant. C'est moi.

– Au nom de Lord Reading, représentant le roi-empereur aux Indes, je dois vous annoncer que vous êtes en état d'arres-tation ; quand vous serez prêt, Sir, vous vous présenterez, fit l'officier qui claqua les talons et repartit aussitôt dans l'obs-curité.

– Monsieur l'officier ! fit Gandhi en le rappelant. Ne partez pas. Je suis à vous dans un instant.

Les habitants de l'ashram s'étaient rassemblés autour du

Mahatma. Gandhi descendit les degrés et, joignant les mains, les invita à chanter son hymne préféré, composé pour lui par l'un de ses partisans. Voix cassées ou claires, vieilles ou jeunes, cristallines ou enrouées, toutes s'élevèrent dans le noir, si tranquillement qu'on pouvait croire à une fête; les chèvres, réveillées, se mirent à bêler à l'unisson. Quand la prière fut achevée, Gandhi ferma les yeux, prit sa femme par le bras, empoigna son bâton et son sac, et, d'un pas vif, rejoignit l'officier médusé.

– Quand vous voudrez, Sir, fit-il courtoisement. Je ne veux pas vous faire attendre; il est tard.

L'officier ne le toucha pas; Gandhi marchait à ses côtés, et l'on ne savait pas des deux lequel emmenait l'autre. Kasturba Gandhi trottinait pieusement derrière les deux hommes. Quand il fut arrivé à la porte, le Mahatma se retourna vers ses fidèles.

– N'oubliez pas! cria-t-il. Je serais profondément peiné si le peuple s'insurgeait en mon nom contre le gouvernement!

Ils agitèrent la main sans répondre, avec de fervents murmures.

– Votre femme peut vous accompagner, Sir, jusqu'aux portes de... murmura l'officier sans achever sa phrase.

– Fort bien, coupa le Mahatma. Soyez convaincu qu'elle regrette de ne pas se trouver à mes côtés là où nous allons, monsieur. N'est-il pas vrai, Ba?

Kasturba Gandhi hocha la tête sans répondre.

– Savez-vous que vous allez en prison, Sir? fit l'officier quand ils furent tous trois montés dans la voiture.

– Je n'en doute pas, répondit Gandhi avec un grand sourire. Dans mon pays, c'est la première fois; mais en Afrique du Sud, j'avais cette habitude.

– Votre procès commencera dans une semaine. Avez-vous un bon avocat? demanda l'officier.

– Je n'en aurai pas besoin, fit le Mahatma. Je suis moi-même avocat; et vous n'ignorez pas que je suis aussi un vrai rebelle, hostile à tout compromis.

– Vous risquez de longues années de geôle, murmura l'officier embarrassé.

– Je veux le châtiment le plus sévère, répliqua le Mahatma en se calant au fond de la voiture. Et je plaiderai coupable.

I

Entre deux mondes

Vingt-deux ans plus tard

Poona, résidence de Yeravda, 10 février 1944

A l'ombre de la terrasse, les soldats anglais somnolaient, l'arme au pied. Leur illustre prisonnier ne s'évaderait pas. Depuis qu'en pleine guerre mondiale il avait imprudemment lancé un mot d'ordre de rébellion totale contre l'envahisseur anglais, le Mahatma Gandhi avait été assigné à résidence dans le palais de l'Aga Khan : deux ans déjà. Le lendemain de son arrestation, son épouse Kasturba avait repris le flambeau; arrêtée à son tour, elle l'avait rejoint.

Le Mahatma était encore affaibli par son dernier jeûne à mort, qu'il avait entamé par défi en 1943, et cessé à regret, à la demande pressante de sa femme, sans obtenir de résultats politiques. Le vieil homme avait frôlé la mort de si près que les bûches de santal pour sa crémation s'entassaient toujours dans une arrière-cour, à l'endroit où les avaient posées les brahmanes à qui les autorités britanniques avaient demandé de tout préparer. Au demeurant, du commandant au simple soldat, chacun savait que le Mahatma respectait la loi impériale et qu'il se battait loyalement, sans artifices. Aucun risque d'évasion.

Mais la tourmente mondiale avait emporté l'Angleterre dans la guerre contre les nazis, et Churchill s'était entièrement investi dans un seul objectif : résister, inlassablement résister. Aux bombardements allemands sur Londres dévastée, aux tentatives de débarquement, aux offres fallacieuses des nazis et aux paix séparées. Résister. A son peuple, il avait promis de la sueur, du sang et des larmes, ainsi que la victoire. L'indépendance de l'Inde n'était pas à l'ordre du jour ; et quiconque menaçait l'autorité de l'Empire, fût-ce un vieillard pacifiste, était considéré comme un ennemi. Churchill n'avait rien cédé ; mieux, il avait espéré de toute son âme la mort de son vieil adversaire.

Un an s'était écoulé depuis que le Mahatma avait cessé son jeûne ; il vivait toujours. Confiné dans les vastes pièces vides du palais, le Mahatma se remettait peu à peu. Quant à Churchill, il venait de nommer Commandant Suprême des forces d'Asie du Sud-Est le jeune et brillant amiral Lord Louis Mountbatten, qui s'installait dans ses quartiers généraux à Delhi. Le nouveau commandant aurait la lourde responsabilité de combattre les troupes japonaises, qui, déjà victorieuses en Birmanie, menaçaient Calcutta.

Garder le Mahatma n'était pas difficile ; c'était veiller sur un grand-père indocile qu'il fallait empêcher d'aller vagabonder sur les routes. Le vieil homme recueilli ne faisait pas de bruit ; il lisait beaucoup, écrivait au crayon sur des enveloppes usagées, retournées par mesure d'économie, recevait quelques visites et se promenait dans le grand parc, à pas rapides, le bras nerveux, l'œil triste, suivi de sa chère Kasturba, qu'il appelait affectueusement « Ba », la Mère. Justement, ils descendaient lentement le grand escalier, l'un soutenant l'autre, elle enroulée dans son simple sari de coton clair, lui dans son châle immaculé, frêles figures d'une vieillesse inaltérable.

A la dernière marche, Kasturba se mit à tousser, si fort qu'elle dut s'asseoir.

— Tu as pris froid, Ba, murmura le Mahatma d'un air de reproche. Il va falloir te préparer un cataplasme d'argile.

— Ce n'est... rien, hoqueta la vieille dame entre deux suffocations. Ma bronchite. Allons.

Gandhi aida sa femme à se relever ; elle fit deux pas et s'affala sur l'épaule de son mari.

— Je ne peux pas, souffla-t-elle. Je crois que j'ai la fièvre.

— Tu m'as veillé jour et nuit pendant mon jeûne, et cette bronchite n'en finit pas, répliqua le Mahatma avec autorité. Ce n'est pas surprenant. Nous allons remonter; je vais te soigner, moi. Chacun son tour.

Et il l'empoigna fermement par le bras. Les soldats se précipitèrent et hissèrent la vieille femme marche après marche. Gandhi, le front plissé, écoutait attentivement la toux rauque et sifflante.

Delhi, Faridkot House, 10 février 1944

La rude journée du Commandant en chef s'achevait. Calé dans un fauteuil de cuir, Lord Louis Mountbatten, qu'on appelait familièrement « le Suprêmo », s'efforçait de se détendre. Dans quelques semaines tout au plus, les forces alliées, il en était certain, auraient reconquis la Birmanie tombée aux mains des Japonais. L'essentiel des efforts du Suprêmo avait porté sur la réorganisation de l'assistance médicale et sur l'entretien du moral des troupes, marquées par de cuisantes défaites. Bientôt, elles attaqueraient à Imphal, à la frontière birmane. Tout était prêt pour la victoire, excepté le communiqué que devait envoyer le Suprêmo à ses soldats pour les encourager à l'avance. Mais avec le bref crépuscule indien tombait une pesante solitude, pleine d'angoisse et de doutes.

Mountbatten s'était lancé dans la guerre avec une fougue juvénile et un courage parfois aveugle; sur son destroyer chéri, le *Kelly*, il avait essuyé des échecs; des torpilles avaient percé la coque et causé de lourdes pertes en vies humaines. En 1942, il avait manqué un débarquement à Dieppe, et on l'avait beaucoup critiqué pour cet insuccès notoire. Mais il s'engageait avec ferveur dans la lutte contre ceux que, par respect pour le pays natal de ses parents, il ne parvenait jamais à nommer les Allemands, et que toujours il appelait les nazis; Churchill le prit en affection. La guerre finit par mûrir le jeune impétueux. Et Churchill lui avait confié enfin une tâche à sa mesure.

Les phrases qu'on lui avait jetées à son départ de Londres virevoltaient dans sa mémoire. « N'oubliez pas l'épitaphe que

Kipling avait un jour écrite sur une tombe imaginaire : " Ci-gît un imbécile qui voulut secouer l'Asie "... » « Ne restez pas à Delhi, surtout, ne vous enlisez pas aux Indes... » « Vous avez tout en main, la marine, l'infanterie, les airs, tout, jeune homme... » La tête bourdonnante de recommandations péremptoires, le cœur encore rempli de ses combats sur le *Kelly*, le jeune amiral avait quitté Londres pour Delhi. Et sa femme Edwina était restée à Londres.

Vingt-deux ans de mariage, grands dieux, déjà, et deux filles, malgré les discordes, les fugues, les scandales. Depuis le commencement de la guerre, Edwina s'était frénétiquement impliquée dans le corps des infirmières de la St-John's Ambulance, avec son obstination coutumière. L'amant officiel d'Edwina, Bunny, surnommé « le Lapin », avait veillé sur elle après le départ de Lord Louis ; mais il venait à son tour de partir pour l'Asie du Sud-Est, quelque part sur le champ de bataille.

« Au fond, je ne déteste pas cette idée, songea Lord Louis avec un léger sourire. Ce vieux Bunny... Sa présence m'aidera, même de loin. »

Il sursauta. Lui fallait-il l'amant pour garder le souvenir de sa femme ? Sa belle Edwina, fine et souple, son ange noir au regard clair et à la peau pâle, sa fée qu'il n'avait pas su garder... Où étaient ses gestes de biche, où, le doux temps de la conquête ? C'était ici même, à Delhi, qu'elle lui avait accordé sa main en riant ; il l'avait embrassée au crépuscule, au pied d'un vieux fort poétique, et voilà qu'il ruminait seul dans son quartier général, tandis qu'elle, à Londres !

– Justement ! s'écria-t-il. Le 10 février !

Et, courant à son bureau, il griffonna avec application.

– « Amoureuses pensées en souvenir de nos fiançailles d'il y a vingt-deux ans », relut-il à haute voix. C'est bien. Et maintenant, le communiqué. Que l'âme de mon *Kelly* bien-aimé veuille bien m'inspirer...

Il l'écrivit d'un trait. « Courage, vous allez faire l'Histoire. » C'était court, noble, direct, grand.

Satisfait, Lord Louis sonna son ordonnance.

Londres, 11 février 1944

Pétrifiée dans son long fourreau noir, Lady Edwina avait les larmes aux yeux.

– Il s'est souvenu! Comment a-t-il fait? murmura-t-elle, le télégramme à la main. J'avais oublié. Il est vrai qu'il vit à Delhi... Enfin, c'est adorable. Il faut que je lui réponde.

Elle jeta un œil à sa montre et se mordit les lèvres. Elle n'avait pas le temps; on venait la chercher. Elle attrapa une toque noire et l'ajusta sur sa petite tête, d'un coup. Il était temps; un grand Américain poussait tranquillement la porte de sa chambre, une bouteille de champagne sous le bras.

– Prête, darling? lança-t-il gaiement. Vous avez l'air rêveuse, aujourd'hui.

– Peut-être, oui, admit-elle, le sourcil froncé.

Comment cet amant de fortune pourrait-il comprendre? Son cher amour, le fidèle Bunny à peine parti pour l'Asie, Edwina avait rencontré Bill Paley, attaché auprès du général Eisenhower et chargé de la radio à destination des pays occupés par les nazis. Bill aimait les femmes, à qui il rapportait d'Amérique des oranges, des citrons ou des bas; il raffolait surtout d'Edwina, à qui il offrait ses parfums préférés, trésor rare en temps de guerre. Il souriait, d'un radieux et conquérant sourire; Edwina se sentit misérable. Harcelée par les bombes allemandes, Londres était en ruines, et vivait courageusement une terreur quotidienne. Edwina trompait son mari, elle trompait son amant, elle trompait le monde entier, c'était la guerre, y aurait-il un jour une vie sans mensonges?

– Pas de tristesse entre nous! s'écria Bill. J'ai apporté du champagne pour tout à l'heure. Vous n'allez pas nous le gâcher!

– Du champagne, murmura Edwina d'une voix défaite. Vraiment. Je ne suis pas sûre d'avoir de la glace.

– Je vais le mettre sur le balcon, fit Bill en ouvrant la fenêtre. Allons, un sourire, ma belle!

Edwina détourna la tête.

– Je saurai bien vous dérider. Il faut partir. Votre fourrure, darling, fit l'Américain en prenant le manteau sur le lit.

– Oui, soupira Edwina. Parfois, il faut éviter de penser.

Prison d'Amnadghar Fort, 18 février 1944

Le soleil commençait à franchir les barreaux de la prison; au loin chantaient les femmes qui s'en allaient au puits chercher l'eau quotidienne; des perroquets sifflaient sur les branches de l'arbre, au-dehors; un âne se mit à braire avec entrain. L'Inde s'éveillait.

Dans la cellule numéro huit, la tête en bas et les pieds en l'air, Jawaharlal Nehru faisait son yoga matinal. Le sang affluait à la tête et emplissait ses oreilles d'un très léger bourdonnement; mais le prisonnier entendait distinctement les bruits familiers de la liberté, juste sous le mur de sa cellule. Le jaune citron des perroquets, les cruches de cuivre sur la tête des femmes, l'âne à la queue levée, le museau retroussé sur les dents, et la brume vaporeuse de l'hiver indien sur le plateau du Deccan, il n'avait rien oublié, il pouvait tout imaginer. Mais à quoi bon? La huitième année de prison de sa vie n'était pas encore achevée; il fallait attendre la fin de cette guerre interminable. Ensuite...

Oh! Ensuite! songea le prisonnier en redescendant ses jambes. Il rentrerait dans la grande demeure d'Allahabad où l'attendaient sa fille et ses deux petits-fils. C'est alors qu'il faudrait aviser. Si le Mahatma vivait encore, il faudrait lui signifier clairement que, désormais, son fils spirituel, son bien-aimé Nehru n'obéirait plus. Finies les stratégies louvoyantes et les précautions loyalistes envers l'occupant britannique; finies les tergiversations sur l'opportunité de l'indépendance : il fallait l'arracher tout de suite, dès la sortie de prison, à n'importe quel prix. Et il faudrait brusquer Gandhi.

Dès le début de la guerre, le vieil homme avait perdu ses repères; et s'il avait condamné les nazis sans l'ombre d'une hésitation, s'il avait fait un choix sans appel entre les Alliés et l'ennemi, sur la stratégie de l'indépendance Gandhi avait hésité. Jusqu'à ce jour de 1942 où il avait lancé de sa petite voix paisible un mot d'ordre inapplicable en temps de guerre : il avait exigé le départ des Britanniques, là, maintenant, immédiatement. Le résultat ne s'était pas fait attendre, et Nehru s'était retrouvé en prison.

Le Mahatma aussi, avec sa vieille épouse Kasturba. Et si à la fin de la guerre il était mort...

Nehru frissonna. Ce n'était pas envisageable ; malgré son allure de vieillard fragile, Gandhi était robuste, éternel, invulnérable. Soudain lui revinrent par bouffées les images du Mahatma, immortalisées par les photographes du monde entier. Les jambes jetées de côté, assis sur un matelas blanc pour prononcer d'une voix claire l'un de ces discours qui exaltaient les cœurs. Marchant rapidement, l'index pointé vers la foule au rythme palpitant des acclamations, la poitrine nue, les côtes un peu saillantes, la bouche lippue, énorme, ouverte sur un sourire édenté... Nehru eut les larmes aux yeux.

« Allons, murmura-t-il, arrête tes ruminations moroses. Il faut écrire à ta fille maintenant. »

Il numérotait ses lettres, pour vérifier qu'elles n'étaient pas interceptées. D'elle il n'avait rien reçu depuis trois semaines ; dans la ville d'Allahabad, où elle résidait depuis sa sortie de prison, il faisait froid sans doute. Elle vivait dans la grande et noble maison construite par son père Motilal, et qu'il avait appelée Anand Bhawan, la Maison de la Joie. Blanche, avec des balcons ouvragés et des clochetons de type moghol, avec des jardins et des fontaines. Un paradis où se trouvait sa fille. Sa petite Indira, Indu...

Tant d'années de sa vie gâchées derrière les barreaux... A peine s'il avait connu vraiment sa femme Kamala, qu'il avait tout juste eu le temps d'accompagner dans le sanatorium suisse où elle s'était éteinte, rongée par la tuberculose. Il revit son visage carré, son menton volontaire, ses yeux intenses derrière les lunettes rondes, et ses cheveux qu'elle coupait à la Jeanne d'Arc, l'héroïne préférée de leur petite fille Indira... Kamala sur sa civière, Kamala sur son lit d'hôpital, rajeunie soudain à l'approche de la mort, l'avait-il aimée seulement?

Austère et mystique, elle avait passé dans sa vie comme une longue liane émaciée. Quelques amours passagères, depuis longtemps perdues, l'avaient ensuite occupé quand il n'était pas en prison ; mais savait-il encore ce qu'était une femme ? Il n'en avait pas vu une seule depuis sept cent quatre-vingt-cinq jours ; il les avait comptés. A quoi ressemblaient-elles ? Comment parlaient-elles ? Il ne se souvenait plus de leur démarche, à l'exception des reines paysannes qui s'en allaient au puits, la cruche sur la tête. Inoubliables.

Il plongea la tête dans ses mains. Non, il n'avait pas eu tort. Depuis le jour terrible où il avait vu les sanglantes traces du massacre d'Amritsar ordonné par le général Dyer, il n'avait plus désarmé. L'ennemi aurait à jamais le visage du général Dyer, froid comme l'Angleterre et précis comme les tirs de ses fusils.

C'était en 1919. Depuis ce jour précis, Jawaharlal Nehru s'était juré de chasser les Anglais.

Il eut envie de lire des livres en français, du Paul Morand, ou des poèmes de Verlaine, qu'il adorait. Souvent, il se récitait à voix basse les quelques vers que Verlaine avait écrits en prison, le ciel par-dessus le toit, si bleu, si calme, et la palme de l'arbre, qu'il apercevait par la fenêtre. La France, que son précepteur irlandais lui avait appris à aimer dans son enfance, la France occupée par une tyrannie implacable, la France à genoux... Mais il fallait aussi apprendre l'ourdou, la langue des musulmans de l'Inde ; il voulait lire Platon... Décidément, le français serait pour plus tard.

En soupirant, il décapuchonna son stylo. Ce serait la lettre numéro soixante-huit.

Poona, résidence de Yeravda, 20 février 1944

Recroquevillée sur sa paillasse, les yeux brûlants de fièvre, Kasturba Gandhi cherchait sa respiration. A chaque instant, une toux déchirante la pliait en deux, la secouait entièrement, et la laissait à bout de souffle, épuisée. Agenouillé à son chevet, le Mahatma lui épongeait les lèvres avec un linge humide.

La porte s'ouvrit; le médecin britannique entra dans la grande chambre, une trousse à la main

– Ah, vous voici enfin, Sir! s'écria Gandhi avec un soupçon d'impatience. Elle est très mal; elle suffoque. Regardez!

Le médecin allongea la malade, examina le visage, toucha le front et ne prit pas la peine de l'ausculter. Sans un mot, le visage sévère, il ouvrit sa trousse, en sortit une seringue et une ampoule.

– Qu'est-ce que c'est, Sir? fit vivement Gandhi avec inquiétude.

– De la pénicilline, tout simplement, Monsieur Gandhi. Ne vous inquiétez pas : deux ou trois ampoules et nous la tirons d'affaire.

– Mais si je comprends bien, fit Gandhi lentement, vous allez lui faire une injection?

Interloqué, le médecin regarda sa seringue.

– Elle ne sentira pas la piqûre, fit-il avec un demi-sourire.

– Ce n'est pas cela, répliqua Gandhi. Mais je suis tout à fait hostile aux traitements par injection; ils ne sont pas naturels. Et ce qui n'est pas naturel n'est pas bon pour l'humanité.

– Comment cela? s'écria le médecin. Vous n'allez pas refuser l'injection, tout de même!

Le Mahatma se contenta de le regarder fixement. Le médecin baissa la tête. Le soleil s'était couché; l'ombre envahissait la pièce et noyait le visage de la malade dans la douceur de la nuit.

– Sir, voulez-vous venir avec moi sur la terrasse? murmura soudain le médecin en saisissant le bras de Gandhi.

Le vieil homme se leva et le suivit dans l'obscurité.

– Sans pénicilline elle ne survivra pas, Monsieur Gandhi, je dois vous en avertir solennellement, chuchota le médecin. D'ailleurs votre fils Devadas exige ce traitement.

– C'est à Dieu d'en décider, Sir, pas à vous, ni à lui, répliqua Gandhi à voix basse.

– Monsieur Gandhi! Soyez raisonnable! Votre femme va mourir!

– S'il en est ainsi, c'est que l'heure est venue, soupira le vieil homme avec obstination.

– C'est inacceptable¹ s'écria le médecin violemment en se dirigeant vers la chambre. C'est à elle de choisir!

– Très bien, fit le Mahatma en le suivant. Faites. Questionnez-la.

Les deux hommes étaient à genoux au chevet de Kasturba. Elle avait fermé les yeux et respirait plus calmement. D'un geste tendre et habile, Gandhi releva la tête de la malade.

– Ba... Écoute. Pour te sauver il faut une injection de pénicilline, avec une seringue. Acceptes-tu?

Péniblement, Kasturba ouvrit les yeux.

– Avec une seringue? murmura-t-elle. Tu n'aimes pas cela, toi?

– Mais c'est toi qui dois décider, Ba, souffla le Mahatma en lui baisant le front. Toi toute seule, ma chérie.

Kasturba fronça les sourcils avec effort et fut prise d'une quinte de toux déchirante. Le médecin la releva et lui tapota le dos, le regard inquiet.

– Ce que tu veux est bien pour Kasturba, gémit-elle en reprenant son souffle. Je dis non.

Anéanti, le médecin anglais fixa Gandhi avec épouvante. Le Mahatma le regardait d'un air doux et désespéré; derrière ses lunettes coulaient de grosses larmes sur ses joues.

– Je la guérirai, chuchota-t-il en s'essuyant les yeux.

– Vous avez un autre fils, Monsieur Gandhi, n'est-ce pas? articula le médecin violemment. Eh bien, faites-le venir. Vite.

Poona, résidence de Yeravda, 22 février 1944

La tête de Kasturba reposait sur les genoux du Mahatma. Assis sur ses talons, il lui caressait le front, essuyait les tempes moites, la soulevait légèrement pendant les quintes de toux. La respiration rauque et sifflante s'arrêtait par instants, repartait, puis s'arrêtait encore; la bouche ouverte, les yeux fermés, la vieille femme s'abandonnait aux tendres mains de son mari. De temps en temps, avec le bec d'une petite cruche de laiton, il versait un peu d'eau entre les lèvres desséchées.

Au fond de la chambre, à côté de Devadas, le fils cadet des Gandhi, leurs compagnons de prison chantaient à mi-voix les mélopées de l'Inde, les cantiques préférés de Kasturba, naïfs et sincères.

Leur fils aîné, Harilal, alerté par les autorités britanniques, les avait rejoints dans la soirée. Mais comme à l'accoutumée, il titubait en hurlant, il était ivre. Kasturba avait sangloté et suffoqué, elle s'était frappé le front avec douleur; Harilal s'était enfui, et, depuis cet instant, sa mère ne parlait plus du tout.

Les mains de Kasturba remontèrent jusqu'à sa poitrine et agrippèrent faiblement les plis de son sari trempé de sueur. Gandhi se pencha, saisit les mains qu'il enveloppa dans ses longs doigts, comme pour les protéger. Kasturba entrouvrit les paupières et vit son mari courbé au-dessus d'elle; de ses lèvres gonflées, elle esquissa un sourire. Puis elle referma les yeux.

La respiration semblait se calmer; Kasturba s'était endormie.

— Elle vivra, je le veux, murmura Gandhi. Ils se trompent tous.

Soudain, il tendit l'oreille. La respiration devenait saccadée, brutale, hoquetante. Les prisonniers cessèrent de chanter.

— Ba! Reste avec moi... fit le Mahatma dans un murmure.

La bouche de la mourante s'ouvrit toute grande sur le silence. La mâchoire s'affaissa, et le corps abandonné glissa des bras du Mahatma.

Sans bouger, il lissa les blancs cheveux en désordre, ajusta les plis du sari, ferma la bouche et les paupières flétries. Les compagnons du Mahatma se retirèrent en silence.

Puis il demeura ainsi, la tête de la morte posée sur ses genoux, pendant que le corps raidissait. Simplement, il s'était emmitouflé dans son grand châle blanc. A l'aube, quand le médecin entra dans la chambre, le Mahatma le regarda avec douceur.

— Si j'avais permis la pénicilline, cela ne l'aurait pas sauvée, fit-il.

Le médecin se taisait.

– Nous avons vécu soixante-deux ans ensemble, et elle s'est éteinte sur mes genoux. Est-ce que cela pouvait être mieux ? fit encore le Mahatma en quêtant un assentiment.

Le médecin ne répondit pas.

– Je ne peux imaginer la vie sans elle, voyez-vous... murmura Gandhi, les larmes aux yeux.

Le médecin fit un pas. Les règles de crémation étaient très rigoureuses et ne laissaient aucun délai. Les bûches étaient déjà entassées dans la cour. Il fallait arracher la morte au Mahatma.

– Je suis heureux au-delà de toute mesure, fit Gandhi en baisant le front glacé. Prenez-la.

Poona, résidence de Yeravda, 6 mai 1944

Un petit groupe d'Indiens attendait nerveusement dans le parc en faisant les cent pas. Tous avaient revêtu des costumes en coton tissé à la main, ce khâdi dont le Mahatma avait fait l'emblème de la résistance à l'occupant anglais. Au milieu d'eux, majestueusement enveloppée dans un sari violet brodé d'un rouge éclatant, seule à braver la règle du coton blanc, une vieille dame rebondie, un paquet à la main, s'efforçait vainement de calmer leur impatience.

– N'allez pas troubler la libération de notre Mahatma, voyons ! Croyez-vous qu'il appréciera votre agitation ? Il lui faut une grande paix ! répétait-elle.

– Tant qu'il ne sera pas sorti, nous ne serons pas tranquilles, dit un jeune militant à l'œil de feu. Sait-on quel tour les Anglais vont encore lui jouer ? Le savez-vous vous-même, Madame Naïdu ?

– Bah ! fit-elle d'un ton détaché, notre Little Man en a vu d'autres ! Quand on le garderait encore un peu, ce ne serait pas une tragédie !

– Mais sa santé, Madame Naïdu, sa santé ! Le dernier communiqué des Anglais était très alarmant ! fit un autre avec agitation.

– Voilà pourquoi on le libère, figurez-vous! jeta Madame Naïdu agacée. Sans quoi, soyez tranquilles, nous ne serions pas là pour l'attendre! Tenez... ajouta-t-elle soudain, la voix émue, le voilà.

Soutenu par deux infirmières en voile blanc, et suivi de ses compagnons de détention, le Mahatma, emmitouflé dans son châle blanc, apparut en haut des marches et agita doucement la main.

– Mahatma Gandhi ki jaï... murmurèrent ses amis en chœur. Il est vivant!

Le vieil homme mit longtemps à descendre les marches; il chancelait. Avec une vivacité inattendue, la vieille Madame Naïdu courut vers lui et s'inclina profondément.

– Vous êtes venue, chère madame Naïdu, fit le Mahatma en lui tendant les mains. Toujours fidèle...

– Mon cher Mickey Mouse, lui murmura-t-elle avec tendresse, si souvent j'ai pensé à vous, à notre chère Kasturba... Une ombre embruma le regard brillant de Gandhi.

– Tout est bien ainsi, fit-il en relevant la tête. Et maintenant, nous allons reprendre la lutte.

– Attendez... fit la vieille dame en ouvrant le paquet qu'elle tenait à la main. Ne bougez plus. J'ai quelque chose à vous remettre.

Gandhi lui jeta un œil inquisiteur. La vieille dame se cala en face de lui avec solennité et lui tendit une grosse bourse de velours rouge.

– Au nom de la nation indienne, commença-t-elle d'une voix forte, j'ai l'honneur de vous donner cet argent collecté pour vous et qui représente la somme de huit millions de roupies. Nos militants y ont mis tout leur cœur.

Abasourdi, le vieil homme regarda la bourse avec incrédulité.

– Tout cet argent? Pour moi? Mais je n'en ai pas besoin! souffla-t-il.

– Laissez-les faire, chuchota-t-elle. Ils sont si fiers de leur présent.

Le Mahatma joignit les mains et s'inclina doucement avec un sourire.

– Je vous remercie tous, fit-il en élevant la voix. Je suis sain et sauf. J'ai achevé hier mon deux mille trois cent trente-huitième jour de prison. Ce sera le dernier, mes amis, car cette guerre se terminera bientôt; alors nous serons enfin libres!

La fin des empires

Prison d'Amnadghar Fort, 15 juin 1945

Un peu avant huit heures, le geôlier ouvrit toute grande la porte de la cellule; son prisonnier s'était endormi. Respectueusement, l'homme avança d'un pas et se gratta la tête.

— Va falloir le réveiller quand même; tant pis! fit-il en se décidant. Sir! Nehru! Nehruji! Panditji!

Jawahar entrouvrit les paupières. Au-dehors, il faisait déjà clair; les yeux du gardien brillaient dans la pénombre de la prison, une main lui secouait l'épaule, mais sans rudesse, et le ton de l'appel avait perdu sa brutalité. Il se redressa, la peur au ventre.

— Je suis venu vous prévenir... Levez-vous! fit l'homme.

— Mais quelle heure est-il? bredouilla Nehru. Est-ce que je me suis rendormi?

— Presque huit heures, Sir, répondit le geôlier en rectifiant sa position. Préparez-vous! Vous serez libéré tout à l'heure.

— Comment cela? Vous avez un ordre écrit?

— J'ai entendu à la radio, Sir, fit l'homme en se dandinant. Tous les leaders du Congrès seront élargis aujourd'hui pour une conférence à Si... Siem..., je ne sais pas, moi, un mot qui se termine en -la.

— Simla? s'étonna Nehru. C'est la résidence d'été du Vice-Roi!

— Justement, Sir. C'est le Vice-Roi qui vous appelle. Alors j'ai pensé que vous étiez du lot, vous et vos amis...

— Mais pourquoi maintenant?

— Ils disent que la guerre est finie. Qu'ils veulent une Inde, ça je n'ai pas bien compris, rien qu'à l'Inde, ou quelque chose comme ça. Qu'ils ont besoin de vous pour en parler. Vous feriez mieux de vous préparer, Sir, fit le gardien en lui tapotant l'épaule.

Nehru se leva d'un bond.

Libre ! Et si le gardien s'était trompé ? S'il avait mal compris ?

Il n'eut pas le temps de réfléchir. Des pas retentirent sur la pierre sonore du couloir de la prison. Le gardien-chef lui tendit un papier. Tout était vrai.

Il jeta un dernier regard à travers les barreaux. La chaude aurore de l'insupportable été s'était déjà enfuie ; le soleil teintait de rose les premiers nuages de la mousson. Loin dans la campagne, une vache se mit à meugler ; et le « chanteur des nuages », le minuscule oiseau annonciateur des pluies, s'égosillait en cris lancinants. Il allait sortir, revoir la vie ! En l'honneur d'Indira, il porterait une rose à sa chemise. Et il planterait un arbre dans la cour de la prison, en souvenir.

– Quand vous serez rajah de l'Inde, Sir, vous ne m'oublierez pas, hein ? fit le gardien humblement.

Singapour, 18 mars 1946

Assise devant le miroir de sa coiffeuse, Lady Mountbatten contemplait les petites rides au pourtour de sa bouche. Elle releva légèrement ses cheveux, saisit trois épingles à cheveux, et sa main retomba.

Edwina se sentait épuisée. En trois semaines, elle avait visité les camps de prisonniers au Siam et à Saïgon, elle y avait inspecté les équipements sanitaires, elle avait passé quelques jours à Delhi dans le palais du Vice-Roi pour une conférence de la Croix-Rouge. Deux ans déjà depuis qu'elle parcourait les champs de bataille pour veiller sur la santé des soldats et des prisonniers de guerre ; deux ans de courses folles à travers le monde en flammes, deux années d'horreur exaltée et d'oubli.

Depuis un certain week-end du mois d'août 1944, sa vie avait changé de cours. Bunny, son amant de toujours, était revenu du front et lui avait annoncé soudainement qu'il allait se marier. Malgré son jeune Américain, Edwina s'était sentie honteusement abandonnée; elle avait basculé dans un néant d'angoisse. Ce n'était pas un amant qu'elle perdait ainsi; elle perdait un second mari. Le premier, le mari en titre, Lord Mountbatten, avait été tout simplement parfait; il l'avait vaillamment consolée, l'avait appelée « ma douce » comme aux plus beaux jours. Puis la IIIe Armée avait atteint la Seine, Paris avait été libéré, la vie avait recommencé. Sauf pour Edwina. C'est ainsi qu'elle s'était engagée dans l'assistance humanitaire, pour oublier.

La victoire des Alliés sur les nazis était désormais un fait accompli; les bombes atomiques lâchées sur le Japon avaient cruellement achevé l'ennemi, mais il fallait encore guérir de la guerre.

Depuis l'automne précédent, Dickie vivait à Singapour, où il avait installé les quartiers généraux du Commandement Suprême; c'est là qu'en septembre 1945 il avait reçu solennellement la reddition de l'armée japonaise d'Asie du Sud-Est, grosse d'un million et demi de soldats. A Londres, le gouvernement avait changé de mains; à la suite d'une écrasante victoire des travaillistes, le vieux Churchill avait cédé la place à Clement Attlee, le nouveau Premier Ministre. La guerre laissait derrière elle un cortège de misères et de privations, en Europe comme en Asie. Le Suprêmo n'avait plus qu'à gérer la démobilisation; mais Edwina restait hantée par les hurlements des blessés opérés sans anesthésie, les yeux vides des prisonniers affamés, leurs gestes de fantômes et leur maigre sourire quand elle caressait leurs joues creuses.

Et lorsqu'elle retrouvait Lord Louis, il lui fallait encore remplir les devoirs officiels d'épouse du Suprêmo! Un Indien tout juste sorti de prison venait-il en visite, elle devait aussitôt s'habiller, se coiffer, l'accueillir quand il aurait fait si bon s'étendre et rêver dans la fade moiteur du soir... Non!

– Dépêchez-vous, ma chère, s'exclama Lord Louis Mountbatten, en ouvrant la porte en trombe. Dans un instant, ce Nehru sera là. Si vous voulez nous accueillir à la Young Men Christian Association comme prévu, il vous faut y être bien avant nous, et ce club est à l'autre bout de la ville ; vous devriez déjà être partie... Laissez vos cheveux, ils sont parfaits. Allons! ajouta-t-il, agacé.

– Mais... répondit Edwina, la bouche pleine d'épingles. A supposer qu'il arrive maintenant, ne peut-il attendre un peu? Vous avez donné votre accord pour qu'il vienne enquêter sur les conditions de vie des Indiens en Malaisie, vous lui réservez le tapis rouge et les honneurs, vos commandants ont failli se mutiner, et vous me bousculez maintenant?... Pourquoi tant d'égards pour ce leader indien? Vous êtes Commandant Suprême des forces armées, Dickie!

– Et lui Président de la Conférence Panindienne, responsable du gouvernement de transition! s'énerva Lord Louis. Savez-vous que l'avenir des Indes dépend largement de Nehru? Sans lui, pas de compromis avec les musulmans, pas de paix civile aux Indes. Et puis c'est mon idée. Pourquoi croyez-vous que j'ai voulu lui accorder le protocole réservé aux chefs d'État? Sans l'appui de cet homme, Londres ne peut rien mettre en œuvre... Dans une heure, vous l'accueillez solennellement avec les Indiens de Singapour. Mes officiers vont encore s'étouffer de rage. Ils n'ont pas compris les changements du monde, continuait Lord Louis avec assurance.

– Ne vous agitez pas ainsi. Lui non plus ne peut rien sans Londres, coupa Edwina sèchement.

– Oui, admit Lord Louis. Mais le nouveau Premier Ministre veut que nous quittions les Indes ; l'Empire se défait avec la guerre, c'est ainsi. Vous avez applaudi à l'élection des travaillistes, vous devriez au contraire vous réjouir de rencontrer un de ces leaders indiens fraîchement sortis de nos prisons... Je ne vous comprends pas ; vous si tendre envers les miséreux et les rebelles, toujours prête à secourir le premier venu... Vous n'avez toujours pas fini? Je descends. Nous nous tiendrons dans le grand salon avant de passer dans mon bureau. Débrouillez-vous pour qu'il ne vous voie pas!

– Où serez-vous? lança Edwina étourdiment.

– Dans le grand salon, Edwina! Réveillez-vous! fit Lord Louis en s'éloignant.

Pour ce qu'elle ne décidait pas elle-même, Edwina n'était jamais à l'heure. Tête de mule, songea-t-il. Fantasque et indomptable petite personne. La guerre avait un peu calmé ses innombrables infidélités; elle l'avait transformée en sœur de charité, avait absorbé ses passions comme un buvard l'encre, mais elle n'avait rien changé à son caractère. Insupportable.

Edwina prit son temps. L'air était trop humide, ses cheveux ruisselaient sur son cou, sa peau la démangeait, et voilà qu'elle avait sur le front une rougeur. Une dartre? Un moustique? Ces moustiquaires de Singapour n'étaient bonnes à rien; elle n'avait plus d'énergie. D'un œil distrait, elle regarda la fiche accrochée au programme officiel.

Jawaharlal Nehru, cinquante-sept ans, ancien Président du Parti du Congrès, libéré des prisons britanniques en 1945 – quelques mois auparavant. Avocat du barreau londonien, ancien élève de Harrow et Cambridge, et Pandit; un lettré, un brahmane au sommet des castes indiennes. Fils spirituel du Mahatma. De quelle province, déjà? Ce n'était pas indiqué sur la fiche. Peut-être d'un royaume? N'était-ce pas ce Nehru, justement, qui avait voulu forcer la frontière interdite du Cachemire, en se battant avec une barre de fer? Originaire du Cachemire, à n'en pas douter. Emprisonné par l'administration britannique impériale en 1921, quatre mois, 1922, neuf mois, 1923, 1930, 1931, 34, 40, 42... La liste était si longue que les chiffres dansaient devant ses yeux fatigués. Elle tâcha de se rappeler les photographies, mais rien ne surgissait dans sa mémoire, sauf un calot blanc, enfoncé sur le devant du crâne : l'éternel calot des prisonniers d'Afrique du Sud, dont le Mahatma avait fait le symbole du Parti du Congrès. Un Indien agressif qui parlerait anglais en dodelinant de la tête et en roulant les « r ». Ennemi ou allié? Elle ne savait pas. On ne savait plus.

Des voix résonnèrent en bas de l'escalier. Il était arrivé. D'une main nerveuse, elle planta trois épingles pour tenir le rouleau de ses cheveux sur la nuque, passa le peigne de chaque côté de la raie et lissa sa robe à fleurs que la moiteur avait froissée. Elle n'avait plus le temps d'ajuster sa capeline; tant pis! Il fallait faire vite maintenant.

En face du fumoir, la lourde porte en teck était close. Edwina se glissa sans bruit jusqu'au perron et descendit en hâte jusqu'à sa voiture. Il lui restait à peine un quart d'heure pour atteindre l'YMCA. Et la capeline refusait de tenir sur sa tête.

Sur le perron de Government House, les deux hommes souriaient au photographe officiel. Le Commandant Suprême était en uniforme kaki et chemisette à manches courtes, le Président indien en tunique brune de soie bourrette. Sur la poitrine de Lord Mountbatten s'étalaient les décorations en brochettes ; sur celle de Nehru était piquée, à la troisième boutonnière, une rose rouge de Bombay. L'Anglais portait une haute casquette de marine, l'Indien le calot des prisonniers.

La longue voiture du Suprêmo attendait, brillante et neuve, tous chromes astiqués, avec un rétroviseur dernier cri et de gros phares ronds comme des yeux de chat. D'un geste affable, Lord Louis désigna à l'Indien sa place, à ses côtés. Délicatement, Nehru s'installa en prenant soin de ne pas froisser le pantalon anglais dont les plis parfaits frôlaient les pans de sa tunique.

« Brun contre kaki, pensa-t-il. Ma tunique n'est pas militaire, mais elle est en soie. »

La limousine découverte franchit les grilles monumentales, et la garde rendit les honneurs. Le Suprêmo fit le salut militaire, et Nehru, pour la première fois de sa vie, agita légèrement la main devant les soldats au garde-à-vous.

Puis il savoura le plaisir de circuler en voiture découverte à côté du Suprêmo. Victoire politique ; le Parti du Congrès apprécierait. Le parcours en limousine officielle valait reconnaissance de la future nation indienne. Nehru ruminait son discours pour l'YMCA lorsque la voiture s'immobilisa.

Massés de chaque côté de la rue, les Indiens attentifs guettaient l'arrivée de Nehru. Et devant le club, une petite foule officielle se tenait prête, avec des guirlandes de fleurs sur les bras. Nehru aperçut le représentant du Parti du Congrès, Chettur, qui l'avait devancé ; il lui fit un signe de la main. A ses côtés, une grande femme en robe fleurie tenait d'une main gantée sa capeline blanche ; une Anglaise mince à la peau transparente. Lady Mountbatten. Des milliers de regards noirs et brillants fixaient en silence la voiture du Suprêmo.

Nehru descendit le premier. Edwina avança d'un pas. Il vit la clarté de ses yeux, la tache pourpre sur son front; elle l'enveloppa d'un regard rapide, reconnut le calot et voulut lui sourire. Mais soudain la foule envahit le trottoir avec des cris de joie, pressant Nehru de toutes parts; une guirlande vola dans les airs et se posa autour de son cou, une autre suivit, une autre encore... Bientôt elles montèrent jusqu'au menton. Étouffé sous les œillets d'Inde, Nehru riait en se débattant. Edwina, rejetée dans la salle, recula comme elle put. Lord Louis s'était perdu dans la cohue joyeuse.

Au fond de la salle décorée de crépon et de fleurs, deux trônes attendaient. Les officiels accompagnant Nehru lui frayèrent un passage jusqu'au podium; le Suprêmo suivit, tant bien que mal.

– Vite, asseyons-nous, souffla Nehru. Sinon, ils vont se déchaîner.

– Où est ma femme? fit le Suprêmo à mi-voix. Elle nous attendait dehors, et je ne la vois plus...

Dès qu'ils furent assis, des cris et des bravos saluèrent l'incroyable spectacle qu'offraient côte à côte le Commandant Suprême des forces d'Asie du Sud-Est, vicomte de Birmanie, et l'héritier spirituel du Mahatma, ce Nehru qui sortait de prison : l'Anglais et l'Indien, les ennemis réconciliés. L'épouse du Suprêmo n'avait droit qu'à un simple fauteuil, mais il resta vide : Lady Mountbatten n'avait pas réapparu. Sur le côté, une lampe de bronze attendait qu'on allumât ses mèches; Nehru se leva, prit l'allumette qu'on lui tendait...

Il n'eut pas le temps d'embraser la première mèche, la foule massée au-dehors venait d'envahir le club avec un hurlement frénétique et se ruait vers son héros pour l'embrasser. Des jeunes gens arrachaient les tentures et piétinaient les sièges en criant de bonheur; des milliers de mains s'agitaient dans les airs, agrippaient les guirlandes suspendues, des enfants hurlaient, de vieilles femmes, l'œil éperdu, appelaient au secours... Soudain Nehru aperçut Lady Mountbatten qu'un groupe bousculait brutalement; elle poussa un cri et bascula. En un clin d'œil, elle avait disparu dans le chaos.

– Votre femme! cria Nehru. Votre femme! Allons-y!

Et saisissant Mountbatten par le bras, il forma avec lui un bélier lancé dans la foule entassée. En jouant des coudes, ils parvinrent péniblement jusqu'à la porte. Pas d'Edwina. Terrifié, Nehru regarda par-dessus son épaule et ne vit rien. Mountbatten baissa les yeux, craignant de découvrir Edwina piétinée, mais seuls les pieds des furieux continuaient leur danse effrénée...

– Dickie! cria une voix aiguë à l'autre bout de la salle. Je suis là! Revenez!

Juchée sur une table, Edwina les appelait en agitant les bras. Débraillée, ses rouleaux en bataille et les joues en feu, elle rajustait sur son épaule une manche de soie déchirée.

Les deux hommes coururent vers elle; Nehru la prit par la taille et la posa à terre vivement.

Toute rouge, l'épaule nue, elle le regardait en riant, et de fines rides plissaient la peau fine autour de ses paupières. Puis, comme si elle défaillait, elle resta blottie contre lui, en reprenant sa respiration. La tête penchée pour se faire plus petite, le nez sur la rose à la troisième boutonnière, la rose rouge de Bombay.

– Merci, murmura-t-elle dans un souffle. Vous êtes Monsieur Nehru.

– Étrange façon de faire connaissance, vous ne trouvez pas? fit Nehru en desserrant doucement les bras.

La foule n'avait pas désarmé; une confuse et violente rumeur montait de la rue, où une horde furieuse tentait de pénétrer dans la salle déjà comble. Nehru se retourna: la meute innombrable les traquait toujours.

– Vite, ils vont nous piétiner. Filons!

Et il les entraîna jusqu'à un endroit embrumé où fumaient des marmites. Une cuisine.

– Ici? fit Nehru en hésitant.

– La cuisine, pourquoi pas? fit Lord Louis, flegmatique. Aidez-moi, Nehru; renversons cette table, elle fera une bonne barricade.

Il était temps. La foule arrivait. Derrière la table, Nehru monta prestement sur une chaise et étendit les mains.

– Frères! Je vous apporte le salut de votre pays!

Une fervente clameur lui répondit. Puis un silence. Personne n'avançait plus.

– Je suis venu ici, en tant que représentant du gouvernement transitoire, pour vous dire que la liberté est proche, frères!

Et se penchant vers Mountbatten, il murmura : « Ne vous montrez pas trop, Sir. Je vous en prie. »

– Je comprends votre ardeur, frères, car notre combat fut long et difficile. Mais il n'est pas terminé encore; et si nous voulons de bonnes négociations, il ne faut pas de troubles. Souvenez-vous des enseignements de notre Mahatma bienaimé : la recherche de la vérité passe par le respect de l'autre et ne supporte pas la violence. Bientôt, les leaders des partis se réuniront en conférence sous l'autorité du Vice-Roi...

Des huées saluèrent l'évocation de Lord Wavell, Vice-Roi des Indes britanniques; la foule s'agita.

– Non, frères, non, pas de haine! Nous ne deviendrons indépendants qu'en négociant avec le gouvernement de Londres; et j'ai trouvé dans la personne du Suprêmo un digne représentant de ce que l'Angleterre compte de plus chevaleresque. N'oubliez jamais la chevalerie, frères; cela aussi, Gandhi vous l'a appris. Nous devons respecter l'ennemi, surtout quand il s'appelle Lord Louis Mountbatten, vicomte de Birmanie!

Et attrapant la main de Lord Louis, il le fit applaudir longuement.

– Jaï Hind! Vive l'Inde libre! cria-t-il, et son exclamation fut reprise par la foule enthousiaste qui commença à s'écouler lentement.

Le calme revint peu à peu.

Nehru s'épongea le front.

– Bravo, Sir, fit simplement Lord Louis. Je connaissais votre réputation d'orateur, et même si je n'ai pas tout compris je suis ravi d'en avoir été témoin; on ne m'avait pas menti.

– Bah! Ce n'est rien. Vingt ans de discours dans les campagnes de l'Inde, fit Nehru, ravi, en aidant Edwina à franchir le barrage de la table. Je suis heureux qu'il ne vous soit rien arrivé, madame, ajouta-t-il en ôtant une épluchure collée sur la soie fleurie. Et votre chapeau? Il s'est perdu dans l'échauffourée.

46

– C'est sans importance, fit Edwina en riant aux éclats. Il aura roulé pendant que je rampais sur le sol.

– Mon Dieu! s'exclama Nehru, épanoui. A-t-on jamais vu ramper une vicomtesse de Birmanie?

– A la guerre comme à la guerre, Monsieur Nehru, fit-elle avec grâce. J'en ai vu d'autres, savez-vous?

Ils revinrent vers la grande salle en se tenant par le bras, au milieu de la foule apaisée.

– Le Pandit ne sait pas encore que vous êtes une héroïne, ma chère, fit Mountbatten en époussetant son uniforme. Nous lui raconterons tout cela ce soir, car Monsieur Nehru acceptera d'être des nôtres pour souper, bien sûr? fit-il d'un ton sans appel.

– Ces fous furieux ont tout dévasté, grinça Lord Louis, rouge de colère, lorsqu'ils furent remontés dans la voiture. Mais comment mes officiers ont-ils pu laisser faire? Pas de service d'ordre, aucune discipline, pas de cordon pour nous frayer la voie, c'est insensé! Ne parlons pas du protocole, cela vaut mieux... Indécent! Avez-vous vu ce qu'ils ont fait à la voiture? L'aile droite est entièrement griffée; il va falloir la repeindre. Oh! Je prendrai des sanctions. On aura voulu me ridiculiser; c'est une rébellion!

Edwina se taisait. Lorsque Dickie s'énervait, il fallait le laisser cracher sa bile. Et si la voiture avait reçu des coups, il ne décolérerait pas de longtemps.

– Incurie, désordre, laisser-aller, mutinerie! Et vous ne dites rien! L'ordre et la discipline, évidemment, vous vous en moquez bien!

– Je ne suis pas soldat, Dickie, murmura Edwina. Et l'YMCA n'est qu'une association caritative.

Lord Louis tourna la tête et ne desserra pas les dents. Quand ils arrivèrent à Government House, il claqua la portière et monta les marches quatre à quatre avant de s'enfermer dans son bureau. Edwina appela un bearer, commanda pour son mari un whisky sec, le prit et entra calmement.

– Monsieur Nehru semblait enchanté, vous savez, dit-elle en posant le verre près de lui.

– C'est trop! Je ne bois pas tant d'alcool, bougonna Lord Louis. Comment pouvez-vous imaginer pareille fantaisie? Enchanté, Nehru, avec cette meute incontrôlée, un discours dans une cuisine, au milieu des odeurs de curry et de tandoori? Allons donc! Il doit penser que j'ai voulu l'humilier, le rabaisser. Un désastre! Et l'aile de la voiture...

– Cessez de songer à cet engin, s'écria Edwina. Je vous dis qu'il était content, je l'ai vu! Il riait...

Lord Louis la fixa avec des yeux rêveurs et finit d'avaler son whisky.

– Il riait, vraiment? En êtes-vous sûre?

– Dickie, les foules indiennes, cet homme en a l'habitude. La confusion ne le gêne pas, lui. Au contraire, c'est son élément. Vous avez vu comme il les a calmés... Avec ses mains tendues et une ou deux phrases. Et puis c'était drôle...

– Je ne trouve pas, moi, grogna Lord Louis dans un écho de colère.

– Très drôle! Vous, barricadé dans une cuisine, derrière une table? Dickie... fit-elle en lui caressant la joue.

Calmé, il lui baisa la main.

– Nous verrons tout à l'heure, au souper. Il est vrai que vous savez ces choses-là mieux que moi, ajouta-t-il en souriant enfin. L'homme est sincère, à n'en pas douter; son discours enflammé touchait les cœurs. Qu'en pensez-vous?

Edwina ne répondit pas. Jamais elle n'avait entendu une éloquence aussi vivante; les mots dans la bouche de Nehru ressemblaient à la rose à sa boutonnière. Offerts, gracieux, ils lui donnaient une irrésistible envie d'écarter les pétales soyeux et d'atteindre l'invisible cœur de la fleur. Elle n'avait pas vu ses yeux pendant qu'il parlait, mais elle avait deviné le sourire sur les lèvres charnues et l'imperceptible tressaillement soulagé quand il l'avait relevée.

– Darling! Qu'en pensez-vous? répéta Lord Louis.

– Oh! Nehru est en effet sincère, même s'il parle bien, fit-elle prudemment. Je comprends mieux votre souci de le traiter en futur chef d'État.

– Je suis heureux qu'il vous séduise, ma chère, dit Lord Louis. Et que vous me donniez enfin raison.

Nehru monta dans sa chambre à grandes enjambées, prit un broc d'eau et s'aspergea le visage. Mountbatten lui plaisait; un homme encore jeune, direct, le regard franc, sincère, un soldat courageux. Oui, avec quelqu'un comme Mountbatten le dialogue était possible. Sa femme aussi n'était pas mal. Très anglaise, avec un sourire lumineux, une voix de fée et l'œil d'un bleu à se noyer au fond. Une taille souple, un corps délicat. Un beau visage un peu carré, avec un menton volontaire. Il avait en mémoire de confuses photographies prises en Malaisie, dans les camps de prisonniers. Lady Mountbatten en battle-dress kaki, un calot sur les cheveux, un drôle de petit soldat au sourire angélique. Et d'autres images plus lointaines, volées dans ces magazines anglais qui circulaient parfois aux Indes et montraient les aristocrates dans les soirées mondaines. Lady Edwina, en robe de style égyptien, avec un sergent d'or sur le front et de grandes manches comme des ailes de scarabée...

La vieille Madame Naïdu, flamboyante combattante de la lutte pour l'indépendance, ardente féministe indienne et bras droit du Mahatma Gandhi, évoquait quelquefois la belle Edwina, dont elle connaissait la mère depuis l'adolescence. « Une vraie jolie femme, avec un caractère impossible, et des mœurs! Je n'ose vous raconter », disait-elle avec des airs mystérieux. Madame Naïdu n'allait jamais plus loin. Lady Mountbatten avait sans doute été ravissante autrefois; mais ces taches pourpres sur la peau blanche...

Nehru ôta son calot et mouilla ses cheveux. Entièrement gris, songea-t-il en se regardant dans le petit miroir. Quel âge peut-elle avoir? Trente-huit ans? Quarante-cinq? Avec ces grandes femmes maigres on ne savait pas. La peau abîmée, à moins que la touffeur des tropiques...

– Bah! grogna Nehru. C'est sans importance. Une lady, est-ce que cela compte? Est-ce que j'ai le loisir de regarder les femmes?

Puis il chaussa ses lunettes, alluma une cigarette et se mit à lire ses notes. Chettur, représentant du gouvernement indien de transition à Singapour, avait bien travaillé. Et si l'on oubliait la bousculade du début, ce meeting ne s'était pas mal passé. Le vrai motif de son voyage se situait ailleurs : Nehru voulait intervenir auprès du Suprêmo en faveur des officiers indiens engagés dans l'armée nationale indienne, mise sur pied par le Bengali Subhas Chandas Bose aux côtés des Allemands et des Japonais, et qu'on avait emprisonnés à Calcutta. Vilaine affaire : par haine de l'Angleterre, Bose avait fait allégeance à Goering, que le tribunal international de Nuremberg était en train de juger pour crimes de guerre et crimes contre l'humanité. Par chance, Bose avait disparu dans un accident d'avion à la fin du conflit. Restaient ses officiers, que le Congrès estimait innocents. Le malentendu était total entre Londres et le Parti du Congrès : Londres les jugeait pour trahison, le Congrès les regardait comme des patriotes. Pour obtenir leur libération, il faudrait sans doute négocier à l'occasion du souper à Government House.

Le regard de Nehru tomba sur un papier préparatoire à sa visite, rédigé par Chettur. La note du représentant du gouvernement indien à Singapour précisait que l'officier britannique chargé du protocole avait refusé toute voiture officielle pour les déplacements du Président du Congrès.

– Mais le Commandant Suprême m'a conduit dans sa propre voiture, c'est beaucoup mieux ! s'esclaffa Nehru. Les temps changent... Qui m'aurait prédit que je roulerais un jour dans la limousine du Suprêmo ? Ce n'est pas comme cet Anglais en poste en Birmanie, ce Dorman-Smith, qui me traite en repris de justice et refuse de me recevoir. Ce Louis Mountbatten est différent. Digne et noble spécimen de l'impérialisme britannique. Elle aussi, d'ailleurs, je le sens...

Il regarda rêveusement les éléments de son dossier. Ce ne serait pas facile ; Londres n'entendait pas libérer de sitôt les officiers bengalis coupables d'avoir pactisé avec l'ennemi. Nehru s'était employé de son mieux à les défendre, il avait même repris son métier d'avocat pour plaider leur cause au procès, vainement. Entre le Bengale et l'Angleterre grondait depuis longtemps une colère mêlée d'amour déçu, une longue passion nourrie d'admiration et d'irritation mutuelles. L'Anglais était à bout de souffle, mais toujours arrogant. Sauf exception.

– Cette diablesse à la peau claire plairait bien au Mahatma...
rêva Nehru en levant ses lunettes. Elle a quelque chose de sa
fille anglaise, cette blonde Madeleine Slade qu'il a bizarrement
adoptée. Au fond, Bapu ne déteste pas les Anglaises angu-
leuses.

Il s'étira, et se coucha sur le sol. Puis, retenant sa respiration, il entreprit de lever ses pieds au-dessus de sa tête, dans la
position du poirier... Mais il retomba pesamment.

– Et voilà! J'ai encore été trop vite. Je suis fatigué.

Il se releva péniblement et se frotta le dos.

– Je me suis fait mal. Je vais marcher comme un vieillard,
juste au moment où il faut paraître grand. Tu le sais pourtant
bien, se dit-il en grommelant, que le yoga ne supporte pas
l'impréparation... Ah! Pour cela, la prison était commode! Tu
manques de temps pour la vie, et tu n'en auras sans doute
jamais plus...

Il regarda la pendulette sur la table et soupira. Il n'avait pas
même le loisir de s'allonger sur le lit. Il ne pouvait pas prendre
de retard; le Suprêmo ne méritait pas cette injure. La rose
sombre qu'il avait piquée par hasard au troisième bouton de
son gilet avait déployé ses pétales; il hésita, la fleur à la main.

– Je ne sais pourquoi j'ai voulu cela à la boutonnière, bougonna-t-il. Faut-il la porter ce soir? J'aime tant les roses de
Bombay. Allons! Laissons-la achever sa vie minuscule sur mon
cœur.

Et il la remit à sa boutonnière.

Il restait une petite heure avant le souper. Comme après
chaque moment de panique, Edwina se sentait abattue. Elle
n'avait pas vraiment eu peur pendant la cohue; elle n'avait
jamais eu aucun sens du danger. Mais quand elle avait surmonté une épreuve, l'après-coup la réduisait à rien, brusquement; une étrange fatigue faite de néant et d'orgueil lui coupait bras et jambes. Elle se traîna jusqu'à sa table de toilette
pour ôter les épingles de ses cheveux.

Le miroir de sa coiffeuse lui renvoya le reflet de son visage
rougi. La tache sur le front s'était étendue aux joues, ses che-

veux humides pendaient sur le côté, et sous les yeux, des cernes étaient apparus.

– Je n'ai pas pris d'alcool, pourtant, depuis hier, murmura-t-elle, préoccupée. Mon Dieu, qu'aura pensé ce Pandit indien? Je suis à faire peur. Et ma migraine recommence... Cette foule tout à l'heure, si violente. Quelle différence entre la fureur et la joie? Ils m'auraient écrasée sans même le savoir... Cela ressemblait à une émeute...

Elle s'efforça d'imaginer un village incendié, les femmes affolées, les bouches ouvertes sur des cris d'angoisse, les flammes, les enfants abattus, le sang, les haches et les couteaux, les cris, mais seuls lui revenaient en mémoire les bourdonnements des bombardiers survolant Londres et les sifflements des bombes avant l'explosion.

Avec un soupir, elle ôta sa robe, ouvrit sa penderie, hésita un instant, attrapa machinalement une robe blanche et longue, stricte; la migraine augmentait, ce souper serait un cauchemar.

– Pourquoi ces simagrées? murmura-t-elle en se recoiffant. Dirait-on que nous sortons d'une guerre mondiale? Et croit-on la paix revenue, vraiment?

On frappa à la porte; le majordome murmura, l'invité était en bas. Il fallait descendre dans le salon où l'attendaient les deux hommes.

Elle poussa la lourde porte et se décida à entrer.

Lord Louis et Nehru, assis sur le canapé, la fixèrent d'un même regard brillant dans la pénombre. Nehru se leva d'un bond, joignit les mains et s'inclina.

– Madame, c'est pour moi une joie de vous présenter mes respects, fit-il avec un enthousiasme excessif.

Edwina tendit le bout des doigts avec gêne. Nehru sourit, s'en empara et les serra chaleureusement. Croyait-elle qu'il allait lui baiser la main? Ces orgueilleuses ladies anglaises qu'aux Indes on appelait par dérision les memsahibs...

Elle retira ses doigts vivement, comme s'il l'avait insultée. Il faudrait qu'elle retrouve ce salut indien, les deux mains jointes; comment avait-elle pu l'oublier quand elle l'avait tant pratiqué pendant ses précédents voyages aux Indes?

– Ma chère, voici le Président de la Conférence Panindienne, le Pandit Nehru, le fameux leader du Parti Indien du Congrès, dit gravement Lord Louis. Vous l'avez à peine vu tout à l'heure, et dans quelles conditions! Nous l'avons échappé belle, et sans sa présence d'esprit...

Un bearer entra, portant un plateau et des drinks. Nehru prit un verre d'eau sans hésiter.

– Comme vous le savez, Sir, nous autres Indiens nous avons l'habitude des masses, fit Nehru avec un semblant d'ironie. En Inde, leur enthousiasme n'a pas de limites; je connais ces situations pour les avoir souvent affrontées dans les campagnes avec nos paysans.

Il roulait délicieusement les « r », mais il ne dodelinait pas de la tête. Son anglais était d'une grande pureté, et sa voix douce avait quelque chose de féminin. Edwina, surprise, regarda la chemise flottante en coton blanc, le gilet court en soie bourrette, le pantalon plissé, les sandales noires aux lanières épaisses, et se sentit mal à l'aise dans sa robe longue. Comme il semblait nonchalant! Ses vêtements flottaient autour de lui. Lord Louis transpirait dans son smoking irréprochable; Nehru, lui, semblait glisser dans l'espace avec aisance.

– Où en est la situation avec les musulmans, monsieur le président? commença Lord Louis.

– Mauvaise, Sir, répondit Nehru dont les lèvres frémirent. Dangereuse. Nous avons des émeutes au Bihar, à Calcutta, Bombay aussi s'est enflammée. Calcutta surtout! Monsieur Jinnah, qui prétend représenter tous les musulmans de l'Inde avec sa Ligue Musulmane, refuse de tenir compte des musulmans du Congrès. Il continue de rêver à son pays des Purs, ce Pakistan purifié de ses hindous; Monsieur Jinnah est devenu fou!

– Nous avons beaucoup négocié avec le leader de la Ligue Musulmane, Monsieur Nehru, fit vivement Lord Louis.

Nehru haussa les sourcils et le regarda en face.

– Certainement, fit-il entre ses dents. Pendant ce temps, nous autres les militants du Congrès, nous étions tous dans les prisons de votre Empire, sur les ordres de votre gouvernement. Depuis 1942; cela fait quatre bonnes années. Monsieur Jinnah, qui était libre, lui, s'est cru investi de pouvoirs exclusifs, et Londres l'y a poussé. A cause de l'Angleterre, il y aura un bain de sang, Sir...

Edwina s'efforçait de suivre l'affrontement. Lord Louis, étonné par la violence soudaine de son interlocuteur, baissa la tête et se mit à torturer sa montre. Nehru, le visage parcouru de tressaillements de colère, s'était dressé à demi sur son siège; entre l'Inde et le « Raj » anglais les blessures demeuraient ouvertes.

De Mohammed Ali Jinnah, Edwina ne connaissait que l'image élégante d'un leader en complet croisé, le monocle vissé sur l'œil et la canne à la main; pour Londres, un partenaire parfait, mais glacial, que le vieux Churchill appréciait pour sa distinction toute britannique et la perfection de ses costumes. Quant à son adversaire, ce hindou, ce Nehru en chemise et gilet, il semblait attendri par des siècles de langueur; affalé sur le canapé, il ne haussait pas le ton. Un homme important, vraiment?

– Combien de temps avez-vous passé en prison, Monsieur Nehru? coupa brusquement Edwina.

Sa voix limpide tomba en plein silence, comme un caillou dans un étang. Lord Louis se mit à marcher de long en large.

Nehru tourna la tête avec une sorte d'indifférence étonnée, elle lui décocha un sourire aérien.

– Un peu plus de neuf ans, madame. En huit arrestations, cent trois mois de ma vie.

– Mon Dieu... murmura Edwina, mais que peut-on faire en prison pendant tout ce temps?

– Edwina! s'écria Lord Louis, irrité.

– Laissez! fit Nehru avec force. D'ordinaire vos compatriotes ne posent pas cette question. Ce que j'ai fait? J'ai écrit un gros livre, j'ai appris le français, le persan, j'ai beaucoup lu... Ah! Et puis j'ai filé, madame, une bonne vingtaine de milliers de mètres de fil de coton. Avec mon rouet de militant.

– Filé le coton, fit Edwina, gênée. Vraiment.

– Non pas comme une femme dans vos pays, madame, sourit Nehru. Mais comme notre Mahatma. Sans le rouet, je serais devenu fou, privé de ciel bleu et de soleil...

Lord Louis s'était immobilisé; dans la voix de Nehru passait une douceur nouvelle.

– Vous avez beaucoup souffert... soupira Edwina.

– Non! s'écria Nehru en tendant une main vers elle d'un geste rassurant, même si la prison est pénible... Nous disions de la prison qu'elle était notre paradis; ainsi le voulait Gandhi. C'était excessif, mais la prison a aussi ses bonheurs, madame. J'y ai appris à penser, à rêver; j'ai récité des poèmes... J'y ai souffert de la faim et de la chaleur, des moustiques et de la malaria, mais, madame, bien davantage encore de ne pas voir cette petite tente bleue que les prisonniers nomment ciel...

– Quel poète! coupa impétueusement Edwina. Et quand vous êtes-vous engagé aux côtés de Gandhi?

Nehru se rembrunit; un éclair de violence traversa son regard.

– Quand un officier anglais fit ouvrir le feu sans sommations sur une foule de manifestants sans défense, fit-il gravement. Souvenez-vous, madame... Des centaines de morts. En 1919.

– Le jardin de Jallianwala, à Amritsar... murmura Edwina.

– Je m'y suis rendu quelque temps après. J'ai ramassé une balle de fusil, un morceau noir d'acier tordu, que j'ai gardé. Les traces de sang étaient toujours visibles sur les murs. Dans un jardin entouré d'une haute enceinte! Il n'y avait aucune issue!

– Mais nous avons jugé le général Dyer, Monsieur Nehru, intervint Lord Louis avec gêne. Il est passé en tribunal militaire.

– Et que lui est-il arrivé? Il coule des jours heureux, pensionné par une collecte de résidents anglais en Inde, Sir! s'écria Nehru en colère. Voyez-vous, cet homme est un affreux criminel. Quand je suis reparti d'Amritsar, je suis monté dans un compartiment; c'était le train de nuit pour Delhi. J'entendis quelqu'un se vanter d'avoir piégé les indigènes dans un cul-de-sac; cet individu se réjouissait d'avoir, comme il disait, fait un exemple. Il était enchanté d'avoir aussi obligé les Indiens à ramper à quatre pattes sur les trottoirs, pour les punir. De quoi? D'être indien! Il ne s'en cachait pas...

– Je vous accorde que... murmura Lord Louis.

– ... et quand le train arriva en gare de Delhi, le général Dyer, car c'était lui, descendit tranquillement en pyjama à rayures roses et maltraita ses coolies. Je n'ai pas hésité une seconde; j'ai rejoint celui que, déjà, Tagore avait nommé le Mahatma.

– Vous avez eu raison! s'exclama Edwina étourdiment.

Lord Louis fronça le sourcil et tapa nerveusement sur le bras d'un fauteuil; Nehru eut un sourire.

– N'en parlons plus, ajouta-t-il vivement, en allumant une cigarette. Seul compte le danger que l'Angleterre a suscité en laissant libre cours aux menées de Jinnah et de la Ligue Musulmane, pendant que nous étions en prison.

Lord Louis semblait embarrassé.

– Monsieur Gandhi voulait que nous quittions les Indes sans attendre, répliqua-t-il lentement. En 1942! « Quit India », quittez l'Inde, disait-il! Ce mot d'ordre était irréaliste. Monsieur Nehru, en pleine bataille, c'était une provocation! Mais la guerre est finie; vous et les vôtres vous avez été libérés, et les leaders du Parti du Congrès sont désormais en mesure de travailler avec nous à un nouvel ordre du monde. Nous avons changé de Premier Ministre; vous savez combien Monsieur Attlee désire la liberté de votre pays. Nous allons quitter les Indes, en plein accord avec vous, j'en suis certain.

– Il ne faut pas attiser les divisions, murmura Nehru.

– Voyons, reprit Lord Louis patiemment. Vous souhaitez reprendre les négociations pour un gouvernement autonome? Nous organisons bientôt une conférence nationale sous l'autorité de Lord Wavell; je ne doute pas que le Vice-Roi fera l'impossible pour qu'elle se passe bien. Mais il vous faudra trouver un accord avec Monsieur Jinnah; or ceci n'est pas de la responsabilité de Londres. Qu'en pense le Mahatma?

Muré dans le silence, Nehru contemplait la fumée de sa cigarette.

– Oui, dites-nous, qu'en pense Gandhi? intervint Edwina avec un sourire.

Nehru se tourna vers elle aussitôt.

56

– Gandhiji ne veut pas de conflit entre la Ligue Musulmane et nous, madame.

– Gandhiji? s'étonna-t-elle.

– Chez nous, on ajoute « ji » en signe de respect, dit-il en lui rendant enfin son sourire. Gandhiji, Nehruji...

– Pour moi, ce serait donc Edwinaji? fit-elle à brûle-pourpoint.

– Edwina est votre prénom? répondit Nehru. Eh bien, Edwinaji. Mais l'Inde entière appelle désormais Gandhi « Bapu », le grand-père. C'est qu'il n'est plus tout jeune...

– Que voulez-vous dire, Nehru? interrompit Lord Louis avec inquiétude. Sans l'aide du Mahatma...

– Oh! Notre Mahatma a toute sa tête. Toute sa tête, répéta-t-il en réprimant un sourire. Son énergie est indomptable, comme ses idées. Au point de...

Nehru s'arrêta brusquement.

– Je vois, conclut Lord Louis. Mais il n'a plus de contacts avec Monsieur Jinnah, n'est-ce pas? Il vous faudra les convaincre de renouer.

– Ce n'est pas nécessaire, fit Nehru en secouant la tête, car il est obsédé par la réconciliation avec la Ligue Musulmane. C'est Monsieur Jinnah qui refuse le dialogue. Le Mahatma, comme vous le savez, y est toujours prêt.

– Et sa santé? demanda Edwina poliment.

– Solide, malgré son dernier jeûne. Gandhiji est un roc inébranlable. Pour apaiser le pays, il visite les villages avec ses livres sacrés. Les Principes de Jésus-Christ, le Coran...

Edwina avait presque crié.

– Les Principes de Jésus!

– ... et la Bhagavad-Gîta, le poème de l'aurore. Vous avez l'air étonnée.

– C'est que... Oui... fit Edwina, confuse. Je croyais connaître votre pays, Monsieur Nehru, mais je vois bien qu'il n'en est rien...

– Je vous le montrerai peut-être un jour, madame; qui sait? Mais je voudrais aussi que nous parlions de Subhas Chandas Bose, ce nationaliste indien; la condamnation des militaires musulmans de son armée a embrasé Calcutta, et les émeutes... fit-il en se tournant vers Mountbatten.

– Attendez, monsieur, coupa Lord Louis avec une grande froideur. Vous savez que je n'ai mis aucune restriction à votre programme à Singapour, à l'exception de toute cérémonie concernant ce traître, ce nazi que vous appelez un nationaliste. Ma chère, voulez-vous nous laisser un instant, je vous prie?

Edwina se leva, prise d'un regret subit. La haute présence du Mahatma flotta soudain confusément dans sa mémoire, avec son crâne d'oiseau tombé du nid, ses oreilles décollées, son sourire édenté, son pagne immaculé et ses longues jambes noueuses, tel que le montraient les innombrables photographes du monde entier. Pourquoi fallait-il partir quand Nehru devenait intéressant?

– Eh bien, Nehru…ji, dit-elle avec hésitation, j'espère que nous serons bons amis.

– Je n'en doute pas, Edwinaji, si je puis me permettre? répondit Nehru en quêtant l'assentiment du Suprêmo.

– Vous pouvez, cher ami. Nous aurons de rudes temps; il est toujours bon de faire connaissance, acquiesça Lord Louis, en jetant sur son épouse un œil courroucé.

Edwina joignit les mains et se tint bien droite devant l'homme à la chemise flottante, qui s'inclina en la fixant intensément. Il avait un beau regard chaud, un teint d'ivoire et ses lèvres frémissantes semblaient animées d'une vie particulière. Mais cette allure de paysan!

Elle aperçut soudain une tache sombre sur le gilet. La rose rouge.

Une allure de paysan? Ou d'intellectuel? En montant l'escalier, Edwina se demandait quelle était exactement l'allure de Nehru. Gauche? Non, ses gestes naturels déroutaient la critique. Intimidé? Non, il avait parlé avec l'assurance d'un homme libre. Humble? Au contraire, fier et résistant, oui, plein de résistance. Les longues années de prison, peut-être?

La prison! C'était cela, à n'en pas douter. Cette façon de palper l'espace comme s'il bougeait sans effort. Ce… Oui, ce courage.

« Mais il n'est pas vraiment beau, avec sa calvitie, songea Edwina en entrant dans sa chambre. Heureusement, il y a la rose. »

Au moment où elle refermait la porte, la migraine recommença ses attaques.

– Ma chère, fit Lord Louis en poussant brusquement la porte, il faudra que vous appreniez que Nehru est un authentique pandit. J'ai prétexté un oubli pour venir vous parler avant que nous passions à table. Savez-vous ce que cela signifie? Un érudit, un lettré! Vous ne devez pas l'appeler par son nom propre. Nehruji! C'est insensé. Panditji, si vous voulez. Mais Nehruji!

Lord Louis vérifiait ses boutons de manchette. Précis, méticuleux, ordonné, mécontent. Et dire que pour une fois il savait quelque chose.

– Dickie, il fait si chaud... J'ai la migraine, gémit Edwina.

– Vous avez toujours la migraine, chérie. Et vous appellerez Nehru par son titre, grogna Lord Louis.

– Mais je sais ce qu'est un pandit, Dickie... Et son prénom, qu'est-ce c'est déjà?

– Jawarlal. Attendez! Non... Jawahalal. Je m'y perds.

– Comment dites-vous?

– Laissez-moi vérifier... fit-il en sortant un papier de sa poche. Har-lal, avec un r et un l. Ja-wa-har-lal. Je ne vous conseille pas le prénom, vous n'y parviendrez pas.

– Bah! Je l'appellerai Jawahar, voilà tout, fit Edwina en se levant. D'ailleurs il repart; après le souper, tout à l'heure, nous ne le reverrons sans doute pas.

Lord Louis la poussa vers la porte avec impatience.

– Darling, soyez prudente. Ne choquez pas cet homme, ni d'ailleurs aucun de nos amis indiens.

– Faites-moi donc un peu confiance, Dickie, fit Edwina, agacée. Une minute encore. Ce Subras Chandas Bose dont il a parlé, c'est bien celui qui s'est rallié à Goering, et qu'ils appellent Netaji?

– Rallié à Goering! Bien pire encore... s'exclama Lord Louis. Il a fondé la fameuse armée indienne sous l'autorité de cette fripouille. Il a fait allégeance, il est devenu nazi, par pure haine, lui, un disciple du Mahatma! Il a préféré le Troisième

Reich au Royaume-Uni, ensuite le Japon... Et quand nous avons condamné ses partisans, il y a eu des émeutes au Bengale, son pays natal. Au moins, avec le Congrès, nous n'avons pas eu affaire à ces ambiguïtés ; le vieux Mahatma était assez lucide pour choisir le bon camp. Même de sa prison.

– Et Nehru ?

– Sans doute de sa prison n'a-t-il rien compris à la guerre mondiale... répondit Mountbatten avec indulgence. Figurez-vous qu'au procès, il a absolument voulu défendre lui-même les militaires indiens compromis dans cette affaire !

– Avocat du barreau de Londres ?

– Naturellement. Comme Gandhi. Nehru connaît bien l'Angleterre. Lui aussi y a fait ses études ; Cambridge, Oxford, parfait, vous voyez... Mais aucun des leaders indiens n'a l'érudition de Nehru, ni son envergure. Il n'en a pas l'air, mais il est très britannique.

« Oui », pensa Edwina aussitôt sans pouvoir se l'expliquer. Cet homme avait quelque chose de familier. L'émotion au bord des lèvres, la souplesse des gestes, la finesse des traits, le regard qui plongeait dans celui de l'autre, c'était l'Inde. Mais cette courtoisie à peine exagérée, cette imperceptible distance, c'était l'Angleterre. L'Angleterre, ou la rébellion contre l'Angleterre ? L'Angleterre, ou la haine ? Et quelle femme prenait soin de Nehru ?

– Je trouve cet homme extraordinaire, continuait Lord Louis. Chaleureux, cordial, intelligent...

« Mais son élégance vient des Indes », songea Edwina qui n'écoutait pas. Son élégance ! Quel étrange mot pour une simple rose... Avec ses costumes croisés et ses uniformes impeccables, Dickie était toujours élégant. A en périr d'ennui.

– Venez-vous maintenant ? Vous vous excuserez pour le retard, naturellement.

La voix semblait venir de loin. Lord Louis vérifiait les décorations dont aucune ne manquait à l'appel. Naturellement.

Edwina fit bouffer ses cheveux.

– Dites-moi, comment est sa femme ? dit-elle brusquement.

– Qui ? Ah ! Il a une fille, Indira, à qui il est très attaché ; tous deux ont passé une partie de la guerre en prison, et son gendre également, il me semble. Quant à son mariage... Nehru est veuf depuis longtemps. Je crois que sa femme est morte de la tuberculose.

– C'est donc cela, s'exclama Edwina.

– Cela quoi ?

– Rien. Cette solitude, murmura-t-elle.

La sanglante leçon de Calcutta

Londres, 17 mai 1946

Le Premier Ministre, Clement Attlee, terminait sa communication au Parlement sur les négociations avec les leaders indiens.

En mars et avril, une mission gouvernementale s'était rendue à Delhi avec des objectifs précis : trouver les procédures pour l'autodétermination de l'Inde nouvelle, proposer une assemblée constituante, mettre d'accord les représentants des partis et des communautés religieuses, enfin, s'assurer que l'Inde resterait dans le Commonwealth. Du côté britannique, on était parti du principe que seule la Ligue Musulmane représentait les musulmans de l'Inde. C'était sur ce point crucial qu'avaient achoppé les discussions qui s'étaient tenues à Simla, comme l'année précédente, et comme l'année précédente sans aucun résultat : car le Parti du Congrès, sur la base d'une rigoureuse laïcité, comprenait en son sein toutes les religions des Indes, y compris de nombreux musulmans qui se sentaient rejetés par les positions de Londres. Au début du mois de mai, Lord Wavell, le Vice-Roi, avait conclu les travaux de la conférence sur un constat d'échec.

Sur la banquette de cuir vert, le vieux Churchill, ses lunettes sur le nez, lisait distraitement des coupures de journaux. Texte de l'appel du Vice-Roi des Indes au peuple indien, sommé de choisir lui-même les modalités de son indépendance et requis de rester au sein du Commonwealth. Compte rendu de la conférence de presse de Lord Pethick-Lawrence, chef de la mission gouvernementale qui, pendant un mois, avait vainement cherché à mettre d'accord le Parti du Congrès et la Ligue Musulmane. La conférence de Simla avait réuni de nombreux leaders dont Nehru et Jinnah, ainsi que Baldev Singh pour la communauté sikh ; personne n'avait écouté les exhortations du vieux Gandhi, venu en observateur. Aucun accord n'avait été possible entre le leader de la Ligue Musulmane et le président du gouvernement de transition : Nehru et Jinnah se haïssaient. Inévitablement.

« Échec sur toute la ligne, songea le vieux lion en bougonnant. Jamais on ne mettra d'accord le vieux Jinnah et le jeune Nehru, qui se traîne aux pieds de ce fakir nu, ce Gandhi de malheur. Oh! L'Inde aura son indépendance, mais dans un bain de sang... On nous tiendra pour responsables, et nous le serons! Nous le serons! Il ne fallait pas ouvrir les portes de l'autonomie! »

C'était son tour de parler. Il leva péniblement son corps massif, et dans un complet silence commença son discours.

– Aucun de nous, messieurs, ne commettrait la folie de commenter la longue liste de propositions que la mission a soumises aux partis indiens, document intéressant mais ô combien mélancolique! Le Premier Ministre me l'a courtoisement envoyé, je l'ai lu ce matin aux petites heures du jour. Force est de le constater : il n'y a pas eu d'accord entre les communautés, malgré le zèle et la sincérité des négociateurs...

Un grognement approbateur venu des bancs conservateurs parvint à ses oreilles. Churchill, le menton levé, la lippe frémissante, se sentit en humeur de prophétiser l'avenir.

– Ce simple fait, enchaîna-t-il de sa voix puissante, n'est en rien de leur responsabilité ; il devra servir de leçon, non seulement pour les affaires des Indes, mais pour le monde entier, et pour le futur. Car nous avons des obligations envers les minorités, notamment les quatre-vingt-dix millions de musulmans, la plus magnifique de toutes les races du sous-continent indien, et les soixante millions d'intouchables – sans oublier, messieurs, les maharajahs et leurs royaumes!

Arthur Henderson, sous-secrétaire d'État aux Affaires indiennes, manqua s'étouffer. Il avait précisé quelques jours auparavant le nombre des musulmans d'après le recensement de 1941 : à peine quatre-vingts millions. Mais dès l'instant que le vieux leader avait parlé, il avait raison. A dix millions près.

« Et d'ailleurs, qu'est-ce que cela change, pensa Arthur Henderson avec désespoir. Ils se massacreront aussi bien... Un, deux, cinq ou dix millions en plus ou en moins, là-bas, est-ce que cela compte? Ils ont déjà commencé à s'entre-tuer. Nous sommes piégés. »

Le leader de l'Opposition de Sa Majesté songeait de son côté que de son discours il ne sortirait rien. Clement Attlee était résolu à la mort de l'Empire des Indes; le gouvernement travailliste ne reculerait plus.

Calcutta, 16 août 1946

Les chaudes vapeurs de l'aube se dissipaient à peine quand glissèrent le long des maisons les premières ombres furtives, leurs armes cachées sous les chemises. A cette heure précoce, seules les corneilles réveillées picoraient les pelouses d'un air insolent; là-haut, deux ou trois milans commençaient à survoler la ville. Tout était calme. Derrière leurs auvents, les marchands endormis ronflaient sur leurs plates-formes; accablé de chaleur, un enfant pleurait de temps en temps dans le lointain. Le soleil n'allait pas tarder à écraser le monde.

Le cortège de fantômes s'arrêta devant la boutique d'un coiffeur; affalé sur un coussin, la tête renversée, le vieil homme dormait du plus profond sommeil. Derrière lui, une image pieuse veillait sur son sommeil : une déesse hideuse à la face grimaçante, avec un collier de têtes coupées et une langue noire pendant entre les crocs.

– Tiens! Celui-ci, c'en est un, chuchota un homme à la barbe rousse. Il a suspendu la Déesse au-dessus de sa tête. C'est un hindou, pas de doute. En plus, il a l'air assez riche. Il faut bien commencer!

– L'autre aussi, à côté, murmura un autre. Pareil. Après ces deux-là, on ne s'arrête plus. Une Journée d'Action Directe, a dit notre Jinnah. Un jour pour montrer la force des musulmans. Pour les pillages, on rendra compte à l'autre, le grand chef de la maffia; c'est une autre affaire. Pas souvent qu'on a des occasions pareilles.

– Il y a une fille à côté du vieux, remarqua un troisième avec intérêt. Une gamine. Qu'est-ce qu'on fait? On s'y met?

– On attend le signal, fit le premier.

Ils s'assirent sur le trottoir, clignant des yeux au soleil levant. Les gongs et les cloches se mirent à tinter dans tous les temples de la ville, pour la prière de l'aube. Les mosquées demeuraient étrangement silencieuses. Soudain, à l'invisible horizon de la grande cité, résonnèrent les tambours.

Par grondements sourds, ils montaient à l'assaut du ciel. Ténus, insistants, ils disparaissaient, puis revenaient, poussés comme les nuages par le vent. Un tonnerre tumultueux, et soudain plus rien. Des cris dans le lointain. Les tambours se rapprochaient. Une ombre juvénile se glissa au coin de la rue; on entendit un sifflet brutal, suivi d'un hurlement d'agonie. Les trois musulmans se levèrent.

A la façon d'un orage de mousson, les tambours, de proche en proche, avaient envahi la ville.

– Voilà, murmura le premier musulman. Et maintenant?

– Tu veux le Pakistan? Alors on tue! cria le second. Allah O Akbar!

– Ouais, fit le dernier. Et on n'oublie pas de prendre l'argent, tout de même. Une émeute, il faut que ce soit rentable. Allah O Akbar aujourd'hui pour les musulmans, Jaï Hind demain pour les hindous, on est payé pour ça...

Le vieux coiffeur ouvrit des yeux effarés quand il aperçut la hache. Foudroyé du premier coup, il s'écroula. Saisie par les cheveux, sa fille voulut hurler; le cri s'étouffa dans un gargouillis de sang. La gorge tranchée, elle glissa dans le ruisseau boueux. Le voisin avait déjà la poitrine fendue du haut en bas, les tripes à l'air. A l'autre bout de la rue, les marchands avaient entendu le cri de ralliement, le sanglant « Allah O Akbar » des pillards en colère; ils baissaient leurs auvents et appelaient à l'aide; mais les émeutiers les attrapèrent un par un et, méthodiquement, les égorgèrent. Aucun policier n'était apparu. Le silence régna sur la première rue.

– Bon! fit le chef en essuyant sa hache sur la tunique d'un mort. On pille d'abord, on met le feu ensuite. Ordre supérieur! On profite de la manifestation et on ne traîne pas! On a juste un jour d'Action Directe! Allez!

En un clin d'œil, les boutiques dévastées avaient livré aux pillards leurs maigres trésors; le chef comptait l'argent et le rangeait soigneusement. Au fond d'une venelle, une fillette se couvrit la tête et sanglota; l'instant d'après, le ventre ouvert, elle était morte. Puis la rue flamba. Un cortège apparut, brandissant une banderole aux couleurs de la Ligue Musulmane, verte et blanche. « Vive le Pakistan! » criaient les manifestants en courant à travers l'incendie. Une femme en sari sortit de sa maison, les bras levés, maudissant les jeunes gens et hurlant à pleins poumons. L'un des émeutiers courut vers elle, lui leva la tête de force, regarda le point rouge peint au milieu du front, la poudre écarlate sur la raie entre les cheveux gris...

– Une hindoue! cria-t-il. Une vieille! je peux?

Et, sans attendre la réponse, il lui fracassa le crâne.

Delhi, 17 août 1946

– Des milliers de morts! murmura Jinnah avec accablement.

Le leader de la Ligue Musulmane s'était redressé sur son rocking-chair. Le regard fiévreux, la mâchoire tressaillante, il examinait des télégrammes venus de Calcutta, que lui tendait respectueusement son secrétaire.

– Des corps entassés dans les rues! Des cadavres flottant au fil du fleuve! Et cent cinquante mille personnes ont déjà fui la ville! s'exclama-t-il avec fureur.

Ses longues mains fines torturaient un fume-cigarette d'ambre, à bout d'écume.

– Je ne voulais pas cela! jeta-t-il. J'ai été trahi!

– Mais, Sir, la Ligue Musulmane ne réfute pas l'usage de la violence, remarqua le secrétaire timidement.

– Taisez-vous! Vous ne savez pas ce que vous dites! lança

Jinnah avec colère. J'avais bien précisé : dans l'ordre et la discipline. Je l'ai dit le 4 août dernier, en annonçant la « Journée d'Action Directe ». Est-ce que ce n'était pas assez clair?

Brusquement, il s'arrêta. Cet écho des temps disparus... On lui avait décrit la scène. Le visage torturé de Gandhi au moment où il avait décidé d'interrompre la grève générale de 1922, pour une seule émeute et quelques morts. Le Mahatma aussi disait avec colère : « Est-ce que ce n'était pas assez clair? » Gandhi avait tout annulé... Maintenant, c'était son tour. Les émeutes de Calcutta avaient déjà fait cinq mille morts, plus de vingt mille blessés, et ce n'était pas fini. Jinnah alluma nerveusement une cigarette.

– Il y a encore ceci, Sir, fit le secrétaire en tendant une autre dépêche. Un communiqué du gouvernement du Bengale.

– « Cinq mille morts. Une orgie de meurtres et de pillages », lut Jinnah à voix basse. Mais quoi faire? Quoi faire?

– Monsieur Nehru a envoyé un message, Sir. Il propose un appel signé de vos deux noms, ajouta le secrétaire avec réserve.

– Ah! fit Jinnah en dépliant ses interminables jambes. Il me tient! Si je dis oui, j'ai l'air de céder à ses pressions; on dira que j'accepte enfin d'entrer dans son gouvernement provisoire. Et si je refuse... Mais non, je ne peux pas refuser. J'aurais l'air d'un monstre! Et je ne suis pas un monstre!

– Que lui dirons-nous, Sir? Monsieur Nehru demande d'urgence une réponse.

Jinnah tourna sa haute taille et ajusta son monocle.

– Non, fit-il en pointant un index taché de nicotine. Mais dites-lui que je publie mon communiqué en même temps que le sien. Écrivez. « Ceux qui se sont rendus coupables d'une conduite indéfendable et de brigandage doivent être traités selon les rigueurs de la loi; ils ont contrevenu aux instructions les plus formelles de la Ligue Musulmane et ont rendu service à ses ennemis. » Voilà. C'est tout.

– Rien sur la fraternité?

– Les militants de Calcutta, ceux du Congrès et les miens, ont déjà publié un communiqué commun contre la guerre fratricide. Cela suffit, jeta Jinnah avec humeur.

– Et pour le gouvernement provisoire?

– Je refuse. Je ne céderai pas aux excès des miens! Ils massacrent, mais moi, je tiens bon, répliqua froidement Jinnah en époussetant son veston. Les conférences des partisans de Gandhi, les compromis des Britanniques, leurs manœuvres pour me ligoter dans un filet mielleux, je n'en veux pas! Nous aurons notre Pakistan! Sinon, ces émeutes ne s'arrêteront plus!

Londres, 18 décembre 1946

Assis côte à côte devant une grande table, les Mountbatten signaient les cartes de fin d'année qu'ils envoyaient rituellement à leurs amis du monde entier. Les premières cartes de la paix, depuis que Lord Louis était rentré de Singapour.

– Ces cartes de Noël, quel ennui! fit Lord Louis. Dépêchez-vous, je voudrais avoir fini dès ce soir.

– Vous ne me laissez pas de place, Dickie! Juste assez pour une minuscule signature! répliqua Edwina d'un ton aigre.

– Plaignez-vous... Vous avez moins à faire, grogna-t-il en signant frénétiquement une pile entière.

Le téléphone sonna. Ils se précipitèrent tous deux. Dickie arriva le premier; Edwina se rassit, furieuse. L'appel ne lui était pas destiné.

Dickie enveloppait le combiné entre ses mains, comme un trésor; il parlait respectueusement, presque à voix basse. Une communication importante, sans doute.

– Le Premier Ministre veut me voir tout de suite, fit-il, le visage crispé. Je ne tarderai pas.

Edwina signait les dernières cartes, lentement, en prenant son temps. Dickie n'était pas revenu de Downing Street. Et personne n'avait téléphoné pour elle.

Depuis que Lord Mountbatten était de retour à Londres, la guerre était vraiment finie. Edwina avait mis fin à ses missions humanitaires. Partout, la paix réunissait les amants, suscitait des flambées de passion; Dickie retrouvait ses amies, les pousses renaissaient sur les cendres, et même si l'on avait faim, on dansait éperdument; seule Edwina avait perdu le goût de vivre. Après plusieurs années d'engagement exalté, elle s'était brusquement retrouvée sans occupation, aussi égarée qu'un soldat démobilisé. Mais un soldat revient dans son foyer, tandis qu'elle!

Alors était venu Malcolm Sargent.

Il était chef d'orchestre, illustre, adulé, couvert d'admiratrices qui faisaient la queue pour obtenir un autographe en criant dans la rue : « Mal-colm! Mal-colm! » Il était parvenu à faire chanter en chœur le public de la salle d'Albert Hall, et même le couple royal, pour un concert vibrant d'émotion qui l'avait porté au pinacle. La vie lui avait été cruelle : sa fille était morte, sa femme avait demandé le divorce; il passait par des alternances de dépression profonde et d'agitation enthousiaste. Edwina s'était jetée à ses pieds et lui avait consacré tout son temps avec autant de dévotion que s'il eût été un grand blessé de guerre. Mais Malcolm, ce soir-là, ne téléphonait pas.

Dickie rentra au pas de charge, le visage très pâle.

– Que voulait Monsieur Attlee? fit Edwina distraitement.

– Me nommer Vice-Roi des Indes, répondit-il dans un soupir.

De surprise, Edwina lâcha son stylo.

– Ce n'est pas possible... Vous avez accepté? murmura-t-elle.

– Je ne suis pas fou! s'écria-t-il. Mettre fin à l'Empire et faire accéder les Indes à l'indépendance sans effusion de sang? Après le carnage de Calcutta en août dernier? Au moment où le Bengale et le Bihar s'entre-déchirent, quand les hindous égorgent les musulmans et les musulmans les hindous, dans le plus petit village? Impossible.

– Impossible peut-être, mais on sait bien qu'après les émeutes de Calcutta l'Angleterre a besoin d'un nouveau Vice-Roi des Indes, murmura Edwina, songeuse.

68

– Il est vrai, admit Lord Louis. Nous entrons dans un monde où les empires ne sont plus de mise. C'est un nouvel ordre international, mais ce n'est pas à moi de l'établir. Je suis un marin, voilà tout.

– Il faudra bien quelqu'un pour négocier l'indépendance! s'exclama Edwina. Qu'avez-vous répondu au juste?

– J'ai posé des conditions inacceptables, affirma fièrement Lord Louis. J'ai exigé les pleins pouvoirs, et aussi qu'on fixe une échéance pour que nos troupes quittent le pays; j'ai demandé que l'Inde soit libre en juin 1948. Attlee ne peut accepter.

– Vous croyez cela! fit Edwina en se dressant.

– Une échéance, rendez-vous compte, Edwina! Et les pleins pouvoirs, qu'aucun Vice-Roi n'a jamais obtenus! Non, je suis très tranquille. Il doit déjà songer à quelqu'un d'autre.

Edwina s'affala sur le canapé. Dickie n'avait aucun sens politique, et Atlee accepterait tout. Il faudrait donc quitter Londres et Malcolm, repartir pour les Indes, subir le faste et les rigueurs des cérémonies impériales, renoncer à toute liberté, à tout amour...

– C'est égal, darling, murmura Lord Louis tendrement, vous auriez fait une Vice-Reine idéale.

District de Noakhali, Bengale, 17 décembre 1946

Le regard clignotant, le vieil homme fixa le soleil rougeoyant à travers l'embrasure de la porte; déjà l'astre perçait entre les lourdes feuilles des bananiers. Couchées de part et d'autre du Mahatma dormaient Abha et Manu, ses petites-filles adoptives, qu'il fallait éveiller. Gandhi ajusta avec soin ses lunettes, rangea méthodiquement dans sa musette les trois petits singes en ivoire qui ne le quittaient jamais, ainsi que ses livres de prière, et caressa les deux têtes aux cheveux noirs. Abha ouvrit les yeux aussitôt, Manu se retourna en gémissant.

Gandhi se leva tranquillement et sortit de la maison. La nuit s'était passée sans incidents; ce village où les émeutes avaient fait des centaines de morts après la « Journée d'Action Directe » ordonnée par Jinnah, ce village assassin l'avait accueilli sans trop d'efforts. Tout le district de Noakhali s'était embrasé le 10 octobre ; et Gandhi seul savait apaiser les paysans. Depuis deux mois entiers, il parcourait les villages meurtris, et celui-ci n'était pas pire que les autres. Au commencement, bien sûr, en le voyant arriver, les paysans s'étaient échauffés ; mais assis à même le sol, désarmé, démuni comme eux, parlementant avec autant d'humour que de ferveur, le Mahatma les avait calmés peu à peu. Jusqu'au moment où il avait demandé à être hébergé chez l'un d'eux. Celui qui s'était dévoué dormait à l'extérieur de sa masure, étendu sur une mauvaise couverture. Personne n'avait protesté, personne n'avait attaqué. Une nuit sans cadavres et sans incendies, une nuit de paix.

Plus loin, ses compagnons avaient trouvé refuge dans d'autres maisons ; sa musette sur le dos, l'immense Ghaffar Khan, le musulman qu'on surnommait depuis longtemps le Gandhi des frontières d'Afghanistan, attendait en lissant sa barbe. Tout le monde serait bientôt prêt. Avec un soupir, Gandhi retourna dans la maison et secoua les deux adolescentes. Il fallait repartir pour une autre mission d'apaisement, un autre village.

Bientôt le cortège s'ébranla. Le Mahatma marchait en tête, enveloppé dans son éternel châle blanc, un bâton à la main, pieds nus dans des sandales ; derrière lui suivaient les jeunes filles, puis le grand Afghan, enfin le reste de la petite troupe. Ils arrivèrent au bord d'une rizière ; le soleil avait disparu derrière des montagnes de nuages noirs qui grimpaient à l'assaut du ciel. Le chemin longeait les plages étincelantes où poussait le riz d'hiver. Soudain, Gandhi s'arrêta net. Sur la terre détrempée, on avait planté des tessons de verre brisé, la pointe en haut, pour mieux blesser les pieds du vieil homme. Un écriteau surmontait l'édifice : « Gandhi murdabad ! » « Mort à Gandhi ! » Et dessous, en caractères maladroits : « Accepte le Pakistan ! »

Du bout de son bâton, le vieil homme écarta un à un les morceaux pointus. Comme il achevait paisiblement son ménage, un vol de grues immaculées traversa le ciel sombre, comme une écharpe blanche au milieu des tempêtes.

2

« Nous irons cueillir la lune dans les cieux... »

Le premier printemps du matin du monde

Delhi, 22 mars 1947

La vieille Madame Naïdu ramassa les plis légers de son sari et s'engouffra pesamment dans la voiture. Il lui fallait un petit quart d'heure pour rejoindre Purana Qila, le vieux fort sur la colline ; autant pour vérifier l'installation de la shamiana, la grande tente traditionnelle, s'assurer de la solidité des piquets, veiller aux attaches des voilages d'ornement et à l'agencement des fleurs. Sarojini Naïdu avait été chargée d'organiser la première Conférence Panasiatique, dont elle était la présidente. Les délégués, venue de l'Asie tout entière, ne tarderaient plus ; la vieille dame sortit de son sac les feuillets de son discours, les relut soigneusement et les replia en bougonnant. Comme à l'ordinaire, elle ne s'en servirait pas.

D'un geste machinal, elle palpa ses pendants d'oreille, vérifia l'attache de son collier, tâta son chignon et ajusta autour de ses poignets les bracelets d'émail rose parsemés de fleurs indigo. « Si le Mahatma me voyait ! songea la vieille dame. Il se moquerait, comme il faisait pendant nos séjours en prison... Dire que je n'ai pas su résister à mes bijoux. Ni à ce sari de Dacca. Baste ! Bapu est quelque part dans un village du Bihar, et c'est moi qui préside. Tant pis pour Little Man. Ces mousselines sont si agréables à porter... Et puis, nous sommes presque libres. Le temps n'est plus aux rébellions en coton militant... »

La lourde voiture cahotait à travers les trous des rues et montait sur les talus d'herbe sèche. A cette heure matinale, il ne faisait pas trop chaud, et la vieille dame regardait gaiement, au sommet des arbres encore verts, les premières touffes bleues des jacarandas.

« Le nouveau Vice-Roi, ce jeune Mountbatten, doit survoler la Suisse. Ou peut-être déjà la Grèce. Il arrive tout à l'heure ; demain, il sera intronisé, peut-être le dernier des Vice-Rois des Indes... Dans le ventre de son avion, il amène avec lui cette petite, la fille de mon amie Maudie Ashley, cette Edwina que je ne suis pas sûre de reconnaître... Quand ai-je rencontré sa mère pour la première fois ? C'était à Coblence... En 1899 ? Non, avant, peut-être. Maudie est morte quelque dix ans plus tard, et moi, j'ai résisté. N'est-ce pas étrange que la dernière de nos Vice-Reines soit une enfant que j'ai connue autrefois ? Me voici vieille et lourde ; mais peut-être avec un peu de chance verrai-je enfin l'Inde libre. Peut-être, avec ce nouveau jeune homme. Nehru l'admire, il le pressent loyal, et ce n'est pas avec Mountbatten que nous rencontrerons des obstacles. C'est avec Jinnah... »

Le visage de la vieille dame s'assombrit. L'image de son vieil ami lui traversa l'esprit. Mohammed Ali Jinnah quand il était jeune, fume-cigarette au bout des doigts, costume trois-pièces d'une élégance irréprochable et guêtres sur les chaussures de cuir à bout blanc ; sa voix retenue, presque flûtée, la qualité de son anglais, et le charme incroyable de sa présence quand ils militaient ensemble au milieu des étudiants indiens, à Londres. Il n'était embarrassé que d'une seule chose : il ne connaissait pas la langue musulmane des Indes. « C'est vrai, s'esclaffa-t-elle pour elle seule, lui qui se bat pour son Pakistan, il ne parle même pas la langue de ses musulmans. C'est Nehru qui parle ourdou, pas Jinnah... »

Jinnah, si distant et si proche, Jinnah qui passait élégamment sa main sur ses cheveux lissés vers l'arrière, Jinnah qui ôtait son monocle pour lui parler à l'oreille en inclinant sa haute taille, Jinnah l'obstiné, l'infatigable, l'émotion masquée sous la terrible froideur, le masque de pharaon et le malheur intime... Une vie entière de luttes au coude à coude, une vie emplie de la plus pure amitié, la plus tendre, pour en arriver où? Gandhi et Jinnah ne se parlaient plus; depuis la conférence de Simla, elle n'avait pas réussi à plaider auprès des uns la cause de l'autre; elle avait vieilli. Jinnah aussi. A Simla, il paraissait si fragile, amaigri, flottant dans son complet croisé; pour la première fois, il ne lui avait pas souri, et quand elle s'était retrouvée à ses côtés, massive et essoufflée, il l'avait regardée avec une sorte d'inquiétude. « Ma chère Sarojini, vous devriez faire attention », lui avait-il dit sans autre précision.

Elle lui avait répondu par une boutade de son cru. Quelque chose comme : « Quand nous étions en prison, nous avions le temps de faire attention. » Mais cela ne l'avait pas même fait sourire. Il n'avait pas non plus regardé ses célèbres saris. Tendu comme la corde d'un arc. Crispé comme jamais. Elle l'avait bien observé, et bien qu'il ne lui eût fait aucune confidence, elle avait eu la brusque intuition que Jinnah était gravement malade. Naturellement, il ne viendrait pas à Purana Qila; il avait dédaigneusement fait savoir par un communiqué officiel que la Ligue Musulmane ne participerait pas à « une tentative à peine déguisée du Parti du Congrès pour se faire passer comme le leader des peuples d'Asie ». Il savait bien pourtant qu'elle en assurait la présidence... Insupportable Jinnah, qui lui avait charmé le cœur et s'enfermait dans ses rêves. Le reverrait-elle jamais? Lui pardonnerait-il d'avoir choisi le Mahatma? Mais pouvait-elle en conscience approuver cette folie du Pakistan?

« Pense à autre chose, Sarojini... se disait-elle en plissant ses grosses lèvres avec attention. Songe à tes délégués. Et comment vas-tu distinguer l'Arabe de l'Égyptien? Et le délégué du Kazakstan, celui de l'Ouzbekistan, et celui de la Kirghizie, que leur diras-tu? Ote ce Jinnah des entrailles du souvenir, oublie, oublie, ma fille... »

Mais sans cesse l'image du Jinnah de sa jeunesse battait au rythme de son vieux cœur. Oh! Elle connaissait sa propre laideur mieux que personne. Une antique grenouille. Des lèvres épaisses, un nez énorme, une peau sombre. Jinnah sans doute était trop beau pour elle; mais, comme tous les autres, il avait cédé à ses subterfuges. Ses yeux rayonnants, le charme de sa voix, son humour acide et, surtout, l'irrésistible lyrisme de son langage. Parler, amuser, chanter, voilà tout ce qu'elle savait faire... Un de ses poèmes lui revint à l'esprit.

> Je me tiens devant l'étroit enclos où tu reposes
> J'appelle et j'appelle encore, tu ne répondras pas.
> La terre pèse-t-elle trop lourd sur ton visage
> Ou serait-ce le silence de ton long sommeil
> Trop proche, incorruptible, et trop profond
> Pour l'amitié, le pardon, le chagrin de la mémoire?

Ce n'était pas pour Jinnah qu'elle avait écrit ces vers, mais pour un autre musulman, un ami disparu. Allons! Il était mort depuis 1926, et Jinnah était bien vivant encore.

Mais pourquoi le poème avait-il changé de destinataire? Elle connaissait ces pressentiments fulgurants qui l'habitaient depuis l'enfance; elle ne se trompait jamais. Aujourd'hui, elle le savait, c'était la mort de Jinnah qu'elle pleurait à l'avance.

Les clairs remparts du Vieux Fort se dressaient dans la brume de chaleur, comme une rosée de pierre. La voiture s'engagea dans la grande allée montante. Les broussailles avaient été à peu près dégagées, et le service d'ordre s'agitait. Mais on n'avait pu empêcher quelques sadhus, ascètes en guenilles, de s'installer sur leur natte, avec leur pot de laiton et leurs cheveux en désordre; les uns portaient sur le front le large V de poudre jaune des dévots du dieu Vishnou, les autres les trois traits horizontaux des adeptes de Shiva. Entre shivaïtes et vishnouites, les bagarres étaient fréquentes. La vieille dame leur jeta un œil inquisiteur. La voiture s'arrêta devant la haute porte crénelée, émaillée d'azur, barrée d'une large banderole de bienvenue.

La vieille Madame Naïdu s'extirpa péniblement de son siège et se dirigea vers l'immense jardin encerclé par les ruines. L'air était blanc et vaporeux, il ferait chaud.

Tapis, matelas, sièges, tout semblait prêt. Des artisans mettaient la dernière main aux festons plissés de la tente blanche, la shamiana où se dressaient les micros, plantés devant la rangée de sièges d'honneur, de lourdes chaises coloniales en acajou. Au fond de la tente, appliquée sur toute la longueur, se dressait une immense carte de l'Asie, où cheminaient les frontières des empires écroulés, doublées par celles des pays libres. Sur le côté attendaient des musiciens et des chanteurs, agenouillés sur des petits tapis.

Le responsable du montage de la shamiana se précipita, les mains en avant, et lui fit visiter les installations.

– Qui sont ces sadhus sur le chemin? demanda-t-elle. Le sait-on?

– Madame Naïdu, non, fit respectueusement le responsable. Ils seront arrivés pendant la nuit et...

– Bah, fit-elle en riant, ils sont asiatiques, eux aussi. Et ce qu'on a gagné sur les broussailles du chemin, on le retrouve dans leurs tignasses. Faites en sorte qu'ils ne se battent pas entre eux. Ah! Les badges! Où sont les badges?

– Dans ce carton, Madame Naïdu, répondit un jeune homme empressé. Et voici le vôtre, ajouta-t-il en lui tendant l'énorme cocarde à son nom.

Sarojini accrocha le badge sur son sari, à la hauteur du cœur.

– C'est laid, bougonna-t-elle. Tant pis... Accrochez cette guirlande sur le côté, elle déséquilibre l'ensemble. Et la lampe de cérémonie? Où est la lampe?

On trouva la haute lampe de bronze dans un coin, on l'astiqua, on remplit les coupelles d'huile où l'on posa les mèches de coton, et on l'installa sur le côté du podium. Il était temps; les premiers délégués apparaissaient au seuil de la forteresse, guidés par le Vice-Premier Ministre des Indes en longue tunique noire : Jawaharlal Nehru, récemment élevé à cette distinction suprême qui faisait de lui le leader incontesté de l'Inde future.

Solidement campée sur un vallonnement du gazon, Sarojini contemplait avec ravissement l'entrée des délégations. Djellabas, kaftans, kefieh à carreaux noirs et blancs, grands turbans afghans et « gos » de soie rayée du Bhoutan, complets stricts et flamboyances arabes, lamas tibétains et petits Siamois élégants, Coréens et Turcs, Vietnam et Chine, présidents ou rois, rebelles ou souverains, toute l'Asie entrait dans Purana Qila. Les grands envols des manteaux d'Arabie croisaient les uniformes austères des représentants soviétiques, les majestés frayaient avec les révolutionnaires, et les moines bouddhistes en bure couleur prune, enroulés dans leurs écharpes jaunes, souriaient au matin clair, aux vautours, à la brume bleutée sur la ville. Sarojini serra des mains innombrables, s'inclina devant des dignitaires dissimulés derrière des lunettes noires, trouva pour chacun un mot de bienvenue et s'attarda plus longuement avec les représentants des républiques soviétiques. Consigne de Nehru. Le Pandit, de l'autre côté de la pelouse, ne chômait pas.

L'un des délégués, une petite coiffe sur l'occiput, attendait sans mot dire. Sarojini le regardait en coin, sans savoir d'où venait ce barbu à la peau blanche au milieu de tant de peaux basanées.

— Madame la Présidente, je représente l'université hébraïque de Jérusalem, fit l'homme avec déférence.

Spontanément, Sarojini se retourna comme si elle cherchait quelqu'un d'autre.

— Les représentants de la Palestine ne sont pas loin, madame, dit le délégué. Juste derrière vous.

— Mais du moins vous êtes tous là! s'écria-t-elle avec force. Tandis que Monsieur Jinnah, lui...

Elle n'acheva pas. Le délégué juif avait ses propres soucis, et d'ailleurs point n'était besoin d'étaler les discordes de l'Inde en public. Tout le monde s'était assis; on lui fit signe, il fallait prendre place. Un musicien caressa les peaux de son tabla et, tapant avec un marteau d'acier sur les cordes fixées autour du petit tambour, l'accorda; un autre ouvrit le soufflet de l'harmonium traditionnel; le troisième fit sonner les cordes du sitar. Rythmée par les sons légers du tabla, une voix de femme s'éleva. Pour évoquer le Mahatma, le grand absent du jour, on avait choisi les chants préférés de Gandhi, les cantiques de Mirabaï.

Ensuite, selon l'usage, il faudrait allumer toutes les mèches de la lampe cérémoniale. Sarojini aimait ce geste rituel. Un souffle d'air chaud et sec souleva le pan de son sari; les flammes des premières mèches vacillèrent, mais la vieille dame savait maîtriser le vent et parvint au bout de sa tâche.

Devant le micro circulaire de la radio de Chicago, si grand qu'il faisait oublier tous les autres, Nehru se mit à parler, de sa voix légère et tendre, avec ces accents lyriques qui n'appartenaient qu'à lui. Sa main levée comme une aile semblait diriger une invisible musique, et ses phrases, accompagnées par le ronronnement d'un gros ventilateur, roulaient comme des cailloux dans un ruisseau transparent. Les applaudissements crépitèrent.

C'était à Sarojini de prononcer le discours suivant. Elle sortit ses papiers, les posa, les aplatit du revers de la main; puis, sans plus y jeter un regard, elle fixa l'auditoire de ses yeux ardents.

– Vous vous demandez sans doute pourquoi l'on a choisi une simple femme pour occuper la place d'honneur aujourd'hui. La réponse est simple : l'Inde a toujours honoré ses femmes. Je suis profondément émue devant le spectacle des nations d'Asie rassemblées, si émue que je suis presque frappée de mutisme – presque seulement, car il est difficile de faire taire une femme. Mon frère, mon chef, le héros de l'Inde, le Pandit Nehru, a dit tout ce qu'on pouvait dire, superbement... Je me demande à mon tour : vous, qui avez voyagé à travers les passes montagneuses ou vogué sur le vaste ventre des mers multicolores, vous qui avez chevauché à travers les nuages de l'aube et de la nuit, comprenez-vous que nous sommes tous ici et maintenant au cœur même de l'Inde ? Ce vieux fort, cette ruine historique, ces arches brisées, que signifient-ils ? L'aube de notre histoire, celle des âges oubliés. Voici l'histoire de l'Inde, celle de l'Asie...

Ses bracelets tintaient, sa voix d'or semblait faire briller le soleil; grisée, elle oubliait Jinnah, et l'on oubliait sa laideur... « Comme elle peut être belle quand elle s'envole ainsi, songeait Nehru. Je ne m'étonne plus de ses histoires d'amour. »

– Voici donc le premier printemps du matin du monde! continua Sarojini en haussant le ton. Quand chantent les oiseaux, quand les eaux sourient à la vue du ciel, quand les jeunes fiancées mettent dans leurs cheveux des corolles et quand les enfants s'en font des guirlandes... Quand vous vous souvenez aussi de ceux qui ne sont plus. Je vous salue, fit-elle d'une voix solennelle, sortez de vos tombes, vous, les morts! Salut à vous, soyez les bardes d'un éternel printemps!

La foule des délégués semblait suspendue à ses lèvres; le silence sembla frémir autour d'elle.

– Allons vers les étoiles! s'écria-t-elle en levant majestueusement son bras potelé. Les oiseaux nous ont dit : « Pourquoi cherchez-vous la lune en pleurant? » Nous ne cherchons pas la lune avec des pleurs. Nous irons la cueillir dans les cieux, et la poser comme un joyau sur le diadème de la liberté de l'Asie!

Elle baissa le bras, salua et releva la tête sous un tonnerre d'acclamations. Nehru se mit à sourire : c'était le plus beau discours de la vieille Madame Naïdu.

Dès que Sarojini se serait assise, commencerait la longue suite des interventions des délégués. Le nouveau Vice-Roi des Indes atterrissait en début d'après-midi; à cette heure, il survolait Bagdad. Ou peut-être déjà Téhéran.

Maison de fous

Delhi, Palam Airport, 22 mars 1947

Sous les ailes de l'avion apparaissaient des terrasses blanches, des murs roux et des touffes de manguiers sombres sur la terre fauve.

– Nous arrivons, murmura Lord Louis. Reconnaissez-vous les coupoles?

– Les tombes, fit Edwina en penchant la tête. L'an dernier, on m'a dit leur nombre; elles sont plus de deux cents.

– Et là-bas, il me semble, le palais. Le nôtre. Rien à voir avec Viceregal Lodge où nous résidions en 1922. C'est un superbe édifice, cent fois trop grand. Voyez-vous la coupole bleue?

– Notre tombeau, peut-être, fit Edwina avec un petit rire sec. Ici commence notre saga indienne; je ne peux pas dire que j'en sois ravie.

– Taisez-vous donc, fit-il avec un œil sur leur fille.

– Mais cette ville est toujours un jardin! reprit aussitôt Edwina. Regardez, les arbres sont en fleurs...

L'appareil pivotait sur l'aile, au-dessus de terrains desséchés.

Quand il se posa, Edwina aperçut sur l'herbe rare une corneille grise et noire, le bec ouvert, stupéfaite.

Sur le tarmac vibrant de vagues de chaleur, elle distingua des uniformes écarlates, des soldats en kilt coiffés de turbans plissés, des ophicléides étincelants, et une armée de photographes. Un orphéon, un régiment, la presse et même un tapis rouge... Elle inspecta rapidement la robe de sa fille Pamela, la position de la capeline blanche, puis, d'un geste machinal, vérifia ses rouleaux de cheveux, assura le rebord de son chapeau et enfila ses gants.

La porte s'ouvrit sur la fournaise. Edwina reconnut le parfum de l'air, miel et fumée, encens et bouse. On avança l'escalier, un peu de travers; Lord Louis descendit et se mit au garde-à-vous.

En bas des marches attendait Lord Wavell, Vice-Roi pour quelques heures encore, en uniforme de maréchal.

En Inde, on savait bien qu'un roi borgne annonce toujours la fin d'une dynastie. Lord Wavell était borgne. Et si ce soldat taciturne avait gagné l'estime des leaders indiens, le peuple de Delhi le considérait avec espoir, car son œil en moins signifiait le départ des envahisseurs. Archibald Perceval Wavell n'avait pas eu les moyens de négocier sans entrave; il avait échoué, il s'en allait. Lord Louis se sentit pris de pitié.

Edwina reconnut son épouse, qu'elle avait rencontrée à Simla deux ans auparavant, lors d'une conférence de la Croix-Rouge; en canotier, une orchidée piquée au col du chemisier, ses longs gants blancs remontant jusqu'au coude, Lady Wavell arborait toujours le même sourire de grand-mère. Nehru, grimaçant sous le vent de sable, se tenait un peu plus loin, aux côtés d'un homme corpulent en longue tunique stricte, avec de grosses lunettes cerclées de montures noires. Lord Louis avança; Edwina vit les quatre hommes se serrer les mains. Il fallait descendre. Nehru leva les yeux vers elle et se précipita.

– Votre Excellence n'est pas trop fatiguée? dit-il en lui prenant le bras. Venez avec moi. C'est une joie de vous revoir. J'ai fait préparer des boissons. Oh! Nous avons là un aéroport sans grande prétention, mais l'eau du moins sera fraîche.

Ses lèvres charnues tressaillaient toujours, et son regard chaleureux brillait de plaisir.

– Voici Liaquat Ali Khan, Votre Altesse. Le porte-parole de la Ligue Musulmane, dit-il en désignant le gros homme. Et votre fille? ajouta-t-il en regardant derrière elle.

– Pamela, murmura Edwina en poussant sa fille en avant pour que Nehru pût lui serrer la main.

Pamela inclina gentiment la tête et regarda s'avancer, juste derrière sa mère, une timide adolescente.

Edwina n'avait pas remarqué la fine silhouette en sari de soie bleue qui s'approchait, tendant au bout de ses bras minuscules une longue guirlande de roses et de tubéreuses tressée d'œillets jaunes, et une autre plus courte, plus simple, pour Pamela.

– Les fleurs de l'Inde, madame. Votre Excellence pourrait-elle baisser un peu la tête? chuchota Nehru à son oreille.

La jeune Indienne passa timidement la guirlande autour du cou d'Edwina en murmurant des mots incompréhensibles, puis elle joignit les mains et, plongeant dans un long salut, ne laissa plus voir que la raie blanche qui partageait ses cheveux d'huile noire.

– Voilà, fit Nehru rapidement. Prenez la guirlande, baisez-la et enlevez-la tout de suite. Vous la garderez à la main. Vite, madame, le Vice-Roi doit passer les troupes en revue.

Assommée de chaleur, Edwina obéit; l'odeur amère des œillets fauves la fit grimacer. Déjà Nehru l'avait abandonnée aux bons soins de Lady Wavell; le capitaine du régiment des fusiliers marins donnait des ordres, l'orphéon commençait à jouer le *God Save the King*, avant d'attaquer une absurde marche valsée aux étranges accents de raga... Lord Louis, immobile devant l'Union Jack aux côtés de son prédécesseur, ressemblait à une statue. Comme toujours.

Mais dans la baraque l'eau en effet semblait fraîche, et les petites mangues bien mûres. Les hommes se mirent dans un coin du salon, et un serviteur dirigea les femmes vers un canapé à l'écart.

– Votre Altesse fera attention à l'eau, fit Lady Wavell dans un murmure. Je n'ai pas pu savoir si elle avait été filtrée et bouillie. Même les mangues, madame...

– Les mangues? fit Edwina. On les coupe en deux, on les

ouvre et les lèvres ne touchent pas la peau! Je connais les Indes, madame, en partie grâce à vous, souvenez-vous de notre travail à Simla, ajouta-t-elle avec un de ces rayonnants sourires qui la transformaient en déesse.

– Dieu me garde d'oublier vos séjours aux Indes, se récria Lady Wavell en rougissant de confusion. Vous y ferez merveille, j'en suis sûre.

La vieille dame au canotier souriait si gentiment qu'Edwina se détendit.

– Mais vous ferez attention à l'eau, n'est-ce pas? insista Lady Wavell maternellement.

Edwina coupait une mangue et mordait à même la chair, avidement.

– Passez-moi plutôt la petite serviette, si je puis vous en prier, madame, fit-elle, volubile, après avoir dévoré le fruit. Ah! Et puis il me faut ma robe, pour me changer. Avez-vous vu ma housse? Voulez-vous que je vous prépare une mangue? Elles sont exquises. Quant à l'eau, je vais m'en assurer. Cher Panditji! fit-elle gracieusement.

Lady Wavell sursauta. Nehru se détacha du groupe des hommes et vint vers le canapé.

– Savez-vous si l'eau est bonne?

– L'eau? Ah! fit-il en jetant un regard sur Lady Wavell. Bien sûr. Je ne bois moi-même que de l'eau bouillie et filtrée.

– Et qu'avez-vous fait de votre rose à la boutonnière, Panditji?

Nehru la regarda sans comprendre et baissa les yeux sur sa tunique.

– Ma rose?

– A Singapour...

– Ah! fit-il en se frappant le front, j'avais oublié.

– Cela vous allait bien, répliqua Edwina avec un sourire.

– Merci du compliment, et de votre mémoire. Pardonnez-moi, mesdames...

Il repartait, de son pas souple.

– Eh bien, vous voyez, fit Edwina en prenant son verre.

– Je vois que Votre Altesse est déjà familière avec le Vice-Premier Ministre, constata Lady Wavell avec un léger soupir.

– Qui cela? fit Edwina étourdiment. Ah! Monsieur Nehru!

Nous l'avons reçu à Singapour lorsqu'il n'était que Président de la Conférence Panindienne, voici plus d'un an. Je suis enchantée de sa nomination qui n'a rien de surprenant. N'est-il pas charmant?

– Le temps n'est pas si loin où il était en prison, Votre Altesse, continua Lady Wavell. Enfin, la guerre est finie, et tout a changé. Nous avons fait de notre mieux, madame, dit-elle d'une voix émue, mais les Indiens s'entre-tuent, ils s'entre-tueront encore bien davantage après... Après nous. L'Angleterre ne peut rien contre ces haines intestines; nous ne sommes pas responsables. Mon mari a désespérément tenté de sauver la dernière conférence de Simla, vainement...

Lady Wavell ne pouvait plus s'arrêter.

– Les Indes ne tenaient ensemble que par l'Empire; l'Empire n'est plus de saison, et tout ce que nous avions contenu s'épanche. Nous n'y pouvons rien! Vous connaîtrez aussi cet affreux sentiment d'impuissance, et peut-être verrez-vous Monsieur Nehru avec d'autres yeux. Enfin, heureusement nous partons!

– Il est vrai, coupa Edwina d'une voix sèche. Le Vice-Premier Ministre est un homme remarquable, sans qui mon mari ne pourra pas accomplir sa mission, fit-elle en répétant mot pour mot sa leçon. Mais je sais que Lord Wavell a tenté l'impossible; d'ailleurs, les dirigeants indiens de tous bords lui ont rendu hommage, n'est-il pas vrai? ajouta-t-elle aimablement.

Lady Wavell poussa un gros soupir.

– Je ne vois pas ma housse, murmura Edwina. Ah! la voici. On l'a mise sur le côté, c'est bien.

Puis elle regarda du côté des hommes.

La petite pièce voilée par de mauvais rideaux de reps rouge s'était remplie d'officiers enturbannés avec de grandes barbes noires et de dignitaires vêtus de blanc, impénétrables et gauches. Tous chuchotaient comme dans la chambre d'un malade. Nerveux, Nehru consultait sa montre.

– Pardonnez-moi encore, madame, il faut partir, fit-il en s'approchant.

– Dieux du ciel! s'écria Edwina. Mais je dois changer de robe pour le cortège! Là, j'imagine, derrière cette porte?

Et, s'emparant de la housse, elle s'éclipsa. Nehru, les mains derrière le dos, dédia un sourire gêné à Lady Wavell et se mit à marcher de long en large. Bientôt Edwina réapparut radieuse en robe blanche, coiffée de corolles fleuries en forme de marguerites. Nehru l'enveloppa d'un regard approbateur et, tendant le bras, lui ouvrit le chemin. Lord Louis les rejoignit et ils avancèrent tous trois d'un même pas.

Sur le sable devant la baraque s'étalait une broderie de vraies fleurs, dont les volutes de pétales incarnats dessinaient des mots de bienvenue. Il fallait piétiner la fraîche merveille, et monter dans la calèche impériale. Les régiments de lanciers les attendaient sous de grands arbres poussiéreux. Une armée de fanions, de lances et de poings gantés, une silencieuse escouade aux uniformes étincelants dans la poussière de l'après-midi. Un serviteur vêtu d'or et de rouge, le blason impérial brodé sur la poitrine, se tenait devant le marchepied. Sur un ordre bref, les lanciers s'ébranlèrent et se placèrent autour de la calèche.

Lord et Lady Wavell attendirent que Lord Mountbatten eût pris place dans la calèche noire et gagnèrent leur automobile en hésitant. Il ne s'était jamais trouvé que deux Vice-Rois, l'ancien et le nouveau, se rencontrassent à Delhi ; normalement l'ancien partait avant l'arrivée du nouveau. Aucun protocole n'existait donc pour cette circonstance exceptionnelle. On conduisit la fille du futur Vice-Roi vers une limousine ; Lord et Lady Mountbatten montèrent dans la calèche armoriée et les six chevaux partirent au petit trot, guidés par un cocher qui montait le premier d'entre eux.

Lord Louis tendait le bras, montrait une porte immense sous les arbres : « Là-bas, la tombe d'Humayun, le malheureux sultan astronome et opiomane, je crois bien », ou encore : « C'est là que voulait reposer le dernier sultan de Delhi », ou bien : « Le Polo Ground, où j'ai joué au polo avec David pendant sa visite officielle quand il était prince de Galles, en 1922, je me souviens... Nous étions tous deux de bien piètres joueurs ! » Parfois aussi, il désignait une floraison mauve au sommet d'un bosquet, d'immenses fleurs cramoisies accrochées aux branches des arbres, et son visage s'éclairait. Mais Edwina, sa guirlande à la main, ne voyait que le dos du cocher sur les chevaux noirs, les femmes et les hommes qui marchaient lentement dans un halo de sable, le visage indifférent, poussés par une invisible force, et qui tournaient vaguement la tête pour voir passer le cortège du dernier Vice-Roi des Indes.

Puis on n'entendit plus que le clair piétinement des chevaux et le cri d'un milan, brusquement, haut dans le ciel. Sur la grande avenue d'herbe jaunie qui conduisait à l'immense palais, la foule marchait toujours, lente et douce, et les visages n'exprimaient rien qu'une confuse curiosité, sans passion et sans hostilité. Un tireur de rickshaw s'arrêta pile sur le bord du cortège et poussa un « ooh » brutal pour retenir son véhicule, où une grosse femme, assise sur la banquette, chavira sous le choc en criant; un enfant déboula soudain, traversa sous les pieds des chevaux, et Edwina mit la main sur sa bouche. De temps à autre apparaissaient des visages à peau blanche, des curieux, ou des Anglais, ou des photographes de presse, qui disparaissaient aussitôt et se fondaient dans le flot impassible.

— Attendez-vous des manifestations hostiles? demanda Edwina d'une voix neutre.

— Aux Indes, on ne peut jamais savoir, fit Lord Louis sourdement. La police a tout vérifié, mais nous sommes à la merci d'un fou. La situation se gâte à Delhi et les émeutes éclatent comme la foudre. Nous sommes presque arrivés.

Au moment où la calèche tournait pour franchir les grilles du palais, un homme à la peau sombre, au turban à moitié dénoué, se jeta contre la voiture, agita les bras en hurlant : « Jaï Hind! » Lord Louis pâlit et étendit le bras devant Edwina; sa guirlande tomba dans la calèche.

— Ce n'est rien, darling, fit Lord Louis. N'ayez pas peur.

— Merci, Dickie, murmura-t-elle. Je n'ai pas peur. Que dit-il?

— Rien de grave. Il a crié : « Vive l'Inde », je crois.

— Il avait l'air furieux, cependant.

Lord Louis baissa le bras.

— Peut-être. Peut-être pas. On ne peut pas savoir. Votre guirlande... elle est tombée. La voici, dit-il en se penchant à ses pieds pour la ramasser. Les fleurs sont déjà fanées; vos gants seront pleins de taches.

Edwina jeta un regard sur ses mains ; les gants étaient poussiéreux, mais les fleurs n'étaient pas coupables.

La calèche tourna et passa la grande arche d'entrée.

Alors, du sommet de l'escalier de grès rose, résonnèrent les trompettes. Les immenses gardes du régiment royal, vêtus de bleu nocturne avec un turban d'encre, se dirigèrent vers la calèche, et de leur pas lent à trois temps accompagnèrent la procession du Vice-Roi vers ses appartements ; marche après marche, Edwina gravit les escaliers de pierre rouge dans un silence scandé par les talons des lourdes bottes.

Tout s'était bien passé. Restait, le lendemain, le couronnement du dernier Vice-Roi des Indes. Et le soir même, avant qu'il ne quittât l'Inde et mît fin à ses fonctions, un entretien avec Lord Wavell.

– Eh bien, Maréchal Wavell, qui nous aurait dit que nous nous retrouverions dans cette situation ? commença respectueusement Mountbatten. Savez-vous que j'ai dû arracher le principe de notre entretien au sommet de la monarchie ? Il paraîtrait que cela ne s'est jamais produit.

– Vous dites vrai, Mylord, répondit Wavell, gêné. Je n'ai pas eu la chance de parler avec Lord Linlithgow, mon prédécesseur, et pourtant, fort d'une expérience de dix ans dans les fonctions de Vice-Roi, il m'aurait certainement bien conseillé. Enfin ! Bien conseillé, j'en doute... Car je ne vois pas qu'on puisse aider le Vice-Roi des Indes aujourd'hui, Sir. Et je ne dirai pas un mot de mes sentiments réels dans mon allocution radiodiffusée ; car si j'étais sincère, vous seriez le premier à désespérer.

Mountbatten sentit la tristesse du vieux maréchal et soupira. Il fallait cependant que Wavell lui donnât quelques clefs pour comprendre. Ne pas évoquer l'échec de la conférence de Simla. Ne pas parler de l'échéance de juin 1948 fixée par Clement Attlee pour l'indépendance des Indes. Le questionner sur les hommes, d'abord.

Ces boiseries sombres étaient lugubres, un vert endeuillé,

songea Lord Louis en regardant autour de lui; il n'y survivrait pas. Vert clair. Il les ferait repeindre en vert clair. Couleur de l'espérance.

— Savez-vous ce que j'ai dit au roi George à propos de la coopération entre le Congrès et la Ligue Musulmane? dit Lord Wavell après un silence. Que cela ressemblait à un de mes jouets d'enfant, une petite boîte couverte de verre, avec trois ou quatre sortes de marbres de couleur qui glissaient pardessus; pour ouvrir la boîte, il fallait manipuler l'une des incrustations, tout doucement; et au moment précis où l'on était sur le point d'y parvenir, inévitablement les autres glissaient et s'échappaient.

— Mais vous connaissez bien ces hommes, affirma Mountbatten.

— Vous voulez parler des leaders des partis? Je connais Nehru et Jinnah, que rien ne saurait rapprocher. Vous connaissez le premier : émotif, parfois violent, affectif, à fleur de peau et profondément socialiste, jusqu'à se rendre en Espagne pour soutenir les républicains pendant la guerre civile! Jinnah, lui, est intransigeant et tyrannique. Dieu sait qu'il ne manque pas de charme, vous verrez, mais il parle avec dédain, se comporte en sultan et s'il n'en a pas l'accoutrement il en a l'âme. Aucune émotion visible, tout est rentré; on ne fait pas plus obstiné, c'est un idéaliste radical...

— Nehru aussi, observa Mountbatten.

— Oui, mais il n'est pas fou. Le malheur, c'est que la folie de Jinnah a gagné les masses musulmanes. Et comment les priver désormais de leur rêve? Jinnah ne lâchera pas, sa haine est trop puissante. Et maintenant le Congrès a conquis les provinces à majorité hindoue, cependant que la Ligue a raflé celles où les musulmans prédominent. Je ne vois aucune solution. Aucune!

— Et que vous a dit Monsieur Gandhi?

— Je l'ai rencontré deux fois. La première, c'était à Calcutta, pendant son voyage au Bengale. Et la seconde à Simla, pour la fameuse conférence qui... enfin... que les leaders indiens ont fait échouer. Oh! Gandhi parle bien. Longtemps surtout; il ne conclut jamais. C'est un homme qui vous échappe et ne propose rien de concret. Il m'est même arrivé de me demander s'il méritait le crédit qu'on lui prête.

86

– Mais ici, dans ce palais, quand l'avez-vous vu pour la dernière fois?

– Je n'ai pas été autorisé à le recevoir ici. On ne m'en a pas donné le droit. Le gouvernement...

– Le droit? Voulez-vous dire que vous aviez besoin de l'autorisation du gouvernement?

– Mais vous n'allez pas penser que je l'aurais fait sans en référer! fit Lord Wavell, scandalisé. On n'a pas voulu que je reçoive Gandhi officiellement. Souvenez-vous des mots de Churchill, il n'y a pas si longtemps...

– Le fakir à demi nu? Ou encore : « Je hais les Indiens. C'est un peuple bestial avec une religion bestiale »? cita Lord Louis. 1942, c'est cela?

– Cela même. Sans aller jusque-là, j'avoue que, parfois, Gandhi m'a donné le sentiment d'être, comment dire, une manière de charlatan... Enfin, mes propres impressions comptent peu. On ne me le permettait pas. Qu'auriez-vous fait à ma place?

Mountbatten songea qu'il aurait reçu Gandhi d'abord et qu'il en aurait rendu compte. Après seulement. Mais le maréchal était trop fidèle et trop obéissant.

– J'ai la chance de me trouver dans une position nettement plus forte, car je ne pense pas qu'aucun membre du gouvernement puisse se faire d'illusion : je ne voulais pas ce poste, et tout le monde le sait, confia Mountbatten.

– Et vous avez obtenu l'autorisation de ne pas référer, ajouta Lord Wavell. Je sais. Vous avez également négocié le principe d'une échéance pour l'indépendance, juin 1948...

– Sans cela, personne n'y croira, et on n'avancera pas, coupa Mountbatten.

– Je sais, fit de nouveau Wavell. Avez-vous bien pris la mesure de votre décision? Savez-vous qu'un an, c'est très court?

– Mais quand je recevrai les leaders, ils sauront eux aussi que notre départ est proche. Il faudra bien qu'ils avancent. L'urgence les assagira. Les solutions viendront d'elles-mêmes.

Wavell se leva et fixa gravement Mountbatten.

– Sir, je n'ai trouvé que deux solutions. La première, je l'ai baptisée « Opération Maison de fous ». Nous nous retirons des

Indes province après province, en commençant par les femmes et les enfants, puis les administrateurs et les civils, puis l'armée. Sinon, et c'est la seconde solution, il faut la renforcer solidement, notre vaillante armée des Indes, et se préparer à gouverner ici pour encore une quinzaine d'années.

« Mais il est fou, en effet! pensa Mountbatten, accablé. Combien de millions de morts après notre départ? Le vieil homme n'a plus sa raison! »

– Vous pensez que j'ai perdu la tête, fit Wavell avec un triste sourire. Rassurez-vous. Pas un gouvernement n'accepterait l'une de ces solutions. Mon opération Maison de fous est impossible, mais vous verrez que vous y serez contraint. Désespérant, n'est-ce pas?

– Désespéré plutôt, Sir, fit Mountbatten.

– Aucune lumière, murmura Wavell en se rasseyant. Je ne vois aucune lumière.

« La première personne que je dois rencontrer, c'est Gandhi, songea Mountbatten. Il doit être encore au Bihar. Après-demain, je lui envoie mon avion personnel pour le ramener à Delhi. »

Le dernier couronnement de l'Empire

Delhi, 23 mars 1947

Le vieux photographe, les mains derrière le dos, se tenait à côté du trépied où ses appareils attendaient. Une heure pour la séance de photographies officielles, avant l'arrivée des dignitaires pour la cérémonie. Le nouveau Vice-Roi avait déjà la réputation d'un homme pressé. Un amiral, un héros habitué au commandement de troupes en temps de guerre, comment le faire tenir en place? Si encore il avait eu l'âge canonique de Lord Wavell. Si la Vice-Reine avait eu l'air d'une grand-mère. Mais non! Deux gravures de mode. Deux snobs de la plus haute aristocratie; les plus mondains de la famille royale.

Avait-on jamais vu pareille chose au palais du Vice-Roi des Indes?

– Oh! Dickie! cria une voix légère. Les plafonds sont magnifiques!

Une fée en robe de brocart ivoire pénétra brusquement dans la salle du trône, que l'on avait toujours appelée « Durbar Hall », étrange mélange de moghol et d'Angleterre. Un bracelet dans une de ses mains gantées, la fée avait les épaules rondes et nues, et un long cordon en travers du buste. Le photographe demeura bouche bée d'admiration, les bras ballants; et elle, le regard levé vers les cortèges d'éléphants qui dansaient sur les voûtes, ne s'apercevait pas qu'un homme était là qui la regardait en silence.

Elle glissa sur le marbre sans bruit, et les diamants du bracelet lançaient des éclairs au bout de son long gant de chevreau blanc. Sur ses pas se pressaient des serviteurs silencieux, massés aux portes de Durbar Hall, et qui l'observaient avec gravité.

– Dickie! cria la fée avec impatience, tout en s'efforçant d'attacher son bracelet d'une main... Je n'y parviendrai pas. Enfin, que fait Dickie? Se décidera-t-il à venir? Ce sera ce manteau si lourd, difficile à attacher. Ou bien il vérifie ses décorations, comme à l'ordinaire. Décidément, ce bracelet est impossible!

Soudain, son regard tomba sur le vieux photographe éperdu.

– Oh! Vous étiez là, monsieur, et je ne vous voyais pas... Voulez-vous attacher ce bracelet, je vous prie? jeta-t-elle dans un sourire en tendant le poignet. La tiare aussi, il faut vérifier la fixation, je ne la sens pas bien solide, ajouta-t-elle pendant que le photographe s'exécutait.

Elle plia les genoux; penché sur elle, le vieux monsieur tâta d'une main hésitante le cercle de la lourde parure scintillante, qui vacilla. L'un des serviteurs se précipita et s'arrêta brusquement, comme pétrifié. Mais, d'un geste vif, la fée rattrapa la tiare.

– Décidément, elle ne tient pas, dit-elle en se redressant. Dépêchons-nous, je veux qu'on rajoute quelques épingles avant la cérémonie. Pour la photographie cela ira, n'est-ce pas? Où dois-je m'installer? Sur le trône rouge, là?

Déjà elle y déployait les longs plis glissants du brocart. Des pas résonnèrent sur le dallage; dans un envol d'hermine et de velours, le Vice-Roi entrait à son tour.

— N'est-ce pas que je fais un Vice-Roi convenable? fit-il en tournoyant majestueusement.

— Vraiment, répondit la fée dans un soupir. Surtout les pompons, dit-elle en désignant du menton les lourds glands d'or qui fermaient le manteau. Non, Dickie, je plaisante. Splendide. Impérial. Vous êtes né pour ce manteau-là. Comment me trouvez-vous?

Le Vice-Roi ne répondit pas, mais, s'avançant jusqu'aux pieds de la fée, il ploya le genou.

— Derniers instants de liberté. Vous ne serez jamais plus belle. Où est ce photographe? Allons, vite, monsieur, je vous prie.

Et il se posa aux côtés de la fée, un pas en arrière, la jambe légèrement pliée sur la dernière marche. Le photographe se précipita sur les projecteurs et ajusta la lumière sur les reflets de la robe d'argent. Puis s'approchant cérémonieusement du couple impérial, il arrangea le manteau, pli après pli. Jamais il n'avait vu deux personnes aussi jeunes porter les atours de l'Empire.

— Votre Excellence peut-elle se tenir debout? suggéra-t-il dans un souffle.

— Mais je suis debout, répliqua Lord Louis.

— Je veux dire, les deux jambes serrées, fit le vieux monsieur en balbutiant.

— Pour avoir l'air d'un soldat de plomb? Non! fit Lord Louis.

— Mais, cependant...

— Allez! fit le Vice-Roi impatiemment sans prendre la position demandée.

La fée posa gracieusement ses mains jointes sur le côté droit et attendit le premier déclic. Le photographe mit son œil à l'objectif et cadra l'image idéale de deux souverains jeunes et beaux. L'œil rêveur, une main sur les pompons, l'autre tenant nonchalamment un gant blanc, et la jambe négligemment pliée vers l'arrière, le vingtième Vice-Roi des Indes avait l'air d'un jeune premier de cinéma.

— A vous maintenant, seule, fit Lord Louis après quelques

poses. Prenez beaucoup de clichés, monsieur; la Vice-Reine mérite toute votre attention. Edwina, vos ferrets... Ils tombent un peu bas.

– C'est ainsi qu'ils doivent être, fit la fée d'un air obstiné. Plus bas que l'attache du cordon. Quand vous voudrez, monsieur...

La fée arborait gracieusement un sourire de papier glacé.

– Avez-vous fini, monsieur? murmura-t-elle sans bouger, au bout de quelque minutes. Je suis fatiguée. Dickie, à votre tour.

Et soudain, ses traits ravissants se détendirent, ses épaules se voûtèrent légèrement, et, s'étirant lentement, la fée redevint une femme. Son sourire avait disparu; et dans la lumière rasante, son nez paraissait un peu grand.

– Vous entrez le premier, fit-elle en ôtant sa tiare.

– Après les gardes. Vous me suivez. Tout le monde se lève. Je me dirige vers le trône; vous vous asseyez. Je reste debout, et Sir Patrick Spens, le procureur général, s'avance jusqu'à moi. Vous vous relevez pendant que je prête serment.

– Je sais, mais...

– Vous vous rasseyez quand je commence à parler. Car je parlerai tout à l'heure, savez-vous? coupa Lord Louis en s'installant sur le trône. Il paraît que ce n'est pas l'usage. Dès que je décide quelque chose, on me dit : « Cela ne s'est jamais fait. » Eh bien! cela se fera aujourd'hui. Vous verrez, c'est un superbe discours. Le premier et le dernier du genre. Ah! monsieur, fit-il en se retournant vers le photographe. Vous connaissez votre place pendant la cérémonie : sur le podium, en hauteur, avec la presse et les caméras.

– On m'a prévenu, Votre Excellence, fit respectueusement le photographe. Cela ne s'est jamais fait non plus.

– Vous entendez, Edwina? Cela ne s'est jamais fait! s'exclama joyeusement Lord Louis.

Mais déjà la fée n'écoutait plus; elle s'en allait, sa tiare posée contre la hanche, comme une jarre remplie de l'eau du puits.

– Je vous rejoins! lui cria-t-il.

La cérémonie allait commencer. Dans le dernier couloir qui précédait l'entrée dans Durbar Hall, le couple impérial se préparait ; Edwina mordit ses lèvres pour les gonfler un peu, Lord Louis tira machinalement sa veste chamarrée et ajusta sa lourde cape de velours.

Puis, d'un geste vif, il prit la main d'Edwina et la porta à ses lèvres.

– Ces gardes impériaux sont si grands qu'on ne vous verra pas, ma douce... fit-il en se plaçant au milieu des soldats enturbannés. Allons-y.

Un murmure confus s'élevait de la grande salle ; le corridor n'était pas long, mais il fallait avancer à petits pas lents, sans déranger la solennelle marche à trois temps des gardes impassibles. L'assistance, en les voyant entrer, se figea.

Quatre degrés jusqu'aux deux trônes sous le dais rouge. Lord Louis pivota légèrement pour déployer le manteau d'hermine sur les premières marches. Edwina fit glisser sur le siège les lourds plis satinés de son brocart ivoire avec une grâce singulière. Sans bouger la tête, elle parcourut du regard la masse des dignitaires assemblés, où se détachaient, flamboyants dans leurs parures royales, les maharajahs couverts de perles et d'aigrettes, leurs crachats de diamants sur la poitrine. Tous les souverains indiens qui avaient fait allégeance à la couronne étaient présents, fidèles au rite que l'Empire britannique avait inventé pour combler leur goût de royauté et de faste. Les Anglais aussi se repéraient au premier coup d'œil, avec leurs peaux tannées et leurs yeux clairs ; militaires en uniforme blanc juges en robe noire sur les pantalons clairs, hirondelles et aigrettes. Restaient les militants du Congrès, avec leur calot blanc et leur costume simple. Ils ne ressemblaient pas à des oiseaux. Ou alors, à ces drôles de corneilles grises et noires, toujours aux aguets, insolentes et vigilantes...

Au premier rang, Nehru avait l'œil sombre. Jinnah était absent.

Lentement, le procureur général s'avança vers Lord Louis qui leva la main droite et prêta le serment de fidélité. A l'instant où s'éteignait la voix de Mountbatten résonnèrent au-dehors les coups de canon rituels, ébranlant les lustres et assourdissant l'espace. Trente et une salves d'éternité et de tonnerre. Puis le silence revint comme une paix.

Les plus vieux des assistants s'apprêtaient déjà pour la sortie du Vice-Roi, lorsque Lord Louis fit un pas et commença sa harangue. Les maharajahs, en familiers de la cérémonie, se regardèrent avec stupéfaction. Nichés sur leur podium en hauteur, les reporters ajustèrent leurs appareils photographiques.

– Vos Excellences, Majestés, monsieur le Procureur Général, mesdames et messieurs, commença Lord Louis avec assurance. Ce n'est pas une vice-royauté normale dans laquelle je m'embarque...

Les Indiens du Congrès frémirent. Nehru mit ses mains derrière le dos et esquissa un sourire.

– Le gouvernement de Sa Majesté a décidé de transférer les pouvoirs à l'Inde indépendante avant juin 1948, enchaîna le jeune Vice-Roi, et dès l'instant qu'il faut mettre en œuvre de nouvelles dispositions constitutionnelles et résoudre de nombreuses et complexes questions administratives, une solution devra être trouvée avant les six prochains mois. Chaque leader politique indien, je crois, ressent comme moi l'urgence de la tâche qui nous attend. J'espère avoir bientôt d'étroites consultations avec eux, et je leur accorderai toute mon aide. Pendant ce temps, chacun de nous doit faire de son mieux pour éviter toute parole et tout acte qui pourrait conduire à davantage d'amertume et ajouter au nombre des victimes innocentes...

« Mais c'est à Jinnah qu'il faut dispenser ces bonnes paroles, songea Nehru. Il s'adresse à Jinnah en son absence! » et son regard croisa celui d'Edwina qui lui dédia son plus gracieux sourire.

– ... J'ai beaucoup d'amis indiens, continuait le Vice-Roi. Quelques-uns depuis vingt-cinq ans. Pendant ces trois dernières années...

Nehru eut un moment de distraction. A ses côtés, dans un froissement de soie, se glissait au premier rang une dame essoufflée. Sarojini Naïdu, en sari émeraude brodé de fleurs d'argent dans le style de Bénarès, toute cliquetante de bijoux moghols, adressa discrètement un sourire à la Vice-Reine des Indes et lui fit un petit signe de la main.

« Madame Naïdu! pensa Edwina. Est-ce que c'est elle? Sans mes lunettes je la vois mal... Comme elle a vieilli et grossi... Toujours taillée à la serpe. On dirait un guerrier. »

– Il ne sera pas aisé de succéder à Lord Wavell, qui a tant fait pour... enchaînait le Vice-Roi.

« Voici donc nos héros romantiques, songea Sarojini en contemplant le couple impérial. On ne fait pas plus charmant. L'allure est parfaite et Lady Louis ressemble à une héroïne de conte de fées. Elle ne fait plus guère penser à sa mère maintenant; le nez, peut-être, mais elle est moins ronde. Autoritaire, cela se voit. Mais vraiment jolie. » Soudain, mue par une impulsion irrésistible, Sarojini se tourna vers son voisin. Un sourire ravi errait sur les lèvres de Nehru, absorbé dans la contemplation de la Vice-Reine des Indes.

« Non, oh non! Jawahar, pas cela... Je la connais, cette expression sur ton visage, je la vois... » pensa Sarojini, terrifiée, et elle pinça le bras de Nehru assez violemment pour le réveiller de son rêve. Mais il ne sentit rien; son regard se fixait maintenant sur le Vice-Roi avec la même adoration.

« Ma parole, il tombe amoureux des deux à la fois, songea Sarojini, soulagée. Incorrigible cœur d'artichaut. On ne le changera pas. Je ne suis plus assez jeune, j'en ai trop vu. Jawahar, attention, ces deux-là sont encore nos maîtres... Attention! » fit-elle en concentrant son esprit sur celui de Nehru, qui tourna la tête et murmura doucement :

– Ne sont-ils pas magnifiquement jeunes? Nous avons une chance historique.

« Mais oui... Tu les as déjà conquis, j'imagine. Et Jinnah va manquer cette chance, se dit Sarojini, le cœur navré. Jamais il ne rattrapera ce retard sur Nehru. Jinnah se crispera et nous aurons un Pakistan... »

– ...Je ne me fais aucune illusion sur la difficulté de ma tâche, disait Lord Louis en élevant la voix. J'aurai besoin du meilleur de vous-mêmes, et je demande aujourd'hui à l'Inde cette bonne volonté.

Il y eut quelques applaudissements timides, puisqu'un Vice-Roi couronné se devait de demeurer muet, et qu'aucun protocole n'était prévu pour cette circonstance.

Lord Louis contemplait la foule; ses partenaires étaient là devant lui. Princes et pandits, officiers et militants, hindous, musulmans, sikhs, hommes et femmes qui comprenaient sans doute – comprenaient-ils vraiment? – que jamais plus ils ne verraient pareil spectacle. Sa pensée vola vers le vaincu de l'heure, son vieil ami Churchill, qui détesterait ce moment de toute sa hargne conservatrice. Mais le cœur ivre d'orgueil, le Vice-Roi balaya l'image et lança à Nehru un regard de connivence.

Tous ses partenaires étaient là, à l'exception de Gandhi et Jinnah.

Les maharajahs avancèrent vers les portes sans sourciller, avec la majestueuse aisance de dieux vivants, solennels et terribles dans leurs plumages de pierreries. Les officiers anglais demeurèrent au garde-à-vous jusqu'à ce que le Vice-Roi consentît à descendre les marches du trône, la Vice-Reine à son bras. Un cortège désordonné se mit en route vers les jardins. Mais les membres du Congrès ne se décidaient pas à briser la gravité de l'instant; dans leurs yeux étonnés brillait un mélange de crainte et d'espoir.

– Il est allé à l'essentiel, sans fioritures, s'exclama Nehru. Voilà un fier soldat au grand cœur.

– Mais anglais, bougonna Sarojini. Garde tes distances, Jawahar. Au moins jusqu'à ce que tu aies trouvé leurs défauts. A tous les deux. Elle surtout; je la connais depuis longtemps. Une bien séduisante personne, mais de peu de moralité...

– Vraiment! fit Nehru, étonné. Quels ragots cachez-vous encore?

– On murmure que sur les mers du Sud, à bord d'un schooner où elle s'était embarquée, l'équipage tout entier...

– Eh bien! Quoi, l'équipage? coupa Nehru, agacé.

– Elle, avec tous les marins à tour de rôle... chuchota Sarojini.

Mais Nehru feignit de n'avoir pas entendu. Déjà, bousculant ses voisins, il se frayait la voie vers le couple impérial, comme un animal assoiffé, et s'apprêtait à les rejoindre.

– Et pourtant, Jawahar, tous les journaux en parlaient! cria Sarojini au milieu du brouhaha.

Les portes s'ouvrirent sur les fontaines au moment où le carillon Westminster, planté dans la salle du trône de toute éternité, commençait imperturbablement la ritournelle des douze coups de midi.

« Bon! pensa Sarojini. Il y a trop de monde. Je ne vais pas

me précipiter sur la Vice-Reine au milieu de cette foule endia-
mantée; j'attendrai un rendez-vous privé. Et Nehru est un
naïf. »

Delhi, 30 mars 1947

Cette fois, son sari était d'une blancheur soyeuse, bordé de
vermillon et d'or; à ses oreilles, trois boules d'or se balançaient follement. Sarojini n'avait pas attendu longtemps : dès
le lendemain de l'intronisation, elle avait reçu une invitation
du Vice-Roi et de Lady Louis pour une réception dans les jardins du palais, en l'honneur de tous les délégués de la Conférence Panasiatique et des membres de l'Assemblée législative,
destinée, en principe, à statuer sur le destin de l'Inde future.

« Un bon point, pensa-t-elle. Jamais Lady Wavell n'aurait osé
inviter tant d'Indiens à la fois. Jusqu'à maintenant, seuls les
maharajahs avaient leurs entrées ici. C'est bien. »

Autour d'elle arrivaient les délégations à pas lents, comme si
les représentants de l'Asie hésitaient à mettre le pied en territoire ennemi. « Allons! Dépêchons! songea-t-elle. De quoi
avons-nous l'air avec nos airs timides? Mais c'est qu'ils ont
peur, dirait-on! »

Et toutes voiles dehors elle trottina vers le jardin qu'elle
n'avait jamais vu.

Sur les pelouses, on avait dressé des parasols, et des canapés
clairs un peu partout; les fontaines bruissaient dans les
vasques de grès rouge, et les serviteurs en uniforme écarlate,
le turban assorti, couraient d'une table à l'autre en portant de
grands plats d'argent couverts de sucreries. Sarojini loucha sur
les pâtes d'amande et de pistache enrobées de feuilles
d'argent, sa passion. « Ce n'est pas la saison, mais encore un
bon point pour cette petite, pensa-t-elle. Mais qui donc l'a si
bien renseignée? »

Sur le côté, une fanfare préparait ses instruments; le chef
attendait, sa baguette à la main. Les invités se répandaient
entre les rosiers et les arbres, et Sarojini, ravie, contemplait
l'Asie de ses rêves dans le palais du Vice-Roi.

Nehru aussi était là, en babouches traditionnelles.

– Tu as vu ? lui fit-il, épanoui. Pas un maharajah. Regarde ! Pas une aigrette, pas une épée de parade, pas un seul bijou !

– Si, les miens, fit la vieille dame en montrant ses oreilles.

Soudain, la fanfare attaqua le *God Save the King*; les serviteurs s'immobilisèrent; déconcertés, les délégués se turent peu à peu. Le couple impérial entrait dans le jardin.

« Cette fois, j'y vais, songea Sarojini en un éclair. D'ailleurs, c'est moi la présidente de la conférence. »

Et elle s'avança fièrement au milieu de l'allée.

Le Vice-Roi, en complet sombre, s'arrêta quelques pas plus loin et se pencha vers son attaché de presse qui lui murmura trois mots à l'oreille. La Vice-Reine, en longue robe fleurie, toisait la vieille Indienne avec une indifférence polie.

« Ma parole... pensa Sarojini, furieuse. Elle m'ignore ! La fille de Maudie me boude ! »

– Madame la Présidente, soyez la bienvenue, commença le Vice-Roi avec un large sourire. Je suis particulièrement heureux que notre première réception accueille les délégués de votre conférence.

– Merci, Votre Excellence, murmura Sarojini en regardant Edwina de côté. Je crois que la Vice-Reine ne me reconnaît pas, ajouta-t-elle, froissée.

– Edwina, ma chère, voici Madame Naïdu, fit Lord Louis en poussant son épouse par le bras.

Les yeux d'Edwina s'élargirent; un sourire l'illumina, et elle tendit les bras.

– Madame Sarojini, mon Dieu... fit-elle en l'embrassant.

– Mais vous ne m'aviez donc pas vue ? demanda la vieille dame avec méfiance.

– Il ne faut pas m'en vouloir, chuchota Edwina à son oreille. Sans mes lunettes je ne reconnais plus personne... Je suis si myope !

La colère de Sarojini fondit brusquement; elle regarda la Vice-Reine avec émotion. De près, Edwina avait le regard perdu de Maudie.

– Maintenant je retrouve votre mère en vous, ma chère enfant. Vous savez, n'est-ce pas, combien je l'ai aimée ?

– Oui, Madame Naïdu, je n'ai pas oublié, fit Edwina. Mais il y a si longtemps.

– Et c'est vous qui serez notre dernière Vice-Reine ; je suis contente. Dites-moi, ma chère petite, d'où est venue l'idée d'inviter tant des nôtres ? Tous ces rebelles dans vos jardins...

– L'idée est de moi, répondit Edwina avec vivacité. Dans un an, ce palais sera le vôtre. Pourquoi attendre ?

– Ah ! soupira Sarojini en contenant les battements de son cœur, c'est bien.

– J'ai déjà donné des instructions pour qu'on invite chaque fois autant d'Indiens que d'Anglais, continua Edwina.

– Vraiment, c'est bien, répétait Sarojini en oubliant ses préventions. Mais vos compatriotes seront furieux. Il y a tant de lieux encore où subsiste l'affreuse pancarte « Interdit aux indigènes »...

– Eh bien, tant pis pour nos sujets britanniques ! s'écria Edwina. Ces gazons désormais appartiendront à l'Inde... Et j'ai également décidé de restreindre la nourriture de nos repas. Nous n'allons pas nous gaver pendant que ce pays meurt de faim !

La fanfare jouait des valses nostalgiques ; les invités indiens avaient enfin osé s'asseoir sur les sièges de jardin et grignotaient les sucreries en bavardant à voix basse, comme des enfants sages.

– Regardez-les, murmura Sarojini, les larmes aux yeux. Aucun n'était jamais entré ici. Et combien d'entre eux sortent de vos prisons... C'est une belle journée, mon enfant.

Un caméléon nommé Gandhi

Delhi, 31 mars 1947

Edwina inspecta longuement la terrasse. Les photographies du roi et de la reine d'Angleterre sur le guéridon à l'entrée, celles de leurs deux filles, la Bible sur la table, les fleurs dans les vases – Dieu soit loué, il restait encore quelques boutons dans la roseraie du palais –, les napperons sur le plateau, les inutiles friandises à la pistache enrobées de feuilles d'argent, les cardamomes sur une assiette, quelques morceaux de bétel... Sur ce point, les informations étaient contradictoires. Selon le premier majordome, Gandhi prendrait du bétel ; mais selon Nehru, jamais. Edwina tendit la main, hésita, prit les petits morceaux poudreux, les reposa...

– Bon ! Je les laisse. Je verrai bien, fit-elle en jetant un regard circulaire. De toute façon, le vieux monsieur fera comme il voudra.

Et elle s'assit en tapotant sa jupe. Le décor était prêt. Un souvenir incongru soudain lui traversa l'esprit : son caméléon ! Le petit animal familier, aux yeux globuleux et doux, trouvé dans un marché asiatique au cours d'une escale, et auquel elle avait sans scrupule donné le nom de Gandhi, mon Dieu... Comment oserait-elle croiser le regard du Mahatma sans penser au caméléon ?

Elle respira profondément, ferma les yeux et songea intensément aux célèbres photographies du vieil homme. Marchant dans le district de Noakhali, le bâton à la main et le châle flottant sur l'épaule. Se baissant sur le bord de la mer d'Oman en 1931 pour ramasser une poignée de sel, violant la loi anglaise qui s'en réservait l'exploitation exclusive, et donnant par ce simple geste le signal du plus vaste mouvement de révolte que l'Empire britannique ait jamais eu à affronter. Assis timidement, mais le regard assuré, au milieu des dignitaires britanniques pendant la première conférence de Londres, quelques mois plus tard. Riant aux éclats, la bouche ébréchée. En pagne pendant l'hiver anglais, grelottant de froid, les jambes nues, en compagnie de sa chèvre blanche, dans les faubourgs ouvriers de Birmingham. Filant son rouet, les jambes jetées sur le côté, le crâne chauve baissé sur la navette, l'ombre d'une moustache minuscule sur les lèvres énormes. Contre l'obsédante image du charmant reptile à la peau écailleuse, le bâton, le châle, les lunettes cerclées de fer, le célèbre rire édenté... La douceur. La grandeur. Les femmes à ses côtés, mères endormeuses et tendres aux voiles de coton... Cela irait.

Quand elle se fut pénétrée de cet espace encore inconnu et de l'idée du Mahatma, elle se dirigea vivement vers l'extérieur, à travers les longs corridors où glissaient silencieusement les bearers en uniforme rouge et or. Un garde géant fit sonner sa hallebarde sur le marbre, sans bouger un cil. Lord Louis arrivait de l'autre côté.

– Respectueusement, darling, le namasté, vous savez, le salut indien les mains jointes, n'oubliez pas, lui jeta-t-il à l'oreille. Le voici.

En bas des marches, près de la limousine du Vice-Roi qui l'avait conduit jusqu'au palais, le vieil homme les regardait en clignant des yeux sous le soleil. Un petit vieillard maigre et chauve, enroulé dans un châle blanc, les jambes nues, avec un bâton, et qui s'appuyait sur l'épaule d'une frêle jeune fille qui portait les mêmes lunettes que lui. Absolument semblable à ses photographies. Edwina se mit à trembler.

« Mais il faut l'aider, jamais il ne parviendra à monter, il est si faible, si fragile... » songea-t-elle et elle descendit les marches quatre à quatre.

Mais le Mahatma déjà gravissait l'escalier d'un bon pas, la main posée sur l'épaule de sa petite-fille. D'un geste spontané, Edwina lui tendit les mains, que le Mahatma esquiva avec un sourire.

– Votre Excellence, permettez-moi de vous présenter mes respects, dit-il d'une voix enfantine, et ses lunettes miroitèrent au soleil. Encore quelques marches et je serai à votre hauteur, ajouta-t-il avec un sourire qui dévoilait ses dents gâtées.

Le namasté ! Elle avait oublié le namasté ! Pétrifiée de honte, Edwina joignit les mains et attendit le vieil homme, qui souriait toujours. Quand il fut arrivé près d'elle, il joignit à son tour les mains et murmura rapidement : « Namasté, namasté, Votre Excellence. Soyez la bienvenue dans mon pays. » Puis il plongea son regard lumineux dans les yeux d'Edwina. Une ombre de caméléon flotta dans la mémoire de la Vice-Reine et disparut.

Lord Louis descendit à son tour, et le vieil homme, sans changer d'attitude, se tourna vers lui avec cérémonie.

– Permettez-moi de saluer le dernier Vice-Roi des Indes, Votre Excellence. Le dernier, mais le plus valeureux, continua-t-il en souriant de plus belle.

– Venez, monsieur, dit respectueusement le Vice-Roi. La chaleur est extrême, ne nous attardons pas.

– Oh! Votre Excellence! fit malicieusement le Mahatma. Je connais cet escalier par cœur, et lorsque je l'ai gravi pour la première fois, votre lointain prédécesseur n'était point si aimable que vous... Laissez-moi vous remercier de m'avoir proposé un retour par avion. Je voyage en troisième classe depuis mon retour en Inde. Depuis 1915.

Soudain il chancela. Edwina se précipita et le retint par le bras.

– Merci, madame. J'avais oublié comme cet escalier est grand. Il est vrai que je n'ai pas eu l'honneur d'être reçu par le précédent Vice-Roi, et que j'avais trente ans de moins quand j'ai fait la connaissance de ces marches... fit la vieille voix enjouée.

– Le thé nous attend, Bapuji, murmura-t-elle doucement.

– Mais je n'ai jamais vu non plus si charmante Vice-Reine, fit Gandhi en la regardant avec attention. Qui vous a dit qu'on m'appelait ainsi?

– Le Vice-Premier Ministre, dit Edwina en rougissant comme une jeune fille.

– Il n'en fera jamais d'autre. Monsieur Nehru est le joyau de l'Inde, Votre Altesse, le joyau de l'Inde... Allons, madame, fit-il en reprenant son souffle. Je ne veux pas vous faire attendre. Ah! je ne vous ai pas présenté ma petite-fille Manu. Est-ce qu'elle peut se promener dans le jardin?

– Certainement, répondit Lord Louis avec vivacité.

Mais Manu baissait les yeux et ne bougeait pas.

– Le jardin est à vous, fit Lord Louis en se tournant vers la petite. Le palais aussi. Tout ceci vous appartient; nous n'en sommes que les actionnaires. Nous sommes venus ici pour vous le rendre, ajouta-t-il avec un sourire charmeur.

– Voilà qui est bien, murmura le Mahatma. Va, Manu. Va dans le jardin de l'Inde.

Il monta les derniers degrés avec une vélocité surprenante. De près, il était grand et vigoureux, mais ne parvenait pas à dissimuler une immense lassitude. Quand il eut atteint le parvis sous les colonnes, il fixa sur elle un regard si lumineux qu'Edwina s'arrêta. Le temps aussi. Puis, pour rompre le charme, le Mahatma se mit à lui sourire et pressa le pas en baissant la tête. Le palais ne l'intéressait pas.

Lorsqu'ils furent arrivés sur la terrasse, Gandhi s'assit précautionneusement sur le bord d'un fauteuil de rotin, sans s'y enfoncer. Le bearer avança le plateau.

– Du thé! fit-il avec circonspection. De l'excellent thé! Peut-être un peu d'eau pure?

Edwina n'avait pas songé à l'eau.

– J'y tremperai mes lèvres, dit-il après un silence. Pour fêter votre arrivée.

Il refusa les gâteaux, comme prévu, et ne toucha pas au bétel. Mais d'un petit sac de coton il sortit soigneusement un petit bol de laiton, poli par les années, une vieille fourchette rafistolée avec du fil de fer et un pot fermé, qu'il ouvrit.

– Pardonnez mon sans-gêne, madame, marmonna-t-il avec un œil en coulisse. A ces gâteries sans aucun doute exquises, je préfère mes habitudes, et mon yaourt, présent de notre mère la vache. On mange toujours trop, ajouta-t-il avec componction.

Puis il versa le yaourt dans le bol, utilisa habilement la fourchette et dégusta tranquillement la masse grumeleuse et blanchâtre.

– Le bol, c'est celui que j'ai gardé de mes prisons, en Afrique du Sud, fit-il en s'interrompant, la fourchette en l'air. Voulez-vous un peu de mon dahi? ajouta-t-il en leur tendant son bol.

D'un geste discrètement dégoûté, Lord Louis refusa. Mais Edwina, s'emparant d'une cuiller en argent, plongea dans le bol du Mahatma. Le goût était acide et frais, légèrement crémeux, avec une forte odeur de lait caillé.

– Cela vous plaît? fit le vieux monsieur, avec un soupçon d'ironie.

– Mais oui, fit Edwina poliment. C'est excellent.

– Allez dans les villages, vous en trouverez partout, s'exclama-t-il, ravi.

Fascinée, Edwina notait chaque détail de la comédie, et s'étonnait d'y être parfaitement indifférente. Qu'importait le bétel ou le yaourt? Avec le Mahatma, la majesté venait d'entrer dans sa vie. Quand il eut fini son goûter, Gandhi s'essuya scrupuleusement les moustaches et soupira.

– Votre Altesse connaît déjà sans doute la nature du grave conflit qui oppose le Congrès et la Ligue. Tout doit être fait pour les réconcilier, commença-t-il.

– Je sais le courage exceptionnel dont vous avez fait preuve à Noakhali, monsieur. Votre action dans les villages démontre l'efficacité de la non-violence avec éclat... C'est assez pour justifier grandement le beau nom de Grande Ame que vous donnent depuis longtemps vos compatriotes, fit Lord Louis en s'inclinant légèrement.

Le vieil homme déplia de longs doigts aériens et leva la main.

– La non-violence, Votre Altesse... Les partis commencent à l'oublier. Mes amis du Congrès semblent las de si longs combats; leurs dernières années de prison les ont rendus impatients. Je vous demande un règlement politique.

– Et que peut faire Londres, monsieur? dit Lord Louis.

– Oh! Ce n'est pas à Londres que se joue le sort de l'Inde, Votre Altesse. C'est ici, à Delhi. Je crois savoir que Monsieur Attlee vous a donné carte blanche, pourvu que vous ayez conduit l'Inde à sa liberté avant le mois de juin de l'année prochaine, n'est-ce pas? N'avez-vous pas tous les pouvoirs?

– C'est exact, monsieur. Mais je ne vois guère comment je peux intervenir entre les musulmans et les autres, répondit prudemment le Vice-Roi.

Les lunettes de Gandhi scintillèrent, et ses mains fines se mirent à trembler. Il baissa la tête longuement, et quand il la releva ses yeux brillants étaient mouillés de larmes.

– Votre Altesse, tant de mes enfants sont morts à Calcutta. Tant de musulmans ont été massacrés au Bengale; au Bihar, tant de femmes hindoues ont été jetées dans les puits, vivantes... J'ai vu les frères combattre les frères dans la haine, et cela ne s'arrêtera pas si l'on ne s'efforce pas de les réconcilier... Il faut parvenir à un accord.

– Vous connaissez Monsieur Jinnah mieux que moi, monsieur, enchaîna Lord Louis sur la réserve.

– Certes! soupira Gandhi; depuis plus de trente ans. C'est un homme indomptable et subtil, d'un entêtement remarquable. Il a la bravoure des âmes meurtries, je le comprends bien...

– Mais il ne veut pas entrer dans un gouvernement de coalition. Il refuse tout compromis avec le Congrès, vous ne l'ignorez pas.

– Monsieur Jinnah a sa fierté, Votre Altesse. Mais je sais comment le désarmer. Il faut qu'il soit Premier Ministre du gouvernement de l'Inde, dit Gandhi en martelant ses mots.

– Jinnah? fit Mountbatten, stupéfait.

– Mohammed Ali Jinnah, oui, insista le Mahatma.

– Monsieur Nehru n'acceptera jamais, murmura Lord Louis.

– Je le convaincrai, dit le Mahatma d'une voix douce. Il faudra qu'il accepte, sans quoi l'Inde est perdue. Perdue, Votre Altesse! La Ligue se battra de plus belle pour son Pakistan; faute de temps, vous finirez par céder, et...

Le vieil homme se cacha les yeux d'une main.

– Ce ne seront plus des milliers de morts, mais des millions, Votre Excellence. Des millions!

– En êtes-vous sûr? demanda Edwina d'une petite voix.

– Madame, dans chaque village indien vous allez voir un temple, et à l'autre bout de la route, une mosquée. Comment voulez-vous partager mon pays? Comment partager les six cent mille villages indiens? Pouvez-vous imaginer qu'on regroupe tous les musulmans, en les déportant loin de leur lieu de naissance? Depuis des siècles, ils vivent avec les hindous, leurs frères; il n'y a pas de raison pour qu'ils commencent à se haïr! Il faut qu'on les y pousse!

– Mais ils s'entre-tuent dans tout le pays, monsieur, fit lentement Lord Louis. Pas seulement au Bengale et au Bihar. J'ai trouvé sur ma table des rapports accablants; il semble que dans chaque ville, chaque village, les hindous tuent les musulmans, les musulmans massacrent les hindous. Tenez, à Lucknow, à Rajkot dans votre région natale, à Jaïpur, et dans le Bihar cela continue...

En entendant « Bihar », Gandhi leva les bras au ciel.

– Au Bihar, bien sûr, pauvre Bihar... Mais pas au Sud! Pas partout! Ce sera pire encore si vous partagez notre Mère Inde, murmura le vieil homme accablé. Il faut tout faire pour éviter ce désastre. All India, toute l'Inde, l'Inde entière doit être libre, et non trois tronçons sanglants du même corps! Me serais-je battu ma vie entière pour un pays brisé, amputé par la moitié, des deux côtés ? Ne commettez pas ce crime. N'ouvrez pas la porte à la violence.

– Vous nous aiderez ? fit Edwina avec angoisse.

– Madame, je ne peux rien sans l'appui de l'Angleterre, fit le vieux Mahatma avec simplicité. J'ai combattu presque tous vos prédécesseurs, loyalement, j'ai donné ma vie pour la liberté, et voici que je suis prêt aujourd'hui à demander l'aide du dernier des Vice-Rois de l'Empire. N'est-ce pas incroyable ? Je n'ai pas honte. C'est vous qui m'aiderez, dit-il en fixant Edwina.

– Moi ? Mais comment ? s'étonna-t-elle.

– Les femmes savent ces choses-là. Il faut extirper chaque graine de violence. Chaque graine, chaque jour, inlassablement. Il n'y a pas de fatalité ; et lorsqu'on se rend dans les villages désarmé, les mains tendues, alors on gagne ce combat. Car c'est un combat ! Avec la parole et l'aide de Dieu on fait des miracles ; il ne faut que du temps... Et votre gouvernement ne nous en laisse pas, Votre Excellence, fit-il avec un ton de colère en se tournant vers Lord Louis. Gagnez-nous du temps... Laissez-moi convaincre Nehru.

– Le joyau de l'Inde, disiez-vous... dit Lord Louis. Pourquoi l'appelez-vous ainsi ?

– Ce n'est pas seulement à cause de son prénom, fit Gandhi – car Jawahar signifie joyau, Votre Excellence, vous le savez certainement... C'est parce qu'il est le plus noble. Le plus courageux. Le plus intelligent, oh, comme il est intelligent ! Mais...

Le vieil homme n'acheva pas.

– Mais ? questionna Edwina, pressante.

– Mais, madame, Monsieur Jinnah et lui sont trop orgueilleux. Nehru n'aurait pas demandé son aide au Vice-Roi, voyez-vous. Moi, je le fais. Je ne me sens pas seulement hindou. Tous les Indiens, musulmans, parsis, sikhs, jaïns, chrétiens, juifs, tous sont mes enfants... Surtout les musulmans !

Le vieil homme baissait les yeux.

– Ils sont si pauvres. Si démunis. Une telle masse en face d'eux. Ce serait un massacre ! fit-il en regardant intensément Mountbatten.

– Je vais voir Monsieur Jinnah le plus vite possible, répondit le Vice-Roi aussitôt.

– C'est un homme qui a beaucoup souffert, Votre Excellence, ne l'oubliez pas... Il ne faut surtout pas l'humilier, murmura le vieil homme.

– Voulez-vous passer dans mon bureau? proposa Lord Louis. Vous êtes le trait d'union qui les relie les uns aux autres. Nous allons nous mettre autour d'une table et travailler.

– Croyez-vous dans la non-violence, Votre Excellence? fit brusquement le vieil homme.

Lord Louis hésita. Mais on ne pouvait mentir au Mahatma.

– Je suis un soldat, Sir, vous le savez. Non, je ne crois pas à la non-violence. Ce n'est pas elle qui nous a permis de venir à bout de Hitler!

– Je n'en suis pas surpris, sourit Gandhi. Et croyez-vous en Dieu?

– Oui! répondit Lord Louis d'une voix ferme. Je crois aussi aux ordres de ma conscience, qui me dicte mes actes.

– Alors commençons nos entretiens, Sir, fit Gandhi en se dressant.

Il fit trois pas, attendit qu'Edwina à son tour fût levée. Puis, d'un geste naturel, il se plaça derrière elle et s'appuyant sur son épaule sans dire un mot, trottina à travers les vastes corridors, cependant que les gardes lui présentaient les armes.

Lorsqu'il eut disparu dans le bureau de Dickie, Edwina se sentit brusquement envahie par une immense solitude. Elle aperçut la petite Manu qui marchait d'un pas grave entre les massifs du jardin, discrètement suivie par un serviteur en uniforme rouge. Comment avait-on pu songer que le Mahatma aurait abusé de cette enfant, la nuit, lorsqu'ils dormaient côte à côte au Bengale? Et qui donc parmi les Indiens avait eu l'esprit assez vil pour imaginer pareille obscénité? La petite tourna la tête et regarda vers le palais; son visage sérieux ne reflétait aucune des joies de l'adolescence. « Elle se promène, mais elle ne court pas, songea Edwina. Dieu sait ce que ces yeux tristes ont pu voir à Noakhali. Si jeune, et vouée à masser les pieds de son trop illustre grand-père... »

Et soudain, elle sentit monter dans ses hanches le démon de la danse. Le vieux démon endormi depuis tant d'années de guerre, là, justement, précisément quand le Mahatma...

– Allons! Le vieux monsieur se trompe, et je ne suis pas faite pour la sainteté, dit-elle à voix haute. Moi, l'aider? Lui prêter mon épaule, je veux bien. Mais courir extirper, comment disait-il, chaque graine de violence? Me prend-il pour une de ces folles Anglaises qui font vœu de chasteté et s'habillent en sari?

Elle esquissa une pirouette et s'affala dans un rocking-chair; il faisait trop chaud. Gandhi n'avait pas une ride. Laisser le soleil la brûler lentement. Essayer de résister, pour voir; ne pas tricher. Comment faisaient les millions d'Indiennes chaque jour? « Ce n'est pas juste, pensa-t-elle. Je peux rentrer quand je veux. Quand je veux, au frais, dans mon palais. Quand je veux... »

Un frôlement léger la sortit de sa torpeur. Manu arrivait en courant, le regard rivé sur le Mahatma qui se disposait à partir. Le premier entretien était terminé.

– Permettez-moi de prendre congé, fit-il en joignant les mains. C'est l'heure de la prière. On m'attend... Mes enfants m'attendent. Et Dieu, ajouta-t-il, en retrouvant son sourire. Voulez-vous m'aider encore un peu, madame? fit-il en se tournant vers Edwina.

Et étendant le bras sans attendre la réponse, il retrouva l'épaule d'Edwina comme une vieille habitude.

– Bapuji, hein? C'est une bonne idée de m'appeler ainsi, fit-il de sa voix d'enfant. Votre Altesse visitera mon pays, je pense? Permettez-moi de vous suggérer de commencer par un village. N'importe quel village. C'est là que vous trouverez l'âme de l'Inde, madame.

Lorsqu'il fut au bas de l'escalier, le Mahatma se retourna, mit une main en visière et agita l'autre pour dire au revoir. Le serviteur à la poitrine armoriée, et qui tenait grande ouverte la porte de la limousine, ne put se retenir de faire le salut militaire; alors, avec cérémonie, le Mahatma joignit les mains et le salua dignement, comme s'il eût été roi.

Le village de la Vice-Reine

Delhi, 1ᵉʳ avril 1947

– Un village, murmura Edwina. Il a raison. J'en ai traversé beaucoup quand je suis venue ici, mais je n'en ai jamais visité aucun. Où trouverai-je un village? Bah! Il suffira de prendre une voiture et de quitter la ville.

Elle sortit une robe blanche, hésita, la remit dans l'armoire et opta pour une tenue couleur de sable. Des sandales à lanières et à talons renforcés, un sac en bandoulière, elle était prête. En passant près du secrétariat privé, elle prévint en trois mots qu'elle partait en promenade et s'envola assez vite pour que le secrétaire n'eût pas le temps de s'enquérir du chemin qu'elle prendrait.

Au vrai, elle n'en avait aucune idée. Elle jeta au chauffeur un mot glané au hasard sur la carte des alentours. « Gurgaon ».

A mesure qu'on sortait de la ville apparaissaient les tentes de toile kaki, rapiécées, et les familles assises au bord de la route; le linge séchait sur les branches des arbres, et sur des réchauds de fortune chauffaient des marmites noircies. Des soldats accroupis les surveillaient de loin. Les mères savonnaient leurs petits tout nus; les hommes, à croupetons sur le sol, regardaient la route avec un regard creux; une fille parfois huilait sa natte avec des gestes légers. Quelques enfants vagabondaient en compagnie de chèvres à l'oreille basse, et de petits cochons noirs fouinaient autour des feux. Les femmes portaient des jupons rouges et des voiles de la couleur du citron, brodés de larges pastilles d'argent; les hommes avaient sur la tête d'énormes turbans roses dont un pan défait tombait parfois sur le côté. Avec leurs moustaches en croc et leurs yeux brillants, ces paysans gardaient une farouche dignité. « Quelle beauté, songea Edwina; mon Dieu, comment puis-je penser cela? Ils sont si misérables. Toutes les memsahibs des Indes britanniques ont dû ressentir la même honte émerveillée... »

– Qui sont ces gens? questionna Edwina d'une voix étouffée.

– Ceux-là viennent du Rajasthan, Your Highness.

– Comment le savez-vous?

– On les reconnaît aux jupes de leurs femmes; et aussi au turban. Ils sont de plus en plus nombreux cette année; ils viennent du désert du Thar. Ils se sentent plus en sécurité dans la capitale; et puis, à cette saison, il n'y a plus de récoltes, rien à faire dans les campagnes; alors ils viennent s'engager à la ville, jusqu'à la mousson.

– Est-ce que vous êtes de là-bas?

– Je suis du Penjab, Your Highness, annonça le chauffeur avec un rien de fierté. De Ludhiana.

– Alors, vous êtes sikh?

Le chauffeur ne répondit pas.

– Vous êtes sikh, n'est-ce pas? insista Edwina avec assurance.

– Your Highness, je suis hindou. Tous les Penjabis ne sont pas sikhs...

Edwina se mordit les lèvres. Elle n'y parviendrait jamais.

– Gurgaon, Your Highness, fit le chauffeur en ralentissant.

Mais Gurgaon, avec ses bâtisses coloniales et ses fils électriques, était déjà un gros bourg; ce n'était déjà plus tout à fait un village.

– Avancez! fit Edwina. Il faut traverser Gurgaon.

Le chauffeur tourna le volant et se trouva coincé derrière une immense charrette à la bâche démesurément gonflée, tirée par un attelage de bœufs blancs. En face arrivait un chameau attelé à une carriole, elle-même flanquée d'un troupeau de moutons qu'un enfant tâchait vainement de rassembler. Le chauffeur appuya sur le klaxon et ne le lâcha plus.

– Mon Dieu. Vous ne pouvez rien faire, naturellement, fit Edwina découragée.

– Juste un peu de temps, Your Highness, répondit le chauffeur sans s'émouvoir.

Brusquement, l'attelage trouva sa place sur le bas-côté, le

chameau se dégagea majestueusement, le troupeau s'amenuisa, assez pour laisser le passage. La route était libre.

– Et ensuite, Your Highness ? fit le chauffeur avec respect.

– Je veux voir un village, fit Edwina d'une petite voix. N'importe quel village.

Le chauffeur tourna aussitôt, s'engagea résolument sur un chemin sablonneux ; secouée de tous côtés, Edwina aperçut au loin un étang, de grands arbres, une petite cabane, et derrière un tournant, un hameau. Le chauffeur arrêta la voiture à hauteur de l'étang. Edwina descendit.

Entre les nénuphars fleuris émergeaient, béates, les têtes des buffles qui plissaient les yeux sous le soleil, le museau hors de l'eau calme. Les vaches autour de l'étang attendaient leur tour, un oiseau gris perché sur l'échine ; des corneilles picoraient sous leurs sabots. C'était un endroit si paisible qu'Edwina se crut soudain hors du monde. A quelques kilomètres de la capitale de l'Empire, à deux pas du gros bourg encombré, cet étang de paradis où se baignaient les buffles...

Elle fit quelques pas, aperçut le puits où les femmes bavardaient, leur jarre de laiton sur la tête, leur vaste jupon relevé sur la hanche. Elles la virent, se turent et rabattirent silencieusement le pan de leur voile sur le visage, un œil à découvert. Edwina s'arrêta. On s'observa. Un enfant nu se détacha du groupe des femmes et courut vers Edwina, qu'il dévisagea avec curiosité ; puis il tira la bandoulière du sac, le fit glisser prestement de l'épaule de la memsahib et se sauva avec son trophée. Les femmes se mirent à crier, et l'une d'elles, une adolescente en sari d'un blanc poussiéreux, courut derrière l'effronté. Edwina fit un pas, les femmes se rapprochèrent. Elles parlaient toutes à la fois, montraient du doigt une petite route et dévoilaient par instants leurs yeux résolus, leurs rires timides. Un mot revenait dans leurs bouches, « Angrez, Angrez » et qui effaçait les sourires. Bientôt, avec de grands gestes, elles invitèrent Edwina à pénétrer dans le village.

Mais elles n'entrèrent pas dans ces drôles de petites cabanes dont les murs semblaient faits de pétales de terre sombre et de paille hachée, et qui flanquaient les maisons. Elles se dirigèrent vers un temple minuscule chaulé de blanc, où flottait, attaché à un mât de bambou, un fanion de coton rouge ; juste derrière le mât se dressait un emblème de fer, une sorte de lys à trois pétales. Un haut lit à quatre pattes, au sommier de lanières tressées, servait de chaise, de salon, de trône. A l'ombre de ses pieds de bois dormait un chien jaune, dont le ventre blanc tressaillait sous l'assaut des mouches.

Comme par miracle apparut, sur un plateau de cuivre, le thé, servi dans des bols de terre cuite. Edwina hésita. L'eau, bouillie, filtrée ? Non. Mais ne pas accepter... Elle tourna et retourna la coupelle rouge et tiède entre ses doigts. Les femmes l'encourageaient avec des sourires. Le Mahatma avait dit... Brusquement, Edwina surmonta d'un coup la peur et le remords, et porta la tasse à ses lèvres. Sucré, mélangé de lait, avec des effluves de glaise, le thé était la boisson qui convenait à ce village. Les femmes recommencèrent à jacasser gaiement, et leurs incompréhensibles paroles respiraient la joie de l'événement.

Faute de pouvoir saisir le sens de leur conversation, Edwina contempla les étoiles d'argent cousues sur les voiles de coton, les brassières brodées de miroirs et les lourds bracelets d'ivoire rougi qu'elles portaient au poignet ; l'une d'elles s'en aperçut, fit glisser le bijou du bras et le tendit à Edwina. Le bracelet ne passait pas la main de la femme blanche. Les villageoises s'esclaffèrent ; la propriétaire de l'objet voulut forcer les doigts, les pressa, vainement ; Edwina vaincue rendit le bracelet. Une vieille dame vêtue de blanc s'engagea dans une sorte de remontrance qui semblait indiquer un profond désaccord ; en haussant les épaules, les femmes répondirent avec des gestes désabusés, puis s'arrêtèrent peu à peu. Venue d'une ruelle sous les palmiers, une femme regardait de loin cette fête sans approcher, la tête cachée par le pan de son voile, et la jarre à la main.

Edwina lui sourit et fit un signe amical.

Alors les villageoises se mirent à crier, comme si l'ombre hésitante au visage indistinct s'était rendue coupable d'une faute inconnue. Une mauvaise femme ? Une prostituée ? Edwina songea à la Madeleine de la Bible. Elle se leva et voulut la rejoindre ; mais l'ombre s'enfuit en courant et disparut. Les paysannes se calmèrent ; seuls des regards furieux gardaient l'écho de leur colère.

Le chauffeur observait de loin. Edwina l'invita d'un geste à se joindre à la fête, mais d'un mouvement de tête il refusa.

Il fallut qu'elle entrât dans toutes les maisons. Elle vit tous les ustensiles soigneusement rangés sur la terre battue, les vaisselles d'étain noirci, les poteries peintes, le grand chaudron et le plat concave pour cuire les galettes sans levain. Il fallut qu'elle se prosternât devant tous les petits autels domestiques au coin des fenêtres, qu'elle fît le namasté devant chaque statuette de bronze, énigmatiques divinités aux faces usées par le temps, honorées avec des pétales, un brin d'encens, un fruit. Les dieux minuscules la toisaient de leur regard métallique, en tordant gracieusement leurs bras multiples ; Edwina se sentit ridicule et comblée. On la fit asseoir parfois, et on la regarda avec une affection amusée, faute de mots ; les femmes effleuraient sa peau blanche et frôlaient le tissu de sa jupe avec étonnement. Et toujours elles disaient ce « Angrez » qui sonnait comme un reproche. On voulut lui faire ingurgiter de la bouillie qu'elle refusa, des graines qu'elle croqua avec l'inquiétude des Blancs devant les choses indigènes, et de l'eau qu'elle repoussa le plus poliment du monde. Et quand elle eut tout visité, les femmes voulaient la garder encore, lui montrer le bétail...

Au-delà d'une invisible limite, elles lui firent rebrousser chemin. Le village pourtant semblait se prolonger un peu ; un paquet de maisons de torchis s'étalait de l'autre côté d'un bosquet de bambous ; et puis encore un autre, là-bas. Sur le côté, avant l'autre partie du village, Edwina aperçut un puits ; elle s'approcha et se pencha. Les femmes se mirent brusquement à pousser des exclamations où se mélangeaient la crainte et la surprise, la colère peut-être, c'était indéfinissable. Elles tirèrent Edwina par le bras et s'en retournèrent en l'encadrant fermement.

Elle voulut partir. Il y eut de la tristesse dans leur regard. Elle désigna le chauffeur, l'invisible voiture, la ville au loin. On la regardait, et les sourires s'effacèrent. Elle joignit les mains, salua les femmes et se résolut à tourner les talons. Des murmures la suivirent comme une douce plainte. Et lorsqu'elle fut à la voiture, surgit l'enfant nu, poussé par sa mère et, à la main, le sac, qu'Edwina avait oublié.

A part ce bambin farceur, elle n'avait rencontré aucun homme.

En continuant la route pour faire demi-tour, la voiture longea l'autre partie du village et croisa une mosquée miniature, dont la porte dentelée était entièrement peinte en vert tendre. Un vieillard coiffé d'une calotte blanche entrouvrit la porte, vit Edwina et porta rapidement la main à la tête avant de la poser sur son cœur. « Salaam », murmura-t-il doucement. Edwina, ne sachant que faire, inclina légèrement la tête. Juste à côté de la mosquée, un cordonnier tapait allègrement sur son cuir ; un visage de femme, les cheveux dissimulés sous un voile de coton brodé, apparut dans l'embrasure d'une maison et disparut aussitôt. L'heure avait tourné trop vite ; il fallait vraiment quitter cet endroit béni.

Quand elle se retourna sur le village, elle aperçut une aigrette au bord de l'étang, et qui s'envola à tire-d'aile au-dessus des champs.

Lord Louis, allongé sur son lit, semblait trop épuisé pour se déshabiller.

— Mon Dieu, darling, je n'ai jamais eu aussi chaud que pendant ces discussions de l'après-midi, soupira-t-il. Le système de refroidissement de l'air sera installé demain. La chaleur est terrible, n'est-ce pas ?

Avait-elle eu chaud au village ? Elle n'y avait même pas pensé.

— Dickie, aujourd'hui j'ai visité un village ! fit-elle, enjouée.

Lord Louis leva une paupière.

— Un village ? Mais qui vous accompagnait ?

— Personne, ou plutôt si, mon chauffeur, Mohan.

— Comment cela ? Vous êtes folle ! Sans gardes du corps, sans escorte... Mais vous ne pouvez pas...

— Darling, il n'est rien arrivé. C'était un hameau, un simple hameau à quelques miles de Delhi. Je ne sais pas même le nom de ce village. Mais si vous voulez, je vous conduirai.

— Croyez-vous que j'aie le temps, vraiment, bougonna Lord Louis, radouci. Avez-vous vu des musulmans ?

– Un vieil homme devant une petite mosquée, un cordonnier... Et pendant une seconde, une femme qui s'est vite cachée.

– Alors, les autres étaient des hindous?

– Sans doute! Comment en être sûre? C'est mon premier village!

– Avez-vous vu un temple?

– Ah oui, en effet. Un temple blanc, extrêmement petit. Vous avez raison; ce seront des hindous.

– Vous avez l'air de ne pas savoir grand-chose sur ce village, ma chère. On dirait que vous n'avez rencontré que ce vieux musulman au seuil de sa mosquée...

– Mais non! J'ai pris le thé avec les femmes, et j'ai vu un enfant. L'étang était si beau, Dickie, si...

– L'âme de l'Inde, c'est cela? Vous avez suivi les conseils de Gandhi? fit-il, attendri.

Lord Louis avait deviné juste.

– Ma chère, à l'avenir, si vous voulez visiter des villages, je vous saurais gré de m'en prévenir. Chut... J'entends bien que vous avez parlé à mon secrétaire, assez vite pour qu'il se soit montré absolument incapable de me dire où vous étiez passée. N'importe quel fanatique, hindou ou musulman, sikh peut-être peut nous assassiner. N'importe quel bandit pourrait vous violer!

– Me violer, moi? Vous plaisantez, j'espère! Allez-vous me parler des Thugs et autres contes de nourrice? Croiriez-vous par hasard à cette caste d'étrangleurs mystérieux dont les Anglais firent leurs épouvantails au siècle dernier? fit-elle sèchement.

Lord Louis saisit sa femme par les poignets.

– Je tiens à vous, ma chère. Nous nous devons au moins de ne pas nous priver l'un de l'autre; nous nous sommes accordé mutuellement de grandes libertés, mais pas celle de disparaître assassinés séparément, et...

– Ah! Un sermon, coupa Edwina avec froideur.

– Taisez-vous! cria-t-il. J'ai toléré vos aventures et je ne suis pas jaloux. Vous avez satisfait tous vos désirs, ma chère!

– Et vous les vôtres, que je sache, hurla Edwina sans retenue. Faut-il vous rappeler Violaine, votre chère amie?

– Vous aviez commencé la première... gronda Lord Louis. Comment osez-vous? Vous me trompiez avec la terre entière, vous m'aviez autorisé Violaine, elle vous a plu, et vous, qu'avez-vous fait? Vous me l'avez volée pendant une année entière, une année pendant laquelle j'étais seul, malheureux, et vous deux en voyage, en cure, en promenade, partout, sauf où j'étais... Et je préfère ne plus me demander ce qui s'est passé entre vous!

– Et vous, vous avez essayé la même chose avec Bunny, rétorqua Edwina acidement. Ne niez pas! Ou je casserai quelque chose.

Il y eut un moment d'accalmie. Edwina regardait Dickie avec de la haine dans les yeux; il lui tourna le dos.

– Vous oubliez ce qu'il m'a fallu entendre de mes propres oreilles, mon cœur, fit-il en baissant la voix. Edwina Mountbatten, ma propre épouse, une fille à matelots!

– Je vous ai déjà dit que c'était faux, Dickie, répliqua-t-elle avec humeur. Il ne s'est rien passé sur le schooner, ou si peu...

– Vraiment, fit-il en l'attrapant par les épaules. Et vous voulez que je vous croie...

Elle le défia et soutint son regard sans se dégager.

– Croyez ce que vous voudrez, mon cher. Ne pensez-vous pas que nous avons mieux à faire? Je suis fatiguée de nos batailles. Et puis tout cela est loin... Nous avons conclu un pacte de non-agression. Nous avons traversé la guerre ensemble, Dickie, fit-elle avec lassitude.

Comme s'il s'éveillait, Lord Louis écarta les mains et libéra sa femme.

– Vous avez raison, fit-il avec effort, vaincu. Pardonnez-moi. Mais je vous connais, vous aimez le risque, Edwina... Je veux bien croire qu'avec le génie qui vous caractérise vous avez déniché un endroit paisible, où ne menace aucune émeute. Mais il n'y a pas que les émeutes. Dans les situations instables, tout peut arriver. Les Indes sont aussi infestées de simples pillards qui attaquent les villages et violent les femmes, comme partout ailleurs. Ne l'oubliez pas.

– Je retrouverai ce village et je vous le montrerai, murmura

Edwina, obstinée. Et vous verrez que vos craintes sont vaines. Par exemple, j'aimerais que l'on m'explique ce que j'y ai vu. Le dieu de ce temple, et puis ce lit, et puis...

– Demandez à la maharanée de Jaïpur, la nouvelle, la troisième épouse de notre ami Jaï, nous devons la ménager. Le Pandit et Patel, qui sera un jour ministre de l'Intérieur, n'en doutez pas, insistent beaucoup sur ce point; je ne sais ce qu'ils ont en tête, mais nous ne pouvons nous passer de l'appui des familles royales...

– Une maharanée! Mais vous les avez vues, elles ne s'intéressent qu'à la mode de Paris!

– Vous demanderez à la maharanée de Jaïpur à qui vous rendrez visite. Et si vous voulez en savoir plus sur les villages, questionnez ce major Williams qui sert ici depuis trente ans; on me dit qu'il sait tout sur les Indes. Ou bien demandez à Nehru, il sera flatté.

Lord Louis s'était retourné et commençait à sommeiller.

– Dickie! Ne dormez pas tout habillé! Comme si je n'existais plus. Qu'il est agaçant...

Elle sonna. L'officier d'ordonnance frappa à la porte et Edwina sortit pour regagner sa chambre.

– Je demanderai au Pandit. Ou au Mahatma. Mais quand reviendra-t-il? songea-t-elle en dénouant ses cheveux. Je verrai d'autres villages... et aussi la maharanée. Il paraît que c'est la plus belle femme de son temps. Je verrai cela, dit-elle en souriant à son miroir.

Delhi, 2 avril 1947

Nehru sortit du bureau brusquement, les yeux pleins de colère.

– Ce que vous me demandez là est impossible, Sir. Le Congrès ne saurait accepter. Donner des postes à la Ligue Musulmane! Nous avons gagné les élections, et vous voudriez que nous en perdions les bénéfices!

– Réfléchissez, monsieur. Préférez-vous partager les Indes en deux pays?

– Ah! fit Nehru avec violence. Le pays est fatigué de ces querelles, Sir. Je vais consulter mes amis.

– C'est cela, voyez vos amis. Mais souvenez-vous de l'échéance.

– Votre Altesse, depuis votre arrivée vous me rappelez l'échéance, et nous n'avançons pas. Faut-il vraiment échouer après tant d'épreuves?

Nehru semblait à la torture. Il se prit la tête à deux mains et se laissa tomber sur un tabouret dans le couloir.

– Allons, Nehru, dit Mountbatten, en lui prenant amicalement le bras, détendez-vous. Nous manquons tous de sommeil, et je gage que vous tombez de fatigue. Tenez, allons voir la Vice-Reine qui s'est mis en tête de vous questionner sur les villages.

Nehru releva la tête avec étonnement.

– Les villages?

– Ma femme est partie à l'aventure hier et s'est retrouvée dans un village dont elle ignore le nom, dit Lord Louis d'un ton désinvolte. Sans escorte.

– Sans escorte? Elle est...

Nehru s'interrompit.

– Je le lui ai déjà dit, mon cher. Maintenant, allons; ses questions vous distrairont.

Edwina lisait. La porte de la bibliothèque s'ouvrit, et les deux hommes entrèrent sans bruit.

– Un livre sur les Indes, j'imagine? dit Lord Louis affectueusement. Voyons... C'est bien cela. *Mother India*. Un classique.

– Très mauvais livre, fit Nehru vivement. Cette dame Mayo mériterait un procès en diffamation. Nous y sommes décrits comme des singes souillés en permanence, des sauvages sans âme et sans cœur... Ouvrage raciste!

– Mettez-vous à l'aise, cher Nehru, coupa Lord Louis en s'affalant dans un vaste fauteuil. Edwina, laissez cela; je vous livre notre ami qui répondra à vos questions villageoises.

Et il les regarda alternativement avec curiosité. Nehru, les lèvres encore frémissantes, s'était assis sur une chaise, les bras croisés; Edwina posa ses lunettes et baissa les yeux avec embarras.

– C'est un petit village non loin de Gurgaon. Sur la droite, par une piste de sable, commença timidement Edwina.

– Près de Gurgaon? Je ne vois pas, hésita Nehru.

– Un village avec un étang! fit Edwina. Et un temple, et encore une petite mosquée... avec une porte peinte en vert. Un village comme tant d'autres, Panditji.

– Il existe en effet des centaines de milliers de villages qui ressemblent au vôtre, madame, dit Nehru, indulgent. Dites-moi plutôt ce que vous voulez savoir.

– Le temple. Je voudrais connaître le dieu du temple. Je n'ai pas réussi à distinguer la statue.

– Et comment était-il, ce temple?

– Blanc, simple, tout petit, avec un grand mât de bambou...

– Ah! Et un drapeau rouge? Et un trident de métal?

– Oui, un fanion rouge. Enfin, d'une couleur un peu passée, voyez-vous...

– C'est sans doute un temple de Shiva, fit Nehru avec satisfaction. Vous avez dû voir le trident.

– Un trident! Mais je l'ai vu, en effet! Je l'avais pris pour une fleur!

– Et dans l'intérieur du temple se trouve le lingam.

– Le lingam... murmura Edwina, songeuse. Je ne l'ai pas vu.

– Mais vous en connaissez l'existence, je vois.

Edwina le regarda en face.

– Je connais la nature de ce fétiche, en effet, dit-elle en rosissant légèrement.

– Ce que vous appelez fétiche est le symbole même de la vie, madame, répliqua Nehru. On l'arrose de lait et de miel, et d'ailleurs il n'existe pas sans son complément, le...

– Je sais, coupa Edwina. Donc, dans le temple, si j'y retourne...

– Vous n'y retournerez pas seule! J'irai avec vous. Je vous montrerai le lingam.

– Monsieur le Vice-Premier Ministre, en voilà assez pour le temple, fit Edwina avec hauteur. Parlons plutôt du lit.

– Eh bien! Parlons du lit, madame, fit Nehru en dissimulant un sourire. Qu'avait-il donc, ce lit?

Edwina se mordit les lèvres. Ce diable d'homme l'avait piégée.

– Ce lit avait quatre pattes, et des sangles.

– Ah! Pour le coup, c'est très simple. Nous appelons cela un tcharpoï. Ce n'est qu'un lit un peu grand. Quoi d'autre?

– Je ne vois pas... Si! Des cabanes près des maisons, en torchis, avec des pétales de terre...

– Ce sont des cabanes pour le grain; et les pétales sont faits avec de la bouse de vache et de la paille, madame. Les femmes les pétrissent et les pétales sont les empreintes de leurs mains.

– Oh! fit Edwina. Je me souviens maintenant, j'avais appris cela en 1922. Avec les mains, vraiment.

– Elles en font aussi des briquettes qui servent de combustible pour l'hiver; rien de la vache ne se perd, comme vous voyez. Il existe aussi certaine boisson sacrée, faite de tous les éléments de la vache... Nous en parlerons plus tard. Qu'avez-vous vu encore, madame?

– Je crois que je vous ai raconté tout ce que j'ai cru voir. Mais elles répétaient un mot en hindi, « Angrez »? Savez-vous ce que c'est?

Nehru se mit à rire.

– C'était vous, madame. Angrez signifie anglais. Ce n'est pas un mot très populaire.

– Merci, fit Edwina nerveusement. Ce n'était qu'un village hindoustani, voilà tout...

Nehru lui prit les mains sans réfléchir et les baisa.

– Vous avez une belle âme, murmura-t-il, et je vois bien que ce village vous ouvre les portes de mon pays.

– Monsieur le Vice-Premier Ministre, voulez-vous un cigare? fit la voix de Lord Louis en traînant sur les mots. Edwina, ma chère, si vous n'avez plus d'autres questions...

Edwina retira ses mains et sourit.

– Je suis ridicule avec mes curiosités d'étrangère, Panditji.

– Vous devez voir d'autres villages, pour que je continue à vous répondre. Je ne m'en lasserai pas. M'autorisez-vous à vous appeler Edwina comme à Singapour?

Se moquait-il? Mais ses yeux ne riaient plus. La prenait-il au sérieux? Serait-ce possible?

Elle se leva. Nehru aussi. La récréation était finie.

Delhi, 3 avril 1947

Le Mahatma arrivait pour ses entretiens quotidiens avec le Vice-Roi et s'apprêtait à entrer dans le bureau climatisé. En apercevant Edwina, il s'arrêta, joignit les mains et lui décocha un radieux sourire. Elle s'approcha et lui toucha respectueusement le bras.

– Bapuji, fit Edwina en hésitant, quand vous aurez fini vos entretiens, venez prendre le thé. J'ai visité un village comme vous me l'aviez suggéré, ajouta-t-elle, enthousiaste.

Le vieil homme ôta ses lunettes et les essuya avec le bout de son pagne. Puis il regarda Edwina avec amusement.

– Vraiment ? Vous avez fait cela ? Toute seule, je parie ?

– Oui ! répondit-elle joyeusement. Et c'était... c'était...

– Une paix profonde ? fit Gandhi tristement. Eh bien ! Vous voyez, ce sont les mêmes qui deviennent ivres de sang un beau jour.

– Justement, Bapu. Je voudrais que vous m'expliquiez comment vous faites pour les arrêter.

– O Ram ! murmura le vieil homme en joignant les mains. Si seulement je pouvais d'abord les empêcher de commencer... Mais je viendrai, Votre Altesse. Pour un petit moment.

Le bearer impassible attendait que le Mahatma passât enfin la porte. Il s'en aperçut et, ramassant les pans de son pagne, il pressa le pas.

Il fallait attendre. Edwina détailla autour d'elle les innombrables objets qui peuplaient le salon. Statues de bronze aux bras multiples et aux yeux figés. Tentures de toile peinte où dansait une ronde de femmes hiératiques aux larges jupes, autour d'hommes à peau bleue, couronnés d'or et de plumes. Têtes sculptées en pierre claire, un immuable sourire posé au milieu des lèvres ; des Gandhara, pensa-t-elle, un mot émergé d'une mare d'oubli. Masques immenses, de bois sombre, africains, sans doute, avec des ornements barbares. Éventails de broderie épaisse, or et argent, avec des motifs rouges, et suspendus aux murs. Un monde dont elle ne reconnaissait rien et qui semblait l'appeler de toutes ses forces.

Seules les peaux de tigre suspendues sur les murs, soigneusement bordées de feutrine, fixaient sur elle les prunelles de verre vide auxquelles s'identifiait l'Angleterre.

Avec un soupir, elle entreprit d'étudier les statues. Celle-ci, avec une lance à la main et les cheveux dénoués, ou bien celle-là, une étrange figure partagée en deux de haut en bas, mi-homme, mi-femme, la hanche douce d'un côté et raidie de l'autre. Elle finit par retrouver dans sa mémoire le nom du dieu à tête d'éléphant, et caressa la petite trompe de bronze courbée en répétant : « Ganesha, Ganesha », comme si l'animal divin au corps potelé allait lui répondre gentiment; mais le dieu se tut obstinément. Elle dévisagea longuement une divinité qui dansait allègrement au centre d'un cercle parfait, ses quatre bras élégamment tendus au rythme d'une musique imaginaire; et comme ce dieu-ci non plus ne daignait pas lui sourire, elle s'assoupit.

La porte s'ouvrit avec un léger grincement. Le Mahatma!

– Oh! je vous ai éveillée, madame, fit-il de sa voix limpide.

– Pas du tout! Je vous attendais. Je cherchais à faire parler vos dieux, fit Edwina. Restez, je vous en prie.

Il s'installa au bord d'un fauteuil, les genoux serrés, et son regard devint sérieux.

– Les dieux de l'Inde se résument à un seul, le même pour tous, quel que soit le nom qu'on lui donne, fit-il.

Puis il rabattit son châle sur sa poitrine en frissonnant. Il pencha la tête, et son visage devint gris. Edwina eut un choc au cœur : il n'allait pas mourir, là, sous ses yeux!

– Monsieur Gandhi! Est-ce que vous allez bien? Répondez-moi! cria-t-elle.

– Il faisait très froid dans ce bureau; voyez-vous, je n'ai pas l'habitude, murmura le vieil homme en claquant des dents.

La climatisation! Avec sa manie moderniste, Dickie n'avait pas songé au corps dénudé de son illustre visiteur; c'était bien de lui. D'un bond, Edwina courut jusqu'au canapé et trouva un chandail de grosse laine.

Le Mahatma, enfoui dans son fauteuil, avait enroulé son châle jusque par-dessus sa tête chauve ; on ne voyait plus que la moustache et les lunettes. Sans le déranger, Edwina déploya le chandail sur les épaules et fit tomber les manches jusqu'aux jambes qu'elle tenta vainement d'emmitoufler, à genoux devant lui.

– Là, Bapuji. Vous allez vous réchauffer. Une tasse de thé brûlant...

– Je préférerais de l'eau bien chaude, souffla Gandhi. Merci. Dites-moi donc quel était ce village que vous avez visité.

– Je ne sais pas. Monsieur Nehru non plus. Un hameau par-delà Gurgaon. Je sais déjà qu'il s'y trouve un temple de Shiva, et j'ai aperçu une mosquée ; j'y ai rencontré le seul homme du village, je crois !

– Mais vous avez vu les femmes, bien sûr. C'est le plus important, assura Gandhi. Les femmes de l'Inde sont une inépuisable richesse, Votre Excellence. Vous ont-elles bien accueillie ? Oh, je vois à votre air qu'elles l'ont fait. Je n'en suis pas surpris. Mais, dites-moi, vous avez dû voir des veuves ?

– Des veuves ? dit Edwina, surprise. Comment l'aurais-je.su ? Je ne comprenais pas leur langue.

– Ce n'est pas difficile, elles portent des saris blancs.

– Et le deuil dure longtemps ?

– Toute leur vie, hélas ! murmura le vieil homme. Essayez de vous souvenir...

– Je crois avoir en effet vu deux femmes en sari blanc. Une vieille, et l'autre... Mais non, c'est impossible. L'autre n'avait pas quinze ans !

Gandhi soupira à fendre l'âme.

– Voilà ! C'est bien ce que je redoutais d'entendre ! Voyez-vous, Votre Excellence, c'est une affreuse coutume contre laquelle depuis des années je me bats : on marie des enfants, et si l'époux disparaît, la fille, si fraîche encore, portera toute sa vie le sari blanc et supportera le terrible fardeau du veuvage. Songez, pas de fêtes, pas de bijoux, pas d'épices, même pas de sel, une existence entière de malheur et de servitude... Si elle portait un sari blanc, cette fille de quinze ans est perdue.

– Mais elles ne brûlent plus toutes vives sur les bûchers de leur mari défunt...

122

– Oh non! coupa le Mahatma. Pour cela, non. Vous avez interdit cette pratique depuis un bon siècle déjà, vous le savez certainement...

Edwina acquiesça de la tête.

– Mais le sort qu'on leur fait ne vaut pas mieux que la mort, reprit Gandhi. Je ne manque jamais de m'exprimer là-dessus. Et peut-être avez-vous vu un puits? ajouta-t-il en soupirant encore.

– Mais oui, absolument, s'écria Edwina. Les femmes ont vivement réagi lorsque je me suis penchée pour voir l'eau.

– C'est le puits des brahmanes, et qui leur est strictement réservé, marmonna Gandhi. Pensez que dans mon pays les brahmanes refusent de partager l'eau avec les intouchables... Quelle honte!

Il se fit un silence; le vieil homme ôta ses lunettes, les essuya et les remit sur son nez d'un air triste.

– Ces puits... murmura-t-il. Parfois, lorsqu'elles se croient au fond du déshonneur, les femmes se jettent dans les puits. Dans nos villages, ce fut toujours le lieu de suicide des femmes. Et par ces temps d'émeutes et de terreur, elles retournent spontanément aux traditions les plus cruelles. Vous vouliez savoir ce que je fais dans les villages? Eh bien! A Noakhali, j'arrivais à pied, avec mes compagnons, nous étions quatre ou cinq, dont le cher Ghaffar Khan, mon grand Pathan si doux, et bien entendu mes petites-filles. Nous entrions dans les maisons en demandant qui voulait bien nous héberger pour la nuit; et, à celui qui acceptait, nous demandions ensuite, s'il était hindou, de trouver un musulman pour une veillée commune, ou s'il était musulman, de convaincre un hindou. Puis nous commencions à prier ensemble, et le village demeurait calme, voilà tout.

– Voilà tout! Mais on vous a persécuté! On a semé du verre brisé sous vos pas, on a placé des barricades de branchages pour vous empêcher d'avancer, on a même...

Edwina s'arrêta.

– On a aussi semé des excréments, oui, enchaîna Gandhi d'une voix douce. C'est sans importance.

Et levant la tête, il se mit à fredonner une chanson.

– Ma chanson préférée, fit-il quand il eut terminé. Rabindra-

nath Tagore l'a composée. Les paroles en sont très simples :
« Si l'on ne répond pas à ton appel, marche seul. Marche seul... »

Le vieil homme, les yeux brillants, se tut et sourit enfin.

– Pour mener une bonne vie, il faut seulement quelques principes, fit-il abruptement. Je suis sûr que vous mangez trop. Des noix pour les protéines et les lipides, des fruits secs, du yaourt, un fruit frais, voilà mon régime. Et à cause d'un vœu que j'ai fait, du lait de chèvre, bien que le lait soit un aphrodisiaque, ajouta-t-il, penaud. Je vous assure que c'est mieux. Et puis, bien entendu, le jeûne.

– Mais seulement pour faire cesser les émeutes?

– Ah! Mais je ne vous parle pas des jeûnes à mort, fit-il comme s'il parlait d'une chose très simple. Non, il s'agit de jeûnes pour certaines occasions. Quand on est très angoissé. Quand on a de la fièvre. Quand on est malheureux. Si l'on perd un être cher. Et aussi, quand on est trop heureux...

– Trop heureux! Mais pourquoi...

– Pourquoi mettre fin au bonheur, n'est-ce pas?

Le vieil homme déplia ses longues jambes et sortit son oignon.

– Votre Excellence, le danger d'un trop grand bonheur, ce sera pour une autre fois. Pardonnez-moi de vous abandonner maintenant, mais le temps presse. Ce village... par-delà Gurgaon, avez-vous dit? Il faudra que j'y fasse un tour.

Et il se prépara à sortir.

– Bapu... Je ne sais... vous remercier, bafouilla Edwina, en se précipitant devant la porte.

Le vieux monsieur leva la main et lui caressa lentement la joue.

– Ma chère enfant... je veux dire Votre Excellence. Je sens que nous allons bien nous entendre. Raccompagnez-moi jusqu'à la cour d'entrée, voulez-vous.

Au moment où elle prenait le bras de Gandhi, Nehru sortit brusquement du bureau du Vice-Roi.

– Encore ici, Bapu! s'exclama-t-il. Je vous croyais parti depuis longtemps.

– C'est ma faute, intervint Edwina. J'ai retenu Monsieur Gandhi pour qu'il m'explique certaines choses.

– Il est vrai, madame, que notre Mahatma vit entouré de femmes venues d'Angleterre et qui sont ses meilleures disciples. Il a même adopté la fille d'un amiral anglais! fit Nehru avec un petit rire.

– Oui, fit Edwina, Madeleine Slade, je sais. Je me souviens des photographies dans les journaux, avec votre chèvre. C'est elle qui vous accompagnait à Londres et à qui vous avez donné le nom de Mirabu?

– Pas Mirabu. Mirabehn, Votre Altesse. Comme la princesse errante qui termina sa vie dans la pauvreté en chantant son amour pour le dieu Krishna, madame, souligna Gandhi en la fixant avec intensité. Mirabehn est ma fille, une de mes filles préférées.

– Soyez prudente, Edwinaji, souffla Nehru. Il va vouloir faire de Votre Excellence une nouvelle Mira. Altesse, mendiante et mystique, vous verrez...

– Ne vous moquez pas, supplia Edwina. J'ai tant à apprendre de Monsieur Gandhi.

Le vieil homme lui sourit gentiment.

– Allons, mes enfants. L'heure tourne. Conduisez-moi jusqu'à l'entrée maintenant.

Mountbatten apparut soudain.

– Ma chère, vous prenez trop de temps à Monsieur Gandhi!

– Il n'en est rien, répliqua le vieil homme. La conversation des femmes est l'une des joies de ma vie, Votre Excellence. A ce propos... Pourrais-je solliciter une faveur? L'une des meilleures militantes du Congrès, Madame Sarojini Naïdu, une vaillante femme, que vous connaissez certainement déjà, est une vieille amie de Monsieur Jinnah. J'aimerais que vous ayez avec elle un entretien.

– Est-elle musulmane? demanda vivement Lord Louis.

– Hindoue, Sir, justement. Madame Naïdu est un grand poète... Le rossignol de l'Inde! fit Gandhi en levant un doigt. Recevez-la, Sir. Mieux que toute autre, elle vous instruira sur Jinnah.

Il avançait lentement, feignant une faiblesse que démentait

son pas robuste, et se laissait soutenir des deux côtés. Lord Louis les suivit.

– Viendrez-vous à ma prière du soir? fit-il sans crier gare, en regardant Edwina.

Elle acquiesça en silence.

Ils franchirent le seuil du palais. Le soleil les frappa brusquement, et le vieil homme cligna légèrement les yeux. Edwina et Nehru s'écartèrent.

– Attendez... fit Mountbatten. Je fais appeler le photographe.

Et il dit trois mots à l'oreille d'un garde qui claqua lourdement les talons et partit aussitôt.

Puis Lord Louis s'avança et se plaça à côté de Gandhi. Le photographe accourait avec ses appareils.

– Louis Sultan, Edwina Sultane, leur Vizir et le Fakir, fit le vieil homme solennellement.

Nehru regarda Edwina et éclata de rire. Lord Louis, sérieux, suivait le mouvement du photographe; mais Edwina serra ses mains l'une contre l'autre pour ne pas pouffer à son tour. Gandhi, ravi, exhiba son célèbre sourire édenté. On entendit le déclic de l'appareil.

– Ah, mais il faut jeûner aussi quand on est trop heureux! fit Gandhi, un doigt levé, en se tournant vers Nehru.

Edwina ne put retenir son rire. Lord Louis haussa le sourcil, abasourdi.

– Je gage que notre Mahatma aura donné à votre épouse une leçon de jeûne, Votre Altesse, fit Nehru en riant toujours.

Le photographe fit de grands signes; sa photographie était manquée, criait-il, on ne verrait pas Monsieur Gandhi!

– Tant mieux, dit le Mahatma. On vous verra sur l'image, c'est bien. Car, à vous trois, vous incarnez l'avenir de l'Inde, tandis que moi...

Le ciel dorait les pierres roses, et les flèches sombres des perroquets sillonnaient les airs avec des cris perçants. Des voix lointaines se mirent à chanter des prières. Gagné par un bonheur qu'il ne comprenait pas, Lord Louis sourit à son tour. Nehru, les mains derrière le dos, continuait d'étouffer son rire sans pouvoir s'arrêter; Edwina, à ses côtés, se sentit envahie d'une paix inexplicable. Le temps semblait suspendu.

– Je vais être en retard, mes amis, finit par soupirer le Mahatma en tirant machinalement son oignon. Laissez-moi mettre fin à ce moment heureux.

Et il descendit les marches en retenant son pagne.

– Voyez comme il est, chuchota Nehru en le suivant des yeux. Sa joie d'enfant. Par moments, il me fait oublier le sang qui coule, et...

– Chut... dit Edwina doucement. Ne brisez pas le silence.

Le Mahatma se retourna et monta dans la limousine. Le ciel s'obscurcissait, et soudain Edwina eut froid.

– Que ferions-nous sans lui? fit-elle sans bouger.

– Monsieur Nehru, j'ai oublié de vous dire qu'à Londres le gouvernement cherche un juriste compétent, dit brusquement Lord Louis, comme s'il sortait d'un rêve.

– Un juriste? Mais pour quoi faire? demanda Nehru distraitement.

– Pour étudier un éventuel tracé des frontières, répondit Mountbatten en toussotant légèrement. Au cas où le partage deviendrait inévitable.

Nehru baissa la tête.

– O Ram, murmura-t-il. Pourvu que le Mahatma n'en sache rien.

Delhi, 4 avril 1947

Debout dans le petit salon, le major Williams claqua légèrement les talons. Dans un léger mouvement de jupe claire, la Vice-Reine venait de faire son entrée.

– Pardonnez-moi, major, je vous ai fait attendre. Je ne voulais pas qu'on vous dérange, mais le Vice-Roi...

– Je suis aux ordres de Votre Excellence, fit le major en inclinant la tête. Votre Excellence désire savoir quel est ce village près de Gurgaon, n'est-il pas vrai?

Edwina s'assit en soupirant. Ne connaissait-elle pas déjà tout? Elle eut le sentiment qu'on allait lui ôter la mémoire.

Quelle question pouvait-elle inventer pour ne pas désobliger le vieux militaire?

– J'ai regardé la carte, fit-il sans attendre. Ce village comporte des hindous et des musulmans. On y trouve un temple de Shiva et une mosquée à l'autre bout. Dans le temple, on peut voir...

Il parlait lentement, debout, en mâchant sa moustache où traînaient encore des fils roux. Edwina l'écoutait à peine; le major ne lui apprenait rien. Soudain, elle s'aperçut qu'il n'était pas assis.

– Mais asseyez-vous, je vous prie, fit-elle en lui désignant un fauteuil.

– Les villageois sont partagés en plusieurs castes, dont naturellement les brahmanes que vous n'aurez sans doute pas vus; votre regard les eût contaminés, continua le major comme s'il n'avait pas entendu. Et un peu plus loin se trouvent les maisons des parias, qui ne font pas partie des castes. Votre Excellence les aura sûrement remarquées.

Edwina tendit l'oreille. Non, elle n'avait rien vu. Des intouchables?

– Les maisons se ressemblaient toutes, major, répondit-elle. Les femmes du village m'ont fait visiter tout le village.

– Entièrement? fit le major.

– Pas entièrement, non; certaines rues... Oui, c'est vrai, elles m'ont fait rebrousser chemin.

– Nous y voilà! fit le major. Vous ne pouviez aller dans le quartier des parias en leur compagnie. Vous voyez bien.

Edwina songea brusquement à cette ombre silencieuse que les femmes avaient chassée.

– Et, dites-moi, est-ce qu'il y a des prostituées dans les villages? Ou bien des femmes adultères?

– Oh! Des prostituées? répéta lentement le major. Je ne vois pas. Pourquoi?

– Une femme comme les autres est apparue au loin, et les villageoises n'ont pas permis qu'elle s'approchât. Je me suis demandé ce qu'elle leur avait fait.

– Certainement une intouchable, Votre Altesse. Il n'y a pas d'autre raison. Elles auront pensé qu'elle voulait tirer de l'eau dans leur puits, et cela n'est pas permis. Cela n'existe pas.

– Cela n'existe pas! s'exclama Edwina.

– Pour cela, il y a l'étang. Mais pas le puits. L'eau est trop précieuse, Votre Altesse, dans ce pays. Et les intouchables ne sont pas des hommes... du moins pour les hindous, ajouta-t-il précipitamment.

– Est-ce que le Mahatma ne leur donne pas le nom d'enfants de Dieu, pour les réhabiliter? fit Edwina avec irritation.

– Monsieur Gandhi en effet les appelle « Harijans », bougonna le major.

– Eh bien?

– Monsieur Gandhi prétend changer l'ordre des choses, Votre Altesse. Mais on ne change pas le dharma d'un intouchable, et il le sait bien, lui. S'il n'est plus inscrit dans le cosmos, la société tout entière sera souillée par sa faute. Monsieur Gandhi n'y pourra rien! fit-il avec une fougue inattendue.

– Vous ne croyez pas à l'action du Mahatma? fit-elle, surprise.

– Aux yeux des orthodoxes, Monsieur Gandhi est une sorte d'hérétique, fit-il sans répondre.

– Et pour vous?

Le major ne répondit pas et fixa le plafond.

– Mais à vos yeux, major? insista Edwina.

– Oh moi, madame, je ne compte pas. J'ai servi aux Indes pendant trente ans, c'est tout. Je comprends les indigènes comme si j'étais l'un d'entre eux, fit-il sans acrimonie.

– Major, nous allons quitter ce pays, vous ne l'ignorez pas... murmura Edwina, prise de pitié.

– Peut-être, Votre Altesse, fit-il après un silence. Peut-être bien.

– Mais comment, peut-être? Certainement! répliqua sèchement Edwina.

– Votre Altesse ne connaît pas les Indes. Sans nous, elles n'existeront plus.

Les mots de Lady Wavell. Ceux de Churchill.

– Major, ce pays veut être libre! insista-t-elle.

Le major tortilla sa moustache.

– Qu'est-ce que la liberté pour les hindous? Elle n'existe pas pour eux. Seul existe le dharma, l'ordre du monde. Non, ils n'ont pas besoin de liberté, madame. Ils ont besoin de riz et de blé, et qu'on les laisse en paix!

– Vous ne parlez que des hindous, major. Et les musulmans?

– Ce sont presque tous des intouchables convertis. Les sikhs également, sauf les jats, qui sont de caste noble! fit le major avec feu. Non, madame, les Indes sont hindoues. Avez-vous déjà vu l'Arti, Votre Altesse? Et les prières de l'aube?

Edwina fit un geste évasif. Le major Williams était plus hindou que Nehru.

– L'Arti? Non... Je ne sais pas, fit-elle avec effort.

– Le sacrifice du soir. Un cercle de feu que promène le prêtre devant la statue, au son des clochettes. Si vous voulez, nous pourrons aller au temple de Hanuman, ici même, à Delhi, fit le major d'un ton convaincu. Et après la mousson, pour la pleine lune d'automne, la grande fête de Dusserah...

– Certainement, fit Edwina en se levant. Certainement, major. Laissez-moi vous remercier pour cette leçon admirable.

Le major claqua respectueusement les talons, mais ne bougea pas.

– Votre Altesse connaît-elle la valeur des statues de ce salon? dit-il avec ferveur. Ici, voyez, Nataraja, le dieu Shiva en pleine danse de mort; et là, c'est lui encore, sous sa double forme féminine et masculine, Hardanarishwara; et là, sur son lion, Dourga, la grande déesse du Bengale...

Le major fit un pas, et, au mépris du protocole, caressa les pieds d'une affreuse figure aux crocs menaçants et qui tirait la langue.

– Celle-ci, Votre Altesse, c'est Kâli, la plus douce et la plus terrible. La Mère protectrice... fit-il avec vénération.

Edwina regardait le vieux soldat perdu dans sa contemplation et n'osait pas le déranger.

– Kâli, notre Mère... continua-t-il comme s'il allait se prosterner.

– Major, fit Edwina doucement.

Il n'entendait pas.

– Major Williams! répéta-t-elle plus fort.

Le vieil homme se retourna, saisi.

– Votre Altesse... Pardonnez-moi. J'ai chez moi quelques statues de ce genre, mais elles n'égalent pas ces trésors. Pardonnez...

Et il sortit d'un pas raide après un bref salut.

« Après la mousson, la grande fête de... comment disait-il déjà ? pensa Edwina, songeuse. Cet homme vit dans son rêve ; après la mousson, nous serons peut-être partis. L'Inde sera indépendante et nous ne verrons sans doute pas la grande fête de Dub... Duss... Je ne sais même pas de quoi il voulait parler. »

Après la mousson. Partis. Était-il possible que leur séjour ne durât que le temps d'un été ? Déjà ?

3

Le silence de l'empereur Humayun

L'intraitable Monsieur Jinnah

New Delhi, 5 avril 1947

La voiture qui conduisait le leader de la Ligue Musulmane au palais du Vice-Roi roulait lentement dans les avenues de New Delhi. Jinnah avait attendu que le Vice-Roi eût reçu le Mahatma pour accepter enfin l'invitation de Lord Mountbatten. Il serait le dernier et montrerait ainsi son importance.

Machinalement, Mohammed Ali Jinnah vérifia le pli de son pantalon. Le nouveau Vice-Roi était encore un soldat, comme Lord Wavell; il serait donc sensible à la rigueur du raisonnement. Mais sa jeunesse... Quarante-sept ans, pouvait-on imaginer cela? Et fallait-il que l'Angleterre fût affaiblie pour donner les pleins pouvoirs à un amiral, brillant certes, mais si peu au fait des affaires indiennes! On ne pouvait lui laisser le moindre répit : exposer dès la première minute les exigences et la marge de compromis. N'en pas bouger.

Nehru connaissait Mountbatten depuis Singapour; Nehru l'avait accueilli à l'aéroport; Nehru avait assisté au couronnement. Et, sans le moindre doute, le bouillant Jawahar aurait déjà fait montre de ses séductions, ses émotions à fleur de peau, sa rhétorique de lettré, toute cette flamme inopportune d'adolescent vieilli. Mountbatten avait déjà reçu Gandhi six fois; ce vieux malin serait venu avec son déguisement de paria, presque nu, avec son bâton, et ces lunettes hors d'âge, toute la panoplie de sainteté... Ah! C'était exaspérant! Comme si

Mohandas Gandhi ne pouvait pas s'habiller comme tout le monde, en complet veston, avec des chaussures et une cravate! Quand on négociait avec les Britanniques, ne fallait-il pas leur en remontrer sur le chapitre de l'élégance? Mais non, le vieux bonhomme se voulait indien avec affectation. Indien? Le vieux Mohandas n'était qu'un hindou, et rien d'autre.

« Si, comme on me le dit, Mountbatten accorde la plus grande importance à la coupe de ses uniformes, il sera surpris en me voyant. Je devrais parvenir à m'entendre avec lui. C'est un brave, un pur, un homme intègre. Oui! Nous sommes de la même trempe, je n'ai pas de raison de m'inquiéter », fit Jinnah, en enfonçant légèrement sa pochette de soie.

La voiture arrivait dans la cour; le chauffeur décrivit une superbe courbe avant de l'arrêter au pied des marches. Le leader de la Ligue Musulmane descendit précautionneusement pour ne pas salir ses chaussures blanches et déplia sa taille immense.

– Une gravure de mode, chuchota Edwina en l'apercevant. Ses cheveux sont de neige... Comme il est grand!

– Taisez-vous maintenant, ma chère. Le photographe est-il prêt? Nous l'emmenons sur la terrasse sans perdre un instant. Soyez tout sourire, répondit Lord Louis sans remuer les lèvres.

Le vieil homme qui montait les marches avec lenteur semblait à peine moins âgé que le Mahatma; comme lui il paraissait si frêle qu'une bourrasque un peu forte eût pu le renverser; et, comme du Mahatma, il émanait de ce long corps affaibli une indomptable énergie, une sorte de feu retenu. Lord Louis lui tendit la main et le poussa vers Edwina. Le sourire crispé de Jinnah s'éteignit brusquement.

« La peau laiteuse, pensa-t-il en un éclair. Une femme si blanche, si fine... Aussi transparente que ma Ruttie, quand elle vivait encore... Ma femme, mon amour mort! Elle avait ce sourire aigu. Je ne dois rien montrer, surtout. »

Ses mains se mirent à trembler, il les accrocha l'une à l'autre. La morsure du serpent lui brûlait les poumons; il manquait d'air. Il salua Edwina d'un bref signe de tête et suivit le Vice-Roi dans le palais.

Le photographe sur la pelouse était prêt. Lord Louis plaça

Jinnah entre sa femme et lui; mais le visage fermé, incapable de sourire, Jinnah enfonça une main dans sa poche, et le coude nu d'Edwina frôla sa manche. Il suffoqua brusquement et manqua s'évanouir.

– Quelle joie de vous voir enfin, Monsieur Jinnah, dit-elle en souriant. Nous vous aurons attendu longtemps...

Jinnah ne broncha pas. Il avait préparé des paroles aimables et lourdes de sous-entendus, une galanterie à l'ancienne comme il savait si bien les tourner autrefois, mais il avait oublié; il demeura muet, pétrifié d'émotion contenue. Il ne fallait pas regarder cette femme dans les yeux.

Puis il retrouva son petit compliment. Une affaire de rose et d'épines... Oui! Le photographe opérait toujours, la photographie officielle montrait la Vice-Reine entre les deux hommes, comme toujours selon les règles britanniques. Et sans voir qu'il était placé entre Edwina et son mari, Jinnah se lança hardiment.

– Voilà donc une rose entre deux épines! fit-il sentencieusement, sans réfléchir.

Les Mountbatten se regardèrent, étonnés.

– Êtes-vous la rose, Monsieur Jinnah? fit gracieusement Edwina. Et suis-je donc une épine?

Le compliment tournait à l'insulte. Jinnah pinça les lèvres.

– C'est que la rose a changé de place, elle aurait dû être au milieu... murmura-t-il avec gêne.

– Fort bien! intervint Lord Louis. Je propose que le rosier tout entier se déplace pour nos entretiens. Quant aux épines, je m'en charge, n'est-ce pas, ma chère?

Dans un silence pesant, ils se dirigèrent vers le bureau du Vice-Roi. Lord Louis fit un signe; Edwina prit congé poliment.

– Eh bien, Monsieur Jinnah, voici enfin venu le moment de nous connaître, commença Lord Louis avec un large sourire. Oubliez votre méprise à propos de la rose.

Jinnah haussa ses sourcils argentés. Lord Wavell ne s'était jamais soucié d'établir des rapports personnels avec lui. Il ne répondit pas.

– Je crois, fit Lord Louis aimablement, qu'avant de discuter des questions les plus graves, il faut savoir qui nous sommes, ne trouvez-vous pas?

– Vous êtes le Vice-Roi des Indes, et je suis le leader de la Ligue Musulmane, répondit Jinnah avec une glaciale courtoisie. Je représente, et moi seul, la voix des musulmans de l'Hindoustan, avant qu'ils ne soient enfin réunis dans un Pakistan, leur sauvegarde. Je ne vois rien d'autre que je puisse vous dire, Sir.

– Je n'avais pas besoin de vous rencontrer pour savoir cela, Monsieur Jinnah! répliqua Lord Louis en riant. Mais, moi, par exemple, je puis vous dire que j'ai séjourné dans votre pays, à une époque où vous étiez un ardent militant du Congrès, un fervent partisan de l'unité entre hindous et musulmans.

– Quand cela? fit Jinnah froidement.

– En 1922. Je ne me trompe pas?

Jinnah s'agita dans son fauteuil; cette entrée en matière remuait de mauvais souvenirs.

– Sir, répondit-il de mauvaise grâce, c'est en 1937 que j'ai compris la nature du despotisme hindou qu'instaurait le Parti du Congrès. Je n'ai pas varié depuis lors. Je suis venu pour vous exposer mon plan sur la géographie du Pakistan, mon pays. P comme Penjab, A pour la frontière afghane du nord-ouest, K pour Kashmir, S comme Sind, et le Tan de Balouchistan. Pa-ki-stan, insista le vieil homme. Sans oublier, à l'Est, le Bengale à majorité musulmane.

– Monsieur Jinnah, je ne veux pas entendre parler de Pakistan avant d'être absolument certain qu'il n'existe pas d'autre solution, sachez-le. Qu'un homme de votre valeur, un musulman si distingué, ait pu présider le Parti du Congrès avant de prendre le pouvoir à la Ligue Musulmane, voilà ce que je veux comprendre.

– C'est une perte de temps, murmura Jinnah. Nous avons mieux à faire.

– Croyez-vous?

– Oui, fit Jinnah, dont les yeux lancèrent des éclairs. Si vous voulez éviter que le sang coule, le Pakistan est la seule solution.

– Mais enfin, cette idée du Pakistan, monsieur, elle est de vous! Vous, qui vous êtes battu aux côtés des hindous, des sikhs et des parsis...

En entendant le mot « parsi », le visage de Jinnah se mit à

frémir; d'un geste élégant, il sortit sa pochette et s'essuya les tempes.

– L'idée du Pakistan est née à Londres dans le cerveau d'un poète, Sir, qui s'appelle Rahmat Ali. Je me suis modestement contenté de la faire progresser; et je n'ai pas pris le pouvoir comme vous dites; les musulmans de l'Hindoustan m'ont accordé leur confiance, c'est différent.

– Mais au sein du Congrès se trouvent aussi des musulmans...

Jinnah leva sa longue main et balaya l'argument.

– Enfin, tout de même! Le Maulana Azad, par exemple, ou Ghaffar Khan... insista Lord Louis.

– Souvenez-vous de la Journée d'Action Directe, Sir, fit Jinnah doucement. Calcutta, l'année dernière. Cinq mille morts inutiles.

– Je n'aurais garde d'oublier! Vous avez causé tant de...

Lord Louis s'arrêta. Il ne fallait pas braquer le vieil homme.

– Vous avez en effet fait la démonstration de votre force, reprit-il en se contenant. Mais parlez-moi justement de vous; je suis curieux de savoir la raison de votre autorité.

– Ce n'est pas nécessaire, fit Jinnah.

– Mais enfin, Monsieur Jinnah, par où voulez-vous que nous commencions notre travail? s'exclama Lord Louis, exaspéré.

– Par la définition du Pakistan, Sir, répliqua Jinnah. Le Bengale et le Penjab comportent assez de musulmans pour justifier leur rattachement à mon pays; c'est le point essentiel de mes propositions.

– Et que faites-vous des hindous? Certes, ils sont moins nombreux; mais comment comptez-vous les traiter?

– Mais selon la justice islamique, Sir; elle est tolérante. Ils seront à coup sûr mieux traités que les musulmans sous la domination hindoue! fit Jinnah dont le visage s'anima.

– Monsieur, je vous le redis, à cette étape je ne veux pas de partition des Indes. Dites-moi franchement, qu'est-ce donc qui vous sépare de Monsieur Gandhi?

– Sir, je le connais depuis trop d'années. Sa renommée dissimule un esprit calculateur et malin...

– Calculateur, le Mahatma? s'écria Lord Louis d'un ton lourd de reproche.

– Je vois que le Vice-Roi a déjà succombé au charme irrésistible de ce prêcheur hindou, murmura Jinnah avec un sourire. Je ne m'en étonne plus. Je sais ses sortilèges. C'est à cause de ses discours sur l'Inde que les musulmans ont été affaiblis si longtemps.

– Monsieur Jinnah... fit Lord Louis, désemparé. Comment pouvez-vous affirmer que Gandhi est hindou, lui qui défendit si vaillamment les musulmans de Calcutta?

– Et les hindous du Bihar! répliqua Jinnah froidement. Non, Sir, non, je ne veux plus traiter avec le Mahatma... je veux dire avec Monsieur Gandhi. Les ponts sont coupés.

– Et si je vous demande de les rétablir?

– La seule solution, c'est le Pakistan, Sir, répéta Jinnah, les yeux fixés vers le plafond. Vous ne mesurez pas l'oppression des musulmans de l'Hindoustan. On ne les laisse pas pratiquer leur religion, on leur expédie des cochons dans l'enceinte des mosquées, on organise des fêtes hindoues fastueuses pendant le Ramadan, on trouble leur jeûne quotidien, on prend un malin plaisir à jouer du tambour pendant la prière du vendredi... Hindous et musulmans n'ont absolument rien en commun. Rien!

– Et que pensez-vous de Nehru?

Jinnah regarda Lord Louis avec commisération. Ce jeune homme avait l'esprit léger; déjà, il s'était laissé séduire par l'Inde éternelle. Il faudrait lui administrer une leçon d'histoire; que lui importaient les musulmans de l'Inde, dont il ne connaissait pas le glorieux passé, et l'affreuse déchéance? Oh! C'était trop clair! Le Vice-Roi obéissait aux leaders du Congrès. Gandhi et Nehru. Un homme sous influence.

– Ce que je pense de Monsieur Nehru... fit-il lentement. Qu'il serait mieux à sa place dans un des collèges où il a appris la littérature, Sir; c'est un rêveur. C'est Peter Pan! Il va et tourne et virevolte dans tous les sens, non sans allure, je le reconnais, mais il n'a rien d'un homme d'État.

– Vous êtes sévère, observa Lord Louis.

– Je lui rends justice, Sir, fit Jinnah avec une ombre de sourire. Vous ne savez pas ce qu'est un brahmane du Cachemire. Cette arrogance dissimulée sous des airs modernistes, cette façon qu'il a maintenant d'affecter le socialisme... Le socialisme, Sir! Est-ce le problème de l'heure? Et croyez-vous qu'il cédera devant les revendications musulmanes? Jamais. Il est trop occidental.

– Mon Dieu, monsieur, mais vous portez, il me semble, un vêtement qui n'a rien de musulman, suggéra Lord Louis en riant.

Jinnah sortit de son gilet un fume-cigarette en jade blanc et alluma une cigarette.

– Ah! C'est vrai. Je l'admets, sourit-il en soufflant la fumée. Mais sous ce costume, qui est aussi le vôtre, Sir, mon cœur ne bat que pour le Pakistan. Ne vous êtes-vous pas battu pour votre pays?

– Pour mon pays tout entier, et mon pays n'était pas seul, monsieur. Je me suis battu contre le nazisme, c'est tout autre chose, répondit Lord Louis fermement.

– Eh bien! Moi je me bats contre l'oppresseur hindou. Je ne tiens pas non plus à faire couler le sang, Sir, fit-il, en regardant intensément le Vice-Roi. Ai-je l'air d'un tyran sanguinaire? Regardez-moi; croyez-vous que je veuille à tout prix massacrer les hindous?

– Non! Sir, vous n'êtes pas de la race des despotes, cela va sans dire, affirma Lord Louis. Mais alors, pourquoi voulez-vous ce partage? Il les entraînera, ces massacres dont vous ne voulez pas...

– Au contraire! s'exclama Jinnah avec une flamme subite. Nous divorcerons, nous partagerons l'héritage, et nous serons les meilleurs amis du monde, chacun chez soi. Quoi de plus simple? Une opération chirurgicale; on ôte l'abcès, c'est douloureux, mais le corps est guéri. Je ne vous propose rien d'autre. Je suis sûr qu'une fois le Pakistan reconnu, j'entretiendrai les meilleurs rapports avec Nehru. Et même, tenez, avec le Mahatma...

– Savez-vous qu'il me suggère de vous nommer chef du gouvernement de l'Inde indépendante? coupa brutalement Lord Louis.

Jinnah tira une bouffée de cigarette et ferma les yeux.

– Qui? Gandhi? Moi, Premier Ministre? Vous voulez dire ministre, sans doute? Il me l'a proposé aussi, voici quelque temps; j'ai refusé.

– Non, Monsieur Jinnah, vous avez bien entendu. Premier Ministre. Les hindous dépendront de vos décisions.

Jinnah, le visage contracté, prit l'air d'un homme qui réfléchit. Son cœur battait la chamade, et il sentait confusément monter un violent désir de pleurer. Quelle insupportable émotion... Céder, accéder à cet honneur dont il n'osait plus rêver ? Lui, un musulman, à la tête de l'Hindoustan ? Trahir les siens ? Ou accepter enfin d'ouvrir les bras ?

– Ah, le vieux renard, murmura-t-il. Voilà bien ses ruses extrêmes. Je ne sais ce qui se dissimule sous cette proposition, Sir...

– Voulez-vous l'examiner, en votre âme et conscience ? dit Lord Louis.

– Je ne suis pas sûr de le vouloir, murmura le grand vieillard, comme pour lui-même. En aurai-je la force ?

– Vous êtes bâti pour vivre centenaire, assura Lord Louis avec cordialité.

– Qui peut juger de l'avenir, Sir ? chuchota Jinnah d'une voix presque inaudible. Je ne veux pas mourir sans voir le Pakistan, ajouta-t-il en posant machinalement la main sur sa poitrine.

– Avant d'envisager cette solution, monsieur, réfléchissez à mon idée.

– Celle de Monsieur Gandhi, corrigea Jinnah doucement. Voulez-vous que je vous dise mon sentiment ? Nehru n'acceptera jamais.

– Mais s'il acceptait ?

– Il ne le peut pas, monsieur, répliqua Jinnah avec un sourire adorable, en montrant ses dents gâtées. Il est brahmane. Et le temps presse.

Lord Louis entra en coup de vent dans le salon où Edwina l'attendait en lisant.

– Dieux du ciel ! Jusqu'ici je croyais pouvoir réaliser ma mission, mais maintenant je vois qu'elle est impossible ! fit-il en se laissant tomber dans un fauteuil.

– Il ne cédera rien, n'est-ce pas ? dit Edwina sans lâcher son livre.

– Comment savoir? L'homme est intraitable. Il ne démord pas de son rêve de Pakistan, et si j'avance d'un pas il ne prend pas la peine de répondre. Il demeure impassible, sanglé dans son complet trois-pièces, son fume-cigarette au bout des doigts, sans une émotion...

– Je ne parviens pas à croire que vous n'ayez pu le dérider, observa Edwina, sans lever les yeux. Quand vous le voulez, Dickie, vous pouvez charmer un cobra prêt à vous attaquer!

– Mais un cobra vit! Tandis que Jinnah, lui, ressemble à un mort-vivant... Non, ma chère, je ne sais si j'en viendrai à bout. Mais vous, quelle impression vous a-t-il faite?

– Fragile, Dickie, fit Edwina en tournant une page. Ce vieil homme si grand et qui se tient si droit n'est pas si résistant qu'il en a l'air.

– Je voudrais que vous eussiez raison, darling... fit Lord Louis en se prenant la tête entre les mains. Il m'a épuisé. Tenez, ajouta-t-il en se levant brusquement, laissez ce damné livre et venez avec moi. Où est Pammy?

– Mais je ne sais pas. Je crois qu'elle est en ville, répondit Edwina sans se presser. Où m'emmenez-vous?

– N'importe où. Nous verrons. J'ai besoin d'air, fit-il en l'entraînant.

La voiture venait de quitter la grande avenue. Au premier tournant, le chauffeur hésita.

– Où dois-je aller, Your Highness?

– Vers Lodi Garden... Non! Allez à la tombe d'Humayun, jeta Lord Louis sans réfléchir.

« Nous y serons au calme, songea-t-il. Il n'a pourtant pas rejeté la proposition de Gandhi... Nehru refuserait? Impossible, il est trop généreux. Si c'est Gandhi qui lui demande, il ne pourra refuser. C'est cela, il faut jouer Gandhi contre son fils spirituel. Enfin, n'y pensons plus pour l'instant. Ce diable d'homme me fait sortir de mes gonds. »

Le chauffeur s'arrêta devant l'allée de sable; au loin se dressait la première porte moghole. Lord Louis et sa femme s'avancèrent le long des murs écroulés, jusqu'aux hautes marches;

un vieux musulman en caftan noir les salua, la main à la hauteur du cœur, en marmonnant un salaam; puis il trottina jusqu'aux lourds battants de bois, en traînant les pieds. Le passage était si sombre qu'Edwina fit un léger faux pas; le vieillard poussa la porte. De l'autre côté de l'obscurité, dans une lumière éblouissante, apparut brutalement l'immense tombe de pierre rose, si éclatante qu'Edwina mit sa main en visière.

Saisis par le silence, ils restaient immobiles. Peu à peu, la coupole aveuglante de blancheur, envahie de pigeons, s'apprivoisa; ils distinguèrent les dessins de marbre blanc sur la pierre rouge, puis les rosaces d'émail vert, enfin, imperceptibles, les volutes noires du nom d'Allah sur les montants du tombeau. Au sommet du mât d'or, un milan se lissait les ailes.

– Quelle paix... chuchota Edwina.

– Quelle majesté... fit Lord Louis. Voilà bien un tombeau digne d'un empereur!

Soudain, un cri aigu rompit le silence du jardin; la tête hautaine d'un paon apparut au sommet d'un muret; puis, posant dédaigneusement une patte après l'autre, il hissa sa longue queue et toisa l'horizon. L'oiseau les fixa, tourna deux ou trois fois son cou d'azur avec des mouvements saccadés, et, comme s'il ne leur reconnaissait aucun pouvoir sur son domaine, s'envola lourdement dans un grand bruit d'ailes froissées.

– Le maître de ces lieux, fit Edwina en riant. Nous l'avons dérangé.

– L'emblème des Indes, ma chère, a bien le droit de se sentir chez lui. Mais regardez, les vrais maîtres sont ailleurs.

Et il désigna un grand margousier dont un côté s'était entièrement desséché. Sur les branches dénudées, tassés en groupe, veillaient les vautours de la tombe.

– Oh! Je n'aime pas ces oiseaux, dit Edwina avec dégoût.

– Venez, fit Dickie en riant, asseyons-nous sur le bord du bassin, là-bas.

Les pelouses étaient envahies de merles et de moineaux; sautillant de tous côtés, une huppe affairée piquait frénétiquement la terre entre les herbes. A l'ombre de la grande tombe, le petit monde ailé vivait intensément.

– Voyez, ils nous ressemblent, fit soudain Edwina. Ils picorent, ils s'agitent, parfois même, ils s'envolent, et rien ne change autour d'eux, sinon la tombe et la lumière du jour.

– Elle décline, observa Lord Louis. Écoutez, le chant du muezzin... La mosquée est toute proche. Dans un instant, le ciel sera rouge. Les serpents sortiront de leurs trous et nous serons plongés dans la pénombre. Pensez-vous que Nehru acceptera de laisser sa place à Jinnah?

– Comment? sursauta Edwina.

– Vous étiez là quand Gandhi proposa cette solution saugrenue. Jinnah Premier Ministre. Nehru peut-il accepter?

– Dickie, arrêtez un peu... répondit Edwina, agacée. Ce jardin se moque bien de vos questions.

– Vous avez raison, ma douce, admit Lord Louis. Je me demande ce qu'en dirait l'empereur qui repose ici. Oh! Ce n'était pas un foudre de guerre. Quand je pense qu'il s'est rompu le cou en descendant les marches de son observatoire... Il regardait les étoiles en fumant du haschich. Oui, qu'en dirait-il?

– Demandez-le-lui, Dickie, fit Edwina en désignant la tombe. Après tout, un empereur moghol a bien son mot à dire sur le destin des musulmans, non?

– Oooh! cria Lord Louis en mettant ses mains en porte-voix. Si tu m'entends, empereur Humayun, réponds-moi! Monsieur Jinnah sera-t-il Premier Ministre de l'Hindoustan?

Les moineaux s'arrêtèrent, et la huppe s'envola. Dérangé par le cri, un vautour étira ses ailes immenses.

– Vous me faites faire n'importe quoi, ma chère, dit Lord Louis. Et cet empereur est bien silencieux. Savez-vous comment Jinnah appelle Nehru? Peter Pan! Il le trouve trop anglais...

– Anglais! s'indigna Edwina. Arrogant! Et c'est Jinnah qui ose, avec ses costumes et ses guêtres!

– Il déteste Nehru de tout son cœur. Et c'est pourquoi il pense que Nehru refusera de lui céder le poste. Vous ne m'avez pas répondu tout à l'heure.

– Mais comment Nehru lui-même présenterait-il la chose au Congrès? Comment pourrait-il expliquer que leur principal ennemi lui serait préféré? Même s'il le voulait, Nehru ne pourrait pas! s'écria Edwina avec véhémence.

– Ainsi donc vous croyez que Jinnah est le principal ennemi du Congrès, observa Lord Louis. J'aurais pensé que c'était Londres...

– Ne me dites pas où sont vos préférences, Dickie, je ne vous croirais pas, s'écria Edwina. Vous aussi, vous appréciez Nehru plus que Jinnah!

– C'est vrai, acquiesça Lord Louis. On me demande de rester neutre; je conviens que c'est impossible. Mais je dois cependant convaincre ce Monsieur Jinnah, à n'importe quel prix. Sinon, je n'ose imaginer le partage...

– Et si Nehru accepte, si Jinnah est Premier Ministre, croyez-vous que les hindous ne se soulèveront pas? s'exclama Edwina.

– Londres est loin, murmura Lord Louis sans répondre; le Premier Ministre m'a demandé d'en finir avec l'Empire, sans savoir trop comment... Venez; il ne faut pas traîner ici après la tombée du jour.

L'ombre s'étendait déjà sur la moitié du tombeau; le long de la coupole, le soleil laissait traîner ses ultimes rayons. L'herbe bleue se vida de ses oiseaux; et les derniers vautours rentrèrent au nid avec un grand bruit d'ailes flasques. Serrés l'un contre l'autre, Lord Louis et sa femme avancèrent à tâtons à travers les allées sombres; soudain, dans un léger frissonnement, un long serpent noir glissa devant Lord Louis et disparut.

– Un cobra! fit Edwina en tendant le doigt. Je suis sûre que c'était un cobra.

– Ma foi, je lui ai fait peur. Il faut croire que vous aviez vu juste, et que je sais effrayer ces animaux sacrés, fit Lord Louis en riant. Je n'en dirais pas autant des leaders de l'Inde!

– Dickie, il fait nuit maintenant, murmura Edwina. Il faut partir; vous ne verriez plus même un moineau devant vous.

– Aucune lumière, fit Lord Louis. Wavell avait raison. Moi non plus je n'ai pas de lumières pour éviter le pire. Et l'empereur Humayun se comporte exactement comme Monsieur Jinnah : il ne m'a pas répondu.

Le rossignol de l'Inde

Delhi, 10 avril 1947

Lord Ismay, directeur du cabinet du Vice-Roi, attendait la vieille dame dans la cour d'honneur, devant la porte principale du palais du Vice-Roi. Elle marchait à pas vifs et, la tête levée, regardait de tous côtés pour ne rien manquer du spectacle.

« Voici donc comment il est fait, ce palais, pensait Sarojini. Je ne me lasserais pas de le regarder. Dire que depuis sa construction en 1922 il nous nargue... Et quand je pense que bientôt nous y serons chez nous. Si Dieu le veut. S'il y a un Dieu. Et si Jinnah ne se met pas en travers du chemin. »

Et comme elle ne regardait pas à ses pieds, elle buta sur un caillou et trébucha. Lord Ismay se précipita et la retint par le bras.

– Il était temps, Sir, fit-elle avec ce large sourire qui lui gagnait les cœurs. Pour un peu, le Vice-Roi aurait manqué son rendez-vous.

– Il vous attend, madame, répondit Lord Ismay; il espère beaucoup de cet entretien.

– Bah! Que peut-il attendre d'une vieille femme comme moi? fit-elle, désinvolte, en rejetant le pan de son sari derrière l'épaule.

– L'expérience, madame, et puis vous connaissez les leaders de votre pays depuis longtemps...

– Dites depuis toujours, Sir, répliqua-t-elle. Il n'est guère que le Mahatma pour être plus vieux que moi!

En traversant les longs couloirs, Sarojini ne put s'empêcher de lorgner un par un les gardes au regard fixe. « Pas un ne baissera les yeux. Pas un seul n'accordera d'attention à la vieille Indienne, et pourtant, ils sont indiens comme moi... » Ses yeux fureteurs s'accrochaient aux corniches, aux hallebardes, aux marqueteries de marbre, aux gants de buffle, aux turbans soigneusement plissés, mais rien ne lui répondait, hormis le léger cliquetis de ses bracelets de verre.

Au détour d'un corridor, Edwina attendait, debout.

– C'est trop d'honneur, madame, fit la vieille dame en joignant les mains pour la saluer.

– Chère Madame Naïdu... répondit Edwina en l'entraînant rapidement. Nous savons ce que vous représentez dans ce pays.

– Oui, vraiment? bougonna Sarojini en trottinant.

– Le rossignol de l'Inde, n'est-ce pas?

La vieille dame s'arrêta, une main sur la poitrine. Cette jeune Vice-Reine marchait décidément bien vite.

– Comment dites-vous? Mais c'est Monsieur Gandhi qui m'appelle ainsi, et lui seul! s'exclama-t-elle.

– Aussi bien est-ce lui qui m'a parlé de vous, répliqua Edwina en souriant. Ai-je eu tort?

– Non, non... fit Sarojini en reprenant sa marche.

« Elle plaît à Gandhi. Quant à Nehru... mieux vaut n'y pas songer. Il faudra que je l'examine de très près, cette enfant. Ce n'est pas une Anglaise habituelle, pas une memsahib. Il faut convenir qu'elle est jolie, cela ne fait pas de doute. C'est commode, la beauté, tout de même », ressassait la vieille dame au bras d'Edwina.

Elles étaient arrivées au salon.

Lord Louis lui tendit la main avec un grand sourire.

– Madame Naïdu, le rossignol de l'Inde!

Sarojini éclata de rire, conquise.

– Décidément, Sir, vous vous êtes donné le mot! Lady Louis, déjà...

Elle se laissa tomber dans un fauteuil. Ces jeunes gens étaient très séduisants.

– Savez-vous, continua-t-elle, qu'il n'y a pas de rossignols en Inde? Notre Gandhi aimait mes pauvres poèmes; il a inventé ce surnom, je ne sais pourquoi, et cela m'est resté. Je n'y suis pour rien...

– Mais s'il n'y a pas de rossignol?... demanda Edwina intriguée.

– Eh bien! Le mot anglais est si beau, *nightingale*, troué de nuit, tout étoilé; cela lui aura plu. C'est que notre Mahatma parle un excellent anglais, savez-vous? Moi, j'aime ce mot; il me rappelle Shakespeare, c'est le rossignol, mais non, c'est l'alouette, mon amour...

Fascinée, Edwina écoutait la vieille dame évoquer *Roméo et Juliette* avec autorité. Une voix douce-amère aux accents profonds, une voix de mangue.

– Le malheur, fit Sarojini en riant, c'est que notre Bapu ne parle pas bien hindi.

Lord Louis se percha sur le bord d'un fauteuil.

– Vraiment? Comment fait-il alors pour ses discours?

– Il parle hindi, mais avec un affreux accent qui lui vient de sa langue maternelle, le gujarati. Mais c'est sans importance; parlerait-il chinois qu'il enflammerait l'Inde aussi bien. Vous le connaissez, n'est-ce pas?

– Oui! s'exclama Edwina, enthousiaste. Il est irrésistible.

– Irrésistible, c'est le mot. Et bien malheureux, comme nous le sommes tous aujourd'hui dans notre pauvre Hindoustan. Vous vouliez m'entretenir, Sir, continua-t-elle en s'adressant à Lord Louis.

– On me dit que vous avez bien connu Monsieur Jinnah, madame.

La vieille dame baissa les yeux en silence, en torturant ses bracelets.

« Nous y sommes, se dit Sarojini. Que leur dire? Ils ne comprendront pas. Ils ne l'aimeront pas, Jinnah n'est plus aimable. Mais s'il reste une chance encore, une seule... »

Lord Louis et sa femme se regardèrent. La vieille Madame Naïdu était perdue dans ses rêves. Avait-elle seulement entendu?

– Je vous parlais de... commença Lord Louis avec gêne.

– Parfaitement, coupa Sarojini en relevant la tête. Je sais. Vous l'avez déjà reçu, n'est-ce pas?

– C'est exact, madame. Monsieur Jinnah ne m'a pas semblé très ouvert. Il répète les mêmes arguments, et nous n'avançons pas d'un pouce. Il veut son pays musulman. Et quand je lui parle des musulmans du Congrès, il ne prend même pas la peine de me répondre.

– Votre Excellence, commença Sarojini gravement, le Jinnah que j'ai connu jadis était un militant du Congrès, un jeune homme d'un enthousiasme et d'un magnétisme hors du commun. L'un des plus ardents défenseurs de l'unité entre les musulmans et les hindous. Et je ne peux pas croire qu'il ne reste pas dans son cœur la moindre trace de ce grand souffle.

Il y avait de la douleur dans son regard.

– Non, je n'arrive pas à le croire... répéta-t-elle.

– Vous connaissez ses positions, fit vivement Lord Louis.

La vieille dame leva la main d'un air accablé.

– Connaissez-vous les raisons de cet incroyable revirement? continua Lord Louis.

– Ah! Si je les connaissais avec certitude... mais j'aurais tout tenté pour les guérir! s'écria Sarojini. Cela ne s'est pas fait en un jour. Il a souffert, il a bâti pierre après pierre une prison, il s'y enferme, et aucun de nous n'a la clef.

– Il a souffert, dites-vous... Monsieur Gandhi aussi dit cela, fit Lord Louis, intrigué. Souffert comment?

« Tu es trop jeune, Vice-Roi des Indes, songea Sarojini; la vie t'a tout donné, et tu as une femme à tes côtés. Tu ne connais pas la souffrance. »

– Je ne peux rien vous dire, murmura Sarojini.

– Est-ce une souffrance intime? demanda soudain la voix claire d'Edwina.

Sarojini pivota sur elle-même lourdement et fixa Edwina d'un air courroucé, sans lui répondre.

– Bien! conclut Lord Louis. Mais vous connaissez aussi Monsieur Nehru.

– Depuis 1917, Sir, fit Sarojini, soulagée. Il est resté le vaillant cœur qu'il était déjà à l'époque, notre espoir. Mais je n'ai rien à vous apprendre que vous ne sachiez déjà, je crois.

– Nous ne savons pas tout! se récria Edwina.

– Vous connaissez sa fille, n'est-ce pas? C'est son unique amour, fit Sarojini sans quitter les yeux d'Edwina. Quand il était en prison, ils se sont écrit tous les jours, ou presque. Pareil attachement entre un père et sa fille, cela ne s'est jamais vu. Aucune femme ne pourra jamais se glisser entre eux, aucune...

– Mais Indira Nehru est mariée à cet autre Monsieur Gandhi, le parsi, objecta Lord Louis.

– Et mère d'un petit Rajiv, oui. Mais en Inde, tout le monde vit sous le même toit, et la jeune Indira partage la vie de son père. Avec les années de prison, ils n'ont guère eu l'occasion de savourer la proximité de la famille indienne... Mais en quoi ces précisions peuvent-elles vous aider?

– Tout compte, madame, répliqua Lord Louis. Le moindre détail peut aider au compromis. Mais puisque vous ne voulez pas parler de Monsieur Jinnah...

– Je peux vous parler du Mahatma! s'exclama Sarojini. Voulez-vous que je vous raconte notre première rencontre? C'était... mon Dieu! A Londres, à la veille de la Première Guerre mondiale. Il arrivait tout juste d'Afrique du Sud, auréolé de ses triomphes sur le général Smuts, qu'il avait contraint à reconnaître les droits de la communauté indienne. J'errais dans Kensington à la recherche de son logis, en grimpant d'invraisemblables marches dans une vieille maison délabrée, et pour finir j'ai vu, à travers l'embrasure d'une porte, un petit homme à la tête rasée, assis sur une couverture de prisonnier, en train de manger un horrible mélange de tomates écrasées et d'huile d'olive, dans un bol de bois, un ustensile de sa prison, sans doute...

Les yeux de Sarojini lancèrent de tels éclairs qu'Edwina laissa tomber une statuette avec laquelle elle jouait.

– Qu'avez-vous fait? murmura Lord Louis.

– J'ai ri, si fort qu'il leva les paupières et me rendit mon rire : « Ah! Vous êtes Madame Naïdu! Qui d'autre au monde pourrait se moquer de moi? Venez, et partagez mon repas! »

– Nous aussi nous avons eu droit à cette proposition, fit Edwina, mais c'était du yaourt.

– Cela ne m'étonne pas! s'exclama Sarojini. Little Man est capable de tout. A l'idée de déguster sa bouillie, mes cheveux se dressèrent sur ma tête! « Non merci », lui ai-je répliqué en reniflant entre deux hoquets, « quelle horreur! » C'est à cet instant même que commença notre amitié. Cela ne l'empêcha pas de m'enrôler pour trente ans au service de la cause de l'Inde libre, voyez-vous...

Lord Louis et sa femme échangèrent un bref regard; la vieille Madame Naïdu s'était enfin détendue.

– Vous connaissiez aussi sa femme, dit Edwina avec douceur.

– Nous étions en prison ensemble tous les trois, madame, à Yeravda. Et quand elle est morte de cette pneumonie, quand Little Man n'a pas voulu que les Anglais la soignent, j'avais été libérée, hélas...

La vieille dame semblait très émue. Edwina allait ouvrir la bouche, mais d'un geste brusque Lord Louis lui fit signe de se taire.

– Enfin, continua Sarojini en ravalant ses larmes, c'était une femme marquée de l'indomptable esprit du martyre.

– Comment s'appelait-elle, déjà? demanda Edwina.

– Kasturba. Elle n'a pas eu la vie facile, avec son terrible mari. De leurs querelles d'adolescents, elle ne parlait jamais. Songez, mariée à treize ans.

– Le Mahatma ne rend la vie facile à personne, fit Lord Louis avec un sourire. Par exemple, quand il voyage en troisième classe, comment faites-vous pour le protéger?

– Ah! s'exclama Sarojini en éclatant de rire. Vous n'imaginez pas. Croyez-vous que nous allons le laisser tout seul quand il est menacé de toutes parts? Il faut chaque fois déguiser nos militants en intouchables, et les poster dans son wagon sans qu'il le sache. Une invraisemblable comédie. Et à Delhi, quand il s'obstine à vouloir résider dans son taudis, en pleine colonie des intouchables, nous avons là, dans les maisons voisines, des centaines d'autres militants. Il ne s'en est jamais douté. Ce qu'il en a coûté au Congrès de protéger son vœu de pauvreté, mon cher Lord Louis, vous n'en avez pas la moindre idée!

Ils riaient tous trois de bon cœur, lorsqu'un officier s'approcha de Lord Mountbatten et vint lui parler à l'oreille. Le Vice-Roi s'excusa et s'éclipsa.

Le rire d'Edwina ne pouvait plus s'arrêter; enchantée, Sarojini lui prit la main et se pencha vers elle.

– Ma chère enfant, vous avez vu juste à propos de Monsieur Jinnah, murmura-t-elle en confidence. Les femmes devinent mieux ces douleurs. Il avait épousé une jeune parsie, une de ces créatures à la peau de lune comme souvent les femmes parsies. Une peau si laiteuse... Elle s'appelait Ruttie; elle avait seize ans, et lui, plus de quarante années. Jamais je n'ai vu homme si amoureux; jamais non plus une telle beauté. Provocante au dernier degré, Lady Edwina. Des saris en mousseline

transparente, brodés, mais souffles de voiles follement indé-
cents... Ou bien des fourreaux venus de chez vous, en lamé,
dans lesquels elle glissait comme une serpente... Et puis elle
l'a quitté, il y a bien longtemps.

– Voilà donc la clef de l'énigme Jinnah! s'exclama Edwina.
Je ne l'aurais pas cru.

– Ce n'est pas la seule clef, ma chère petite. Il y a pire. Elle
est morte un an après l'avoir quitté... Ce que je vais vous dire
va vous paraître incroyable. Elle était devenue mystique et se
droguait.

– Est-ce possible! s'exclama Edwina.

– A Bombay tout est possible, soupira Sarojini. Surtout chez
les gens riches qui fréquentent trop d'Anglais, pardon de vous
le dire sans ambages. Ruttie était gravement malade, il lui fallait de la morphine; on vous dira qu'elle est morte de son mal,
mais je ne crois pas que ce soit vrai. Jinnah ne s'en est pas
remis. Et ce n'est pas tout.

– Qu'allez-vous m'annoncer encore? Le trompait-elle?

– Oh! chère Lady Louis... Cela va sans dire. Non, c'est autre
chose. Jinnah eut d'elle une fille qui épousa un parsi, de la
même religion que Ruttie. A cette époque, Jinnah était devenu
le personnage intransigeant que vous apprendrez à connaître;
il ne pardonna pas le mari parsi. Le père et la fille sont brouil-
lés.

– Mais que reste-t-il à Monsieur Jinnah? Dans ce que vous
dites, je ne vois que deuil et cendres, Madame Naïdu.

– Il lui reste sa sœur Fatima, son sosie et son double, et qui
partage sa vie. Vous verrez, on vous parlera *des* Jinnah comme
d'un couple... conclut Sarojini avec un petit sourire.

– Quelle incroyable histoire, murmura Edwina.

– Ne croyez pas cela! fit vivement Sarojini. Incroyable? Si
vous saviez... Quand on nous considère de l'extérieur, nous
autres Combattants de la Liberté, on nous prête une vie d'une
admirable austérité, à l'image de celle de notre Mahatma,
n'est-ce pas? Mais, mon enfant, quand nous sortions de prison
après des mois de solitude, nous nous jetions dans l'amour à
corps perdu... Un tourbillon fulgurant, Lady Louis, une ivresse
à n'en plus finir! Combien de passions naquirent ainsi, entre
deux emprisonnements, sur les chemins des marches mili-

tantes, pendant les grandes grèves non violentes... Nous nous enlacions furieusement comme si nous allions mourir le lendemain, nos nuits ressemblaient aux éclairs et nos jours à la mousson, le grand vent des cœurs nous ployait à sa guise, et nous oubliions tout, les luttes, la vérité, l'indépendance et même l'Inde! C'était elle pourtant dont les bras nous embrassaient encore; mais après la prison, nous étions craquelés comme la terre avant la mousson, nous mourions de soif, nous avions besoin d'eau, l'eau vive des étreintes et des baisers... Et puis, nous étions repris; nous retournions en prison pour une cure de chasteté. La vie, ma chérie, la vie était si puissante!

La vieille dame s'arrêta, le souffle court.

– Pourquoi vous raconter tout cela? C'est si vieux déjà... Je me suis laissé emporter comme une enfant, murmura-t-elle en s'essuyant le front.

– Ne regrettez rien, Madame Naïdu, fit Edwina en lui posant la main sur l'épaule. Je ne savais rien de tout ceci.

– Mais personne ne le sait... gémit la vieille femme. Et quand nous serons libres, nos livres d'histoire ne retiendront aucune de ces histoires d'amour. Elles nous auront permis de continuer les luttes, mais elles disparaîtront. Nos mémoires, peut-être, auront droit aux honneurs; on déposera des guirlandes sous nos portraits, on brûlera de l'encens et on déclamera des discours, mais rien ne restera de la brûlure de nos nuits... C'est ainsi! acheva Sarojini en faisant tinter ses bracelets.

– Lorsque vous dites « nous », Madame Naïdu, vous parlez aussi de vous, n'est-ce pas? demanda Edwina timidement.

– Suis-je donc si vieille? s'indigna Sarojini. Le Mahatma excepté, ainsi que ses brebis les plus proches, nous avons tous éprouvé ces torrents.

– Et Monsieur Nehru? ajouta Edwina en baissant la voix.

« Ce ton qu'elle prend en prononçant son nom... pensa Sarojini sans lui répondre. J'étais encore loin du compte... Et si elle veut savoir, je vais lui dire, moi, qui Nehru a aimé avant elle. Ma propre fille, ma Padmaja. Est-ce que je vais laisser cette fille à peau blanche voler Nehru à mon enfant? »

– Vous le lui demanderez, Lady Edwina, répondit Sarojini d'un air entendu. Après la mort de sa femme, Nehru a éprouvé une folle passion pour une jeune femme... assez belle, et que je connais bien. Pour Jinnah, j'ai cru bon de vous parler de ses souffrances; vous le direz au Vice-Roi, s'il désire vraiment comprendre le caractère du leader de la Ligue Musulmane. Quant à Nehru, ce n'est pas nécessaire, ajouta Sarojini, en drapant coquettement son sari.

Face à face au sommet des âges

Delhi, 15 avril 1947

Après des mois de bouderie, Jinnah avait enfin accepté de rencontrer le Mahatma dans le misérable logement que Gandhi avait choisi d'habiter, en plein quartier des intouchables, à Banghi Colony. Ils ne s'étaient pas vus depuis 1946.

Comme toujours, Jinnah s'était assis sur un fauteuil; il n'avait jamais supporté de s'asseoir sur le sol à la façon des indigènes qu'adoptaient les militants du Congrès. « Cette éternelle affectation, songeait-il; je ne m'abaisserai pas. Surtout pas en face de Mohandas Gandhi. »

A ses pieds, les jambes sur le côté et le torse nu, le Mahatma filait avec ardeur le rouet dont il avait fait son emblème. La partie s'annonçait rude, et le vieil homme ne quittait pas des yeux le fil de coton tordu au bout de ses doigts.

– Mon cher Jinnah, commença-t-il très lentement, je sais que le Vice-Roi vous a fait part de ma proposition. Acceptez-vous de devenir Premier Ministre de l'Inde unie?

– Et moi, je sais que Nehru a refusé tout net, s'exclama Jinnah. Osez me contredire!

– Vous connaissez le caractère emporté de notre Nehru, fit prudemment le Mahatma, et je ne mens jamais. Il a refusé, c'est exact.

– Et vous avez tout fait pour le convaincre, continua Jinnah.

– Je me suis même jeté à ses pieds humblement, sourit le Mahatma.

– Eh bien! L'affaire s'arrête là. Pourquoi donc m'avoir fait venir? Sans l'accord de Nehru, vous ne pouvez plus avancer.

– Il peut toujours changer d'avis, murmura le Mahatma. Cela m'est déjà arrivé... et à vous aussi, mon cher Jinnah.

– Depuis 1937, je n'ai pas varié d'un pouce, fit Jinnah avec orgueil. Je ne serai pas Premier Ministre d'une Inde injustement conçue; je ne cautionnerai pas l'oppression hindoue. Vous êtes très tenace, Mohandas; mais, cette fois, vous ne gagnerez pas. Il faut vous rendre à la raison; j'aurai mon Pakistan.

– C'est bon, répondit Gandhi en toute hâte, je ne veux pas vous contredire dans un moment de passion. Je ne perds jamais espoir. J'ai mon idée.

– Iriez-vous jusqu'au jeûne à mort contre moi? Et contre Nehru?

– Pourquoi pas? fit Gandhi en levant les yeux pour la première fois.

Jinnah frémit secrètement; le vieil homme pouvait en effet user de cette arme redoutable qui n'avait jamais manqué sa cible. Nehru accepterait de céder la place...

– Écoutez-moi, Mohandas, fit-il posément. Supposez que vous obteniez gain de cause, et que Nehru consente à vous obéir. Supposez que j'accepte de mon côté – c'est une simple hypothèse, Mohandas. Croyez-vous que je pourrais tenir la bride à mes musulmans frustrés? Ils ne m'écouteraient plus et se lanceraient comme des fous sur les maisons hindoues. Les hindous feraient de même, et vous seriez responsable du plus grand massacre que l'Hindoustan ait jamais connu.

– Vous venez de décrire ce qui se passera le jour même du partage entre les deux pays, fit Gandhi. Ils se déchaîneront d'autant plus qu'on traduira leur antagonisme en frontière; et plus rien ne les arrêtera. Nous avons presque le même âge, nous sommes très vieux tous deux; nous savons tout cela. Vous n'avez pas le droit de faire courir ce risque au peuple, Jinnah.

– Mais vous voyez bien qu'ils ont déjà décidé! Est-ce que la démocratie ne compte pas pour vous? Les deux communautés ne se supportent pas...

– Dites plutôt que vous avez tout fait pour les dresser l'une contre l'autre! s'écria le Mahatma.

– Non, Mohandas, je me suis contenté de les écouter, répliqua Jinnah avec solennité. Au nom d'Allah que vous invoquez vous aussi, regardez les choses en face. Je ne suis pas responsable; Nehru pas davantage. Vous seul pouvez envenimer la situation en forçant à cohabiter deux communautés qui se haïssent.

– Vous avez invoqué Allah, murmura Gandhi, ébranlé, et cependant vous n'êtes pas croyant... Pourtant, si vous acceptiez ce poste...

– Je vous propose de rédiger un communiqué commun, vous et moi, destiné aux hindous et aux musulmans, et qui les appelle à la réconciliation, coupa Jinnah. Moi aussi je redoute leurs affrontements; nos deux signatures au bas d'un même appel, voilà qui les désarmera!

– C'est vrai, fit le Mahatma avec résignation.

– J'ai préparé un petit projet, fit Jinnah en sortant un papier de sa poche.

– Ah! fit le Mahatma en le fixant avec intensité. Vous l'aviez prévu, bien sûr.

– Croyez-vous que je ne vous connaisse pas encore?

– Dites plutôt que nous nous connaissons par cœur, mon ami, soupira le Mahatma. Il y a des années maintenant que nous nous combattons.

– Avez-vous oublié que nous sommes nés dans la même région du Gujarat, que nous avons connu les mêmes océans dans notre enfance? Lisez mon projet.

Gandhi chaussa ses lunettes et s'empara du document.

– C'est très bien, fit-il en le lui rendant. Tout à fait bien.

– Vous ne corrigez rien? demanda Jinnah avec humeur.

– Non, fit le Mahatma, en reprenant son rouet. Vous avez ma signature; mais je ne renonce pas à mon idée.

Verts comme l'Islam

Peshawar, 21 avril 1947

Le Vice-Roi avait décidé d'aller inspecter les frontières des Indes dans les montagnes désertiques, à la lisière de l'Afghanistan; selon les rapports de police, la Ligue Musulmane y avait rassemblé de nombreux partisans, avait réussi à faire oublier la pacifique influence du grand Ghaffar Khan et s'apprêtait à fomenter des troubles graves.

Sir Olaf Caroe, gouverneur de la province de la frontière nord-ouest, avait prévenu Lord Louis dès son arrivée : une foule immense et haineuse s'était rassemblée aux portes de la ville. Des militants de la Ligue Musulmane, décidés à faire pression sur le Vice-Roi, puisque obligeamment il venait s'offrir à leurs coups.

– Et ce sont des Pathans, des guerriers, avait-il ajouté. Armés jusqu'aux dents.

La veille au soir, à titre d'avertissement, ils avaient envahi les jardins de Government House et tiré un coup de feu à travers les fenêtres; personne n'avait été blessé. Les policiers étaient débordés, le rassemblement innombrable, et la situation incontrôlable. Les manifestants avaient prévenu qu'ils marcheraient sur Government House quoi qu'il advienne.

– Que suggérez-vous, Sir? avait demandé Lord Louis avec perplexité.

– Si Votre Excellence se porte à leur rencontre sans escorte, nous avons une chance de désarmer leur colère. Nous n'avons aucun moyen de résister à une émeute... avait répondu Sir Caroe sans sourciller.

– J'irai, fit Edwina aussitôt.

– Mais c'est très dangereux, Lady Louis, osa Sir Caroe; nous ne pourrons pas vous protéger!

– Justement, coupa Edwina. J'accompagnerai le Vice-Roi. Notre fille ne nous suivra pas.

156

Le ton était sans réplique; Sir Caroe s'inclina.

– Edwina, vous resterez aussi, intervint Lord Louis de son ton le plus autoritaire.

– Vraiment? fit Edwina en ajustant sa tenue kaki. Et depuis quand me donnez-vous des ordres?

– Nous partons tout de suite, fit Lord Louis en soupirant. Êtes-vous prête? J'imagine que vous ne changez pas de tenue pour cet exercice.

Sir Caroe les contempla avec admiration : tous deux en battle-dress vert, soldats assortis l'un à l'autre, l'un coiffé de sa casquette, l'autre d'un béret posé sur le côté et le sac à main pendu au bout du bras. Ils n'avaient pas hésité. Les jeeps mirent leur moteur en marche; le trajet ne serait pas long.

On entendait déjà les cris et les rumeurs : « Pakistan Zindabad! » Vive le Pakistan! hurlaient des milliers de voix avec violence. Les jeeps s'arrêtèrent le long de la voie ferrée, en bas d'un talus élevé qui barrait la vue; les manifestants étaient de l'autre côté, et les hurlements augmentèrent.

Mountbatten se retourna vers sa femme et lui prit la main.

– Allons-y, murmura-t-il. Et s'ils se mettent à tirer, couchez-vous.

Et il l'aida à gravir le talus.

Leur apparition provoqua un bref moment de stupeur dans la foule. Le soleil couchant les éblouit brusquement; Edwina mit sa main en visière. Une houle de têtes brunes et de vêtements verts aux couleurs de la Ligue musulmane, une vague hérissée de drapeaux interdits frappés d'un croissant blanc vibrait comme une mer en furie; les cris redoublèrent, furieux. En bas du talus, à contre-jour, Sir Caroe ne voyait plus que deux frêles silhouettes sombres, que rien ne pouvait plus protéger de la foule en colère. « On va les tirer comme des canards », pensa-t-il; et il s'éventa nerveusement avec son chapeau crème.

Lord Louis reprit la main d'Edwina et leva leurs deux bras réunis.

La stupeur revint, suivie de murmures inquiétants. Un cri brisa le silence, toujours le même, « Pakistan Zindabad! » Un autre, plein de fureur. Un autre encore, moins puissant. Puis, soudain, comme tombe le vent pendant une tempête, tout se tut. Sir Caroe fit signe aux policiers; ils armèrent leurs fusils.

Comme s'ils répondaient à un signal, les hurlements recommencèrent. Lord Louis serra plus fort la main de son épouse... « Saluez-les avec moi, fit-il, ne vous arrêtez pas... »

Brusquement, il entendit quelque chose qui ressemblait à son propre nom et comprit que les cris avaient changé. Au lieu de « Pakistan Zindabad », les manifestants criaient « Mountbatten Zindabad! » Le couple aux bras levés demeura longtemps dans le soleil, et Sir Caroe comprit quel miracle avait calmé la foule.

Quand ils redescendirent enfin de leur impérial talus, les Mountbatten dégringolèrent comme deux chèvres joyeuses, en gambadant.

– Eh bien, Sir Caroe, fit Lord Louis, combien étaient-ils donc?

– Selon mes estimations, cent mille, ou plus, fit Sir Caroe en s'épongeant le front. Votre Excellence a eu raison de garder son uniforme de Birmanie, ajouta-t-il en lui serrant les mains.

– Mon uniforme? Qu'a-t-il de particulier? s'étonna Lord Louis.

– Il est vert, Sir. Vert comme le drapeau du Pakistan; vert comme l'Islam, répondit Sir Caroe.

4

La grande colère du Pandit

Un week-end entre amis

Simla, 6 mai 1947

La longue file de voitures cheminait de lacet en lacet; les moteurs surchauffaient; l'une après l'autre, désespérément identiques, s'étendaient des collines sèches, plantées de pauvres arbres rabougris; parfois, un paysan avançait le long du talus, courbé sous le poids du bois mort qu'un bandeau accrochait à sa tête. Plus un oiseau, pas un singe, rien que la jungle jaune et la route escarpée.

– Quand arriverons-nous? gémit Edwina en secouant ses cheveux trempés. On n'en peut plus... Sommes-nous encore loin?

– Dans mon souvenir, les arbres étaient plus nombreux, fit Lord Louis. Je ne sais plus. La route des Himalayas a changé en vingt ans; les paysans ont rudement déboisé. Tenez, voici un sapin. Et un autre; nous venons de quitter Kasauri, nous allons changer de vallée.

Mais le prochain virage n'offrit que des conifères aux aiguilles cendrées, d'où pendaient des filaments de mousse. Soudain, le chauffeur se pencha à la vitre et pointa un doigt.

– Là-bas, Your Highness. Simla.

Il fallait écarquiller les yeux pour deviner, à travers le tremblé de la brume, une tache un peu plus sombre à l'horizon. Simla.

159

– Mon Dieu, mais c'est au diable! fit Edwina. Nous n'y parviendrons pas avant des heures!

– Si Your Highness me permet... dit le chauffeur. La route monte très vite à compter de maintenant. Après Khairi Ghat nous y serons bientôt.

Et il poussa son moteur pour gravir une pente ardue. De l'autre côté d'un petit col, le paysage changea brusquement. A perte de vue moutonnaient des vallons bleus. Edwina tourna vite le moulinet de la vitre; l'air était frais et vif. Et comme s'il gardait la porte de la vallée du paradis, un singe déboula d'un bosquet et s'assit devant le capot, l'œil aux aguets.

Les sapins plus denses devinrent des forêts; le long de la route apparurent de hautes corolles jaunes et des touffes mauves, envahissant les champs. Bientôt surgirent les toits noirs des premières maisons de bois, avec des balcons ouvragés et des greniers ouverts d'où sortaient des brassées d'herbes sèches.

– Un autre monde, s'exclama Edwina. Si vite... A quelle hauteur sommes-nous donc?

– Mille cinq cents mètres, peut-être un peu plus, répondit Lord Louis. On se croirait en Suisse.

– Mais en Suisse vous ne verriez pas ces visages, observa Edwina en désignant une femme en mante noire. Regardez ces yeux bridés, cette face plate.

La femme s'arrêta sur le bord de la route et agita la main avec un grand rire malicieux; derrière la jupe épaisse, un enfant timide se cachait, la morve au nez. Un peu plus loin trottaient trois petits chevaux à la crinière blonde, et qui transportaient des ballots.

– Voici les Himalayas, ma chère, fit Lord Louis d'un ton emphatique. Et des visages tibétains. Nous arrivons en Asie. Vous allez constater un brusque changement. Je commence à comprendre pourquoi les Vice-Rois préféraient ces montagnes au sultanat de Delhi; ici l'on respire.

Le cortège entra dans une forêt fraîche, où poussaient de grands pins enlacés par d'immenses rhododendrons en fleur; le pourpre et le rose envahissaient l'orange en un bouquet continu.

– Jakko Hill, fit Lord Louis. Nous arrivons.

Le sommet de la cathédrale apparut. Puis les premières villas, les allées d'arbres bien plantés, les pelouses et les bancs au bord des points de vue; enfin, la grande avenue impériale, le Mall et ses boutiques. Les passants, massés sur les trottoirs, brandissaient l'Union Jack et ôtaient leur chapeau de paille.

– Et voici l'Angleterre, murmura Edwina; c'est à n'y pas croire. Je ne vois que des visages pâles. Pas un seul Indien.

– Le Mall fut si longtemps interdit aux costumes indigènes, ils n'ont pas l'habitude, ils n'osent pas encore se montrer, répliqua Lord Louis. Normal.

– Mais vous avez changé cela, n'est-ce pas, Dickie?

– Laissez-nous le temps d'arriver, on n'aura pas compris mes instructions. De toute façon, quand Nehru et Menon nous rejoindront, dans trois jours, il y aura au moins deux Indiens sur le Mall. Recoiffez-vous, darling, fit-il en scrutant la chevelure humide de sueur. En tout cas, rajustez votre rouleau.

Simla, 9 mai 1947

Nehru s'était assoupi dans la voiture. Krishna Menon lissa ses cheveux frisés, s'ébroua et poussa le bras de son voisin.

– Jawahar, réveille-toi, nous sommes déjà sur le Mall!

– Trop fatigué, grogna Nehru en ouvrant un œil. Et puis je n'aime pas Simla. J'y ai trop de mauvais souvenirs. Et tu vas voir que Mountbatten va encore se tromper sur mon prénom. Tantôt Jawar, tantôt Jawarla, le pauvre...

– Fais comme tu veux. Quand nous arriverons à la résidence du Vice-Roi, tu auras l'air d'un hibou devant les photographes, fit le petit homme au profil de rapace, en riant de toutes ses dents.

Le cortège franchit l'immense portail et traversa le parc. Sur les pelouses attendait une armée de bearers, sanglés dans leur uniforme rouge.

– Jawahar, cette fois nous y sommes. De quoi as-tu l'air... Reboutonne ta tunique!

Nehru ferma ses boutons en bâillant; combien de nuits sans sommeil lui demanderaient encore les négociations? Et après l'indépendance? Brusquement, il imagina le reste de sa vie comme une longue succession de sommeils écourtés. Insupportable idée. Il aurait peut-être dû piquer une rose à son gilet, comme à Singapour.

« Edwina aurait aimé cela », pensa-t-il en la regardant de loin, légèrement voûtée, avec ce geste qu'elle avait toujours, l'un de ses bras caressant l'autre comme pour bercer un enfant invisible.

Comment faisait-elle donc pour demeurer parfaite? Est-ce qu'elle ne transpirait pas comme tout le monde? Depuis Singapour, il ne l'avait jamais revue décoiffée, et sa robe n'était plus jamais froissée.

Il redressa les pans de sa tunique, ajusta son calot et déplia ses épaules. Dans quelques mois, quand il viendrait à Simla, ce serait son tour de se tenir ainsi au garde-à-vous, pensait Nehru en regardant Lord Louis, impeccable et droit sur le perron. C'est à lui qu'on rendrait les honneurs en fanfare; il lui faudrait peut-être apprendre à ne plus mettre les mains derrière le dos. Sa fille Indira serait à ses côtés, avec ses saris simples et sa présence vigilante. Et Edwina partirait.

Assis dans un rocking-chair au bord de la pelouse, Lord Louis se sentait revivre. Ici l'air était frais; le soleil ne l'assommait plus, et l'éclat invisible des neiges éternelles planait sur toutes choses. Nehru et Krishna Menon semblaient tout à fait détendus; Edwina souriait, et le crépuscule jetait sur la vaste demeure des reflets roses, lointains échos des sommets, derrière la ville.

– Dites-moi, mon cher Nehru, comment vous sentez-vous à Viceregal Lodge? J'espère que vous garderez de ce séjour à Simla de meilleurs souvenirs que ceux de la redoutable conférence de Lord Wavell!

– Si nous n'étions pas si près de la passation de pouvoirs, je serais un homme heureux, fit Nehru. Mémorable séjour, Sir. Pour moi, je me sens chez un ami. Chez des amis, corrigea-t-il en souriant à Edwina. Nous pourrions presque imaginer que nous allons évoquer des souvenirs d'enfance, des parties de cricket, nos premières promenades à cheval... Si nous n'avions pas encore ce plan devant nous.

– Lord Ismay vous a-t-il transmis les observations de Londres? demanda Krishna Menon de sa voix incisive.

– Eh bien... Ce sont des aménagements mineurs.

– Rien sur le Bengale? fit Nehru avec inquiétude.

Lord Louis ne répondit pas. Dans le plan Balkan, le Bengale était un cas à part; il pourrait se rattacher à l'Inde, ou au Pakistan, ou choisir d'être indépendant. Le Bengale ne tomberait pas dans l'escarcelle de Nehru. Ni Nehru ni évidemment Krishna Menon n'avaient connaissance de l'agencement du partage.

– Et sur le Penjab? continua Nehru. Car le Penjab, vous le savez, est de la première importance! C'est le grenier du pays!

Les dispositions pour le Penjab étaient exactement les mêmes que pour le Bengale. Lord Louis eut la gorge serrée : et si Nehru n'acceptait pas le plan quand il l'aurait en main? S'il le refusait publiquement? Ne pas le laisser s'aventurer sur le chemin des questions trop précises.

– Cher Nehru, vous m'avez donné votre accord de principe. Si vous ne me faites pas confiance, nous sommes perdus!

– ... Sans compter les États princiers, murmura Krishna Menon. Sur cela non plus nous n'avons aucune indication. Supposez que Londres les laisse libres de leur choix...

C'était exactement ce que prévoyait le plan Balkan. Lord Louis se demanda comment il avait pu envoyer Ismay à Londres si précipitamment, pour faire accepter son plan de force en affirmant qu'il avait l'accord de toutes les parties en présence. Il avait voulu brusquer le mouvement, et...

– Ma chère Edwina, voulez-vous trouver une rose pour notre ami? Je crois me souvenir qu'il en portait une à Singapour, dit-il légèrement. Ne vous inquiétez pas, Nehru. Dès qu'Ismay sera revenu de Londres, vous aurez le plan.

Edwina se leva et partit examiner les rosiers, en observant les trois hommes du coin de l'œil. Cette affaire tournait mal. Comme si Nehru allait se soucier d'une rose à son gilet! Dickie avait pris l'air du petit garçon fautif qu'elle connaissait par cœur; qu'avait-il encore manigancé?

— Et s'il ne plaît pas au Congrès, ce plan? demandait Nehru en traînant sur les mots. Vous ne nous avez pas répondu.

— C'est que justement je ne veux pas répondre! Vous êtes mes hôtes; Monsieur Jinnah aurait raison de crier à la discrimination si je vous en disais trop!

L'argument était bon. Mountbatten respira, soulagé. Mais l'atmosphère avait changé. Lord Louis connaissait cet air qu'avait Nehru quand il sombrait dans l'angoisse; sa figure s'allongeait, son beau regard s'éteignait et il crispait ses mains l'une sur l'autre, en faisant craquer les jointures. Menon, c'était autre chose; le petit homme maigre était toujours nerveux.

— Edwina, darling, trouvez-vous une rose? cria Lord Louis pour faire diversion.

Elle revenait à grandes enjambées, les mains vides.

— Il fait déjà trop sombre. Je n'y vois rien. Jawahar, je suis désolée, fit-elle en lui posant les mains sur les épaules.

Nehru attrapa une main et la baisa.

— Ce n'est rien, Edwinaji. Je me passerai de rose, voilà tout. Vous savez que je n'en porte pas toujours.

Lord Louis s'assombrit. Ce damné plan secret allait provoquer des ravages, et Nehru était trop sensible pour ne pas exploser lorsqu'il en découvrirait la teneur. Le Penjab et le Bengale, coupés de l'Inde... Nehru n'accepterait pas. Brusquement il se décida.

— Venez avec moi, Nehru, fit-il de son ton de commandement. Edwina tiendra compagnie à notre ami Menon, n'est-ce pas?

Nehru le regarda avec étonnement et le suivit sans poser de question. Dickie avait parfois des sursauts de conscience et d'affection qui le surprenaient toujours.

Quand ils furent dans le bureau, Lord Louis alluma l'électricité, ouvrit la porte de son coffre, tourna le chiffre et prit un dossier qu'il tendit à Nehru sans mot dire.

– Qu'est-ce que cela? fit Nehru. Un plan secret de Jinnah?

– C'est mon plan, cher ami. Le nôtre.

– Mais il y a un instant, vous ne vouliez pas...

– Disons que j'ai changé d'avis. J'ai beaucoup d'amitié pour vous, Jawarla. Je ne devrais peut-être pas vous montrer ce dossier, mais j'en prends la responsabilité.

Nehru s'illumina et prit le dossier qu'il contempla longuement. Dickie était irremplaçable. Une émotion profonde l'envahit; il serait le premier à contempler la carte de l'Inde libre.

– Je vous remercie, Sir, fit-il en lui serrant la main, les larmes aux yeux. Voilà un geste que je n'oublierai jamais. Je suppose que tout ceci reste entre nous?

Lord Louis, très ému, prit Nehru par l'épaule.

– Vous avez la nuit pour l'examiner. Et me dire votre sentiment, en ami. Vous savez bien au fond que je ne décide rien pour l'Inde sans votre accord. Vous connaissez mes préférences, Jawarla... N'en profitez pas! Soyez loyal. Londres est en train d'approuver ce papier.

– Je vous fais toute confiance, murmura Nehru. Si vous le permettez, je monte le regarder.

– Après le souper. Edwina ne serait pas contente, fit Lord Louis en riant. Je sens bien qu'il vous grille les doigts, ce plan, mais vous pouvez attendre. Par amitié.

– Au nom de l'amitié, Sir, tout ce que vous voudrez, s'exclama Nehru, fougueusement.

Et d'un mouvement spontané, il étreignit le Vice-Roi.

– Juste un point, Sir, permettez, fit-il en se préparant à sortir. Mon prénom se prononce Jawaharlal. Pas Jawarla.

Seul dans sa chambre, Nehru posa les mains sur le dossier du plan Balkan. Après vingt-cinq années de luttes, voici qu'il allait découvrir la carte de son pays. Celle du Pakistan aussi. Cent fois il avait essayé d'imaginer l'Inde sans Lahore à l'ouest, et sans Dacca à l'est; mais une seule image surgissait dans son esprit, obsédante. Le découpage des Indes selon Jinnah; une bande étroite au milieu du grand triangle, avec au sud une pointe floue, dont Nehru savait bien qu'elle était entamée par les territoires du Nizam d'Hyderabad. Cela ne formait pas une Inde. Et rien ne formait une Inde sans les États princiers. D'ailleurs, comment se passer de Lahore? Et de Dacca?

Le Mahatma disait vrai. La partition était tout simplement impossible; une monstruosité. Nehru caressa le dossier avec une sorte de répulsion : là se cachait le monstre auquel il avait donné son acte de naissance.

– Accord de principe, murmura-t-il. Dickie veut sauver l'Inde; c'est un homme généreux, qui n'aime pas Jinnah, et qui est mon ami. Accord de principe; on pourra toujours améliorer. Allons!

Mais pourquoi tardait-il à faire sauter la sangle? Un geste si simple... Pourquoi craindre le pire? Le dîner avait été charmant, Edwina plus exquise que jamais, et Dickie si cordial... C'était Gandhi sans doute dont la grande ombre pesait encore! Une fois le dossier ouvert, il la verrait, cette carte, il ne pourrait plus se mentir... Il aurait vu. Coupable de complicité des yeux. Et lorsqu'il rencontrerait Gandhi, le vieil homme se contenterait de le fixer avec son regard innocent, où rouleraient, invisibles, ces pleurs de l'âme qu'il était seul à faire couler sur le monde. Peut-être se mettrait-il enfin en colère?

Mais non; cet espoir était vain. Gandhi ne s'était plus emporté depuis l'Afrique du Sud. Quarante années de maîtrise et de contrôle de soi. Quoi qu'il advienne, le Mahatma souffrirait. Et lui, Nehru, son fils, ne pouvait lui éviter cette douleur.

– J'ai raison. Jamais nous ne retrouverons d'aussi bonnes conditions pour négocier. Si je refuse la partition, jamais plus je n'aurai en face un aussi bon partenaire que Dickie. J'ai raison d'approuver ce plan! fit-il, les lèvres serrées.

Et d'un coup sec, il détacha la sangle.

Les feuillets commençaient par des formules politiques qui ne lui apprenaient rien. La carte, où était la carte? Il feuilleta frénétiquement le dossier, jusqu'au bout. L'angoisse lui étreignit le cœur.

Il reprit lentement, page après page. Et soudain, l'évidence lui gicla à l'esprit. Les États princiers choisiraient leur propre destin. Le texte ne précisait pas s'ils auraient le droit de proclamer leur indépendance ; mais c'était sous-entendu.

Nehru, accablé, se prit la tête dans les mains. Il connaissait par cœur la carte du Raj ; il pouvait dessiner sans réfléchir le tracé des provinces administrées par les Anglais, qui dans le plan Mountbatten formeraient l'Inde future. Ce n'était pas un pays, c'était une bouillie de frontières, des pans et des morceaux épars ; seules l'allégeance des États princiers et de solides alliances avec les maharajahs avaient rendu possibles la domination britannique et l'établissement de l'Empire. Sans les États princiers, pas d'Inde. Ce plan emportait la mort de ses rêves.

– Et le Bengale ? se dit-il avec colère. Je n'ai encore rien vu sur Calcutta... Et le Penjab ? Qu'au moins sur les côtés nous soyons protégés...

Il avança fébrilement dans sa lecture. Le Penjab pouvait choisir l'indépendance ; le Bengale également.

De l'Inde, il ne restait plus que des miettes.

Nehru froissa le dernier feuillet avec rage et bondit de sa chaise.

– Je me suis laissé berner comme un enfant ! Mountbatten, un ami ? Mais comment as-tu pu imaginer pareille baliverne, Jawahar ? On ne change pas son ennemi ; et Dickie est anglais, anglais, anglais ! fit-il à voix haute en tapant sur la table.

Il allait le tuer ! Là, dans sa royale résidence, il allait anéantir le petit-fils de la reine Victoria et venger l'Inde. En trois pas il serait à sa porte, entrerait brusquement et lui tordrait le cou. A elle aussi, cette enjôleuse qui le charmait sur ordre et qui le trahissait... Maudite ! Ah ! C'était sa faute aussi ; pourquoi succombait-il toujours à son trop sensible cœur ? Incorrigible idéaliste ! Il avait cru à l'amitié entre les peuples, à la fin de l'ère coloniale ; il avait cru en ces deux-là, il avait oublié l'Angleterre, pire encore, il avait oublié l'ascendance de Dickie... Le rejeton de Victoria, son ami ? Mais quelle honte !

En un éclair, il s'imagina, les menottes aux poignets, jugé pour crime de lèse-majesté, Jinnah triomphant, et le regard désespéré de Gandhi sur son fils. Stupide. Ne pas perdre son sang-froid. Il avait donné son accord de principe. A cette horreur. Et comment ne pas perdre la face ?

L'attaque de colère s'enfuyait. Calmé, il se rassit à la table, cherchai un papier, un crayon, et dessina l'impossible carte.

Le Cachemire, comme un chat roulé en boule, la tête tournée vers l'Afghanistan ; les platanes géants et les lacs, les jardins flottants sur les eaux, les geais blancs... La bande du Penjab jusqu'au Sind, les canaux au milieu des champs, les globes lumineux des temples sikhs, les femmes au regard hardi, et les sabres pendus au flanc des braves paysans, les blés, une aurore de blé... Le gros Rajpoutana, le désert et les palais roses, le pas paisible des chameaux, les puits, les fêtes et les grands bœufs de Nagaur, avec leurs cornes noires ; au milieu, l'enclave britannique d'Ajmer, avec son collège et le vaste sanctuaire soufi. Les principautés du Gujarat, la région natale du Mahatma ; la ville de Porbandar, où il naquit, et plus haut dans le Kaatch, la plaine de sel étincelante sous le vol des flamants rouges. La bande du Maharasthra, et Bombay ; le crayon s'arrêta sur le chemin de Dandi, le long de la marche du sel qui donna sa gloire au Mahatma en 1931, et tourna vers les États princiers du Deccan. Goa appartenait aux Portugais. Au beau milieu de l'Inde écartelée, l'énorme principauté d'Hyderabad, à majorité musulmane, juste au-dessus de Mysore et du royaume de Cochin, palmiers et canaux, jonques et joutes, la merveille, et le petit État de Travancore. A l'Est c'était Madras, d'un seul tenant jusqu'à l'Orissa, à l'exception du comptoir français de Yanaon. Au Sud de Madras, Pondichéry et Karikal – encore français. Puis le Bengale et Calcutta, l'Assam et les jardins de thé et encore deux royaumes, le Sikkim et le Manipur. Le Bhoutan au Nord-Est. Les Provinces-unies et le Bihar. Restaient les principautés des États de l'Est.

Maintenant, noircir ce qui restait de l'Inde. A l'exception de Madras et de l'Orissa, aucune région n'était intacte.

Calcutta perdue... La plus belle ville de l'Empire, la plus érudite, l'esprit le plus profond et le plus novateur, tout cela, enfui ? Les industries, l'avenir moderne de l'Inde, Calcutta, poumon et cerveau tout ensemble... C'était là qu'avait germé la vraie révolution de l'Inde, bien avant le Mahatma, quand Lord Curzon avait voulu partager le Bengale en 1905 ; les meilleurs leaders naissaient à Calcutta comme le riz dans ses marais, miroirs pour les nuages où passaient les oies sauvages...

Nehru, secoué de sanglots nerveux, s'abattit sur son lit.

Puis les hoquets s'apaisèrent. Il se releva péniblement, se passa de l'eau sur la figure. Il fallait prévenir Menon.

– Menon! fit-il en lui secouant l'épaule.

Krishna Menon ouvrit un œil effaré. Nehru avait les yeux rouges et les traits déformés.

– Mais quelle heure est-il? Bapu? Un attentat? Dis-moi, Jawahar...

– Non. Le plan des Anglais.

– Tu l'as vu? fit Menon en se redressant.

– Mountbatten me l'a donné hier soir. C'est un désastre. Nous sommes trahis! fit-il dans un sanglot.

Le petit homme chercha ses lunettes à tâtons.

– Montre-moi ça. Tu as une carte?

– Je viens de passer une heure à en dessiner une. Regarde.

Menon s'assit posément, prit la carte et, effaré, regarda Nehru.

– Jawahar, nous avons donné notre accord à ce torchon... Les ordures. Ils nous ont joués.

– Plus de Bengale, plus de Penjab, soupira Nehru. Les maharajahs indépendants. Calcutta hors de l'Inde, capitale d'un État autonome. Il faut retourner au combat. Prévenir Gandhi. Lancer un mot d'ordre de grève générale. Recommencer la désobéissance civile.

– C'est cela, oui, grommela Krishna Menon. Et pendant qu'on nous jettera en prison, Jinnah nous fabriquera un bon gros Pakistan tout neuf. Remarque, Jawahar...

Menon réfléchissait intensément.

– Mountbatten a-t-il transmis ce plan avec notre accord de principe?

– Tu le sais bien!

– Et si nous faisions savoir qu'il ne nous en avait rien dit?

– De quoi aurions-nous l'air? s'enflamma Nehru. « Les dirigeants du Congrès ont décidé de rendre publiques la trahison du Vice-Roi Louis Mountbatten et leur propre sottise », ajouta-t-il d'un ton déclamatoire.

Menon s'était levé et marchait en se cognant la tête avec les poings.

– Vipères. Assassins. Hyènes capitalistes. Le voilà dans toute sa splendeur, l'impérialisme! Ils ne nous lâcheront jamais. Il va falloir sortir les armes, Jawahar...

– Non! cria Nehru. Il y a déjà trop de sang répandu.

Elle revenait, la terrible image des enfants massacrés au Bihar. La femme à l'œil sorti de son orbite, et qui tenait un nourrisson ensanglanté, le ventre ouvert. La vieille hébétée aux mains coupées, et les fumées noires des bûchers pour les morts... Bapu à Noakhali, son bâton à la main, marchant résolument sur les sentiers de la haine, et l'éteignant avec de simples mots. Il se mit la main sur les yeux.

– Non, fit-il à voix basse. Il faut le menacer de désaveu, maintenant, pendant que Lord Ismay est encore à Londres. Il sera déstabilisé, et nous renégocierons.

– Tu lui fais encore confiance, Jawaharlal! cria Menon. Moi, je quitterais cette maison dans l'heure. D'ailleurs, comment rester sous le toit de ce dandy futile!

Nehru hésita. Ce serait un beau geste. Briser l'amitié d'un coup violent et net. Plus de Dickie; plus d'Edwina non plus...

– Cela ne passerait pas inaperçu, tu sais... fit-il doucement. La crise serait ouverte entre le Vice-Roi et le Parti du Congrès. Jinnah en tirerait parti, et les massacres recommenceraient, c'est certain. Nous n'avons pas le droit, Krishna. Non, je vais lui écrire.

– Mais alors, une lettre dure, hein?

Nehru prit du papier et d'un trait rédigea sa lettre, qu'il tendit à Menon. Ses yeux avaient retrouvé leur fierté.

– Pourquoi lui écris-tu que tu es effrayé? fit Menon.

– Parce que c'est vrai, répliqua Nehru fermement. Ne t'attarde pas là-dessus. Le plus important est à la fin. Lis. « Cette vision nouvelle, fragmentée, porteuse de conflits et de désordres, aggravera encore, malheureusement, les relations entre l'Inde et l'Angleterre. » Mountbatten s'est donné pour mission de garder l'Inde dans le Commonwealth, je le sais. Il est prêt à tout pour y parvenir. C'est la seule menace efficace. Je vais réveiller un bearer, qui va lui glisser la lettre sous sa porte; il l'aura à son lever. Il reculera.

– C'est en effet possible, admit Menon. Quant à nos grands féodaux, il faudra les rallier de gré ou de force, quoi qu'il advienne. Mais, Jawahar, je t'en supplie, plus de compromis avec les Mountbatten. Tu es trop sincère, trop enflammé; j'espère que tu as compris la leçon.

– Oui, lâcha Nehru. Oui, bien sûr.

L'ennemi dans le jardin

Lord Louis fit irruption dans la chambre où Edwina dormait encore.

– Edwina, j'ai besoin de vous, fit-il en s'asseyant au pied du lit. Réveillez-vous!

– Quoi encore, fit Edwina, le nez sur l'oreiller. Le jour se lève à peine...

– Voilà qui m'est bien égal. Levez-vous. Voulez-vous que je demande un café, plutôt que le thé au saut du lit? Vous en aurez besoin.

– Quand la nuit est fraîche encore, quand je pourrais profiter du grand air des montagnes, gémit Edwina. Que se passe-t-il?

– Nehru a rompu les négociations, murmura Lord Louis. Tenez.

Et il lui tendit la lettre de Nehru.

Calée sur un coude, Edwina la parcourut rapidement. Dickie ne se trompait pas; c'était en effet une lettre de rupture. Violente. Le plan Balkan serait, y écrivait-il, « amèrement reçu et entièrement rejeté par le Parti du Congrès ». Et le Parti du Congrès, c'était Nehru.

– Je ne comprends pas, Dickie. Hier soir encore il était si détendu, si confiant... Il vous approuvait totalement! fit Edwina en se redressant.

– Oui. Mais hier soir il ne connaissait pas encore le contenu du plan, murmura Lord Louis.

– Comment, il ne le connaissait pas? Vous ne le lui aviez pas montré? Mais le plan est déjà à Londres!

Lord Louis lissa le drap d'un air gêné.

– Dickie! Vous n'avez pas fait cela... Ne me dites pas que

vous avez laissé partir Ismay avec un plan que les leaders ne connaissaient pas!

– Assez, coupa Lord Louis. Que je l'aie fait ou non, voilà qui importe peu. En tout cas, j'ai eu l'idée de le soumettre à Nehru hier soir. En voilà un qui ne pourra pas se plaindre de ne pas en avoir eu connaissance!

– Mais il rompt les négociations, fit Edwina, courroucée, Bravo! Qu'allez-vous faire maintenant?

Lord Louis lui prit la main.

– Vous envoyer en émissaire, avec un drapeau blanc. Ramenez-le à de meilleurs sentiments.

– Moi? s'indigna Edwina. Et si Londres l'apprend?

– Tant pis! Il vous écoutera. Allez le voir maintenant.

– Maintenant? A cette heure-ci? Dickie, vous devenez fou. Pourquoi voulez-vous qu'il m'écoute, quand je n'ai aucun pouvoir sur la marche des choses?

Lord Louis se taisait.

– Parce qu'il est amoureux, darling, vous le savez bien, lança-t-il enfin.

Edwina tira le drap sur elle et d'un coup brusque le remonta jusqu'au menton. Nehru l'aimait, elle? Ce n'était pas vrai. Cela ne devait pas être. A cette seule idée, une horrible chaleur lui monta au visage. « Comme il dit cela, pensa-t-elle, si tranquillement. Nehru, moi? »

– Mais non! cria-t-elle. Dickie, à ses yeux je suis anglaise! Comment m'aimerait-il?

– Je ne dis pas qu'il vous aime, mon cœur; je dis seulement qu'il est amoureux, ce n'est pas la même chose. Notre ami Nehru est incurablement romantique. Après toutes ces années de prison...

– Ah! Seulement amoureux, bien sûr, soupira-t-elle, le cœur brusquement serré.

– Quand ce ne serait qu'une bonne amitié, cela me servirait tout autant, continua Lord Louis. Vous avez lu sa lettre; c'est d'un homme en colère, qui ne m'écoutera pas. Je l'ai blessé sans le vouloir; il se croit trahi. Je vous en supplie, darling, aidez-moi, ajouta-t-il humblement.

– Comment avez-vous présenté votre plan?

– J'ai fait savoir qu'il avait reçu l'accord des leaders. Un accord de principe. Et que Nehru l'approuvait plus ou moins.

– Plus ou moins! Quelle imprudence, Dickie! Et Londres croit cette fable!

– Le temps pressait, j'anticipais un peu, voilà tout... Surtout, le cabinet a beaucoup amendé la première version. Ah! Et puis qu'importe! Retenez-le un jour ou deux, je ne vous demande pas davantage. Imaginez qu'il parte, qu'il publie un communiqué... Tout serait perdu. L'Inde et ma carrière. Mon honneur, Edwina!

« Son honneur, sa carrière, bien sûr, songea machinalement Edwina, en posant le pied hors du lit. Et l'Inde? S'en souciait-il seulement? »

– Laissez-moi me préparer, fit-elle en lui tournant le dos. Lord Louis lui baisa l'épaule et partit.

L'honneur de Dickie, la carrière de Dickie, pensait-elle en brossant ses cheveux. Lui d'abord, au centre du monde, incapable d'attendre les réactions des autres. Insensible et vaniteux. Et cette hâte qu'il mettait en toutes choses. Il avait exigé l'échéance de juin 48, trop rapprochée, et voilà qu'il se pressait encore, quand il fallait au contraire laisser aux leaders indiens le temps du mûrissement...

Et comment aborder Nehru?

Nehru amoureux... A cause des longs regards qu'il plongeait dans ses yeux? Mais il faisait de même avec Dickie. Parce qu'elle le faisait rire? Ce n'était pas suffisant. Parce qu'il s'épanouissait à ses côtés? Mais avec Dickie aussi.

« Non, murmura-t-elle, avec Dickie, il travaille. Avec moi, il vit. »

La brosse échappa soudain de sa main sans force. Avec elle, Nehru connaissait sans doute ses seuls instants de vie. Dickie avait vu juste.

– Bon! fit-elle à son miroir. Un amoureux? Ce ne sera pas le premier. Nous allons régler cette affaire, ma petite, calmement. Cal-me-ment, répéta-t-elle en se levant.

Mais lorsqu'elle prit sa douche, ses mains tremblaient; quand elle s'habilla, la robe refusa de glisser, les sandales de s'enfiler, rien ne lui obéissait. Elle avait peur.

Edwina Mountbatten détestait la peur. Elle se poudra le visage en grondant contre elle-même et se précipita dans l'escalier pour affronter l'ennemi.

Assis dans le jardin, l'ennemi rêvait devant les fleurs.

Edwina s'approcha. Il fallait agir sans hésiter. Elle ferma les yeux et lui posa la main sur l'épaule. Nehru sursauta.

– Ah! C'est vous, dit-il en se retournant, l'œil orageux.

Pas une ombre de sourire. Il ne s'était pas levé pour l'accueillir. Il avait les traits tirés; les cernes sous les yeux s'étaient agrandis, il avait pleuré. Edwina se sentit misérable.

– Dickie m'a dit pour cette nuit. Le plan, vous n'en voulez pas, Panditji.

Nehru se rembrunit encore davantage.

– J'ai écrit au Vice-Roi tout ce que je pensais à ce sujet, madame.

– « Madame »! Vous ne m'avez pas habituée à ce traitement, Monsieur Nehru. Mais si vous avez des raisons de vous emporter contre lui...

– Je ne m'emporte pas! cria-t-il. Vous ne connaissez pas ce plan.

– Ne pouvons-nous au moins nous parler en amis? supplia-t-elle.

– J'ai accueilli dans mon pays un homme en qui j'avais foi, répondit Nehru amèrement; je lui ai fait confiance, je l'ai toujours traité comme l'un de mes amis, et j'ai cru ingénument qu'il était aussi le mien. J'oubliais simplement qu'il était le Vice-Roi des Indes, Your Highness.

Debout derrière le fauteuil, Edwina sentit de nouveau ses mains se mettre à trembler. Que pouvait-elle répondre? Nehru avait raison.

– Vous vous taisez maintenant, fit-il d'un ton vainqueur.

– Le plan de Dickie ne me concerne pas, murmura-t-elle. Vous n'avez pas le droit de m'en tenir rigueur. Vous ai-je offensé, Jawahar?

Il se dressa d'un bond et lui saisit les bras.

– Vous? Oh non. Mais vous êtes sa femme, et une Anglaise, Edwina, dit-il d'un ton si douloureux qu'elle s'effraya.

Trouver une parade. Ne pas le laisser continuer sur cette voie.

– D'abord, je ne suis pas entièrement anglaise, cria-t-elle. Mon grand-père était allemand!

– Cela change-t-il le plan? gronda-t-il.

– Est-ce ma faute? Gardez votre rancune contre lui si vous voulez, mais épargnez-moi du moins... supplia-t-elle.

Comment sa propre bouche pouvait-elle prononcer de tels mots? Elle, Edwina Ashley, vicomtesse de Birmanie, comment pouvait-elle mendier l'amitié d'un Indien? Et pourquoi parlait-elle d'une voix si criarde?

Nehru accentua son étreinte et plongea son regard dans le sien.

– Cessez ce jeu. C'est lui qui vous envoie, n'est-ce pas? fit-il d'une voix brève.

– Oui.

– Il veut que je revienne sur mon refus?

– Non! cria-t-elle. Simplement reprendre la discussion. Rien n'est exclu, Jawahar. Il est au désespoir.

– Et pourquoi ne vient-il pas lui-même?

– Parce que...

Elle s'interrompit. C'était la seule question à laquelle il ne fallait pas répondre sincèrement.

– Parce qu'il a pensé que vous m'écouteriez, fit-elle bravement.

– Vous écouter! Et pourquoi vous? persifla Nehru. Il vous utilise, et vous acceptez, vous! Mais vous êtes une reine! Tandis que lui...

Il la lâcha.

– Vous méritez mieux que Dickie, soupira-t-il en caressant ses lèvres du bout des doigts.

Le souffle coupé, Edwina courut s'asseoir sur une chaise. Elle se sentait comme une pierre lancée au fond d'un puits. « Mon Dieu, arrêtez-moi... songea-t-elle en serrant les poings. Faites que ce soit un rêve. Je ne peux pas aimer cet homme, pas lui, pas moi, je ne peux pas... »

Nehru marchait de long en large, la tête basse. Qu'avait-il fait? Comment ravaler les mots prononcés? Un sanglot d'émotion le saisit. Pour l'éternité cette femme à la peau claire, sa bouche sous ses doigts, et lui quelque part avec elle, sans aucune place dans le monde. Non. Simplement une nuit sans sommeil, un coup de fatigue, le singe ivre dans le chaudron du cœur... Il respira longuement et fit un effort sur lui-même.

– Laissez-moi vous montrer ce plan, dit-il en s'approchant. Vous allez comprendre.

Et prenant une chaise à ses côtés, il sortit de sa poche la terrible carte du plan Balkan.

– Regardez. Les États princiers demeurent tels qu'ils sont. De part et d'autre, le Pakistan. Nous n'avons ni le Bengale ni le Penjab. Voyez ce qui reste. Voyez!

Edwina repoussa le papier.

– Panditji, ce n'est pas à moi de juger... fit-elle d'une voix faible. Je ne me sens pas bien.

– Aidez-moi, murmura-t-il. Je suis dans le même état que vous. Je n'ai pas dormi, et je... Si vous avez pour moi un peu d'affection, regardez cette carte, my Dee.

Edwina jeta un œil sur la carte et vit quelques taches noires éparpillées.

– Je ne comprends pas, fit-elle. Où est l'Inde?

– Ici, et encore là, fit Nehru en promenant son doigt sur les taches éparses, et là... Dites-moi, est-ce un pays?

– Non, souffla-t-elle. Ce n'est pas l'Inde. C'est impossible. Nehru replia le papier.

– Allez dire au Vice-Roi que je suis prêt à reprendre les discussions. Non, n'ajoutez rien, surtout... my Dee. Souriez-moi, fit-il en replaçant le doigt sur le dessin de la bouche.

Et le doigt de Nehru suivit vainement le chemin d'un sourire.

– Vous ne souriez pas, dit-il en se penchant. C'est bien ainsi.

Il était si près d'elle que ses yeux l'absorbaient tout entière. Le doigt quitta les lèvres et effleura les paupières.

– Allez, maintenant, *meri janam*, ma reine, murmura-t-il.

Edwina courait sur la pelouse, la tête bourdonnante et les pieds étrangement légers. Il l'avait appelée my Dee, ma reine, qu'est-ce que cela signifiait? Doucement... Elle connaissait par cœur la fulgurance de ces coups de grisou sans lendemain. Il fallait attendre. Considérer cette affaire avec attention, plus tard.

Mon Dieu, quand? Fallait-il qu'il y ait un plus tard, et son cœur n'allait-il pas s'arrêter de battre, là, sur commande? « Cesse tes battements! fit-elle en appuyant sa main sur les coups sourds qui frappaient comme des haches. Je ne veux plus de toi, tu m'as trop fait souffrir, tu sais bien que c'est impossible, impossible, pas lui, pas maintenant, ni jamais. »

Au pied de l'escalier, étourdie, elle s'assit sur une marche. Lentement, gravement, elle passa un doigt sur sa bouche. La pulpe de son index faisait frémir le tissu des lèvres, si intensément qu'elles en devinrent douloureuses. « Je suis folle, pensa-t-elle, c'est la fatigue, ou l'Inde, je ne sais plus, cela n'a pas de sens, pas de mots... » Mais l'index continuait son va-et-vient. « Dickie s'est trompé, pensa-t-elle avec ivresse. Il n'aime pas, lui, il n'a jamais su... »

Dickie! Il attendait. Elle monta les marches quatre à quatre; il était là, sur le palier.

– Il accepte, fit-elle, tout essoufflée. Il reste. Allez le trouver.

– Vraiment? s'écria Lord Louis avec un grand sourire. Je suis heureux, darling. J'ai cru que je perdais son amitié. Si vous n'aviez pas été là, mon cœur...

Il la prit dans ses bras.

– Quand je vous disais qu'il vous écouterait. Vous voyez que je ne peux rien sans vous.

– Vous m'attendiez depuis longtemps, Dickie? fit-elle en se dégageant.

– Un certain temps. J'étais impatient, voyez-vous.

– Mais vous m'avez vue, au bas de l'escalier... Pourquoi ne m'avoir rien dit?

Il la regarda paisiblement.

– Vous étiez avec vos pensées, ma chère, je n'ai pas voulu vous déranger. Ce n'est pas si souvent qu'elles vous font sourire. Pardonnez-moi maintenant, je cours me réconcilier avec lui.

De la fenêtre de sa chambre, elle pouvait voir Nehru qui marchait les mains derrière le dos, nerveusement. Mount-

177

batten courut vers lui et lui tendit une main que Nehru refusa ; puis, avec des gestes agités, il lui montra le papier où il avait dessiné la carte. Bientôt, les deux hommes s'assirent côte à côte et continuèrent à parler. L'orage était passé.

Elle s'allongea épuisée. Une terre gorgée d'eau après que les nuages ont crevé ; lourde, pesante, endormie, pleine de replis et de ferments. « Quarante-sept ans, songea-t-elle, et lui, cinquante-sept ! Aucune issue, ma petite, pas d'espoir... Tu ne vas pas jouer les Wallis Simpson ! » et aussitôt elle se reprit. Quel rapport ? Aucun. Nehru n'était pas roi ; elle n'était pas divorcée. Sottises !

Mais si, sifflait une voix cassée, tout est pareil, ma petite... Nehru sera bientôt à l'égal d'un roi, et Dickie n'a rien d'un époux, depuis longtemps... C'est ton tour, ton tour à toi, maintenant...

– Ah ! C'est trop bête ! s'exclama-t-elle en arrachant sa ceinture.

– Qu'est-ce qui est trop bête, dear ? fit Lord Louis en poussant la porte. Je viens vous annoncer que nous avons repris nos discussions.

– Très bien. Sur quelles bases ? demanda-t-elle froidement.

– Nous allons bâtir un autre plan. Il est allé se reposer un peu de sa nuit blanche, et dans deux heures nous reprenons, répondit Lord Louis en se frottant les mains. Avec Londres, je me débrouillerai, ne vous inquiétez pas.

– M'inquiéter pour vous ? Certainement pas.

– Vous me direz quand même, pour le trop bête, insista Lord Louis.

– Ma ceinture s'est cassée, fit-elle. Sans doute en montant l'escalier. Enfin je ne sais plus, Dickie... Je déteste cette horrible maison. J'ai tellement sommeil !

Il ferma doucement la porte.

Il lui faudrait quand même comprendre un jour pourquoi il n'était pas jaloux. Il avait vu comme elle caressait ses lèvres, au bas de l'escalier, il avait vu aussi le trouble de Nehru, sa joie limpide... Incroyable ! « On dirait qu'une comète est tombée sur eux, rêva-t-il. Et je n'en conçois aucun ressentiment ! Ce n'est pas normal. Par exemple, j'aimerais bien tomber amoureux, moi aussi. Cela ne m'est pas arrivé depuis... Mais depuis quand au fait ? »

Avait-il jamais connu l'effroi de la comète ? Quand il avait voulu épouser Edwina, avait-il éprouvé cette sorte de souffrance bienheureuse qu'il voyait sur leurs visages ? Mais non ; elle s'était aussitôt rangée dans sa vie, une fois pour toutes, malgré ses foucades, ses liaisons, malgré ses folies et ses fugues. Elle était sa femme, cela ne souffrait pas la discussion. Il ne se sentait pas doué pour la passion d'aimer, ce n'était pas sa faute.

Nehru, lui, était accroché à la vie. Comme Edwina.

Ils avaient dîné dans le jardin ; ils avaient tous ensemble savouré la fraîcheur du crépuscule. Ils se taisaient.

— Presque minuit, mes amis, dit soudain Lord Louis en regardant sa montre. Je rentre. Edwina, ma chère, ne traînez pas trop ; vous étiez fatiguée ce matin, et nous partons tôt demain. Venez-vous, cher Menon ?

Le petit homme à l'œil vif sursauta. Pourquoi lui, et pas Nehru ? Le Vice-Roi aurait-il quelque chose à lui dire ? Incertain, il se leva, prit congé d'Edwina et suivit les pas de Lord Louis, qui le prit familièrement par le bras et l'entraîna à l'intérieur. Edwina resta seule avec Nehru.

Nehru réprima un sourire : le manège de Dickie ne lui échappait pas. Terrifiée, Edwina se recroquevilla dans son fauteuil et tourna délibérément la tête.

A peine si l'on entendait les froissements des ailes dans les frondaisons. De temps à autre, un hululement perçait le silence, chouette ou singe, on ne savait pas ; et de vagues sifflements au loin peuplaient la clarté de la nuit. Nehru étendit la main dans le vide.

— Les étoiles de mai sont très belles en Inde, dit-il.

— Très, répondit la voix étouffée d'Edwina.

— Nous avons recommencé nos discussions, savez-vous ? continua-t-il d'une voix neutre.

— Je sais. J'en suis ravie.

— Le Bengale sera partagé, le Penjab également. Nous gardons Calcutta. Votre mari fait un nouveau plan.

– C'est bien. Et que dira Londres qui vient d'en recevoir un autre? fit Edwina avec effort.

– Lord Louis n'a pas l'air d'y accorder d'importance; il pense pouvoir leur expliquer, je ne sais comment.

– Oh, vous savez, Panditji, Dickie a l'optimisme chevillé au corps... fit-elle dans un bref soupir.

– Cela lui réussit, non? observa Nehru sur un ton détaché.

– Oui! jeta Edwina. Il ne connaît pas l'échec.

Paralysée, Edwina attendait. Quoi? Elle ne savait pas. Que la nuit s'assombrisse. Qu'il lui prenne la main. Qu'il s'en aille sans dire un mot. Qu'elle disparaisse comme par enchantement... Mais que faisait-il donc?

– Je me sens mieux, murmura Nehru. J'aime les paix fugitives après la tornade; on respire, on ne pense à rien. N'est-ce pas?

Une branche craqua dans le lointain. Edwina frissonna.

– Pourquoi êtes-vous si triste? fit Nehru en regardant le ciel.

– Pour rien.

– Dites-moi, insista Nehru. Est-ce que je n'ai pas le droit de savoir?

– Tenez... je voudrais être ailleurs! répondit Edwina, exaspérée. Vous ne savez pas qui je suis, Nehru... Ne me prenez pas pour une sainte. Je sais, mon célèbre courage, mes activités caritatives, mes courses folles à travers les camps de prisonniers... Je trompe mon monde. Et je rêve si souvent d'autre chose, vous seriez effrayé, si vous saviez... Je voudrais passer une nuit autre part. A New York, par exemple, à Paris, à Vienne, n'importe où. Tout ceci est trop lourd. Il y a si longtemps que je n'ai pas dansé...

– Dansé? s'exclama Nehru, abasourdi.

– J'adore danser! cria-t-elle, furieuse. Vous ne le saviez pas? On ne vous a rien dit? J'aime la danse à la folie, chacun sait cela. Vous voyez bien que vous ne me connaissez pas. Est-ce que vous savez danser, Panditji?

Nehru éclata de rire.

– Croyez-vous que j'en aie eu le temps? On ne danse pas en prison!

– Oh! arrêtez, Nehru... Vraiment, ne peut-on parler d'autre

chose? Et quand vous étiez à Londres, vous n'avez jamais essayé?

– Si, bien sûr, murmura-t-il. Voici bien des années; c'est loin...

– Mais pas pour moi! Ici, je ne vis pas, j'étouffe...

Nehru se pencha vers elle et lui prit doucement le bras.

– Allons, my Dee, calmez-vous. Ces énervements ne vous ressemblent pas. Nous vivons tous difficilement. Vraiment, vous aimez tant la danse?

– Oh! souffla-t-elle. A en mourir.

– Autrefois, il y a bien longtemps, commença Nehru à voix basse, j'étais un jeune homme anglais avec des complets clairs et des cravates rayées; j'ai porté un col dur, une chaîne d'or attachée au troisième bouton du gilet, et des chapeaux mous comme Dickie. J'ai été un petit rajah en chaussettes, avec une chasuble brodée et une toque de velours; je portais un jabot de dentelle et j'ai même eu un costume écossais, avec un kilt. J'ai su porter le frac et le canotier... J'ai eu un précepteur irlandais, qui s'appelait Ferdinand Brooks, et qui m'enseignait Lewis Carroll, Mark Twain, et Kipling aussi, figurez-vous. Vous voyez! Rien de votre Angleterre ne m'est tout à fait étranger. Il m'a fallu du temps pour accepter de troquer mes vestons pour les vêtements indiens; mais lorsque le Mahatma a commencé sa première bataille dans le Bihar et qu'il s'est enfoncé dans la jungle avec son pagne et son bâton, j'ai eu honte. J'ai remonté mon fleuve jusqu'à sa source, et voilà. J'ai su danser le fox-trot autrefois, my Dee.

Edwina se dégagea et se leva d'un bond.

– C'est trop drôle. Vous, le fox-trot! Je n'en crois pas un mot. Vous vous moquez de moi. Je m'en vais, lança-t-elle. Bonsoir.

Nehru se dressa brusquement. La rattraper?

Ce n'était plus la peine. Lentement, il se rassit, ouvrit la main et contempla ses doigts. Le temps seul agirait.

Un peu de vous dans le silence

Delhi, 30 mai 1947

Malgré les efforts d'Ismay, le gouvernement n'avait pas été convaincu par la précipitation avec laquelle le jeune Vice-Roi avait élaboré le plan Balkan. Il y avait eu des fuites sur la colère de Nehru, et l'on avait convoqué Lord Mountbatten à Londres, pour se justifier. Il s'y était rendu en compagnie d'Edwina, il avait négocié pied à pied, il avait déployé toute sa rhétorique et tous ses charmes. Enfin il avait gagné la partie : le plan Balkan était approuvé, avec la bénédiction du vieux Churchill.

Mais de ces péripéties, Nehru ne savait rien. Le Vice-Roi l'avait fait prévenir qu'il le recevrait dès son retour; l'angoisse au cœur, le leader du Congrès se demandait si l'indépendance n'allait pas se dérober une fois de plus, happée par ces interminables atermoiements. Et Nehru, marchant de long en large dans l'un des salons du palais, attendait le verdict de Londres.

Edwina entra brusquement, avec un sourire crispé. Ils ne s'étaient pas revus depuis le séjour à Simla. Cinq semaines avaient passé comme un éclair. Elle avait retrouvé Londres pour une brève escale; que se passait-il dans cette hautaine petite tête de Vice-Reine britannique?

Il s'arrêta, lui lança un regard bref, elle baissa la tête. Ils demeurèrent ainsi prisonniers d'une émotion muette; Edwina lissait le rebord d'un fauteuil avec application. Enfin, elle le fixa bravement et se décida à parler.

– Cher Nehru, fit-elle avec une politesse excessive, c'est bien d'être venu. Dickie m'a bien recommandé de vous recevoir dès notre retour de Londres. Il règle quelques affaires, il ne tardera plus.

– On m'a fait dire qu'il était parti pour Londres en catastrophe, vous aviez disparu avec lui, et depuis je ne sais rien, dit Nehru. Je suis inquiet. Pourquoi ce voyage? J'espère que le nouveau plan n'est pas remis en cause... Mais je vous ennuie.

« Indifférent, songeait Edwina; son visage ne reflète qu'angoisse. Il aura tout effacé; décidément, il ne s'est rien passé à Simla. Eh bien! Tant mieux. Me voici soulagée. Que disait-il? Le plan Balkan... »

– Si, c'est ce plan, bien sûr, murmura-t-elle après un long silence. Le cabinet avait été informé de l'incident de Simla; j'ai moi-même conseillé à Dickie d'aller sur place justifier son action; on voulait des précisions sur votre querelle, j'imagine.

– Vous imaginez, répliqua Nehru... Dites plutôt que vous le savez aussi bien que moi. On aura refusé le plan Balkan; c'est un désastre! Si le Vice-Roi revient désavoué, nous reculons de cinq ans, dix ans peut-être!

– Panditji, vous connaissez Dickie, vous avez pu vous-même évaluer sa force de persuasion. Il a défendu votre plan, et il revient en vainqueur. Ne voulez-vous pas vous asseoir?

« Comme elle est froide, pensait Nehru. Aucune émotion dans ses yeux. Elle se sera reprise. Tant pis pour moi; d'ailleurs je n'ai pas le temps d'en souffrir. »

– Ma chère Lady Louis, fit Nehru en s'installant, tout est désormais entre les mains de Londres. Dickie... je veux dire le Vice-Roi, n'est plus maître de la situation. Qu'a dit Churchill, qui nous méprise tant? J'ose à peine y penser.

– Monsieur Churchill aime beaucoup Dickie! répliqua vivement Edwina. Il le connaît depuis longtemps, lui a confié ses premières missions pendant la guerre, et aussi le commandement suprême sur l'Asie; non, Churchill ne s'est pas mis en travers de son chemin, je vous assure. Moi aussi, je le connais, savez-vous? Quand j'étais petite, j'ai passé des vacances en sa compagnie, au bord de la mer. Et puis il n'est toujours que leader de l'Opposition.

– Comme vous êtes drôle... dit Nehru avec un petit sourire. On dirait qu'à vos yeux le sort de l'Inde dépend des amitiés et des haines, rien d'autre. Jinnah ne m'aime pas, je le lui rends bien, Churchill aime Dickie, qui n'aime pas Jinnah, vous avez fait des pâtés de sable avec Churchill, et voilà tout! Savez-vous ce qu'est la politique, ma chère Lady Louis?

– Ah! Ne m'appelez pas ainsi, c'est désobligeant! s'écria Edwina. Pas vous, tout de même!

– Ma reine se fâche, constata Nehru. C'est la deuxième fois.

– Et quand placez-vous la première? rétorqua-t-elle aigrement.

– Faut-il vraiment vous le rappeler? murmura Nehru doucement. A Simla.

Edwina rougit et se tut.

– Allons, parlons politique, puisque je vous ai fâchée avec mes moqueries, reprit Nehru en lui prenant les mains.

– Vraiment, fit-elle en les retirant vivement, croyez-vous que les haines et les amitiés comptent pour rien dans le déroulement de l'histoire?

Nehru s'étendit dans le fauteuil et la regarda longuement. Comme c'était étrange de bavarder dans un salon du palais avec cette Anglaise à la peau transparente, et de songer qu'il s'agissait de la Vice-Reine des Indes... Et comme c'était doux de se laisser aller sans restrictions. Un mouvement violent l'emportait vers cette femme réticente. Elle avait encore une robe fleurie, des sandales à talons compensés, et cette allure d'éternelle jeune fille que n'affecte pas le passage du temps... Elle n'était pas à l'aise; ses questions sonnaient faux. De quels bons offices Dickie l'avait-il encore chargée?

– Pourquoi me regardez-vous ainsi? Qu'est-ce que j'ai? demanda Edwina rougissante, en arrangeant ses cheveux. Une mèche qui dépasse?

– Je pensais que Dickie avait épousé la plus belle femme du monde. Vous voyez, j'étais loin de notre sujet...

– Arrêtez, Nehru, fit-elle avec brusquerie. Vous ne m'avez pas répondu.

– Je suis parfois un peu las de répondre, vous savez, soupira Nehru en fermant les yeux. Et de penser. Et de courir négocier avec les uns et les autres. De me demander où et quand surgira la prochaine émeute. Songez, je n'ai que ma fille pour me reposer; mais elle est plus politique encore que son père, alors...

– Pardonnez-moi... J'ai été sotte. De quoi voulez-vous parler? De votre affection pour le Mahatma?

– Et si nous ne parlions pas, my Dee ? murmura Nehru les yeux mi-clos. Juste un instant avec vous, sans rien dire, bêtement, comme deux amis qui se voient assez pour ne pas moudre ensemble des mots, toujours des mots...

Edwina se leva doucement et lui posa les mains sur les épaules.

– Pauvre Jawahar, si fatigué. Ne parlons plus, je le veux bien. Je vais demander une collation, vous n'avez rien pris encore.

– Non ! Restez, fit-il en saisissant une main au vol. Je n'ai besoin de rien que d'une miette de votre présence, sans un mot. Un peu de vous dans le silence. Ensuite je vous répondrai...

Il ne lâchait pas cette main qu'il avait enfin capturée ; il ne la pressait pas, il ne la baisait pas, il la tenait comme un enfant dans le noir tient celle de sa mère, simplement, si simplement. Cette fois, Edwina ne la retira pas et resta derrière lui, si près qu'en respirant elle aurait fait s'envoler les cheveux gris sur les tempes. Allait-il somnoler ? « Mais qu'il s'endorme ! songeat-elle passionnément. Qu'il me laisse veiller sur son sommeil... Il cherche le repos, il ne l'a jamais eu, je peux le lui donner, moi... » Et elle concentra son esprit sur sa main, pour la réchauffer.

Nehru s'était assoupi. Entre deux éclairs de conscience, il rêvait de fleuve et d'arbres géants, et revoyait les eaux du Gange dans la ville de son enfance ; la pureté du ciel, la clarté des flots, l'écho des gongs fêlés et le brouhaha des prières apaisaient sa lassitude ; les écharpes froissées des prêtres au front poudré s'envolaient dans le vent, les femmes tordaient leurs cheveux mouillés au-dessus des marches glissantes, et un buffle noir, le mufle tendu, le regardait d'un œil fauve sous ses cils de paille. Soudain ce fut la nuit ; sur de petites barques de feuilles cousues, les bougies descendaient au fil du courant, en tourbillonnant, légères. Une paix profonde s'abattit sur lui comme un voile. « Shanti, murmura sa bouche endormie. Yoga cittavritti-nirodah. » Edwina se pencha pour l'écouter, et la main engourdie de Nehru laissa échapper la sienne. Il tressaillit.

– Mais vous êtes debout, s'écria-t-il en ouvrant les yeux. Je suis trop égoïste. Allons, fit-il en reprenant la main d'Edwina, venez, asseyez-vous. Vous m'aviez accablé avec votre question.

– Moi? se récria-t-elle. Je disais seulement que votre amour pour Gandhi...

– Justement, soupira-t-il. Vous n'aimerez pas ce que je vais vous dire. Bapu m'épuise. Ces explications interminables, ce ton feutré à tout propos, cette façon surtout de ramper devant Jinnah! C'est là ce qu'il appelle le satyagraha, sa fameuse recherche de la vérité. Cela ne me convient pas du tout. Des proclamations enflammées, puis des excuses, des explications, de l'humilité... Je ne suis pas un saint, moi; j'ai ma fierté.

– Dites plutôt votre orgueil, fit Edwina.

– Peu importe le nom, my Dee. Cent fois j'ai résolu de rompre avec Bapu. La première fois, c'était... voyons, j'étais encore en prison, en 1943. Je m'étais promis, une fois libéré, de lui résister, et même de ne plus le voir. Les temps étaient venus de passer aux actes, et son époque était révolue, comprenez-vous? Et puis en 46...

– Vous n'avez pas eu le courage, n'est-ce pas?

– Non. Mais le lien qui nous unissait s'est tout de même relâché; j'ai pour lui les sentiments d'un fils, mais je ne suis plus ses conseils. Bapu ne comprend pas l'occasion historique, il persiste dans ses idées vaseuses, dans ses agissements sans dignité...

– Vous ne pensez pas ce que vous dites, s'écria Edwina. Vous parlez sous le coup de la passion.

– Mais à qui en parler! cria Nehru... Savez-vous qu'il peut encore tout faire échouer? Je sais qu'il s'apprête à condamner le plan Mountbatten. Il lui suffit de quelques mots pendant sa séance de prières, il peut même commencer un jeûne à mort! Dans ce cas, nous devrons nous incliner, renoncer au plan, et notre espoir de liberté s'enfuira pour longtemps... Croit-il que j'accepte la partition d'un cœur léger?

– Vous me faites mal, Panditji, dit Edwina en dégageant sa main. Vous ne devriez pas remuer ces choses-là.

Nehru ne s'excusa pas. Cette femme avait pour destin de l'écouter; elle y consentait, c'était désormais une affaire entendue.

– L'amour de Bapu est inutile, continua-t-il. Si Londres a accepté son plan, Dickie annoncera la date de l'indépendance. Nous aurons à peine six mois.

– Si peu? cria-t-elle. D'ici juin 48 il reste encore un an!

– Six mois. C'est la condition que j'ai posée pour accepter le Commonwealth, soupira Nehru. Votre mari sera Gouverneur général jusqu'à la fin de son mandat. Fin 47, l'Inde sera libre.

– Le Pakistan également, ajouta Edwina.

– Oui! gronda Nehru. Et nous serons tous emportés par l'événement. Jinnah, Nehru, et même le vieux Gandhi, quelle importance? Seul le temps comptera. C'en est fini de l'œcuménisme du Mahatma.

– Vous en aurez grand besoin, vous verrez, murmura Edwina, le cœur serré. Le vieux monsieur n'en a pas terminé avec vous autres.

– Obstinée, n'est-ce pas? fit Nehru en riant enfin.

– Têtue comme une mule, répondit-elle avec un sourire. Vous aurez encore l'occasion de le constater.

Nehru se pencha vers elle et lui caressa la joue en silence.

– Vous sentez-vous mieux? demanda-t-elle dans un souffle.

Gandhi contre Mountbatten

Delhi, 31 mai 1947

Dickie était revenu de Londres avec cet air tendu et martial qu'Edwina lui connaissait bien. Les traits tirés, la tête haute, le regard pétillant, les lèvres un peu blanches, héros fatigué mais dominateur. Il ne lui fallut pas longtemps pour rassurer Nehru : le plan Balkan avançait inexorablement vers son terme, comme une machinerie bien montée, que rien désormais ne semblait pouvoir freiner sur son chemin. Le Vice-Roi ne se détendit que vers le soir, lorsqu'il put enfin triompher devant Edwina – son public préféré.

Mais elle demeurait étrangement rêveuse.

– Ma chère, c'est une victoire totale. Nehru est tout à fait calmé, comme les autres. Quand je pense que même Churchill m'a approuvé à Londres! fit-il en se laissant tomber dans un fauteuil.

– Comment l'avez-vous convaincu? Vous ne me l'avez pas dit, fit Edwina d'un ton forcé.

– Enfantin! En lui faisant valoir que les deux pays, l'Inde et le Pakistan, resteraient dans le Commonwealth, comme je l'avais télégraphié à Londres. Pour Jinnah, qu'il connaît bien, Churchill était si stupéfait de ses ultimes hésitations qu'il lui a envoyé aussitôt un message personnel... Quant à l'accord de Nehru, évidemment le vieux monsieur n'en croyait pas un mot. Il déteste les socialistes du Congrès. Or c'était tout juste le contraire : Jinnah refusait et Nehru acceptait. Pour le vieux lion, le monde à l'envers. Mais j'avais la lettre de Nehru...

– Oh! s'indigna Edwina tout à coup réveillée. Vous l'interprétez. C'est presque un mensonge, Dickie!

– Non! Nehru avait fini par accepter l'idée. Sous condition que l'indépendance serait accordée avant la fin de cette année.

– Il me l'a dit. C'est une folie.

– Il faut aller vite, dear, comme un avion au décollage. Ralentir le mouvement serait une catastrophe. Je serai le premier Gouverneur général de l'Inde et du Pakistan. Savez-vous que l'aile droite des Tories me traite de communiste? ajouta-t-il en riant.

– Bref, vous avez gagné, fit Edwina, songeuse. Du moins, vous le croyez. Et maintenant?

– Dans deux jours, le 2 juin, je réunis les leaders du Congrès avec ceux de la Ligue. Je leur donne à tous un exemplaire du plan. Ils auront jusqu'au lendemain soir pour accepter. Le surlendemain je fais une conférence de presse, puis nous allons tous à All-India Radio pour quatre allocutions aux peuples des Indes.

– Quatre? Vous, et qui?

– Nehru, Jinnah et le représentant des sikhs, Baldev Singh.

– Le Mahatma? fit Edwina.

– Il n'y sera pas. Pas davantage le 2 juin.

– Que Dieu vous protège! fit-elle. Nehru dit qu'il veut lancer un appel public.

Delhi, 4 juin 1947

Pour la conférence de presse du Vice-Roi, l'hémicycle du Parlement était comble ; jusque sur les étroites banquettes des galeries supérieures s'entassaient des Indiens dont il n'était pas sûr qu'ils fussent tous journalistes. Le cou tendu, les yeux brillants, les bras souvent levés et mille questions aux lèvres, ils avaient néanmoins écouté le long exposé du Vice-Roi sans trop de désordre. Chacun avait remarqué que Mountbatten parlait sans notes, avec une superbe aisance ; rien ne pouvait l'ébranler. Et chaque question posée s'accompagnait d'un regard sur le premier rang de l'assistance où se tenaient les trois principaux leaders, Jinnah, Nehru, Baldev Singh.

Le 2 juin, comme prévu, Lord Louis les avait réunis au palais ; il avait, non sans mal, obtenu leur accord ; l'imprévisible Jinnah, qui prétendait vouloir consulter démocratiquement les instances de la Ligue Musulmane, avait consenti pour finir à acquiescer d'un signe de tête, malgré ses réticences. Le 3 juin, les leaders avaient reçu chacun un exemplaire du dossier qui résumait les modalités administratives du partage, et le Vice-Roi avait lu dans leurs yeux l'angoisse qui les saisissait tous.

Jusqu'à ce jour, le Mahatma n'avait pas pris position.

Debout, les mains appuyées sur le rebord, isolé entre deux pilastres dans la niche de bois sculpté, Mountbatten se disait qu'avec un peu de chance il échapperait au pire. Sa stratégie était la bonne : pour chaque problème soulevé, il répondait que les Indiens étaient désormais maîtres de leur destin ; il ne lui appartenait plus d'en décider. A sa droite se tenait fièrement celui que le Congrès appelait par dérision « Monsieur Oui-Oui », tant il était obéissant avec le vieux Gandhi : Vallabhbhai Patel, le poing sur la hanche, l'écharpe négligemment jetée sur l'épaule, fixait l'assemblée de son air de taureau en colère. De temps à autre, Lord Louis lançait un regard vers la première tribune où se tenaient Edwina et Pammy. Beau-

189

coup de journalistes s'étaient déjà exprimés; seul Devadas Gandhi, le fils cadet du Mahatma, était resté silencieux.

Et voici qu'il se levait, justement.

– Votre Excellence peut-elle se prévaloir de l'accord du Mahatma? demanda Devadas Gandhi d'une voix forte.

– Jusqu'à maintenant, il n'a pas fait opposition, répondit prudemment Lord Louis.

– Pensez-vous qu'il puisse le faire? cria une autre voix.

– Je ne le crois pas, affirma Lord Louis avec conviction.

– Vous savez que le Mahatma est hostile à la partition de l'Inde, reprit Devadas Gandhi. Comment pensez-vous regrouper les populations musulmanes? Elles sont partout.

– Chaque fois que vous me demandez comment je vais faire, ou ce que j'ai l'intention de décider, je refuse de vous répondre, répliqua Lord Louis, soulagé. Ce n'est pas la peine de retourner la question dans tous les sens, ma réponse sera toujours négative. A vous de jouer.

Devadas Gandhi, le regard noir, se rassit.

– Combien de temps Votre Excellence demeurera-t-elle Votre Excellence? fit soudain une voix aiguë.

Un long murmure parcourut l'assemblée. Mountbatten frémit, sans être sûr qu'il était enfin confronté à la question tant redoutée.

– Pouvez-vous préciser?

– Quand Votre Excellence prendra-t-elle le titre de Gouverneur général? continua la voix haut perchée.

Cette fois, c'était clair. On lui demandait la date de la proclamation de l'indépendance des deux pays. Or elle n'était pas décidée. Mû par une impulsion subite, Mountbatten résolut de répondre aussitôt. Mais quoi?

Il lui revint en mémoire que la date du 15 août avait été évoquée dans la réunion du 2 juin, avec l'accord de Nehru et Jinnah. 15 août, ou 15 octobre? Voilà qu'il ne se souvenait plus. Les secondes s'écoulaient interminablement.

– Voilà la question la plus embarrassante, fit-il avec assurance. Je pense que la passation des pouvoirs pourrait avoir lieu autour du 15 août 1947.

15 août 1947! Les mots étaient tombés de sa bouche comme les crapauds de celle des princesses dans les légendes. Quelle

mauvaise fée lui avait soufflé cette sottise ? Le 15 août ; trois petits mots anodins, une date comme une autre, toute bête... Soixante et onze jours pour partager les Indes !... Lord Louis sentit un frisson lui parcourir l'échine.

En un éclair, il se souvint qu'il avait pris son commandement en Asie le 15 août ; faute de mieux, il pourrait invoquer ce souvenir prestigieux. Il promena un regard souverain sur le premier rang des leaders.

Jinnah, les yeux plus enfoncés que jamais, toussait à fendre l'âme ; Nehru, épouvanté, se mordait les lèvres ; Baldev Singh se grattait la tête. Mountbatten entendit distinctement Lord Ismay, horrifié, assis juste en dessous de lui, chuchoter : « On n'y arrivera jamais ! » Dans les tribunes, Edwina avait mis sa main devant sa bouche. L'assemblée s'était tue. Et Mountbatten croisa le regard brillant de Devadas Gandhi qui semblait lui lancer une sorte de défi.

La conférence de presse s'achevait. Edwina sortit de l'hémicycle et croisa Nehru sous la colonnade. Il lui saisit les mains.

– Dickie est devenu fou ! Le 15 août ? Je n'en crois pas mes oreilles !

– Ne saviez-vous pas encore que Dickie est un homme pressé ? répliqua-t-elle. Le mal est fait, Panditji.

La foule des journalistes et des parlementaires les sépara. Edwina rejoignit Lord Louis à la sortie de la tribune.

– Qu'est-ce qui vous a pris ? lui jeta-t-elle.

– Il faut aller vite maintenant, répondit-il à voix basse. J'ai l'accord des deux partis.

– Encore ! La vitesse, vous n'avez que ce mot à la bouche ! Et que dira Gandhi ? rétorqua-t-elle violemment.

– Nous verrons bien. Je le reçois demain ; et demain est un autre jour, fit Lord Louis avec humeur.

Delhi, 5 juin 1947

Le Mahatma avait fait prévenir le Vice-Roi : il ne manquerait pas sa prière publique. L'entretien ne durerait donc pas une heure.

191

Mountbatten était à la torture. Toutes ses informations concordaient : Gandhi voulait profiter de sa prière du soir pour dénoncer le plan de partition des Indes. Si Gandhi ne cédait pas, le Congrès, bon gré mal gré, désavouerait le plan ; tout serait à recommencer. Le crédit qu'il avait réussi à maintenir pendant son séjour à Londres serait perdu ; son prestige en Inde gâté, et la confiance, irrémédiablement engloutie.

Eh bien ! Cela n'arriverait pas. Il fallait brusquer le vieil homme ; le mettre devant ses propres responsabilités ; argumenter sur les massacres inévitables, les désordres qui découleraient d'une indépendance promise et retardée ; alléguer que Jinnah, à n'en pas douter, annoncerait une nouvelle Journée d'Action Directe et lancerait ses émeutiers dans les rues de Calcutta, dans le quartier populaire de Chandni Chowk à Delhi, à Bombay, à Lahore, partout. Il fallait...

Mais devant le Mahatma, aucun argument ne comptait. Mountbatten commençait à maudire la précipitation qui l'avait conduit dans cette impasse, lorsqu'on vint lui annoncer l'arrivée de Gandhi.

Edwina le précédait, toute pâle. Lord Louis nota avec déplaisir que le vieux Mahatma ne s'appuyait pas sur l'épaule de sa femme. Les bras repliés sur son éternel châle blanc, le visage baissé, il avançait comme s'il luttait contre le vent. Et quand il s'assit sur le bord d'un fauteuil, au lieu de le saluer avec son affabilité coutumière, il resta silencieux. Edwina s'éclipsa sans demander son reste.

– Cher Monsieur Gandhi, fit Mountbatten en s'éclaircissant la voix, je sais que vous avez peu de temps. Parlons.

Gandhi releva la tête et Lord Louis vit que son visage était gris. Plus de lumière dans son regard. Juste une intolérable détresse.

– Bapu ! s'écria Lord Louis très ému. Je vous en prie. Soyez raisonnable... Je ne supporte pas de vous voir souffrir ainsi.

– C'est affreux, Votre Altesse, affreux... Vous assassinez l'Inde ! gémit le Mahatma.

– Ce n'est pas moi, protesta Lord Louis. Vous le savez. Je me suis contenté de constater le désaccord entre le Congrès et la Ligue...

– Vous vous en êtes contenté, murmura Gandhi avec un regard lourd de reproche. Je ne m'en contente pas, moi. Il ne fallait pas désarmer.

– Monsieur Gandhi, j'ai été investi d'une mission. Avec une échéance et, au-delà, une exigence. Comme vous, je ne supporte pas l'idée d'une Inde divisée ; j'en connais tous les dangers, grâce à vous. Mais qu'auriez-vous fait ?

– Quittez-nous, Sir, fit Gandhi dont les yeux reprirent leur vivacité. Abandonnez-nous à notre destin ; nous passerons par le fer et le feu, mais nous en serons purifiés. Laissez tout le pouvoir au Congrès, et que Dieu protège nos gouvernants.

– Vous laisserez Jinnah fomenter ses émeutes... Vous préférez donc le chaos au Pakistan, fit Lord Louis.

– Mais en laissant naître le Pakistan vous aurez aussi le chaos, Sir, fit Gandhi. Vous n'échapperez pas à la tourmente. Ne voyez-vous pas ce que l'Angleterre gagnerait à son simple départ ? En quittant l'Inde, vous ne serez plus responsable ; nous porterons seuls le fardeau sur nos épaules.

– Bapu, murmura Lord Louis, vous me proposez la lâcheté ?

– Non ! Je ne veux pas qu'on disloque le corps de ma mère. Allez-vous-en, je vous en supplie...

Le vieil homme pleurait. Lord Louis songea tristement que Gandhi renouvelait le mot d'ordre du « Quit India », mais dans la désespérance et la supplication.

– De toute façon, le Congrès a donné son accord, Monsieur Gandhi. Qu'y puis-je ?

– Oh ! Je sais bien, sanglota le Mahatma. Je vous avais parlé de l'orgueil de Nehru, et il n'est pas le seul. Patel, Krishna Menon, je sais, ils m'ont tous abandonné... Ils ne m'écoutent plus.

– Qu'allez-vous faire ? fit Lord Louis avec inquiétude.

Gandhi le regarda farouchement et ne répondit pas.

– Monsieur Gandhi, qu'allez-vous dire tout à l'heure à la prière ?

– Vous le savez bien, murmura le vieil homme.

– Ne faites pas cela ! lança Lord Louis, effrayé.

– C'est mon devoir, Sir, fit gravement le Mahatma. Au moins il me reste cette arme.

Mountbatten se leva brusquement et marcha jusqu'à la

fenêtre. Le ciel commençait déjà à s'obscurcir; le temps glissait entre ses doigts comme les grains d'un sablier.

– Monsieur Gandhi, fit-il en revenant vers le vieil homme, ce plan correspond à vos vœux.

Ébahi, le Mahatma le regarda sans comprendre.

– Mais oui! s'écria Lord Louis. Vous souhaitiez que les Indiens déterminent eux-mêmes leur destin? Eh bien, si l'on applique ce plan, c'est ce qu'ils feront. Les assemblées décideront elles-mêmes de se rattacher soit à l'Inde soit au Pakistan. Supposez qu'elles penchent toutes du côté de l'Inde... Plus de partition! On a grand tort d'appeler ce projet le « plan Mountbatten »; on devrait dire le « plan Gandhi »!

Le Mahatma contempla le Vice-Roi des Indes avec pitié. Mountbatten se penchait vers lui avec une telle ferveur, il quémandait son assentiment avec tant d'intensité que le vieil homme n'y résista pas.

– Mon pauvre Lord Louis, fit-il, pensez-vous vraiment que je puisse admettre pareille billevesée?

– Comment cela? Mais je vous assure... protesta Lord Louis, confus.

– Ne me prenez pas pour un imbécile. Je vous suis très reconnaissant de préserver ma vanité, Sir. Il s'agit bien de cela, continua le Mahatma.

Mountbatten, le cœur serré, vit que la résolution du vieil homme était inébranlable. Il n'avait plus le choix, il allait le blesser à l'âme.

– Les hindous sont contre vous, murmura-t-il d'une voix presque inaudible.

Le Mahatma tressaillit.

– Ils ne vous suivront pas. Vous perdrez toute capacité à les apaiser ensuite, enchaîna Lord Louis d'un ton plus assuré.

– Le pensez-vous vraiment? Sont-ils tous contre moi? demanda Gandhi en levant sa longue main noueuse.

Mountbatten hésita. Tous les rapports de police indiquaient que de nombreux hindous détestaient le petit homme qui retardait leur liberté.

– Je le pense, Sir, fit-il avec gravité.

Gandhi baissa la tête, accablé.

– Et je le crois aussi, Votre Altesse, fit-il après un silence. J'ai été avec eux comme une mère, et voici qu'ils se détournent d'elle.

– Acceptez-les tels qu'ils sont, ils vous suivront de nouveau, fit Lord Louis, pressant. Rien n'est perdu, et...

Le Mahatma s'extirpait péniblement de son fauteuil.

– Pardonnez-moi, Sir. Je dois vous quitter.

Et sans lui faire l'aumône d'un regard, il s'en alla.

Incertain, Mountbatten le laissa partir tristement. Dans dix minutes, tout serait joué. Ou bien le Mahatma laisserait faire la partition, ou bien...

5
Aubes de la liberté

Le Vice-Roi humilié

New Delhi, 1ᵉʳ juillet 1947

— Ce n'est plus possible! cria Lord Louis exaspéré, en attrapant au vol un cendrier sur son bureau.

Edwina passa la tête avec précaution; depuis qu'il avait été convoqué à Londres pour justifier le plan Balkan, et malgré le succès qu'il avait remporté, les foucades de Dickie étaient devenues proverbiales.

— Dickie, fit-elle en se décidant, je ne vous ai pas vu de la journée et je vous trouve hors de vous, hurlant comme un portefaix... Si je n'étais pas entrée, je gage que vous auriez jeté ce cendrier contre le mur!

— Tous les jours, je reçois une lettre confidentielle de Nehru qui me demande d'arbitrer un partage. Et quand ce n'est pas Nehru, c'est Jinnah; on dirait qu'ils se sont donné le mot. Hier c'était sur la frontière du Nord-Ouest; demain ce sera le réseau d'irrigation du Penjab... Ils me tuent!

— Vraiment tous les jours, Dickie? fit Edwina ironiquement.

— Ah! continua-t-il sans relever, je comprends qu'ils s'affolent tous; mais enfin, que diable, ils l'ont voulu! Qu'ils s'adressent à Sir Radcliffe! Nous avons désigné comme arbitre cet honnête homme, ce parfait juriste qui ne connaît pas les Indes, qui n'y a jamais mis les pieds, qui n'habite pas même au palais, que je m'applique à saluer de loin, et qu'ils ne peuvent soupçonner de partialité... Mais qu'ils aillent le voir, Bon Dieu!

— Il ne connaît vraiment rien au pays, Dickie, objecta Edwina.

— Précisément. C'est pourquoi il sera objectif.

— Mais vous connaissez la susceptibilité de nos amis indiens... Ne leur demandez pas l'impossible, plaida Edwina avec insistance. Aidez-les.

— Non! Radcliffe dessinera le tracé des frontières; je ne m'en mêlerai pas. Sous aucun prétexte. J'ai raison. N'insistez pas...

— Oh! Je n'insiste pas, fit Edwina, froissée. Savez-vous que Monsieur Jinnah est arrivé?

— Et vous ne le disiez pas? bondit Mountbatten.

— Ma foi, il attend bien sagement dans le salon. Il a même l'air avenant, pour une fois.

— Je n'aime pas cela, grommela Lord Louis. C'est aujourd'hui qu'il doit venir me demander d'accepter le mandat de Gouverneur général du Pakistan. Depuis le 11 juin dernier, j'attends sa démarche officielle.

— Ah, c'est cela, fit Edwina. Eh bien! Il sourit. Il laisse même voir ses dents gâtées.

Lord Louis sortit en claquant la porte. Bien sûr, Jinnah avait les dents gâtées, comme le vieux Gandhi. Naturellement Nehru avait de belles dents de jeune homme; mais aussi, était-ce leur faute, à ces vieillards, s'ils n'avaient pas bénéficié des soins de l'Occident? Edwina devenait impossible avec sa préférence pour Nehru.

Avant d'entrer dans le salon, il marqua une pause pour se calmer.

Jinnah attendait debout, tranquillement appuyé sur sa canne. A ses côtés se tenait l'un de ses collaborateurs, attentif et respectueux.

— Bonjour, Monsieur Jinnah. Je suis heureux de vous voir enfin, fit Mountbatten avec une cordialité forcée.

— Mais c'était convenu ainsi, Votre Excellence, fit le vieil homme gracieusement. Je me suis permis d'amener avec moi Monsieur Chaudhuri Muhammad Ali, l'un de mes lieutenants, qui ne nous gênera pas, je pense.

– Vous êtes libre de venir avec qui vous voulez, cher ami. Veuillez vous asseoir, fit Mountbatten, désarmé par le sourire de son interlocuteur.

« A-t-il voulu un témoin pour assister à mon humiliation ? Je n'aime pas cela du tout... », se prit à songer le Vice-Roi.

Jinnah lança un œil impérieux sur Muhammad Ali qui s'assit le premier ; puis, en habitué du palais, le vieux monsieur s'installa au fond d'un vaste fauteuil en tirant le pli de son pantalon.

– Votre Excellence, commença-t-il, je suis venu vous communiquer ma décision à propos du Gouverneur général du Pakistan. Soyez sûr que dans tous les cas elle ne témoigne d'aucune défiance envers vous...

« C'est non, pensa Mountbatten. Il ne veut pas de moi comme Gouverneur général. Mais qui donc a-t-il décidé de nommer ? »

– Je n'en doute pas, cher ami. A qui songez-vous ?

– Mais à moi, tout simplement. Je serai Gouverneur général, affirma Jinnah en souriant.

– Vous ne serez pas Premier Ministre ? s'étonna Lord Louis. Mais c'est le poste le plus important ! Vous n'exercerez pas le pouvoir ?

– Votre Excellence, dans ma position, c'est très simple. C'est moi qui déciderai et le Premier Ministre exécutera, fit Jinnah calmement.

– C'est absurde ! Nehru lui-même a mieux compris son intérêt ! cria Lord Louis avec irritation.

Le visage de Jinnah se crispa ; Mountbatten se mordit les lèvres. Trop tard.

– Monsieur Nehru décide ce qu'il veut pour l'Inde ; s'il souhaite conserver la tutelle britannique et vous garder comme Gouverneur général c'est son affaire, répliqua Jinnah froidement.

« Pas de colère, surtout, songea Lord Louis. Du calme. Il me provoque ; je ne dois pas répondre. »

– Mais enfin, Sir, si je ne suis pas Gouverneur général des deux pays, comprenez-vous le danger ?

– Je n'en vois aucun... Pas le moindre, fit Jinnah d'un air innocent.

– Vous perdez tous vos atouts! J'aurais pu arbitrer les modalités financières du partage entre les deux pays, j'aurais été contraint à l'impartialité! Savez-vous combien cela va vous coûter?

– Oh, Votre Excellence, fit Jinnah tristement. Des milliers de roupies, sans doute. J'y suis prêt.

– Il vous en coûtera surtout le futur de votre Pakistan! cria Lord Louis sans retenue.

Et, se levant brusquement, il quitta le salon en claquant la porte avec fureur.

Les mains tremblantes, Jinnah alluma une cigarette et regarda Chaudhuri Muhammad Ali qui bouillait d'indignation. Le vieux leader s'attendait à de sérieuses difficultés, mais il n'avait pas prévu que le Vice-Roi céderait à la colère. Au vrai, Mountbatten lui simplifiait les choses; pour la première fois, Lord Louis avait perdu la face; en s'échauffant, il avait rendu la décision irrémédiable, et l'offense était trop claire pour s'effacer de sitôt. Jinnah se mit à sourire, et songea au vieux Churchill; celui-là au moins était un homme d'État, puissant, bougon peut-être, mais respectable. Il n'aurait pas fait un éclat pour des questions de préséance. «Quel emportement indécent, songea-t-il. Ce Mountbatten me fait penser à Nehru. Ils se ressemblent; aussi émotifs l'un que l'autre. Mauvais négociateurs. Indignes du destin de leur pays. Quelle rudesse! Et quel mépris dans sa voix... »

– Que va-t-il arriver? demanda son compagnon avec angoisse.

– Il a perdu son sang-froid, c'est tout, murmura Jinnah en sortant de ses songeries. Il se sera senti humilié. Je regrette, mais cela ne me regarde pas.

– Le regrettez-vous vraiment? Il vous a harcelé, attaqué... C'était abominable.

– Il ne m'aime pas, fit Jinnah avec une émotion visible. Il a toujours préféré Nehru; sa femme, surtout, qui ne le quitte plus...

– Qu'insinuez-vous? Lady Louis et Nehru auraient une aventure? fit Muhammad Ali effaré.

– Je n'insinue rien, je devine, fit le vieux leader en s'animant. Elle a toujours pris le parti des hindous. Elle voit aussi le Mahatma... Elle n'est pas de notre côté. Mais les femmes, vous savez...

– Qu'allez-vous faire? Le Vice-Roi peut encore faire des ravages, s'inquiéta Muhammad Ali.

– Au contraire. Il n'en fera rien. Et puis je le garderai comme président du Comité de Défense Commune, cette instance qui demeure un lien entre l'Inde et nous, fit Jinnah, pensif. Cela l'apaisera.

– Eh bien? fit Edwina lorsqu'elle vit apparaître Lord Louis.

– J'avais vu juste. Il me rejette. Il prend le poste lui-même, bougonna Lord Louis. Il m'a signifié proprement mon congé!

Edwina resta pétrifiée. Pour Dickie, c'était l'humiliation suprême. La seule chose qui pouvait l'abattre, la seule à laquelle il n'avait jamais été confronté. Il ne le supporterait pas.

– Et maintenant? souffla-t-elle.

– Ou bien j'accepte le poste de Gouverneur général de l'Inde et je serai à jamais accusé de partialité, ou je laisse tomber les leaders du Congrès... Les deux hypothèses sont mauvaises. Il n'y a pas de solution honorable.

– C'est vrai, fit Edwina accablée. Comment se fait-il que vous n'ayez pas réussi à le retourner?

– Je crois... Oui, je crois que je me suis emporté parce que j'étais trop fatigué, murmura Lord Louis. J'ai voulu aller trop vite; j'ai péché par trop d'assurance... Je ne sais plus, darling.

Pour confesser si facilement ses fautes, il fallait que Dickie fût à bout de forces. Edwina serra les poings, prit sa respiration et s'approcha de lui.

– Vous n'êtes pas en état de juger vous-même, Dickie; et le fardeau est trop lourd. Avez-vous consulté votre équipe?

– Ils me suggèrent d'accepter l'Inde, pour sauver au moins l'un des deux dominions qui ainsi resterait dans le sein du Commonwealth, répondit Lord Louis. Et je serai déshonoré.

– Alors, partez le 15 août, la tête haute! fit Edwina subitement. Finissons-en!

– Vraiment? fit Lord Louis. Pouvez-vous imaginer les sentiments de Nehru? C'est une gifle!

– Mais du moins personne ne pourra vous mettre en cause, fit Edwina, crispée. Vous n'aurez rien à vous reprocher.

– Je me reproche déjà d'avoir mal manœuvré avec Jinnah, gémit Lord Louis. Edwina, je n'en peux plus; je voudrais déjà être parti.

« Je pensais bien qu'il s'effondrerait, songea Edwina en lui prenant la main. Il finira par accepter, pourvu qu'on le lui demande. Pauvre Dickie. Qui peut soigner son orgueil? »

– Et si vous demandiez à Londres? fit-elle en lui baisant le front.

– C'est fait. Ismay part tout à l'heure, répondit-il en bâillant. Il exposera au Premier Ministre mes erreurs et mon imprévoyance. Je n'aurais pas dû garantir l'acceptation de Jinnah. Maintenant...

– Maintenant, allez faire du cheval avec votre fille bien-aimée, fit-elle en l'obligeant à se lever.

« Et moi, je fais prévenir Nehru », se dit-elle.

Delhi, 5 juillet 1947

Tout le monde s'en était mêlé. Le Cabinet, Clement Attlee en tête; Ismay avait rendu visite à Churchill qui avait donné son avis; le roi George lui-même avait conseillé à son cousin d'accepter le poste de Gouverneur général de l'Inde. Le gentil V.P. Menon, que Dickie avait recruté lui-même pour être son plus proche collaborateur indien, s'était presque jeté à ses pieds. « Le seul homme qui peut tenir en main l'Inde nouvelle, c'est Votre Excellence, avait-il assuré. Si vous vous retirez tout est perdu, car des deux côtés tout dépend de vous. » Menon avait ajouté que Nehru était au bord de la dépression nerveuse, et que tous les autres étaient comme fous. Mais Dickie n'avait rien voulu entendre; à bout de nerfs, il piquait tous les jours des colères incontrôlées, et refusait de suivre l'avis général. Le dernier Vice-Roi de l'Empire ne serait pas Gouverneur général de l'Inde libre. Et il restait tout juste un mois avant l'indépendance des deux pays.

Edwina tournait et retournait un billet qu'elle avait déjà cent fois relu. Nehru lui suggérait de le retrouver à la séance de prières de Gandhi, dans le misérable taudis du quartier des intouchables où il avait élu domicile. Pouvait-elle s'y rendre en cachette de Dickie? Pouvait-elle contribuer à forcer sa décision? N'avait-elle pas déjà trop influencé Dickie en faveur du Congrès et de l'Inde? Elle n'était jamais parvenue à dissimuler les sentiments que lui inspirait Jinnah; sa froideur, son recul lorsqu'il l'apercevait, sa courtoisie affectée, et l'insondable mépris qu'il lui témoignait...

Mais elle en savait déjà trop. Aux haines religieuses entre hindous et musulmans s'ajoutait le péril sikh; depuis qu'ils avaient compris que leur Penjab serait partagé par le milieu, les sikhs avaient retrouvé leurs traditions guerrières; ils craignaient de voir le Temple d'Or d'Amritsar passer sous le contrôle du Pakistan, et ils avaient repris les armes comme leur religion l'exigeait. Les messages de Baldev Singh, qui les représentait officiellement, n'avaient servi à rien, et chaque jour apportait son lot de pillages et de meurtres. Les officiers britanniques avaient perdu le contrôle de la situation, et l'indépendance allait irrémédiablement aggraver le tout. Edwina tentait de chasser de sa mémoire les mots entendus au vol, « trois femmes violées et égorgées à Ferozepur », « un quartier de Gurdaspur incendié, trente enfants éventrés », « un sac de têtes décapitées jeté devant une caserne », mais les images s'imposaient, désespérément.

« Va-t'en au diable, Dickie, fit-elle en repliant le message de Nehru. Je me moque de tes états d'âme. Ils comptent moins que la vie des hommes. Et puisque tout le monde a l'air de penser que tu vas devoir conduire cette bataille, je vais te forcer, moi, à les sauver. »

Sa voiture déjà l'attendait. Il fallait sortir de New Delhi et gagner les faubourgs. « Le quartier des intouchables, songeait Edwina, oppressée. Cela sera d'une saleté affreuse, avec des odeurs répugnantes, et puis la mousson n'est toujours pas arrivée, la chaleur va tout exalter... » Elle vérifia qu'elle avait bien un mouchoir dans son sac et serra les dents. Elle avait honte. Ce ne serait pas pire qu'en Birmanie pendant la guerre.

La voiture ne pouvait entrer dans les venelles; Edwina descendit. Une nuée d'enfants nus l'entoura avec des cris d'oiseaux, et l'accompagna jusqu'à la petite maison de torchis; déjà les fidèles, assis paisiblement, attendaient l'heure de la prière. Sur les toits, des gamins malicieux regardaient, les yeux brillants, en suçant les fruits verts qu'ils venaient de cueillir; des chèvres noires vagabondaient le long d'un ruisseau boueux. Un peu partout, sur de grands fourneaux en plein air, cuisaient les galettes rondes pour le repas du soir; de petits marchands vendaient des sucreries orangées et des copeaux de mangue proprement découpés. De temps en temps arrivaient avec le vent des bouffées de suint et de friture, une puissante et suffocante odeur qu'écartaient des femmes avec des éventails de palmes. « Ce n'est ni triste ni sale... s'étonna Edwina. S'il n'y avait pas les mouches un peu partout! Et les corneilles, toujours présentes », pensa-t-elle en voyant l'une d'elles picorer insolemment une bouse à deux pas. Les zébus n'étaient pas loin, mâchant par habitude un journal, une brindille; tout était sec.

Soudain, au milieu des fidèles, un homme au calot blanc, assis par terre, se retourna. Nehru. Edwina sentit monter en elle une joie incontrôlée. « Lui, enfin, songea-t-elle, les larmes aux yeux. Il est mon Inde. » Elle faillit l'appeler, se retint et courut vers lui, à grandes enjambées.

– Vous voilà enfin; s'exclama-t-il en la voyant. J'ai cru que vous ne viendriez plus. Il nous attend.

Et il la fit entrer dans la pièce où recevait le Mahatma.

Assis par terre, les jambes jetées sur le côté, ses lunettes sur le nez, il lisait des feuillets avec concentration.

– Bapuji, voici notre amie, fit doucement Nehru en s'asseyant près de lui.

– Elle est la bienvenue chez nous, sourit Gandhi en levant les yeux. Chère Lady Louis, je n'ose vous proposer de vous asseoir, vous voyez, il n'y a pas de siège ici. Mais on peut y remédier, ajouta-t-il en se penchant vers Nehru.

– N'en faites rien, Bapu, fit vivement Edwina en s'asseyant à son tour sur le sol. Je suis très bien ainsi.

Gandhi rangea posément ses papiers, et la contempla d'un œil inquisiteur, comme s'il voulait vérifier quelque chose.

– Votre âme est agitée, constata-t-il, je le vois bien. Est-il vrai que notre Vice-Roi refuse obstinément d'accepter d'être notre Gouverneur général?

Edwina acquiesça en silence.

– C'est très préoccupant, fit le vieil homme. Il a la confiance du Congrès, n'est-ce pas, Jawahar? Et il la refuse!

Edwina lissa le ciment de l'index, et baissa la tête.

– Nehru me dit aussi que ses efforts sont demeurés vains. Est-ce vrai?

– Lord Louis ne sait que faire, Bapu, dit Edwina. Le Vice-Roi redoute, s'il accepte, de paraître trop favorable à l'une des deux parties en présence; il a peur qu'on le lui reproche.

– Je comprends, fit le Mahatma. Je comprends même très bien. C'est une situation qui m'est familière, et qui cause en effet de grandes blessures à l'âme. Il doit souffrir, n'est-ce pas?

Edwina hésita à répondre; mais Nehru le fit à sa place.

– Vous le connaissez, Bapu, c'est un noble cœur, dit-il.

– Et ce noble cœur, que lui dit-il? Le savez-vous, ma chère Lady Louis? continua le Mahatma.

– C'est sa fierté qui souffre, Bapu, répliqua-t-elle tout à coup. Vous le savez bien. Quant à son cœur, il a déjà choisi.

– Serait-il aussi orgueilleux que certains de mes amis? fit malicieusement Gandhi en tournant le nez vers Nehru. Faudra-t-il que j'aille en suppliant me jeter à ses genoux? Je n'ai pas de fierté, moi. Et je pense que l'Inde a besoin de lui.

– Bapu, je ne vous demande rien d'autre, fit Nehru en joignant les mains en guise de remerciement. Vous vouliez être convaincu, et je vois que vous l'êtes désormais.

– J'irai le voir, marmonna Gandhi. Mais souvenez-vous tous deux : l'Inde entière a besoin de Lord Mountbatten. J'irai à cause du Pakistan, que vous avez enfanté par votre précipitation. J'irai pour protéger les musulmans, et parce que votre folie à tous est sans limite. J'irai enfin parce que Lord Louis est malheureux; tout Vice-Roi qu'il est, il mérite la compassion. Maintenant, appelez mes filles, je vous prie.

Les deux petites se placèrent sous ses épaules pour l'accompagner jusqu'à l'étroit matelas blanc qu'on avait posé devant sa porte. Assis sur le sol, les fidèles l'attendaient avec des yeux brillants; certains s'étaient juchés sur les toits des maisons, d'autres restaient debout, au fond, immobiles comme des pierres. Un pâle rayon de soleil perçait à travers les nuées sombres, aggravant la chaleur torride; un soleil de désespoir brûlant. Un murmure fervent salua l'apparition du Mahatma, et des femmes s'allongèrent de tout leur long devant lui, d'un mouvement brusque, les mains posées sur ses pieds en signe d'entier abandon.

– Il n'a jamais admis qu'on le traite comme un dieu, murmura Nehru. Voyez-vous cette adoration? Chez nous, elle est inévitable.

– Qu'a-t-elle de malsain? demanda Edwina.

– Tout et rien. Elle idolâtre, elle désarme; elle enlève à chacun sa propre responsabilité. Il s'est toujours battu pour ne pas devenir leur gourou.

– Il l'est malgré lui, constata Edwina.

– Venez par ici, il va parler, fit Nehru en l'entraînant, l'air inquiet. J'espère qu'aujourd'hui tout se passera bien.

– Namasté... Je vous demande à tous si vous acceptez que je lise quelques versets du Coran, fit la voix limpide du vieil homme.

Edwina tressaillit; Nehru posa sa main sur son bras.

Dans un silence tendu, quelqu'un cria: « Non! »

« C'est la troisième fois cette semaine, chuchota Nehru. Il a reçu des lettres adressées à "Mahomet Gandhi". »

– Qui dit non? Qui êtes-vous? Voulez-vous m'exposer vos objections? enchaîna la voix claire.

– A bas les musulmans! Ils ont trahi l'Hindoustan! fit le contestataire invisible.

– Et vous autres, vous qui ne dites rien, continua la voix de Gandhi sans s'émouvoir, avez-vous de mauvais sentiments contre celui qui refuse le Coran?

– Non, non! firent plusieurs personnes au premier rang.

– Je m'adresse à celui qui n'accepte pas. Protesterez-vous violemment si je lis ces versets devant vous?

Il se fit une rumeur au fond de l'assistance. On s'agita, mais le contestataire s'était tu.

– Alors je commence. Comment serait-ce un péché de célébrer le nom de Dieu en ourdou? « Vous qui croyez, recourez à l'endurance et à la prière, car Dieu est avec les endurants. Ne dites pas que ceux qui sont tués sur le sentier de Dieu sont morts. Non. Ils vivent et vous ne vous en doutez pas... »

– Il a gagné, murmura Nehru, soulagé. Un jour, l'un de ces excités lui plantera un couteau dans le cœur. Tenez, celui qui a crié, et qui s'en va très irrité... Venez, j'ai à vous parler.

– Mais je veux écouter! se plaignit Edwina.

– Eh bien! Vous aurez le temps tout à l'heure. Croyez-vous que Dickie puisse dire non à Gandhi?

– Il se trouve bien des hindous pour le faire, répondit-elle amèrement.

Nehru devint pâle et lui pressa la main.

– La mousson est en retard; la chaleur excite les esprits. On s'entretue au Penjab. Calcutta tourne à la poudrière. Même Delhi devient dangereuse. Et à Lahore...

– Lahore sera au Pakistan, l'interrompit Edwina.

– Ah! C'est vrai, fit-il, découragé. Toujours est-il que le bazaar est en ébullition... Faites votre possible, ajouta-t-il d'une voix pressante.

– Je suis venue ici, fit-elle.

– C'est la plus grande chose que vous ayez pu faire, my Dee, fit-il en la regardant intensément. Et ce n'est pas la dernière.

Edwina frissonna. Le souvenir des camps de prisonniers la fit frémir. Affronter les milliers de regards, se porter au secours des mourants, peut-être... En un éclair, elle pressentit que Nehru disait vrai.

– Retournons écouter le Mahatma, fit-elle. J'en ai besoin.

Delhi, 6 juillet 1947

Gandhi était venu dès le lendemain. Lorsque Edwina l'accueillit, il la salua avec un regard malin, et lui tapota la main affectueusement.

– Namasté, ma chère Lady Louis. Je suis votre obéissant serviteur...

Puis il était parti à la conquête des couloirs avec une surprenante ardeur.

Quand il fut installé au fond de son fauteuil habituel, bien calé sur le cuir, il croisa les doigts et examina Lord Louis par-dessus ses lunettes. Mountbatten avait les traits tirés ; sa lèvre supérieure tressaillait, il avait maigri. Mais son regard vif semblait animé d'une sorte d'espoir incontrôlé. « Allons, se dit Gandhi, ce ne sera pas trop difficile. La plaie sera vite cicatrisée. »

— Votre Excellence, vous avez accepté d'être Gouverneur général, n'est-ce pas ? commença-t-il avec une extrême douceur.

— Non ! jeta Mountbatten, interloqué.

— Mais si, interrompit Gandhi dont le regard brilla soudain. Vous n'ajouterez pas d'autres souffrances à la partition de l'Inde. Si vous nous abandonnez, ils s'entre-tueront jusqu'au dernier.

— Vous êtes d'un pessimisme exagéré, Monsieur Gandhi. Le partage se prépare à peu près calmement. Hormis quelques désordres au Penjab...

— Quelques désordres, gémit le Mahatma. Suis-je donc le seul à deviner l'immensité du fleuve de sang qui coulera bientôt dans tout le pays ? Puisqu'il le faut... ajouta-t-il en soupirant. Votre Excellence, je suis venu solennellement vous demander d'accepter ce poste.

Lord Louis sentit l'étau se desserrer. Les larmes lui montèrent aux yeux ; fallait-il vraiment que le vieux combattant s'abaissât devant un amiral britannique ? Son cœur bondit si fort qu'il posa sa main sur son complet, feignant d'arranger sa pochette. « Je suis toujours Vice-Roi, que diable, se força-t-il à penser ; et ce petit homme combat mon pays depuis un bon demi-siècle ! » Mais il ne put empêcher ses lèvres de sourire, et il faillit courir embrasser le vieux monsieur lové dans son fauteuil comme un nourrisson sans défense.

— Vous acceptez, naturellement, fit Gandhi d'un ton grave.

— Naturellement, répondit Lord Louis sans réfléchir. En fait, ma décision était prise déjà depuis quelque temps, et...

— Je n'en doute pas un seul instant, Votre Excellence, sourit

Gandhi. Eh bien, enchaîna-t-il sans crier gare, puisque c'est une affaire réglée, je voudrais vous parler de deux ou trois petites choses.

Lord Louis s'inquiéta; lorsque le Mahatma évoquait de « petites choses », il s'agissait toujours des idées les plus saugrenues. Mais quoi! C'eût été mal le connaître que de l'imaginer porteur d'une seule demande; qu'allait-il sortir de son sac à malices?

— Tout d'abord je désire vous entretenir de la personne dont j'aurais rêvé pour remplir cette fonction que vous venez d'accepter, commença Gandhi.

— Pardon? fit Mountbatten, stupéfait.

— Les temps actuels ne le permettent pas, continua Gandhi sans se démonter. Mais peut-être un jour l'Inde aura-t-elle le chef d'État qui lui convient. Une fille Harijan.

— Une intouchable? s'écria Lord Louis.

— Une enfant de Dieu, oui, Sir. Vingt ans, habituée aux travaux indignes, les mains sales, mais le cœur pur et sans corruption. Un cristal, fit-il avec enthousiasme.

— C'est une idée généreuse, admirable même; pensez-vous que l'Inde y soit prête? fit Mountbatten avec prudence.

— L'Inde n'y songe pas, admit le Mahatma. Mais, un jour, on se souviendra que je l'avais demandé; cela prendra peut-être vingt ans, trente ans; je ne sais si nous serons encore en vie tous deux, Sir.

— Nous verrons bien, mon cher Gandhi. L'autre chose?

— Ce palais est bien grand, soupira le Mahatma en balayant l'espace avec sa main. Chaque fois que je viens vous voir, quand je chemine à travers ces interminables corridors et que j'aperçois toutes ces pièces inutiles, je me dis qu'il est absurde de gâcher tout un bâtiment pour un seul homme.

— Pour le coup, je ne peux que vous donner raison, répondit Mountbatten en riant. Moi aussi, je le trouve démesuré.

— N'est-ce pas? fit le Mahatma en clignant de l'œil. Eh bien, puisque nous sommes d'accord, pourquoi n'iriez-vous pas loger dans une de ces belles villas coloniales, avec leurs somptueuses colonnades, sur l'une de ces avenues bordées d'arbres, à New Delhi? Vous auriez encore largement la place, et on convertirait ce palais en hôpital.

– Vous plaisantez, fit Lord Louis.

– Tant que vous êtes Vice-Roi, continua le Mahatma en haussant légèrement le ton, il ne m'appartient pas de vous donner mon avis sur votre façon de vivre. Mais quand vous serez Gouverneur général, vous devrez en rendre compte aux millions de citoyens indiens dont vous serez le représentant officiel. Donnez l'exemple ! Allez vivre dans une villa, exigez de ne pas avoir de domestiques, et vous entrerez vivant dans l'Histoire !

– Bapu, fit Mountbatten en retenant un éclat de rire, je comprends vos sentiments. Ce palais incarne à vos yeux le passé qui bientôt s'achève.

– C'est une offense pour les millions de paysans, Sir. Pour ceux qui vivent dans des maisons de torchis, sans lumière, sans eau, sans cette installation qui apporte un froid artificiel, sans rien de tout cela ! Il vous suffit d'en décider...

– Monsieur Gandhi, je ne resterai pas après juin 1948, quoi qu'il advienne, annonça Mountbatten. D'ici là, un déménagement serait un luxe inutile. Et surtout une perte de temps.

– Ah, fit Gandhi, frappé, c'est vrai. Je n'y avais pas pensé.

– Il appartiendra à mon successeur, le premier Indien désigné à ce poste, de convertir ce palais en hôpital ; il pourra même installer des vaches dans le jardin, s'il le souhaite, fit Lord Louis. Je connais vos idées sur le monde industriel ; vous ne le trouvez pas bon.

– Sir, ce sont nos vieux outils, la charrue et le rouet, qui ont fait notre équilibre et la sagesse de nos traditions. Les gens veulent trop à la fois ! Des voitures, des radios, des instruments pour souffler le froid maintenant, et quoi encore ? Ils ne seront jamais rassasiés. L'oiseau humain est sans repos ; il exige toujours davantage... Tout ce gaspillage...

– Cher monsieur Gandhi, nous avons devant nous des tâches autrement urgentes, répliqua Lord Louis, décidé à en finir. Moi aussi j'ai une requête à formuler. Si par malheur Calcutta redevenait la proie des émeutes...

– Hélas ! fit Gandhi. C'est inévitable.

– On l'évitera grâce à vous. Vous avez fait la preuve qu'un homme seul peut arrêter le sang. Vous irez à Calcutta.

– Ce n'est pas du tout mon intention, protesta Gandhi.

– J'entends bien que vous serez dans la capitale le jour de l'indépendance, commença Mountbatten, mais...

– Pas du tout! bondit le petit homme. Je n'y serai certainement pas.

Mountbatten allait de surprise en surprise. Le Mahatma ne serait pas à Delhi le 15 août? Inimaginable. Voulait-il priver son peuple du bonheur de le contempler?

– J'irai à Noakhali, chez les villageois mes amis, continua Gandhi résolument. Là, et nulle part ailleurs. J'y passerai la nuit et la journée en jeûne et en prières. Vous ne vous attendiez pas à ce que je fête ce jour de malheur dans la joie, tout de même?

– A ce point, Monsieur Gandhi... soupira Lord Louis, résigné.

– Le jeûne et la prière, dans un village, fit le Mahatma avec obstination. Ils comprendront, tous.

– Faites la même chose, mais à Calcutta, supplia Mountbatten.

– Non! s'exclama Gandhi, outré. Je dois prendre congé maintenant.

Et il se leva d'un bond, le regard courroucé.

– Monsieur Gandhi, restez... s'écria Mountbatten.

– N'est-ce pas encore assez de m'avoir contraint à mendier son aide à l'Angleterre? murmura douloureusement le vieil homme.

Derniers préparatifs

A Lahore, les chefs sikhs, arborant sur leurs turbans bleu de nuit l'immense croissant d'argent et le sabre au côté, se réunirent clandestinement dans un hôtel moderne. On ne connaissait pas encore les résultats de la commission dirigée par Sir Radcliffe, mais à n'en pas douter, Lahore irait au Pakistan, tandis que Amritsar resterait en Inde. Lahore était la plus belle ville du Penjab, mais Amritsar était la gardienne du Temple d'Or, merveille des merveilles et cœur de la religion sikh. Le Penjab serait coupé en deux, avec la bénédiction des hindous d'un côté, et celle des musulmans de l'autre. Les instructions religieuses laissées par le dernier gourou vivant faisaient obligation à tous les sikhs de défendre leur foi, par les armes si nécessaire. Pour ceux-là qui déjà se cachaient, la nécessité était devenue brûlante.

Depuis de longs mois, fidèles à leur tradition, les sikhs entassaient secrètement les armes dans leurs temples, interdits à la police ; les sanctuaires sikhs, belles gurdwaras blanches flanquées de leur bassin sacré, cachaient en leur ventre des arsenaux entiers. Un leader apparut, un vieil instituteur à la barbe fleurie, que pour cette raison on appelait « le maître ». Master Tara Singh était borgne, il s'appuyait majestueusement sur une haute canne à pommeau d'argent ; c'était un fervent patriote. Il s'était rendu célèbre au mois de mars en abattant à coup de sabre le fanion vert étoilé de la Ligue musulmane ; car, bien que la religion sikh se fût trouvée à l'origine exactement à la croisée de l'hindouisme et de l'islam, bien que le doux gourou Nanak, emblème de tolérance et d'œcuménisme, eût été revendiqué après sa mort aussi bien par les musulmans que par les hindous, s'il fallait choisir un ennemi, à tout prendre c'était plutôt le musulman. Master Tara Singh prêcha les retrouvailles avec la khalsa, la loi des sikhs ; elle exigeait le sang.

Un peu plus tard, une association nationaliste hindoue, le Rashtriya Swayam Sewak Sangh, fondée en 1925 pour régénérer l'hindouisme par la discipline et la prière, rejoignit le groupe de Master Tara Singh. Les fractions les plus extrémistes des sikhs et des hindous s'étaient retrouvées sans effort, puisqu'elles provenaient du même fleuve, le vaste fleuve de l'hindouisme. Les sikhs feraient sauter les trains destinés au transfert des richesses vers le Pakistan ; au nombre des richesses se comptaient aussi les hommes. Quant aux hindous du RSSS, ils se chargeaient de placer des bombes dans Karachi, et d'assassiner Mohammed Ali Jinnah pendant son premier parcours officiel en voiture découverte, qu'il devait effectuer en compagnie du futur Gouverneur général de l'Inde, Lord Mountbatten.

Les services secrets britanniques découvrirent le complot,

212

en référèrent à Lord Louis qui convoqua Jinnah et son futur Premier Ministre, Liaquat Ali Khan. Il était impossible d'arrêter les chefs religieux sikhs, calfeutrés dans l'enceinte sacrée des temples avec leurs armes ; personne n'oserait s'y risquer, ni l'armée, en proie aux troubles d'un partage annoncé entre les deux pays, ni la police. Les sikhs semblaient invulnérables. Liaquat Ali Khan se déclara impuissant ; il n'avait pas le pouvoir d'intervenir ; au demeurant, Amritsar resterait à l'Inde, et non au Pakistan. Lord Louis déclara qu'il n'avait ni l'intention ni les moyens de procéder à une action policière dangereuse. L'impasse était totale.

Jinnah ferma les yeux avec un soupir ; le destin trancherait.

Lord Mountbatten s'en tiendrait au programme officiel ; il serait aux côtés du leader du Pakistan à Karachi comme convenu, affirma-t-il froidement.

Pendant ce temps, le Penjab continuait de rassembler ses armes.

Les travaux du juriste Radcliffe approchaient de leur terme. Mieux que personne, il connaissait d'avance les fureurs qu'engendrerait le partage dont il était juridiquement responsable ; les assesseurs hindous et musulmans dont l'avait flanqué le Vice-Roi n'avaient sur les frontières aucun terrain d'entente ; et quand il avait pris en considération les religions, les coutumes, les lieux sacrés, lorsqu'il ne lui restait plus aucun autre critère, Sir Cyril Radcliffe tranchait en songeant aux enjeux économiques des deux futurs pays. Rien de tout cela n'éviterait la dispersion des familles ; parfois même, la frontière passerait sans doute entre la maison et la grange, entre le mur et le jardin. Radcliffe avait presque terminé ; la logique et la clarté exigeaient de transmettre le tracé des frontières aux deux futurs gouvernements.

Mais Lord Louis hésitait.

Rendre publics les travaux de Radcliffe permettrait d'acheminer des troupes aux endroits les plus sensibles, disait l'un. Mais la violence serait telle que la proclamation de l'indépendance deviendrait physiquement impossible, répliquait l'autre. Alors, le 14 au soir, pendant l'euphorie de la première liberté ? suggérait un troisième.

Lord Louis ne savait que penser ; le 14 au soir lui paraissait encore trop proche de l'indépendance. Et lui, qui péchait toujours par précipitation, se mit à temporiser. Jusqu'au jour où il décida qu'il donnerait aux deux leaders les tracés officiels de leurs pays le 16 août. Au lendemain de l'indépendance. La liberté serait proclamée à l'aveugle.

Comme on pouvait s'y attendre, des bruits filtrèrent. Patel, le « monsieur Oui-Oui » du Mahatma, apprit que les collines de Chittagong, à la lisière du Bengale du Nord, iraient au Pakistan. Elles étaient surtout peuplées de bouddhistes et d'aborigènes animistes; pourquoi le Pakistan? Vallabhbhai Patel, jusqu'alors solide comme un roc et calme comme un éléphant, explosa, et envoya à Lord Mountbatten une lettre d'une grande violence. Ce fut la première fois que son vrai caractère se découvrit publiquement, dans toute sa rudesse implacable.

Lord Louis fut atterré. « Le seul homme que je considérais comme un vrai homme d'État, se lamentait-il, avec les pieds sur terre, un homme d'honneur, le voilà qui devient hystérique comme les autres! »

Il se prit à imaginer un 15 août d'apocalypse.

Nehru boycottant les cérémonies; Jinnah assassiné par le RSSS, et lui, Dickie, pulvérisé par la bombe. Le Mahatma impuissant, mort pendant un jeûne de plus, le dernier cette fois, et qui viendrait à bout de sa pauvre vie. Le Penjab indépendant sous la terrible houlette de Master Tara Singh. Les extrémistes du RSSS à la tête d'un empire hindou. L'Inde volant en éclats, éclaboussant le monde de sang jaillissant... Il y songea le temps d'un ou deux whiskys par jour, et puis n'eut plus le temps d'y songer du tout. Mais comme en général il buvait peu, seule une abominable gueule de bois lui rappelait confusément l'imminence de périls de toute façon inéluctables.

« Ce n'est pas comme une opération militaire, ruminait-il. Le 6 juin 1944 en Normandie, c'était le jour J, nous débarquions sur les plages... Restait encore à franchir le Rhin. Maintenant, ici, en Inde, c'est comme si nous devions tâcher de traverser le Rhin avant le 15 août. Après le 15 août 1947, les problèmes d'après-guerre nous sembleront aussi grands qu'ils le furent en Europe. L'ennemi a toujours un coup de pied en réserve! »

214

Mais l'ennemi n'était pas le nazi; l'ennemi était nulle part et partout, et amassait les poignards.

Le 18 juillet, le Vice-Roi et Lady Louis invitèrent quatre-vingt-dix hôtes de marque à l'occasion de leurs noces d'argent. Gandhi ne vint pas; mais il envoya à la Vice-Reine une affectueuse lettre où il l'appelait « Ma chère sœur ».

Les Jinnah s'y rendirent; lui, très pâle, en jaquette, avec une cravate en satin gris, sa sœur Fatima à son bras comme une sévère tourterelle, aussi austère que son frère et comme lui d'une foudroyante dignité. Les maharajahs, qui devaient se réunir solennellement quelques jours plus tard pour décider du destin de leurs royaumes, rattachés soit au Pakistan soit à l'Inde, avaient revêtu leurs soyeuses mousselines d'été et leurs aigrettes. Les derniers dignitaires de l'Empire britannique ne manquèrent pas à l'appel, non plus que quelques diplomates, dont un nouveau venu, un Américain, déjà.

Nehru était vêtu comme à son ordinaire; il paraissait triste comme la mort.

– Qu'avez-vous? chuchota Edwina en l'accueillant au seuil de la roseraie. Je vous ai souvent vu en colère, parfois le visage défait par l'émotion, mais jamais ce visage de plomb!

Il détourna le regard et lui pressa le bras. Puis il s'éloigna silencieusement, en baissant la tête; elle le suivit des yeux et le vit qui s'asseyait à l'écart. Les derniers invités arrivaient, qu'elle devait recevoir sans bouger; dès qu'elle eut fini, elle courut rejoindre Nehru.

– Jawahar... fit-elle en posant la main sur son épaule. Pourquoi demeurer avec vos pensées? Venez près de moi.

– Laissez-moi, fit-il en se dégageant avec brusquerie. Je ne devrais pas me trouver ici quand déjà les villages brûlent au Penjab. Regardez ces robes du soir, ces saris de cérémonie, ces uniformes, ces lumières, et bientôt les danseuses! A un mois de notre liberté, quand tout se défait dans la colère!

– Lorsque vous serez Premier Ministre et que vous aurez le cœur lourd, vous serez obligé vous aussi de faire front en public, répliqua-t-elle vivement. C'est un métier dont vous n'avez aucune idée. Aucune! ajouta-t-elle en tournant les talons.

– Attendez... fit-il en la retenant par la main. Vous ne savez pas...

Il s'arrêta soudain avec un geste las.

– Quoi? jeta-t-elle. Nos noces d'argent vous agacent?

– O Ram, soupira Nehru. Je n'y songeais déjà plus. Je pensais que nous n'éviterions rien des prédictions de Bapu. Il est trop tard, my Dee... Et ces pluies qui ne viennent pas, cette mousson qui tarde! Je vais avoir besoin de vous. Terriblement.

Elle s'assit à ses côtés en silence. Les premières batteries des tambours retentirent sur l'estrade aux danseuses; une voix de femme s'éleva, grave et soyeuse.

– Panditji, je dois aller à ma place, murmura-t-elle. Dickie m'attend.

– Moi aussi, soupira-t-il. Mais je n'ai pas de danse à vous offrir. Rien que de la souffrance, *mere pritam*, ma chérie.

Souriant au tournoiement des jupes roses des danseuses, Lord Louis contemplait son jardin avec fierté. Des milliers de lampes à huile luisaient doucement dans l'obscurité, où se promenaient ses invités, les princes du passé et ceux du futur, les maharajahs qui brillaient encore de tous leurs feux, et les militants du Congrès avec leurs vêtements de coton. Il aperçut Edwina à côté de Nehru; elle arrivait avec la souplesse inimitable qui l'avait frappé au cœur sur le yacht des Vanderbilt, et quand elle fut près de lui elle eut ce sourire lumineux qui l'émouvait toujours. Elle quitta Nehru pour rejoindre une femme au visage austère, en sari blanc brodé de noir. La princesse Amrit Kaur, fille de rajah et militante indépendantiste, allait devenir ministre de la Santé à compter du 15 août. Pendant son bref séjour à Londres en compagnie de Dickie, quelques semaines plus tôt, Edwina avait acheté deux boîtes de nacre; l'une pour Fatima Jinnah, l'autre pour Amrit Kaur. Les deux longues silhouettes s'éloignèrent dans la nuit; le pan du sari glissa de la tête de l'Indienne, et l'on aurait pu les croire sœurs tant l'ombre les rendait semblables, avec le même port de tête, le même dos droit, la même douceur.

– Quelle fête splendide, n'est-ce pas, Nehru? fit Lord Louis épanoui.

Nehru haussa les épaules. Jamais sans doute on n'avait vu

216

dans l'histoire une révolution conduite avec autant de grâce ; jamais non plus on n'en avait si peu mesuré les dangers que le soir des noces d'argent du Vice-Roi des Indes.

Les astrologues s'étaient réunis et lui avaient adressé une supplique solennelle : selon leurs calculs, le 15 août était un mauvais jour. Rien ne se décidait sans leur concours ; aucun mariage, aucune affaire ; et personne n'aurait couru le risque insensé d'aller contre les élaborations d'une science millénaire. Néfaste était le 15 août, Nehru ne pouvait l'ignorer. Et s'il n'était pas homme à entrer dans ces sornettes irrationnelles, il lui fallait bien tenir compte des frayeurs collectives que déjà suscitait la date terrifiante choisie sans réflexion pour l'indépendance de l'Inde. Ce Vice-Roi éclatant, ce jeune homme avec sa superbe, ne comprendrait pas que l'on changeât de jour.

Ne se comportait-il pas en souverain au milieu d'une cour empressée, comme si son règne ne devait jamais finir ?

Le 25 juillet se réunit l'Assemblée des princes sous l'autorité du Vice-Roi en grand uniforme. Lord Louis entreprit de les convaincre de rallier les deux pays, surtout l'Inde ; le marché serait à leur avantage, leurs privilèges respectés et leurs fortunes intactes. S'ils ne signaient pas l'Acte d'Accession, en revanche, alors il ne pouvait rien garantir. Quelques maharajahs se firent tirer l'oreille, le plus sourd étant celui du Cachemire, le royaume dont la famille Nehru était originaire. Le Nizam d'Hyderabad, qui régnait sur un vaste État à majorité musulmane dans le sud de l'Inde, et que les Français soutenaient, rêvait encore d'autonomie ; trois ou quatre roitelets ne comprenaient pas tout à fait l'importance de l'enjeu. Mais ce ne devrait pas être trop difficile ; d'autant qu'Edwina les recevrait les uns après les autres avec leurs maharanées, du moins quand elles acceptaient de sortir du pardah traditionnel, l'espace confiné où toute femme de bien se devait d'habiter, volontairement recluse. Leurs Altesses, souvent, se piquaient de modernité ; leurs reines viendraient donc prendre le thé ; cela aiderait.

Le soir même, les Jinnah frère et sœur vinrent dîner. Le leader de la Ligue Musulmane voulut faire un effort ; il raconta d'interminables histoires qu'il trouvait drôles, et qui firent bâiller Edwina; plus que jamais Jinnah lui parut mégalomane. Le vieil homme s'en aperçut et partit plus tôt qu'il n'aurait dû. Le lendemain, ce fut au tour de Nehru de venir partager le repas du soir; il arriva en compagnie de sa sœur, de sa fille Indira et de son gendre Feroze Gandhi; ce fut un dîner presque familial.

Mais lorsqu'elle n'était pas occupée à ces tâches qu'elle jugeait futiles en de telles circonstances, Edwina semblait étrangement pressée d'organiser la coordination entre les innombrables services et associations de santé, de secours aux enfants, aux déshérités, aux infirmes et aux malades. Les pressentiments de Gandhi, ceux de Nehru désormais, la poussèrent à intervenir pour faire passer à la dernière minute une loi sur la formation des infirmières. La loi se préparait depuis 1943, mais la lenteur des choses l'avait mise en péril, comme toujours. La princesse Amrit Kaur l'aida dans cette entreprise, qui faillit tourner court; Edwina appela Nehru à l'aide et la loi passa. Du moins la Vice-Reine était-elle prête pour ce qu'elle n'osait encore imaginer et qu'elle appelait, d'un mot vague, « la suite des événements ».

Le bureau de Dickie était toujours si fortement climatisé qu'il fallait mettre des fourrures pour y pénétrer, ou des pull-overs.

Edwina haïssait l'air refroidi et glacial, haïssait le Dickie des derniers jours, qui se comportait en seigneur médiéval, décidait de tout avec son tranchant habituel, ne voyait pas l'angoisse de ses amis indiens, non plus que le courroux des chefs de la Ligue musulmane, n'acceptait aucune critique et traitait sa femme comme une servante. A l'exception de la glacière où Dickie jouait les chefs d'état-major, les Indes écrasées de chaleur attendaient la mousson qui ne venait pas, comme si les prédictions des astrologues laissaient présager le désastre en retenant les nuées et la pluie.

Il ne restait plus que quelques jours. De part et d'autre de la frontière du Penjab, les hindous et les musulmans quittaient leurs villages et partaient sur les routes en désordre. Les hindous furent parqués dans ce qui devint le premier camp de réfugiés; le Mahatma exigea de s'y rendre avec Nehru. Il y avait là trente-deux mille malheureux sous le soleil, suffoquant dans la poussière, sans aucun équipement, avec quelques boîtes de fer-blanc pour transporter une eau rare. La tête couverte d'un linge humide plié en quatre, Gandhi passa tout le jour à faire creuser des latrines, son obsession majeure; il désigna une cabane en guise de dispensaire, avec quelques pansements et de l'argile pour mettre sur les plaies; il pleura aussi, beaucoup. Quand ils furent revenus dans la voiture qui les ramenait à Delhi, Gandhi, épuisé, s'endormit. Tendrement, Nehru lui massa les pieds.

Gandhi avait déjà fait ses bagages pour se rendre à Noakhali, son village d'élection au Bengale, lorsque le principal leader musulman bengali, Suhrawardy, l'appela à l'aide. Seul le Mahatma pouvait protéger les musulmans de Calcutta le jour de l'indépendance. Suhrawardy était le second à formuler cette requête; le premier avait été Lord Mountbatten, à qui Gandhi avait dit non.

Gandhi réfléchit, et posa deux conditions : une garantie de sécurité pour les hindous, et la présence de Suhrawardy à ses côtés, nuit et jour, dans le quartier le plus misérable de la ville. Suhrawardy, homme d'affaires élégant, filou à ses heures, et trafiquant notoire, adorait les filles de joie et les repas fastueux; il tenait en main les bandes de voyous qui avaient fait cinq mille morts pendant la Journée d'Action Directe lancée par Jinnah.

Suhrawardy accepta les deux conditions sans hésiter; Gandhi à son tour lui fit savoir qu'il accèderait à la requête. Ce que le Mahatma avait refusé au Vice-Roi, il l'accorda à un maffieux musulman soudainement repenti.

Jinnah, avant de quitter l'Inde à jamais, alla se recueillir sur la tombe de sa femme Ruttie. Puis, revêtant pour la première fois une tunique jaune paille et la coiffe d'Astrakhan des musulmans, il prit l'avion pour Karachi, sa future capitale; il y prendrait le titre glorieux de Quaid-I-Azam, le Grand Chef. C'était le 6 août 1947. Lorsque l'avion descendit sur la ville, la plaine n'était plus qu'une mer de vêtements blancs. Le futur Pakistan.

Juché sur une automitrailleuse que des guirlandes fleuries transformaient en char triomphal, abrité par un dais ouvragé digne d'un souverain, surveillé par trois gardes en noir debout derrière lui, une longue guirlande autour de son cou décharné, le Quaid-I-Azam fit son entrée dans Karachi sous les acclamations. A ses côtés trottait sur un cheval blanc un policier moustachu et bedonnant, enturbanné de mousseline, et qui écartait la foule avec orgueil.

Jinnah considéra la foule, la ville, le policier, les drapeaux verts frappés de l'étoile et du croissant, le ciel ocre, les milans qui tournaient au-dessus de sa tête, et fut anéanti par la stupeur. Contre toute attente, il avait réussi. D'ici une petite semaine, le Pakistan existerait, et lui, Mohammed Ali Jinnah, l'ancien ambassadeur de l'unité entre hindous et musulmans, il en serait l'unique auteur.

14 août à Karachi : le Pakistan allait venir au monde.
15 août à New Delhi : l'Inde allait naître à son tour.

Le triomphe du Quaid-I-Azam

Karachi, 14 août 1947

Embarrassé, le colonel Birnie se pencha vers le Vice-Roi pour lui parler à l'oreille.

– Je dois vous avertir, Sir, commença-t-il avec gêne, que les rues de Karachi étaient pleines à craquer pour l'arrivée du Quaid-I-Azam, il y a quelques jours. Une véritable marée humaine...

– Parfait, fit Lord Louis en s'épongeant élégamment le front. Vous m'en voyez enchanté. C'est mieux que si Monsieur Jinnah avait été fraîchement accueilli.

220

– Naturellement, Sir. Mais justement... En venant vous chercher, sur la route de l'aéroport j'ai constaté qu'il y avait un peu moins de monde aujourd'hui.

– Un peu moins? fit Mountbatten en tirant ses manchettes.

– A vrai dire, Sir, j'ai surtout vu notre armée. Enfin, je veux dire l'ancienne armée des Indes... au moins jusqu'à demain soir, fit-il en s'embrouillant.

– Je n'en suis pas vraiment surpris. Venez-vous, Edwina? cria Mountbatten en frappant à une porte sur le côté. La chaleur est étouffante ici. Ne traînez pas...

– Pendant que la Vice-Reine achève de se préparer, Sir... Je ne voudrais pas qu'elle entende, mais je dois vous faire part d'un désagrément majeur, fit le colonel Birnie en s'étranglant.

Lord Louis le regarda attentivement, puis le prit par le bras et l'emmena à l'écart.

– On a découvert ici un complot contre le Gouverneur général, Sir, chuchota le colonel Birnie.

– Sur le parcours, demain, une bombe lancée contre la voiture de Jinnah? C'est cela? demanda Mountbatten.

– Oui, Sir, fit Birnie, très raide.

– C'est donc le complot dont on m'avait parlé à Delhi, murmura Mountbatten. Les sikhs de Master Tara Singh alliés aux extrémistes hindous.

– Exactement, Sir. La police se déclare impuissante.

– Nous le savions déjà, fit Lord Louis. Que dit le Grand Leader, le Quaid-I-Azam?

– Il m'a chargé d'un message à votre intention, Sir. Quant à lui, il est tout prêt à suivre le programme sans aucun changement, si le Vice-Roi en est d'accord de son côté, fit le colonel en détachant les mots.

– Nous serons donc côte à côte dans la limousine découverte, et sous les bombes, fit Mountbatten avec un sourire. Cher Jinnah. Allez immédiatement dire au Quaid-I-Azam qu'il ne change surtout rien aux dispositions prévues.

– Mais Sir! s'exclama Birnie.

– Allez! Je ferai en sorte que la Vice-Reine monte dans une autre voiture. Qu'elle ne sache rien, surtout. Et maintenant, rompez! fit Mountbatten d'un ton sans réplique.

– A vos ordres, Sir, fit Birnie en claquant les talons.

« Eh bien, s'il faut mourir demain, nous verrons, se dit Mountbatten bravement. De toute façon, je ne vois pas comment reculer. Jinnah serait trop content de m'humilier une seconde fois; on annulerait le cortège, et l'on aurait soin de préciser que le Vice-Roi n'a pas souhaité affronter le danger... C'est égal, il a voulu devenir Gouverneur général, ce serait assez farce qu'il m'entraînât dans la mort. Je dirai à Edwina... »

Elle sortait enfin, plus mince que jamais dans son fourreau blanc, son chapeau à la main.

– Voilà, je suis prête. Il ne me reste que le chapeau. Il vous plaît?

– Oui, fit Mountbatten sans le regarder. Mettez-le et partons; le programme est terriblement chargé.

Edwina posa délicatement sa coiffe de pétales blanches sur ses cheveux bouclés, et sourit.

– Comme ceci, Dickie?

– Une apparition, fit Lord Louis, violemment ému. Votre grand cordon va fort bien sur cette robe claire. Sortons d'ici.

La grande limousine découverte commença son parcours vers le palais du Gouverneur général, le Grand Leader, le père du Pakistan, Mohammed Ali Jinnah. Birnie disait vrai : derrière la haie des soldats en uniforme britannique qui, une fois partagée l'armée des Indes, deviendraient pakistanais, une maigre foule juchée sur les talus et les poteaux regardait distraitement les deux figurines britanniques éclatantes de blancheur, l'une agitant la main au bout de sa longue manche, l'autre rendant régulièrement le salut militaire aux régiments qui présentaient les armes. Seuls les cris des capitaines et le cliquetis des armes dressées accompagnaient le lent ronronnement du moteur. On arrivait.

Jinnah, coiffé d'une toque qui changeait son allure, avait revêtu une longue tunique noire et un pantalon serré. Il ne souriait pas. Le regard sombre et le visage glacé, il accueillit le Vice-Roi en lui pressant fortement la main. « Un homme prêt pour la mort », songea Mountbatten.

Le banquet fut interminable; on y servit les plats traditionnels de l'islam indien, et l'on ne manqua pas de souligner que le biryani, mouton épicé au safran et au riz, était une recette du sultanat d'Hyderabad, État encore indépendant mais à majorité musulmane; on mentionna pour mémoire que l'agneau à l'étouffée venait, lui, de Lucknow – irrémédiablement attribué à l'Inde dans le partage. Les convives, d'une élégance raffinée, appartenaient tous à l'élite des musulmans de l'Hindoustan britannique. Lord Louis se trouva placé entre la sœur de Jinnah et l'exquise Begum Raana, l'épouse de Liaquat Ali Khan, en vaporeux sari de mousseline blanche. Et Dickie était de charmante humeur, pensa Edwina en écoutant son rire.

– Ces hindous sont impayables, disait la Begum Raana. Est-il vrai, Votre Excellence, que Monsieur Nehru vous a officiellement demandé d'avancer l'heure de l'indépendance au 14 août, minuit, par peur des prédictions des astrologues?

– La pression était si forte qu'il a craint ses effets sur l'opinion publique, répondit Lord Louis. Je le comprends; j'ai souvent regretté de ne pas avoir un astrologue dans mon équipe, et pour tout dire j'en ai désigné un au hasard parmi mes officiers!

– Vraiment? Voilà bien l'hindouisme, persifla Fatima Jinnah. Un ensemble de superstitions arriérées. Savez-vous que tous les industriels, tous les leaders politiques, tous les hommes d'influence consultent leur astrologue pour chaque décision importante?

– Pas Monsieur Gandhi, intervint Edwina de l'autre côté de la table.

– Oh, lui... fit Fatima. Il a ses marottes, elles lui tiennent lieu d'astrologie. Mais Nehru qui se dit athée, matérialiste même! Ce n'est pas sérieux. Imaginez-vous un homme d'État anglais soumis à ces dictats aveugles? Mon frère, qu'Allah le protège, n'a jamais cédé à cet obscurantisme populaire.

– Comprenez-vous maintenant que nous n'avons rien à voir avec les hindous? fit la Begum Raana. Nous n'obéissons pas à la même raison; ou plutôt, nous suivons la raison, tandis qu'eux...

– Je crois savoir, coupa le Vice-Roi d'un ton léger, que Monsieur Jinnah avait prévu un déjeuner officiel hier, n'est-il pas vrai?

Les deux femmes se regardèrent avec inquiétude, et ne répondirent pas.

– Si je suis bien informé, ce déjeuner aurait été annulé pour cause de Ramadan? Car le Ramadan n'est pas terminé, que je sache? continua gaiement Lord Louis.

« Bien joué, Dickie! » pensa Edwina. La Begum Raana plongea le nez dans son assiette. Fatima fit front.

– Votre Excellence est remarquablement informée en effet, comme toujours, répondit-elle avec un sourire aigre-doux. Nous avons eu trop de soucis pour penser à tout, Sir. Mais le Ramadan ne souffre aucune exception, même pour la naissance du premier pays musulman dans le sous-continent.

– Vous n'allez pas comparer une religion civilisée avec des superstitions d'astrologues, Sir? fit la Begum Raana en reprenant courage.

– Dieu m'en garde, madame! répondit Lord Louis. Mais comme il convient à deux chefs d'État responsables, Monsieur Jinnah et Monsieur Nehru se soucient de leurs opinions publiques, voilà tout...

Le regard sévère du Quaid-I-Azam, enfoncé sous les sourcils touffus, suivait l'échange avec inquiétude. Rien ne devait entacher les relations du Pakistan avec l'Angleterre. Le moment du discours officiel était venu. Jinnah se déplia et contempla la longue table du banquet.

« Le protocole ne m'a pas prévenu, pensa Lord Louis avec ennui. Il va falloir improviser une réponse officielle. »

Le colonel Birnie s'était approché discrètement du Vice-Roi; de loin, Edwina l'observa avec curiosité.

– Avez-vous transmis mon message au Gouverneur général? jeta rapidement Lord Louis.

– Oui, Sir. Il vous remercie et vous fait dire qu'il est très honoré. Il tient à la voiture découverte, chuchota Birnie.

– Ah! fit simplement Mountbatten. Avez-vous bien prévu la seconde voiture pour la sœur du Gouverneur général et la Vice-Reine? Pas de nouvelles des auteurs de l'attentat? Attention, pas un mot...

Edwina était là.

— Que signifient ces cachotteries, Dickie? fit-elle. Vous parliez de moi...

— Vous m'espionnez! s'écria-t-il en dissimulant son émotion. Je déteste ces manières! Nous parlions de l'arrangement du cortège. Vraiment, ma chère, c'est insupportable!

Edwina ne répondit pas.

— Dickie, murmura-t-elle, vous avez parlé d'attentat. J'ai très bien entendu. Je monterai avec vous, dans votre voiture.

— Hors de question, ma chère, répondit Lord Louis à voix basse.

— Vous ne m'empêcherez pas, continua-t-elle en détournant la tête.

— Mais si, soupira-t-il. La Rolls n'est pas assez grande. Vous ne pouvez pas faire cet affront à Fatima Jinnah.

— Je n'ai donc pas rêvé, Dickie? fit-elle en lui prenant la main. Vous avez découvert un complot?

— Je ne vois pas pourquoi nous sauterions tous deux sous les bombes, fit-il. Croyez-vous donc que vous m'aidez avec votre stupide entêtement?

— J'irai avec vous, insista-t-elle.

— En voilà assez! explosa-t-il en dégageant sa main. Ne compliquez pas ma tâche... Votre chauffeur roulera loin derrière la Rolls. C'est un ordre, Edwina, et vous m'obéirez.

« Non, pensa-t-elle en silence, je n'obéirai plus. Je ne te laisserai pas affronter seul ce danger. Toi, avec Jinnah que tu n'aimes pas pour ultime compagnon de voyage... Non! »

Lord Louis la vit mordre son gant avec rage. « Elle est capable de faire accélérer la voiture... De monter sans crier gare au dernier moment. Elle est capable de tout, et elle ne réfléchit pas », songea-t-il avec accablement, et il posa le bras sur les épaules de son insupportable épouse.

— Dickie, je vous en prie, laissez-moi venir avec vous... supplia-t-elle.

— Non, darling, fit-il doucement.

Jinnah, d'un geste, invita le Vice-Roi à monter dans la Rolls. Edwina vit Dickie se retourner et lui sourire. Fatima Jinnah attendait à son tour qu'elle s'installât dans leur voiture; résignée, Edwina s'enfonça dans la limousine fermée. Elle ouvrit la vitre en toute hâte; le défilé commençait à travers les rues de Karachi.

« Il a donc relevé le défi, constata Jinnah; brave cœur. Est-ce que nous allons mourir? Oui, sans doute. Le complot est bien préparé; les sikhs ont tout intérêt à ma disparition, et les extrémistes hindous plus encore. La police n'en a pas attrapé un seul, et nous sommes à découvert. Je pourrais faire accélérer la Rolls... Mais nous allons passer à travers des rues trop étroites, où la foule sera trop dense pour avancer. Oui, ce sera un jeu d'enfants. N'importe qui sur le passage, d'une fenêtre, ou même d'un poteau, ou quelqu'un d'un peu grand, avec des bras assez forts. De toute façon, tout est prévu. Ils s'imaginent naïvement qu'avec moi mourra le Pakistan... Qu'ils pourraient empêcher sa naissance. Trop tard. L'indépendance est proclamée; j'ai accompli ma tâche, mon œuvre est terminée, je peux mourir, Liaquat Ali Khan sait ce qu'il a à faire. Il sera moins douloureux de finir en un éclair, frappé par la foudre de la bombe. Le médecin ne m'a pas dit exactement combien de jours il me restait à vivre; il a parlé de quelques mois. Je sens déjà chaque soir mes poumons écrasés, le souffle qui me manque, et chaque nuit, j'étouffe davantage. C'est pour bientôt. Je sais ce qui m'attend; je mourrai asphyxié, comme un poisson sur le sable, la bouche desséchée et le cœur éclaté... J'aurais pu annuler ce cortège, prévoir une voiture couverte, changer le parcours, j'aurais pu... Mais je sais aussi pourquoi j'ai voulu cette épreuve; mourir dans un attentat le jour de la naissance du Pakistan, ya Allah! Quelle gloire éternelle! Tandis que si je m'éteins dans mon lit, corrompu par le scorpion qui ronge ma poitrine, je ne serai qu'un chef d'État moderne, un simple leader comme Nehru... Et lui, ce Vice-Roi qui aime tant mon vieil ennemi hindou, se dit-il en coulant un regard sur Mountbatten impassible, pourquoi donc a-t-il accepté de partager ma mort? Il est jeune, beau, tout lui réussit, il voulait devenir Amiral de la Flotte et Seigneur de la Mer, tout cela

pour finir déchiqueté en compagnie d'un homme qu'il déteste?
Et s'il ne me détestait pas, après tout? Si c'était encore un effet
de ma méfiance? Je n'aurais jamais cru que je verrais le Pakistan, et voici que j'en suis le Quaid-I-Azam; je pensais que ce
Louis Mountbatten finirait par trouver une ruse pour se mettre
en travers de ma route, et il n'en a rien fait. Ah! Je suis trop
méchant à la fin; je n'aime personne. On l'acclame, on le fête;
le peuple lui est reconnaissant, et moi... Pourquoi ai-je voulu
que meure ce jeune homme à mes côtés? »

Lord Louis, dont le regard aux aguets parcourait sans
relâche les poteaux et les maisons, souriait largement aux
acclamations de la foule, et répondit de la main comme s'il
avait oublié la menace.

« Ce Jinnah. Toujours aussi glacial, songeait-il, mais courageux. Le vieil homme ne manque pas de trempe; pour un avocat beau parleur, c'est inattendu. Gandhi m'avait averti que
Jinnah valait mieux que les calomnies du Congrès; comme
toujours il avait raison... Que dirais-tu, vieux Mahatma, si tu
étais à mes côtés pour le dernier voyage? Tu me sourirais en
montrant les trous entre tes chicots abîmés, et tu trouverais
encore une phrase sacrée sur l'accomplissement du destin...
Et puis, il n'est pas sûr qu'ils la lanceront, cette bombe. C'est la
guerre, elle ne s'est pas terminée en 1945 avec le partage du
monde à Yalta, voilà tout. Que me disait déjà cet astrologue
imbécile? Que ma vie s'achèverait dans une explosion? Est-ce
maintenant? Là, cet homme qui dissimule son bras sous un
châle? Ou celui-ci qui tient un paquet sous le bras? De toute
façon, je n'y peux rien; si je meurs, Nehru devra trouver un
autre Gouverneur général, mais à minuit demain, l'Inde n'en
sera pas moins libre. Edwina... Pourvu qu'elle ait suivi mes
ordres. Si je me retournais? Non, elle s'affolerait. Peut-être, si
je vois un projectile, pourrai-je attraper Jinnah, nous coucher
sur le sol et éviter le pire? J'ai trop l'habitude de la guerre, je
guette, je guette vainement... Évidemment, cela dépendrait de
la puissance de la bombe. Si Edwina m'a désobéi, elles saute-
ront aussi toutes deux. Eh bien, qu'elle meure aussi! C'est son
devoir. Pour Edwina et moi, obsèques nationales à Westminster. Le roi George au premier rang, qui n'aurait pas même

le droit de montrer ses pleurs ; David, mon ami d'enfance, mon cher David que je n'ai pas revu depuis son abdication, ils l'autoriseraient à revenir en Angleterre, tout de même, sans Wallis Simpson... Mais nos filles ? Détruites à jamais ?... Pakistan Zindabad, comme ils crient tous cela, Pakistan Zindabad, que vive le Pakistan oui, et nous, ses accoucheurs, nous allons l'éclabousser avec nos entrailles et nos cervelles ! Ah, Jinnah, vieillard obstiné, tu n'as plus rien à perdre, toi... Si je m'en sors, je ne te pardonnerai pas. Si je m'en sors, songea-t-il avec une émotion grandissante, je raconterai ce parcours aux enfants de mes filles... Edwina se moquera de moi comme d'habitude. Est-ce que j'ai la tête d'un grand-père tranquille, l'air de ceux qui meurent paisiblement dans leur lit ? Sur le balcon, en voici un qui se glisse... Non. Il crie. Ils sont si heureux. Même si je dois mourir, j'ai gagné cette guerre. Ils sont libres. Musulmans et hindous, libres grâce à moi. Je peux disparaître, j'ai la gloire avec moi. »

Edwina tapa violemment sur l'épaule du chauffeur.

— Je vous ai demandé d'aller plus vite ! cria-t-elle.

— J'ai reçu des ordres, mem s'aab, balbutia le chauffeur, affolé.

— Nous ne sommes pas en retard, objecta Fatima Jinnah. Pourquoi voulez-vous que nous suivions la Rolls de si près ?

— C'est que... je ne sais pas ! fit Edwina, exaspérée. Je n'aime pas ces cortèges étirés. Et puis c'est interminable.

— Avez-vous peur ? demanda Fatima ironiquement.

— Peur, moi ! s'écria Edwina. Certainement pas ! Je n'ai jamais peur.

— Pourtant vous avez l'air effrayée, madame. Mais regardez, ce sont des musulmans pacifiques, ils ne vous veulent pas le moindre mal, ils sont joyeux, et ce qu'ils crient, c'est « Pakistan Zindabad, vive le Pakistan »...

— Pour cela, je sais, merci ! coupa Edwina.

« Pacifiques, songea-t-elle. Et c'est l'un de ces agneaux si doux qui tient une bombe à la main. Elle ne sait rien ; inutile de l'alerter. Dickie ne se retourne pas ! Il n'est jamais si parfait que dans l'urgence. Nos vies gâchées, ces sanglantes et futiles disputes d'avant la guerre, ce divorce implacable et secret entre nous, mon cœur vide et désert, et mon corps qui s'en va vieillissant avec ses migraines et ses bouffées de chaleur, quelle tristesse... Je ne veux pas mourir. Il salue de la main. Il sourit. Je suis certaine qu'il sourit. En public, il sait sourire. Jinnah se tait. Mais, s'ils connaissaient tous deux la menace de l'attentat, pourquoi, pourquoi? »

– Nous arrivons, Lady Louis, fit Fatima Jinnah en lui touchant la main.

Edwina sursauta.

« Déjà? » pensa-t-elle, le cœur brusquement vide. Elle posa sa nuque sur les coussins, et se laissa aller.

– Vous êtes fatiguée, madame, cela se voit, fit Fatima Jinnah en lui prenant le bras familièrement. Je vais m'occuper de vous; car votre journée ne cessera qu'à minuit, quand vous serez rentrée à Delhi.

En tête du cortège, la Rolls franchissait les grilles. Mountbatten cessa de sourire, et poussa un gros soupir. Soudain, il sentit une étrange caresse immobile à la hauteur de son genou; cela vivait comme un oiseau blessé. Avec stupeur, il découvrit, posée sur son pantalon, la main décharnée de Jinnah, qui se penchait vers lui comme un père sur son enfant.

– Qu'Allah soit remercié, je vous ai ramené vivant, Sir, fit le vieil homme avec un sourire lumineux.

Ému, Mountbatten prit cette vieille main transparente, et la serra longuement. « Ainsi donc, un cœur bat dans sa poitrine! songea-t-il. Je ne l'aurais jamais cru. Jinnah s'est inquiété pour moi! »

– Il me semble plus important que vous soyez encore en vie, monsieur le Gouverneur général. Que deviendrait le Pakistan sans son père fondateur? fit-il sans réfréner son élan.

Le sourire de Jinnah vacilla comme une bougie sous le vent, et s'éteignit. « Il faudra bien que le Pakistan apprenne à se passer de moi », pensa-t-il.

– Repartez vite pour Delhi, mon cher Lord Louis; les hindous vous attendent, murmura-t-il doucement. Et là-bas vous

ne courez aucun risque, car ils savent que vous les aimez.
Vous les avez choisis.

Edwina attendit que le bruit des moteurs s'estompe. Lord
Louis la regardait à la dérobée; elle était pâle, les yeux battus,
sous le choc.

– Dickie, fit-elle, comment se fait-il qu'il ne se soit rien
passé? J'ai eu si peur.

– Je n'en sais rien. Peut-être auront-ils reculé en m'apercevant aux côtés de Jinnah, fit-il en riant.

– Toujours aussi vaniteux, lui cria Edwina à l'oreille. Fatima
Jinnah ne savait rien, j'ai cru périr d'angoisse, Dickie. Comment s'est comporté le Grand Leader?

– Vous n'allez pas me croire, darling; quand nous sommes
arrivés, il m'a posé la main sur le genou en se félicitant de
m'avoir ramené vivant...

– Sur le genou! Jinnah! Et qu'avez-vous dit?

– Que, bien entendu, c'était moi qui l'avais ramené vivant!
fit Lord Louis.

– Je ne vous crois pas, murmura Edwina. Dans un moment
pareil...

– Vous avez raison, je n'ai pas dit cela. Mais c'est ce que je
raconterai, je vous en donne ma parole! fit Lord Louis d'un air
de défi. Il ne sera pas dit que le Gouverneur général de l'Inde
indépendante aura cédé à un moment d'émotion; Nehru ne
me le pardonnerait pas.

– Il doit être fébrile, dit Edwina. Ils attendent la nuit... Et
Madame Naïdu, nous ne la verrons pas?

– Elle prend ce soir ses fonctions de gouverneur à Lucknow, et s'apprête à accomplir sa première tâche : amener
l'Union Jack de la résidence, ma chère; celui-là, j'ai demandé
qu'on me le garde. Je l'offrirai au roi George. Vous comprenez, le drapeau du siège de Lucknow en 1857... C'est celui de
la résistance anglaise aux émeutiers de l'Inde, fit Mountbatten,
pensif.

6

Inde, ma mère au toit de neige

Attentes

Lucknow, 14 août 1947

Les jardins attendaient la mousson; le gazon sec était comme de la paille, et les arbres avaient gardé quelques rares feuilles souillées de poussière. Au sommet des ruines pieusement conservées depuis la révolte des Cipayes, l'Union Jack de la résidence de Lucknow vivait ses dernières heures.

Sarojini laissait flotter au vent le pan brodé d'or de son plus beau sari. « Je ne pourrai pas même m'en servir pour étancher mes pleurs, enragea-t-elle; et on les verra couler. Tant pis! Ils ont voulu une femme comme premier gouverneur de l'Uttar Pradesh, ils l'auront, larmes comprises. Je me tiendrai là, bien droite; on amènera enfin le plus illustre des drapeaux britanniques, et je verrai monter le nôtre... C'est ici que nous avons conduit notre première révolte; ici que nos soldats ont refusé l'impérialisme pour la première fois. Tous ces Anglais assiégés dans cette souricière, les femmes et les enfants exsangues, et nos cipayes révoltés qui leur tranchaient le cou... N'y pense pas, ma fille; tu vas te mettre à pleurer. Tout a l'air en ordre ici; retourne donc dans ton palais de gouverneur. Là-bas, il y a à faire. »

Ramassant le bas de son sari pour éviter la boue, Sarojini trottina jusqu'à sa voiture. La nuit tombait déjà.

« Mais pourquoi ai-je accepté ce poste! bougonna-t-elle. J'en arrive à ne plus comprendre comment je me suis enfermée dans ce piège. Mon cher ami, ce Bidhan Roy cher à mon cœur, voulait, puis ne voulait plus; il avait accepté le poste de gouverneur de l'Uttar Pradesh, il m'avait promis que j'assurerais son intérim pour la forme pendant quelques jours, que je ne serais pas obligée de m'installer pour longtemps à Lucknow... et voilà! Il n'est pas arrivé, et je suis gouverneur. Je leur ai dit tout net leurs quatre vérités : " Vous mettez un oiseau sauvage dans une cage dorée "; je les ai avertis. Ils ont ri. Je les fais toujours rire. Enfin... dans quelques mois Bidhan Roy reviendra des États-Unis; je serai libre! En attendant, ma fille, fais ton travail. »

Elle entra en coup de vent dans le palais, ahanant et soufflant, entourée des membres de son cabinet.

– Les chanteurs sont-ils arrivés? questionna-t-elle.

– Presque tous, Madame Naïdu. Il manque les bouddhistes et les chrétiens. Les autres sont là, lui répondit-on respectueusement.

– Les sikhs aussi? Veillez à leur confort. N'oubliez pas de leur servir le thé, ils ne chanteraient pas, sans cela. Ah! A-t-on vérifié le menu pour les jaïns? Pas de racines et pas d'œufs, attention...

– Tout est prêt de ce côté-là. Mais nous avons un ennui avec l'un des chrétiens, Madame Naïdu. Il tient à venir en costume européen.

– J'ai déjà dit non! gronda-t-elle. Aucun vêtement européen pour aujourd'hui. Encore moins à Lucknow que partout ailleurs. D'ailleurs, c'est imprimé sur les cartons d'invitation : est-ce qu'il ne sait pas lire?

– Mais ma'am, ce monsieur est anglo-indien, il dit qu'il n'a aucun costume de l'Hindoustan...

– Trouvez-lui un kurta-pyjama! Je le lui offre, et fichez-moi la paix avec cette affaire! s'écria-t-elle. Connaît-on le programme des chants?

– Celui que vous avez suggéré. Dix minutes à peu près pour chaque religion; les sikhs risquent d'être un peu longs, comme vous savez. Les hindous voudraient chanter un extrait du Ramayana, puisque c'est dans votre État que se déroule l'histoire du dieu Ram...

– Non! fit-elle. C'est trop guerrier. Je préfère des poèmes de

Tagore. Demandez-leur « Marche seul », l'hymne du Mahatma, et aussi ces chants de Mirabaï dont il raffole, fit-elle en s'assombrissant.

« Dire qu'à l'heure de notre liberté, je serai séparée de Bapu, songea-t-elle. Mon pauvre Mickey Mouse, qui boude à Calcutta au milieu des intouchables, et qui ne veut rien entendre des festivités de l'indépendance... Il a quand même fini par accepter Calcutta, malgré ses réticences; il voulait Noakhali, il a eu Calcutta! Enfin, je ne peux pas complètement lui donner tort; si Calcutta s'embrase, personne ne pourra arrêter ce feu. Je me demande ce qu'il fera sur les douze coups de minuit... Il dormira bien tranquillement, sans doute, cela lui ressemble. Pas moi; Dieu sait jusqu'à quelle heure durera le banquet. Je suis contente de mes chants œcuméniques; cela donnera du sens à mon investiture, et je me sentirai mieux. »

– Que reste-t-il à faire maintenant? fit-elle, le cœur lourd.

– Recevoir les délégations qui arrivent, lui répondit son secrétaire.

– Déjà? Mon Dieu. Cela commence, soupira-t-elle en redressant le torse.

Calcutta, 14 août 1947

Le Mahatma avait jeûné tout le jour; tout le jour il avait prié, pendant qu'autour de lui ses fidèles chantaient. Suhrawardy ne l'avait pas quitté; et même, il s'était mis à jeûner lui aussi. La ville était absolument calme; les temples bondés avaient illuminé leurs toits, le palais du gouverneur fourmillait d'invités, les rues débordaient de Bengalis qui marchaient avec des cris de joie, mais pas un attentat, pas une agression, rien. Invisible dans le quartier misérable où il avait choisi de résider, à Hydari Mansion dans Belaghiata Road, le Mahatma protégeait Calcutta de ses démons.

A la tombée du jour étaient venus en procession des groupes de jeunes gens et de minces filles en sari fluide, qui se tenaient gravement par la main, musulmans et hindous ensemble. Le

Mahatma s'était réjoui en les voyant, et les avait accueillis avec une triste sérénité.

Lorsque le soleil se coucha, il tira son oignon et décida qu'il était temps de dormir. Lentement, les jeunes gens se retirèrent, et Gandhi posa sa tête sur le dur oreiller, au bout de sa natte de raphia.

« Est-ce en moi seul que s'agite le trouble, ou ai-je raison de penser que le pire arrivera demain ? songeait-il. J'ai perdu ce combat, le Pakistan est né, le corps de ma mère est déchiré. La blessure fut nette et tranchante, le coup si rapide que la plaie n'est pas ouverte encore... Mais le sang va se mettre à couler, ma mère crie déjà ! La ville est si tranquille cependant ; et ces enfants, si fraternels ! Même Monsieur Suhrawardy ! Lui, le musulman, il a jeûné comme nous, jour et nuit, sans souci des règles du Ramadan ! S'il ne m'avait pas supplié, lui que chacun méprise et redoute, jamais je n'aurais accepté de venir à Calcutta. Mais si le mauvais larron s'en mêle, alors je ne peux pas faire moins que Jésus... Et si j'avais tort de m'inquiéter ? Si ce partage apaisait les passions ? Mes amis les plus chers me le disent. M'ont-ils trahi, ou sont-ils plus clairvoyants que moi ? Non, je le sais, j'ai raison, hélas. La haine, je la sens comme l'odeur de charogne ; mes narines sont trop exercées, je ne me trompe pas. Ils sont aveugles, ils sont trop jeunes encore... Patel, qui fut le premier à m'accueillir à Bombay à mon retour d'Afrique du Sud, ce Vallabhbhai si docile et aujourd'hui si dur... Et Nehru, mon fils préféré, refuse de m'écouter ! Il retrouve sa nature de brahmane, mon joyau, mon caillou aux arêtes coupantes... Lorsque je l'ai connu, il n'était qu'un gandin élégant avec un enthousiasme brouillon, je m'en souviens, une sorte de Jinnah hindou, prêt pour une carrière de politicien british... Oh ! Je dois dire qu'il s'est bien transformé ; parmi tous les miens, c'est lui le plus digne, le plus profond. Il s'est mis à porter le khadi tissé à la main, il n'a jamais manqué aux règles de la non-violence, il s'est laissé arrêter sans résistance, ses prisons ont été multiples et son courage sans défaillance. Mais la séduction des anciens maîtres est irrésistible. Encore, quand nous avions pour Vice-Rois d'arrogants dignitaires, l'ennemi était facile à désigner ; avec ce jeune Mountbatten, si bouillant et si généreux, j'avoue que tout a changé.

J'aime ce Lord Louis, c'est un grand cœur, mais entre Jinnah et Nehru, il a fini par céder, lui aussi... Trop pressé! A cause de lui, et parce qu'ils se ressemblent, pour la première fois Nehru s'est écarté de moi ; quand je disparaîtrai, c'est lui cependant qui versera les larmes les plus sincères, je le sais. Mais il est pressé, lui aussi. Ils n'ont pas résisté à la tentation de l'indépendance... Mais qu'est-ce que je dis? L'indépendance, une tentation? Mohandas, n'est-ce pas pour cette liberté que tu te bats depuis tantôt quarante années? Elle déploie ses ailes, elle prend son envol, elle arrive, dans cinq heures elle se posera sur le sommet du palais du Vice-Roi à Delhi; dans cinq heures, à Lucknow, Madame Naïdu, mon rossignol, amènera le plus vieux drapeau anglais du pays, celui de l'Inde se lèvera. Et tu n'en veux plus? Résigne-toi. Cette liberté n'est pas l'oiseau que tu voulais; ce n'est pas le beau cygne aux ailes immaculées dont tu rêvais, c'est une vilaine corneille caqueteuse et désordonnée, mais c'est elle tout de même, réjouis-toi, juste une minute, avant de t'endormir dans l'ombre de Ram... »

Les yeux fermés, le vieil homme essaya de sourire, et se tourna de l'autre côté avec agitation.

« Il refuse de naître, ce sourire, hein, vieux Mohandas? Tu ne peux pas te contraindre à ce point... Prépare-toi, mon âme, car la haine s'apprête aussi de son côté, elle travaille dur... Tu ne sais pas encore quelle terre de l'Inde elle bêche, mais tu en es sûr, n'est-ce pas? Cet oiseau de liberté, ce n'est pas même une corneille; c'est un vautour, et il pue. Il y a déjà quelque part une maison qui flambe, des enfants effrayés qui ne peuvent plus sortir et qui hurlent, des couteaux levés, des yeux qui saignent et demain on t'appellera, la peur au ventre... Il faudra recommencer comme toujours, Mohandas, prendre ton bâton, et peut-être jeûner encore. Cette fois, tu n'y résisteras point. Tu n'as plus l'âge des jeûnes à mort. Tu le désires, hein? Tu voudrais bien mourir en jeûnant pour la paix? C'est ton unique trésor, ton bien secret, personne ne peut te l'enlever. Oui, cela au moins vaut la peine. Cette vieille carcasse que tu as entraînée à la dure, elle n'est pas encore à bout de forces. Elle peut mourir en public, et sauver la paix. Elle servira encore... »

Le sourire du Mahatma naquit avec son sommeil.

Delhi, 14 août 1947

– Dans dix minutes, Dickie, murmura Edwina en regardant sa montre. La pendule est en retard. Il n'est pas minuit moins vingt.

– Je sais, fit Lord Louis. C'est que tout est si calme ici, pour une fois. J'ai rangé mon bureau pour la première fois depuis des mois. Si seulement la mousson venait.

– Mais vous entendez cette rumeur dans la ville, fit-elle avec exaltation, ils attendent, ils sont prêts... J'ai vu les familles revenir du bazaar avec les pétards pour les feux d'artifice, et les adolescents déambulent déjà avec leurs drapeaux. Les hôtels, les maisons, tout est illuminé... Des millions de petites bougies sur les toits, des milliers de guirlandes d'ampoules électriques, accrochées à la diable, jusque sur les palmiers! Quel dommage que nous soyons obligés de rester confinés dans ce bureau réfrigéré...

– Vous savez que l'Assemblée constituante va suspendre ses travaux, et autoriser Nehru à venir faire sa démarche officielle, ici même, flanqué du président de l'Assemblée. Vers une heure du matin, je serai Gouverneur général, soupira Mountbatten.

– Eh bien! C'est merveilleux! N'est-ce pas ce que vous vouliez pour finir? s'écria Edwina. Vous aviez peur du déshonneur, vous aurez l'immense honneur d'être adopté par l'Inde!

– Ma chère, vous m'accorderez bien un instant de recueillement pour pleurer la fin d'une époque... Je ne l'ai pas fait jusqu'à maintenant; je n'en ai pas eu le temps. Il reste sept minutes d'Empire, Edwina. Sept minutes pour lui faire honneur, pas davantage.

– Je vous trouve soudain bien triste, Dickie, fit-elle. Vous avez réussi. Votre mission s'achève dans la gloire, et une autre commence, aussi exaltante... Vous venez d'accomplir une tâche impossible, héroïque!

– Impossible, sans doute; pour l'héroïsme, je crains qu'il ne soit encore devant nous. Taisons-nous.

236

Ils restaient là tous deux, inutiles et muets ; derrière la porte entrebâillée, les adjoints du Vice-Roi lâchaient quelques vagues paroles qui résonnaient comme dans une tombe.

– Cinq minutes, maintenant, fit Lord Louis dans le silence. L'homme à la conque se prépare, dans un instant il va faire retentir dans l'hémicycle du Parlement un son nouveau...

– Vieux de trois mille ans ! corrigea Edwina. J'ai vu ce coquillage ; il est merveilleusement rose et blanc, poli comme un bijou, un objet admirable !

– Peu importe, lança Lord Louis brusquement. Quatre minutes.

– Nehru aura les larmes aux yeux, fit-elle, rêveuse.

« Nehru vient d'apprendre que les quartiers anciens de Lahore sont en flammes, pensa amèrement Lord Louis, il m'a envoyé un message. Il aura l'angoisse au ventre et la gorge nouée. Pourra-t-il seulement prononcer son discours quand déjà les vieilles Indes commencent à brûler ? Avons-nous eu raison de les séparer par le fil du rasoir ? »

Un vacarme éclata soudain ; des pétarades, des klaxons, un fourmillement de bruit et de fureur et, surmontant la rumeur, un cri unique : « Jaï Hind ! »

– Minuit, cette fois, murmura Edwina en se levant. L'Inde est née, Dickie !

– Bienvenue dans le concert des nations, India ! fit Lord Louis avec un sourire. L'empire des Indes a disparu. Le vieux Churchill doit siroter un cognac en ruminant son passé d'officier et la gloire évanouie. Nous n'avons plus qu'à attendre Nehru.

– Et la mousson, Dickie, qui tarde toujours... fit Edwina, songeuse.

Les douze coups de minuit

« Quand résonnera le dernier coup de minuit, pendant que dort le monde, l'Inde s'éveillera à la vie et à la liberté. Aujourd'hui, nous mettons fin à une période de malheur, et l'Inde va se découvrir elle-même. Avant cette naissance, nous avons enduré toutes les peines d'un dur travail, et nos cœurs sont lourds au souvenir de ce chagrin. Mais le passé est mort, et c'est le futur qui s'ouvre à nous! » disait Nehru devant l'assemblée debout.

« O monde des nations libres, au jour de notre liberté nous prions pour la vôtre dans l'avenir. La nôtre fut une épopée, qui s'étendit sur les années, et qui faucha de nombreuses vies. Oui, c'était un combat, un combat grandiose. C'était le combat des femmes, sublimées par la force qu'elles adoraient. C'était le combat des jeunes, qui soudain se transformaient en puissants, le combat des hommes jeunes et vieux, du riche et du pauvre, de l'analphabète et du lettré, des faibles, des intouchables, du lépreux et du saint... » déclamait Sarojini devant l'assemblée de Lucknow.

« Le jour est venu, le jour fixé par le destin. L'Inde se tient enfin debout après un long chemin de combat – elle s'éveille, libre et vivante, indépendante. Nous envoyons nos vœux à tous les peuples du monde, et nous nous engageons à coopérer avec eux pour l'avenir de la paix, de la liberté et de la démocratie. L'ambition du plus grand homme de notre génération, notre Mahatma bien-aimé, fut de sécher toutes les larmes qui coulent dans tous les yeux. Peut-être ce temps est-il révolu, mais tant que la souffrance fera surgir les pleurs, notre travail ne sera pas terminé. Nous garderons dans nos cœurs l'empreinte de ce grand fils de l'Inde, par sa foi magnifique, sa force et son humilité pleine de courage. Nous ne permettrons jamais que s'éteigne la torche de la liberté, quels que soient le vent et la tempête. Une étoile est née, l'étoile de la liberté de l'Asie. Puisse-t-elle ne jamais disparaître, et l'espoir ne jamais connaître sa trahison », continuait Nehru à Delhi, et l'assemblée pleurait.

« Nous ressuscitons aujourd'hui, loin de la croix de nos souffrances. O vous, nations du monde entier, je vous salue au nom de l'Inde, ma mère, ma mère au toit de neige, aux murs de mers vivantes, ma mère qui vous ouvre ses portes et ses bras... J'offre au monde entier la liberté de l'Inde, immortelle, indestructible, et qui conduira le monde vers la paix! » s'écria Sarojini à Lucknow, les bras levés vers le ciel.

De part et d'autre de la frontière invisible, les maisons penjabies ne connaissaient point la paix. En hâte on entassait sur les carrioles les nattes, les vases noircis par le feu, les vêtements pliés, la vaisselle de terre, les coffrets et les houes; on attachait aux roues les chèvres et les moutons, et sur l'amas de petits meubles de bois on ficelait le tcharpoï, les pattes en l'air. Les hindous s'apprêtaient à quitter le Pakistan, et les musulmans laissaient l'Inde. Et, au milieu du gué, les sikhs désespérés voyaient s'effondrer le monde qu'ils avaient mis tant de siècles à admettre. Hindous ou musulmans, parfois on ne savait pas qui, brûlaient leurs temples au bulbe blanc, les gurdwaras, asiles du plus grand des livres, le Granth Sahib, texte sacré du peuple sikh. Dans le pays aux cinq rivières, le beau pays aux grands peupliers, aux blés fertiles, où les femmes ont le regard hardi, où la vie est si douce et les chants harmonieux, dans le paradis du Penjab, la rage de la nuit gagnait le cœur des sikhs. Et la mousson ne venait pas; signe du ciel en colère, qui refusait aux hommes le bonheur de la fertilité des terres. Qui fallait-il invoquer? Le premier de leurs pères fondateurs, le tendre gourou Nanak, ou le dernier des gourous qui les arma pour une guerre éternelle? Que fallait-il brandir en cette nuit de liberté, le Livre ou le Sabre sacré? Fallait-il ouvrir les bras ou tuer pour survivre?

Vers deux heures du matin, dans une maison de Calcutta, le vieil homme s'éveilla. Les membres gourds, l'œil encore endormi, il chaussa machinalement ses lunettes, et récita la première prière de l'Inde libre.

« Des créatures je suis le commencement, la fin et le milieu, la science du Soi parmi les sciences, parmi les doctrines Celui qui énonce la juste doctrine. Je suis la mort, qui prend tout, et la source de l'avenir. Parmi le féminin, je suis la renommée, la fortune, la parole, l'intelligence, la fermeté, la patience. Parmi

239

les trompeurs, je suis le jeu de dés, l'éclat des séducteurs, la victoire, la décision, la vertu, dit le Bienheureux Seigneur... »

Et quand il eut fini de marmonner doucement pour ne pas troubler la maison, il se frotta les yeux et décolla lentement ses cils embrumés.

« O Seigneur, je suis comme ce guerrier avant la bataille et qui recule; j'ai peur. Je ressemble à ce héros réticent que tu forces au combat, et qui ne veut pas te croire, j'ai peur. Comme lui je raisonne, et comme lui je doute, je demande : qui donc es-tu pour exiger la tuerie? J'ai peur. Avant de ceindre mes reins, je réclame la force; avant que la liberté ne fasse couler le sang, j'exige que tu me rendes justice, Seigneur, ôte-moi la crainte, elle n'est pas digne de toi. Si tu es le jeu de dés, alors détourne les coups du hasard; si tu es la parole, alors aide-moi à convaincre. Et si décidément tu es la mort, sois le bienvenu, Seigneur. Car de cette figure de toi je n'ai pas peur. »

Safran, vert et blanc

Delhi, 15 août 1947

Au milieu de toute son équipe, Mountbatten attendait Nehru. Vingt minutes après minuit, il fit son apparition en compagnie de Rajendra Prasad, président de l'Assemblée constituante, vieux militant ému dont les larmes roulaient sur sa moustache blanche.

– Monsieur le Premier Ministre, je vous adresse mes plus vives félicitations, s'écria Lord Louis en ouvrant les bras.

– L'Inde est libre, Sir, vous n'êtes plus Vice-Roi, répondit Nehru en lui serrant la main. Vous connaissez la raison de notre visite.

Lord Louis acquiesça.

– Sir, au nom de l'Assemblée constituante, commença le président en bafouillant, j'ai la gloire... non! je veux dire l'honneur... de... proposer, de vous proposer...

– D'être le premier Gouverneur général de l'Inde libre, enchaîna Nehru d'une voix forte.

– J'accepte, monsieur le Premier Ministre. Et vous, monsieur le Président, fit Lord Louis en se tournant vers Rajendra Prasad, vous pouvez faire part de ma réponse à l'Assemblée. Et maintenant, messieurs, célébrons l'événement.

Comme si s'arrêtait soudain une séance de pose devant un photographe, on s'anima; les membres du cabinet se détendirent, les flûtes à champagne apparurent par miracle, et dans un joyeux brouhaha, le palais du Gouverneur général se mit à l'unisson du vacarme au-dehors.

Edwina sortit de l'ombre et s'approcha de Nehru.

– Panditji, à mon tour de vous féliciter, fit-elle d'une petite voix.

– Vous étiez là? s'étonna-t-il.

– Vous avez pleuré, constata-t-elle, vous êtes épuisé.

– Taisez-vous, my Dee, chuchota-t-il en lui serrant la main. Cela se voit donc à ce point? Ne parlez pas trop fort; je n'ai plus droit à la fatigue.

Lord Louis les contempla avec perplexité; ce n'était pas la joie qui les animait, non. Sur leurs deux visages absorbés l'un dans l'autre se lisait une insupportable angoisse.

– Nehru, dites-moi vite, avez-vous d'autres nouvelles de Lahore? murmura-t-il en passant près de lui.

– Non! jeta Nehru. Mais à Calcutta, tout dort paisiblement.

– Le petit homme a réussi... fit Lord Louis, c'est incroyable! Vous voyez... Tout ira bien.

– Lahore est presque à la frontière, Dickie, fit Nehru à voix basse. Je ne vois pas comment éviter la contagion.

– Laissez Lahore à Jinnah. Ce n'est plus votre affaire, murmura Mountbatten. Occupez-vous plutôt de notre premier jour.

– C'est-à-dire tout à l'heure. Nous ne dormirons pas beaucoup, fit Nehru.

– Ni cette nuit, ni plus tard! s'exclama Lord Louis. D'ailleurs, mon cher Premier Ministre, je n'exclus pas de partir bientôt pour Simla. Me reposer.

– Ah! fit Nehru perplexe. Si vite...

– Je ne veux pas qu'on puisse dire que vous gouvernez sous

surveillance; après-demain, vous aurez tous le tracé des frontières, et vous aurez toute liberté pour vous en arranger, fit Lord Louis avec fermeté.

– Mais demain nous partagerons le soleil de la liberté! s'écria Nehru.

Un éclair fracassa leurs yeux éblouis; le tonnerre se mit à gronder, et l'orage éclata soudain.

– La mousson! murmura Nehru. Bénie soit-elle...

Le premier jour de l'Inde

Delhi, 15 août 1947

Toute la nuit, les pluies s'étaient déversées sur la ville; toute la nuit, une foule insomniaque avait dansé dans les rues, célébrant d'un même mouvement les premières heures de liberté et l'arrivée de la mousson, double fête. A l'aube, les jeunes gens erraient encore dans les rues en s'enlaçant; filles et garçons, au mépris des castes, des religions et des convenances, échangeaient des baisers et des sucreries et se criaient les uns aux autres: « Libres! Nous sommes libres! » Les corps mouillés semblaient animés d'une fluidité miraculeuse; on s'embrassait, on se disait aussi n'importe quoi, on se jetait des fleurs en guirlandes, on agitait des drapeaux, des parapluies, les lumières scintillaient sur les toits et les grondements du ciel ressemblaient à des rires lointains de dieux bienveillants. Des paysans emmitouflés dans leur turban défait traînaient sous les arbres avec des regards émerveillés, lorgnant les bâtisses illuminées, plus grandes que les temples de leur village; accroupis sur les pelouses des jardins, ils écoutaient les rugissements des voitures et reniflaient l'odeur de l'essence avec prudence.

Lord Louis s'était effondré sur son lit et s'était endormi comme une masse; mais, tendue vers le joyeux brouhaha qu'elle devinait au-dehors, Edwina ne parvenait pas à fermer l'œil. Dès le matin, Dickie devait prêter serment au gouvernement de l'Inde, à Durban Hall, dans le même lieu solennel où il avait été couronné Vice-Roi cinq mois plus tôt; les trônes seraient les mêmes, le cérémonial ne changerait pas, Dickie revêtirait son uniforme constellé de décorations, elle-même poserait la lourde tiare en équilibre sur ses cheveux... Mais Nehru ne se tiendrait plus humblement au premier rang des spectateurs; il serait aux côtés de Dickie, dans son rôle tout neuf de Premier Ministre de l'Inde.

Dickie dormait du plus profond sommeil. Il affirmait toujours à qui voulait l'entendre qu'un véritable chef se doit de dormir au moins six heures, jamais moins. Et Edwina se demandait quelles forces invisibles lui permettaient d'obéir à cette injonction militaire; elle n'y parvenait pas. Optalidon, Nembutal, elle avait tout essayé. En vain. Les tortures de l'insomnie la tourmentaient chaque nuit. Sauf celle-ci.

Les pales du ventilateur, branché sur la vitesse maximale, ronronnaient en brassant un air tiède, avec des souffles d'un froid pernicieux sur son cou en sueur; chaque nuit, elle tirait le drap sur sa tête, d'un mouvement brusque, et l'entortillait autour d'elle; puis, suffoquant de chaleur, elle se dégageait, comme un animal pris au piège. Chaque nuit, sauf celle-ci.

Des cris d'animaux dans la nuit transformaient son attente en angoisse; un singe qui couinait en haut d'un arbre, un oiseau s'éveillant soudain, un meuglement de vache égarée, toutes les nuits d'Edwina tournaient au cauchemar. Mais cette nuit...

Elle n'y tint plus, courut pieds nus à la fenêtre qu'elle ouvrit, au mépris des moustiques.

Comme si ses oreilles s'étaient transformées en conques sacrées, comme si elle sortait d'elle-même pour vagabonder dans les rues en chantant, Edwina, le cœur battant, écoutait la grande insomnie de l'Inde libre. Le soleil viendrait toujours trop tôt mettre fin à cette veille exquise... Dickie sommeillait toujours, inerte, massif, comme mort. Elle se sentit vivante.

Lorsque le premier rais de la violente lumière d'août pénétra dans la chambre, Edwina aperçut les reflets de sa longue robe de brocart blanc, soigneusement pendue sur son portemanteau, et qui l'attendait, avec ses manches étrangement vides. Elle la porterait pour la prestation de serment, pour la cérémonie au Parlement. L'autre robe, légère et immaculée, encore prisonnière d'une penderie fermée, Edwina la mettrait à cinq heures de l'après-midi, pour le lever des couleurs au monument aux morts, sur la grande allée de Raj Path. Selon les estimations officielles, on attendait trente mille nouveaux citoyens de l'Inde nouvelle. Dickie l'avait prévenue : ce serait une dure journée.

Delhi, 15 août 1947, 16 heures

Les quatre escadrons s'ébranlèrent, fanions au vent, précédant la calèche noire aux armoiries rouge et or. Hormis quelques lourdes gouttes isolées venues d'on ne sait où, comme si elles avaient oublié de tomber à la bonne heure, la pluie avait cessé. Une confuse clameur agitait déjà le lointain espace de la grande avenue, mais dans la cour du palais, seuls retentissaient, outre les sabots des chevaux, les ordres solennels des capitaines. Derrière la calèche impériale, la fanfare à pied, muette, se mit en marche.

Assis sur les vastes sièges capitonnés, Lord Louis serrait les dents. A ses côtés, vêtue de blanc, parée de perles et coiffée de fleurs immaculées, sa femme songea à Karachi, à la voiture découverte, et lui prit la main.

Dès qu'ils eurent passé l'enfilade des bâtiments de grès rouge, et qu'ils abordèrent le sommet de la grande avenue Raj Path, d'un seul coup d'œil ils virent la foule immense et tumultueuse qui les attendait. Ils étaient partout, tassés sur les pelouses et dans les arbres, agités par des tressaillements bizarres qu'il n'était pas possible d'interpréter. Les escadrons s'ébranlèrent ; chaque cavalier tenait solidement sa lance.

« Jamais nous n'arriverons à passer, songea Lord Louis. La situation est incontrôlable. A supposer même que nous puissions avancer, comment retrouver Nehru ? »

La calèche parvint à hauteur des premiers rangs ; des acclamations retentirent. « Jaï Hind! Azad, Sahib! Azad, Mem'saab! »

Edwina se détendit.

– Ils ne sont pas hostiles... Ils crient simplement qu'ils sont libres, Dickie, dit-elle.

– J'entends, fit Lord Louis. Mais nous ne sommes pas arrivés, ma chère. Regardez.

Le premier escadron, bloqué par la foule, ralentissait; les chevaux se mirent à hennir, l'un d'eux se cabra. Un ordre bref retentit, la foule s'écarta, et le cortège repartit lentement.

– Il s'en faut encore de deux bons kilomètres d'ici l'arche triomphale d'India Gate, murmura Lord Louis, et déjà ils ne peuvent plus bouger. Nous ne serons pas à l'heure.

Les lances des cavaliers se mirent à s'agiter; les officiers hurlaient pour prévenir la foule, qui lançait des cris joyeux. Bon gré mal gré, la calèche fendit le flot humain. Sur les maigres espaces qui n'étaient plus que des fantômes de pelouses, les cordes arrachées traînaient en désordre; bientôt les barrières renversées apparurent, gênant le piétinement des chevaux.

La petite tribune édifiée au pied du monument était en vue; Edwina mit sa main en visière; elle aperçut la silhouette floue et blanche de Nehru. La foule était de plus en plus dense, de plus en plus excitée, et toujours aussi gaie; à chaque pas on leur décochait des sourires à fendre l'âme, des regards à tourner la tête, comme un long cortège de joie. Les femmes trébuchaient, leurs enfants dans les bras; l'une d'elles poussa brusquement un cri affreux, elle allait tomber sous les roues... Mountbatten se pencha et la hissa dans la calèche avec son petit.

Éberluée, elle serra son enfant et balbutia des mots sans suite en levant des yeux timides; une toute jeune femme en sari de coton orange et rose, et qui tremblait. Edwina lui sourit, voulut caresser la tête du nourrisson; mais la femme rabattit aussitôt le pan de son sari sur son visage, et ne laissa plus voir que sa bouche qui souriait vaguement. Elle tortillait ses pieds nus si nerveusement que les grelots de ses bracelets de pieds se mirent à tinter doucement. En voyant passer la calèche, la foule acclama d'un seul mouvement la casquette du gouverneur, la tiare de son épouse et la jeune femme effarée, voilée d'or et d'orange. On approchait de la tribune.

Soudain, la foule se souleva comme une vague, frémissant sous un souffle géant. Dressée sur la pointe des pieds, les yeux écarquillés, bousculée de toutes parts, la masse humaine accueillit le cortège du Gouverneur général avec un murmure attentif. Les escadrons s'immobilisèrent.

– Nous n'avancerons plus! s'exclama Lord Louis. Je vois Nehru sur la tribune, il nous fait des signes... Et nous n'allons même pas pouvoir descendre et continuer à pied! Bien! Il faut agir.

Il se dressa de toute sa taille, faisant chanceler la calèche, et mit ses mains en porte-voix; des femmes, qu'on étouffait, poussèrent des cris aigus.

– Nehru! Nous sommes bloqués! M'entendez-vous? hurla-t-il au milieu des clameurs.

La silhouette sur la tribune s'agita avec véhémence.

– Hissez le drapeau! cria Mountbatten.

– Et la musique? hurla Nehru de loin.

– La fanfare ne peut plus bouger! Allez-y!

Edwina se leva à son tour, et prit la main de son mari. Nehru leva le bras. Le long du mât qui surmontait l'arche d'India Gate montèrent doucement, flasques dans leurs plis trempés, les couleurs de l'Inde. Safran, vert et blanc.

Par à-coups, le drapeau atteignit le sommet; il ne flottait pas encore lorsque retentit enfin, comme un cri de naissance, une clameur de peuple : « Jaï Hind! Pandit Nehru-ki Jaï! Mahatma Gandhi-ki Jaï! »

Nehru, la tête levée, la tunique trempée de sueur, fut submergé par une joie féroce.

Edwina serra la main de Dickie, et Dickie baissa la tête pour dissimuler ses larmes.

La jeune femme écarta le pan de son sari timidement, et leva un œil prudent; le bébé se mit à pleurer. Le drapeau, entortillé autour du mât, demeurait inerte.

Alors le vent se leva, écartant la masse des nuages; un pan de bleu intense déchira le ciel, et les plis du drapeau s'animèrent. Au moment où il prit son envol, apparut au sommet de l'arche, fragile et lumineux, un morceau d'arc-en-ciel suspendu au-dessus du vide.

Le souffle coupé, la foule se tut. Puis un premier cri retentit : « Pandit Mountbatten-ki Jaï! »

Lord Louis se mit à sourire; c'était donc lui qu'on acclamait. La foule reprit en chœur; aussitôt, une voix suraiguë éclata : « Lady Mountbatten-ki Jaï! » Bientôt leurs deux noms mêlés flottèrent comme le drapeau, cependant que l'arc-en-ciel s'évanouissait lentement. Main dans la main, pour une fois unis dans un même bonheur, Lord et Lady Mountbatten, les larmes aux yeux, contemplèrent avec ivresse les couleurs qui maintenant claquaient sur le bleu du ciel : safran, vert et blanc.

Calcutta, 15 août 1947

Assis sur une natte à l'intérieur de Mansion House, le Mahatma avait décidé de jeûner tout le jour, qu'il voulait passer en prières.

Aux journalistes de la BBC qui insistaient pour obtenir une déclaration, il se contenta de répondre : « Vous devez oublier que je parle l'anglais. » Et quand un dignitaire bengali vint lui apporter solennellement le message chaleureux du gouvernement indien, il leva la main en signe de refus, dédaigna le papier qu'on lui tendait, hocha la tête et déclara avec un soupçon de violence : « Pas de message du tout! S'il est mauvais, eh bien, tant pis! »

Entre les prières, il rédigea son courrier en luttant contre la colère. Cette première journée de liberté était la plus terrible de sa vie.

New Delhi, 16 août 1947, un peu après minuit

La nuit était venue, la seconde nuit de liberté. Aux lumières des torches, la foule s'était massée sous les murs de Lal Qila, la vieille forteresse moghole dont le nom signifie « la Rouge », tant les murs de pierre semblent saigner à vif. Là, sur les terre-pleins inégaux et boueux, les ours des Himalayas à l'œil triste, dûment muselés, dansèrent au rythme des tambourins, les yogis acrobates, un large sourire aux lèvres, se transpercèrent les joues avec de fines piques, les najas enroulés dans leur panier minuscule déployèrent au son de la flûte enflée leur capuchon mortel, et les magiciens firent s'élever à trois mètres de haut, sous un drap noir, des complices doués qui flottaient dans les airs, soutenus par des bambous habilement cachés. La ville s'était calmée ; l'heure était aux distractions, à la fête ; les paysans repartirent sur leurs carrioles légères, tirées par des mulets rapides.

Nehru, la tête vide et le cœur ébloui, finit par s'aller coucher.

Jamais il n'oublierait ce moment magnifique pendant lequel des milliers de bouches avaient acclamé le drapeau et son nom ; jamais il ne pourrait voir un arc-en-ciel sans penser à celui qu'un dieu bienfaisant avait lancé sur l'arche, à travers les nuages. Et il ne parvenait pas à chasser de sa mémoire en feu le brusque mouvement qui l'avait bouleversé lorsque le drapeau s'était déployé enfin.

Il aurait dû retourner à la voiture qui l'avait conduit sur le rond-point d'India Gate ; mais il eût fallu plonger dans la foule, y disparaître, s'y noyer sans doute. Edwina lui tendait de loin une main gantée de blanc, qu'il aurait voulu saisir légèrement du bout des doigts, comme Adam son Ève, comme Shiva sa Parvati.

Alors, Dieu sait comment, il avait sauté du podium, franchi des murailles vivantes, escaladé des dos et des épaules et, porté par la foule de son peuple assemblé, il avait rejoint la calèche impériale.

Edwina, Dickie et lui, tous les trois vêtus de blanc et tous les trois debout, les yeux rivés sur le drapeau. De temps en temps, il n'avait pu résister à la tentation d'envelopper Edwina d'un regard amoureux.

La jeune Indienne en sari orangé avait d'abord jeté un coup d'œil étonné sur les chaussures noires du Premier ministre, puis elle avait relevé la tête et l'avait contemplé avec des yeux émerveillés, chuchotant furtivement d'une voix rauque des

« Panditji-ki Jaï », comme une prière. Le vieil ordre avait cédé d'un coup; la jeunesse triomphait sous le drapeau de l'Inde; d'un mouvement brusque, la jeune Indienne attrapa son bébé à la peau noire et le brandit au bout de ses bras tendus, comme un don au Pandit qui incarnait l'espoir. Nehru, les yeux rivés sur l'enfant, sentit sa poitrine se soulever d'enthousiasme. Quoi qu'il advienne désormais, l'impossible avait existé. Quant aux lendemains...

Le lendemain, le nouveau Gouverneur général lui remettrait solennellement le tracé des frontières qu'il ne connaissait pas; il ferait de même avec Liaquat Ali Khan, venu tout exprès de Karachi. La journée avait été si turbulente que Nehru n'avait pas eu le temps d'y penser; mais quand il fut enfin seul, la joie étouffante qu'il avait partagée avec la foule en liesse disparut peu à peu et fit place à une sourde inquiétude. Pour l'ensemble, il connaissait les frontières nouvelles; mais ni Liaquat Ali Khan ni le gouvernement de l'Inde n'étaient à l'abri de surprises apparemment anodines, dont Nehru redoutait les nuisances. Le juriste britannique chargé de l'élaboration du tracé, l'honorable Sir Radcliffe, avait travaillé presque seul, et s'était protégé des requêtes; il avait proprement découpé le Penjab selon des critères mystérieux, que Nehru allait découvrir quand il serait trop tard. A coup sûr, les troubles de Lahore en étaient la preuve irréfutable, nombre d'hindous voudraient quitter le Pakistan, et de nombreux musulmans fuiraient l'Inde. Pas un instant Nehru ne songea que les uns et les autres chercheraient à rejoindre leur nouveau pays : la fuite seule les pousserait sur les routes. Or les fuyards traverseraient le Penjab, c'est-à-dire le pays des Sikhs. Nobles et courageux, admirables guerriers, ces derniers étaient imprévisibles.

C'étaient aussi de braves paysans, profondément attachés à la joie de vivre, dont ils avaient un goût simple et naïf, à mille lieues des austérités hindoues, à mille lieues aussi de la rigueur musulmane. Rien n'était plus paisible qu'un village sikh, harmonieusement uni dans le culte du Livre, le Granth Sahib, leur gourou et leur dieu, épris de charité et de justice. Peut-être se tiendraient-ils tranquilles. Mais Nehru sentait monter une incoercible angoisse : souvent, dans l'histoire de l'Inde, les sikhs avaient spontanément retrouvé le désir du combat ; et cette règle guerrière qui leur venait de loin les obligeait à se battre. Qu'on incendie un seul de leurs temples blancs, qu'on touche à une seule de leurs femmes à la démarche libre, et ce serait la guerre. Alors le moindre des enfants, si tranquille, au regard joyeux, se transformerait en fauve, conformément au nom que le dernier gourou leur avait donné l'ordre de porter tous, « Singh » : précisément, le lion.

Il n'y avait plus rien à faire, sinon attendre la carte du Penjab. Plus rien, sauf respirer profondément, détendre ses muscles, étirer ses os, et oublier. Le Premier Ministre de l'Inde se mit donc en devoir de prendre la plus noble des positions du yoga : le sirsasana, pieds en l'air et tête en bas.

Le palais du Gouverneur général tomba d'un coup dans le repos ; épuisés, les centaines de bearers qui avaient servi les milliers d'enfants indiens pour un goûter géant, puis les centaines d'invités officiels pour la grande réception du soir, s'assoupirent brusquement, jambes coupées par la fatigue. Dans leur chambre, les Mountbatten s'étreignirent avec tendresse ; mission accomplie.

Une pile de messages s'entassait sur une table. Lord Louis s'assit pesamment et commença à les décacheter. Edwina se sentait si légère qu'elle se mit à danser seule, les mains sur les épaules, face à un invisible danseur.

– Écoutez ce qu'écrit notre fidèle lieutenant, notre Ismay, darling... s'exclama-t-il d'une voix attendrie. « Je ne parviens toujours pas à croire que vous avez réussi. C'est votre plus grand triomphe – c'est aussi celui d'Edwina –, un triomphe des temps modernes, bien davantage qu'une victoire sur un champ de bataille, bien plus encore qu'une campagne militaire. J'avoue que je n'avais pas grand espoir quand je suis entré dans votre équipe ; mais, j'en suis absolument sûr, personne d'autre au monde n'aurait pu réussir. » Il a même souligné « personne d'autre », comme c'est gentil...

Edwina sourit sans répondre, et tourbillonna de plus belle.

– Un télégramme d'Attlee... Voyons : « Mes chaleureux remerciements pour vous en ce jour où s'accomplit une tâche d'une difficulté sans précédent. L'énergie que vous avez dépensée pour surmonter le moindre des obstacles est stupéfiante... » Vous ne m'écoutez plus, darling.

Elle s'arrêta brusquement, dans un envol de brocart suspendu. Le silence eut soudainement le tranchant d'une faux.

– Je vous parle, ma chère... Vous n'entendez pas? répéta Lord Louis.

Rêveuse, elle ne répondit pas.

Lord Louis soupira et ouvrit un autre télégramme.

– Comme prévu, darling. Je suis élevé au rang de comte de Birmanie; vous voici comtesse!

– Fort bien, répondit Edwina sèchement en déboutonnant ses longs gants de satin. Vous qui adorez les honneurs, vous serez satisfait.

Lord Louis haussa les épaules.

– Darling, fit-il avec lassitude, je sais que les décorations vous agacent, mais ne gâchez pas la beauté d'aujourd'hui... N'ai-je pas mérité de votre part un peu de tendresse, juste pour ce soir?

Edwina respira profondément, secoua ses cheveux et posa ses mains sur les épaules de son mari.

– Pardonnez-moi, Dickie, souffla-t-elle, je ne sais plus ce que je dis...

– Vous étiez très belle aujourd'hui dans la calèche, répondit-il en se retournant. Vous aviez cette expression radieuse de notre premier bal...

– Quand vous étiez encore amoureux de cette Audrey James! fit Edwina en éclatant de rire.

– Vous étiez coiffée à la grecque, la tête bouclée comme un pâtre...

– Et vous aviez déjà l'air d'être toujours en uniforme, fit-elle en se radoucissant. Non, décidément, une seule chose m'irrite, Dickie : cet absurde titre de noblesse, cette pompe imbécile qui vous vient de la couronne et qui gâche tout... Pour avoir aidé à la naissance d'une nation, on vous fait comte!

– Hommage rendu à notre travail commun, ma chère...

– Ah, taisez-vous! fit-elle en courant vers la fenêtre. Comme si nous avions mené nous-mêmes le combat pour l'indépendance! Songez à ceux qui chantent encore sous la pluie dans leur capitale, et qui se sont battus contre nous pendant près d'un siècle...

– Pourvu qu'ils ne se battent pas entre eux, maintenant, marmonna Lord Louis entre ses dents.

7

Le sang du partage

Le cadeau des sikhs à Nehru

Delhi, 16 août 1947, 17 heures

Lord Louis soupira. D'un air vague, il regarda ses dossiers bien rangés, son téléphone qui semblait attendre un geste de lui, comme un appel, et fit le tour de son bureau.

« Il reste le comité de défense commune, la Force militaire du Penjab, et rien d'autre. Cinquante mille hommes. Tout de même, cinquante mille hommes, songea-t-il en crispant le poing, ce n'est pas rien! Ils y arriveront. Je réussirai. Il faut que j'arrête ce massacre, il le faut... »

Il tendit la main vers l'appareil téléphonique, et la laissa retomber. « Ce n'est plus ton affaire, Louis Mountbatten. Tu n'es plus en charge. Tiens-toi tranquille. Attends qu'on t'appelle. Attends... » se répétait-il à voix basse, la tête dans les mains.

Il entendit le pas vif de sa femme et se redressa brusquement.

– Décidément, que c'était beau, Dickie... ronronna Edwina en s'affalant dans un fauteuil. Je n'oublierai jamais. Vous non plus, n'est-ce pas?

– Certainement, répondit Lord Louis, en se raclant la gorge.

– Oh! Mais quel manque d'enthousiasme! s'écria Edwina, en levant les bras au ciel.

– Edwina...

– Quoi, Edwina? N'en avez-vous pas fait l'héroïne d'un jour

253

de liberté? N'est-elle pas la plus heureuse des femmes? fit-elle en souriant.

– Le resterez-vous si je vous apprends...? répliqua Lord Louis sans terminer sa phrase.

Elle le fixa en face.

– Dites!

– Auchinleck vient de m'appeler de Lahore, murmura Lord Louis.

– ... et tout brûle, fit vivement Edwina. Je sais. Jawahar me l'a dit.

– Non! cria Lord Louis, non, vous ne savez pas! Brûler, ce ne serait rien! Les sikhs dans les villages déshabillent les musulmanes, ils les violent, et les promènent nues avant de leur fendre le ventre avec...

– Arrêtez! balbutia Edwina. Ce n'est pas vrai...

– Si! Avec leur sabre rituel. Les musulmans entassent les sikhs dans leur temple, et ils y mettent le feu. Les hindous attrapent les vieillards sikhs, ils arrosent leurs longues barbes avec de l'essence, et...

Edwina baissa la tête, les larmes aux yeux.

– Votre bonheur s'est envolé, ma chère, soupira Lord Louis. Je vous aurais prévenue. La guerre civile vient d'éclater au Penjab.

– Qu'allez-vous faire, Dickie?

– Ce que voudra le Premier Ministre de l'Inde, dont je dépends, répondit rudement Lord Louis. A moins que je n'utilise ma dernière cartouche, la Force militaire du Penjab, qui n'est pas encore répartie entre les deux pays.

– Faites cela, vite, dit Edwina. Je vous en supplie.

– Je vous rappelle que les deux Premiers Ministres viennent à peine de prendre connaissance des tracés de leur frontière commune, fit Lord Louis d'un ton sec. A deux heures cet après-midi. Quand je leur ai donné leurs enveloppes scellées, j'avais encore affaire à des leaders responsables; deux minutes plus tard, ils étaient devenus fous de colère. Patel parce que l'Inde avait perdu les collines de Chittagong, et Liaquat Khan à cause de Gurdaspur.

– Et Nehru? coupa vivement Edwina.

– Il est cinq heures, enchaîna Lord Louis, agacé. Je leur laisse le temps d'apprendre les nouvelles.

254

– Et s'ils n'avaient pas le moyen de le savoir? murmura Edwina.

Lord Louis jeta un œil hésitant sur le téléphone... On frappa à la porte.

– Oui! cria Lord Louis, en tapant du poing sur la table. Qui est-ce?

– Ismay, Sir, fit le premier secrétaire, en poussant la porte. Le Premier Ministre vous appelle de sa résidence. Il a l'air bouleversé.

– Passez-le-moi, fit Lord Louis rudement.

– Vous voyez, souffla Edwina, il n'a pas trop tardé...

Lord Louis tira sa saharienne, la remit en place et décrocha le combiné.

– Cher Premier Ministre, s'écria-t-il affectueusement... Ah! Quelle horreur... Pas un seul? Vous en êtes sûr? Ce matin même? Mais alors c'était prémédité? Comment? Un cadeau pour vous? Jawarla, je vous en prie, calmez-vous. Je veux dire... Pardonnez-moi. Je ne pensais nullement... Non, c'est simplement qu'il faut agir vite. Ah, vous partez tout de suite. Avez-vous un avion? Parce que sinon... Bien. Vous avez raison. Voulez-vous que j'aille avec vous? Non? Je comprends. J'en suis sûr, Nehru. Évidemment. Nous pensons à vous. Oui, elle est là. Je lui dirai. Tenez-moi au courant... Naturellement, Jawarla. J'y ai déjà songé. Bon courage.

Lord Louis reposa lentement l'appareil et, tirant un mouchoir de sa poche, le passa sur son visage.

– Dickie... fit Edwina doucement.

– Un train vient d'arriver en gare d'Amritsar. Un train entièrement rempli de passagers égorgés. Plusieurs sont décapités. Il m'a dit de vous le dire. Il m'a dit aussi...

Lord Louis se leva et marcha jusqu'à la fenêtre; l'obscurité avait envahi la pièce.

– La deuxième nuit de liberté, ma chère, regardez-la bien. Sur l'avant du train, les criminels ont écrit quelque chose à la peinture blanche. « Cadeau d'indépendance pour Nehru. »

– Mais qui? murmura Edwina en pâlissant.

– Les sabres, Edwina, les kirpans sikhs. Ils n'ont plus de patrie; elle est coupée en deux.

– Alors ils en font autant aux hommes! cria-t-elle. Combien d'hindous au Pakistan?

– Quatre, cinq, six millions peut-être, je ne sais pas.

– Et au Penjab indien, combien de musulmans?

– La même chose! soupira Lord Louis. Je suis déshonoré, darling. Mon triomphe n'aura duré qu'un jour.

– Votre triomphe? Ah! Dickie, arrêtez, s'exclama Edwina avec violence; il s'agit bien de cela. Nehru est parti là-bas?

– Oui, avec Liaquat Ali Khan. Ils me demandent de réunir le comité de défense.

– Bien, fit-elle en se levant à son tour. Je vais appeler Amrit Kaur. Maintenant qu'elle est ministre de la Santé, c'est son devoir d'aller là-bas; je l'accompagnerai.

– Deux femmes? Mais vous êtes folle! Comment vous défendrez-vous?

Edwina se retourna sur le seuil de la porte et alluma le plafonnier.

– Je n'en ai aucune idée, Dickie. Mais j'irai.

Elle claqua la porte.

– Mon Dieu, murmura Lord Louis, je n'aurais pas dû lui parler du train d'Amritsar. Elle est trop vulnérable...

Lentement, il prit son stylo, une feuille, et se mit à rédiger un billet.

« Ma chérie, j'ai écrit tant de lettres de remerciements à ceux qui m'ont aidé à trouver la juste solution pour l'Inde que je n'ai pas encore écrit à la personne qui m'a le plus aidé. Le télégramme que vous trouverez ci-joint m'aide à m'en souvenir; il est la preuve que le Premier Ministre ne se fait aucune illusion sur le rôle que vous avez joué; et sans doute aucun époux dans l'histoire n'a eu le grand privilège de transmettre un télégramme d'un Premier Ministre avec un éloge de son épouse. Je suis très fier d'être cette exception. Je vous suis également profondément reconnaissant pour la façon dont vous m'avez aidé à garder la ligne droite sur certains sujets qui me poussent à m'en écarter. Merci, mon petit chat, de tout mon cœur. »

Il déplissa le télégramme d'Attlee, vérifia la dernière phrase et sourit. A la fin du message de félicitations, le Premier

Ministre travailliste avait écrit : « Mon message de remerciements s'adresse à Edwina également, ainsi qu'à Ismay et à ceux qui vous ont aidé. »

Penjab, 17 août 1947

Les traits tirés, le regard fiévreux, Nehru se mordait les lèvres qu'il cachait avec son poing serré. La voiture roulait lentement dans l'obscurité ; à ses côtés, Liaquat Ali Khan dodelinait de la tête, en poussant de gros soupirs lorsqu'elle cognait contre la vitre ouverte.

Au loin étincelaient de confuses flammes, comme un tas d'épines qui brûlent. Les villages endormis semblaient parcourus par un frémissement invisible et, parfois, une ombre courait d'un fourré à une maison, en se cachant. Sur les talus, des familles avaient fait halte pour la nuit ; la charrette, poussée de côté, tenait en équilibre au bord du fossé ; de temps en temps, un cri d'enfant perçait dans le noir, suivi par les chuchotements des femmes ; et toujours une silhouette debout montait la garde. Hormis les feux tout paraissait calme.

Un cahot secoua fortement la voiture, et réveilla le Premier Ministre du Pakistan.

– J'ai dormi ! Comment est-ce possible ? fit-il en arrangeant la masse de son corps sur la banquette. Quelle heure est-il ?

– Bientôt cinq heures, fit Nehru. Nous arrivons.

– Vous n'avez pas fermé l'œil, vous, lança Liaquat Ali Khan d'un ton amer. Vous avez plus de résistance que moi. C'est épouvantable, Nehru. Qu'allons-nous faire ?

Nehru détourna la tête pour ne pas montrer ses larmes.

– Cette enfant éventrée, ces femmes jetées dans des puits, murmura Liaquat Ali Khan ; les hurlements des mères, leurs nourrissons fendus en deux... Cette odeur de sang partout, et celle de la chair grillée... Et ce sont nos deux peuples, Jawahar ? Des créatures de Dieu, ces monstres ?

– Je vous en prie, Liaquat Ali, n'en parlez plus. Ne gaspillons pas nos énergies, fit Nehru avec nervosité. Je suis épuisé.

Et c'est moi qui vais devoir calmer ces fauves, pas vous. Aidez-moi.

– Pardonnez-moi, murmura le gros homme. C'est que j'ai besoin de mots, voyez-vous ; c'est bête, mais cela m'apaise un peu. Une telle souffrance, comment la supporter ? Nous avons vu trop de cadavres, trop de plaies, nous avons entendu trop de plaintes... Il me semble qu'il fait plus clair quand je parle.

– La clarté, la voici, fit Nehru en tendant le doigt. Le soleil ne va plus tarder. Vous aurez bien le temps de contempler ce qu'il nous découvrira.

– Car vous pensez que...

– Je ne pense rien ! coupa Nehru violemment. Je ne pense plus. Je sais d'avance.

– Qu'avons-nous fait, Jawahar ? continua le gros homme en soupirant. Nous avons voulu deux paradis, et voici la géhenne ! Je n'oublierai jamais le prix de nos libertés.

– C'est là, cria Nehru au chauffeur. Arrêtez la voiture !

Il claqua la porte, qui fit un bruit d'apocalypse dans l'aube endormie. Derrière la voiture des deux Premiers Ministres, les jeeps militaires ralentissaient. Les soldats descendirent, mitraillette au poing. Le village avait l'air de dormir.

L'aurore éclairait à peine le toit plat des maisons ; mais, sur l'étang, les aigrettes déjà survolaient les reflets roses avant d'aller piller les premières pousses du blé, les plus tendres. Les buffles couchés sur la boue grise relevaient la tête, et une femme apparut au loin, sa cruche de laiton sur la tête. En apercevant le cortège, elle la laissa tomber et s'enfuit en courant.

– Allez-y, ordonna Nehru au capitaine. Trouvez-les. Vous les rassemblerez sous le banyan, au bord de l'eau. Je les veux tous ici sur l'heure, et pas de ménagements !

Liaquat Ali Khan le rejoignit, essoufflé ; Nehru, debout, les mains derrière le dos, scrutait le village.

– Tenez, fit-il, la gurdwara est cachée derrière le taillis. C'est là qu'ils ont mis leurs armes, j'en suis sûr.

– Et ce village musulman qu'ils veulent incendier ?

– Derrière vous. On aperçoit le petit minaret de la mosquée.

– Pour un village que vous allez sauver, combien d'autres massacrés cette nuit ! gémit Liaquat Ali Khan.

Les soldats ressortaient des maisons en poussant les hommes avec la crosse de leurs armes. Mal éveillés, le turban de travers, l'œil confus et la barbe en broussaille, ils se débattaient vainement, sans crier; certains parmi les plus jeunes n'avaient pas eu le temps de coiffer leurs longs cheveux sombres qui tombaient sur leurs reins; tous serraient contre eux leur sabre immense, dans sa gaine de velours bleu. Les femmes s'accrochaient à leurs maris en pleurant, les soldats les repoussaient à coups de pied. Nehru mit son poing sur sa bouche.

Quand ils furent tous assis sous le banyan, Nehru prit le bras de Liaquat Ali Khan et se dirigea vers l'étang. Les soldats entourèrent les sikhs et pointèrent leurs mitraillettes.

Longuement, le Premier Ministre de l'Inde contempla le regard farouche de ces hommes ensommeillés, et qui le fixaient avec un mélange de crainte et de fureur, sans un mot. Il s'avança et crispa l'une contre l'autre ses deux mains serrées derrière son dos.

— Écoutez-moi tous! cria-t-il. J'ai su que vous alliez attaquer le village voisin, parce qu'il est musulman...

Une clameur hostile lui répondit. Nehru déplia une main qu'il replia aussitôt; ses lèvres frémirent.

— Taisez-vous! Je ne veux rien entendre. Ces musulmans sont vos frères; je suis votre Premier Ministre, celui de tous les Indiens, et voici ce que j'ai à vous dire. Si l'un de ces musulmans, vous m'entendez, un seul... Si vous osez toucher à l'un d'entre eux, demain je vous rassemble comme aujourd'hui, ici, sous ce banyan sacré, et je vous fais tous exécuter. Tous!

Les yeux des hommes s'emplirent de stupeur.

— C'est tout! hurla Nehru. Vous allez déposer vos sabres ici même. Ils vous sont interdits; vous les déshonorez. Allez!

Un vieillard se leva, et jeta son sabre sur le sol. Un autre suivit, puis un autre encore. Bientôt un tas de sabres s'amassa aux pieds de Nehru. Seul un très jeune homme aux yeux brillants restait immobile, son arme serrée sur sa poitrine.

— Eh bien? fit Nehru aux soldats.

Un soldat pointa sa mitraillette; l'adolescent tira son sabre de la gaine, et le brandit très haut, en criant : « Mort aux musulmans! »

Il se fit un silence de plomb.

Nehru se rua sur le jeune homme et lui tordit le bras. L'enfant poussa un cri de douleur et le sabre tomba.

— Dis-moi pourquoi tu veux les messacrer, dis-le-moi! cria Nehru, sans lâcher le bras du jeune sikh.

— Ils me volent ma terre! répondit l'enfant en pleurant. On me l'a raconté! Ils tuent nos mères! Ils violent mes sœurs! Tu es notre nouveau chef, et tu ne le sais pas?

— Pauvre idiot! gronda Nehru en lui lâchant le bras. Tu crois donc tout ce qu'on te dit? Sais-tu au moins qui fut ton premier gourou, ce Nanak qui voulait l'harmonie entre ses frères? Naturellement tu le sais; mais tu l'as oublié. Mauvais sikh! Traître à ta foi!

L'enfant baissa les yeux.

Les hommes se tenaient massés sous le banyan et se taisaient.

— Vous avez tous entendu, leur cria Nehru. Je jure que je vous fais exécuter demain!

Et il leur tourna brusquement le dos.

— Venez, ne tardons plus, fit-il au Premier Ministre du Pakistan qui se tenait à l'écart.

Ils remontèrent dans leur voiture en silence. Le cortège démarra; les hommes restaient pétrifiés sur le bord de leur étang.

— Croyez-vous qu'ils obéiront? demanda Liaquat Ali.

— Je l'espère, soupira Nehru.

— Êtes-vous vraiment prêt à faire ce que vous avez dit?

— N'en doutez pas! jeta Nehru avec colère.

— Vous, le non violent, vous, Jawahar?

Nehru regarda ses mains qu'il avait tant serrées.

— Je n'y ai pas songé, j'avoue, fit-il. Je n'ai pas le choix.

— Je ne vous en fais pas le reproche, Jawahar; mais Gandhiji n'aimera pas cela, et...

— Croyez-vous que je ne le sache pas? coupa Nehru, en le fixant brusquement. Je ne suis pas comme lui, moi; je suis Premier Ministre!

Liaquat Ali Khan se tut. A la différence du Parti du Congrès, la Ligue Musulmane n'avait jamais exclu la violence; elle était parfois nécessaire, voilà tout.

La clarté du jour, en pleine lumière, éclairait les files des réfugiés qui marchaient le long des routes, les yeux vides, et qui regardaient passer le cortège de jeeps et de soldats armés avec le vague espoir qu'ils les protégeraient.

Edwina dans la tourmente

Delhi, 29 août 1947

Edwina, les lunettes sur le nez, lisait et relisait ses notes. Elle n'aurait qu'une petite demi-heure pour exposer ses plans à Nehru; quant à Dickie, il les découvrirait par la même occasion.

Elle passa une main sur ses joues; les brûlures du soleil tiraillaient cruellement sa peau. Une longue et profonde écorchure commençait à cicatriser sur son mollet gauche; et sur l'un de ses bras, elle vit plusieurs bleus qu'elle n'avait pas identifiés la veille.

« Je suis bien arrangée, cette fois, songea-t-elle. Je ne sais même plus quand c'est arrivé; je n'ai rien senti pendant cette expédition. Du moins je n'ai plus mal à la tête... »

Dickie entra en coup de vent, suivi de Nehru, qui paraissait agité.

– Oh! Panditji, déjà? fit-elle en ôtant ses lunettes. Je suis prête.

– Nous aurons peu de temps, fit-il en baisant sa main. Vous n'êtes pas trop fatiguée? J'ai vu Amrit, elle semble épuisée; et vous?

– Sans importance, répondit Edwina. Dans ce genre de circonstances, on n'a pas le temps de songer à la fatigue. J'ai préparé quelques notes pour vous; je vous expliquerai dans la voiture.

– Mais vous ne partirez pas avec nous, coupa Dickie sévèrement; Nehru et moi nous avons à parler.

Pendant qu'elle montait, Nehru aperçut l'écorchure et fronça les sourcils.

– Qu'est-il arrivé à votre jambe?

– Ça? Ma foi, je n'en sais rien, répondit-elle; je crois qu'un enfant par mégarde a soulevé une branche épineuse sur mon passage. Et ceux que j'ai pris dans mes bras étaient encore si effrayés qu'ils m'ont fait tous ces bleus... Voyez!

Nehru lui prit la main et la serra avec tendresse.

– Bon! fit-elle en chaussant ses lunettes. Vous savez qu'Amrit et moi nous avons visité cinq camps; enfin, disons plutôt cinq centres de réfugiés, car ce ne sont pas encore des camps, hélas! Un camp musulman à Ambala, les centres hindous et sikhs de Lahore, l'hôpital civil de Sialkot, et le centre de Gudjranwala; celui-là est une mer de boue, Panditji, c'est terrible.

– Je ne peux arrêter la mousson, murmura Nehru.

– Non! Mais on peut essayer de jeter de la paille, de l'herbe sèche, en quantité. Procédons par ordre. Vous trouverez sur ces papiers la liste des urgences; à Lahore, transmettez-la à votre homologue, pour commencer. Il n'y a plus de désinfectant à l'hôpital de Sialkot, et plus un seul médicament; il faut acheminer d'urgence des antiseptiques, de l'aspirine, des médicaments contre la toux et les angines, de la quinine, du désinfectant pour l'eau et aussi du lait pour les enfants. Ah! Et puis des anesthésiants; on commence à amputer sans rien, là-bas. J'ai commencé à recruter sur place des équipes de volontaires, par groupes de dix, chargés de veiller sur cent réfugiés, de les nourrir, et de les conduire aux sanitaires.

– Les sanitaires? En avez-vous trouvé? s'étonna Nehru.

Edwina ôta ses lunettes en soupirant.

– Panditji, je n'ai trouvé que désolation partout. A Ambala, ils dorment à même la terre, et rien ne les protège de la pluie; à Gudjranwala, une boue infâme leur sert de lit, de table et de sanitaires. Sans intervention de volontaires, le typhus va tous les tuer; ils sont déjà atteints de diarrhée et de paludisme, et les nourrissons meurent de dysenterie. Trouvez d'autres volontaires à Lahore, et qu'ils s'occupent des sikhs et des hindous!

– Mais ces sanitaires?

– Les volontaires creusent des feuillées à l'écart; il faut obliger les réfugiés à s'en servir. Vous n'imaginez pas... ce mélange d'excréments et de vomi sur leurs misérables couvertures, ces ruisseaux d'urine où pataugent les bébés... Il faut absolument intervenir.

– Ensuite?

– Ensuite, ils mangent sur du papier qui n'est pas assez solide. Il se gâche du riz et de la soupe de lentilles roses qui leur fait tant de bien. Amrit a déjà donné l'ordre de remplacer le papier par des feuilles d'arbre, mais quand ce n'est pas du bananier, ce n'est pas bien.

– Je ne vois guère de bananiers dans les plaines du Penjab, fit Nehru.

– Faites acheminer de la vaisselle de métal, et des gobelets, des tasses, ce que vous trouverez. Il leur faut des couvertures aussi, elles sont vite trempées et ne sèchent pas, l'air est trop humide. Et...

– Tout cela, Amrit le sait déjà? coupa Nehru brusquement.

– Elle a même déjà donné des ordres. Mais, Panditji, le Premier Ministre, c'est vous... On lui dit oui, mais la panique désorganise tout et rien n'avance. Et puis, pour ceux de Lahore, c'est Liaquat Ali Khan qui devra organiser les camps; dites-le-lui!

– Savez-vous que les réfugiés arrivent jusqu'à Delhi? Où allons-nous les mettre? fit Nehru.

– Il faut des endroits bien protégés, si possible en hauteur pour l'évacuation des eaux; il vaudrait mieux des pelouses que de la terre, voyons... Purana Qila?

– J'y ai pensé; ce ne sera pas suffisant. Les jardins autour de la tombe d'Humayun?

– Ils sont ceints de murs; la tombe est entourée de petites niches bien à l'abri... Oui, admit-elle. Ces camps seront gardés par les soldats?

– Naturellement, fit Nehru. Il en faut aussi dans les lieux que vous avez visités.

– Ils pourraient utilement délimiter des passages, car pour l'instant les réfugiés s'entassent les uns contre les autres, et j'ai passé trois jours à enjamber des corps.

– Vivants?

Edwina se tut. Il était parfois difficile de distinguer les morts des vivants.

– Justement, Panditji... Les volontaires devront aussi s'occuper des enterrements et des crémations.

– Où trouver le bois, et comment le faire prendre quand il pleut ? gémit Nehru, accablé.

– Faites acheminer de l'essence, souffla-t-elle. Il faut très vite brûler les corps. J'ai vu qu'on les jetait à l'écart ; mais les enfants s'échappent, les mères ne les tiennent pas et j'en ai vu qui s'approchaient bien près...

Dickie toussota.

– Voici l'aérodrome militaire, Edwina. Il faut arrêter maintenant, fit-il doucement.

– Ce que j'ai oublié, vous le trouverez ici, fit-elle en donnant ses notes à Nehru.

Il garda ses mains prisonnières, et la regarda dans les yeux.

– Edwina, je ne sais comment...

– Chut... Ne dites rien, Jawahar. Je suis heureuse, murmura-t-elle.

Lord Louis sursauta.

– Elle dit vrai, Dickie, dit Nehru.

Les deux hommes descendirent de la voiture ; Nehru fit un signe de la main et s'éloigna.

Edwina se cala sur le siège et laissa aller sa tête en arrière. La fatigue se referma sur elle comme une gangue ; par milliers, de petites mains brunes la tiraient vers un gouffre de boue et de sang où elle s'enfonçait sans résistance ; happée par un vide affreux, elle s'endormit.

La retraite de Lord Mountbatten

– Eh bien, Nehru, avez-vous pris votre décision ? commença Lord Louis, en bouclant sa ceinture de sécurité.

Nehru restait debout sans répondre.

– Je vous ai posé une question, monsieur le Premier Ministre, continua Lord Louis. Et puis asseyez-vous, nous allons décoller.

– J'ai pris ma décision, monsieur le Gouverneur général, répondit Nehru en s'installant sur son siège. La Force militaire des frontières sera partagée.

– Vous savez combien je désapprouve cette initiative, fit Lord Louis.

– Je sais, répondit Nehru, crispé. Mais c'est moi le Premier Ministre.

Les hélices se mirent en route ; les moteurs ronronnèrent ; un bruit assourdissant envahit la cabine.

– La Force des frontières privilégie le Pakistan ! hurla Nehru.

– C'est faux ! cria Lord Louis. Jinnah dit exactement le contraire !

– Que dit Jinnah ? Je ne vous entends pas, il y a trop de bruit !

– Attendez un peu ! s'époumona Lord Louis. Prenons de l'altitude !

Les deux hommes se renfrognèrent chacun dans leur coin ; Lord Louis regardait par le hublot, Nehru serrait les poings. L'avion quitta le sol avec une légèreté surprenante, et le calme revint.

– Que disiez-vous ? fit Nehru d'un air rogue.

– Je disais que Monsieur Jinnah accuse la Force des frontières de privilégier l'Inde. Des deux côtés, la même accusation !

– J'ai des preuves, bougonna Nehru.

– Lui aussi, Nehru ! Combien de morts déjà, le savez-vous ?

– Impossible, fit Nehru en s'assombrissant. Des milliers chaque jour.

– Et vous voulez dissoudre une force de cinquante mille hommes, qui se trouve miraculeusement sur place ?

– Je n'ai pas dit dissoudre, j'ai dit partager ! cria Nehru.

Lord Louis attendit quelques instants.

– Cher Jawarla, écoutez-moi, commença-t-il d'un ton ferme. Vous avez milité aux côtés de Gandhi, avec pour seule arme la non-violence ; vous savez résister à la prison, vous avez été admirable. Mais que savez-vous du commandement militaire ? Rien. Moi, je sais ; c'est mon métier. Et je vous jure que si Jinnah et vous, vous décidez vraiment de partager cette armée,

265

elle sera dissoute. On ne reconstitue pas si vite une armée privée de ses chefs.

– A supposer que vous ayez raison, cela n'y changera rien. La décision est prise, lâcha Nehru avec réticence. Cette Force militaire n'arrive à rien ; elle crée plus de désordre encore s'il se peut, et attise les haines.

– Laissez-leur le temps de réagir ! Il n'y a pas même dix jours qu'ils interviennent ! s'écria Lord Louis.

– Justement, ils aggravent la situation ! s'énerva Nehru.

– Racontars de bas étage ! siffla Lord Louis. Ce n'est pas ce que me disent mes officiers anglais !

Nehru le fusilla du regard ; Lord Louis baissa la tête.

– Du moins connaissent-ils leur métier, ajouta-t-il plus doucement.

– Dites-moi, monsieur le Gouverneur général, si l'on vous annonçait tous les jours que cette force peut entraîner votre pays dans la guerre, que décideriez-vous ? fit Nehru lentement.

– Je résisterais à cette idée, répliqua aussitôt Lord Louis. Je prendrais le commandement des troupes...

– Mais voilà justement ce qui n'est pas possible, Dickie. Vous ne pouvez pas prendre ce commandement. Vous n'êtes plus Vice-Roi. La Force sera partagée.

– Je vous en prie, Jawarla...

– Une fois pour toutes, prononcez correctement mon prénom, ou donnez-moi mon titre ! répliqua Nehru, exaspéré.

– Excusez-moi, murmura Lord Louis. Mais vraiment...

– N'insistez pas, Dickie, fit Nehru d'une voix basse. Ou je finirai par croire que vous voulez simplement reprendre le pouvoir que vous avez perdu.

Lord Louis rougit violemment, et se tut.

Sous les ailes de l'appareil défilaient les étangs, les bosquets et les champs, que la mousson déjà verdissait. Calmes villages de l'Haryana, encore épargnés par le fléau...

– Bien, soupira Lord Louis. Puisqu'il en est ainsi, et si vous ne changez pas d'avis tout à l'heure à Lahore, je vous avertis que je me retire à Simla pour quelque temps, comme je vous l'avais dit. Je suis fatigué, et puis je vous gênerai moins. Vous jouirez tout seul de ce pouvoir admirable, mon cher Premier Ministre.

— Comme vous voudrez, fit Nehru, en se raidissant.

— Edwina fera de même, naturellement, enchaîna Lord Louis.

— Naturellement, reprit Nehru. Cela va sans dire.

Et il se tourna vers le hublot.

Simla, 31 août 1947

Lord Louis entendit la voix d'Edwina dans le jardin, ouvrit un œil, constata que la lumière du jour éclaboussait l'acajou de l'armoire, et se retourna d'un coup, le nez sur l'oreiller.

« Je veux dormir, grogna-t-il en sourdine. Je ne sais pas l'heure, mais il est trop tôt. » Et il étendit ses jambes en travers du lit.

Rien à faire ; le sommeil ne revint pas. Lord Louis se dressa, appuya sur la sonnette, demanda le plateau du petit déjeuner, et, en attendant, se laissa aller à rêver. C'était le premier jour de repos depuis... combien de temps déjà ? Quatre mois ?

Quatre mois seulement ! Cela semblait impossible. Il avait travaillé plusieurs siècles durant, il avait levé des montagnes, accouché de deux pays, asséché les rivières, essuyé la mousson, tout cela pendant une centaine de jours... Il s'étira. Désormais, sa tâche était finie.

« Fi-nie », scanda-t-il comme un enfant. « Qu'ils se débrouillent. C'est leur affaire. J'imagine d'ici Nehru battant la campagne, et Patel drapé dans son châle blanc, avec sa tête de bon chien fidèle... On a voulu se passer de mes services ? Fort bien. Je respire. Que fait ce petit déjeuner ? »

Le bearer arrivait justement, tenant son plateau à bout de bras avec cérémonie. Lord Louis souleva délicatement le couvre-théière de broderie blanche, se versa une tasse de thé de Darjeeling, renifla l'odeur légèrement amère et goûta la marmelade d'oranges avec délices. A Simla, tout était en ordre. Quand il mordit le premier toast, une image fugitive lui traversa l'esprit : le vieux Mahatma, seul à Calcutta, grignotant sa ration de noix quotidienne.

« Chacun ses choix. Je ne suis pas un saint. A votre santé, Gandhiji », fit-il en levant sa tasse.

Quand il eut fini, Lord Louis se leva tranquillement, ouvrit la fenêtre, et passa sous les arcades de l'immense balcon. L'air était transparent comme au premier jour; les sapins paisibles étendaient une ombre propice sur les rhododendrons, où restaient encore quelques bouquets fleuris, à peine fanés. Suivie d'une troupe de jardiniers respectueux, sa femme inspectait les rosiers un par un, et donnait des ordres brefs; derrière elle suivait Madame Banerjee, sa secrétaire, qui notait chacun de ses mots.

– Edwina! cria Lord Louis. Mais que faites-vous donc? Un registre des roses?

– Je dicte à Madame Banerjee mon rapport sur la Croix-Rouge... fit-elle, en mettant ses mains en porte-voix.

Lord Louis fit un geste évasif et referma la fenêtre. L'entêtée ne dételait pas; le fil invisible qui la reliait à Nehru n'était donc pas rompu.

– Eh bien, moi, je me consacrerai à mon arbre généalogique, je le jure, grommela-t-il. Personne au monde ne pourra m'en distraire.

Quand il descendit dans son bureau, une pile de dépêches s'entassait sur sa table de travail. Il attrapa la première.

Auchinleck signalait près de trois mille morts, massacrés au Penjab dans la seule journée du 30 août; au demeurant, il se déclarait incapable de vérifier ces chiffres approximatifs, que l'on pouvait diminuer si l'on ne tenait pas compte des morts d'épuisement sur les routes, qui se comptaient par centaines. La seconde venait de Delhi et indiquait quelques pillages, plus un certain nombre de boutiques musulmanes attaquées par les réfugiés; le nombre des victimes demeurait incertain.

Lord Louis secoua la tête. « Et je n'ai pas le droit de bouger d'un pouce! » gronda-t-il.

Il prit la troisième dépêche avec appréhension; c'était celle de Calcutta; elle datait du dernier lundi. Sur l'immense pelouse du Maidan, un demi-million de musulmans et de hindous avaient ensemble attendu l'arrivée du Mahatma, pour qui l'on avait dressé une petite estrade. Tous les lundis, Mohandas

Karamchand Gandhi se taisait; il avait fait un jour ce vœu, et ne l'avait jamais rompu; il communiquait en écrivant ses messages sur ses fameuses enveloppes, retournées par mesure d'économie, avec de petits crayons noirs qu'il usait jusqu'au bout.

Le jour de ce rassemblement était dû à la fête de l'Id, qui marque la fin du Ramadan. Le Mahatma avait tenu à s'y rendre; et, pour la première fois, il avait rompu son vœu de silence. Les mains jointes, il avait fait un namasté public avant de crier en ourdou : « Joyeux Id à tous! »

L'étau autour du cœur de Lord Louis se desserra. Le petit homme tenait bon. Calcutta était l'une des rares villes du Nord de l'Inde où les communautés ne s'entretuaient pas. Pas encore.

Simla, *1er septembre 1947*

Lord Louis avait donné des ordres : on ne pouvait pas le réveiller. C'est ce que le bearer répétait avec inquiétude à l'officier qui, l'air égaré, voulait monter l'escalier de la résidence.

– Son Excellence a bien précisé : personne ne doit le déranger, Sir, disait le bearer en joignant les mains avec ferveur. C'est très embarrassant; mais je dois obéir au maître.

– Et votre maîtresse, où est-elle? s'exclama brusquement l'officier.

– Chut... fit le bearer. Ne criez pas. Lady Louis repose au fond du jardin, là-bas. Elle n'a pas donné d'ordre, ajouta-t-il avec soulagement.

L'officier courut à toutes jambes; Edwina lisait dans un rocking-chair.

– Madame, pardonnez-moi... fit l'officier en claquant les talons.

– Que se passe-t-il, major? Vous semblez tout à fait troublé. Asseyez-vous, fit-elle gracieusement, en indiquant une chaise à ses côtés.

– C'est que... nous avons reçu une mauvaise nouvelle, madame.

Edwina ferma son livre et se redressa.

– Milady se souvient peut-être de la jeune Sarah Ismay...

– La fille de Lord Ismay? La fiancée du lieutenant, voyons, Beaumont, c'est cela? Ils sont partis hier par le train, pour Delhi...

– Justement, madame. Le lieutenant Beaumont vient de télégraphier. Leur train a été attaqué; cent musulmans ont été égorgés. Wenty Beaumont a réussi à sauver son propre bearer, un musulman, en le défendant avec son pistolet. Voilà, madame.

– Qui a fait cela? murmura Edwina. Des sikhs?

– Des hindous. Votre maître d'hôtel n'a pas voulu réveiller Lord Louis.

Edwina se leva et partit d'un pas vif.

– Suivez-moi! cria-t-elle. Je m'en occupe!

L'officier s'affala sur une banquette et ôta sa casquette. Les fiancés anglais l'avaient échappé d'un cheveu; Wenty Beaumont s'était battu comme un lion. Lui-même partirait bientôt pour Delhi; survivrait-il?

Edwina posa une main sur l'épaule endormie.

– Dickie!

– Quoi encore? répondit une voix étouffée. Pourquoi me réveillez-vous? Je croyais avoir dit...

– Je m'en moque! cria Edwina. Le train pour Delhi vient d'être attaqué. Cent morts; des musulmans; la petite Sarah était dans le train avec son fiancé, qui a sauvé son serviteur, débita-t-elle précipitamment.

Lord Louis émergea, l'œil vague.

– Je suis content qu'ils soient en vie, fit-il en bâillant. Le comportement du jeune Beaumont est courageux.

– C'est tout? cria Edwina. Allez-vous demeurer inerte? Le jour de votre arrivée, Fay Campbell vous a raconté ce qu'elle a vu de ses yeux ici même, à Simla! La femme de votre propre attaché de presse, vous l'avez entendue de vos oreilles! Avez-vous oublié ces sikhs à bicyclette qui s'amusaient à décapiter les musulmans dans les rues, à trois pas de ce lit où vous prétendez dormir? Et les têtes qui roulaient sur le sol?

– Et que voulez-vous que j'y fasse, darling? Je ne suis plus Vice-Roi, fit Lord Louis avec colère.

Edwina le toisa, et partit en claquant la porte.

L'officier s'en fut sur la pointe des pieds.

Lentement, Lord Louis tendit la main vers la table de nuit, et prit une dépêche pliée en quatre, cachée sous un livre.

Elle venait de Calcutta.

Une bande de jeunes hindous avait attaqué deux musulmans sur le bord de l'Hooghly, et les avait tués à coups de barres de fer. Le même soir, les mêmes ou d'autres, la dépêche n'était pas très claire sur ce point, étaient venus hurler sous les fenêtres de Gandhi, en lançant des pierres. Le Mahatma s'était réveillé, il était sorti sur le seuil de la porte et avait offert sa vie aussitôt; deux musulmans ensanglantés s'étaient réfugiés près de lui. Il les avait placés sous sa protection, et les jeunes émeutiers avaient attaqué la maison. La police était arrivée juste à temps.

Simla, 3 septembre 1947

D'un pas résolu, Edwina poussa la porte du bureau. Lord Louis, debout devant un document étalé, suivait avec un crayon une branche de l'arbre de la famille Battenberg. Soigneusement.

– J'ai à vous parler, Dickie, fit-elle.

– Vous voyez que je suis occupé, répondit-il sans la regarder.

– Et jusqu'à quand allez-vous faire semblant de prendre des vacances? cria-t-elle brusquement.

– Je ne peux rien faire, ab-so-lu-ment rien, martela-t-il en se penchant sur l'arbre. Qu'avez-vous encore appris?

– Hier soir, c'était le fils du trésorier poignardé à Delhi...

– Je sais, coupa Lord Louis. Pourquoi le répéter?

– Parce que ses parents ont voulu aller à l'enterrement, vous souvenez-vous? Leur train...

– Ne me dites pas qu'ils sont morts! murmura Lord Louis en se redressant enfin.

– Égorgés. Une attaque de sikhs et de hindous, ensemble. Tout le train, rien que des musulmans! sanglota Edwina. Dickie, restez si vous voulez; mais moi, je pars demain à l'aube, en voiture. Cette folie empire chaque jour; je ne peux supporter l'idée de demeurer les bras ballants, sans rien faire.

– A quoi allez-vous vous employer? fit Lord Louis.

– Les réfugiés arrivent par centaines dans la capitale, fit-elle en se mouchant. Je sais comment les aider.

– Je ne peux pas vous donner tort, ma chérie, fit Lord Louis, radouci. Partez; mais vous aurez une solide escorte pour la route.

– Venez avec moi, Dickie... Nous ne pouvons pas les abandonner.

– Qui? Nehru et Patel? Qu'ils aillent au diable! Ils ont voulu cet abandon. Me voyez-vous retourner à Delhi, et proposer mes services? Ce serait humiliant, Edwina!

– Et après? répliqua-t-elle. Seriez-vous humilié, serait-ce donc si grave?

– Ce serait surtout inefficace, soupira Lord Louis. Je ne suis pas un monstre, darling; j'attends. Je ronge mon frein. Il faut qu'on fasse appel à moi, comprenez-le.

– Fort bien. Faites comme vous l'entendez; moi, je pars demain! dit-elle en tournant les talons.

– Voulez-vous que je me mette à jeûner comme le vieux Gandhi? cria-t-il, pendant qu'elle ouvrait la porte.

Edwina demeura interdite.

– Comment? Bapu jeûne? Mais pourquoi? fit-elle d'une voix blanche.

– Depuis deux jours, la situation à Calcutta dégénère, répondit-il. Oh! Moins qu'ailleurs, mais tout de même, deux à trois morts par jour, et puis l'on s'en est pris au Mahatma lui-même. Ce sont des militants de cette organisation extrémiste hindoue, le RSSS, des fous hitlériens qui prétendent défendre les purs hindous, disent-ils, contre les musulmans! Ils ont sur leur drapeau une croix gammée...

– Une swastika! s'exclama Edwina.

– Tout leur est bon pour détruire Gandhi, et puisqu'il a pris position contre le nazisme pendant la guerre, puisqu'il défend aussi les musulmans, voilà! La croix gammée devient leur emblème.

– Redevient, corrigea Edwina. C'est un très ancien symbole.

– Je me moque des considérations scientifiques! Ne m'interrompez pas! s'écria Lord Louis. Gandhi a décidé de jeûner à mort, pour ramener le calme.

– Quand a-t-il commencé?

– Avant-hier, à vingt heures quinze exactement. Je n'ai plus aucune nouvelle. Il a presque soixante-dix-huit ans, darling, et nous sommes complètement impuissants...

– Venez, Dickie, supplia-t-elle. Au moins, vous serez sur place!

– Non! murmura-t-il. Nehru ne le supporterait pas.

Simla, 4 septembre 1947

D'un regard rapide, Lord Louis inspecta les jeeps de l'escorte : les soldats avaient leurs mitraillettes, les pneus semblaient gonflés à la bonne pression, les rétroviseurs étaient intacts. Edwina terminait ses valises dans sa chambre.

Le téléphone sonna. Vaguement inquiet, Lord Louis tendit l'oreille; son jeune secrétaire sortit de la résidence en courant.

– Votre Excellence, c'est V.P. Menon qui vous appelle de Delhi.

– Le jeune Menon, ou Krishna Menon? Attention, ne confondez pas!

– Non, Votre Excellence, pas de confusion. C'est votre Menon à vous, le jeune, répondit le secrétaire essoufflé.

Lord Louis ne fit qu'un bond jusqu'au combiné dans le petit salon.

– M'entendez-vous, Menon? cria-t-il.

– Oui, Votre Excellence... Revenez! hurlait la voix lointaine du jeune homme.

Lord Louis s'assit brusquement, envahi par une joie inexplicable.

– Pourquoi? Qui le demande?

– On massacre tout le monde ici... Personne n'arrive à rien! Si vous ne revenez pas, ce sera un bain de sang!

– Qui vous a chargé de m'appeler?

– J'ai discuté avec Patel, Votre Excellence. Ils n'osent pas faire appel à vous, mais...

La voix avait disparu. Lord Louis se mit à taper sur le combiné avec colère, sans raccrocher.

« Reviens... Reviens immédiatement... » marmonna-t-il.

– ... ne faut pas que j'apparaisse, ma démarche est tout à fait officieuse... fit soudain la voix réapparue.

– Menon? Je ne vous entendais plus. Répétez!

– PATEL ET NEHRU SOUHAITENT VOTRE RETOUR, cria le jeune homme en détachant les mots.

– En êtes-vous certain?

– Oui! hurla le jeune homme. Je vous en supplie...

Lord Louis raccrocha et grimpa l'escalier quatre à quatre.

– Edwina, je pars avec vous! s'écria-t-il triomphalement. Nehru vient de me faire prévenir.

– Nehru? Mais pourquoi n'a-t-il pas appelé lui-même?

– C'est Menon qui m'a appelé. Officieusement. Je suis prêt.

– Enfin, Dickie! fit-elle en lui tendant la main. Je vous retrouve. Qu'allez-vous faire?

– Mettre sur pied un comité d'urgence, avec tous les pouvoirs. Réquisition des véhicules, organisation des récoltes abandonnées, gardes armés dans les trains, ramassage des cadavres... J'ai pensé à tout. Je vous expliquerai dans la voiture, fit-il en l'entraînant à travers la maison.

8

Guerre à la mort

Le jeûne du Mahatma

Calcutta, 4 septembre 1947

— Ce n'est pas suffisant, souffla le Mahatma d'une voix faible.

— Mais regarde à tes pieds, Bapu! cria un homme à la peau sombre, le visage barré d'une cicatrice pâle. On a tout apporté, là, les couteaux, les haches, les poignards, les dents de tigre, tout, je te dis! Qu'est-ce que tu veux de plus?

Le vieil homme jeta un œil sur le sol, et voulut se redresser, en vain. Sa fille anglaise, Mirabehn, se précipita pour le recoucher, sous le regard inquiet des émeutiers qui, hier encore, massacraient et pillaient dans Calcutta, et qui aujourd'hui se pressaient autour du tcharpoï.

— C'est vrai, murmura-t-elle. Il y a même des armes encore pleines de sang. Ils ne mentent pas.

Le Mahatma ferma les yeux douloureusement.

— Et dehors, fit une voix, tu ne peux pas le voir, on a un camion entier plein de grenades et de fusils. C'est pour toi; nous, on n'y touchera plus! Arrête, Gandhiji! Tu exagères!

— Est-ce que le calme est revenu partout? murmura-t-il sans rouvrir les paupières.

— Puisqu'on te le dit! fit l'homme à la cicatrice en se retournant vers ses camarades.

— Comment vous croire? fit le Mahatma.

Une rumeur monta de la rue; une voiture venait de s'arrêter, les portes claquèrent. Un grand personnage nerveux et maigre, enroulé dans un long pagne plissé qu'il relevait élégamment, se frayait difficilement un chemin au milieu des voyous assemblés.

– Tiens, tu vas voir, gronda l'homme à la cicatrice. Celui-là, avec ses beaux vêtements et les chaînettes d'or à sa chemise, c'est quelqu'un d'important; il n'y a qu'à le regarder. Je parie qu'il t'apporte ce que tu veux...

Le nouveau venu pencha sa haute taille au-dessus du lit, et tendit un papier au Mahatma.

– Bapu, chuchota-t-il, je vous apporte un message du gouverneur du Bengale. La ville est paisible; il n'y a plus aucun danger. Lisez! C'est de la main même du gouverneur.

– Je vous crois, fit le Mahatma, les yeux toujours fermés. Mais ce n'est pas assez.

– Ah non! crièrent plusieurs voyous furieux.

– Et qu'est-ce qu'il lui faut encore, à ce vieil entêté? cria une voix fluette. Qu'on se mette à genoux? Qu'on accepte des coups de bâtons?

– Mais c'est qu'il veut vraiment mourir! lança au loin une femme en pleurs. Ne le laissez pas faire!

– Je veux... une promesse écrite, et signée... fit le Mahatma en ouvrant subitement les yeux. Écrivez-la maintenant.

En grognant, les chefs de bande se regardèrent; puis l'un d'eux demanda timidement du papier, cependant que les autres fourrageaient dans leurs cheveux.

– Mais pas vous seulement..., souffla Gandhi avec une ombre de sourire. Il faut un sikh aussi; il faut un musulman et un hindou. Quelque chose de très simple : nous nous engageons à ne plus attaquer nos frères, et à lutter jusqu'à la mort contre le poison de la haine.

Des mains poussèrent en avant un jeune sikh hésitant, à la barbe dénouée, et qui roulait des yeux effarés.

– Il sait écrire! Il va rédiger! fit une voix.

Le jeune homme attrapa le papier, un crayon qu'on lui tendait, et s'appuya sur la balustrade pour écrire, à grosses lettres, la promesse qu'attendait le Mahatma.

– Après, tu bois ton orangeade? questionna l'homme à la cicatrice. Tu ne vas pas encore inventer autre chose?

Gandhi le regarda doucement, et inclina la tête. Les chefs de bande griffonnèrent le papier, et le posèrent dans la vieille main, recroquevillée sur le châle.

– C'est bien, soupira le Mahatma sans vérifier le texte. Calcutta, c'est la clef de la paix de l'Inde. Un seul incident... ajouta-t-il en redressant la tête, et tout s'embrase ailleurs. Promettez-moi que Calcutta restera en dehors du brasier... fit-il, avant de retomber sur sa paillasse, épuisé.

Une sourde clameur l'approuva.

– Bon! Alors, tu bois? grogna l'homme à la cicatrice.

Le Mahatma regarda Mirabehn et fit un geste de la main. Manu tendit le verre de jus d'orange et Mirabehn l'approcha des lèvres du vieil homme, en lui soutenant la nuque. Dans le plus grand silence, le Mahatma but une gorgée d'orangeade; puis il laissa retomber sa tête au milieu des cris de joie.

Le Comité d'Urgence

Delhi, 5 septembre 1947

Lord Louis claqua la portière de la voiture, et rajusta sa saharienne. Il avait conduit lui-même depuis Simla, et n'avait pas pris le temps de se changer; d'un geste vif, il recoiffa ses cheveux, et entra dans la maison de Nehru.

Le Premier Ministre, l'air soucieux, était assis à son bureau; à ses côtés, debout, V.P. Menon fixa Lord Louis d'un air désespéré.

– Cher Nehru, vous m'avez demandé de revenir, je suis là, fit Lord Louis en tendant les deux mains. Vous me pardonnerez ma tenue négligée; j'ai roulé toute la journée pour aller plus vite.

Nehru resta assis sans répondre; Menon se mit à tousser violemment.

– Eh bien, monsieur le Premier Ministre, vous n'avez pas l'air très heureux de me voir, dit Lord Louis en fronçant les sourcils. Que se passe-t-il? Vous m'avez appelé cependant, n'est-ce pas?

— Je ne vous ai pas appelé, monsieur le Gouverneur général, s'écria Nehru amèrement. Pas du tout! Mais vous êtes venu quand même...

— Comment cela? murmura Lord Louis en regardant Menon. Ce n'est pas vous qui...?

— C'est-à-dire... commença Nehru avec gêne. Disons que notre jeune ami a interprété ma pensée.

Menon baissa la tête. Lord Louis, perplexe, se tut.

— Vous n'avez pas discuté avec Patel? finit-il par dire avec hésitation.

— Nous en avons parlé en effet, articula Nehru lentement. Oh! Nous aurions peut-être fini par entrer en contact avec vous. Rien n'est moins sûr.

— Voudriez-vous nous laisser seuls, Menon? coupa brusquement Lord Louis.

Le jeune homme sortit sans demander son reste.

— Jawarla, je suis désolé. Pas une seconde je n'ai supposé que Menon avait eu l'audace... Enfin, j'ai cru que... Si vous le souhaitez, je repars, fit Lord Louis à voix basse. Dites-moi ce que vous voulez. Sincèrement, Jawarla.

Nehru se leva péniblement, et s'approcha de Lord Louis.

— Sincèrement, monsieur le Gouverneur général, regardez-moi. Je n'ai pas dormi depuis le jour de l'indépendance. Combien de temps un mortel peut-il résister, dites-moi? Je suis prêt à mourir pour mon pays, mais à quoi cela servirait-il? Le sang coule à flots, et je ne puis pas l'arrêter. Je ne peux pas! Croyez-vous que vous soyez de trop? Menon n'a pas exagéré la situation; elle est terrible. Purana Qila est déjà bourré à craquer; à la tombe d'Humayun, on s'entasse dans les jardins. Je ne sais comment nourrir ces milliers de réfugiés; que dis-je, nous sommes presque au million dans la ville! Les pillards se sont répandus dans presque tous les quartiers; et demain, quand il fera jour, vous verrez les cadavres empilés sur les trottoirs. Je ne sais même pas quand on viendra les ramasser...

Lord Louis regarda ses yeux meurtris, sa bouche déformée, et la noire fatigue qui brunissait ses joues.

– Ce n'est pas votre faute, Nehru. Ou alors c'est la mienne aussi, et je dois porter ma part du fardeau. Cessez de vous torturer ainsi, et si vous voulez bien de moi, agissons!

– Je suis le Premier Ministre, vous n'êtes plus en charge de nos affaires, soupira Nehru, et vous avez souhaité vous retirer pour un temps. Mais peut-être pouvez-vous nous aider. Enfin, je veux dire... la guerre vous a sans doute appris certaines choses qui... Nous ne savons pas vraiment comment organiser les secours. Encore moins comment prévenir les massacres. Nous courons tout le jour, et le sang jaillit sous nos pas!

– Nous allons mettre fin à cette hémorragie, Jawarla. Tous les deux ensemble. Je vous le jure, dit Lord Louis d'une voix ferme. Renvoyez Menon chez lui, et tâchez de dormir. Je vous propose de constituer dès demain un comité d'urgence avec les pleins pouvoirs.

– Même sur les ministres? fit Nehru en haussant les épaules. Allons donc! Ils n'accepteront pas!

– C'est encore la guerre, Nehru. Personne ne doit pouvoir discuter vos ordres. Vous êtes le chef, et vous devez le rester.

– Quel chef au monde pourrait maîtriser des millions de fanatiques? murmura Nehru. Même vous, Dickie...

– Nous réussirons! s'écria Lord Louis.

– Nous? sursauta Nehru.

– Vous réussirez, soupira Lord Louis. Pardonnez-moi. Mais vous m'avez demandé de devenir Gouverneur général, n'est-ce pas? Pour rien, alors?

– Non, fit Nehru d'une voix sourde. Mais n'exagérez pas.

– L'habitude de l'armée, fit Lord Louis. N'y prêtez aucune attention. Je ne serai que votre lieutenant fidèle.

Nehru parvint à sourire.

– Me croyez-vous à ce point naïf? Je n'ai pas d'illusions; vous donnerez les instructions, je le sais d'avance.

– Mais avec vous! Et rien sans votre accord!

Nehru se détourna, les larmes aux yeux.

– Avez-vous des nouvelles de Gandhi? murmura Lord Louis.

– Il a gagné, soupira Nehru. Les chefs des tueurs ont signé hier soir un papier; ils ont promis de se tenir tranquilles.

– Gandhi a-t-il fini par se nourrir? demanda Lord Louis impatiemment.

– Mais non! fit Nehru en le regardant avec surprise. A la fin d'un si long jeûne, on ne peut pas manger; à peine un jus de fruits, sinon, l'organisme est trop fatigué, le cœur lâcherait. Songez, soixante-treize heures de jeûne, à son âge...

– Donc, il a bu? fit vivement Lord Louis.

– Une gorgée de jus d'orange. C'est toujours ainsi qu'il rompt son jeûne. Il est sauvé, Dickie.

– Une bonne nouvelle, s'exclama Lord Louis, soulagé. Vous voyez qu'il ne faut pas désespérer.

Nehru s'approcha de Lord Louis, et lui mit la main sur l'épaule.

– Edwina est revenue avec vous?

– Elle sera parfaite pour les réfugiés. Laissez-la faire; elle connaît tout ceci par cœur.

– Oh! Ce n'est pas elle qui m'humilie dans cette affaire... fit Nehru, c'est vous, Dickie.

– Curieux, fit Lord Louis doucement. Voyez-vous, moi aussi je lui parlais d'humiliation hier, à propos de moi. Savez-vous ce qu'elle m'a répondu? « Seriez-vous humilié... »

– « ... Est-ce que ce serait si grave? » termina Nehru gravement. C'est une phrase qu'elle m'a déjà dite.

Les deux hommes se regardèrent en silence.

Penjab, nulle part et partout

L'homme tirait l'animal par une corde qu'il avait attachée, non sans mal, autour de l'énorme masse du cou. Un beau cochon noir, avec de longues soies, bien campé sur ses pattes. Et comme il fallait éviter le bruit, l'homme allait doucement, de peur que le porc ne se mette à couiner. Il ne lui restait plus qu'une petite cour à traverser pour se trouver devant la mosquée endormie.

La bête trottait docilement, en laissant traîner son groin sur le sol battu, histoire de trouver des épluchures, ou des restes de riz. L'homme s'arrêta devant la mosquée et poussa l'animal sur les marches, en l'aidant à poser chaque patte sur les degrés. La nuit était sombre ; les nuages de mousson cachaient entièrement la lune ; le village dormait. L'homme attendit que le cochon eût atteint le terre-plein devant le porche ; puis il sortit un poignard. Par chance, le porc justement reniflait quelque chose qui traînait sur le sol, sans doute une écorce de pastèque. L'homme frappa, juste derrière les oreilles, un grand coup. Le cochon s'abattit avec un grognement sourd.

C'était fait.

« Jaï Hind, murmura l'homme entre ses dents. Mort aux musulmans. »

Il en était sûr : le lendemain, les musulmans découvriraient au seuil de leur mosquée l'animal interdit, la bête impure ; ils sortiraient de leurs maisons et s'enfiévreraient aussitôt. Somme toute, c'était facile. L'homme essuya son couteau avec satisfaction. Ses amis hindous avaient préparé leurs armes ; une fois les musulmans rassemblés dans la rue, il suffirait d'un rien, une fille dont on pince la peau du bras et qui crie, un enfant bousculé, une insulte, et l'on attaquerait. La police n'aurait pas le temps d'intervenir, et d'ailleurs, à part deux ou trois sikhs, les policiers étaient tous des hindous. Ils ne lève-raient pas le petit doigt pour défendre le nom d'Allah. On pou-vait même espérer qu'ils choisiraient le bon camp, et qu'ils achèveraient les musulmans blessés, qui sait ?

Cela leur apprendrait. Il fallait bien leur infliger une leçon, puisqu'un mois auparavant ils avaient osé jeter une queue de vache devant les marches du temple de Ram. Ram ! Comment pouvait-on laisser offenser le dieu vainqueur ? L'homme assura son couteau au creux de ses doigts. La lune apparut brusque-ment au détour d'un nuage, et l'homme brandit le couteau vers le ciel. « Ceux qui ne tuent pas pour toi ne sont pas de bons hindous, ce sont des couards, ô Ram... On les détruira, leurs mosquées. On va le purifier, ton royaume ; ce sera le Raj hindou. Plus un seul musulman... »

Le train qui entrait en gare, vu de loin, avait une allure étrange. Personne sur le toit, personne accroché aux fenêtres ; cela arrivait parfois quand les temps n'étaient pas troublés. Un train tranquille pour temps de paix, mais avec quelque chose de fantomatique. Les villageois virent un garde descendre de la plate-forme et se précipiter dans la petite gare ; un policier fila à bicyclette, les soldats arrivèrent. Les villageois, qui ne purent approcher, commencèrent à se rassembler par petits groupes, en se demandant ce qu'avait ce train, qu'entre-temps on avait poussé sur une voie de garage.

De longues heures s'écoulèrent. On vit passer les jeeps de la police, remplies de soldats au regard craintif, et qui tenaient leur fusil d'une main tremblante.

Puis un officier de l'armée indienne fit rassembler les villageois et demanda qui était leur chef. Il parla à l'oreille du chef, qui s'adressa aux siens avec une voix de stentor. Mais il était tout pâle, et il tremblait.

– Que chacun apporte tout le bois dont il dispose et aussi l'essence. Vous serez payés en conséquence. Vous mettrez tout ça dans le camion, près de la gare. Allez !

Les villageois murmurèrent sans trop comprendre. Le chef se mit en colère et leur enjoignit d'obéir. Il fallut quelques heures pour emplir le camion ; quand ils eurent tout apporté, les villageois grimpèrent sur le toit de leur maison et attendirent.

Bientôt les flammes s'élevèrent, d'immenses gerbes de feu au soleil couchant, et qui se confondaient avec le rouge du globe à l'horizon. Et comme la brise soufflait dans le sens du village, l'odeur de chair grillée envahit les toits des maisons dans le plus grand silence.

C'était un tout jeune homme qui traversait le village sur sa bicyclette, la tunique flottant au vent, et le turban fièrement plissé sur la tête. Un jeune sikh qui rentrait chez lui, et qui regardait de part et d'autre avec de grands yeux pleins d'inquiétude.

Le village n'était plus sûr, surtout au crépuscule. Et la nuit justement tombait. Il fallait faire vite. La veille, sa sœur avait réussi de justesse à courir jusqu'à la maison ; trois ou quatre voyous musulmans la pourchassaient, et l'on savait le sort réservé aux filles attrapées par ceux de la Ligue Musulmane depuis près d'un an. A l'idée que sa petite Madhu aurait pu... C'était impossible à imaginer, impossible même à penser. De colère, le jeune homme serra le guidon de sa bicyclette à s'en rendre les doigts tout engourdis.

Au détour d'une maison surgirent soudain des ombres qui s'avançaient tranquillement et lui barrèrent la route. Le jeune homme posa un pied à terre. Il aperçut des fusils, et la lueur d'une hache dans l'obscurité.

– Allah-o-Akbar! cria une voix stridente. Il a le turban!

– Juste ce qu'il nous faut, grommela un homme autoritaire. Allons, descends, Mohammed, plus vite que ça.

– Mon prénom, c'est Khushwant! Je ne m'appelle pas Mohammed! cria le jeune homme.

– Mais dans une heure, c'est comme ça que tu t'appelleras, et pas autrement! hurla le chef à pleine voix. Prenez-lui son vélo!

Le jeune homme tomba, et des mains l'agrippèrent. En un instant, le petit groupe poussa le jeune sikh dans la maison, jusqu'à la cour. Il tremblait.

– C'est simple, dit le plus vieux avec componction. Si tu acceptes l'Islam, nous ne te ferons aucun mal. Réponds!

Le jeune homme baissa la tête et se tut. D'un geste brutal, le chef de la bande fit tomber le turban bleu.

– On ferait bien de vérifier s'il a son sabre sur lui, avec les sikhs, même en pleine nuit on ne sait jamais, murmura une voix.

– Pas la peine, il se serait défendu... Non! Il faut juste qu'il dise oui – ou qu'il refuse, s'il en a le courage, hein, sardar?

Pas de réponse.

– Enlevez-lui sa tunique! cria le chef. Et le poignard qu'il doit porter sur lui!

On le fouilla; le poignard roula par terre, et fut ramassé par un adolescent qui l'examina avec convoitise. On lui ôta sa chemise. Le jeune homme se retrouva torse nu, et ne dit rien.

– Tu as ton caleçon de combat, hein, tu es un vrai sikh? dit une voix doucereuse. Eh bien! Il va falloir qu'on te l'enlève. On a un petit quelque chose à rectifier de ce côté-là.

Le jeune homme fixa droit dans les yeux le chef de la bande;

un furieux éclair traversa son regard, mais il demeura silencieux.

– Bien! C'est donc que tu acceptes. Alors on va faire de toi un vrai musulman. Les cheveux! Qui a les ciseaux?

– Ici, fit une voix. J'arrive.

On coupa la longue barbe, histoire de prouver au sikh qu'il n'en était plus un, et que désormais il ne lui était plus interdit de faire passer l'acier sur son système pileux.

– La moustache aussi, juste un peu... Là! Beaucoup mieux! constata le chef avec attendrissement.

– Faut pas oublier son bracelet de fer, grogna une voix rauque. Tant qu'ils ont leur bracelet, ces animaux-là sont toujours sikhs.

– Mais c'est vrai! Dire que j'allais oublier! s'exclama le chef en riant. Allons, donne ton bracelet, mon bon. Sans protester.

Le jeune homme secoua la tête frénétiquement. Deux hommes lui prirent le bras et firent glisser le bracelet. L'adolescent au poignard se précipita et le fourra dans sa poche.

– Voyons... fit le chef. Plus de poignard, plus de bracelet, plus de cheveux longs, le caleçon c'est pour tout à l'heure, et le peigne on te le laisse, puisque tu n'en as plus besoin. Maintenant tu vas crier « Allah-o-Akbar » bien sagement.

Le jeune homme toussa, et d'une voix étranglée cria ce qu'on lui demandait.

– Pas convaincant. Plus fort! Il faut qu'on t'entende! fit une voix dans le noir.

– Sinon, qui a la hache? demanda tranquillement le chef. Toi, Zakir? Tiens-toi prêt. Et toi, fais-nous entendre cela comme il faut.

– Allah-o-Akbar! hurla le jeune homme en pleurant.

– Ça va. Maintenant tu vas nous prouver que tu es un bon musulman, Khushwant. Tu as droit au bœuf maintenant, tu sais? Puisque tu n'es plus sikh. Qui a la viande? lança le chef à la cantonade.

– Voilà! fit quelqu'un en tendant quelque chose de mou.

– Aaah! Un bon morceau cru plein de sang! Tu vas ouvrir la bouche et manger gentiment, mon petit, fit le chef en approchant la viande des lèvres du jeune homme qui ne put s'empêcher de détourner la tête.

– Vas-tu manger? gronda le chef. Allez, vous autres, tenez-lui la tête. Ouvre-lui la bouche, Zakir. Tiens, fils de pute! Tiens, ordure! Lèche!

Et il fourra la viande de force dans la bouche du jeune homme, qui suffoquait.

– Vous voyez? fit triomphalement le chef en jetant un regard circulaire sur les ombres obscures autour de lui. C'est facile! Maintenant on l'emmène chez le mollah. On va te circoncire, et puis te trouver une bonne fille pour plus tard, Sheikh Khushwant Mohammed – c'est ton nouveau nom.

Le mollah demanda sévèrement pourquoi le menton du jeune homme dégoulinait de sang; on lui expliqua que c'était le sang du bœuf, le signe de la vraie conversion.

Le mollah se déclara soulagé que le sang des hommes, lui, n'ait pas coulé, mais, avant de faire procéder à la circoncision, fit prudemment observer en marmonnant dans sa barbe que ce n'était pas bien d'humilier un nouveau musulman.

Le chef de la bande haussa les épaules:

– On ne l'a pas tué! Alors, qu'est-ce qu'il faut encore? Des manières?

Keshav s'était joyeusement installé dans le train avec ses camarades; de Delhi à Agra, le chemin ne serait pas trop long, quatre heures tout au plus, cinq si par malchance une vache se couchait sur la voie ferrée. Mais ce n'était pas grave: les cours de civilisation ne commençaient que le lendemain. Parmi le petit groupe d'étudiants, personne ne remarqua la marque sur le flanc de leur wagon: un grand M à la peinture blanche.

Le train n'était pas arrivé à Mathura, à mi-course, que soudain, sans qu'on sût pourquoi, il s'arrêta.

– Notre mère la vache a encore fait des siennes! s'écria Hussein en riant. L'une d'elle a dû décider de faire une sieste au beau milieu des rails! Et si tu descendais, Keshav? Peut-être sera-t-elle plus sensible à la persuasion d'un hindou?

– Je ne suis pas hindou, murmura Keshav légèrement agacé, je suis jaïn, ce n'est pas la même chose.

– Bah! Ta secte pratique le respect absolu de la non-violence, et tu refuses de faire pression sur le moindre animal, rétorqua Hussein. Jaïn? C'est encore mieux. Tu sauras parler à notre mère la vache. Va!

Bonne pâte, Keshav s'exécuta docilement, et descendit du wagon, encouragé par ses camarades. Au demeurant, l'impavide insolence des animaux sacrés l'amusait toujours; il descendit. Aucun troupeau ne vagabondait autour du train, environné d'un calme inhabituel.

Soudain Keshav s'arrêta, sans bien comprendre ce qu'il voyait. Massés le long de la voie ferrée, des hommes armés de fusils et de couteaux, le front poudré de rouge comme pour un jour de fête, attendaient en silence. Un groupe de hindous. En le voyant, ils se mirent à courir pour l'attraper.

– En voici un! C'est le premier qui descend du train! Il sort du wagon des musulmans! On va le tuer! A mort! hurlaient-ils.

Keshav se précipita et remonta dans le wagon. Il n'eut pas le temps de donner l'alerte; à peine ses compagnons eurent-ils vu ses yeux hagards que les émeutiers s'engouffrèrent dans le wagon. Keshav grimpa dans le porte-bagages et s'y recroquevilla.

Hussein ouvrit la bouche pour crier, mais son cri s'étouffa dans un gargouillis d'agonie; la gorge tranchée, il s'effondra avec de grands hoquets sanglants. Syed, son cousin, se débattit jusqu'à ce que l'un des assassins le poignarde dans le dos. Majid, Ali, Mohammed n'eurent pas le temps de se défendre. Keshav, pétrifié, parvint à ne pas hurler. Les émeutiers essuyèrent tranquillement leurs couteaux avec la chemise de Hussein.

– En voilà déjà cinq de moins, fit l'un en soupirant. Vive le Raj hindou!

– Où il est, le premier? Celui qu'on a vu descendre! On l'a perdu, constata l'un des assassins. Il avait une large figure et les yeux profondément enfoncés. Il n'est pas dans ce tas-là! ajouta-t-il en bourrant les corps de coups de pied.

– Il aura filé dans le wagon d'à côté, déclara un troisième avec autorité. Allez! On va le chercher!

Les meurtriers s'en allèrent, et ne revinrent pas. Keshav ne respirait plus; il chercha vainement des prières, mais elles s'étaient évanouies devant le sang répandu. Quelques instants plus tard, aussi mystérieusement qu'il s'était arrêté, le train repartit.

Quand il arriva en gare d'Agra, les voyageurs qui montaient aperçurent des ruisseaux de sang dans le corridor, découvrirent le carnage et appelèrent à l'aide. L'un d'eux leva la tête et aperçut Keshav dans le porte-bagages, si recroquevillé sur lui-même qu'on le crut mort. Il ne pouvait plus parler; aux questions qu'on lui posait il ne put pas répondre. Il demeura incapable de décliner son identité. Pour un jaïn, rien ne pouvait davantage détruire l'image du monde que la violence meurtrière dont il avait été témoin. Et bien qu'il n'y eût pas répondu et qu'il fût resté fidèle à la non-violence de sa secte, Keshav avait perdu la raison.

On l'hospitalisa, faute de mieux.

Les musulmans s'étaient tous réfugiés dans la grande maison toute neuve de l'instituteur, une demeure de belles briques rouges, avec de vastes cours intérieures carrelées. Les hindous avaient prévenu la veille : ceux qui ne partiraient pas seraient tous massacrés. Alors, les mères étaient arrivées avec leurs enfants, puis les adolescents; les hommes pour finir les avaient rejoints. L'instituteur était un fervent disciple de Gandhi, un brahmane érudit animé des meilleures intentions. Il les installa tant bien que mal un peu partout, entassés dans les pièces et dans la cour, leur donna de l'eau, et ordonna à son serviteur de préparer des galettes.

Puis il courut chercher la police, et revint chez lui, apaisé. Les forces de l'ordre n'allaient plus tarder : leur chef avait promis sa protection. Ces pauvres diables pourraient finir tranquillement la nuit dans leurs maisons.

D'ailleurs l'officier n'avait pas menti : on entendait déjà le cliquetis des fusils.

— Panditji! cria la voix du policier à l'extérieur. Ils peuvent tous sortir tranquillement! On a quadrillé le village! On va les raccompagner chez eux.

Les mères roulèrent des yeux effrayés; les hommes se levèrent en hésitant.

– Vous entendez? cria l'instituteur d'une voix forte. Vous n'êtes plus en danger! Retournez chez vous! La police vous aidera!

– Mais la police, elle est hindoue! cria un jeune garçon.

– Ils sont là pour vous protéger! Je vais vous faire sortir un à un... Ne vous inquiétez pas! affirma l'instituteur d'une voix forte, et il poussa doucement une vieille par les épaules.

La porte de la maison s'ouvrait sur la nuit. Une porte étroite et basse, avec deux marches qu'il fallait enjamber. Au-dehors, des policiers tendaient des mains accueillantes, et l'officier avait un bon sourire. La vieille passa le seuil en courbant la tête pour éviter la poutre, et disparut dans l'obscurité. Un cri retentit.

– Qu'est-ce qui se passe? cria l'instituteur.

– Elle s'est tordu le pied! Ce n'est rien... répondit l'officier. On va l'aider.

Les uns après les autres, les musulmans sortirent en fléchissant la tête, et l'instituteur les aidait à ramasser leur baluchon; il prenait les enfants dans ses bras et les tendait aux mères, et rassurait les plus effrayés, les vieillards. Une toute petite fille le regarda avec des yeux si craintifs qu'il la prit sur ses épaules, et la porta jusqu'au seuil.

– Va, petite, fit-il en lui tapotant la joue. N'aie pas peur.

Quand les quatre cents musulmans furent enfin sortis de sa maison, l'instituteur s'épongea le front.

– Dire que ces assassins auraient pu les massacrer... murmura-t-il. Dans quels temps vivons-nous, ô Ram!

L'officier de police entrait dans la cour; il avait l'air épuisé.

– Voilà, Sir, c'est fini, fit-il en claquant les talons.

L'instituteur le remercia; l'officier lui fit le salut militaire, et disparut en chancelant.

Soudain, l'instituteur entendit des gémissements à l'extérieur. Le sang se figea dans ses veines; il se précipita.

Les corps gisaient enchevêtrés, entassés les uns sur les autres. L'un des meurtriers fouillait les poches des morts; un blessé releva la tête, et l'homme l'égorgea en sifflotant. L'instituteur se jeta sur lui; mais il était trop tard. L'homme le repoussa, et lui désigna un groupe assis dans l'ombre sous le banyan.

Les policiers, l'arme au pied, fumaient paisiblement.

– O Ram... murmura l'instituteur avec épouvante. Pourquoi? Mais pourquoi?

L'homme se redressa.

– En voilà une drôle de question!

– Mais la police? Elle a trahi... Elle n'a rien fait... bredouilla l'instituteur.

– Hé non!

– Qui, alors? hurla l'instituteur hors de lui.

– C'est nous, gronda l'homme. Les volontaires hindous. On les attendait juste au-dessus de la porte, vous savez? Il y a un bon rebord, large, solide. On était couchés là, nos haches à la main. Et quand ils sortaient, ping! Un coup sur la tête, bien ajusté, un par un. Ils sont tombés sans un mot. Oh! De la belle ouvrage! On est très organisés!

– Vous les avez tous tués!

– J'espère bien! fit l'homme avec de la haine dans les yeux. Et si vous n'étiez pas brahmane, on vous aurait fait votre affaire; il ne fallait pas protéger ces bâtards. Rentrez chez vous!

– Non! fit l'instituteur en le bousculant. Je veux voir l'officier!

– L'officier? ricana l'homme. Parce que vous pensez qu'on a fait cela sans lui? L'officier? Il est parti dormir. Il nous a bien aidés.

Hagard, l'instituteur courut de cadavre en cadavre, essayant vainement de les ranimer.

– Qu'est-ce qu'on fait de lui? cria l'homme aux policiers.

– Bah! Laisse-le donc tranquille! Ils sont morts, alors... répondit un policier en s'étirant. Nous, on s'en va. D'ailleurs, on n'y est pour rien. Nous, on a juste obéi aux ordres.

A l'aube, l'instituteur accablé, et qui sanglotait auprès des corps ensanglantés, entendit soudain une petite voix qui appelait à l'aide, pas très loin de là. Cela venait de l'étang. L'instituteur y trouva la fillette qu'il avait portée sur ses épaules. Elle s'était cachée là, enfoncée jusqu'aux épaules, la tête émergeant entre les fleurs de nénuphars. Elle vivait donc!

Quand l'instituteur la sortit de l'eau, il découvrit que la petite n'avait plus qu'une jambe. L'autre avait été tranchée à la hache. Sans doute l'enfant s'était-elle faufilée entre les jambes des adultes ; mais on l'avait rattrapée.

Les collines avaient été clémentes ; et dans le petit village niché au creux de la vallée, on avait échappé au pire. La tempête de mousson n'avait pas fait déborder la rivière ; personne n'avait été emporté par les flots. Mais les plus vieux des sikhs n'étaient pas très tranquilles ; ils allèrent vérifier le niveau de l'eau, histoire de prévoir la suite.

Sans doute un ou deux buffles s'étaient-ils laissé emporter, car les vautours planaient déjà sur la rivière, et un chacal criait.

Ce n'étaient pas seulement des buffles. Les flots tumultueux charriaient une centaine de cadavres, des vieillards avec leur barbe flottante, des enfants encore accrochés à leurs mères, dont l'écharpe blanche s'était dénouée dans les vagues. Un autre village sikh avait été emporté par les pluies de mousson.

Soudain, les plus vieux des sikhs virent les blessures. Les cous béants, où le sang coulait encore un peu, se mélangeant à l'eau ; les ventres fendus, les jambes entaillées, et même un bras qui dérivait tout seul, sur le bord de l'eau.

En hurlant, ils coururent au poste de police, et donnèrent l'alerte. Tout le bois, toute l'essence avaient déjà été utilisés ; mais l'officier demanda qu'on apporte les pelles et les pioches. Dans l'après-midi, les villageois virent un bulldozer se mettre à rouler lentement dans la direction de la rivière, dont les soldats barraient l'accès. On ne voyait pas, mais on entendait les manœuvres de l'engin, ses arrêts quand il creusait la terre, et le bruit de ses mâchoires quand il attrapait un corps pour le jeter dans la fosse commune.

A travers le Penjab tout entier passaient inlassablement les carrioles attelées aux grands zébus blancs, sous les arbres dont le vent tordait les branches et les feuilles, tandis que le ciel tourmenté de la mousson inondait de torrents de pluie l'immense masse des hommes et des femmes qui fuyaient d'un pays à l'autre, sans vraiment savoir pourquoi. Parfois, les hommes avançaient avec leur tcharpoï de bois sur la tête, comme un couvre-chef instable et démesuré qui heurtait les autres au passage. Les enfants, une main accrochée aux porte-bagages des bicyclettes surchargées, marchaient éperdument ; sur le dos des ânes, les bébés à plat ventre, entièrement nus, se cramponnaient, effrayés, à une toile de jute qu'on avait jetée là pour les empêcher de glisser, et les secousses emplissaient leurs yeux d'une angoisse inexpiable. Les mères, un linge sur les cheveux pour se protéger de la chaleur, laissaient ballotter la tête de leur nourrisson à l'abandon ; et les vieilles femmes, accroupies sur les rayons des roues des carrioles, finissaient par tomber, épuisées, pour ne plus se relever.

Et pendant que les trains et les fleuves emportaient leurs charrois de cadavres, tandis que dans les villes et les villages on s'égorgeait aveuglément, tout le Nord de l'Inde se mit à craquer sous la pression des massacres, comme si la terrible déesse Kâli, la Tueuse et la Mère, avait voulu éprouver sa nouvelle née, sa fille préférée, l'Inde enfin libre, afin qu'elle payât le prix du sang et lui offrît en sacrifice, par centaines de milliers de vies, sa propre chair.

Delhi, 6 septembre 1947

Lord Louis regarda longuement les membres du Comité assemblés autour de la grande table : il s'arrêta sur Nehru, pâle et fatigué, Patel, le front buté, coléreux, la princesse Amrit Kaur, les traits tirés, en sari de coton froissé par les épreuves de la nuit, Ambedkhar, l'intraitable leader des intouchables, Lord Ismay, tendu, Edwina, l'air décidé, et leur fille Pamela à ses côtés, le stylo à la main, attentive. Ministres et hauts fonctionnaires, tous frappés d'une intense émotion. Lord Louis fit un signe à Nehru, qui ne remarqua rien.

– Mesdames et messieurs, commença Lord Louis, le Premier Ministre va maintenant ouvrir la séance inaugurale du comité d'urgence que j'ai constitué à sa demande. J'insiste sur ce point : j'obéis au Premier Ministre, qui m'a autorisé à tenir cette réunion ici même, pour des raisons de commodité. J'ai demandé à ma fille Pamela d'en être la secrétaire, du moins si personne n'y voit d'objection ; mon épouse ici présente assistera le ministre de la Santé dans les camps de réfugiés.

Nehru se leva.

– J'ai confié au Gouverneur général l'organisation des secours, fit-il d'une voix tendue. A lui de nous expliquer comment il compte procéder ; ensuite, nous en discuterons. Mais j'entends que les décisions soient prises aujourd'hui même.

Lord Mountbatten se dirigea vers une immense carte plaquée au mur, couverte de petits points rouges.

– Mesdames et messieurs les ministres, ceci est une carte du Penjab. Chacune de ces épingles à tête rouge représente une colonne de réfugiés ; comme vous le voyez vous-mêmes, ils sont partout. On peut les estimer à...

– Trois cent mille ? fit Patel.

– Monsieur le ministre de l'Intérieur, deux millions environ. Pour l'instant.

Le chiffre tomba sur le comité comme une masse. Nehru baissa la tête ; Patel serra les poings.

– Je n'ai pas d'estimation du nombre des morts, mais nous savons tous qu'il est considérable. Nous allons procéder point par point. D'abord, l'aviation ; tous les pilotes devront décoller chaque matin, survoler le Penjab et envoyer des messages signalant chaque colonne de réfugiés ; ils surveilleront les trains, signaleront leurs arrêts en rase campagne, et éventuellement les attaques. Monsieur le Premier Ministre, je voudrais un accord immédiat du comité sur ce premier point.

– Pas d'objection ? demanda Nehru à la cantonade. Vous avez l'accord du comité.

– Alors voulez-vous convoquer le directeur de l'aviation civile ? Parfait. Mise en place systématique d'escortes sur les trains.

– Elles y sont déjà ! sursauta Patel.

– Et comment se fait-il que les trains soient encore attaqués ?

– A vrai dire... C'est compliqué; chaque soldat hésite à ouvrir le feu sur ceux de sa religion, admit Patel de mauvaise grâce.

– Vraiment! dit Lord Louis. Alors, si un train se fait attaquer, il faut arrêter les militaires chargés de les garder, juger ceux qui sont indemnes, et les fusiller séance tenante.

– Vous allez trop fort! cria Patel. C'est une mesure injuste!

– Monsieur le Premier Ministre, fit Lord Louis en se tournant vers Nehru, c'est la seule façon de les faire obéir. Acceptez-vous cette proposition?

Nehru le fixa avec une immense tristesse.

– Êtes-vous sûr que ce soit la bonne solution? fit-il d'une voix incertaine.

– Tout à fait sûr. C'est la discipline. Votre accord?

Nehru acquiesça en baissant la tête.

– Bien. Passons à l'acheminement de nourriture pour ces malheureux. Nous procéderons par camions et par parachutages. Monsieur le ministre de l'Intérieur, à vous de réquisitionner les camions.

– Civils? Ce sera difficile... bougonna Patel.

– Militaires et civils! cria Lord Louis. Madame le ministre de la Santé pourra prendre en charge la collecte des vivres, n'est-ce pas, chère Amrit?

– Du riz, du lait, des lentilles pour la soupe, et de la farine pour les galettes... C'est ce que je fais, dit Amrit Kaur.

– Vous savez mieux que moi ces choses-là. Mais je vous demanderai autre chose : une partie de ces camions ramassera les cadavres, qui seront brûlés sous la surveillance de l'armée. Je crains que nous n'ayons pas le temps pour la moindre cérémonie rituelle...

Du regard, Lord Louis balaya les visages indiens avec inquiétude.

– Il est vrai qu'il faudrait d'abord trier les corps, identifier leur religion... soupira Nehru. Vous avez raison.

– Ce sont déjà les ordres que j'ai donnés, lâcha Patel.

– Mais vous voyez comme moi les cadavres s'entasser sur les trottoirs de Delhi. Il faut plus d'obéissance et, surtout, plus de contrôle. Et pour cela, je vous propose la suppression des jours fériés, des dimanches...

– Vous voulez supprimer les fêtes religieuses! s'épouvanta Amrit Kaur. Vous ferez plus de mal que de bien! Les communautés vont s'exaspérer davantage!

– Je ne le propose que pour les fonctionnaires. C'est une situation d'urgence, et l'État ne connaît aucun répit. Monsieur le Premier Ministre, je voudrais votre accord sur ce point capital.

– Vous l'avez.

La princesse Amrit leva la main.

– Que peut-on faire pour les femmes qui accouchent en chemin? J'ai entendu beaucoup de réfugiés raconter qu'elles abandonnaient leur nouveau-né, quand elles ne mouraient pas faute de soins. Elles sont très nombreuses; les charrettes sur les cahots accélèrent l'accouchement, on ne peut pas laisser faire...

– C'est juste, fit Lord Louis. Attendez...

– Affectons des officiers de grade supérieur à cette tâche, suggéra Nehru.

– Comment voyez-vous cela? demanda Lord Louis avec déférence.

– Eh bien, un camion peut suivre chaque colonne; on doit pouvoir l'équiper pour un accouchement; ensuite un autre recueille la mère et l'enfant et les achemine en lieu sûr.

– A-t-on assez d'infirmières? demanda Patel.

– Non! cria Amrit. Nous en manquons partout.

– On choisira les officiers de santé. J'approuve la proposition du Premier Ministre. Problème des récoltes. Si on ne s'en occupe pas, la famine ne tardera pas. Je propose que l'armée fasse les récoltes dans tout le Penjab.

– Et qu'elle s'occupe de les répartir? demanda Patel. C'est un sujet très délicat.

– Il s'agit de stocker seulement. Les récoltes seront effectuées par les soldats, eux-mêmes sous surveillance militaire. Naturellement, les soldats ne devront pas être penjabis.

– Et si néanmoins les soldats commencent à se massacrer entre eux? fit Patel d'une voix anxieuse.

– Les officiers devront les juger immédiatement, et les exécuter, coupa Lord Louis.

– Ils n'en auront pas le temps, murmura Nehru. D'ailleurs, ce serait révoltant.

Le silence se prolongeait autour de la table. Lord Louis toussota.

– Monsieur le Premier Ministre, commença-t-il, ce que j'ai à vous dire est grave ; le gouverneur Auchinleck s'oppose à toute intervention de l'armée anglaise, exception faite des situations qui menacent la vie des ressortissants britanniques. Votre propre autorité ne repose plus que sur l'autorité des officiers de l'armée indienne.

– C'est trop facile! jeta Patel. Vous n'avez pas le droit de nous abandonner d'un seul coup!

– Nous verrons, fit Lord Louis. Mais ma mission dépend exclusivement du Premier Ministre de l'Inde ; je vous le rappelle, sardar Patel. Je n'ai plus le pouvoir de donner des ordres à l'armée anglaise ; comme Gouverneur général, je suis au service de l'Inde, et d'elle seule.

– Vous pouvez convaincre Auchinleck, tout de même! s'écria Nehru avec feu.

– Ai-je dit que je n'essaierai pas? fit Lord Louis avec hauteur.

Le silence revint, tendu.

– Passons au couvre-feu, qu'il serait souhaitable de décider sur-le-champ pour vingt-quatre heures en cas de troubles, enchaîna Lord Louis. Pas d'objection? Bien. Protection des diplomates étrangers...

– Est-ce vraiment nécessaire? lâcha Patel. Nous manquons déjà d'escortes!

– Responsabilité absolue du gouvernement d'un pays indépendant, coupa Nehru avec agacement. Sardar Patel, je suis aussi ministre des Affaires étrangères, ne l'oubliez pas!

– Ce n'est pas trop difficile, intervint Lord Louis, mais il faut y veiller. Monsieur le Premier Ministre?

– J'accepte, fit Nehru avec violence.

Edwina leva la main.

– Je pense qu'il faut prévoir les vaccins contre le choléra, dit-elle.

– Mais aucun cas n'est encore signalé, s'écria Patel. Pourquoi penser au pire?

– Écoutez, Monsieur le ministre de l'Intérieur, dans les camps que j'ai visités il n'y a pas d'eau potable, pas de sanitaires, et tout le monde dort dans la boue. Toutes les conditions pour une épidémie de choléra, fit Edwina avec irritation.

– Lady Louis dit vrai, soupira Nehru. Il faut prévoir.

– Il faut penser à vérifier surtout les quantités de pénicilline et de bismuth. Ah! et l'élixir parégorique...

– Vous verrez ces détails avec le ministre de la Santé, coupa Lord Louis vivement, en se tournant vers Nehru. Voilà l'essentiel de mes propositions, Monsieur le Premier Ministre ; reste à les étudier avec toutes les précisions requises, si du moins vous les acceptez.

Accablé, Nehru regarda les membres du comité.

– Une tâche de géant, fit-il. Croyez-vous que nous puissions réussir?

Lord Louis se rassit, et croisa les mains.

– Cela prendra du temps. Il y aura encore des morts. Mais si nous appliquons une discipline de fer, et si chacun fait son devoir, je n'ai pas le moindre doute, Monsieur le Premier Ministre. Nous gagnerons ce combat. Monsieur Gandhi vient justement de gagner le sien à Calcutta : il nous prouve qu'on peut y parvenir.

Un troisième silence envahit la salle de réunion. Les moyens que proposait le Gouverneur général n'étaient pas vraiment ceux qu'utilisait Gandhi.

– Notre Mahatma revient à Delhi demain, justement, fit brusquement Nehru.

– Mais il ne peut pas loger à Banghi Colony! s'écria Amrit Kaur. Les réfugiés ont envahi toutes les maisons!

– J'ai prévu de le loger chez Monsieur Birla, qui prêtera sa maison d'Albuquerque Road, annonça Nehru.

– Il n'acceptera pas, c'est trop luxueux... fit Patel. Ou alors il ne faut pas lui laisser le choix.

– Il y a plus grave. Gandhiji veut se rendre au Penjab, continua Nehru.

– Vous n'y pensez pas! s'écria Lord Louis.

– Moi, certainement pas. Mais lui... vous le connaissez!

– Alors, persuadez-le qu'il aura bien assez à faire s'il veut apaiser Delhi, suggéra Lord Louis. Nous aurons grand besoin de lui.

Delhi, 16 septembre 1947

Lord Louis regarda les rapports de l'aviation civile, puis se leva pour aller déplacer trois épingles sur la carte. Les colonnes de réfugiés avançaient inexorablement vers la capitale.

Nehru poussa la porte.

– Entrez, Jawalar. La situation s'améliore un peu à la frontière. Voyez, les épingles n'augmentent pas ; en revanche, pour Delhi...

Nehru s'assit. Dickie n'arriverait jamais à prononcer son prénom correctement. Mais quelle importance ?

– Je ne sais comment nous ferons, soupira-t-il. Tout n'est que ténèbres autour de nous...

Lord Louis piqua ses épingles, et vint s'asseoir aux côtés de Nehru.

– Ne vous découragez pas. Je vous avais dit qu'il fallait du temps.

– Mais nous n'obtenons aucun résultat ! Tenez, encore des messages accablants... Le bac sur la Ravi a été pris d'assaut par les réfugiés, on a tiré sur eux dans une totale confusion, il y a près de vingt morts ; d'autres se sont entassés sur des barques et se sont noyés. Chaque heure apporte son lot de cadavres, Dickie !

– Il est encore trop tôt ! Seuls les dispositifs de surveillance sont à peu près en place, et encore... Les camions ne sont pas tous réquisitionnés, l'armée ne suit pas vraiment, il nous faut encore une semaine pour tenir vraiment les choses... Soyez patient, Jawalar.

– Patient ? bondit Nehru. Quand mon peuple crève sur les routes ?

– Je voulais dire, un peu plus calme, fit Lord Louis en tendant les mains.

– Je souffre trop, Dickie. Si c'est cela, gouverner, s'il faut devenir indifférent, je n'en suis pas capable. Ah ! Je voudrais que cet attentat eût réussi tout à l'heure...

Lord Louis dressa l'oreille.

– Quel attentat ? De quoi parlez-vous ? demanda-t-il brutalement.

– Un fou, qui s'est jeté sur moi quand je sortais de ma maison. Mais il n'a pas frappé, il s'est enfui dans la nuit, il a disparu. Ce n'est rien.

Lord Louis se rua sur son téléphone.

– Ismay ? Faites garder la maison du Premier Ministre à compter de maintenant ; oui, tout de suite ; et trouvez des gardes du corps, immédiatement. Oui... précisément. Tout à l'heure. Oui, c'est un vrai miracle. Ne perdez pas de temps.

– Mais pourquoi, Dickie ? Je vous dis que ce n'est rien, fit Nehru avec gêne.

Lord Louis se rassit, et prit les mains de Nehru.

– Écoutez-moi. Si vous êtes assassiné, je ne réponds plus de rien. Vous êtes l'autorité suprême de ce pays. Votre devoir est de vous protéger, fit-il avec force.

– Moi, l'autorité suprême ? Allons, Dickie...

– Vos états d'âme n'ont rien à voir avec les faits : vous incarnez le seul pouvoir exécutif de l'Inde. Ah ! Et puis fichez-moi la paix avec vos doutes ! Les gardes vous dérangent ? Tant pis. Je vous protégerai de force.

– Je vous dis que l'autorité, ce n'est pas moi. Le Mahatma d'un côté ; vous de l'autre, fit Nehru d'une voix douce. Le ciel et l'enfer. Je le sais bien...

– Jawarla, si je meurs assassiné, le dispositif est en place ; et si le Mahatma disparaît un jour dans un attentat, ce sera un crime pour l'humanité tout entière. Dans les deux cas, l'Inde survivra...

– Non ! cria Nehru. Je suis inutile.

– Si vous mourez, enchaîna Lord Louis imperturbable, alors l'Inde disparaîtra dans le chaos. Voilà.

– Vraiment ? fit Nehru.

Lord Louis pressa les deux mains de Nehru.

– Je suis ridicule, fit-il en les retirant.

– Vous êtes malheureux, c'est tout, constata Lord Louis.

Nehru releva la tête et le regarda avec tendresse.

– Avec vous, je peux décharger mon cœur... fit-il.

– Avec Edwina aussi, corrigea Lord Louis.

– Je ne veux pas l'effrayer. Si elle savait... fit Nehru avec accablement.

– Elle sait. N'en doutez pas, Nehru. Les réfugiés parlent beaucoup.

– Et elle ne perd pas courage? demanda Nehru. Je ne l'ai pas vue depuis près d'une semaine.

– Perdre courage, elle? fit Lord Louis. Mais vous ne l'avez donc jamais vue encore en pleine tourmente?

– Je ne crois pas... admit Nehru. On m'a raconté, mais je ne l'ai pas vue de mes yeux.

– Eh bien! Voulez-vous retrouver votre foi en la vie? Allez la trouver dans les camps. Ici, nous comptons les morts; elle sauve les vivants.

Purana Qila

Delhi, 17 septembre 1947

Lorsqu'il pénétra dans l'enceinte de Purana Qila, Nehru, saisi par la puanteur, ne put retenir un sanglot; c'était plus fort que lui.

« Chaque fois c'est pareil, songeait-il. Je ne peux pas m'en empêcher. Je me souviens de l'ouverture de la Conférence Panasiatique. Ce jour était si clair, l'arc-en-ciel si joyeux, et notre cœur était rempli d'un tel espoir... Sarojini avait si fière allure! Nous étions l'avenir de l'Asie, et maintenant? Maintenant, nous sommes sa honte... »

A l'endroit où s'était dressée la grande shamiana devant les délégués de la conférence panasiatique, il n'y avait même pas de tentes pour les réfugiés; à peine des piquets moisis, où s'accrochaient des couvertures trempées de pluie, souillées de détritus nauséabonds. Les femmes avaient mis là leurs nourrissons, bras et jambes étalés; parfois, ils ouvraient de grands yeux étonnés vers les faces inconnues qui se penchaient sur eux; le voile transparent plaqué sur les yeux, leurs mères essayaient vainement d'écarter les mouches. Leurs pantalons bouffants collaient à leurs jambes; les plus vieilles touillaient la soupe de lentilles dans des marmites noires posées à mêmes les petits feux.

Partout sur la pelouse arasée, une fumée grasse se mélangeait aux chaudes vapeurs des linges humides et aux odeurs d'excréments mouillés. Dans les flaques gorgées des pluies de la veille, des vieillards accroupis puisaient un peu d'eau avec le creux de leurs mains et s'essuyaient la barbe, toute pleine de boue. Partout gisaient des enfants blessés, les bras cassés soutenus par de mauvaises attelles; certains n'avaient plus de pied, et grattaient leur moignon entouré de linges sanguinolents. Nehru, le cœur au bord des lèvres, commença d'enjamber les corps allongés, caressant les têtes des bébés dans les bras des mères qui se levaient en le reconnaissant.

– Panditji! Panditji! Protège-nous! hurla une jeune fille échevelée en se jetant contre lui.

Elle avait les yeux égarés d'une folle, et la bouche tordue; d'une main, elle retenait sa tunique, de l'autre, elle la déchirait comme si le tissu lui eût brûlé les seins. Une fille violée, sans doute.

Il la serra contre lui comme si elle eût été sa fille Indu, et chercha du regard les soldats chargés de monter la garde; tassés le long des remparts, à demi affaissés sur leur mitraillette, ils avaient l'air de dormir debout. Quelque part dans cet enfer se trouvait le Mahatma; mais la foule des réfugiés était si dense qu'il ne pouvait pas même repérer l'attroupement qui, d'habitude, lui servait de signe de reconnaissance.

– As-tu vu le Mahatma? demanda-t-il à l'adolescente.

– Gandhiji? répondit-elle avec un sourire incertain. Bapu? Là... ajouta-t-elle en tendant vaguement la main vers les remparts.

Nehru poursuivit sa route à travers les corps, en soulevant sur son passage des clameurs pitoyables. Soudain, il aperçut une casquette, des cheveux ébouriffés, un uniforme kaki, une haute silhouette familière, et se précipita. Elle était là.

Edwina essayait de relever une grosse femme haletante en la soutenant par la taille.

– Allez, ma belle, ma bonne, allez... Tu vas t'étendre sur un lit. Il ne faut pas rester dans le fossé; tu es malade. Oh! cria-t-elle avec désespoir.

Engoncée dans ses pantalons mouillés, la femme lui avait glissé des mains. Edwina se redressa, et se mit les mains sur les reins.

— Je n'y arriverai pas, elle est trop lourde. Qui va m'aider? murmura-t-elle.

C'est alors qu'elle croisa le regard de Nehru.

— Vous! Vraiment, vous tombez bien. Celle-là tousse à fendre l'âme, c'est une pneumonie. Aidez-moi à la soulever, il y a des matelas là-bas, fit-elle en désignant une niche au creux des remparts.

Nehru prit la femme sous les aisselles, Edwina par les pieds; lentement, ils la portèrent à l'abri, et l'étendirent sur une paillasse. Elle avait un visage rond et placide, marqué de traces noirâtres; ses yeux allaient d'Edwina à Nehru avec un mélange de terreur et de résignation.

— Memsahib, memsahib, ne me fais rien! Tonton, ne la laisse pas me toucher... gémissait-elle sourdement.

Edwina fourragea dans la poche de sa saharienne, sortit une ampoule et une seringue et s'agenouilla.

— Pénicilline, fit-elle brièvement à Nehru. Tenez-lui le poignet, et serrez-le bien. Plus fort! Elle ne sentira rien.

La femme rabattit son voile sur son visage et poussa un léger cri de frayeur lorsque Edwina piqua la peau.

— Je ne peux pas faire plus, déclara Edwina, en essuyant la seringue sur sa poche. Aidez-moi à en chercher d'autres; il me faut du désinfectant pour la prochaine piqûre, je n'en ai plus.

Elle releva ses cheveux trempés qui lui pendaient sur le front.

— Je cherche Bapu, fit Nehru en l'arrêtant. L'avez-vous vu?

— Bapu! Je ne savais pas qu'il était là, murmura-t-elle. Tant mieux; mais j'ai vu d'autres malades qui vont mourir sans pénicilline. Il faut que je trouve un volontaire de mes équipes pour le désinfectant, Jawahar, et avec ce brouillard de chaleur on ne voit plus rien...

Il la prit par le bras, et l'aida à avancer. Elle chancela.

— Vous devriez vous arrêter, my Dee... Vous tenez à peine debout, fit-il sur un ton fâché.

– Taisez-vous, répliqua-t-elle en dégageant son bras, je suis
très résistante, j'ai l'habitude, vous savez, la guerre... Tenez,
Gandhiji est là; regardez.

Assis sur une roue de charrette, emmitouflé dans son châle
blanc, les lunettes posées au bout de son long nez, le Mahatma
semblait tenir un tribunal populaire. A ses pieds se tenaient
accroupies Abha et Manu, silencieuses. Edwina et Nehru
s'approchèrent.

– ... et alors mon frère a disparu, hoquetait un vieil homme
à la barbe cuivrée. Peut-être il est mort, peut-être il est vivant...

– Continue, oncle, *Chhacha*, chevrota Gandhi d'une voix
éteinte.

– Ma fille, il y a aussi ma fille, sanglota le vieillard. Ils se
sont approchés d'elle, elle a couru, ils l'ont rattrapée, déshabil-
lée, ils riaient, et je l'ai vue, la pauvrette, ma bien-aimée, elle
s'est précipitée toute nue vers la margelle, elle s'est penchée,
et j'ai entendu un long cri! Bapu, elle est morte dans le puits!

Le Mahatma étreignit l'épaule du vieil homme.

– Que Dieu pardonne aux hindous ce qu'ils ont fait, murmura-t-il. Est-ce que tu t'es battu?

– Oui! fit farouchement le vieil homme. Avec ma hache.
Regarde! Je l'ai là, avec moi, sous ma couverture, ajouta-t-il en
exhibant une hachette couverte de sang séché. Je sais que ce
n'est pas bien. Mais que veux-tu, Bapu, j'ai frappé! J'ai cogné!

– Ne garde pas cet objet de mort, oncle. Donne-le-moi, fit
Gandhi en tendant la main.

– Mais si on m'attaque? répliqua l'homme en serrant la
hachette contre sa poitrine.

– Il n'y a que des musulmans autour de toi. Et tu pourrais
tuer l'un d'eux par inadvertance. Donne-moi ta hache, oncle.
Au nom de Dieu.

Le vieillard roula des yeux terribles, et tendit l'instrument à
Gandhi, qui soupira.

– Et toi? demanda-t-il à un adolescent au visage creusé, et
qui baissait la tête.

– Moi? fit le jeune homme. Oh moi, on ne m'a rien fait.

– Mais tu as l'air si triste, insista Gandhi.

L'adolescent releva la tête, les yeux brillants.

– Ils ont voulu violer ma mère, et je l'ai sauvée, fit-il d'un air farouche. Elle est par là. Elle va bien. La dernière de mes sœurs aussi.

– Ah! fit gravement le Mahatma. Alors tu t'es battu aussi?

– Cinq, ils étaient, fit le jeune homme. Ils sont tous morts.

Le Mahatma regarda longuement le jeune homme.

– Et pourquoi viens-tu me voir, dis-moi, petit? fit-il avec douceur.

– Parce que... je ne sais pas... j'ai le cœur trop serré! répondit l'adolescent en reniflant. Je n'avais jamais tué personne, tu vois, et...

– ... et tu ne tueras plus jamais personne, affirma Gandhi d'un ton catégorique.

– Mais qu'est-ce que tu en sais, toi, hein, Bapu? répliqua le jeune homme furieusement. Alors, si on attaque ta sœur devant toi, tu ne bronches pas? Et si on veut te tuer, tu ne diras rien?

– Je ne dirai rien, fit Gandhi. Absolument rien.

– Tu es fou, toi... ricana l'adolescent. Vous entendez, vous autres? ajouta-t-il en se retournant vers la petite foule assise aux pieds du Mahatma. Les hindous ont raison! Et les sikhs aussi! Nous sommes comme les moutons de l'Id, la gorge tendue pour qu'on nous égorge!

Un murmure hostile parcourut le groupe; des cris éclatèrent; Nehru serra les poings. Le Mahatma essaya de parler, mais il n'y parvint pas.

– Jawahar, chuchota-t-il, répétez mot pour mot, je n'ai plus de voix; c'est depuis mon jeûne à Calcutta. Je ne fais aucune différence... entre les hindous... et les musulmans...

– Bapu ne fait aucune différence, cria Nehru de toutes ses forces, entre hindous et musulmans...

– Pas davantage... qu'entre les chrétiens et les sikhs, acheva Gandhi.

– Pas non plus entre chrétiens et sikhs, répéta Nehru en laissant tomber sa voix.

– Attendez... Je n'ai pas fini. Ils ne font tous qu'un à mes yeux, ajouta le Mahatma.

– Bapu dit que vous ne faites qu'un pour lui, lança Nehru. La foule se tut.

– Eh bien, je ne te donnerai pas mon arme, moi; je l'ai cachée, cria l'adolescent en éclatant de rire.

– Tu as tort, fils, intervint le vieillard à la barbe orange. Bapu est avec les musulmans; il nous protège...

– Ah oui? Où était-il quand ils arrachaient la tunique de ma mère? Et quand ils ont renversé ma petite sœur, quand ils l'ont fracassée contre le mur, où il était, lui? Nous protéger? Et pourquoi donc? Est-ce qu'il n'est pas hindou comme eux?

– Je ne suis pas hindou, fit Gandhi en détachant les mots. Pas seulement hindou. Je ne me reposerai pas tant qu'un seul musulman de l'Inde ne sera pas rentré dans sa maison pour y vivre en paix.

Le jeune homme haussa les épaules.

– L'Inde, tu parles! fit-il en crachant par terre.

– Cela suffit! cria Nehru en bousculant le vieillard pour attraper le jeune homme par le bras. Je suis ton Premier Ministre, tu es ici en sécurité. C'est misérable, il pleut, tu vis sous des couvertures et tu as tout perdu, d'accord. Mais tout te sera rendu, et je fais de mon mieux!

– Vraiment, tu rendras tout? fit le jeune homme d'un air de défi. Alors signe-moi un papier tout de suite.

– Il a raison, fit calmement le Mahatma. Tenez, Nehru, je vous donne un de mes papiers et un crayon. Signez. Dis-nous ton nom, petit.

– Ahmed Sultan; je suis de Neemrana.

Nehru griffonna rageusement le papier en fronçant les sourcils.

– Voilà, fit-il en le tendant au jeune homme.

– Je ne sais pas lire, balbutia-t-il, timide pour la première fois.

– « Je soussigné, Jawaharlal Nehru, certifie à Ahmed Sultan, de Neemrana, qu'il sera indemnisé pour les pertes qu'il a subies », fit Nehru.

– Ça veut dire quoi, soussigné? demanda l'adolescent avec méfiance.

– Cela veut dire que c'est moi qui signe, soupira Nehru.

– Et indemnisé?

– Qu'on te donnera de l'argent, s'écria Nehru avec irritation.

– Calmez-vous, Jawahar, fit le Mahatma en élevant la voix. Cela veut dire que tu auras autant d'argent qu'il te faut pour rebâtir une maison où tu voudras, ou refaire la tienne, ou t'acheter des chèvres...

– Des chèvres! Je suis cordonnier, ricana le jeune homme.

– Eh bien! Pour refaire ton atelier, sourit le Mahatma. Ahmed, mon fils, tu vois bien la misère autour de toi. Est-ce que tu n'as plus de cœur? Et si tu allais aider cette dame, là, à faire ses piqûres?

L'adolescent toisa Edwina de haut en bas, tourna les talons en fourrant son papier dans sa chemise, et s'en fut en courant.

Gandhi baissa le front.

– C'est dur comme de la pierre, fit le vieux musulman en hochant la tête. Tu as bien de la peine, Bapu.

Le Mahatma se redressa; des larmes brillaient dans ses yeux.

– Ma chère Lady Louis, aidez-moi à me relever. Je crois que je vais vous aider à faire vos piqûres. Je ne vaux plus rien.

Edwina se précipita et releva le vieil homme, qui s'appuya un instant contre son épaule.

– Il me faut du désinfectant, Bapu, murmura-t-elle à son oreille. Mais il faut traverser tout le camp pour rejoindre le poste de secours. Et puis je crois avoir vu un cas de choléra.

– Le choléra? chuchota Nehru. Vous êtes sûre?

– Alors, ils vont se vider sans bouger, fit brièvement le Mahatma.

– Il n'y a que deux postes d'eau potable; ils sont près de vingt mille... fit Nehru. Je suis venu vérifier les gardes; au moins, que les hindous n'en profitent pas pour venir les attaquer...

Edwina hocha la tête sans répondre.

– Eh bien, allons-y, murmura le Mahatma qui retenait ses sanglots. Abha! Manu! Nous partons. Venez, ma chère enfant. Tenez, on va en profiter pour leur apprendre l'usage des sanitaires, sur le chemin?

Nehru les vit partir. Soutenu par les deux petites, le Mahatma, son bâton à la main, s'arrêta devant un premier groupe.

– Où allez-vous faire vos besoins, mes amis? l'entendit-il demander.

Les réfugiés répondirent tous en même temps, confusément, en désignant un trou à quelques mètres de là.

– C'est très dangereux! Vous allez attraper des maladies... Je vais vous expliquer...

Nehru s'éloigna. Le Mahatma quittait le premier groupe et parlait déjà au second.

– ... si c'est ici que vous répondez à l'appel de la nature, vos enfants vont tomber malades, entendit-il de loin.

Quand il atteignit enfin le grand portail moghol, Nehru vit Edwina se retourner vers lui, et lui faire un signe de la main. Trois énormes camions surchargés venaient d'entrer dans l'enceinte et déversaient leur flot de miséreux aux yeux hagards, sous l'œil des soldats épuisés. Une fois franchie la porte monumentale, Nehru se retrouva subitement dans l'allée bordée d'arbres, dans un calme étrangement vide; du dehors, il entendait encore les gémissements continuels des enfermés de Purana Qila sous les nuages noirs de la terrible mousson.

Delhi, 18 septembre 1947

– Ralentissez! fit Edwina au chauffeur.

– Votre Excellence a vu quelque chose? Il fait complètement nuit maintenant, observa le chauffeur en obtempérant.

– Il me semble, oui. Faites doucement marche arrière.

La voiture recula en ronronnant.

– Là, fit Edwina simplement. Je ne me trompais pas. Il y a un corps étendu sur le trottoir, sous le tamarinier.

Et elle descendit de voiture.

– Que Votre Excellence soit prudente! Il y a peut-être des émeutiers cachés quelque part! cria le chauffeur en se penchant à la vitre.

Elle ne répondit pas. Agenouillée sur le sol, elle tâta la main de l'homme étendu, et la recula vivement.

– Il est déjà froid! cria-t-elle au chauffeur. Qu'allons-nous faire?

– Rentrer au palais et envoyer une escorte? risqua le chauffeur avec hésitation.

– Une escorte? Vous plaisantez! Il n'y a plus d'escorte disponible... non... fit-elle en réfléchissant.

Elle jeta autour d'elle un regard attentif. Personne. L'allée devant le Polo Ground était déserte. Elle baissa les yeux vers le cadavre, et aperçut une tache sombre sur la chemise; une orbite semblait étrangement creusée. Un peu plus loin les corneilles attendaient, le bec ouvert.

– Eh bien, du courage, murmura-t-elle. Je crois qu'il n'y a pas d'autre solution.

Elle retourna à la voiture.

– Venez, fit-elle rapidement au chauffeur. Nous allons le transporter jusqu'aux fosses communes. Il ne faut pas perdre une minute; les oiseaux ont déjà commencé.

– Votre Excellence, bredouilla le chauffeur, terrorisé, je ne peux pas... J'appartiens à l'une des trois castes sacrées, je suis un guerrier, moi! Rien n'est plus impur qu'un mort! Si je le touche simplement avec le bout du doigt, je suis exclu de ma caste à jamais, je n'existe plus... Votre Excellence ne peut pas me demander cela!

– Allez au diable! cria-t-elle. Je me débrouillerai seule.

– Votre Excellence, je suis terriblement désolé... continua le chauffeur.

Edwina tirait le cadavre par les pieds.

– Ne sois pas trop lourd, toi au moins, pauvre mort. Laisse-toi faire, marmonna-t-elle en l'approchant de la voiture.

Elle ouvrit la porte arrière, et souleva le corps par les épaules.

– Là, fit-elle en grimpant sur le siège pour l'attraper. J'y suis presque, ahana-t-elle en saisissant les jambes.

Puis elle ressortit de l'autre côté en fermant doucement la porte pour ne pas heurter la tête.

– Vous allez nous conduire maintenant. Sinon... fit-elle au chauffeur en s'installant à ses côtés.

– Yes, ma'am, fit le chauffeur sans protester. Tellement désolé, Mem'saab. Je ne pouvais pas faire autrement.

La voiture roula silencieusement jusqu'à l'hôpital le plus proche. Edwina descendit, et accrocha le bras d'un médecin qui entrait dans la cour.

– Venez m'aider! J'ai un cadavre dans la voiture! Il faut le mettre à la fosse! cria-t-elle.

– Je n'ai pas le temps! répondit le jeune homme.

– Vous allez le prendre! Le Premier Ministre a ordonné le ramassage des cadavres; obéissez! fit-elle d'un ton sans réplique.

Le médecin s'arrêta, et la poussa sous la lanterne pour la regarder.

– Vous avez du sang sur votre tunique, madame. Êtes-vous blessée?

– Du sang? fit-elle en baissant les yeux sur sa saharienne. C'est le sien. Faites vite; le corps commence à s'abîmer.

– Je dois prendre votre nom, madame, et l'endroit où vous l'avez trouvé, ajouta le jeune médecin.

– Lady Mountbatten, répondit-elle très vite; dans l'allée du Polo Ground.

Le médecin recula, stupéfait.

– Lady Louis?

– Mon chauffeur dit qu'il est un guerrier, fit-elle.

– Ah! fit le médecin. Bien sûr. Je comprends. Je m'occupe de tout, Votre Excellence. Si Votre Excellence veut se nettoyer...

– Pas la peine, répondit-elle. Hâtez-vous. Mais je boirai bien un verre d'eau.

« Aujourd'hui je l'ai ramené vivant »

Delhi, 20 septembre 1947

Presque tous les soirs, le ministre de la Santé récapitulait les urgences du lendemain avec Lady Louis; ces séances se déroulaient chez Amrit Kaur, dans sa grande maison aux colonnades blanches, à la lueur des bougies si l'électricité était coupée. Assise sur le canapé aux côtés de sa vieille amie, Edwina pointait les listes de médicaments avec un crayon, à voix haute.

– Bismuth... nous en recevons demain une cargaison par avion; bromure... pas la peine; élixir parégorique... les bouteilles se cassent en chemin, il va falloir inventer un système pour les protéger. Sérum contre le choléra... trois cent cinquante doses viennent d'arriver, pour le camp d'Humayun. Pénicilline. Amritji, il n'y en a plus, soupira-t-elle en posant son crayon.

La vieille fille au visage creusé replia ses genoux sous ses jambes, et posa sa tête sur le dossier en se massant le cou.

– Il faut en obtenir à tout prix, murmura-t-elle. C'est le plus important.

– Bien, lâcha Edwina. Il faut donc que j'appelle Londres, c'est la seule solution. Mais je ne veux pas téléphoner de chez vous; ce sera plus simple au palais.

– Que savent-ils au juste? demanda Amrit Kaur avec inquiétude.

– Les Chambres commencent à comprendre l'étendue du désastre, répondit Edwina. Assez pour que je puisse intervenir pour des médicaments.

– Ils vont mal nous juger... gémit Amrit Kaur. Quelle honte pour nous!

– C'est déjà fait, ma chère, fit Edwina froidement; n'y prêtez aucune attention. Quoi que fasse le gouvernement de l'Inde, il sera critiqué.

Soudain un bearer, encore un enfant, entra sans frapper, le visage décomposé.

– Mataji! Mère! On dit que le Premier Ministre a disparu! cria-t-il. Il est assassiné, c'est sûr!

Edwina se leva d'un bond, le regard fixé sur la silhouette de l'ombre. Nehru, mort!

– Qui dit cela? hurla-t-elle. Réponds!

– Je ne sais pas, mem'saab... les voisins... écoutez! Ils sont tous dehors!

Elle tendit l'oreille; une rumeur entourait la maison. Amrit déplia ses jambes et se dirigea vers le bearer en sanglots.

– Allons, calme-toi. Où était-il? fit-elle en le prenant par l'épaule.

– Derrière Lodi Garden, Mataji, pleurnicha le bearer. On l'a vu entrer dans un baraquement, on a entendu des cris, et puis il n'est pas revenu!

– Mais diras-tu s'il est mort! fit Edwina en secouant l'adolescent de toutes ses forces.

Amrit Kaur arrêta le bras d'Edwina.

– Celui-là ne sait rien. Il faut aller voir. Venez avec moi, fit-elle d'un ton brusque. Et prenez la torche électrique, là, juste derrière vous.

La rue était comme agitée par des tressaillements furieux; des hommes couraient en tous sens en agitant les bras, et les femmes brandissaient des lampes sourdes qui éclairaient les arbres, le trottoir, les chiens endormis, par à-coups. Les deux femmes traversèrent les groupes sans un mot, et se mirent à courir vers le grand jardin tout proche.

– Où le trouver? criait Edwina haletante. Où est-il?

– Ne criez pas, fit Amrit; c'est dangereux. Derrière le jardin se trouve une petite mosquée; c'est là, forcément.

– Mais pensez-vous qu'il est...? chuchota Edwina en allongeant le pas.

– Qu'est-ce que vous voulez que j'en sache! répliqua Amrit d'un ton bourru. Taisez-vous, et avançons. Ici, à droite, par le sentier.

Leurs pieds s'enfoncèrent dans le chemin boueux, à travers les flaques de pluie; la torche d'Edwina sursautait à chaque pas, laissant des traînées de lumière sur les herbes hautes. Au loin, une clameur violente se faisait entendre par bouffées.

– Vous entendez? s'exclama Edwina. On crie là-bas. Il est mort!

Amrit la prit par la main et se mit à courir, les dents serrées.

Au détour d'un taillis, elles aperçurent un homme en chemise claire, juché sur un tas de bois, un bâton à la main; devant lui, une foule massée s'agitait en l'écoutant; des bras brandissaient dans l'obscurité des lames brillantes, des couteaux sans doute, des piques ou des sabres. Edwina aurait reconnu la voix entre mille; c'était lui.

Elles s'approchèrent lentement; Amrit retenait Edwina par le bras.

– Surtout ne vous montrez pas, murmura-t-elle. Donnez-moi la lampe torche.

Edwina posa la main sur sa poitrine pour comprimer les battements de son cœur affolé; une explosion de joie fit vibrer tout son corps. Il vivait!

– Je vous préviens, criait Nehru en levant son long bâton clouté, si jamais vous attaquez cette mosquée, je vous démolis!

Des cris furieux lui répondirent ; les yeux étincelants de colère, il fit tournoyer le bâton ; peu à peu, les hurlements cessèrent.

– Bien, fit Nehru en baissant son arme. Maintenant c'est fini. Vous allez rentrer chez vous tranquillement et dormir. Vous voyez bien que rien ne vous menace ; tout est paisible. Je vous promets la sécurité. Tout à l'heure, nos soldats viendront vous protéger. Le temps que je rentre donner les ordres...

La foule murmura, les couteaux disparurent dans la nuit ; il y eut encore quelques cris, puis un à un les hommes disparurent.

– Allons, mes amis, allons... continuait Nehru sans se lasser.

Quand ils furent tous partis, et qu'il fut enfin seul, il dégringola de son tas de bois et ôta son calot pour s'essuyer le front. Edwina n'y put tenir, repoussa Amrit et se précipita.

– Nehru ! cria-t-elle. Jawahar, mon bien-aimé...

Il eut à peine le temps d'ouvrir les bras ; elle s'accrocha à ses épaules en sanglotant.

– My Dee, *mere mehboob*... En pleine nuit ? Vous ?

– J'étais chez Amrit, on disait que vous étiez mort, et... ce n'était pas vrai, hoqueta-t-elle en posant la tête sur son épaule.

Nehru la serra contre lui, et répéta les mots qu'il avait eus pour apaiser la foule. « Allons, murmurait-il la bouche dans ses cheveux, allons... »

Elle se détacha soudain, comme mue par un ressort, les yeux subitement secs.

– Amrit est avec moi, fit-elle, penaude. Là.

Nehru tourna la tête ; son ministre de la Santé, le pan de son sari rabattu sur le visage, faisait les cent pas à l'écart.

– Vous voilà rassurées toutes deux, lança-t-il à la cantonade d'un air fanfaron.

Amrit s'approcha vivement.

– Nous avons eu peur, Nehru, fit-elle sévèrement en se dévoilant. Vous ne devez pas vous exposer ainsi, seul, dans le noir, et sans escorte ! C'est de la folie !

– Bah, fit Nehru en haussant les épaules. J'ai été au plus vite. Mais vous avez vu ? Je les ai calmés, avec mon lathi !

– Parfait. Cessez de jouer les héros. Vous rentrez avec nous, ordonna la vieille fille en ajustant ses lunettes.

– Vous étiez magnifique! ajouta Edwina. De toute façon, nous ne vous quittons pas; maintenant vous avez deux gardes du corps.

Nehru se mit à rire, et les regarda alternativement.

– Me voilà bien protégé! Mon ministre et Lady Louis! Quel honneur!

– Ne traînons pas ici, fit Amrit en le poussant rudement. D'ailleurs Lady Louis devrait être rentrée; il est près de minuit. Votre calot, Jawahar, par terre...

Il ramassa son calot comme un enfant puni, l'épousseta et le remit. La princesse, la torche à la main, ouvrit la marche; derrière elle, profitant de la pénombre, Nehru prit la main d'Edwina et ne la lâcha plus.

Edwina se jeta sur son lit sans se déshabiller, les yeux rivés vers un ciel impossible, et mit sa main sur sa bouche.

« S'il avait été mort, je serais morte aussi, songea-t-elle avec ivresse. Sur-le-champ, à ses pieds. Il m'a pris la main... Il m'a tenue dans ses bras! Je ne m'étais donc pas trompée à Simla... Il m'aime; et moi, moi! Je n'y peux plus rien, il est trop tard... Jawahar... Jawahar. Quel affreux prénom! »

Elle se mit à rire, et se redressa sur le coude.

– Ja-wa-har, dit-elle à voix haute. J'aime cet homme, qui s'appelle Jawahar. Et lui, est-ce qu'il prononce mon horrible nom? Ed-wi-na? Ridicule. Tous les deux ri-di-cules.

Lentement, elle se leva, et déboutonna sa robe; son regard tomba sur la naissance de ses seins.

– Mon Dieu, murmura-t-elle, je suis maigre à faire peur. Et toute fripée, là, ajouta-t-elle en passant la main sur sa peau. Comment ferons-nous l'amour?

Elle s'assit devant sa coiffeuse, et enfouit son visage au creux de ses mains.

« C'est cela, ma fille, rougis. Tes joues sont chaudes, ton ventre chaud, tu revis, et tu es vieille! On s'entre-tue partout, on s'assassine, et tu oses penser à l'amour? Mais oui, rêva-t-elle en relevant la tête devant son miroir, parfaitement, j'ose. Et je te souris. Quand ce cauchemar sera fini, alors... »

Elle tira ses cheveux vers l'arrière.

– Il ne faut pas y songer maintenant, fit-elle entre ses dents. Sinon je deviendrai folle. Une vieille lady en chaleur. Allez, au lit!

Elle se déshabilla à la hâte, et attrapa sur la table de nuit la boîte de Nembutal.

– Non, fit-elle en la reposant. Je ne veux pas dormir. D'ailleurs, je n'en ai plus besoin. Puisque je l'aime. Mon journal maintenant.

Le petit carnet attendait à côté des somnifères. Elle l'ouvrit; son stylo à la main, elle hésita.

« Comment écrire le bonheur? murmura-t-elle doucement. Dis-moi, mon amour, comment raconter cette nuit? »

Elle se décida, traça rapidement six mots. « Aujourd'hui je l'ai ramené vivant. »

Puis elle se glissa au creux des draps, et baisa le dos de la main qu'il avait si longtemps tenue dans la sienne.

Le survol du Penjab

Penjab, 21 septembre 1947

– N'oubliez pas d'attacher vos ceintures! lança Lord Louis aux passagers de l'avion militaire. Nous allons voler à basse altitude, et nous risquons d'être secoués, je vous avertis...

Docilement, les membres du comité d'urgence s'exécutèrent. Tous avaient le visage grave; le survol du Penjab s'annonçait comme une terrible épreuve.

– Avant le décollage, laissez-moi vous dire combien je suis heureux de votre présence à tous. Ensemble, nous allons essayer d'évaluer l'ampleur des colonnes de réfugiés qui traversent le Penjab et meurent par milliers en chemin. Ce que nous alions découvrir nous donnera la mesure de nos tâches; mais, au moins, vous êtes là, et vivants. N'oubliez pas que vos vies à tous sont essentielles au succès de notre entreprise...

Edwina pinça les lèvres en détournant la tête; Dickie ne savait jamais renoncer à l'emphase.

– C'est un miracle que les pluies aient cessé ce matin, murmura Nehru.

Les moteurs se mirent en marche comme un feu roulant; les figures se crispèrent. Quand l'avion décolla, on entendit de discrets soupirs, crainte ou soulagement, nerveuse décharge, comme un sanglot retenu.

La première colonne de réfugiés apparut sous les ailes, comme une fourmilière en déplacement.

– Les voilà! cria Patel. Je les vois, à gauche!

Les passagers de gauche tendirent le cou vers le hublot. On apercevait les carrioles, les tas de lits et de meubles, les cordes des chèvres et même, juchés sur le sommet, des enfants accrochés, ou des femmes recroquevillées. Une jeep longeait la caravane à vive allure, frôlant les chameaux qui tiraient les charrettes, et noyant la colonne dans un nuage de poussière.

– Ils atteindront la ville dans deux ou trois heures, fit Edwina.

– En tout cas, ils ne rencontrent pas d'obstacles, constata Lord Louis. Mais nous ne sommes pas encore au-dessus du Penjab.

A peine avait-il achevé sa phrase qu'un cri retentit au fond de l'avion.

– Là, sur le côté, une autre colonne!

Elle était beaucoup plus longue, et progressait plus lentement.

– Ils ont avec eux leurs moutons, fit Patel. Et même des buffles. Comment ont-ils fait pour les conduire aussi loin?

– On ne sait pas d'où ils viennent, et si ce sont leurs troupeaux, remarqua Amrit, un pan de son sari serré contre sa joue. Ils essaient seulement de sauver quelques bêtes...

Puis elle se tut. Un peu plus loin, elle avait vu une colonne qui venait d'un autre coin de l'horizon.

– Encore une, murmura-t-elle.

– Nous sommes presque sur le Penjab, cria Lord Louis. Regardez tous, chacun de votre côté!

Les membres du comité d'urgence penchèrent la tête. Les colonnes venaient de partout, et commençaient à se mélanger; les animaux ruaient, les carrioles se renversaient; vus d'en haut, les réfugiés, semblables à des insectes poussiéreux, agitaient leurs bras comme des pattes minuscules, avec des gestes saccadés. Lorsque l'avion passait au-dessus d'eux, certains levaient la tête; mais d'autres étaient si abattus qu'ils ne bougeaient pas.

– Une vieille femme vient de tomber de charrette au loin devant nous, je l'ai vue, cria Amrit. Il faut la relever!

Nehru déboucla sa ceinture et la rejoignit pour regarder pardessus son épaule.

– Ils vont le faire. Tiens, voilà, quelqu'un descend de la carriole, murmura-t-il, soulagé.

– Mais qu'est-ce qu'il fait? s'exclama Amrit. Il l'abandonne?

Nehru soupira.

– Il rabat le sari sur le visage! hurla Amrit. Elle est morte! Ils ne vont pas la laisser ainsi!

Pétrifiés, les membres du comité se taisaient. Edwina voulut se lever, mais Lord Louis la retint par le bras; l'avion tanguait sérieusement.

– Mais que voulez-vous qu'il fasse, cet homme-là? fit-il nerveusement. Nous savons bien qu'ils les laissent sur le bord de la route. Avez-vous vu un enfant à ses côtés? Monsieur le Premier Ministre, ne vous mettez pas en danger; restez donc attaché sur votre siège, le vent est fort...

– C'est une veuve, en blanc... souffla Amrit. Enfin, c'était...

– Cet avion qui s'enfuit au-dessus d'eux, et nous dedans... gémit Nehru.

Il se rassit à sa place, et mit sa main sur sa bouche.

Lord Louis se pencha soudain.

– Regardez bien, messieurs et vous, madame. Vous aussi, darling.

L'horizon tout entier n'était qu'un orage de poussière, envahi par des vagues comme d'immenses troupeaux, enfants, femmes et vieillards, buffles, chèvres, zébus et chameaux, hommes et bêtes de la même couleur sable, terne, désespérée. Un silence profond envahit la cabine.

L'avion continuait son vol, et l'horizon ne se vidait pas.

– Ô Ram, gémissait Amrit, ô Ram...

Et c'était la seule voix dans la cabine, un gémissement de

vieille fille à la torture, et qui pleurait d'être ainsi prisonnière de l'acier et du ciel, impuissante à soulager les siens.

Soudain, alors que l'énorme masse humaine bouchait tout l'horizon et convergeait vers Delhi, une colonne apparut en sens inverse, venue de l'est. Orientée vers le Penjab d'où venaient les fuyards : dans la direction du Pakistan.

– Des musulmans! s'écria Nehru.

– Ils vont croiser les sikhs qui viennent du Penjab, fit Patel. Ils vont se battre! Je le sais, j'ai des rapports sur les colonnes qui se croisent; une carriole renversée, ou une bête qui s'échappe et les couteaux sortent!

La longue file des musulmans avançait vers les colonnes des sikhs, inexorablement. Les deux premiers rangs parvinrent à même hauteur.

– Ils se croisent, murmura Lord Louis, crispé sur son siège comme s'il était prêt à bondir.

Les charrettes se frôlaient; les animaux parfois mêlaient leurs cornes et lançaient leurs pattes vers l'arrière, en se débattant de toutes leurs forces... Nehru cacha son visage dans ses mains et poussa un gémissement. Edwina se retourna et tendit une main inutile.

Mais les hommes marchaient la tête basse; les femmes sur les charrettes tenaient leurs enfants serrés, la tête basse; les vieillards clopinaient derrière, la tête basse. Aucun d'eux ne semblait seulement remarquer l'autre file, en face, qui marchait la tête basse, comme poussée par un vent invisible.

Au loin, une barre noire obscurcissait le ciel; la mousson allait frapper encore.

L'avion fit demi-tour.

9

La boue après l'orage

Accalmies

Delhi, 2 octobre 1947

Devant le portail de Birla House, la foule s'amassait déjà ; les mères poussaient devant elles les enfants aux pieds nus qui portaient des guirlandes ; les automobiles s'alignaient dans la rue comme autant de scarabées gris, les portières claquaient. Le Mahatma fêtait son soixante-quinzième anniversaire.

Edwina laissa un officier lui ouvrir respectueusement le chemin : les files de visiteurs s'écartèrent devant la dame en blanc.

Assis en tailleur sur le sol de sa chambre ouverte sur l'extérieur, le petit homme recevait un à un les visiteurs qui se prosternaient devant lui, comme s'il eût été un dieu. En apercevant la robe blanche, il se leva prestement, et fit le namasté en plissant les yeux.

– Je suis très honoré, Votre Excellence, murmura-t-il malicieusement. Il ne fallait pas vous déranger...

Edwina s'agenouilla pour lui toucher les pieds ; Gandhi effleura les cheveux bruns d'une légère caresse et la releva affectueusement.

– Mon enfant, je vous en prie, fit-il en la forçant à s'asseoir sur le ciment. Je vois que vous êtes venue seule.

Edwina soupira sans répondre.

– Le Gouverneur général surveille son dispositif au quartier général, j'imagine ? fit-il ironiquement. Les épingles cheminent-elles toujours ?

– Depuis les inondations de la semaine dernière, les réfugiés ne cessent de refluer vers la capitale, fit-elle tristement. Mais Dickie m'assure que les massacres ont pratiquement cessé...

– On me le dit aussi, fit le Mahatma. J'ai posté mes volontaires dans les gares, et à l'entrée de la ville, sur les routes principales ; ils jurent qu'ils n'ont plus eu à intervenir depuis une bonne semaine.

– C'est le moment que choisit Churchill pour critiquer Dickie... fit-elle, amère.

– Winston Churchill, fit le vieil homme rembruni. Il ne nous aime pas.

– Au point de parler de férocité cannibale ! s'écria Edwina. Gandhi posa sa main sur la sienne.

– Il ne fallait pas partager notre mère, murmura-t-il. Maintenant, c'est trop tard. Ils vont continuer ! Au mieux, nous les empêcherons de se jeter les uns contre les autres comme des animaux fous. Mais les pauvres réfugiés... L'autre jour, à Purana Qila, un père m'a jeté dans les bras le cadavre de son bébé, en hurlant ! Et je ne pouvais rien faire ! Je préfère mourir assassiné... Il faudra bien qu'un jour l'un d'eux s'y décide enfin !

– Dans l'enceinte d'Humayun, ils ne savent plus quoi faire des morts de la nuit, souffla Edwina. Ils les jettent par-dessus les remparts.

– Sans sépulture, des musulmans ! s'indigna Gandhi. Il faut les rassurer, leur dire qu'on s'occupe de leurs disparus.

– J'irai, fit Edwina.

– Bon ! fit le Mahatma sans sourciller. Regardez... ajouta-t-il en désignant le ciel. Voyez-vous ce triangle d'ailes blanches au-dessus du jardin ? Ce sont les grues de Sibérie. Elles migrent toujours à cette saison. Et moi, j'irai au Penjab.

– Au Penjab, vous ? On ne vous laissera pas faire ! s'écria Edwina, abasourdie.

– Eh bien ! Voulez-vous dire que je suis trop vieux ? fit le Mahatma avec un sourire crispé.

– Bapu, j'ai oublié de vous souhaiter votre anniversaire ! fit Edwina, confuse.

Le vieil homme se voûta.

– Ne le faites pas, murmura-t-il tristement. Il vaudrait mieux m'adresser des condoléances. Voyez, ma voix aujourd'hui est sans écho. J'ai perdu tout désir de vivre...

– Ce n'est pas vrai, puisque vous voulez vous rendre au Penjab! cria Edwina. J'ai vu la flamme dans vos yeux!

– Vous voyez bien qu'il le faut, murmura le Mahatma. Nehru ne le sait pas, mais l'Inde est coupable. Les hindous sont coupables. J'irai le dire, moi. Et s'il ne me reste qu'une chose à faire avant de mourir, ce sera ce pardon de mon pays aux musulmans et aux sikhs.

– Vous? Ce n'est pas prudent, fit Edwina avec réticence.

– Et qui d'autre s'y décidera? fit le vieil homme en redressant son long torse râblé.

– Mais vous n'avez rien à vous faire pardonner, vous! s'écria-t-elle étourdiment.

Amritsar, 7 octobre 1947

En descendant sur le tarmac par le petit escabeau, Edwina respira largement : l'air était étrangement clair, et l'aéroport, bizarrement paisible.

Cette fois-ci, Muriel Watson, son assistante, l'avait accompagnée.

– La mousson se calme vraiment, lui lança-t-elle. Je ne vois presque pas de nuages; et ces trouées de bleu! Pas de fumée non plus. Aucun incendie en vue... Ce serait trop beau!

– Lord Louis affirme que les massacres ralentissent, madame. C'est peut-être vrai après tout, continua Miss Watson.

– Vu de son bureau, c'est différent, soupira Edwina. Ses chères épingles rouges sur la carte du Penjab ne disent rien sur les émeutes dans les villes. Nous allons bien voir.

Le commandant indien salua en claquant les talons, la main sur le côté de son turban sikh couleur kaki, barré de rouge. Il n'y avait pas eu d'émeutes depuis au moins huit jours; en une semaine, on n'avait relevé que trois femmes poignardées dans les ruelles du bazaar, et deux vieillards.

– Plus grand-chose, Votre Excellence, soutenait le commandant avec entrain. Nous sommes sur la bonne voie. Votre jeep vous attend. Évidemment, la route...

Encadrée par deux automitrailleuses, la jeep roulait au pas sous bonne escorte, contournant lentement les trous remplis de boue, évitant les charognes gonflées, les pattes raides pointées vers le ciel ; sur les talus, comme à Delhi, de pauvres gens campaient sous de vieilles couvertures, devant les ruines de maisons incendiées. Pas une n'était restée debout.

– Est-ce que toute la ville est dans cet état ? demanda Miss Watson doucement.

– Oh non ! La ville moderne est presque intacte. Et l'enceinte du Temple n'est pas détruite, ma'am, répondit bravement le commandant. C'est déjà beaucoup.

– Combien de morts ? fit Edwina.

– Dix mille... Non ! Douze mille, je ne sais plus, ma'am. Cela dépend si vous comptez les villages aux alentours, bredouilla le commandant.

– Des épidémies ?

– On me dit que non, ma'am. Mais il vaut mieux vérifier ; la mousson apporte toutes sortes de maladies, c'est difficile de distinguer...

– Distinguer quoi ? Si les gens meurent comme des mouches, c'est une épidémie ! s'écria Edwina.

– Mais, Votre Excellence, il y a les épidémies normales et celles de... Enfin, celles de cette année, répondit le commandant avec gêne.

Les ruines succédaient aux ruines, couvertes de gravats et de poutres calcinées ; les gens s'y étaient entassés. Parfois, entre quatre murs de terre battue à demi écroulés, un tas d'ordures montait jusqu'à hauteur du toit, dont on ne voyait plus que les charpentes tombées ; les vautours s'étaient posés là en masse, les uns contre les autres, gavés ; de temps à autre, l'un d'eux déployait ses ailes pour une gymnastique indolente, et ouvrait le bec comme s'il bâillait.

– C'est affreux, murmura Miss Watson. Il ne reste rien.

– Amritsar est la ville sacrée des sikhs, ma'am, lança le

commandant. Rien d'étonnant à ce qu'elle ait été la proie de violents combats.

– Mais c'est aussi la ville où le général Dyer a fait tirer sur une foule désarmée, et sans sommations, fit Edwina. Cet affreux massacre de 1919 n'a donc pas vacciné Amritsar contre les bains de sang?

– Deux générations ont passé, Votre Excellence, répondit le commandant avec un geste évasif. Cette histoire appartient aux vieux. Les jeunes gens ont oublié, et puis maintenant ils sont libres...

– Vous pouvez ajouter un mort à votre comptabilité d'aujourd'hui, commandant, fit soudain Edwina. Regardez.

Sur un de ces monuments d'ordures jetés à la face du ciel, un minuscule cadavre d'enfant avait été jeté. Le commandant fit arrêter la jeep, hurla des ordres aux voisins hébétés, et fit ramasser le petit corps; une femme sortit un châle pour l'envelopper; on le déposa à l'arrière d'une jeep.

– Excusez-moi, Votre Excellence, fit le commandant, crispé, les ordres sont pourtant très stricts. Parfois, quand les familles ont disparu, personne ne sait comment faire avec les nourrissons qui meurent. Ces gens sont tous si fatigués; les champs de crémation sont loin, il faut marcher...

– Je sais, coupa Edwina d'une voix brève.

– C'est un tel outrage, Votre Excellence, fit le commandant d'une voix tremblante.

Sanglée dans son uniforme kaki, arborant ses décorations en brochette sur la poitrine, Edwina passa tout le jour avec les responsables de l'administration civile et militaire. C'était une réunion d'inspection, où l'on vérifiait point par point l'ensemble du dispositif; à Amritsar, les vaccins manquaient cruellement, le bismuth avait disparu et le choléra progressait. Mais il se confirma que, pour l'ensemble, les émeutes avaient cessé. Sur ce point, les hôpitaux étaient formels : on n'avait pas apporté un seul blessé depuis près d'une semaine, ni à l'arme blanche, ni par balle. Un progrès considérable.

Edwina voulut vérifier, et demanda à circuler à pied, dans le bazar autour du Temple d'Or. Il ne restait plus grand-chose des boutiques, dont les auvents arrachés pendaient lamentablement; et les ruelles étaient presque désertes; mais sur la place, devant l'entrée du Temple, des paysans avaient apporté des courges et quelques pastèques. Dans une marmite monumentale cuisait du riz, distribué par des volontaires à une foule silencieuse. Elle voulut aussi revoir rapidement le lieu de la honte anglaise, le jardin de Jallianwala, dont les murs étaient demeurés debout, ainsi que le puits où s'étaient jetés les manifestants non violents, pour échapper aux balles du général Dyer. Elle contempla les traces de sang séché, vieilles de vingt-huit ans déjà, et que personne n'avait voulu laver; c'était là que le jeune Nehru s'était transformé en combattant de la liberté. Le jardin silencieux semblait accuser les nouveaux meurtriers, ceux qui trahissaient Gandhi et tiraient sur leurs frères; il n'y avait pas un oiseau, pas même une corneille.

Lady Louis exprima le vœu d'entrer dans l'enceinte du Temple, dont les murs criblés de balles témoignaient de la violence des combats; comme l'en priaient les dignitaires à l'entrée principale, elle se déchaussa, passa le petit canal destiné à la purification des pieds, et se retrouva soudain dans un îlot de paix.

Le soleil couchant éclairait de ses derniers feux le Temple resplendissant, comme si rien ne pouvait en altérer la radieuse image. Posé au beau milieu de l'immense bassin sacré, le petit temple couvert d'or semblait défier la guerre civile, dans un calme absolu. Pétrifiée devant tant de beauté, Edwina demeura immobile, avant d'apercevoir, sur le pourtour du grand bassin, les milliers de fidèles agenouillés, les pieds repliés sous eux pour ne pas offenser le Temple, et qui gémissaient sourdement comme s'ils ne voulaient pas troubler leur dieu.

Aux quatre coins, il était là, couché sur un lutrin, ce dieu : le Granth Sahib, le Livre sacré, que lisaient des prêtres assis en dodelinant de la tête. Et pour préserver cette paix suspendue, on éventait le Livre avec un chasse-mouches, comme on en avait l'habitude depuis que le Dernier Gourou avait légué au peuple sikh ce livre qui serait désormais leur seul maître, et l'image de Dieu.

Flanquée de ses gardes du corps, Edwina descendit les marches jusqu'au marbre glissant. Puis, hésitante, elle joignit les mains en croisant les doigts, et pria ce dieu qu'elle ne connaissait pas, qui avait la figure d'un livre, et que l'on adorait dans un temple doré flottant sur une eau éternelle. Un prêtre se dirigea vers elle, un homme aux noirs sourcils et à la barbe blanche; il lui tendit respectueusement, sur le creux de sa main, un peu de bouillie blanche en forme de petite galette. Il entrait dans la fonction du Livre de nourrir aussi ses fidèles, même par temps troublés. Lady Louis inclina la tête et mangea avec ferveur cette hostie gluante et sucrée, au goût de champs et de moissons, et dont le Temple perpétuait la coutume.

Quelques vieilles carpes au dos couvert de mousse sortirent le museau et ouvrirent leur énorme bouche pour avoir leur part du festin. Edwina quitta l'enceinte à regret.

– Eh bien, Muriel, tout se passe comme si Lord Louis avait raison, s'exclama Edwina en s'affalant dans un fauteuil. Amritsar est blessée, mais Amritsar est calme! Nous allons enfin sortir de ce long cauchemar...

Muriel Watson tendit l'oreille; on entendait des pas dans l'escalier.

– Un télégramme pour Son Excellence! fit une voix derrière la porte.

Miss Watson se précipita; Edwina pâlit, ouvrit la dépêche en tremblant.

– Mon Dieu, Muriel, c'est incroyable... Je suis grand-mère! Ma fille Patricia... Cela vient de Londres! C'est un garçon! fit-elle en riant.

Delhi, 7 novembre 1947

Lord Louis attrapa le billet sur la table, et le relut attentivement. « Je ne sais pas pourquoi je vous écris, sinon parce que je dois écrire à quelqu'un pour décharger mon cœur. »

Le billet était de Nehru.

Il avait commencé un mot qu'il n'avait pas terminé; la longue écriture nerveuse s'arrêtait net, comme coupée par une mauvaise nouvelle. Lord Louis décrocha le téléphone, et composa le numéro du Premier Ministre.

– Jawarla? Il est tard... Vous ne dormiez pas? J'ai reçu votre lettre... Ne vous excusez pas. Je comprends... Mais tout de même, les progrès sont sensibles. Il ne reste que les épidémies. La folie des hommes a cessé. Avez-vous vu le communiqué que je propose? Non? Attendez, je vous le lis...

Lord Louis étendit la main et attrapa un papier.

– Voilà. Il est très court. « L'habitude de jeter les musulmans par la fenêtre semble sur le déclin »... Je comprends bien, Nehru, mais si vous ne signalez pas l'amélioration, si vous ne rassurez pas les gens, nous n'en sortirons jamais!

Impatiemment, Lord Louis tapota le bois de son bureau.

– Mais oui, ils peuvent reprendre les trains, c'est ce que je vous dis... Bon. Pour le Cachemire... Ne criez pas! Écoutez-moi, je vous en prie. Je vais me répéter une fois de plus : le maharajah a signé l'adhésion de son État à l'Inde; votre bataillon de sikhs est sur place; les maraudeurs... Mais non, pas les envahisseurs, ce sont des tribus pathans, vous le savez bien! N'allez pas commencer une guerre! Enfin, voilà une question réglée, et vous la remettez en cause! Je dis réglée, depuis le 28 septembre exactement. Oui... Voilà. Le Cachemire est indien; il ne reste plus que le référendum à mettre en place... Vous dites? Comment?

De surprise, Lord Louis faillit laisser tomber le téléphone.

– Vous trouvez vraiment raisonnable que j'aille à ce mariage? Non, je n'ai pris aucune décision. Je le sais pardieu bien, qu'Elizabeth est l'héritière du trône! Et ma future nièce, par surcroît... Croyez-vous que je l'oublie un instant?... Je ne vous comprends plus. Vous semblez en pleine détresse, et vous m'expédiez à Londres pour un mariage royal?

La main de Lord Louis décrivait de larges cercles dans les airs. Pour se calmer, il se força à griffonner des branches sur un carnet.

– Mon neveu Philip peut se passer de moi... On va dire que je déserte mon poste... Ah! Vous pensez... Mais on va me demander des chiffres, et que dire? Savons-nous combien de gens sont morts? C'est embarrassant. Je serai en difficulté.

Soudain, de sa main libre, il se frappa le front.

– Écoutez-moi, Nehru. J'irai au mariage de la princesse à une condition : que vous acceptiez de rencontrer Jinnah... Si! Que vous le rencontriez pour régler définitivement la question du Cachemire. Bien. J'appellerai demain le Gouverneur général du Pakistan. Parfait.

Il allait raccrocher, sa main déjà posait le combiné sur la fourche de l'appareil...

– ... Vraiment? Gandhi vous a dit cela? Il vous l'a montré? C'est très émouvant. Edwina se fera une joie de remettre ce présent à la princesse Elizabeth... Si elle appréciera? Je me charge de lui expliquer. Oui... Je pense qu'il est temps de dormir, Jawalar... Indispensable; six heures, pas moins, sans cela vous ne tiendrez pas. Je me tue à vous le dire. Bonne nuit.

Lord Louis se leva pensivement, et se rendit tranquillement jusqu'à la chambre de sa femme.

Elle tressaillait dans son sommeil, écartant de la main les mauvais rêves, et murmurant des mots incompréhensibles.

– Edwina, fit-il en lui secouant l'épaule. Edwina!

– Dickie! fit-elle en sursautant. Quoi?

– Rien de grave, darling... fit-il en lui caressant la tête. Nous partirons pour Londres après-demain à l'aube; c'est décidé.

– Oh! fit-elle en bâillant, vous m'avez dit cela avant-hier, et vous avez changé d'avis...

– Nehru insiste pour que nous partions, ma chère; il pense que je pourrai éviter une campagne de presse contre nous. Et puis il est d'accord pour rencontrer Jinnah.

– Comme vous voudrez... J'ai sommeil, Dickie! soupira-t-elle.

– Avant de vous rendormir... Le Mahatma désire que vous remettiez son cadeau de mariage à Lilibeth. Un service de table en coton qu'il a filé lui-même.

– Vous me racontez n'importe quoi, murmura-t-elle. Il est trop tard pour vos plaisanteries. Laissez-moi dormir...

Mariage royal

Londres, 20 novembre 1947

Le tonnerre des orgues avait fini d'ébranler la vieille abbaye, qui, malgré ses tapisseries et ses drapeaux, ressemblait à un galion sous le vent. Les archevêques s'étaient assis le long de l'abside, les prêtres marchaient solennellement sur les tapis de velours, les majestés, les princes et les lords, assis en rangs serrés, faisaient à peine craquer leurs chaises, l'orgue se faisait doucereux, chuchotant, et une odeur mélangée d'encens et de fourrures parfumées emplissait le chœur, à bonne distance des futurs dont on n'apercevait plus que le dos. Gardienne du long voile de dentelle blanche brodé de grandes fleurs, Pamela remplissait dignement sa fonction de demoiselle d'honneur, parmi les autres. Au titre d'oncle du marié, Lord Louis se tenait au premier rang, sa femme à ses côtés. Le duc d'Édimbourg, son neveu, dont il ne voyait que la nuque raide et blonde, se tenait parfaitement droit.

Lord Louis eut beau se concentrer sur l'importance de l'événement, sa pensée flottait ailleurs. Avait-il eu raison de vouloir mentionner un chiffre pour les morts du Penjab ? Pouvait-il faire autrement dans le cadre d'India House, à Londres ? Il s'y était préparé ; il avait compté, recompté, dans le flou. La presse indienne parlait d'un million de morts ; mais c'était pure propagande contre le Pakistan, et pour ménager une issue favorable à la question du Cachemire. Non, ils n'étaient pas un million, les morts ; certainement pas. Les chiffres qu'il avait demandés avant son départ de Delhi balançaient entre deux cent mille et cinq cent mille ; aucune vérification n'était encore possible. Alors, puisque aussi bien les preuves manquaient encore, puisque probablement elles manqueraient toujours, Lord Louis avait eu un de ces coups d'audace qui lui avaient toujours réussi.

En pleine assemblée, devant un parterre de journalistes, il avait affirmé que le nombre des morts ne dépassait pas cent mille. Et que, d'ailleurs, les troubles n'avaient affecté qu'une toute petite partie du pays : trois pour cent, pas davantage. Une misère.

« Et cela, c'est vrai! songeait-il en s'agitant sur sa chaise. Le Sud n'a pas bronché; au Bengale, presque rien, à cause de Gandhi; le centre est resté tranquille, et les Himalayas aussi. Donc je n'ai pas menti... »

Tout de même, un vague malaise le torturait sans relâche. Après la brillante prestation de Lord Louis à India House, Lord Ismay s'était indigné : « C'est immatériel! Cent mille morts ou un million, et trois pour cent du pays affecté par les massacres... Est-ce que c'est cela qui compte? L'essentiel, c'est la détresse humaine, à une échelle démesurée... A coup sûr, plusieurs millions d'hommes égarés, ruinés, sans maison, affamés, assoiffés, et pire encore, sans espoir, sans avenir! »

Pétrifié devant la colère de son second, fidèle entre les fidèles, Lord Louis avait senti une main d'acier lui griffer le cœur; Ismay avait raison. Une fois de plus, il était trop tard; le comte de Birmanie ne pouvait en aucun cas se déjuger. Il avait donc maintenu contre toute évidence qu'il fallait juger des massacres à l'échelle entière de l'Inde; et que, d'ailleurs, avant d'accepter la charge de Vice-Roi, il avait prévenu Clement Attlee...

Les célébrants cessèrent peu à peu leurs allées et venues. Le moment du prêche était venu.

« Je ne suis pas coupable, pensa Lord Louis avec fureur. Je l'avais dit, je me souviens, les Indiens ne pourraient pas accéder à l'indépendance sans graves désordres, le sang coulerait... Pourquoi s'en prend-on à moi seul? Nehru et les autres ne sont-ils pas responsables, eux aussi? »

Les accusations portées contre lui n'étaient pas négligeables. La presse allait jusqu'à le soupçonner d'avoir précipité la partition des Indes pour revenir plus vite à son rêve le plus cher, celui qu'il caressait toujours, devenir Seigneur de la Mer, Amiral en chef de la Flotte... On se demandait encore d'où il avait sorti cette fameuse date du 15 août 1947, qui avait surpris tout le monde, et catalysé la catastrophe. Les confuses explications qu'il avait données par la suite se retournaient contre lui; personne ne prenait au sérieux l'idée qu'il avait choisi le 15 août pour commémorer sa victoire en Asie. Maintenant, il était piégé; il devrait demeurer en Inde aussi longtemps que les désordres continueraient... Du moins, puisque son neveu épousait l'héritière du trône d'Angleterre, il compterait un allié de taille. Justement, l'instant le plus solennel approchait. Lord Louis se redressa, essaya de balayer ses remords, n'y parvint pas et arbora un sourire crispé. Les époux venaient d'échanger leur foi; Philip Mountbatten, son neveu, devenu prince consort, avait lié sa vie à Elizabeth, fille de George VI, son père, et roi d'Angleterre.

Lady Louis, comtesse de Birmanie, figée dans sa robe longue et ses fourrures, tentait vainement de rappeler à sa mémoire les images de son propre mariage; mais si elle se souvenait du bleu delphinium, assorti à ses yeux, qu'elle avait choisi pour les sept demoiselles d'honneur, si elle savait la longueur de son voile et le poids de ses diamants, elle ne parvenait pas à retrouver l'émotion de l'instant précis. Le souvenir de l'excitation restait intact, celui du cœur s'était perdue. Ah! si, un détail. Avant de découper le gâteau, la main sur sa main gantée, Dickie avait fait un petit discours fort bien tourné, et l'avait appelée « ma fiancée », avec une tendresse exquise. C'est à Broadlands, dans leur manoir, à la fin de la lune de miel, que les choses s'étaient gâtées.

Et c'était encore à Broadlands, dès le lendemain, que les choses allaient devenir compliquées. Le jeune couple princier y passerait sa lune de miel, comme eux autrefois; mais pourquoi Edwina avait-elle imprudemment invité Malcolm Sargent à y passer une nuit?

La boue remontait.

Elle avait rencontré Malcolm Sargent pour la première fois à Londres, en 1941, après un concert qu'il avait dirigé à Albert Hall. Pendant la guerre, il allait donner des concerts aux armées; Edwina l'avait souvent croisé dans les campements, auprès des blessés. Ni lui ni elle n'avaient eu le temps de tomber amoureux l'un de l'autre. Jusqu'à la capitulation des nazis.

Lady Louis n'était déjà plus la brillante mondaine, la libertine, la scandaleuse. Lorsqu'elle avait décidé de s'engager dans la guerre, elle avait dû affronter de lourdes hostilités ; non sans peine, elle avait surmonté les réticences des comités caritatifs, qui ne souhaitaient guère s'embarrasser d'une femme gravement compromise, dont la presse populaire répercutait les frasques avec délices, et qui nuisait parfois à l'image de son mari, voire à celle de la monarchie. Passée cette première humiliation, son dévouement courageux lui avait valu une admiration sans réserve. La garçonne s'était transformée en héroïne. Puis la paix avait effacé cette image.

Malcolm avait comblé le vide. Lorsqu'il dirigeait, l'orchestre lui obéissait comme une armée ; il était un général pacifique, un chef, Edwina était son esclave, les concerts, leur communion. Dickie avait laissé faire : Malcolm ne remplaçait pas Bunny, mais il occupait la place dévastée.

Le départ pour Delhi avait séparé les amants ; depuis le mois de mars 1947, Edwina n'avait pas revu Malcolm. Dès qu'elle était arrivée à Londres, il avait téléphoné : par extraordinaire, il n'était pas en tournée. Elle n'avait pas su lui résister, et voilà comment le dernier amant en titre de la comtesse de Birmanie allait se retrouver sous le toit de Broadlands, planté au milieu du foyer conjugal, sous le regard du jeune couple princier en voyage de noces.

Cette pensée la torturait. En retrouvant Londres, la paix, ses amis et les mondanités, un tourbillon l'avait emportée comme un fétu. Une Vice-Reine, quelle aubaine pour les courtisans ! Adulée, embrassée, entourée, elle n'avait pas pris garde, et s'était retrouvée semblable à ce qu'elle avait toujours été avant l'Inde, une poupée futile sans passé et sans avenir, engloutie dans les rires et les danses, et qui reprenait ses somnifères pour trouver le sommeil. Elle avait rencontré Violaine, la Française – trouble et délicieux fantôme, qui ne cessait de traverser sa vie, celle de Dickie, amours croisées et déchirées. Dickie avait invité Violaine à New Delhi, car le temps pressait maintenant, et l'Inde redevenait assez paisible pour qu'on pût la visiter en touriste, à la belle saison de l'hiver. Edwina de son côté avait revu Malcolm Sargent, furtivement, entre deux verres, assez pour avoir vaguement désiré un corps d'homme entre ses bras, et pour l'avoir convié à Broadlands. Dickie, respectueux de leurs conventions, n'avait pas bronché.

Maintenant c'était fait ; Malcolm viendrait. A cette idée le cœur d'Edwina fut traversé d'une douleur : elle serait nue dans un lit avec un amant qu'elle n'aimait peut-être plus, elle tromperait Nehru... Cette pensée la révoltait ; elle se sentait désespérément prisonnière d'un engagement muet. Rien ne la liait à cet Indien ! S'était-il engagé ? Non. Avait-elle promis d'être fidèle, elle qui jamais n'avait su l'être ? Non ! N'était-elle pas libre après tout ?

« Tu sais bien que non, murmurait une voix cassée à son oreille. Tu n'es plus libre ; mais c'est sans importance... Les temps ne sont pas venus. Va, poursuis ton chemin sur cette route qui fut la tienne... Nous te rattraperons plus tard. Va... »

Ses fourrures glissèrent ; d'un geste mécanique, Dickie l'aida à les remettre sur ses épaules. Malcolm... Comme elle avait aimé le voir diriger ses orchestres, avec ses mains frémissantes, ses gestes d'envol, son dos subitement courbé pour les pianissimo, Elgar, *Pompes et Circonstances* qu'il exaltait comme personne... la musique, la communion... Qu'allait-il rester de ces fièvres nocturnes ? Et pourquoi se perdait-elle encore dans sa rage des hommes ?

« Je verrai bien, se dit-elle crânement ; il sera toujours possible d'invoquer mes célèbres migraines. Et puis, est-ce que je ne suis pas folle avec ce grand amour à l'autre bout du monde ? Allons, c'est résolu ; je passerai ce cap. Je me débarrasserai de Nehru. »

La cérémonie s'achevait ; le tonnerre reprit, envahissant les songes. Dickie se tourna vers elle avec un visage sérieux, elle prit son bras à l'avance. Mais comme elle levait les yeux sur ceux de son mari, elle y lut soudain le remords, l'ombre des massacres, les millions de réfugiés sur les routes, les puits empoisonnés, la boue, les enfants au regard vide, et les mères à l'abandon... Un sanglot la secoua. Que faisaient-ils ici tous deux, quand ils étaient responsables de toutes ces vies gâchées ?

– Reprenez-vous, darling, murmura Lord Louis. Moi aussi je pense à eux; dans quelques jours, nous serons repartis. Souriez, je vous en prie... Pensez aux photographes. N'oubliez pas : c'est une partie que j'ai gagnée. Avec vous.

Les tourments de Lady Louis

Delhi, 27 novembre 1947

– Enfin, darling, je ne vous comprends pas! s'écria Lord Louis, les yeux brillants de colère. Vous me reprochez ma froideur, vous m'accusez de manquer d'égards envers vous... Et même de ne pas être assez jaloux! Depuis que nous sommes rentrés, c'est l'enfer. Allez au diable!

Murée dans une intense bouderie, Edwina se contenta d'arracher un à un les fils d'une broderie qu'elle tenait sur ses genoux.

– Oui ou non, vous ai-je fait une seule remarque sur la présence de Malcolm à Broadlands? Je n'ai pas soufflé mot; je l'ai accueilli, vous avez pu le voir tranquillement. Répondez-moi : est-ce que je mens? cria Lord Louis.

– Justement, répondit-elle d'une petite voix. Vous ne souffrez plus. C'est donc que vous n'avez plus de sentiments pour moi... Et vous ne vous souciez nullement des miens.

– Parce que vous voudriez que je vous interroge, peut-être? s'indigna Lord Louis. Ma chère et loyale épouse, dites-moi si vous aimez encore votre amant, s'il vous plaît... C'est cela? Vous ne l'aimez plus? Eh bien, je suis fatigué de vos complications. Figurez-vous que j'ai mieux à faire dans la vie; demain, je dissous le Comité d'Urgence! Bonsoir!

Et il partit en bousculant un guéridon, qui tomba.

Edwina se mit à pleurer, honteuse. Que lui arrivait-il?

En mettant le pied sur le sol de l'Inde, elle avait retrouvé avec bonheur l'air humide et lourd qui charriait les mille senteurs des plantes et des feuilles, un vert amoureux et vivant; les femmes marchant dans les rues dans leurs saris flottant au vent avaient lavé son cœur de ses souillures. Elle s'était sentie portée par des ailes, comme une aigrette sur un étang... Elle avait aussitôt renoué avec ses activités habituelles, et couru à Purana Qila pour expier ses futilités. La situation s'était nettement améliorée; l'ordre revenait peu à peu; au point qu'en effet il était grand temps de rendre tout le pouvoir au gouvernement de l'Inde, dont elle avait senti l'impatience; Dickie avait mille fois raison.

Mais il l'avait aussi avertie : une fois dissous le comité d'urgence, il faudrait voyager, dans chaque royaume, dans chaque ville, pour de longues et fastueuses cérémonies, au regard desquelles le mariage de Westminster ne serait qu'une fugace bagatelle. Il avait bien été décidé qu'elle garderait la responsabilité d'un Comité pour les Réfugiés, mais elle n'y croyait guère; et puisque Dickie laissait le gouvernement gouverner, pourquoi se risquerait-elle à continuer de son côté? Non! C'était là un geste d'amitié, rien de plus. Désœuvrée, rejetée vers la mondanité, elle se sentait misérable; et Violaine, leur belle amie, arrivait dans une semaine!

Les migraines, qu'elle avait à point nommé retrouvées à Broadlands pour éviter Malcolm, l'avaient reprise pour de vrai. Elle n'avait pas revu Nehru, bien qu'il ait plusieurs fois cherché à la rencontrer; elle avait peur de lui. Et le pauvre Dickie ne pouvait être tenu pour coupable de sa détresse.

« Voilà, je suis à l'abandon, songea-t-elle. Personne ne m'aime. Malcolm cherche la lady, la comtesse, et se contemple en moi comme dans un miroir; j'ai bien vu! Je le méprise. Je ne suis plus utile; il aura suffi de deux semaines pour qu'Amrit n'ait plus besoin de moi et se débrouille seule; que ferai-je désormais? L'Inde ne m'aime plus. Et Jawahar... »

Jawahar téléphonait sans relâche, et se heurtait à un mur.

Un bearer entra furtivement et vint chuchoter à son oreille.

– Votre Excellence, c'est le Premier Ministre...

– Au téléphone? sursauta Edwina. Je ne suis pas là.

– Mais il est ici, mem'saab, il arrive...

Fébrilement, Edwina arrangea sa robe à fleurs et essuya ses yeux. Le maquillage avait coulé sans doute... Elle courut vers un miroir... Trop tard.

– Pourquoi vous regardez-vous ainsi, my Dee? fit la voix de Nehru derrière elle. Retournez-vous un peu, que je vous voie...

Il la fit pivoter sur elle-même.

– Vous pleurez, fit-il lentement. Et vous m'évitez depuis quatre jours. Que s'est-il passé à Londres?

– Rien, Panditji, répondit-elle en se dégageant. Le mariage était très réussi; la princesse a beaucoup aimé le napperon du Mahatma, vraiment. Rien, vous dis-je!

– Ce n'est pas vrai, Mira, murmura-t-il. Je ne sais pourquoi vous souffrez, mais je le vois. Dites-le-moi.

– Je ne peux pas! fit-elle, crispée. Est-ce que je sais seulement pourquoi vous vous obstinez à m'appeler Mira? Je ne vous connais pas encore...

– Vous croyez cela, fit-il en souriant. Mais nous avons le temps, my Dee. Toute la vie. Savez-vous ce que vous allez faire? Vous irez rendre visite au Mahatma. Vous prendrez le thé avec lui, il filera son rouet, et vous irez mieux. N'est-ce pas?

Brusquement, le cœur d'Edwina s'épanouit.

– Vous croyez? fit-elle timidement.

Il prit sa main, la porta à ses lèvres.

– Nous vous aimons tous, my Dee. Allez simplement vérifier.

Delhi, 29 novembre 1947

Souvent, Edwina longeait les haies de Birla House; de la rue on ne voyait que la terrasse, et la foule des pèlerins qui se massaient en attendant l'heure; en dehors de ce petit cortège et de trois gardes peu farouches, rien n'indiquait la présence du Mahatma. Edwina aimait la petite pièce presque vide où, à côté d'un lit rudimentaire, il avait installé son rouet, ses livres sacrés, et disposé sur une petite étagère ses objets fétiches, les trois singes chinois en ivoire, sa vieille montre gousset, son étui à lunettes, et les sacs d'argile dont il se servait contre la chaleur, mouillés d'eau, en les posant sur son crâne chauve.

L'idée de retrouver ce lieu tranquille l'apaisa. Elle fit arrêter la voiture, et se joignit à la queue.

— Suivez la file! criait une voix dans un haut-parleur.

Il fallait longer la grande maison blanche pour rejoindre le jardin. Sur la vaste pelouse, les femmes s'étaient assises, le sari déployé sous leurs genoux; les hommes, simplement vêtus de coton blanc ou gris, restaient debout, et parlaient sans élever la voix. Aux Indiens se mêlaient quelques Occidentaux, journalistes américains sans doute, ou suédois, et dont le regard trahissait une gêne mêlée de ferveur. Une extrême douceur régnait sur le jardin, cette douceur d'avant-printemps aux fleurs épanouies et vivantes; les mouvements étaient fluides, les mains accueillantes et les regards pleins de joie. Edwina se glissa aisément au milieu des simples gens. Personne ne la remarqua; Lady Louis était une fidèle parmi les autres. Elle chercha Nehru du regard; et soudain, elle l'aperçut près de la maison, à l'endroit où commençait une pergola de grès rouge. Appuyé sur un des piliers, il rêvait, le poing sur la bouche.

— Hâtez-vous, les visiteurs sont nombreux aujourd'hui, fit-il en la voyant.

— Ce ne sont pas les mêmes qu'à Banghi Colony, répondit-elle en désignant la foule. Que d'étrangers!

— Sa gloire est universelle aujourd'hui; elle attire tout le monde, même les riches... dit-il en riant.

Gandhi filait son rouet, et ne leva pas les yeux quand elle entra.

— Voici ma petite sœur. Est-ce que je me trompe?

— Comment m'avez-vous reconnue, Bapu? s'étonna-t-elle.

— Le parfum, répondit-il avec malice. Les femmes autour de moi n'en portent pas, excepté vous, ma chère Lady Louis. Dites-moi : comment la princesse a-t-elle reçu mon cadeau de mariage?

— Mais... bien, Bapu, répondit Edwina avec gêne.

— N'a-t-elle pas trouvé le présent indigne d'elle? Du simple coton...

— Filé par vous, Bapu! La princesse a reconnu votre générosité. Elle a même évoqué votre chevalerie, je crois, fit Edwina d'une voix presque éteinte.

— C'est curieux, constata le Mahatma après un long silence,

vous n'êtes pas comme à l'ordinaire, ma chère enfant... Allons, dites-moi ce que vous êtes venue me demander aujourd'hui.

– Rien, Bapu, murmura-t-elle. Un peu de paix.

Il la dévisagea sérieusement par-dessus ses lunettes.

– Tenez-moi ce fil une seconde, dit-il en lui tendant le coton tordu. Voilà. Maintenant, essayez de filer, voulez-vous?

Nehru, assis en tailleur, s'agita dans son coin. Edwina posa la main sur la roue et la lança doucement; à l'autre bout, le fil lui échappa.

– Je n'y arriverai pas! s'écria-t-elle.

– Mais si, répondit doucement Gandhi. Il suffit d'un peu d'obstination; serrez bien le coton entre les doigts, et laissez de la souplesse. Nehru, voulez-vous aider notre amie?

Nehru s'assit aux côtés d'Edwina, et mit sa main sur celle qui tenait le coton cardé. Il l'encourageait à mi-voix, lançait la roue avec elle, étirait avec elle la mousse sèche en la tordant de l'autre main... Puis il la lâcha lentement; le fil continua sa course.

Gandhi souriait en silence.

– Bapu, j'ai réussi! fit Edwina, radieuse.

– Nous autres, Indiens, enchaîna-t-il en râclant sa gorge, nous devinons souvent les vies antérieures des êtres qui nous sont chers. Je ne suis pas surpris que vous ayez réussi à filer le coton, comme une vraie Indienne. Dès que je vous ai vue, petite sœur, j'ai su quelle était la dernière de vos vies précédentes. N'est-ce pas, Nehru?

– C'est vrai, fit Nehru, je l'ai pensé aussi...

Edwina les regarda alternativement, le cœur battant.

– Que voulez-vous dire?

– Vous avez été une des nôtres, marmonna le Mahatma. Je crois même que vous aussi, comme ma chère fille Mirabehn, vous vous appeliez Mira. Je l'ai pensé au premier regard.

– Mira? Mais Nehru m'a appelée ainsi hier au soir! Que signifie...?

– Rien du tout, fit-il en éclatant de rire. Le reste, vous le découvrirez plus tard, n'est-ce pas, Nehru?

Nehru détourna la tête, ému. Edwina se mit à rougir.

– Allons, dites-moi quelles sont vos tâches, maintenant que le comité d'urgence est dissous, demanda le Mahatma.

– Dickie parle de voyages officiels, Bapu, soupira Edwina.

– Nehru, dites-moi si je me trompe, coupa le Mahatma, notre amie garde bien la responsabilité de ce conseil, comment l'appelez-vous déjà?

– Conseil unifié pour la Protection et la Santé des Réfugiés, répondit vivement Nehru. C'est absolument vrai.

– Est-ce que cela compte? Ne gênerai-je personne? fit Edwina après un silence. Je me sens tellement inutile maintenant...

– Qu'attendez-vous, mon enfant? fit le Mahatma d'une voix douce. Les réfugiés ont encore besoin de vous.

– Jawahar, vous aviez préparé tout ceci! s'écria Edwina.

– Et quand cela serait? fit Gandhi. Où est le mal?

Edwina se leva d'un bond.

– Vous me faites l'aumône de ce travail... Je me sens humiliée, Bapu!

– Et quand vous seriez humiliée, my Dee, murmura Nehru avec tendresse, est-ce que ce serait si grave?

Elle les contempla tous deux avec bonheur.

– C'est bon, fit-elle. Je me rends. Je reste avec vous. Jusqu'au dernier jour de ma vie en Inde, alors?

– Quel dernier jour? fit Nehru.

Violaine

Delhi, 3 décembre 1947

Un calme surprenant s'était abattu sur le jardin moghol; un petit échassier aux pattes jaunes et légères arpentait avec grâce les vasques immobiles, où les fontaines s'étaient arrêtées. Edwina, allongée sur un rocking-chair, s'étira lentement. Dans une heure, Violaine briserait la douceur de l'après-midi; avec elle, le passé ferait brusquement irruption au cœur de son Inde intérieure. Dickie avait tenu à aller chercher sa belle amie à l'aéroport; et pour respecter leurs conventions tacites, elle n'avait pas insisté pour l'accompagner. D'ailleurs, elle n'en avait aucune envie.

Ces invitations lancées à Londres par distraction... Quelle absurdité. Les Indes, pourquoi s'en priver? disaient les amis d'une même voix. La meilleure saison? L'hiver, naturellement. Décembre et janvier, quand le soleil pâle ressemble à la fin d'un printemps d'Angleterre. Venez, avaient dit les Mountbatten poliment, nous prendrons soin de vous...

En privé, Edwina et Dickie avaient durement marchandé. Ils avaient passé tant d'années à négocier la présence de leurs amants et de leurs maîtresses que l'habitude s'en était prise ; ils n'y échappaient plus. La boue. Edwina avait accordé le séjour de Violaine à Dickie en échange de celui de Malcolm Sargent, l'amant incongru ; deux ou trois amis moins intimes joueraient les figurants. Fidèle comme un caniche, Dickie continuait d'entretenir pour Violaine un attachement de bon ton ; mais elle... Que lui faisait Malcolm aujourd'hui? Où s'était enfuie sa passion décomposée? Quant à Violaine, cette douce au cœur soyeux...

Depuis combien de temps occupait-elle leur vie? Les années passaient, les amants d'Edwina disparaissaient, mais Violaine demeurait. Elle avait fait son apparition dans la vie de Dickie au moment où il s'était aperçu enfin qu'Edwina le trompait avec trois ou quatre hommes ; au vrai, l'étonnant était qu'il ne l'eût pas su plus tôt. Dickie avait imposé Violaine ; furieuse, Edwina avait un jour devancé Dickie à Paris où il avait rendez-vous, et avait emmené la jeune femme en voyage à travers l'Europe, sous prétexte de cures prolongées à Vienne, à Budapest, pour de folles nuits vagabondes. Pendant plus d'un an, Dickie avait sagement attendu à Malte, où il était en poste, que sa femme acceptât de lui restituer sa maîtresse.

Pour l'Edwina d'alors, Violaine comptait au nombre de ses charmes deux séductions majeures. Premièrement, elle était la bien-aimée de Dickie, à qui il n'était pas question de l'abandonner ; deuxièmement, Violaine avait épousé quand elle était encore gamine un homme élégant et riche, de trente-trois ans plus vieux qu'elle. Sa tante, célèbre écrivain français, connue pour ses amours multiples, en avait fait un joli petit roman plein de charme. Violaine avait de grands yeux bleus, une bouche sensuelle, un charme infini et un caractère facile ; elle dansait admirablement, et offrait à Dickie l'affection tranquille dont il manquait si cruellement. En un tournemain, Edwina l'avait détournée de Dickie, tout en protestant que Violaine était libre de ses choix, et que jamais au grand jamais elle n'avait essayé de la lui voler. Ces jeux étaient finis depuis longtemps ; Violaine n'était plus qu'une vieille amie de la famille mais elle semblait toujours garder au cœur comme une nostalgie d'Edwina.

Malcolm Sargent ne viendrait qu'au printemps ; et Violaine roulait déjà vers le palais. Le regard d'Edwina tomba brusquement sur ses mains : tannées par le soleil, zébrées de petites griffures, avec deux ongles cassés depuis Purana Qila.

– Violaine s'en apercevra ! s'écria-t-elle. Je ne pourrai pas lui expliquer...

Elle n'avait rien changé à son programme. Violaine ne la suivrait pas dans les hôpitaux, à moins que par miracle... Mais non. Violaine serait identique à elle-même : exquise, légère, suave, avec des soupirs d'oisillon tombé du nid.

Edwina compta sur ses doigts ses inspections au Penjab. Toutes les semaines, avec Amrit Kaur, visite des camps, surveillance des hôpitaux, liste des médicaments, mise en place de l'assistance aux aveugles, aux muets, aux amputés surtout, qui se traînaient par terre sans prothèses... A Delhi, l'office des personnes disparues lui prenait la moitié de son temps ; on parvenait à identifier des enfants qu'on rendait à leur mère, on rassemblait des familles en patrouillant de camp en camp, mais trop souvent encore, il fallait prendre soin des orphelins, ou consoler des parents éprouvés. Les camps s'étaient améliorés ; à Jullundhur, les deux femmes avaient eu la surprise de visiter un campement bien tenu, où ne manquaient ni la nourriture ni les tentes étanches ni les sanitaires, à l'écart. Ces réfugiés-là ne mourraient pas.

Aucun de leurs amis frivoles ne comprendrait jamais.

Un serviteur se pencha discrètement à son oreille.
– Your Excellency, l'invitée est arrivée.
Edwina se leva en soupirant.
Dans les couloirs sonores, le rire léger de Violaine retentissait déjà.

— Ma toute chérie, mon amour, enfin! fit-elle en se jetant au cou d'Edwina.

Machinalement, les bras d'Edwina se refermèrent sur la taille tiède et les cheveux parfumés. Une colère l'envahit contre l'intruse; de quel droit reprenait-elle sa place auprès d'elle?

— Comme c'était long, ma douce... continuait Violaine, en picorant des baisers sur son visage. Je te retrouve... Je vous retrouve tous deux, fit-elle, en couvrant Dickie d'un regard fervent. Attendez, que je vous regarde... Vous n'avez pas changé.

— Et pourquoi changerions-nous? lança Dickie, désinvolte.

— Je ne sais pas, moi... Les Indes, et puis tout ce désordre... fit Violaine en riant. Ne plus être Vice-Roi, Vice-Reine, tout de même...

— Toi non plus, tu n'as pas changé, murmura Edwina. Cet ensemble...

— N'est-ce pas? dit Violaine en virevoltant pour faire tourner les plis épais d'une jupe claire. Je l'ai mis pour toi; c'est un Chanel d'avant la guerre, mais un modèle que tu ne connaissais pas.

— Savez-vous ce qu'a apporté notre amie, ma chère? fit Dickie d'un air mystérieux. Vous ne devinerez jamais. Un manteau de fourrure!

— Vous m'aviez dit qu'il pouvait faire froid! fit Violaine, toute fière.

— Voilà qui serait fort utile aux réfugiés, dit Edwina rageusement. Eux souffrent du froid, la nuit. Je t'installe dans tes appartements, et je te quitte.

— Comment cela, tu me quittes? s'étonna Violaine désemparée.

— Une réunion... fit Edwina, évasive. Dickie t'expliquera. Je suis pressée.

Delhi, 6 décembre 1947

Recroquevillée sur un canapé, Violaine sanglotait à petits coups; Edwina, le nez sur une fenêtre, tournait le dos.

– Je vous en prie, Violaine, supplia Dickie à ses pieds, ne pleurez plus. C'est intolérable...

– Mais, Dickie, hoqueta-t-elle, vous m'invitez... j'accours... vous n'êtes jamais là, et Edwina... quand je la vois, elle me dédaigne! Et quand elle ne fait pas la tête, elle m'accuse... Ou vous, enfin, je ne sais plus...

– Edwina! dit Dickie. Voyez-vous dans quel état vous nous mettez tous deux? S'il vous plaît...

– Non! Je ne compte plus, je le vois bien, cria Edwina sans se retourner. Depuis qu'elle est là, vous ne me regardez plus.

– Par exemple, cria Dickie à son tour, c'est trop fort! Vous êtes toujours par monts et par vaux, c'est à peine si l'on vous aperçoit au souper, et vous vous plaignez?

Edwina se retourna, toute pâle.

– C'est cela, je suis la coupable, fit-elle en les fixant avec rage. Mais regardez-vous, Dickie, vous êtes à ses genoux! D'ailleurs, vous êtes grotesque, mon cher, il n'y a pas d'autre mot. Pour cette mijaurée parisienne...

– Mijaurée, sanglota Violaine de plus belle, mais vous l'entendez? Moi qui me réjouissais tant de vous retrouver tous les deux...

– Tu l'as déjà dit, coupa Edwina.

– Mais tu as donc perdu la mémoire? fit Violaine, plaintive. Toutes ces saisons passées ensemble, les nuits de Budapest, nos voyages, la clinique à Vienne, les régimes, te souviens-tu? Et nos massages, tu les as oubliés?

– Ah! gronda Edwina, assez! Je ne supporte plus ces jérémiades. Rien n'est plus comme avant.

– Avant quoi? fit Violaine, tendue, en repoussant Dickie.

– Tu ne peux pas comprendre, soupira Edwina, découragée. Ce que j'ai vu ici...

– Oh! Mais je comprends très bien, siffla Violaine. Madame joue les sœurs de charité; Madame s'est acheté une vertu, Madame veut effacer ses années folles... Eh bien, je suis là, moi, entre vous deux. Osez dire que je n'existe plus!

– Jamais je ne... protesta Dickie.

– Vous, on ne vous demande pas votre avis, lança Edwina. Vous feriez mieux de vous occuper du manteau de fourrure, et des paquets, et des bijoux, et du reste!

– Tu as changé, Edwina, murmura Violaine. Tu as des rides autour de la bouche, la peau noire comme une indigène, et tes ongles sont ébréchés. Tu es devenue acariâtre. Une méchante vieille sans amour.

Edwina poussa un cri et plongea son visage dans ses mains.

– Violaine! fit Dickie d'un air de reproche. Taisez-vous, voyons...

– Laissez-la! cria Edwina avec colère. C'est votre faute. Vous gâchez toujours tout. Elle ne me traiterait pas ainsi sans votre complicité!

– Edwina... implora Dickie, ne recommencez pas. Violaine, je vous en prie, calmez-vous...

Les deux femmes se regardèrent en tremblant. Violaine détourna les yeux et se remit à pleurer.

– Bien! coupa violemment Edwina en s'asseyant. Et maintenant?

Ils ne parlaient plus. Dickie se releva, et se mit à marcher. Edwina torturait ses ongles. Violaine se moucha bruyamment, et déplia ses jambes.

– Depuis combien d'années jouons-nous à ce jeu? murmura-t-elle enfin. Nous nous aimons, et nous nous déchirons. Je viens ici, ici! fit-elle en jetant un regard sur la terrasse, et jusque dans ce palais des merveilles voilà que nous tirons les couteaux. Je n'en peux plus!

– Violaine, j'ai tout fait pour... commença Dickie.

– Ah non! Pas d'excuses, coupa Violaine résolument. Nous n'en avons pas. Aucun de nous. Edwina, ma chérie, il vaut mieux que je parte.

– Tu ne partiras pas, fit Edwina dans un sanglot. Je... ce sont ces migraines. Je suis très irascible, tu sais... Tu n'es pas responsable.

– Si, fit Violaine, butée. Je suis de trop, voilà.

– Allons, soupira Edwina, ne fais pas la bête. Reste, et je te promets que je dégagerai un peu de temps. Et puis tu ne vas pas manquer Jaïpur... Le jubilé du maharajah, les éléphants de parade, hein ? Dickie va jouer au polo, très mal, comme d'habitude, tu t'amuseras, tu aimes tant t'amuser...

– Tu aimais la vie, Edwina, avant l'Inde, répondit Violaine d'une petite voix. Tu n'es plus la même...

– Oui ! jeta Edwina farouchement. C'est vrai ; je n'y peux rien. Dickie, lui, n'a pas changé ; profites-en !

– Mais alors, plus de jalousies stupides, ma chère, intervint imprudemment Dickie.

Edwina lui lança un regard assassin.

– Dickie... fit Violaine, découragée. Vous ne comprenez jamais rien.

– Vous voyez, fit Edwina ironique, vous avez réussi à nous réconcilier. Contre vous. Félicitations !

– Eh bien, fit-il bravement, cela du moins n'a pas changé.

Le jubilé du maharajah

Jaïpur, 15 décembre 1947

Le crépuscule tombait sur la Cité Rose ; le soleil éclairait les mille fanions flottant aux sommets des palais, et même à l'horizon, sur les découpes des longs remparts crénelés qui grimpaient sur les montagnes, du côté de la vieille forteresse, à Amber. La foule déambulait joyeusement à l'intérieur des enceintes, en attendant la nuit qui n'allait plus tarder.

Quatre mois après l'indépendance, le maharajah Man Singh de Jaïpur célébrait son jubilé d'argent en présence de ses épouses : la plus ancienne, Son Altesse Première, surnommée « Jo Didi » par la plus jeune, Son Altesse Seconde, la belle Gayatri Devi, une jeune femme d'un modernisme exacerbé. Assistaient aux cérémonies quatorze autres souverains des

États princiers de l'Inde accompagnés de leurs maharanées ; le gouverneur général et son épouse, Lord Mountbatten et Lady Louis, ainsi que leurs invités personnels, au nombre desquels une jolie Française.

Son Altesse Seconde avait été informée que cette dame avait été en son temps l'héroïne d'un roman dont le titre sonnait bizarrement indien : Jiji, ou Gigi, elle ne savait plus. L'auteur était une femme aux mœurs assez légères ; Violaine était sa nièce ; son vieux mari l'avait épousée après de romantiques épisodes de style très occidental, avec un parfum de scandale dont Son Altesse Seconde ne percevait pas le contenu, car rien n'était plus habituel en Inde qu'un mariage aussi dépareillé. Mais ce dont elle était certaine, c'est qu'on murmurait que la charmante Violaine était depuis longtemps la maîtresse en titre du gouverneur général.

Lady Mountbatten semblait absolument indifférente à cette situation ; mieux, elle semblait tolérer Violaine comme Jo Didi tolérait Gayatri Devi. Son Altesse Seconde en savait assez sur les difficultés jalouses de la monogamie pour s'étonner de l'attitude de Lady Louis : car si, aux Indes, la tradition exigeait entre les épouses des rajahs une harmonie familiale, si, toutes rassemblées dans le zenana, l'espace réservé aux femmes, elles vivaient ensemble comme des sœurs, l'Occident n'avait pas de ces tolérances. Or, l'épouse du Gouverneur général entretenait avec la petite Française une complicité de zenana. La jeune maharanée n'en perdait pas une miette, et remplissait son office de maîtresse de maison avec une gourmande curiosité.

Le jubilé durerait de longues semaines ; il culminerait le lendemain avec un banquet d'État au palais de Rambagh, délicieusement orné de draperies et de fleurs sur toutes ses colonnades peintes en jaune.

Au vrai, les choses avaient bien changé depuis l'année où la grande impératrice des Indes, la boulotte petite reine Victoria, avait proclamé qu'elle respecterait les droits, la dignité et l'honneur des princes indigènes comme les siens propres. C'était en 1858, après que les maharajahs s'étaient montrés presque tous d'un beau loyalisme envers Sa Très Lointaine

Majesté pendant la mutinerie des Cipayes, en 1857, l'année précédente. Cent huit souverains siégeaient à la Chambre des princes, qui leur était réservée, lorsque commença le processus de l'indépendance. Or le Mahatma considérait les princes comme des créatures de l'Empire britannique ; et le sardar Patel, ministre de l'Intérieur, n'avait pas tardé à sonner la charge, dès avant le 15 août. Il avait d'abord demandé simplement pour le gouvernement central la responsabilité de la défense nationale, de la politique étrangère et des communications.

Bientôt, persuasif et autoritaire tout à la fois, le sardar Patel était parvenu à convaincre un par un les princes indigènes de fusionner entièrement leurs États avec la grande nation indienne ; naturellement, leurs privilèges leur seraient garantis, ainsi que leurs richesses et leur rang. Le Vice-Roi avait accompagné les démarches du sardar Patel d'amicales pressions sur les maharajahs, dont il connaissait personnellement un grand nombre depuis de longues années. A l'exception du Nizam musulman d'Hyderabad, qui se faisait tirer l'oreille et promettait de rudes temps, du souverain musulman du petit État princier du Junagadh, qui n'avait toujours rien décidé, et de l'incertain maharajah du Cachemire qui, prince hindou gouvernant un peuple musulman, ne savait pas choisir entre l'Inde et le Pakistan, tous avaient cédé.

Le maharajah de Jaïpur, dont l'un des grands ancêtres avait été général de l'empereur Akbar, avait combattu pendant la guerre aux côtés des Anglais. Il n'était pas suspect de sympathies à l'endroit des indépendantistes ; en 1937, il avait reçu l'ordre d'arrêter le Mahatma Gandhi pendant qu'il traversait l'État de Jaïpur, et c'était pur hasard s'il n'y était pas parvenu : le train ne s'était pas arrêté à l'endroit où le maharajah l'attendait. Le petit homme n'en avait pas tenu rigueur au souverain, et se contentait de le railler à chacune de leurs rencontres : « Ah, c'est vous le vilain garçon qui vouliez m'arrêter ? »

Son Altesse Man Singh avait été habile, et avait signé son rattachement à l'Inde le 12 août 1947 ; il allait de soi cependant qu'il demeurait le souverain de son État.

D'ailleurs, le rite immuable avait été dûment respecté : en présence de son peuple admiratif, le maharajah, accroupi sur l'immense plateau d'une balance préposée à cet effet, avait été pesé contre son poids en argent. Ses deux épouses avaient eu droit au même traitement, mais devant un parterre réduit aux seules femmes de la cour, dans leurs jupes de mousselines brodées d'or, voilées du même long tissu qui les enveloppait entièrement. Les masses d'argent prélevées sur les réserves de la couronne avaient solennellement été distribuées aux pauvres de Jaïpur.

Tel était le déroulement des festivités que la fine Gayatri Devi, deuxième maharanée du royaume, racontait au Gouverneur général qui venait d'arriver de Delhi. Sa femme Edwina, qui avait rencontré le maharajah Man Singh en 1921, se souvenait de lui comme d'un charmant jeune homme, ce qui n'était plus le cas maintenant; elle n'écoutait guère les propos de Gayatri Devi; les yeux rivés sur les drapeaux, elle avait l'air rêveur. Quant à la petite Française à la grande bouche rieuse, elle intervenait souvent avec des interjections émerveillées, auxquelles la jeune maharanée ne comprenait pas grand-chose, excepté que c'était sans doute du français et que cette dame, quoique fort distinguée, manquait singulièrement de réserve. Mais comment ne pas admirer la ville enrubannée? La fête était parfaite; une légère brise venue des collines soulevait légèrement les saris et les voiles, les tambours et les flûtes palpitaient dans la Cité Rose, et la maharanée pouvait s'enorgueillir de l'agencement sans faille dont elle avait pris la responsabilité.

Soudain, la ville s'illumina. Sur tous les toits, de petites ampoules blanches s'allumèrent, dessinant des festons et des arabesques; le Palais des Vents, cette façade tourmentée qui ne servait plus à dissimuler les femmes de la cour autrefois confinées derrière ses fenêtres, se mit à ressembler à un énorme gâteau surmonté de mille bougies. La foule soupira d'aise; Violaine cria son enthousiasme; Dickie la contempla en souriant; Edwina détourna la tête.

Le souper serait servi sur une vaste terrasse, éclairée par de grandes torches; les pâtes d'amande et de pistache enrobées de feuilles d'or suivaient les riches curries de la région; bien entendu, les grands thalis ronds qui servaient d'assiettes seraient en or également; en revanche, les gobelets et les bols ne seraient que d'argent massif. Un orchestre traditionnel accompagnerait le repas : les musiciens de Jaïpur comptaient parmi les meilleurs de l'Inde, et les danses, simples et souples, raviraient les invités. Au demeurant, Son Altesse Seconde ne dédaignait pas de mêler ses pas à ceux des danseuses, car ces rondes rurales ne demandaient pas d'apprentissage difficile. La grâce et la docilité suffisaient. Tout irait bien.

Le lendemain, le Gouverneur général décorerait le maharajah de l'Ordre de l'Étoile de l'Inde, au grade de grand commandeur. Cette cérémonie se déroulerait au Palais de la Cité devant les éléphants de parade qu'on ne forcerait plus à combattre, car les temps changeaient ; les cornacs avaient déjà dessiné des volutes et des points sur le vaste front des animaux avec des poudres jaunes, vertes et blanches, ainsi que sur leurs oreilles et leur trompe. Les jours suivants, la jeune maharanée avait prévu des pique-niques dans les environs ; elle avait organisé une chasse au canard pour les fanatiques du fusil. Les innombrables maharanées invitées pour la circonstance accepteraient volontiers d'innombrables visites de courtoisie ; en bref, les invités du maharajah ne s'ennuieraient pas.

L'exquise Gayatri Devi babillait délicatement, sans rien montrer des lancinantes inquiétudes qui de temps en temps l'obsédaient. « Tout de même, songeait-elle, les souverains ont perdu quelque chose en cette affaire... Et si demain le gouvernement central décide de nous priver de nos terres ? Nous serions ruinés ! Que faire avec nos palais, nos serviteurs et nos pierres précieuses ? Quelles garanties avons-nous face à ce pouvoir naissant, et qui semble si fort ? Prudence... »

Mais elle avait été trop bien élevée pour poursuivre plus avant ses méditations secrètes.

Fille du maharajah de Cooch Behar, au Bengale, éduquée à l'occidentale, Gayatri Devi était née sous l'étrange nom d'Ayesha ; la maharanée Indira, sa mère, fascinée par l'écrivain Rider Haggard, l'avait affublée du prénom de l'héroïne de son roman célèbre, Elle, souveraine immortelle d'une Atlantide africaine, et qui trouvait la mort en se jetant dans le feu : comme une de ces sâtis indiennes brûlées vives avec leurs maris morts. La jeune Ayesha avait fait de brillantes études à l'étranger; célèbre pour la clarté de son rire, sa façon de secouer à tout propos la masse de ses cheveux de nuit, et la vivacité de sa conversation, elle était la plus courtisée des princesses et rien ne la prédisposait à suivre la tradition polygame des seigneurs des Indes. Mais elle n'avait pas résisté à la séduction du maharajah de Jaïpur, et après de longues années de flirt intermittent, elle avait accepté, contre l'avis de sa mère, le rôle ingrat de troisième épouse. Elle avait alors changé de nom; seuls ses amis l'appelaient encore Ayesha.

Le souverain de Jaïpur avait épousé en premières noces, alors qu'il était encore adolescent, une princesse de Jodhpur, femme déjà mûre, et qui, quelques semaines avant le Jubilé, venait de trépasser. A la deuxième de ses épouses, Jo Didi, aujourd'hui devenue Son Altesse Première, il avait été marié lorsqu'elle avait cinq ans; en revanche, il était tombé amoureux de la troisième, devenue Son Altesse Seconde depuis la mort de la première. Les deux maharanées vivantes, qui n'avaient que trois ans de différence d'âge, s'entendaient comme deux sœurs, d'où le surnom de « Didi », Grande Sœur, que Gayatri Devi donnait à son aînée; et tout cela relevait de la grande tradition des Rajpoutes du Rajasthan. Il eût été malvenu que Gayatri Devi sortît de la fonction d'hôtesse officielle que son royal époux lui avait confiée par amour au mépris du protocole. Il n'eût pas non plus été convenable de se mêler aux conversations des hommes, qu'elle avait entendues par mégarde : massacres, réfugiés, horreurs, ils n'avaient que ces mots à la bouche. Les hommes du Rajasthan sont les guerriers, les vrais, les seuls; trop heureuse de n'être pas confinée au zenana, la belle Gayatri Devi se gardait de poser des questions. Les journaux du matin, friands de boucherie humaine, lui suffisaient largement.

Mais elle ne pouvait s'empêcher de penser que son royal époux, qu'elle appelait en privé « Jaï », s'en allait chaque soir patrouiller dans sa ville en jeep découverte, conduite par un de ses colonels, un musulman. Un tiers de la population de l'État de Jaïpur était musulman; parmi les serviteurs du palais, les musulmans étaient majoritaires. Jaï avait confié la veille à son épouse préférée que le colonel craignait fort d'embarrasser son souverain, pour le seul motif qu'il était musulman, en patrouille dans une ville hindoue.

– Et que lui avez-vous dit? avait demandé Gayatri.

– Je lui ai carrément enjoint de ne pas faire l'idiot! avait répondu le maharajah. Vous êtes la vivante démonstration que je ne fais pas de différence entre hindous et musulmans, lui ai-je rétorqué!

Bientôt, dans quelques semaines, le couple royal de Jaïpur se rendrait dans le royaume de Cooch Behar, dont le frère de la jeune maharanée, Bhaiya, était le souverain; à son tour, il célébrerait son propre jubilé. Les nouvelles du Bengale n'étaient pas meilleures, d'autant que la population musulmane se demandait s'il ne fallait pas rallier le «pays des Purs»: situé à la frontière de l'autre bout du Pakistan, celui de l'extrême Est, l'État que gouvernait Bhaiya était plus vulnérable que Jaïpur. Le maharajah du royaume bengali n'en avait pas moins prévu de commencer la construction d'un collège agricole tout à fait moderne, confiant la pose de la première pierre à son beau-frère de Jaïpur; selon la traduction, il avait aussi organisé pour les meilleurs fusils de l'Inde une gigantesque chasse au tigre.

«Quel besoin d'une nation nouvelle pour faire régner un ordre que les maharajahs préservaient si naturellement?» songeait la maharanée en vérifiant ses pendants d'oreilles. Pour toute récompense de sa liberté, l'Inde avait payé le prix du sang; les hindous et les musulmans, qui, malgré leurs différences religieuses, vivaient jusqu'alors unis dans la commune adoration des maharajahs, leurs dieux vivants, commençaient à penser par eux-mêmes, et donc à se battre. Mauvaise affaire, décidément. Mais il ne fallait rien laisser paraître.

Demain, pour le jubilé d'argent, Jaï revêtirait son uniforme blanc, y accrocherait son épée de cérémonie, porterait sur son turban l'énorme diamant familial surmonté d'une aigrette qui lui venait du fond des siècles, et, le cou chargé des guirlandes de pétales de roses, arborerait un parfait sourire. Lord Mountbatten serait comme à l'ordinaire entièrement constellé de décorations et son épouse porterait sa tiare, digne de la couronne de Jaïpur. Les apparences seraient sauves.

Mieux, Lady Louis avait insisté pour visiter l'hôpital, signe de son intérêt pour le comportement résolument progressiste de la famille royale.

Mais pourquoi cette Française à l'œil de moineau s'inquiétait-elle de savoir si elle pouvait porter son manteau de fourrure pendant la chasse au canard?

17 décembre 1947

Au lendemain du banquet d'État, Son Altesse Seconde avait invité Lady Mountbatten et son amie française pour une excursion au fort d'Amber, à quelques lieues de la Cité Rose. Elle avait prévu une montée à dos d'éléphant, une collation et des danses; les animaux étaient partis à l'aube avec leurs cornacs, cependant que ces dames partiraient dans les Rolls du maharajah, en cortège.

Le long du lac, les paysannes au voile rouge étoilé d'argent se courbaient devant les voitures en joignant les mains. Follement excitée, Violaine s'amusait de tout, admirait les palais au milieu des eaux, et, plantés comme au hasard, les multiples petits monuments surmontés de coupoles festonnées, devant lesquels s'inclinaient les passants; le cortège croisa sur sa route deux ou trois ascètes au chignon hirsute, un groupe de montreurs d'ours avec leurs bêtes muselées, une quantité de singes turbulents, et, sur le haut des talus, quelques paons majestueux, offusqués par le tintamarre des klaxons. A l'entrée du hameau, en contrebas du fort, on avait dressé un arc de triomphe en lourds bambous entrelacés, recouvert de coton plissé, comme un immense jupon brodé de fleurs. Des fillettes attendaient Leurs Altesses avec les inévitables guirlandes.

Son Altesse Seconde observa que Lady Louis, qui connaissait les usages, baisait rapidement son collier fleuri avant de l'ôter de son cou dans un mouvement parfait. Violaine ne manqua pas d'embrasser la petite fille qui lui passa les œillets jaunes autour du cou, à grands renforts de petits couinements ravis; et lorsqu'elle aperçut les éléphants harnachés, portant sur le dos les nacelles d'ivoire et de velours, elle s'exclama si

349

vivement que Lady Louis lui tapota l'épaule. La petite Française ne tenait plus en place.

Soudain, elle vit les lépreux. Le premier se traînait sur une jambe en tendant un moignon purulent; le second n'avait plus de nez; ils mendiaient. Violaine poussa un cri léger et se réfugia derrière Edwina.

– La lèpre n'est pas si contagieuse, chérie, fit Edwina, agacée. N'aie pas peur...

La maharanée ne put retenir un geste d'irritation, et secoua sa chevelure pour se donner une contenance; mais elle se reprit aussitôt, et proposa aux dames d'entreprendre la montée de l'immense rampe sinueuse qui conduisait au fort.

Les éléphants s'agenouillèrent pesamment, une patte après l'autre. Les cornacs aidèrent les dames à monter dans leurs nacelles, non sans mal; il fallait se hisser sur les bêtes, s'accrocher au rebord de bois, et tanguer quand elles se redressaient, massives. Lorsque les nacelles balancèrent au pas des lourds animaux, ce furent des exclamations ravies. Son Altesse Seconde se permit de trouver la dame française exquise de spontanéité.

Le fort dominait les vallées; du plus loin que portait le regard, les remparts couraient sur les sommets des montagnes. L'air était transparent; le palais, moins fréquenté que ceux de la cité et du lac, respirait la solitude et l'abandon, bien qu'il eût été entièrement nettoyé à l'occasion du jubilé. Devant la grande porte où s'arrêtaient les éléphants, les musiciens personnels du maharajah, accroupis dans les niches supérieures, embouchèrent les trompettes rituelles pour souhaiter la bienvenue aux visiteuses.

La collation fut servie dans le Pavillon aux Miroirs, dont les quatre murs resplendissaient de milliers d'éclats enchâssés dans l'argile; les servantes en jupes cramoisies apportèrent du thé au lait servi dans des gobelets d'argent et des sucreries. Son Altesse Seconde surveillait le dispositif, auquel rien ne manquait : ni les joueurs de saranghi frottant leur archet contre leur viole, ni les danseuses qui vérifiaient leurs bracelets de pied, dont les clochettes tintaient derrière les portes, ni les serviteurs armés de grands éventails et de chasse-mouches. La jeune maharanée pouvait être comblée : l'harmonie était parfaite, et la splendeur, incomparable.

– Je voudrais vous poser une question, Votre Altesse, demanda la petite Française en se léchant délicatement les doigts. Ces drôles de clochetons dans la campagne, ce sont des temples?

– Pas exactement, répondit Son Altesse Seconde. Ce sont des stèles dressées en mémoire des sâtis. Celles qui ont décidé de se jeter vivantes dans le bûcher funèbre de leurs époux, et qui, douze jours plus tard, ont été consacrées déesses.

– Mon Dieu! s'étouffa Violaine en écarquillant les yeux. Je croyais que ces horreurs n'existaient plus du tout! On ne trouve cela que dans les romans, non?

Lady Louis la foudroya du regard.

– C'est de la barbarie, tout de même! s'indigna la petite Française. Tu ne trouves pas, Edwina?

– Cette pratique a depuis longtemps disparu, n'est-ce pas, Ayesha? murmura Edwina avec gêne.

– Vous l'avez interdite en effet, intervint Son Altesse Seconde, je veux dire l'administration anglaise. Oh! A juste titre, naturellement; cette coutume défigurait notre religion. Toutefois, ce sacrifice volontaire est encore très respecté dans nos régions, et ces stèles anciennes font toujours l'objet d'un culte...

– Mais enfin, Votre Altesse, vous n'iriez pas sur le bûcher, vous, j'imagine... murmura la Française avec embarras.

– Violaine! cria Lady Louis, furieuse.

– Laissez, fit la jeune maharanée en riant. Ce sont des questions que les étrangers posent toujours. Est-ce qu'un jour je serai sâti? Certainement pas! Mais je respecte les traditions, quelles qu'elles soient. Je me suis laissé dire que l'on avait brûlé une sainte dans votre pays, n'est-il pas vrai?

– Ce n'est pas pareil! s'écria Violaine, révoltée.

– Vous aviez parlé de danseuses, chère Ayesha? coupa Lady Louis brusquement.

Son Altesse Seconde tapa dans ses mains avec soulagement. Aussitôt, dans un tourbillon de rose et d'or, les danseuses apparurent, munies de bâtons qu'elles frappaient doucement les uns contre les autres, au son déchaîné des clochettes à leurs chevilles.

Violaine les applaudit à tout rompre; Lady Louis se détendit, et Son Altesse Seconde se mit à songer à ces vieilles maharanées de la famille de Jodhpur, parente et alliée de celle de Jaïpur, parmi lesquelles, elle le savait d'avance, se trouvait sans doute une de ces souveraines à l'ancienne capable de se jeter dans les flammes, pour prouver son courage et braver la mort. Qui pouvait comprendre de telles extrémités? Pas une Parisienne en excursion. Il fallait un sang royal, le sens de l'héroïsme et celui de l'Histoire. Lady Louis, peut-être, quoique de naissance fort médiocre, parviendrait à approcher ces mystères.

Les danses s'achevaient. Edwina soupira, se leva et s'approcha de la balustrade. Un vent vif agitait le fanion de Jaïpur; les ombres sur les collines sèches dessinaient des ravins violets, et sur un tas de pierre, un paon picorait gravement, comme dans le jardin de la tombe d'Humayun. Loin, très loin par-delà les vallées, se trouvait la capitale de l'Inde, et à l'intérieur de la ville de Delhi, cet homme dont les yeux cernés l'habitaient, ce Nehru aux mains fines et à la voix si douce. Rien n'était plus éloigné de Nehru que ce monde finissant dans lequel on pesait les maharajahs sur des balances géantes contre leur poids d'argent, dans lequel on vénérait les femmes brûlées vives; mais cependant, rien n'aurait plus heurté Nehru que les naïvetés de cette Française au grand cœur.

L'Inde avait besoin des États princiers, dont elle allait digérer les territoires au fil des ans; mais il fallait ménager les maharajahs, dont l'influence et l'autorité ne s'évanouiraient pas en un jour. Sinon, ils deviendraient dangereux.

A sa grande surprise, elle se sentait plus proche de la ravissante maharanée que de son amie; Violaine n'avait plus sa place ni en Inde ni dans sa vie.

Tensions

Delhi, 20 décembre 1947

Le Gouverneur général avait passé une excellente journée ;
depuis que le calme était revenu dans les provinces tour-
mentées, il pouvait se livrer sans remords à ses activités préférées. Le matin à l'aube, il partait faire de longues promenades
à cheval avec sa fille Pamela ; il jouait au golf, parfois il tâtait
péniblement du polo, bref, la vie reprenait son cours. Et
depuis que Violaine était repartie pour la France, Edwina passait le plus clair de son temps à courir les hôpitaux et les
camps de réfugiés, comme une folle, sans s'arrêter ; elle n'avait
pas rencontré Nehru depuis plusieurs semaines, comme si elle
l'évitait. Elle faisait de même avec son mari, à qui elle n'avait
plus loisir de faire ses scènes insupportables. Tout allait donc
plutôt bien.

Lord Louis était cependant préoccupé par le comportement
de l'ambassadeur des États-Unis. L'excellent Mister Grady
remplissait simplement son office ; il faisait miroiter au gouvernement de la jeune nation indienne des perspectives
économiques inespérées, et une industrialisation majoritaire-
ment américaine. Et depuis le mois de septembre, Lord Louis
avait réclamé qu'un groupe d'experts britanniques vînt proposer à l'Inde un programme industriel. Londres, devant
l'immensité des troubles, avait reculé. Mais depuis la fin des
massacres, l'ambassadeur américain se montrait plus offensif,
et Londres demeurait inerte. Grady s'était plaint à son gouvernement des menées antiaméricaines de Lord Mountbatten,
dont les opinions « communistes » étaient régulièrement
citées dans la presse anglaise... L'accusation n'était pas nouvelle ; Edwina ne dissimulait pas ses sentiments progressistes ;
et les journalistes, une fois de plus, extrapolaient.

Là n'était pas le plus important. A tout moment, en choisissant les États-Unis comme partenaire, l'Inde pouvait sortir de la sphère d'influence du Commonwealth : cette pensée obsédait Mountbatten. Les États-Unis aidaient à reconstruire l'Europe, et rien ne les empêchait d'en profiter pour prendre à l'Angleterre le plus précieux de ses marchés. Leur richesse était inépuisable, ils étaient les vainqueurs de la guerre, ils avançaient partout du même pas triomphant. Laisser l'Inde aux États-Unis ? Jamais !

Nehru allait arriver d'un instant à l'autre pour discuter la question de l'industrialisation, et Lord Louis devenait nerveux : il ne pouvait pas heurter de front les convictions socialistes de son ami indien. Car bien qu'il fût résolument opposé à une collectivisation de type soviétique, Nehru, à la différence de Patel, voulait exercer sur le développement économique de son pays le plus étroit des contrôles. Entre le sardar Patel et Nehru, les rapports s'étaient tendus.

– Eh bien, Jawarla, fit Lord Louis, par où voulez-vous que nous commencions ? Pour moi, je désire vous parler du Commonwealth, vous le savez.

– Ce n'est pas ma priorité du moment, dit Nehru, le visage fermé.

– Votre projet de constitution vous occupe davantage, je sais, mais...

– Le docteur Ambedkhar s'en charge, fit vivement Nehru. Nul ne saurait être plus qualifié que lui pour cette tâche.

– Il ne semble pas accommodant, remarqua Lord Louis.

– Avez-vous déjà croisé le regard d'un intouchable, Dickie ? fit Nehru. Non ! Vous n'avez pas pu voir ces yeux-là, car depuis des millénaires, ils ont ordre de ne jamais regarder en face. Mais lorsque l'intouchable comprend l'injustice qui lui est faite, quand enfin il rejoint la communauté des hommes, alors il devient plus orgueilleux encore que vous-même, Dickie, et rebelle à jamais. Ambedkhar est le leader des intouchables, il en est un lui-même ; il a libéré par centaines de milliers les opprimés de l'Inde. Non, il n'est pas accommodant. Et moi, le brahmane, je vous affirme qu'il a raison de ne pas l'être.

– Soit, Nehru, admit Lord Louis. Vous allez proclamer l'égalité entre les hommes, je le sais. Cela ne suffira pas. Que ferez-vous pour les intouchables ?

– Ambedkhar prévoit d'inscrire dans la constitution des quotas de postes réservés dans l'administration, pour eux et pour ceux des tribus, dont la déréliction n'est pas moindre. Ce sera justice; je l'imposerai! Il est temps que je fasse connaître qui je suis!

Nehru, l'œil courroucé, arpentait la pièce comme un homme en colère; en passant devant un guéridon, il balaya de la main un cendrier qui tomba.

– J'imagine que vous pensez à Patel, fit Lord Louis lentement.

– Ce maudit sardar! répondit Nehru sombrement. Il ne me laisse pas gouverner! Savez-vous qu'il vient de me faire parvenir une protestation écrite, sous prétexte que j'avais envoyé un émissaire vérifier les troubles religieux dans une ville particulièrement menacée? L'ordre public ne relève que de lui, prétend-il! Mais enfin, le Premier Ministre, c'est moi!

– Cela va sans dire, fit Lord Louis, flegmatique. Comment peut-il en contester le principe?

– Il soutient que le Premier Ministre n'est que le premier parmi les égaux! Que ma conception est celle d'un dictateur, que je brise la démocratie... Moi! s'indigna Nehru.

– Cela s'arrangera, affirma Lord Louis. Vous n'avez pas le choix.

– Croyez-vous? demanda Nehru, les yeux étincelants. Je veux qu'il plie ou qu'il s'en aille!

– Si vous commencez à gouverner dans la dissension, vous êtes perdu! fit Lord Louis d'un ton ferme. Patel vous est très utile; sans lui, les États princiers auraient fait éclater l'unité du pays, ne l'oubliez pas!

– Parlons-en... Il veut faire inscrire dans la constitution le versement d'une colossale pension à vie pour tous les princes, une somme non imposable! s'écria Nehru. Voilà qui pèse sur le budget de façon intolérable; quand nous avons tant de pauvres, je trouve cela fou!

– L'Inde a pris des engagements envers les princes, Jawarla, fit Lord Louis tranquillement.

– Je le sais! cria Nehru, en tapant du poing son fauteuil. Mais je vois que nous reconduisons l'oppression quand nous devrions la combattre. Patel là-dessus ne veut rien entendre!

– Il a raison, soupira Lord Louis. Et je pense qu'il en est de même sur la propriété privée, qu'il défend à juste titre.

– Voilà! gronda Nehru. Somme toute, je ne peux rien décider moi-même, et vous soutenez le sardar contre moi!

– Vous pouvez choisir entre l'Angleterre et les États-Unis, par exemple, cher Premier Ministre, glissa Lord Louis. L'ambassadeur Grady vous propose un plan d'industrialisation? Ne l'acceptez pas.

Nehru se cala dans son fauteuil et alluma une cigarette.

– Vous m'aviez promis un groupe d'experts anglais, qui ne vient pas...

– Allons au fait, Jawalar, trancha Lord Mountbatten. Le vrai problème est celui du Commonwealth.

– Je ne souhaite aucun lien formel, Dickie, dit Nehru d'une voix brusquement autoritaire. Grâce à vous, et à vous seul, l'amitié est possible entre l'Inde et l'Angleterre. Je la préfère au Commonwealth. Mais j'ai tort de vous en attribuer tout le mérite : il revient aussi à notre Edwina...

En entendant le « notre », Lord Louis eut un sourire.

– Je vous remercie, répondit-il en se maîtrisant. Mais ce n'est pas pour maintenir en survie l'Empire britannique que je désire le rattachement de l'Inde au Commonwealth; c'est dans l'intérêt de tous... Sinon, vous tomberez sous la coupe du dollar!

– Aucun danger, coupa sèchement Nehru en écrasant violemment sa cigarette. Pour le Commonwealth, de toutes façons, c'est impossible. Nous sommes une république; vous n'allez pas nous demander de faire allégeance à la couronne! L'obstacle est insurmontable, n'insistez pas.

– Insurmontable, croyez-vous? murmura Lord Louis.

Nehru, muré dans sa colère, ne répondit pas. Lord Louis se tut.

– Comment va Edwina? fit Nehru après un long silence.

– Autant que je sache, assez bien, répondit Lord Louis d'un ton détaché. Je ne la vois que pour les réceptions et les cérémonies, vous savez. Elle se dévoue avec une telle ardeur!

– Je ne l'ai pas vue depuis... mais depuis que vous avez été à Jaïpur! s'exclama Nehru.

– Mais moi non plus, Jawarl, répliqua Lord Louis avec un sourire. Elle nous fuit, n'est-ce pas?

– Mon prénom se prononce Jawa-har-lal, soupira Nehru. Ni Jawarl ni Jawalar.

– Ah! Pardonnez-moi, fit Lord Louis en se frappant la tête. A propos, ajouta-t-il en toussotant, il reste un sujet dont nous n'avons pas parlé encore. Le Cachemire.

– Nos forces sont en place sur les frontières, dit Nehru. Ce n'est pas votre affaire!

– Vous avez cependant accepté il n'y pas si longtemps que j'aille rencontrer Jinnah, avec Ismay, et sans escorte! rétorqua Lord Louis, agacé.

– Oui, et vous aurez compris les ruses de Monsieur Jinnah, une fois de plus! N'a-t-il pas promis de chasser les envahisseurs pathans? C'est donc qu'il les contrôle parfaitement! Savez-vous comment les Pakistanais appellent cette guérilla du Cachemire? Le djihad! Jinnah le sait fort bien, c'est de la mauvaise foi!

– Vous pourriez peut-être soumettre ce litige au Conseil de sécurité des Nations unies...

– Lui faites-vous confiance? demanda Nehru, l'œil sombre.

– Une instance internationale, progressiste, entièrement consacrée à la préservation de la paix et au droit des peuples à disposer d'eux-mêmes, quand nous sortons tous d'une guerre meurtrière... Oui, Nehru, j'ai confiance, plaida Lord Louis avec feu. Soyez le premier des deux à en appeler aux Nations unies; votre bonne foi n'en apparaîtra que plus éclatante.

– Et que peut proposer le Conseil? dit Nehru avec inquiétude.

– Je ne sais pas... fit prudemment Mountbatten. Superviser l'organisation du référendum? Envoyer une force de paix entre les deux pays?

– Et notre indépendance, qu'en faites-vous?

– Jawarlar, il ne faut pas laisser éclater cette guerre!

– Si le Pakistan ne cesse pas de pousser les Pathans sur le territoire du Cachemire, c'est-à-dire en Inde, je serai contraint de répliquer sur le territoire du Pakistan lui-même! s'enflamma Nehru.

– Les Nations unies ne travaillent pas sous la menace, méfiez-vous!

– Oh! Si elles parviennent à travailler! persifla Nehru. Souvenez-vous de la Société des Nations! Nous en avons été membres assez longtemps, et pour quel bénéfice?

– Mais c'est vous qui en appelez constamment à la négociation, à l'arbitrage, vous, Nehru, qui refusez l'usage de la force, vous le champion d'une éthique internationale! Pas moi! s'irrita Lord Louis.

– Espérons que les Américains ne seront pas les nouveaux maîtres de cette institution admirable, soupira Nehru en se levant. Vous êtes décidément très insistant, Dickie. Je vais consulter le gouvernement.

Delhi, 25 décembre 1947

– Jawahar, je ne suis pas d'accord, fit le Mahatma de sa voix claire. Les Nations unies ne sont pas ce qu'on vous donne à croire. Les grandes puissances s'y affrontent déjà en champ clos, et vous n'avez aucune chance d'obtenir la conciliation que vous cherchez. Car c'est bien cela votre objectif, j'espère?

– Bien entendu, Bapu, bougonna Nehru, les yeux fermés. Mais ma décision est prise; elle a déjà été largement discutée.

– Ne pouviez-vous trouver des Indiens impartiaux, des Pakistanais de bonne foi pour un arrangement à l'amiable, sans en référer à cette chose manipulée? Moi, je peux vous trouver des Anglais, si vous voulez; tenez, Philip Noël-Baker, par exemple, ce travailliste à l'esprit droit et libre. Vous devriez aussi organiser le référendum, mon fils...

– Bapu, ce n'est pas cela que je suis venu vous demander, soupira Nehru. Pensez-vous honnêtement qu'il faille accepter de partager le Cachemire entre l'Inde et le Pakistan?

– Bien sûr que non! fit le Mahatma avec indignation. Vous avez partagé l'Inde, vous avez vu le sang couler, vous n'allez pas recommencer!

– J'en étais sûr, murmura Nehru. Maintenant, dites-moi, Bapu, fallait-il envoyer nos troupes sur les frontières pour repousser l'ennemi?

Le Mahatma baissa la tête.

– Je vous en prie... fit Nehru d'une voix douloureuse. J'ai besoin de connaître vos pensées les plus profondes.

– Vous allez les connaître, répondit gravement le Mahatma en le regardant dans les yeux. J'ai l'intention de parler à la radio ce soir même. Et voici ce que je vais dire. Je bannirai l'idée d'un partage du Cachemire ; et j'approuverai votre décision d'envoyer l'armée aux frontières...

– Ah ! Bapu, je vous remercie, s'écria Nehru avec soulagement.

– ... mais je plaiderai pour une négociation immédiate, sans le secours des Nations unies – vous m'entendez, Jawahar ? j'affirmerai la nécessité d'une réconciliation totale entre le Pakistan et l'Inde. J'ai d'ailleurs l'intention de me rendre au Pakistan moi-même, fit le Mahatma avec force.

– Comme vous voudrez, fit Nehru résigné. Vous voulez être ce médiateur entre nous, j'imagine.

Le vieil homme sourit.

– Au fait, avez-vous jamais pensé que nos paysans, en maltraitant les vaches, se privaient des bienfaits qu'elles dispensent ? fit-il avec le plus grand naturel. Je vais commencer une action sur le thème, dès demain, dans les villages.

Le dégoût du passé

Delhi, 10 janvier 1947

Ils étaient tous arrivés dans le palais, Bunny et sa jeune femme, et surtout Peter Murphy... Avec leurs paroles désabusées et leurs exclamations distinguées, ils étaient là, ressurgis des marécages amoureux d'autrefois, de sa boue à elle, Edwina.

Bunny avait été l'amant du pacte. Là où était Edwina suivait l'élégant Bunny, pour d'interminables années de voyages et de charme, parfois d'intense extase sous les étoiles du Pacifique, dans les îles sous les cocotiers, en Chine à travers les campagnes, en mer surtout, leur passion commune. Bunny avait fini par se marier. Et Bunny avait amené sa femme à Delhi.

Il y avait plus grave encore : Murphy. Peter Murphy était le plus vieil ami de Dickie ; ce gros homme à l'esprit vif, farouchement libertaire, et que l'on disait communiste, n'avait jamais cessé de se mêler de sa vie. Était-ce la présence de Murphy ? Dickie s'était montré plus négligent qu'à l'ordinaire ; il avait rudoyé Edwina, il s'était occupé de Bunny, de son épouse Gina et naturellement de Peter... Edwina avait explosé.

Enfermée dans sa chambre, Edwina ne parvenait plus à pleurer. Les yeux secs et rouges, l'estomac noué, les jambes lourdes et le ventre douloureux, elle suffoquait.

« Les migraines... Elles viennent, je le sens, songea-t-elle. Ce n'est pas la ménopause, c'est plus grave sans doute... La tuberculose ? Le cancer ? Allons, ma fille... malade, toi ? Quelle plaisanterie. Bâtie à fer et à feu, tu le sais. Ce n'est pas cela. Depuis combien de mois n'ai-je pas fait l'amour ? Dix mois ? Je me dessèche. Non ! Ce sont d'affreuses pensées, je les reconnais, je les hais... Jawahar... Jamais je n'oserai. Lui, dans mes bras après tous les autres ? A notre âge ? J'ai été folle de croire à cet amour. Comment pourrai-je seulement lui raconter ma vie ? On ne peut pas changer de peau, cela n'existe pas. Avec les autres, c'était si facile, je glissais, je dansais, le reste allait de soi ! Ils voulaient, et je me laissais faire... Ce léger écœurement du petit matin, ce désespoir d'ouvrir les yeux, cette mauvaise ivresse et ces paroles jetées au vent ! Dickie fait du cheval, il est joyeux, il se porte admirablement. Et moi ! Il s'en moque, comme d'habitude. J'ai bien fait de lui jeter cette insulte à la tête ; cela l'aura ébranlé pour quelques heures. Qui se soucie de moi ? Jawahar ? Le saurai-je un jour ? Dans six mois je ne le verrai plus. Pas un aveu, pas un baiser... »

Elle enfouit sa tête sous l'oreiller, mais les larmes ne venaient pas. On frappa à la porte.

– Non ! fit-elle d'une voix étouffée.
– Edwina, c'est moi, Peter, fit Murphy en poussant la porte d'autorité.

– Laissez-moi tranquille... gémit-elle. J'ai la migraine...

– Pas avec moi, ma chère, dit Murphy, en s'asseyant sur le bord du lit. En vingt-cinq années d'amitié, j'ai appris à connaître vos innombrables malaises. J'ai tout vu, vos rhumes, vos maux de ventre, vos dos tordus, vos ulcères, que sais-je, abcès, hémorragies, migraines, sans oublier les fausses couches, appelons-les ainsi par respect envers vous, Honorable Lady Louis. Si vous êtes malade, c'est que vous n'avez pas d'amant sous la main. Il va falloir attendre l'arrivée du maestro, Edwina, le dernier en date...

– Allez-vous-en! Vous êtes horrible... fit la voix d'Edwina.

– Pas plus que vous! Nous n'avons pas toujours eu des relations faciles, vous et moi; mais au fond, je vous aime bien, malgré vos folies. Je sors d'une longue conversation avec Dickie. Il est très malheureux.

– Tant mieux! fit-elle avec rage en secouant l'oreiller. Au moins nous souffrons tous les deux!

Murphy la contempla avec mélancolie, et attendit la fin de l'orage. Edwina se calma peu à peu.

– Il se conduit comme si je n'existais pas, murmura la voix sous l'oreiller. Il ne cesse de regarder sa montre quand nous sommes ensemble, il arrange l'emploi du temps sans me consulter, il... il...

– Il le sait, Edwina, fit doucement Murphy. Il en est désolé. Mais vous, de votre côté, vous ne le laissez pas en repos. Il va trop vite, il décide de tout, c'est un obsédé des planifications, c'est sa nature, et vous n'avez aucune patience!

– Pourquoi devrais-je en avoir, s'il vous plaît? fit-elle en lançant l'oreiller sur le côté.

– Parce que vous êtes toujours le grand amour de sa vie, ma chère. Non! Ne criez pas. J'étais à ses côtés quand il vous a vue pour la première fois, chez les Vanderbilt; c'est moi qui l'ai poussé vers vous, moi qui l'ai obligé à rompre avec cette Audrey James qui ne vous arrivait pas à la cheville, et je vous connais depuis trop longtemps l'un et l'autre. J'ai partagé votre vie, je vous ai suivis dans toutes vos pérégrinations, j'ai connu les bons et surtout les mauvais jours. J'atteste que jamais, au grand jamais, il n'a trahi l'affection loyale qu'il éprouve pour vous, et Dieu sait, Edwina...

– Je sais, coupa-t-elle. Mais nous avions conclu un pacte. Je suis une femme libre, Peter!

– Tsss! siffla Peter Murphy entre ses dents. Je ne parle pas de cette période bénie; ce fut la plus heureuse de votre vie, et pour vos amis, une incomparable paix. Je pense aux années d'avant le pacte, souvenez-vous... Jamais moins de trois amants à la fois, des mensonges à l'infini, avec ce Hongrois, anti-quelque-chose, Spatzari, je crois, et puis... Tenez! Ils étaient si nombreux que je les ai oubliés. Et pendant ce temps-là, l'innocent Dickie se jugeait coupable, vous croyait souffrante, vous révérait comme une madone...

– Vous êtes impitoyable, Peter! cria-t-elle.

– Mais non! répondit-il gentiment. Dans le rôle de Lady Chatterley, vous aviez de la classe, en un sens. Je ne déteste pas ces manières modernistes, vous le savez bien; mais elles faisaient souffrir mon meilleur ami. Un jour, Dickie s'est brutalement réveillé; il a enfin découvert vos infidélités, et vous a mis le marché en main. Alors seulement vous avez conclu ce pacte. Vous aviez Bunny, il avait Violaine – enfin, après que vous ayez consenti à la lui rendre! Vous vous aimiez à quatre en Europe, ou vous couriez le monde en schooner avec votre cher Bunny, et Dickie était heureux avec cette Française. Il aura fallu qu'après dix ans de quatuor conjugal ce type stupide, ce Bunny de malheur décide de vous plaquer pour se marier, et voilà que le cinéma recommence!

– Taisez-vous, soupira-t-elle, accablée. C'est moi qui ai soufflé à la petite Gina l'idée du mariage avec Bunny.

– Le Lapin? Il s'est laissé séduire à votre instigation? Je n'en crois pas un mot! Vous êtes trop orgueilleuse, vous inventez cette fable!

– Croyez ce que vous voudrez, Peter, fit-elle en s'apaisant. Le Lapin commençait à s'ennuyer avec moi.

– Ce serait très drôle s'il ne s'agissait pas de Dickie également, Edwina. Ce n'est donc pas la présence de Bunny qui vous met dans cet état.

– Certainement pas, grinça Edwina. Jamais plus.

– Alors vous n'avez pas d'excuse. Mon ami Dickie a toujours été un modèle de tolérance. Tout autre que lui aurait divorcé; Dickie ne l'a pas fait, pour son honneur. A sa façon, il vous aime toujours...

– Qu'en savez-vous, Peter? Que connaissez-vous de l'amour d'un homme pour une femme? jeta-t-elle avec violence.

Peter Murphy se mordit les lèvres et baissa sa grosse tête.

– Même si mes goûts me portent vers les garçons, j'en sais sensiblement plus que vous, Edwina, reprit-il froidement. L'aurais-je guidé vers vous, sans cela?

– Qui sait si vous ne l'avez pas fait exprès? lança-t-elle méchamment.

Peter Murphy se leva d'un bond, et perdit son calme.

– Vous ne savez plus ce que vous dites! Trouvez-vous un nouvel amant, vous serez amoureuse et Dickie aura enfin la paix! cria-t-il.

– Ah! Taisez-vous, ne voyez-vous pas que je suis trop vieille! fit-elle en sanglotant éperdument.

Murphy se rassit près d'elle, et lui tapota affectueusement les mains.

– Vous voici enfin sincère, murmura-t-il. Écoutez-moi. Je sais beaucoup de choses sur vous deux. Dickie n'a pas de goût pour le sexe, nous le savons tous, c'est un sentimental. Mais vous non plus!

– Enfin, Peter, c'est absurde! Pourquoi aurais-je toute ma vie...

– ... cherché des amants? Par orgueil, et par jeu. Ce que vous ignorez, ma chère, c'est que Dickie m'a répété vos propos. Un soir d'abandon, vous avez enfin osé lui dire que vous détestiez faire l'amour...

Edwina se retourna brusquement, le visage dans les draps.

– Vous voyez, fit tranquillement Murphy. Vous ne niez pas... Vous avez gaspillé votre énergie pour avoir des hommes dans votre lit, et surtout pour les avoir à votre bras, bien en vue. On vous l'a assez reproché, n'est-ce pas? Souvenez-vous, le chanteur noir Paul Robeson, cette campagne de presse contre vous, ce procès en diffamation, toute cette affaire énorme... D'où croyez-vous qu'elle est venue, sinon de votre réputation libertine?

– Peter, vous disiez vous-même à l'époque que c'était une attaque raciste! s'indigna-t-elle.

– Oui, parce que Robeson a la peau noire, et d'ailleurs, par extraordinaire, il n'était pas votre amant, admit Murphy en soupirant. Cela ne change rien à votre conduite... Et puis, lorsque vous avez trouvé à utiliser votre énergie dans les tâches humanitaires, plus d'amants! Évanouis, les hommes! Vous étiez vous-mêmes... jusqu'à la fin de la guerre. Ensuite, vous avez replongé dans l'ennui, et vous avez déniché Malcolm Sargent.

— C'est vrai, murmura-t-elle, frappée. Mais Malcolm ne m'intéresse plus.

— Je m'en doutais, grogna Murphy. Votre force fabuleuse vient encore de trouver son emploi, ici même, pendant la partition des Indes; mais c'est fini maintenant, les troubles sont terminés, et vous voici malade comme aux plus beaux temps. Mais vous n'êtes plus de la première jeunesse, Edwina...

— Et comment vivrai-je, dites-le-moi? fit-elle en le regardant bien en face.

— Eh bien, bougonna-t-il, maintenant que l'âge est venu, maintenant que vous voilà débarrassée de cet éternel souci de trouver de nouveaux amants pour la montre, vous vieillirez bien tranquillement aux côtés de Dickie, vous ferez une exquise grand-mère, vive et brillante, et vous cesserez ces querelles... Il y a un temps pour l'amour, Edwina, et un temps pour l'amitié...

— Jamais! cria-t-elle. Jamais je n'accepterai de vivre sans amour!

— Alors, qui? répliqua Murphy avec un mauvais sourire. Allez-vous rejoindre la cohorte des vieilles qui traînent à leur côté de jeunes amants comme des bijoux sur leur peau morte? Franchement, ma chère, ce n'est pas votre genre. Et sinon, où trouverez-vous le grand amour que vous avez toujours cherché, et que Dickie n'a pas su vous donner?

Elle ne répondit pas. Murphy tapotait sa pipe dans sa main d'un air absent, et attendait, l'œil aux aguets. Edwina se sentit brusquement gagnée par la fureur.

— Laissez-moi, Peter, fit-elle en se redressant soudain, les yeux secs. Merci pour la leçon. Vous incarnez une vie dont je ne veux plus, mon cher. Dehors!

10

« La lumière de nos vies s'est éteinte »

Le dernier héroïsme du Mahatma

Delhi, 12 janvier 1948

Le Mahatma n'en démordait pas : il voulait se rendre au Pakistan.

La nouvelle avait irrité les extrémistes hindous. Comment! En pleine période de tension, quand les envahisseurs ennemis campaient sur les frontières du Cachemire, quand il était de notoriété publique que le gouvernement du Pakistan réclamait à cor et à cri l'argent que lui devait l'Inde, et dont elle ne pouvait pas se passer, le petit homme osait se livrer à cette provocation supplémentaire?

Mais rien ni personne ne pouvaient convaincre l'entêté vieillard; à ses yeux, et bien que les massacres se fussent complètement arrêtés, les sources de conflits étaient encore trop nombreuses. Son voyage au Pakistan apaiserait Monsieur Jinnah et le Premier Ministre Liaquat Ali Khan; et plus le Mahatma réfléchissait, plus il se sentait conforté dans son idée.

Ce jour-là, à Birla House, Nehru était venu tenter de convaincre l'illustre vieillard de renoncer à son projet. Or le Mahatma avait sur les lèvres un étrange et nouveau sourire.

– Vous êtes bien gai aujourd'hui, Bapu.. observa Nehru, vaguement inquiet.

– Tiens? Mon fils commence à comprendre quelque chose, marmonna le Mahatma. En effet, Jawahar, j'ai pris une décision. L'inspiration est venue comme un éclair, enchaîna-t-il d'une voix claire. Avant d'aller en visite au Pakistan, je vais jeûner.

Nehru le regarda, effaré.

– Pas un jeûne à mort, tout de même? souffla Nehru, tout pâle.

– Mais si, fit gravement le Mahatma.

– Pourquoi? fit Nehru avec accablement. La situation est presque calme, nous commençons enfin à respirer! Le conflit avec le Cachemire est maintenant entre les mains des Nations unies! Vous allez tout déranger...

– Je n'exige pas seulement que s'arrêtent les troubles à Delhi, enchaîna Gandhi; cette fois, je veux une complète réconciliation entre les deux pays. Je vous ai déjà dit que je n'appréciais pas votre démarche envers le Conseil de sécurité.

– Les massacres ont complètement cessé! s'exclama Nehru.

– J'irai voir le Gouverneur général pour l'informer, protesta Gandhi en haussant le ton. Il m'approuvera, lui, ajouta-t-il avec un regard lourd de reproches.

– Que demandez-vous exactement, Bapu? soupira Nehru.

– Vous le savez bien, répliqua le Mahatma. Je veux que le gouvernement que vous dirigez paie les cinq cent cinquante millions de roupies qu'il doit au Pakistan.

– Comment connaissez-vous la somme exacte? demanda brusquement Nehru. Ni Patel ni moi nous ne vous l'avons dite!

– Mais le Gouverneur général m'en a beaucoup parlé, répondit Gandhi tranquillement. D'ailleurs, c'est lui qui m'a poussé...

– Ah! gronda Nehru en se levant. Vous nous trahissez, Bapu. Il y va du Cachemire! Comment faire pression sur Jinnah si nous payons tout de suite? Nous allons perdre notre Cachemire! Vous n'avez pas le droit!

– J'ai attendu un an entier, et je vois que l'esprit de meurtre règne encore, répondit doucement le Mahatma. A bout de ressources, j'ai posé ma tête dans le giron de Dieu; il m'a envoyé le jeûne. Je jeûnerai aussi en direction du Pakistan, cette fois.

– Bapu, vous risquez votre vie; votre dernier jeûne est encore si récent... murmura Nehru.

– Dieu veuille que je n'y pense pas trop, répliqua le vieil homme en reprenant le rouet. Mais, de toute façon, dites-vous bien, que je préfère la mort au spectacle des deux pays déchirés.

– Il faut donc que j'aille voir ce diable de Patel, répondit Nehru, résigné. C'est lui qu'il faut convaincre de payer. Vous savez comme il est obstiné.

– Eh oui! fit Gandhi en riant. Cela, c'est votre travail. Le mien, c'est de jeûner. J'irai voir notre cher Lord Louis cet après-midi. Je commencerai mon jeûne demain, à midi précises. Et tu sais bien que tu seras obligé de céder, mon fils. Toi et Patel, enfin réconciliés pour empêcher que je meure...

– Alors, pas une minute à perdre. Je m'en vais, fit Nehru avec agitation.

– Savez-vous que je suis très heureux depuis que j'ai pris ma décision ? fit Gandhi en le regardant affectueusement.

Manu et Abha entrèrent discrètement, et aidèrent le vieil homme à se relever. L'heure de la prière était venue.

Un éclair brilla dans le regard de Gandhi ; il ceignit ses reins avec son pagne, agrippa son bâton, et partit d'un pas vif comme un guerrier, pour son combat de paix. Le jardin bourdonna d'une confuse rumeur ; et les fidèles se précipitèrent au-devant de leur Mahatma, qui murmurait à tous un namasté souriant, les mains jointes. Ses deux nièces écartaient doucement les plus pressants, relevaient les femmes qui se prosternaient à ses pieds, et lui frayaient difficilement un chemin vers la banquette où il avait coutume de s'asseoir pour prêcher, sous un dais blanc.

Delhi, 17 janvier 1948

Le Mahatma avait commencé son jeûne le 13 janvier.

Cette fois-ci, le jardin était absolument silencieux ; assis par petits groupes, priant séparément, prosternés ou abattus, d'innombrables Indiens se taisaient ; des femmes musulmanes, voilées de blanc, voilées de noir, demeuraient immobiles sur les pelouses, auprès des rosiers dont les fleurs commençaient à sortir ; des sadhus méditaient, le front couvert de cendres ; et des sikhs roulaient de gros yeux tristes, en fixant désespérément la façade muette de la grande villa, protégée par un cordon de fidèles.

Le Mahatma avait perdu trois kilos; il n'en pesait plus que quarante-huit; son pouls avait presque disparu; il commençait à délirer dans son sommeil, et son docteur, une jeune femme qui respectait ses règles de médecine naturelle, craignait un coma définitif. Les reins étaient bloqués. Depuis quatre jours, il n'avait absorbé que de l'eau tiède additionnée d'un peu de bicarbonate.

La limousine du Gouverneur général croisa sur le chemin une longue file de manifestants qui se dirigeait aussi vers Birla House; le premier rang tenait une pancarte où l'on avait écrit « Sauvons Gandhi ».

Le deuxième jour du jeûne, le gouvernement de l'Inde avait payé sa dette au Pakistan; mais ce n'était pas suffisant pour l'obstiné petit homme, qui avait demandé une charte de protection des musulmans. Entre deux plongées dans un néant de sommeil, Gandhi avait dicté à son secrétaire Pyarelal les termes de la charte; rien n'y était oublié, ni la restitution des mosquées transformées en abris, ni la sécurité des musulmans dans les trains, ni l'arrêt du boycott des magasins musulmans dans la vieille enclave de Chandni Chowk, à Delhi. Tous les responsables religieux et politiques avaient signé la charte; du Pakistan étaient venus des centaines de messages destinés à « l'archange de la charité »; mais il manquait encore deux signatures. Celles des deux mouvements extrémistes hindous, responsables des massacres et résolus à chasser tous les musulmans coûte que coûte.

— La ville entière marche sur Birla House, fit Lord Louis, stupéfait. On me dit que les commerces se sont arrêtés, et que l'on prie partout. Nehru ne quitte pas le chevet de Gandhi; le gouvernement est suspendu à son taux d'urée.

— Et s'il mourait? demanda Edwina avec angoisse.

— Il ne mourra pas, affirma Lord Louis avec force. Il ne faut pas qu'il meure. La situation serait incontrôlable.

— Nous reconnaîtra-t-il?

— Ce n'est pas sûr. Peut-être dormira-t-il.

La foule s'écarta devant la voiture; ils pénétrèrent dans le jardin où on les regarda en murmurant.

Recroquevillé comme un fœtus, entièrement emmailloté dans son long châle blanc, le petit corps du Mahatma gisait sur un tcharpoï. Il ne dormait pas, il ne veillait pas non plus; il flottait d'un monde l'autre, sans souffrir, comme s'il allait rentrer dans le sein de sa mère; ses yeux cernés s'ouvraient à peine, et une sèche écume s'était déposée aux commissures de ses lèvres. Près de lui, son médecin veillait, debout, humectant le front d'ivoire avec un linge; Nehru, assis, lui tenait la main; Mirabehn, Manu et Abha écartaient les visiteurs trop émus et les apaisaient de leur mieux. Les Mountbatten s'approchèrent sur la pointe des pieds. Gandhi avait fermé les yeux.

– Comment va-t-il? chuchota Edwina à l'oreille de Nehru. Évasif, il eut un geste de la main et pleura.

– A-t-on des nouvelles, pour les dernières signatures? demanda Lord Louis à voix basse.

– Pas encore; Prasad s'en occupe activement, répondit Nehru. Les chefs des mouvements ne veulent rien entendre. Attention...

En entendant chuchoter à son chevet, le Mahatma avait levé les paupières.

– Qui est-ce? murmura-t-il d'une voix presque inaudible.

– Le Gouverneur général, Bapu, répondit Nehru.

– Ah! fit Gandhi en essayant vainement de se relever sur le coude.

– Ne bougez surtout pas, Bapu, s'écria Lord Louis en se précipitant. Nous sommes venus saluer votre courage.

– Nous? articula le vieil homme en fermant les yeux. Ma petite sœur est donc ici?

– Je suis là, Bapu, fit Edwina en lui touchant la joue.

– C'est bien. Je suis content que vous soyez venu, Lord Louis, fit le Mahatma avec effort. Faut-il donc un jeûne pour que la montagne vienne jusqu'à la souris?

Et, ouvrant subitement de grands yeux innocents, il sourit.

– Bapu, quand cesserez-vous votre jeûne? demanda Lord Louis en se penchant vers le vieil homme.

– Quand les deux signatures seront au bas de la charte, fit vivement Nehru.

– Et quand... intervint Gandhi, épuisé. Quand ils auront tous promis... de travailler à la paix... dans les deux pays... voilà.

Nehru et Lord Louis se regardèrent. Le Mahatma formulait une nouvelle exigence.

– Il faut le laisser reposer maintenant, demanda la jeune doctoresse. Chaque fois qu'il parle, il perd un peu de ses forces.

Edwina cueillit un bouton de rose, l'ouvrit et éparpilla un à un les pétales sur le corps du Mahatma qui ne les voyait déjà plus. Elle s'effondra en sanglotant, et Lord Louis la prit dans ses bras.

Comme Nehru raccompagnait les Mountbatten, le cortège des manifestants commença d'envahir le jardin avec des cris de ferveur. « Nous voulons sauver Gandhi! Nous promettons! Qu'il arrête! »

– Oh mon Dieu, s'exclama Nehru en se précipitant à leur rencontre. Ils sont capables de le tuer sans le vouloir.

Il se rua vers l'estrade de bois qui servait à la prière, et s'empara du micro. Les barrières avaient cédé, les fleurs de la pergola, arrachées, pendaient au bout des branches déjà cassées.

– Frères, amis, n'avancez plus... cria Nehru. Bapu est très mal. Le moindre trouble peut venir à bout de ses forces. Vous avez eu raison de venir le soutenir, et il entend vos promesses. Bapu ne mourra pas; la terre de notre patrie, qui a enfanté un tel homme, ne le laissera pas disparaître à cause de nous... Lui seul peut nous sauver!

– Vive le Mahatma Gandhi! Sauvons-le! crièrent des sikhs, bras dessus bras dessous avec des musulmans.

– Oui, oui, qu'il nous voie tous ensemble! ajoutèrent les autres en brandissant leurs pancartes.

– Laissons-le mourir! fit une voix. Mort à Gandhi!

– Qui a dit cela? tonna Nehru, les yeux étincelants. Où te caches-tu? Tue-moi d'abord!

Et il se mit à courir en secouant ceux qu'il croisait sur son chemin, et qui s'écartaient devant lui avec effroi.

– Où es-tu, parricide? criait Nehru, hagard, et la foule muette se refermait derrière lui.

Lord Louis le rattrapa et l'arrêta fermement.

– Vous ne trouverez pas, Nehru. C'est inutile.

– Il ne mourra pas en jeûnant, murmura Nehru, accablé. Un jour ou l'autre, l'un de nous le tuera pour de bon.

La nuit tombe sur l'Inde

Delhi, 30 janvier 1948

Lord Louis flatta l'encolure de son cheval; c'était un vaillant et beau pur-sang, et la promenade avait été parfaite.

Le soleil de janvier était l'un des plus beaux que l'on pût imaginer à Delhi; pas une brume, pas un nuage, une transparence bleue sur les ruines des forts, et sur les collines, une paix profonde. Depuis que le Mahatma avait enfin cessé son jeûne, l'Inde semblait libérée de ses démons; plus un coup de couteau, plus une seule agression; la fraternité était devenue populaire, et le printemps approchait. Un printemps réconcilié. Le Gouverneur général avait fait doubler les gardes devant Birla House; on avait découvert à temps un complot contre la vie du Mahatma, qui, bien protégé désormais, ne risquait plus rien.

– Nous regretterons ces fins d'après-midi, n'est-ce pas? fit Lord Louis à son pur-sang.

Soudain, il fronça les sourcils. Devant les écuries attendait un groupe d'hommes en complet-veston, l'air grave. Mountbatten lança son cheval.

– Le Mahatma! Assassiné! cria de loin Campbell-Johnson.

Lord Louis se sentit brusquement vidé de toute force. Il descendit vivement de sa monture.

– Il est mort? murmura-t-il.

– Oui. Un barillet entier dans le corps. La voiture vous attend.

– Qui? Un musulman ou un hindou?

– Personne ne le sait. Nehru est là-bas... Vite!

« Vite, plus vite, songeait Lord Louis dans sa voiture, en se mordant les lèvres. Si l'assassin est un musulman, il faut faire intervenir l'armée, protéger les camps, fermer Purana Qila. Si c'est un hindou... un hindou ou un musulman? Il faut que ce soit un hindou; il le faut. Mais que fait ce chauffeur? On n'avance pas... Pourvu que la nouvelle ne soit pas encore connue. Le Mahatma, mort! Je le savais. Cela ne pouvait pas s'achever autrement. Il fallait qu'il versât son sang pour son pays. C'était écrit... »

Une foule énorme se pressait devant Birla House; la nuit commençait à tomber; Mountbatten s'ouvrit un passage avec les coudes, et aperçut Nehru juché sur le portail.

– A mort les musulmans! cria une voix d'homme. Ils ont tué Gandhi!

D'un bond, Mountbatten rejoignit Nehru et se tourna vers la foule grondante.

– Imbécile! C'est un hindou qui a tué le Mahatma! Pas un musulman! hurla-t-il.

– Comment le savez-vous? chuchota Nehru à ses côtés. On vient à peine de l'arrêter!

– Car c'est vraiment un hindou? Dieu soit loué! soupira Lord Louis.

Madras, 30 janvier 1948

La journée d'Edwina s'achevait enfin. Visites de dispensaire, mains serrées, marches à grand pas en compagnie du Gouverneur, réunions avec les comités de ceci et de cela, organisations de femmes... Elle avait suivi son programme avec sa rapidité coutumière.

C'était l'heure divine où elle allait s'étendre en rêvant.

L'heure où elle pouvait se parler à elle-même, sans les blessures incisives que Dickie lui faisait à l'âme, si souvent qu'elle n'en finissait plus de panser ses plaies. L'heure solitaire et caressante que rien ne troublerait plus.

Machinalement, elle tourna le bouton du poste au chevet de son lit, et commença à enlever sa robe. Madras était une ville humide et chaude ; elle se sentait poisseuse. L'eau effacerait la poussière. Un chant poignant envahit la pièce, une voix lourde et fruitée, avec des accents de mère amoureuse, accompagnée de craquements de radio malhabile. Le disque n'était pas bon, mais l'Inde était là qui apaisait tout.

La musique s'arrêta brusquement.

« Le Mahatma Gandhi a été assassiné cet après-midi à New Delhi, à 17 heures 17, fit une voix grave et triste. Son assassin est un hindou. »

Elle tomba assise sur le lit.

– Ce n'est pas vrai, murmura-t-elle. Il n'est que blessé, j'en suis sûre. All-India Radio s'est trompé... Je ne peux pas le croire. On l'aura emmené à l'hôpital, on va l'opérer, il n'est pas mort...

Fébrilement, elle attrapa le téléphone et demanda le numéro du palais à Delhi.

– Vite ! C'est urgent ! Je dois parler au Gouverneur... Appel d'État !

– Yes, ma'am, fit la voix du standardiste. Tout de suite, ma'am.

« Faites que ce ne soit pas arrivé, mon Dieu, faites que j'ai mal entendu... gémit-elle en serrant les poings. Après son jeûne, il était si paisible, il disait " Je vivrai jusqu'à cent trente-trois ans ", il était heureux, il ne peut pas mourir... Assassiné ! Comment ? Avec un couteau, une bombe ? Un revolver ? Impossible ; tout est gardé. Personne ne pouvait l'approcher sans contrôle. Et ce téléphone qui ne vient pas... »

– Avez-vous demandé Delhi ? fit-elle furieuse en rappelant le standardiste.

– Yes, Sir. J'essaye tout le temps, Sir, fit le standardiste affolé.

– Insistez ! cria-t-elle avant de raccrocher.

« Tu sais bien qu'il n'est plus, et que déjà son esprit volète au-dessus du monde, souffla une voix tranquille à son oreille. Pourquoi lutter encore? Il est heureux en effet. Il a eu la fin qu'il désirait, et voilà que tu te rebelles une fois de plus? Allons. Un peu de courage. Il te l'a toujours demandé. Il est en paix, tu ne l'as pas perdu... »

Ses mains se desserrèrent, elle se mit à pleurer. Le téléphone sonna.

– Dickie? J'ai entendu la radio, cria-t-elle. Qu'est-ce qui s'est passé?

– Pendant... prière... irla House, gémit une voix diffuse à travers les ondes brouillées. Un fidèle parmi... autres... un... avec... revolver... trois balles dans... sur le coup... rentrez-vous...

– Parlez plus fort! hurla-t-elle. Un quoi? Musulman?

– ... hindou... la chance... tout de suite, continua la voix de Dickie par-delà les mugissements du téléphone.

– Il est vraiment mort?

– ... sans souffrir. Prenez... avion... pour la cérémo... demain...

– Demain? Déjà?

– ... règle de... crémation... vous attends... embrasse, fit-il en raccrochant.

Elle posa lentement le combiné, et s'affala sur le lit.

« Amis et camarades, fit la radio avec des sanglots rentrés, la lumière de nos vies s'est éteinte et partout je ne vois que ténèbres. Je ne sais que vous dire, ni comment vous le dire... »

Edwina se redressa brusquement. Nehru! Sa voix était méconnaissable.

« ... Notre leader bien-aimé, Bapu comme nous l'appelions, le Père de la Nation, n'est plus. J'ai sans doute tort de parler ainsi; mais, cependant, nous ne le verrons plus comme si souvent pendant ces longues années. Nous ne pourrons plus aller à lui pour qu'il nous console et nous enseigne; quel coup terrible! Pas seulement pour moi, mais pour les millions et les millions d'Indiens, nos compatriotes, et quoi que nous disions, moi ou d'autres encore, le coup est là... »

Edwina pleurait en joignant les mains. Bapu était mort, Nehru souffrait, elle était au loin, impuissante et désespérée.

« ... La lumière s'est éteinte, disais-je, mais j'avais tort. Ce n'était pas une lumière ordinaire, celle qui brilla sur ce pays pendant tant et tant d'années; elle brillera longtemps. Dans mille ans, elle sera toujours la consolation de cœurs innombrables... »

– Ne t'arrête pas, mon amour, murmura Edwina, parle encore...

« Le Mahatma Gandhi est immortel »

New Delhi, 31 janvier 1948

Sans que personne en eût donné l'ordre, le char militaire s'était lentement ébranlé. Une houle humaine, silencieuse, vint frôler les roues grinçantes; cramponné aux montants fleuris, le Premier Ministre serra les lèvres comme pour accompagner le lent mouvement des fusiliers marins, qui, par centaines, halaient en piétinant Raj Path.

« O Ram, murmura-t-il sans réfléchir. Te voilà parti, père, et nous avec toi. Protège tes enfants qui se pressent autour de toi, et ne les écrase pas en chemin. »

Et il regardait de tous côtés, se retournait à chaque instant, de peur que l'énorme masse ne prenne un humain sous ses pieds. On eût dit les temples de bois qui, dans l'Orissa sauvage, écrasent, indifférents, les fidèles consentants qui se jettent au-devant de leur mort; on eût dit que la foule à son tour se rendait... Derrière le char pacifique marchait le long cortège officiel, à pied, lentement; au deuxième rang, derrière le groupe des femmes, Lord Louis, sanglé dans son uniforme militaire, sa fille Pamela, Edwina en manteau, coiffée de blanc, les yeux cachés derrière ses lunettes noires, et à son bras, lui tenant la main, la princesse Amrit Kaur en grand sari de deuil.

« Tu n'aimerais pas les fusiliers marins, tu détesterais les lanciers à cheval, père, tu n'aurais pas voulu cela, je sais, songeait Nehru en jetant un œil vers le haut du catafalque. J'entends déjà ta voix me faire des reproches, comme à l'accoutumée.

Tu sais bien pourtant qu'une fois de plus je n'avais pas le choix... Comment te dérober à la ferveur de tes fils? Ils t'ont aimé, tu es leur Inde, pouvais-je voler l'Inde aux Indiens? » et, d'un geste mal assuré, il ajusta son calot blanc.

La foule s'était hissée sur les arbres, le long des lampadaires, et ceux qui n'avaient pas réussi tendaient le cou, les yeux fixes, les mains jointes pour un namasté d'adieu, sans un cri. Les journalistes s'étaient juchés jusque sur les plus grosses branches des arbres. Une fillette en pleurs se lança à l'assaut du char, et, une rose jaune à la main, grimpa sur les montants comme une petite chèvre. Patel cria, vainement; la gamine déjà se penchait sur le visage du Mahatma, et posait la fleur sur sa bouche.

– Pour toi, Bapuji, sanglota-t-elle, et elle esquissa un baiser. Le sardar la tira par sa longue natte, et la fit descendre; elle ne se défendit pas. Un instant, elle eut l'air d'une sauterelle en plein vol; puis elle se noya dans la masse et on ne la vit plus.

« Tu vois, continua Nehru en esquissant un sourire, tu vois... Tu es leur prisonnier. Cette fois, tu ne leur échapperas plus. Tu ne pourras plus te retirer seul dans un coin de la ville, en me causant ces frayeurs affreuses qui m'empêchaient de dormir. Plus de jeûnes, Bapu, plus de simagrées... Tu es leur dieu. Maintenant que tu es mort... »

Soudain les larmes inondèrent ses joues. Maintenant, le père était mort; il n'aurait plus jamais la terreur de le voir gisant dans son sang, puisque c'était fait. Il n'aurait plus à rendre compte, il n'éprouverait plus de remords, il agirait à sa guise, il n'aurait plus jamais ni colère ni rancœur, maintenant que son père était mort. Maintenant.

« O Ram, voici que je prie sans m'en apercevoir », bougonna le Premier Ministre en essuyant son visage.

– Attention! hurla Patel.

Un homme s'élançait vers le char, dissimulant quelque chose dans l'une de ses mains. Un musulman à la calotte de crochet blanc.

– Jawahar, à ta gauche!

Nehru tourna la tête et vit l'homme lancer une brassée de feuilles de margousier, de toutes ses forces. Instinctivement, il baissa la tête. Une bombe dans les feuillages?

Mais rien n'explosa. Les branches s'affalèrent sur le haut du char et glissèrent à terre, inoffensives. Sur le visage du musulman brillait, au milieu de larmes ruisselantes, un grand sourire. Autour de lui, les gens s'écartaient machinalement; il n'y avait pas eu un geste pour le retenir, pour l'accueillir il n'y eut pas un regard. Chacun se sentait libre de son deuil; et si quelqu'un voulait honorer le Mahatma avec le plus simple des hommages, le plus pauvre, il était libre. Nehru se demanda si l'on n'allait pas lancer des sucreries comme pour un dieu.

Il jeta un œil sur Edwina; elle avançait en baissant la tête, elle n'avait rien vu.

Edwina repassait sans cesse dans son esprit la scène qu'on lui avait racontée. C'était l'heure où le Mahatma rejoignait son podium à travers la pergola, au milieu d'un fervent cortège. Un jeune homme respectueux s'était mis en travers du chemin, avait joint les mains pour un namasté plein de vénération, et Gandhi s'était arrêté en souriant; Manu avait doucement écarté le disciple, car le Mahatma était en retard pour la prière. Alors, l'homme avait sorti son revolver, étendu le bras et tiré trois coups à bout portant, bien calmement. Gandhi s'était effondré en murmurant « O Ram », et son sang avait souillé ses vêtements blancs. Il était mort sans souffrir, immédiatement.

Nehru était arrivé très vite, suivi de Dickie qui avait annoncé à la foule que l'assassin était un hindou. Nehru avait tendu à Dickie une coupe remplie de pétales de roses, qu'il avait versée sur le corps ensanglanté. Patel était là aussi, pleurant dans son coin comme un enfant. Mountbatten avait profité de l'émotion pour accomplir le souhait du Mahatma : il avait pris les deux hommes chacun par un bras et les avait poussés l'un contre l'autre. Nehru et Patel s'étaient embrassés en sanglotant. Puis, pendant que les femmes accomplissaient la toilette funèbre, le Gouverneur général avait pris en main l'organisation du cortège et mis en place la protection de l'armée; de toutes parts, les paysans accouraient en masse, la foule avait défilé toute la nuit devant la villa de Birla House pour contempler le cadavre, qu'on avait posé sur le toit, sur un pan de bois incliné éclairé par les projecteurs.

L'Inde s'était éteinte pour une longue nuit; en signe de deuil, personne n'avait allumé le moindre feu.

Nehru et Patel, postés comme des chiens de garde de part et d'autre du Mahatma mort, veillaient sur la foule en pleurs.

« Mais qu'a-t-il ressenti en mourant? songeait Edwina, en marchant à pas lents sur le macadam. A-t-il compris? S'est-il réjoui? Comment s'envole l'âme d'un homme tel que lui? Dickie a raison; il est l'égal de Jésus, celui de Bouddha, c'est vrai. Les pas que je fais aujourd'hui derrière toi n'auront jamais de fin, Bapu. »

Somme toute, cahin-caha, le cortège avançait. Les hommes qui tiraient les câbles marchaient régulièrement sans se plaindre.

Rassuré, Nehru se hissa jusqu'au sommet du char funèbre et regarda la face morte du vieux Mahatma; au-dessus du sourire apaisé et des lèvres disparues, les moustaches usées semblaient sèches, et de nouvelles marques bleues germaient du côté du cou, sous le simple collier de boules de coton blanc. Le soleil de janvier commençait à chauffer.

Nehru caressa la joue froide.

Le cortège était arrivé au bord du fleuve, sur les rives herbeuses et verdies par l'hiver. Dans la plus grande confusion, tout le monde s'arrêta.

– Je ne vois pas comment vous éviter cette épreuve, fit Lord Louis à sa femme. Pammy aurait pu ne pas venir, à la rigueur, mais vous...

Edwina détourna la tête pour que son mari ne la voit pas pleurer. Il s'agissait bien de cela.

– Espérons qu'aucun enfant ne mourra étouffé, dit Lord Louis, tendu. Et qu'aucun terroriste ne voudra profiter de l'occasion. Cette foule... Regardez-les! Combien peuvent-ils être?

– Vous m'avez dit un million, Dickie.

– Comment savoir? Toute la ville est là. Plus le Penjab. Plus des paysans venus de partout, voyez ces turbans comme des chapeaux plats, ils ne sont pas d'ici, du Bengale, peut-être?

– De Gwalior, fit Edwina dans un soupir.

– De Gwalior? Vous connaissez ce pays mieux que moi.
Elle lui prit la main.

– Est-ce que cela ne vous aide pas encore un peu
aujourd'hui?

– Tout à fait, grogna-t-il. Évidemment.

Lord Louis fronçait les sourcils intensément, signe d'une
grande émotion.

– Il vous aimait, darling, beaucoup.

Elle sursauta. Qui l'aimait? Pourquoi le passé? De qui parlait
Lord Louis?

– Quand vous apparaissiez, son regard s'émerveillait, et il
avait l'air d'un enfant. Oh! Le vieil homme n'était pas insensible au charme des femmes, ne croyez pas que vous étiez la
seule à l'émouvoir! Mais enfin, il vous aimait bien.

– Je crois que je le sais, Dickie, fit-elle. Il vous aimait aussi,
savez-vous?

– Son sourire quand il vous voyait...

– Vous l'appeliez votre « pauvre petit moineau », fit-elle,
vous souvenez-vous?

Mais sa voix s'étouffa; il lui sembla qu'elle sonnait faux.
Aucun mot ne pourrait exprimer son chagrin. Aucun mot de sa
langue, aucun mot de sa caste; pour pleurer Gandhi, il lui fallait se réfugier dans le repli de cette âme secrète dont seul
Nehru connaissait l'existence.

« Ton âme indienne », lui dirait-il un jour en lui baisant la
bouche comme s'il voulait l'aspirer tout entière.

Edwina joignit ses deux mains pour un dernier namasté.
« Pour toi, père, avant que l'on fende ton crâne par le sommet,
pour toi, Bapu, ces mains oisives, pour toi, ma vie déracinée,
pour toi, cet amour interdit, il t'appartient, tu l'as veillé à sa
naissance, tu l'as voulu, ô Bapu, Bapu... »

– Nous allons entrer dans l'enclos, darling, fit Lord Louis
gravement. Je vous ai déjà avertie que le service d'ordre serait
débordé; gardez-vous bien, ne me quittez plus, et s'il arrivait
quelque chose, couchez-vous d'abord, surtout ne vous levez
pas. Je ne sais même pas combien de temps va durer la crémation.

– Trois ou quatre heures, cela dépend du vent... et de Ram, souffla Edwina.

– Qu'il nous protège, ma chère. Allons! fit Lord Louis en avançant.

Un gros homme se précipita, haletant, en bafouillant un « Your Excellency », se reprenant, « Your Royal Highness », et indiquant d'une main floue le vide, l'espace, l'infini. Derrière lui, un officier britannique guida les Mountbatten jusqu'à une place au premier rang.

Le bûcher attendait. Un gros et grand bûcher de bois de santal. Sur son flanc, des pujaris en vêtements orange psalmodiaient déjà les prières védiques; et tout autour, assises sur le sol, les personnalités attendaient le Mahatma. Perchés sur des tours de bois, des journalistes parlaient dans les microphones; à leur regard, on devinait l'arrivée du cortège, ponctué par les gémissements de la foule qu'on allait sans doute vainement empêcher d'entrer. Les cameramen ajustaient leur œilleton, et parcouraient l'assistance en attendant le moment fatidique. La police à cheval attendait sur le côté. Aucun siège n'avait été prévu pour la circonstance, pas même les matelas traditionnels; qu'aurait-on pu préparer au milieu d'une folie pareille?

Dans une brume de poussière, Edwina aperçut, au sommet du char, le calot blanc de Nehru. Puis elle ne le vit plus. La civière descendit du char au milieu d'un tumulte indescriptible, des voix suraiguës criaient, perçant le ciel; Edwina crut reconnaître le bras de Nehru sortant de la kurta blanche, et soudain, elle le vit qui portait la civière avec Patel, le Maulana Azad et le grand Pathan des frontières, Ghaffar Khan. Le dernier instant du long voyage.

Tout alla vite; en un clin d'œil, le cadavre raidi dans son linceul fut libéré de ses liens, posé sur le bûcher, couvert de fleurs. On disposa sur le côté les bûches verticales qui montaient à l'assaut du corps; on ajouta la paille pour l'allumage. Du Mahatma on ne voyait plus que le crâne qui luisait au soleil. Nehru, les mains jointes, courba la tête longuement. La rumeur de la foule n'empêchait pas le silence.

– Vous savez que le fils aîné de Gandhi a disparu, cet ivrogne. Je ne sais qui accomplira le rite, je n'ai pas songé à demander... Nehru? chuchota Lord Louis à l'oreille d'Edwina.

380

Elle ne répondit pas. Devadas Gandhi, le fils cadet, serait présent; à lui le dernier rite, réservé à la famille.

Non, le Premier Ministre n'allumerait pas le bûcher du Mahatma. Nehru arrivait à grandes enjambées, rejoignit Indu en sari blanc et déjà il était à trois pas d'Edwina, la cherchant du regard.

Quand il la vit, il la regarda longuement, comme s'il voulait lui verser sa douleur dans le cœur. Le rite commençait; le second fils de Gandhi tourna sept fois autour du bûcher, sept fois il salua la dépouille mortelle du Mahatma; il jeta l'eau sacrée sur le corps, et plaça aux pieds de son père un morceau de santal. Puis un pujari lui passa une torche.

« Ram, Ram, chantait Devadas d'une voix sourde. Ram, Ram... »

L'instant était venu. Le silence se fit. Les caméras s'étaient mises à tourner. Lord Louis se découvrit. Solennellement, Devadas Gandhi baissa sa torche sur la paille. Les premières flammes enveloppèrent le cadavre entièrement avant de retomber; les bûches du dessous commencèrent à flamber.

Mais, à la vue du premier feu, la foule jusqu'alors contenue se poussa en avant, comme mue par les contractions d'un monstrueux accouchement; et, dans un immense soupir de douleur, elle envahit le champ de crémation. Les policiers montés firent avancer leur cheval au milieu des hurlements et des cris; on vit des lathis se lever, des coups pleuvoir. Bientôt le premier rang ne put résister à la violence de la pression; au même moment les flammes grimpèrent haut dans le ciel, et se firent menaçantes.

– Assis, tous! hurla Lord Louis. Vite!

Et il se laissa tomber sur l'herbe, les jambes croisées. Comme des marionnettes privées de leur montreur, Pamela et Edwina s'affalèrent tant bien que mal; Nehru et Indira en firent autant, puis tous les premiers rangs. La foule s'arrêta.

– Nous avons manqué périr carbonisés, s'exclama Lord Louis.

« ... En même temps que toi, Bapu, comme c'eût été beau », songeait Edwina.

Puis le léger tissu du linceul blanc s'envola en flammèches

noircies. Gandhi avait disparu dans les tourbillons de fumée. Les pujaris chantèrent un peu plus fort; le fils du Mahatma attendait, debout, versant de temps à autre le beurre liquide sur le corps de son père, et la chaleur était si forte que son visage, à travers les émanations vibrantes, tremblait.

Il se fit un craquement à l'endroit de la tête. C'était le signe. Le fils de Gandhi fit éclater le crâne de son père avec le marteau rituel, afin que son âme pût s'échapper enfin. Nehru passa une main sur ses yeux.

– Le Mahatma Gandhi est immortel! cria la foule.

Au loin, très loin du bûcher, un Indien anonyme et débraillé titubait et marmonnait d'incompréhensibles paroles. On le bouscula, on le conspua, cet ivrogne qui prétendait s'appeler Mahomet Gandhi, ce pauvre fou insolent, qu'allait-il faire devant le bûcher d'un saint?

Harilal Gandhi, le fils aîné du Mahatma, finit par s'effondrer à l'écart, et cuva sa souffrance méconnue à l'ombre de la foule qui pleurait son père.

La forteresse de hautes flammes entourait entièrement le corps carbonisé. Une main calcinée se dressa brusquement au-dessus du bûcher et fondit aussitôt. Personne ne bougeait. La chaleur devint intolérable.

Lord Louis regarda sa femme à la dérobée : impassible sous son chapeau de feutre blanc, elle fixait le feu. Nehru aussi. Ils avaient le même regard concentré, la même vigilance doulou-reuse qu'il ne pouvait partager. Lord Louis se força à contem-pler ce qui restait de son petit moineau, mais la fumée lui piquait les yeux, il s'épongea, leva la tête. Au-dessus du champ de crémation, très haut dans le ciel, planaient les vautours de Delhi.

« Ainsi, même lui... » murmura-t-il.

Avec ce tas de ficelles noires qu'étaient devenues les entrailles du Mahatma, mourait, tordue sous les flammes, l'Inde qu'il avait libérée, lui, le dernier Vice-Roi des Indes. Sans ce partenaire admirable, sa tâche n'avait plus de sens; il lui faudrait mettre de l'ordre avec ceux de sa propre généra-tion. Nehru et Edwina s'étaient abîmés l'un dans l'autre en prières, et Lord Louis se sentit seul. L'image de Churchill lui traversa l'esprit, comme si le célèbre vieillard ricanait, son cigare au coin des lèvres bougonnantes, qu'il assistait de loin à la bizarre transformation de son éternel adversaire, ce fakir à demi nu... « Vous voyez, Dickie, murmura à son oreille la voix rauque du vieux lion, il est mort avant moi, mon ennemi de toujours... »

Lorsqu'il sortit de ses pensées, Lord Louis vit que Nehru regardait Edwina, rapidement, comme il faisait toute chose. Un regard d'inquiétude et de tendresse. Et comme si elle l'avait senti, Edwina tourna la tête dans la direction du Premier Ministre, enleva ses lunettes noires et esquissa un sourire calme. Lord Louis éprouva l'étrange sentiment que tout était en ordre, et que l'âme du Mahatma lui desserrait le cœur.

La crémation durerait cinq ou six heures; le feu ronflait à rythme régulier, et s'apaisait lentement, comme s'il avait épuisé ses forces. Lord Louis déplia ses jambes ankylosées, et releva sa fille; il était temps de partir. Mais Edwina ne bougeait pas.

Lord Louis attendit, debout, marchant de long en large, échangeant des phrases convenues avec ceux des assistants qui s'étaient déjà levés. Mais le Premier Ministre ne bougeait pas non plus.

Alors Lord Louis posa sa main sur l'épaule de sa femme, qui se releva aussitôt. Nehru leva les yeux, son visage se crispa, puis il baissa la tête et fixa obstinément le sol.

– Nous partons, murmura Lord Louis. Venez sans saluer personne; ne les troublons pas.

Installés enfin dans la voiture, ils se taisaient tous trois. La limousine remontait le flot humain avec difficulté, lentement, au pas.

Brusquement, un nez s'écrasa contre la vitre, puis un front, deux mains noires, une bouche énorme. Edwina poussa un cri léger.

– Ne bougez surtout pas, n'ayez pas peur. Vous avez l'habitude; Pammy, ne regarde pas de ce côté, fit vivement Lord Louis.

– Je n'ai pas peur, Dickie, vous savez bien, fit Edwina en regardant la vitre.

La voiture s'était immobilisée. L'homme écarta les lèvres et découvrit un rire immense aux dents gâtées. Puis, tirant la langue, il la colla sur la vitre, laissant une trace baveuse.

Edwina lui rendit son sourire et posa sa main sur la vitre, à l'endroit où s'aplatissait la bouche.

— Mais que faites-vous, mummy! s'écria Pamela.

— C'est un pauvre fou. Voyez ces pièces cousues de travers sur son turban, c'est un fakir, un égaré. Il n'est pas méchant...

— Il peut le devenir, fit Lord Louis. Toute l'Inde aujourd'hui peut le devenir. Vous croyez-vous à l'abri des fous?

— Il ne me veut pas de mal. Il nous montre son rire édenté, vous savez bien...

— Son rire édenté?

Lord Louis haussa les sourcils. Quel rire édenté? Ah oui! Le fameux rire du Mahatma. Il n'y songeait plus. Toute son attention se portait sur les vagues de foule qui, pour une raison inconnue, avaient arrêté la voiture. S'était-il passé quelque chose? Lord Louis soupira; après la crémation, les massacres allaient recommencer.

Le fakir s'était lentement écarté. A sa place apparut le visage minuscule d'un petit garçon au regard étonné, qui regarda la dame blanche, sérieusement, jusqu'à ce qu'une main de femme aux bracelets d'ivoire rougi l'arrachât de la vitre. La voiture repartait doucement.

— Je reviendrai demain à l'aube, fit Edwina lorsqu'ils furent revenus dans la voiture.

— Demain? Que se passe-t-il demain, ici? demanda Lord Louis. Ce n'est que dans douze jours que les cendres partent pour Allahabad, où vous n'irez pas, vous le savez, darling.

— Demain, les proches du Mahatma pourront recueillir les cendres autour du bûcher.

— Vous n'appartenez pas à la famille!

— Je ne prendrai rien, dear, je veux seulement être là.

— Est-ce que Nehru y sera? fit vivement Lord Louis.

— Je n'en sais rien! Est-ce que cela compte? répliqua Edwina. Ce n'est pas Jawahar que l'on incinère aujourd'hui, mais Gandhi, et c'est pour lui que je serai ici demain matin!

Edwina pleurait presque.

— Vous êtes fatiguée... fit Lord Louis doucement.

– Taisez-vous, je vous en prie, murmura Edwina. Ce n'est pas votre monde.

Et Louis Mountbatten sentit que sa femme avait raison.

Edwina lui prit la main; ce n'était pas sa faute s'il n'appartenait pas à l'Inde. Une immense pitié l'envahit pour cet honnête homme, ce soldat qui demeurait sur le bord du bûcher sans comprendre l'envol de l'âme, et qui pleurait sincèrement un ami mort.

– Il y a du noir sur votre robe, fit Lord Louis en toussotant, et aussi sur vos cheveux, là, ajouta-t-il, en ôtant une escarbille de la tête de sa femme. Je me demande comment est parti Nehru, dit-il encore après un silence. Il a brusquement disparu...

– Il n'est pas parti, fit vivement Edwina. Il veillera jusqu'à la fin. Les policiers ont chargé la foule, pour la crémation du Mahatma! Est-ce que ce n'est pas à faire pleurer ses cendres? Nehru doit être très malheureux. Tout est-il prêt pour la cérémonie d'immersion dans le Gange?

– Le bateau y est déjà; le train est en gare, il reste à affronter la foule sur le quai, au départ. Je ne connais pas Allahabad, il paraît que le Gange y est fort agité, il y aura des remous... Mais le plus difficile est passé. Nous nous souviendrons de cet après-midi, n'est-ce pas, ma douce?

Edwina rêvait aux arbres d'Allahabad. Aux immenses peupliers autour de la maison où était né Nehru. A ce paysage qu'elle connaissait comme si elle l'avait contemplé, aux rives plates et au fleuve infini, aux barquettes de fleurs à la nuit tombée, comme elle en avait vu à Bénarès un soir, en barque, près des bûchers...

– Tout de même, voir brûler ce cadavre, et ce beurre qu'on jette sur lui, cette pieuse cuisine... Je comprends la fascination des premiers voyageurs, commenta Lord Louis en montant le grand escalier.

« Shanti », répétait Edwina sur le champ de crémation qui luisait dans l'obscurité.

L'aube s'annonçait à peine, et déjà de vieilles femmes en sari blanc ramassaient pieusement les cendres du bûcher. A peine si elle pouvait les distinguer, courbées dans le noir, comme si elles glanaient des blés après une moisson bénéfique, en silence. Parfois surgissait une étincelle endormie, qui s'éteignait aussitôt, comme une étoile filante. Une bande rose apparut au-dessus des arbres, et le premier perroquet sillonna l'air acide avec un cri perçant.

« Shanti », disait Edwina sans bouger. Si seulement elle osait... Pour qu'on ne la reconnût point, elle avait enfilé un vêtement musulman, tunique et pantalons bouffants, et enroulé autour de sa tête un voile blanc; elle avait arrêté la voiture à cinq cents mètres de là, sous les murailles sombres du Fort Rouge, et elle avait marché sur ses sandales, dans la poussière, dans la longue file des femmes indiennes. Personne n'avait tourné la tête, personne ne l'avait inquiétée.

« Shanti », dit-elle un peu plus fort en relevant la tête. Les vautours venaient de partout, par cercles concentriques, dans un vol presque immobile, accomplissant leur dharma de charognards; quelques milans agités leur coupaient la route, prêts à foncer vers la terre, et le soleil se levait. La vie recommençait. Edwina suivait le chemin de l'âme de Gandhi, heureusement dissoute et réduite au néant.

« Où es-tu maintenant, Bapu? Tu espérais tant cette mort-là. Où es-tu? Plongé dans les enfers comme le plus parfait des héros de l'Inde, ou immergé dans la béatitude, ou réincarné? Oh non... »

Une corneille impertinente picorait les cendres à ses pieds, en criaillant.

– Non, pas toi! Respecte le Mahatma, sauvage, impie, va-t'en... cria à son tour Edwina en agitant les mains.

Le pan de son voile glissa autour des épaules; sa tête claire était nue. Une vieille derrière elle glapit de surprise et se mit à parler fort en appelant ses compagnes, avec de grands gestes. En un instant elles entourèrent Lady Louis, et la fixèrent avec un air de reproche.

– Nai Bharati! Nai Bharati! Angrez! Chelo! fit la vieille en la chassant de la main.

Edwina recouvrit sa tête d'une main tremblante. Les femmes se rapprochèrent. Il n'y avait pas d'issue, il fallait dévoiler son identité, parler anglais, s'avouer étrangère, annoncer le titre... Ah non!

– Je suis... commença-t-elle avec embarras.

Mais les femmes se retournaient vivement et se prosternaient devant une silhouette enveloppée d'un grand châle blanc.

« Pandit Nehru ki jaï! » murmuraient-elles respectueusement.

Il avança de quelques pas. D'un même geste ils joignirent chacun leurs deux mains et se saluèrent lentement. Le Premier Ministre avait à la main un bouquet de roses rouges. Il prit Edwina par le bras et la poussa vers le large cercle de poussières blanches; il s'agenouilla, et posa les fleurs sur le sol.

– Plus tard je ne pourrai plus déposer ces fleurs sur ce qui reste de toi, Bapu, murmura-t-il. Le Gange sera bientôt le fleuve où les jeter.

Puis il sortit un pot minuscule de dessous son châle, s'éloigna jusqu'à l'herbe piétinée et, s'accroupissant, il ramassa une poignée de sable.

– Les cendres, c'est impossible. Mais le sable de la berge... je voulais te le donner. Je ne pensais pas te trouver là, my Dee, fit-il en lui tendant le pot de terre. C'était mal te connaître. Prends-le, c'est pour toi.

Et il essuya sa main sur sa tunique.

– Prends-le, n'aie pas peur... Je ne commets aucun sacrilège; Bapuji appartient au monde entier, dit-il en clignant des yeux dans le soleil.

« *Prends-le*, souffla le vent autour d'elle, *prends-le... Prends-moi*, murmura une voix cassée à son oreille. *Je ne suis plus Moi. Je ne suis plus Rien.* »

– Allons, fit Nehru. Regarde, ces femmes attendent. Ne refuse pas un don du Premier Ministre de l'Inde libre. Tu ne peux pas! fit-il avec autorité.

Edwina prit le pot tiède encore, et se prosterna devant cet homme qu'elle avait décidé d'accepter enfin. Nehru la releva d'un geste vif et la prit par le bras.

– Viens, tu ne peux rester ici. Laisse ces femmes à leur devoir, tu as fait le tien. Quand je serai sur le bateau d'où l'on

387

immergera ce qui reste de lui, je jetterai en ton nom des pétales dans les eaux, dit-il doucement.

Nehru était pressé. En quittant le champ de crémation, Edwina aperçut les gardes à la mitraillette posée sur le ventre; le monde entier recommençait. La corneille les suivit en sautillant, curieuse. Et Edwina se demandait si le vieux Mahatma n'avait pas pris le corps de l'oiseau gris à l'œil malin, pour les raccompagner dans le monde extérieur.

Delhi, 13 février 1948

– Mem sa'ab, Votre Excellence, c'est le Premier Ministre au téléphone, fit un serviteur essoufflé. Il veut vous parler, et...

– C'est bon! coupa Edwina. Je le prends ici.

Elle prit sa respiration et décrocha le combiné.

– C'est vous... Oui, j'attendais. Dickie m'a raconté la cérémonie d'immersion des cendres. Une foule immense, je sais. Beaucoup de tourbillons? Vous n'avez pas eu trop de chagrin en... en voyant s'engloutir les... Oui, c'est cela. Je comprends, Jawahar. Cela doit être une grande paix en effet. Mon Dieu! Pourquoi me dites-vous cela? Au même endroit? Mais vous n'allez pas mourir, enfin pas tout de suite! Comment?

Toute pâle, elle s'assit.

– Dans les eaux du Gange, vos cendres? Mais qui vous dit que je ne mourrai pas avant vous, Jawahar? Ne parlons plus de cela. Avez-vous reçu ma lettre? Oh, bien maladroitement, je n'ai pas su trouver les mots... J'ai tant de peine pour vous, Jawahar. Vous le savez bien... Hélas! Nous avons un programme de voyages officiels absolument écrasant, vous vous souvenez... Quand? Dès que je serai un peu libre. Oh, cela, je vous le promets! Mais non... Comment oublierais-je? A bientôt...

Elle raccrocha lentement, et ouvrit son agenda en soupirant.

Kanpur, Calcutta, Cuttak, Puri, une visite en Assam, dans les contrées voisines de la Birmanie, Kapurthala, Travancore, Cochin, Udaïpur, Mysore et Ootocamundy, Dehra Dun...

Ensuite arriverait Malcolm Sargent. Le mois de février ne lui laissait aucun répit. Mars ne serait guère plus favorable, à moins que Malcolm ne se décide à quitter l'Inde plus tôt que prévu...

Edwina se mit à frémir. Les jours qui la séparaient de Nehru désormais ne comptaient plus.

Delhi, 14 février 1948

— Je vous attendais avec impatience, cher Nehru, fit Lord Louis. J'ai vécu avec vous une journée qui marquera ma vie. Je suis heureux que la cérémonie n'ait suscité aucun désordre, et que malgré la foule il n'y ait eu aucun incident...

Nehru s'assit, les mains jointes sous le menton.

— J'imagine votre émotion, Jawahar, fit Lord Louis plus doucement. Expliquez-moi, car je n'ai pas bien compris. Que faisait la foule pendant l'immersion des cendres?

— Ils chantaient les Veda, ils entraient dans les eaux, le front couvert de cendres, ils priaient, ils buvaient l'eau sacrée selon le rite... murmura Nehru. Vous pouviez observer le rivage; moi je ne regardais pas. J'avais les yeux fixés ailleurs.

— Ce moment, je ne l'oublierai jamais, fit Lord Louis. Ramdas Gandhi, le plus jeune des fils du Mahatma, a d'abord rempli l'urne avec de l'eau du Gange et du lait, et puis...

Nehru détourna la tête; Lord Louis lui posa affectueusement la main sur l'épaule.

— Et puis, reprit Nehru d'une voix mal assurée, j'ai jeté des pétales de roses sur ce petit filet d'eau et de lait, et Bapu s'en est allé au fil du fleuve, jusqu'à la mer. Un jour cela m'arrivera aussi. Le même endroit; la rencontre sacrée, le sangam d'Allahabad, la ville où j'ai vu le jour. L'espace infini.

— Je vous ai vu sur la berge après la cérémonie, les mains enfoncées dans les poches de votre pardessus. Vous sembliez perdu dans un autre univers, fit Lord Louis, intimidé.

Le silence envahit le bureau de Louis Mountbatten, qui n'osait plus intervenir.

– Il faut cependant travailler, fit enfin Nehru. J'ai donné l'ordre d'interdire tous les partis extrémistes hindous, qui ont inspiré le meurtre. Ces maudits destructeurs d'unité nationale... On en a arrêté trois mille. Pour faire bonne mesure, j'ai fait interdire aussi les extrémistes musulmans. Les maharajahs d'Alwar et de Bharatpur ont découvert avec horreur que leurs gouvernements étaient impliqués; tant pis pour eux. Leurs royaumes sont à nous maintenant.

– Je sais qu'on vient d'arrêter l'un des complices de l'assassin, ce Nathuram Godsé qui s'est laissé prendre sur place. Combien sont-ils en tout?

– Huit, en comptant un domestique. Pour le coup, je n'userai pas de mon droit de grâce, fit Nehru farouchement. Ils seront pendus.

– La police a bien conduit l'enquête, observa Lord Louis. S'ils avaient mis le même empressement au moment de la première alerte, le Mahatma serait toujours en vie...

– Oh! fit Nehru, je ne crois pas. Il parlait si souvent d'offrir sa vie en sacrifice... Cela au moins l'aura satisfait. Mais que vais-je devenir sans lui?

– Vous serez le père de votre peuple, fit Lord Louis fermement. C'est vous qui parlerez désormais.

– Même quand nous avions des désaccords, sa pensée guidait la mienne, fit Nehru avec douleur. Qui sera mon repère?

Lord Louis se taisait.

– Mais il me reste mes compagnons! s'écria Nehru en relevant la tête. Tous les Combattants de la Liberté!

– Vous aurez avec eux des dissensions, peut-être, enchaîna Lord Louis, mais le ciment qui vous unit...

– Nous sommes le gouvernement de l'Inde, coupa Nehru, et je ne suis pas seul. La mort de Bapu nous lie les uns aux autres.

– Je me demande surtout qui vous protégera, fit Lord Louis d'un air sombre. Jawarla, vous ne pouvez pas rester à York Road; c'est trop dangereux. Venez vivre avec nous. C'est le seul moyen d'assurer votre sécurité.

– Ici? Dans ce palais? s'écria Nehru. Non!

– Mais pourquoi? fit Lord Louis. Nous sommes vos amis, vous le savez!

– Je vous remercie, Dickie, fit Nehru. Vraiment. Je refuse; ce n'est pas ma place.

– Vous avez tort, fit Lord Louis. Le premier assassin venu peut vous abattre ; vous n'avez aucune sécurité.

– Il n'y aura plus d'attentat, affirma passionnément Nehru. Plus un seul, vous verrez. Je connais mon pays ; une fois l'explosion passée, le calme règne. Par son sacrifice, Bapu a purifié l'Inde. En restant à York Road, je le démontrerai, et c'est ce que je dirai ce soir à la radio. En revanche, si je viens ici, j'aurai l'air d'un poltron !

– Poltron, vous ? dit Lord Louis. Une tête brûlée, plutôt, ivre de courage...

– Je suis un animal sauvage, Dickie, fit Nehru avec réticence. Ne m'apprivoisez pas. Laissez-moi en liberté.

– Est-ce que nous vous emprisonnons ? s'écria Lord Louis.

– Il y a d'autres moyens que la prison, murmura Nehru.

Edwina libérée

Delhi, 24 mars 1948

Edwina entra sur la terrasse, jeta son chapeau sur une chaise et, d'un regard vif, inspecta le jardin. Malcolm Sargent, le dos courbé et les mains sur le ventre, errait lamentablement entre les rosiers.

« Quel ennui, pensa-t-elle. Il ne va pas mieux, il va gémir, se plaindre, faire des caprices pour une malheureuse dysenterie... Il n'aurait pas dû venir, c'est certain... J'ai été amoureuse de cet homme, moi ? Ce n'est pas possible. »

– Edwina ! fit-il en agitant une main misérable. Je souffre affreusement !

– Venez vous étendre ! cria-t-elle.

Il arriva en titubant, le visage grimaçant de douleur, et lui baisa la main. Ses lèvres étaient chaudes.

– Vous avez de la fièvre, constata-t-elle. Allongez-vous, Malcolm chéri, je vais demander un thé bien fort.

– Toute cette souffrance pour un maudit petit verre d'eau...

souffla-t-il en s'installant sur une chaise longue. Ma pauvre chérie, je vous fais bien du souci...

– Mais non, du tout, fit-elle distraitement, en regardant un vautour se poser au fond du jardin. Simplement, soyez raisonnable, il faut renoncer à poursuivre votre tournée de concerts.

– Vous croyez? fit-il d'un air éploré. A ce point?

– Le médecin l'affirme. Je vous garde dix jours encore, fit-elle en se forçant à sourire. N'est-ce pas merveilleux?

– Je ne vous ai pas vue, je suis tombé malade, je me traîne et vous trouvez cela merveilleux! Edwina, vous ne m'aimez plus!

– Moi? se récria-t-elle. Vous délirez; c'est la fièvre, mon cher.

– Avant ces désagréments, vous m'évitiez déjà, murmura-t-il. Je le sais.

– Malcolm, comment pouvez-vous? Est-ce que je n'ai pas toujours été à votre dévotion?

– Vous avez été un ange d'amour, Edwina, fit-il en lui prenant la main... Mais où sont les ravissements que nous partagions après mes concerts? Ici, je ne suis rien, je ne dirige pas mon orchestre, je ne suis qu'un invité atteint d'un mal humiliant, je vous agace...

– Pauvre Malcolm, fit-elle d'un ton conciliant. Je vous aime beaucoup.

– Mais votre vraie vie est ailleurs, Edwina, soupira-t-il. Tenez, combien de temps pouvez-vous passer avec moi maintenant?

– Ne dites pas de sottises! Un bon quart d'heure, s'écria-t-elle. Ensuite, c'est vrai, j'ai une réunion dans une école.

Il posa ses lèvres sur la main qu'il tenait toujours.

– Je vous demande une soirée entière, ma chérie. J'implore... dès que je serai guéri.

– C'est cela, fit-elle, soulagée. Quand vous n'aurez plus mal, je vous le promets.

« Comme les autres, pensait-elle. Le miroir s'est brisé. Et rien ne subsiste, tout est mort, comme pour tous les autres... Quelle femme suis-je donc? C'est à peine si je me souviens de nos nuits, de sa peau, de sa voix au petit matin... Je l'admirais, je le prenais pour un génie, je vivais dans sa musique, et voilà! Plus un battement de cœur. »

– Je donnerais cher pour lire vos pensées, chérie, murmura Malcolm. A quoi rêviez-vous?

– A rien, fit-elle. A nous.

« Combien de fois est-ce arrivé déjà? Dickie, et puis Laddie, Douglas, Anti, Ted, Bill, Bunny... songea-t-elle en frissonnant, je ne sais plus, ils sont trop nombreux... Répugnant. Leurs bras sont des prisons. Plus jamais cela... plus jamais. »

11

Un étrange sentiment de bonheur

L'évidence, à couper le souffle

Delhi, 3 avril 1948

« Enfin ! » s'écria Edwina en grimpant l'escalier quatre à quatre.

Malcolm était enfin parti ; elle revenait de l'aéroport. Il l'avait quittée la tête basse, encore un peu courbé sous l'effet de la douleur qui lui pliait le ventre. Juste avant son départ, elle était parvenue à lui montrer des danseuses qui l'avaient enchanté, et un soir, à Purana Qila désormais vidé de ses réfugiés, un spectacle musical éclairé par des torches, qu'il avait trouvé absolument sublime.

« Enfin ! fit-elle en poussant la porte de sa chambre. Quand je pense qu'il n'a pas eu un mot de pitié lorsque j'ai voulu lui décrire le camp de Purana Qila voici... mon Dieu, voici seulement trois mois ! »

« Enfin..., songeait-elle. Me voici libérée. Ma promesse... il m'attend, il le faut. Le téléphone. »

Elle composa le numéro du 17, York Road.

– Résidence du Premier Ministre, fit une voix neutre.

– Lady Mountbatten. Passez-le-moi, je vous prie.

– Yes, ma'am. Tout de suite... Un moment s'il vous plaît, cria-t-on avec une fébrile véhémence.

Soudain, sa voix.

– Puis-je passer vous voir, Jawahar ? fit-elle sans même le saluer. Juste un instant. Maintenant ? Oui.

Elle raccrocha et, fiévreusement, se remaquilla à la hâte.

– Non! fit-elle en effaçant le rouge sur ses joues. Pas trop. Du crayon sur les sourcils, c'est tout. Une robe blanche... non, à fleurs.

En un instant elle fut prête, et redescendit en courant. Le chauffeur avait reçu l'ordre de se tenir prêt; le 17, York Road était à quelques minutes. La chaleur était intolérable.

Debout dans la véranda, il marchait pensivement de long en large, les mains derrière le dos, le calot sur la tête. Il était si profondément absorbé dans ses pensées qu'il n'entendit ni le bruit du moteur, ni la portière qui claquait, ni les murmures des serviteurs qui conduisirent Edwina jusqu'au jardin.

Elle s'arrêta pour le regarder et attendit. Soudain, alors qu'elle n'avait pas bougé d'un pouce, il releva la tête et la vit. Il ne s'avança pas, ne tendit pas la main, n'ouvrit pas les bras, et demeura immobile en face d'elle. Simplement, les mains nouées derrière le dos commencèrent à s'ouvrir. Ils se contemplèrent sans rien dire.

– Pourquoi serrez-vous votre sac contre vous avec cette violence? fit-il enfin. Venez vous asseoir.

Edwina fit un pas et laissa tomber son sac.

– Allons, ne restez pas debout quand il fait si chaud, my Dee... fit Nehru en effleurant sa taille. Je sais, c'est un peu difficile...

Elle s'assit sur le bord d'un fauteuil, comme une dame en visite.

– Vous êtes venue, commença-t-il avec gêne.

– Comme vous l'avez demandé, Jawahar, répondit-elle d'une voix étouffée.

– J'y pensais sans cesse. Je me demandais ce qui vous éloignait.

– Je vous l'ai dit, fit-elle timidement. Les voyages, les amis de passage...

– Vos enfants...

– Ah! bien sûr, fit-elle comme à regret. Ma fille, mon gendre, bien sûr.

– Sans oublier Dickie, fit-il.

Edwina se tut.

– Vous avez l'air si malheureux, my Dee, fit-il lentement. Il faut cependant que nous parlions de Dickie, n'est-ce pas?

– Oh non! Pas maintenant, je vous en prie, supplia Edwina. Pas encore...

– Je ne vous forcerai jamais, dit-il. Vous avez des taches rouges sur les joues. Avez-vous vu un médecin?

– Moi? Non... J'ai souvent des malaises, vous savez... Des migraines affreuses...

– Je n'ai pas remarqué, fit Nehru, en fronçant les sourcils.

– C'est qu'avec vous elles disparaissent, fit-elle d'un trait.

Il sourit et lui prit la main.

– Je m'inquiétais, pour les taches, à cause de la tuberculose... Il en traîne encore beaucoup dans mon pays.

– Je sais. Votre femme en est morte, je crois? fit Edwina avec embarras.

– C'est si lointain, vous savez... Mais il est vrai que de temps en temps le vieux chagrin remonte à la surface. Je m'inquiète souvent pour vous. Vous avez une peau si fine et si fragile, tout se voit, la moindre marque, la moindre douleur...

– Ma grand-mère et ma mère sont mortes de tuberculose, fit Edwina vivement.

– Ah! fit Nehru avec inquiétude. Vous avez une prédisposition.

– Je sais qu'aujourd'hui on peut se soigner, enchaîna-t-elle, mais parfois, j'ai peur. Je retrouve l'angoisse de mon enfance, quand ma mère Maudie a brusquement disparu, pour un long séjour en Égypte, et puis un jour... Elle n'est jamais revenue. J'étais encore une enfant.

– C'est donc votre père qui vous a élevée, observa Nehru. Un peu comme j'ai fait avec mon Indu, du moins quand je n'étais pas en prison.

– Mon père à moi s'est remarié, soupira Edwina. Avec une femme qui nous obligeait, ma sœur et moi, à l'appeler Madre.

– Madre... fit-il. En quelle langue?

– En italien. Mais c'était par snobisme; ma marâtre, une grande femme blonde, s'appelait Molly. Elle m'a beaucoup martyrisée.

– Ma pauvre petite fille... On ne vous a pas beaucoup choyée, je le sens bien, fit-il en se penchant vers elle.

– Oh! ce sont de banales histoires anglaises, fit-elle en reculant la tête. Je n'en suis pas morte, vous voyez! Cela m'a aguerrie!

– Êtes-vous vraiment anglaise? Vous m'avez dit un jour que vous étiez allemande, fit Nehru en riant.

– Ma mère était la fille d'un banquier allemand, répondit-elle rapidement; quant à mon père Wilfrid, il descendait d'une princesse aztèque. Je ne suis pas une vraie Anglaise. Rien d'une mem'sahib!

– Allemand, dites-vous, fit Nehru, songeur. Dickie aussi est d'origine allemande, n'est-ce pas? Voilà un héritage que vous partagez avec lui.

– Mais le père de Dickie était prince, et il n'était pas juif! s'écria Edwina.

– Votre grand-père était juif? Je ne savais pas, fit Nehru. Personne ne me l'avait dit. Même pas Sarojini qui connaissait bien votre mère, pourtant.

– Parce que Madame Naïdu vous a dit beaucoup de choses sur mon compte, Jawahar? demanda Edwina avec angoisse.

Nehru leva la tête et fit mine de contempler le ciel qui pâlissait.

– My Dee... fit-il tendrement. Les gens parlent, je n'écoute rien. Notre vieille amie Sarojini a la langue bien pendue, chacun sait cela; elle adore les ragots. Ce que je sais de vous, c'est ce que j'ai vu, la vaillante, la généreuse, l'infatigable...

– Taisez-vous... Vous ne me connaissez pas, murmura Edwina, le rouge au front. Vous ne savez rien de ma vie.

– J'ai gardé de vous le souvenir d'une photographie dans un vieux magazine, fit-il rêveur. Il y a des années de cela... Vous portiez une robe égyptienne, avec des manches en forme de scarabée d'or, comme une idole...

– Ah! je me souviens, répondit-elle en souriant. C'était pour l'inauguration des fouilles sur la tombe de Toutankhamon. Une fantaisie de jeunesse.

– A cette époque, j'étais entre deux prisons, dit-il à mi-voix, et je me demandais comment une altesse pouvait dépenser tant d'argent pour une simple robe de soirée... C'était bête.

– Ce n'était pas bête, fit-elle. Jawahar...

– Vous avez l'air si inquiète...

– J'ai quelque chose à vous dire, murmura-t-elle, en dégageant sa main.

Il la regarda fixement; elle avait le visage défait.

– Ne le dites pas, my Dee, dit-il tranquillement. Rien ne presse. Vous avez l'air d'une coupable qui veut confesser ses crimes... Ce n'est pas l'idée que j'ai de vous. Vous me parlerez plus tard, quand nous nous connaîtrons davantage.

– Vraiment? fit Edwina dont les yeux brillèrent de joie.

– Vous voilà enfin vous-même! fit-il. Votre sourire lumineux, votre voix claire...

Un arbre tout proche se mit à frémir par saccades; les branches s'agitèrent, un rat palmiste déboula à leurs pieds, et s'arrêta net, le museau en éveil. Le soleil commençait à disparaître derrière les frondaisons; soudain, dans un fracas de plumes, un vol de perroquets s'égailla dans le jardin.

– La nuit vient, fit Edwina en baissant le ton. A cette heure-ci, à contre-jour, les perroquets sont comme des flèches noires. Mais quand j'ouvre les yeux sur le matin, leurs plumes sont vertes comme les petits citrons.

Il se taisait. Les perroquets sifflèrent bruyamment.

– Où as-tu placé le petit pot avec la poignée de sable? murmura-t-il.

– Sur ma table de nuit, fit-elle. Parfois, j'imagine que Bapu me parle, et c'est le vent. Il arrive que je le voie soudain dans le corps d'un animal, ce rat minuscule, par exemple, qui nous épie. Ce n'est pas le même chagrin qu'après un enterrement...

– On n'ose imaginer ce que devient le cadavre dans sa tombe, fit Nehru. On ne peut pas se représenter ce travail souterrain sans frémir. Tandis qu'avec le feu, on voit. Tout est simple. L'âme s'envole en fumée, mais nos yeux la regardent.

– Je vous croyais athée, Panditji! fit-elle avec un petit rire.

– Pas au point de ne pas songer à la mort, my Dee, répondit-il. Mon âme s'envolera ainsi, entourée d'étincelles. Mais la tienne! Est-ce qu'elle sera enfermée au milieu de... Je ne peux imaginer cela.

– N'essayez pas! fit-elle en lui fermant la bouche d'une main. A quoi bon?

Il baisa les doigts posés sur ses lèvres, et garda la main prisonnière.

– C'est que pour toi je redoute toutes choses, my Dee, chuchota-t-il en regardant le ciel. Je ne sais plus quel jour j'ai soudain été submergé par l'évidence de cette force qui nous pousse l'un vers l'autre ; c'était une découverte fulgurante, écrasante, un voile qui se déchirait brusquement... Tu es ma sœur, mon océan et ma lumière, et si la mort un jour abîme cette peau claire, j'en souffrirai... La première étoile. Vois...

– Je dois partir, murmura-t-elle. Panditji, il faut que je retourne au palais.

– Alors, demain, fit-il en la libérant.

Delhi, 9 avril 1948

Cinq jours ! Depuis cinq jours il ne l'avait pas vue. L'affaire du Cachemire l'avait entièrement occupé ; les rébellions fomentées par les communistes faisaient rage dans plusieurs régions du pays ; il était rentré tard dans la nuit, trop fourbu pour qu'elle vînt occuper sa pensée. Distraitement, par éclairs, il avait compris qu'elle était repartie en inspection dans un camp de réfugiés, il ne savait plus lequel. La sécheresse commençait à faire des ravages dans les campagnes meurtries, les haines chauffaient avec le soleil et Nehru s'inquiétait sourdement pour les voyages d'Edwina.

Elle allait venir ce soir, à n'en pas douter.

Les premières grosses chaleurs immobilisaient l'Inde, qui commençait à se replier sur elle-même, comme à son ordinaire ; et Nehru retrouvait avec bonheur les curieuses sensations de néant fatigué qu'il n'avait pas connues en 1947, l'année des libertés et des massacres. Cet avril de l'an 1948 s'en retournait au sommeil, c'est-à-dire à la norme. Les pauses dans la vie devenaient inéluctables ; pour elle aussi. Et Nehru se demandait pourquoi il attendait cette Anglaise à qui rien ne l'avait prédestiné.

Une seule femme comptait encore vraiment à ses yeux : la compagne attentive de son foyer, celle qu'il avait formée, éduquée ; celle à qui il avait tant écrit, tant appris, et que les années avaient transformée en son double femelle, sa fille bien-aimée, Indira. La finesse d'Indu, sa petite taille, sa fragilité, la douceur extrême de sa voix légère, tout poussait le père à assurer à la fille une protection absolue, entière, radicale; pendant les dernières années de prison, il lui avait écrit cent vingt lettres dans lesquelles il tentait de lui apprendre l'ourdou, la philosophie, la science et la littérature; il avait été son rempart et son professeur, et, depuis qu'il était Premier Ministre, elle était devenue la maîtresse de sa maison. Lorsque Indu était là, rien n'échappait à son petit œil d'aigle triste; mais Indu était partie dans les montagnes chercher la fraîcheur pour ses enfants. Et Nehru ne savait pas s'il regrettait la présence obsédante et tendre de la gardienne de ses jours, ou s'il respirait enfin, comme un adolescent, la liberté retrouvée.

Edwina allait venir tout à l'heure, il en était certain.

Lorsqu'il arrivait dans sa maison, tout de suite Indira apparaissait, discrète et droite, attentive au moindre de ses désirs. De sa voix calme, elle lui rendait compte des problèmes de la journée; avec Indu, il se détendait un peu, veillé par cette enfant de sa chair comme par l'épouse dont il avait été privé. Pas un pas dans les couloirs sans apercevoir la petite silhouette en sari, et la grande tête d'oiseau de proie, le nez busqué qu'il lui avait légué, le cheveu frisé, indomptable, la bouche charnue, vivante, la volonté, terrible, comme une épée. Indu avait constitué autour de lui un berceau bien gardé, où nul n'entrait, sinon elle et ses enfants, pas même son mari Feroze. Les deux petits garçons d'Indira réjouissaient son cœur de grand-père, Rajiv l'aîné avec son beau regard calme et son air sérieux, et Sanjay le second, le vif-argent, malgré son agitation et le secret désordre par où il ressemblait à sa mère. Mais rien ne pouvait se comparer à l'incandescence où fondaient pour jamais dans le même creuset les cœurs du père et de la fille, la « carissima ». Deux ensembles, deux solitaires, un monde sans faille. Pourtant ce n'était pas avec Indira que Nehru pouvait s'abandonner.

A qui pouvait-il confier ses doutes abominables? La liberté avait fait couler tant de sang... Mais Indira avait déjà pris trop de responsabilités politiques; le Parti, le Parti encore, et il l'encourageait sans relâche, obsédé par l'idée de ne pas lui dévoiler l'ampleur de son désarroi ; pour lui édifier un avenir digne d'elle, il fallait paraître de pierre, et non d'argile. Au demeurant, la jeune femme semblait inaccessible. Élevée à la dure pendant que son père était en prison, Indira, parfois, semblait oublier d'avoir un cœur. Lui seul savait la détresse secrète de cette âme troublée ; Indu était trop jeune encore, trop vulnérable ; farouchement mère, Indu n'était pas heureuse ; parfois il la voyait traversée par des tornades d'angoisse extrême, des violences incoercibles de guerrière, des gouffres mortels.

Il regarda furtivement la porte derrière lui ; un pas léger avait frôlé le sol dans le couloir. Indu ? Elle serait revenue sans crier gare ? Mais non ; ce n'était qu'un moineau égaré, voletant à ras du sol. Nehru se précipita, ramassa l'oiseau, le posa délicatement sur une table, et entreprit de vérifier si d'aventure une aile n'était pas cassée.

Le moineau se débattait un peu, le bec grand ouvert par la panique. Nehru le prit au creux de ses deux longues mains, pour le rassurer.

– Là, petit, calme-toi, chuchota-t-il... Je ne te veux aucun mal. Plus tu t'agites, plus je risque de t'abîmer les plumes... Laisse-moi voir ce qui t'a blessé. Là...

L'oiseau demeura immobile, fixant l'homme de son petit œil rond et noir. Puis, brusquement, l'œil se ferma, les plumes s'abandonnèrent.

– Mort... Non ! souffla Nehru, consterné, en posant le moineau sur la table.

Mais, sitôt lâché, l'oiseau ouvrit ses ailes et s'envola sur le manguier. Nehru se mit à rire de bon cœur.

– Pourquoi riez-vous ? fit la voix d'Edwina derrière lui. Vous étiez si occupé que je n'ai pas osé vous déranger.

– Vous voyez ce moineau sur la première branche ? Il a dû se cogner contre une fenêtre, je l'ai cru blessé, j'ai voulu l'examiner...

– ... et quand vous l'avez cru mort il s'est envolé, n'est-ce pas ? fit-elle en s'asseyant.

– Ne me faites jamais cela, my Dee, fit-il. Ne vous envolez pas par surprise.

– Ai-je l'air d'un oiseau blessé? dit-elle, étonnée.

– Oh oui! soupira-t-il. Je ne sais ni par qui ni comment, mais vos ailes ont été cassées. Justement, voyez, l'oiseau, je l'ai caressé, je l'ai guéri, et... donnez-moi votre main.

– Jawahar... fit-elle en s'abandonnant, pourquoi voulez-vous me guérir? Je suis incurable.

Il porta la main d'Edwina à sa bouche, et la caressa de ses lèvres, longuement. Edwina ferma les yeux.

– Vous souvenez-vous, fit-il en s'arrêtant soudain, du jour où j'étais fatigué, dans le petit salon jaune, au palais? Je vous ai demandé un peu de silence. Vous êtes restée là sans rien dire, et je me suis endormi... C'était délicieux. Ce soir-là, j'étais le moineau, vous étiez les mains caressantes. Aujourd'hui c'est mon tour. Il y a si longtemps que je vous sens blessée...

– Comment le savez-vous? murmura-t-elle. Je ne vous l'ai jamais montré!

– Ces yeux-là, fit Nehru en suivant le contour des paupières avec un doigt, sont parfois cernés, comme les miens, parfois encore avec des éclairs sauvages, des douleurs... Ces rides-là autour de la bouche, deux grands plis amers, trop souvent, et votre dos, qui s'est voûté en un an...

– Tant mieux! fit-elle en se redressant. Je suis trop grande pour vous. Voûtée, je serai à votre taille!

– Mais votre nature est d'être droite, my Dee, répondit-il. Dites-moi ce qui pèse sur vous. Un tel poids sur de si belles épaules...

– Panditji, arrêtez! cria-t-elle. Vous avez passé votre vie en prison, vous avez combattu sans relâche, vous avez perdu votre femme, vous vivez seul, vous êtes écrasé de travail, vous avez souffert, et c'est moi que vous consolez! Non!

– Me croyez-vous aveugle? fit-il. Parlez-moi de Dickie et de vous. Il m'est arrivé de voir de la détestation dans ce regard si clair. Oh! Je connais les défauts de Dickie; il est emporté, orgueilleux, rapide, indifférent parfois, mais il est aussi généreux, je le sais, j'en ai profité, et vous ne l'aimez pas!

– Vous m'aviez promis de ne pas me forcer, Jawahar, fit-elle dans un souffle.

– Ah! c'est vrai, murmura-t-il, j'avais oublié. Mais comment comprendre? Est-ce que je sais vraiment ce qu'est une femme comme vous?

– Vous avez été marié, fit-elle vivement, en retirant sa main.

– Ce n'est pas la même chose, my Dee, fit-il. Mon père avait choisi Kamala pour moi lorsqu'elle avait treize ans; elle était d'une famille de brahmanes du Cachemire, comme la mienne. C'était une enfant élevée à la maison, et qui ne parlait pas l'anglais. Quand elle eut dix-sept ans, on nous maria en grande pompe à Delhi; mon père fit dresser des rangées de tentes, avec une superbe pancarte: « Campement du mariage Nehru ». Est-ce que j'ai eu mon mot à dire? J'étais un fils rêveur, dilettante, peut-être un peu rebelle mais soumis à mon père. Mariage de raison, à l'indienne. Les maris chez nous découvrent sous un voile le visage de leurs épouses, réfléchi dans un miroir posé sur leurs genoux, pendant la cérémonie... Nous autres Indiens nous ne connaissons pas le mariage d'amour; vous avez inventé cela, vous les Occidentaux.

– Mais vous avez éprouvé des sentiments pour elle, n'est-ce pas?

– Sans doute, fit Nehru avec réticence. Au commencement – songez, my Dee, je sortais de Harrow, elle ne parlait que hindi et ourdou! – je ne m'occupais pas d'elle. Elle était sévère et triste, passionnément traditionnelle. Puis elle alla ramasser du sel en contrebande, en compagnie de ma mère, et se fit arrêter vaillamment par devoir conjugal, en 1931; la prison, sa seule gloire, nous rapprocha. Quand elle est tombée malade, j'eus pour elle de la dévotion, de l'affection; il était déjà trop tard. J'aimais Kamala, oui, si du moins je peux employer ces mots; je lui étais attaché comme un pieux hindou doit vénérer son épouse, « dans la paix intime et calme où deux âmes se reposent », disent nos textes sacrés; encore eût-il fallu pour cela vivre avec elle, tandis que moi, j'étais en prison. Ce n'est pas ce que vous appelez l'amour. Ce n'est pas...

Il s'arrêta.

– Que vouliez-vous dire? fit-elle, inquiète.

– Rien. Je pensais que Dickie vous avait choisie librement, et que vous l'aviez aimé. J'imaginais la passion naissante, la liberté, l'envol, comme l'oiseau tout à l'heure.

– Et vous lisez le malheur dans mes yeux! s'écria-t-elle amèrement. Le beau résultat...

– Qui de vous deux a blessé l'autre? fit-il.

– Ah! Personne, ou les deux à la fois! Nous n'étions pas faits l'un pour l'autre, voilà tout! répondit-elle avec violence. Que voulez-vous savoir encore?

– Paix, my Dee... murmura-t-il en lui reprenant la main. Calmez-vous. Je veux tout connaître de vous. Vous, et tous les autres « vous » qui se cachent derrière ces yeux battus.

– Vous me mépriserez, soupira-t-elle.

– Vous n'êtes pas seulement Lady Mountbatten, comtesse de Birmanie, vous êtes ma Mira, fit-il tendrement. Personne ne vous connaît sous ce jour; moi, si.

– Je ne suis pas digne de vous! cria-t-elle en détournant la tête.

Il se redressa brusquement, et la força à se lever.

– Ne dites plus jamais cela, lui dit-il gravement en prenant son visage entre ses deux mains. Ce sont des mots sans grâce et sans honneur. Me croyez-vous digne de l'Inde?

– Laissez-moi! fit-elle en se débattant. Vous ne comprenez pas... Je suis une mauvaise femme, une...

– Pas cela! fit-il en l'emprisonnant étroitement. Ne craignez rien. Je ne vous embrasserai pas comme font les autres. J'ai besoin de vous protéger, voilà tout.

Elle s'abandonna sur son épaule, et soupira comme un enfant.

– Voulez-vous que je vous laisse? Vous êtes libre, ajouta-t-il en ouvrant les bras. Envolez-vous comme l'oiseau tout à l'heure.

Elle demeura immobile, le souffle suspendu.

– Savez-vous seulement ce que je veux de vous? fit-il en resserrant son étreinte.

Delhi, 15 avril 1948

« Je ne peux plus me passer d'elle, songea-t-il en regardant le ciel s'assombrir. Mes lèvres n'ont pas encore touché les siennes, je ne l'ai pas prise, nous parlons, nous parlons sans cesse et je n'imagine plus ma vie sans cette femme ! J'ai connu la passion, cependant. Une ou deux fois, j'ai agrippé des vies goulûment, pendant les rares moments de liberté, comme on tète le jus d'une mangue, comme on se tue... Et ce n'est pas cela. Elle a la peau blanche, elle était Vice-Reine de l'Empire... Coquille vide, vêtements usés ; elle n'appartient pas à l'Angleterre, elle ne lui a jamais appartenu. Ici, elle trouvera le pays de son âme ; de toute éternité son destin est lié au mien ; trop de signes nous entourent, nous nous retrouvons à travers les siècles passés, nous aurons traversé ensemble d'autres vies... Elle aura été ma compagne, et je ne pourrai plus vivre sans elle ! Il faut qu'elle demeure à mes côtés, et c'est impossible... Elle me quittera. Il n'y a pas d'issue. Elle reviendra ; je la convaincrai. Je l'obligerai. Est-ce que je sais seulement ce qu'elle cherche à cacher avec un tel désespoir ? Sarojini dit tant de choses... Il faut qu'elle ait changé. Elle m'appartient ; quelqu'un me l'a donnée, sinon, comment aurais-je osé ? Qui m'a fait ce cadeau ? Est-ce toi, Bapu ? Je n'avais personne d'autre qu'Indu ; et voilà que j'ai cette douceur à mes côtés, cette tendre adoration... et elle partirait ? »

Edwina avait parlé de son enfance, des ruses secrètes pour résister à sa marâtre, des pensions et des jeunes filles, des bals et de la danse, de Hollywood et de Charlie Chaplin, du film qu'ils avaient tourné ensemble ; elle avait parlé avec volubilité de Mary Pickford et Douglas Fairbanks, avec des étoiles au fond des yeux. Sans qu'il ait rien demandé, elle avait évoqué à mots couverts la trouble amitié qui avait longtemps uni Dickie et son cousin David, quand celui-ci n'était encore que prince de Galles, dandy nonchalant mais affectueux.

– C'est à l'occasion de sa visite aux Indes que j'ai fait mon premier séjour en prison, avait rappelé Nehru avec un sourire de loup. Nous n'aimions ni cet homme-là ni les Windsor.

Edwina s'était confondue en excuses ; David, disait-elle, avait beaucoup changé ; une fois devenu roi sous le nom d'Édouard VIII, il était tombé follement amoureux de Wallis Simpson, pour laquelle il avait abdiqué.

– Je me souviens, avait commenté Nehru sèchement. Il ne pouvait vivre sans la femme qu'il aimait, disait-il.

David s'était honteusement marié dans un château français où Dickie avait refusé d'aller, par manque de courage. Elle avait en soupirant décrit la pesante machinerie de la famille royale, tenue par la reine mère avec une poigne implacable; « un monde hautain et avide, sans cœur et sans pitié », avait-elle dit.

– Ce sont simplement des rois, avait tranché Nehru avec mépris.

Elle avait ri.

Chaque fois qu'il s'approchait d'elle, elle avait un geste de recul, comme si en la touchant de trop près il allait la briser. Elle avait presque cinquante ans, un corps qui se dérobait, et des comportements juvéniles qui l'attendrissaient entièrement. Parfois, il imaginait les yeux d'Indira posés sur eux: sévères, ironiques, distants, presque cruels. Il eût suffi d'un seul de ces regards pour les anéantir tous deux.

Depuis deux ou trois jours, Edwina se confiait davantage. Il avait appris l'existence de Violaine dans la vie de Dickie; mais en parlant de la Française, les lèvres d'Edwina avaient eu un mauvais frémissement qui le laissait perplexe. Avec répugnance, elle avait confessé Malcolm, en précisant la brièveté de la liaison. Des sombres histoires de schooner qu'évoquait Sarojini Naïdu avec gourmandise, Edwina n'avait rien dit encore.

« Et pourtant, Jawahar, tous les journaux en parlaient! » s'était écrié Sarojini dans les jardins du palais. Il avait fait mine de n'avoir pas entendu. Ce n'était pas vrai; cela ne pouvait pas être vrai. « Et quand bien même, songea-t-il sauvagement, qu'est-ce que cela me fait? Ce n'était pas encore ma Mira. »

Il ne la questionnait plus. Mais Dickie le préoccupait. Parfois, Nehru avait l'étrange impression d'être tombé amoureux des deux à la fois, elle et lui, inextricablement mêlés. Il avait trouvé en Dickie le meilleur des amis, capable de lui redonner courage en plein désespoir; Dickie ne l'avait pas humilié, et même leurs désaccords les avaient rapprochés. Dickie l'avait apaisé, secoué, accueilli, aidé. Puis, après la tourmente, Dickie s'était replié sur lui-même, comme si déjà son histoire avec l'Inde devenait un simple épisode; Dickie se coulait peu à peu dans l'uniforme du Seigneur de la Mer. En Edwina, Nehru retrouvait aussi l'ami perdu. Pourvu qu'il le veuille bien; pourvu qu'elle ne refuse pas.

– Jawahar, je suis là! cria la voix joyeuse d'Edwina. Pardon, je suis en retard... Mais j'ai eu une idée!

– Dites-moi, fit-il en se détendant.

– Voilà. Le thermomètre monte terriblement vite; bientôt nous ne pourrons plus respirer ici. Alors j'ai pensé que nous pourrions aller à Simla. Ou plutôt, à Mashobra, il y fait encore plus frais.

– Seuls? fit-il, le cœur brusquement serré.

– Non! fit-elle en riant. Avec Dickie, bien sûr! Comment pourrait-il en être autrement?

Il la contempla avec stupéfaction; les yeux pleins d'innocence, elle était d'un naturel foudroyant.

– Mais il faut son accord! s'écria-t-il.

– Je viens de lui en parler. Il est enchanté de mon idée, Jawahar. Nous partirions en mai, vers le 8, nous avons quelques jours; cela vous laisse le temps de vous organiser.

– Vous avez... Dickie accepte... Ce n'est pas possible, murmura Nehru.

Elle le prit par les mains, et le força à s'asseoir.

– Où est le mal, dites-moi? fit-elle avec un grand sérieux.

– Ce ne sont pas nos habitudes, ici, en Inde, fit-il sans réfléchir. Je veux dire, my Dee...

– Qui s'étonnera de nous voir partir ensemble? N'êtes-vous pas déjà venu à Simla avec nous? fit-elle légèrement.

– Vous souvenez-vous de ces trois jours de mai? lança-t-il. De ce matin dans le jardin?

– ... et de la mission que m'avait confiée Dickie, enchaîna-t-elle. Justement. Pensez-y, Jawahar. Dickie ne veut que mon bonheur.

– Ce n'est pas possible, répéta-t-il, buté.

– Écoutez-moi, fit-elle en se jetant à l'eau. Il y a bien longtemps, Dickie et moi avons conclu un pacte. Nous nous déchirions, nous nous serions peut-être séparés... Nous avons préféré nous laisser l'un à l'autre la plus grande liberté. Voilà ce que vous vouliez savoir, Jawahar. C'est la vérité.

– Je l'avais comprise, fit-il à mi-voix. Pouvez-vous me garantir que Dickie ne souffrira pas?

– Pas le moins du monde.

– Qu'il ne sera pas humilié?

– « Et quand bien même », Jawahar, cita Edwina sans ciller, serait-ce si grave? Il est trop vaniteux.

– Taisez-vous. Vous devenez mauvaise, fit-il.

– Mais vous n'êtes pas mon amant! cria-t-elle. Où est le mal, Jawahar? Dickie est votre ami, moi aussi, voilà tout! Nous vous aimons!

Nehru eut un geste brutal, comme pour chasser un insecte; puis il s'arracha de son siège, et se mit à marcher de long en large. Sa chemise trempée lui collait à la peau; il baissait la tête puis la relevait, la bouche ouverte, le regard courroucé, les poings serrés derrière le dos. Edwina ferma les yeux.

– Panditji... murmura-t-elle, douloureuse.

Il ne répondait pas. Edwina se leva, toute pâle.

– Parlez-moi! cria-t-elle.

Alors il se retourna furieusement, et la serra dans ses bras, à l'étouffer.

– Jamais je ne serai ton amant, Mira, fit-il à voix basse.

– Jamais, souffla-t-elle.

– Il n'y a pas de mots pour nous, *meri janam*, le sais-tu?

– Aucun mot dans aucune langue, mon bien-aimé.

– Il n'y a pas de vie pour nous dans ce monde, my Dee, aucune...

– Je le sais, murmura-t-elle.

– Et rien ne nous séparera, tu le sais aussi?

– Oui, murmura-t-elle. La mort, peut-être.

Il la lâcha, pris d'un léger vertige.

– La mort est une amie, fit-il. Je viendrai.

La tête lui tournait; il s'assit, les jambes coupées.

– Jawahar? Jawahar? fit la voix d'Edwina, lointaine.

– Ce n'est rien, murmura-t-il. Une telle émotion.

– Je suis là, fit-elle en posant la main sur son front. Je vous aime.

– Non... fit-il avec une expression de souffrance. Aucun mot, dans aucune langue. Combien de fois avez-vous dit cela?

– Ah! C'est vrai, s'écria-t-elle avec un sanglot.

– Ne pleure pas. Nous sommes vieux; je suis chauve, avec de vilains cheveux gris; regarde, chuchota-t-il en lui tendant la main. Mes lèvres te parleront sans rien dire; je ne connais pas ton langage. Sois comme Mira avec Krishna, son dieu : danse et chante, mais ne prononce pas ces mots qui ne sont pas de l'Inde. C'est ton âme indienne que je veux. Je parlerai à Dickie.

– Non! Oh non! fit Edwina terrifiée. Il ne comprendra pas...

– Je parlerai à Dickie, répéta Nehru en fronçant les sourcils. C'est mon affaire.

Simla, 13 mai 1948

La Talbot sang-de-bœuf se rangea majestueusement devant l'entrée de la résidence, où attendaient en rangs serrés les domestiques en turban blanc.

– Nous y voilà! s'écria Lord Louis, en s'épongeant le front. Je ne suis pas fâché d'arriver; même en décapotable la route était épuisante.

– Vous avez magnifiquement conduit, assura Nehru, assis à l'arrière. Et maintenant je peux remettre mon calot. Le vent me l'avait arraché. On respire enfin!

Lord Louis s'extirpa de son siège pour examiner la carrosserie; une fine poussière, déposée sur la peinture rouge, avait transformé la Talbot en véhicule militaire.

– Allons, vite, lança-t-il au majordome en s'engouffrant à l'intérieur. Sortez les bagages et lavez-moi cette voiture. Urgent!

Edwina regarda Nehru qui pouffa sous cape; l'impatience de Dickie recommençait. Ils descendirent à leur tour; malgré le fichu noué, les cheveux d'Edwina, comme la carrosserie rouge, étaient devenus ternes. Elle passa doucement un doigt sur la joue de Nehru, et le retira plein de sable.

– Lavez-moi cette figure, dit-elle d'un ton pincé. Urgent!

Il l'entraîna vers les rosiers.

– Je n'ai guère le cœur à rire, fit-il, ému. Tout juste un an, my Dee. Je me sentais encore dans les habits du prisonnier, j'étais méfiant, soupçonneux, irritable...

– Vous voilà Premier Ministre, et bientôt vous descendrez ici en hôte de marque, le plus illustre de l'Inde, fit-elle. C'est vrai que vous avez changé.

– Vous trouvez? fit-il, intéressé.

– Vous vous tenez plus droit, vous avez pris de l'assurance, vous portez votre tunique sans honte, oui, Jawahar, vous avez l'allure d'un vainqueur, fit-elle en l'enveloppant d'un regard maternel.

– Vainqueur! fit-il avec amertume. Edwina, comment pouvez-vous vous méprendre à ce point? Nous étions des chevaliers, nous sommes maintenant des politiciens. Que sont devenues les valeurs pour lesquelles j'ai combattu toute ma vie? Mes ministres se battent entre eux, le gouvernement central se querelle avec les ministres du Bihar, les socialistes font sécession, les communistes fomentent des révoltes un peu partout, je vis dans un univers de calculs et de jalousies, et je ne sais plus où est la démocratie...

– Bapu est mort, murmura Edwina. Ne cherchez pas ailleurs les raisons de votre tristesse.

– Je me demande à chaque instant comment il réagirait, c'est vrai, soupira Nehru. Il faut apprendre à vivre sans lui; je ne pensais pas que ce serait si cruel.

– Vous y parviendrez.

– Sans doute, fit-il rêveur. Mais où sont nos bravoures? Où est la non-violence? Et où, l'idéal socialiste?

La nuit était tombée; après le dîner, les trois amis avaient devisé tranquillement sur la terrasse, à propos des neiges et des fleurs, des orchidées qu'on irait visiter le lendemain, et d'un pique-nique sur la route du Tibet, la plus célèbre des excursions autour de la ville. D'un commun accord, ils avaient décidé d'éviter les sujets sérieux. Ce n'était pas si facile. Nehru avait évoqué Patel, avec qui il entretenait toujours des relations tendues; Lord Louis s'était laissé aller à quelques considérations sur l'élaboration de la constitution; seule Edwina, confinée dans un silence distrait, avait réussi à ne pas entamer la douceur du soir.

Nehru la guettait sans relâche, attentif au moindre signe de fatigue; elle se mit à bâiller derrière une main, discrètement.

– Edwina devrait aller dormir, je pense, fit-il d'un ton uni. D'ailleurs, je ne vais pas tarder non plus.

– Fort bien! fit Lord Louis. Moi de même. Edwina, ma chère, faites-nous l'honneur de donner le signal du coucher.

Elle obtempéra sur-le-champ, avec un gracieux sourire. Mais comme elle franchissait le seuil, elle entendit Nehru. « Un instant, Dickie, j'ai à vous parler », disait-il.

Son cœur cessa de battre; lentement, elle monta l'escalier, s'arrêta sur la première marche et tendit l'oreille. La porte vitrée n'était pas fermée; Edwina s'assit contre la rampe, la tête sur les genoux.

– Pourquoi ne pas attendre demain? disait Dickie d'un air ennuyé. Je tombe de sommeil, Jawahar.

– Je suis pressé, Dickie, répliquait Nehru, justement. Je voulais vous parler d'Edwina.

– Edwina? s'étonnait Dickie. Elle n'est pas malade, au moins?

– Non... soupira Nehru. C'est à propos d'Edwina... et de moi.

Il y eut un silence, coupé d'un léger tintement de verre contre un meuble. Edwina redressa la tête.

– Je ne vois pas du tout ce que vous voulez dire, mon cher, fit enfin la voix de Dickie en traînant sur les mots.

– Enfin, Dickie, aidez-moi! s'écria Nehru.

– Vous aider à quoi? Je ne comprends rien à votre affaire, continua Dickie avec un bâillement affecté.

– Vous ne comprenez rien! fit la voix abasourdie.

– Rien du tout, coupa Dickie. Je ne tiens plus debout. Bonsoir, Jawarla.

Et il sortit en trombe, ouvrant toute grande la porte.

– Tiens! Vous étiez là, darling? fit-il en apercevant Edwina. Venez, je vous aide à monter.

Nehru demeura seul sur la terrasse. Les étoiles fourmillaient dans le ciel froid des montagnes; le parfum des roses n'avait jamais été si fort; là-haut, le remue-ménage de la chambre conjugale s'entendait vaguement.

« Il ne veut rien entendre, songea Nehru. Aussi clair que le bleu de la nuit. C'est donc qu'il sait. Peut-être même a-t-il su avant nous. Si j'insiste, je perdrai les deux d'un coup, lui, parce qu'il devra faire face et que je suis indien, elle, parce qu'elle se sentira trahie. Voici notre karma, à tous les trois : rien ne sera dit, mais tout sera transparent. »

Il fit quelques pas, s'allongea dans l'herbe, et récita à voix basse :

Ce parfum si puissant...
Ce retour de printemps!
Voyez, vous les piocheurs de poussière lente,
Vert, vert, tout est vert,
Même l'écume sur l'eau a tourné vert...

Puis, apaisé par l'un des poèmes persans qu'il avait appris en prison, il s'assoupit.

Le cyprès et la colombe

Simla, 14 mai 1948

La journée avait été splendide. Edwina et Nehru avaient déambulé à pied dans les rues de la ville, avec Pamela; sur les trottoirs du Mall, les Indiens, qui désormais circulaient avec délectation dans les espaces interdits aux « indigènes », s'étaient retournés sur cette figure familière, sans trop y croire. Un gamin s'était planté droit sur le chemin de Nehru, et l'avait interpellé du haut de sa petite taille : « C'est toi le Premier Ministre? » Nehru avait éclaté de rire, et la foule était accourue. La promenade s'était transformée en cortège triomphal, au son de tambours sortis des boutiques, et qui faisaient danser les jeunes enthousiasmés. « Vos admirateurs », avait souligné Edwina, ravie.

La neige sur les montagnes n'avait jamais été si éclatante, le ciel jamais si clair, et le pique-nique, un enchantement. Puis la lumière avait commencé à baisser; on avait pris le thé dans le jardin; Dickie s'était enfermé pour travailler sur son arbre généalogique; Edwina s'était retirée pour écrire quelques lettres. Nehru annonça qu'il allait profiter de la solitude pour rêver dans un rocking-chair.

Tout était si parfait qu'il n'y parvint pas. Au bout de quelques minutes il se leva, agité, fit quelques pas; il cueillit une rose qu'il accrocha machinalement au troisième bouton de sa chemise, puis, n'y tenant plus, il courut vers la résidence et grimpa l'escalier quatre à quatre.

Elle était là, derrière la porte qu'il n'osait pas franchir. Il l'appela doucement, mais elle n'entendait pas. Il frappa, une fois, deux fois, et n'obtint pas de réponse. Il tourna la poignée de la porte qui grinça, et entra sur la pointe des pieds. Edwina, le nez sur ses papiers, plongeait un porte-plume dans un grand encrier de style victorien.

Nehru suspendit sa respiration; il la regarderait un instant, puis s'éclipserait discrètement. Mais il ne résista pas et s'élança vers elle.

Edwina, surprise, poussa un petit cri et voulut se lever; le porte-plume lui échappa; d'un geste malhabile de grande araignée, elle renversa l'encrier.

L'encre avait tout éclaboussé, les papiers, le parquet, le tapis, la chemise de Nehru et la robe blanche d'Edwina. De grandes giclées bleues de la couleur du ciel sur les montagnes. Seule la rose était intacte.

Nehru demeura pétrifié, les bras ballants, bafouillant des excuses à n'en plus finir. Edwina tendait sa robe à bout de bras, et l'encre dégoulinait le long des plis, lâchant en bout d'ourlet de grosses gouttes impertinentes. Elle regarda Nehru et se mit à rire.

– Vous en avez jusque sur votre calot! Nous voici bien arrangés, fit-elle en lâchant la robe abîmée. Je vais appeler un bearer.

– Non! fit-il en l'arrêtant du bras. Je suis le coupable; je vais nettoyer.

– Laissez! fit-elle légèrement. Les serviteurs s'en occuperont; allons nous changer.

– Les serviteurs qui nettoient sont des intouchables, Edwina, fit-il avec autorité. Question de principe : moi le brahmane, je vais le faire à leur place. Mais avec quoi? ajouta-t-il penaud en regardant autour de lui.

Edwina disparut et revint avec une serviette qu'elle lui tendit. Vaillamment, le Premier Ministre se mit en devoir d'éponger ce qui pouvait l'être, au vrai, bien peu de chose, le parquet, la table ; elle voulut l'aider, se mit à genoux sans s'arrêter de rire, et entreprit de rouler l'immense tapis de Boukhara.

Les cheveux décoiffés, les joues rosies par l'effort, avec sa robe souillée, ses doigts tachés d'encre et les mille petites rides autour de ses yeux rieurs, elle était si belle qu'il eut un coup au cœur. Il saisit cette main piquée de bleu ; Edwina s'immobilisa. Lentement, il s'agenouilla près d'elle ; leurs respirations se mêlèrent. Elle tourna la tête ; leurs lèvres se touchèrent.

Il posa doucement sa joue contre la sienne.

– Non. Allez changer de robe, my Dee, murmura-t-il. Vite.

Simla, 16 mai 1948

Ils avaient deux rendez-vous par jour : le matin, après le lever du soleil, et le soir, quand il disparaissait derrière les arbres. Le reste du temps appartenait aux interminables promenades sur les montagnes ; Dickie était aérien, lumineux, et l'atmosphère était familiale. Le lendemain, Nehru repartirait pour la capitale.

– Notre dernier soir, fit Edwina, nostalgique.

– Le dernier pour cette fois ! corrigea-t-il, fâché. Vous ne quittez l'Inde que dans un mois...

– Ne parlez pas de cela, fit-elle avec nervosité. Le 8 juin, visite de Lord et Lady Triveni ; le 9, soirée d'adieux de la presse indienne et étrangère ; le 10, dîner d'anniversaire en l'honneur de Sa Majesté ; le 14, voyage éclair à Baroda, pour saluer le maharajah ; le 15, une dernière visite aux camps du Penjab... Je n'aurai pas de temps pour nous !

– Rien du 11 au 13 juin ? fit-il vivement. Je vous emmènerai à Nainital.

– Pour quoi faire ?

– C'est là que Sarojini Naïdu prend ses quartiers d'été, en pleine montagne. La vieille amie de votre mère sera très heureuse de vous voir ; vous lui devez cette visite, my Dee...

– Madame Naïdu? Ne m'avez-vous pas dit qu'elle adorait les commérages?

– Je m'en charge, fit-il avec un petit sourire. D'ailleurs la vie qu'elle a menée lui interdira le moindre commentaire. A propos de Sarojini...

Il s'arrêta brusquement.

– Eh bien? fit-elle.

– Vous verrez sans doute à Nainital la fille de Sarojini, Padmaja, que j'ai connue enfant. Nous la surnommons « Bee-Bee », vous connaissez notre manie des surnoms. Il est possible que Padmaja...

– Enfin, me direz-vous! s'écria Edwina, inquiète.

– Je crains fort que nous n'ayons eu autrefois une affaire amoureuse, avoua Nehru, embarrassé.

Edwina eut une suffocation. « La morsure! songea-t-elle avec effroi. Je dois me calmer. Je ne dois rien laisser paraître. » Mais la jalousie montait comme un mauvais vent, et glissait le long de son dos, de ses mains, rampait jusqu'à la tête, un typhon de vengeance, bourrasque vengeresse, rafales...

– Edwina? fit Nehru, en se penchant sur elle.

Elle se détourna pour éviter son regard; il lui prit la main, elle était brûlante. Elle respirait par à-coups, avec d'étranges sifflements. Il lui prit la tête, la tourna de force et vit la violence dans ses yeux.

– Vous êtes jalouse, fit-il en fronçant les sourcils.

– A en mourir, souffla-t-elle. Depuis toujours. Depuis que ma mère est morte.

Il emprisonna ses mains dans les siennes.

– J'ai mal, murmura-t-elle. Avez-vous continué à...

– Voici dix-sept ans que Kamala a disparu, soupira-t-il. Je n'ai pas fait vœu de chasteté comme Bapu, my Dee; n'allez pas imaginer que je n'ai plus tenu de femme entre mes bras... J'ai aimé Padmaja. Voici exactement dix ans. Et je n'étais pas le seul dans sa vie; Netaji aussi...

– Que m'importe Netaji! L'idée de vous avec une autre! cria-t-elle.

– Seule l'Inde passe avant vous, dit-il. Elle sera toujours ma première maîtresse, ma mère et mon fardeau. Seule l'Inde a sur moi droit de propriété. Pour le reste, Edwina...

416

Qui a des droits sur ce jardin?
Le cyprès et la colombe baguée se le disputent tous deux.
A qui est-il?
Bientôt, l'automne se prononcera entre eux.
Souvent et toujours
Le cycle sans fin des destinées nous montre
Qui a des droits sur Marv
Et sur Badhaskhan, ou sur la Tartarie... »

— Oui... murmura-t-elle, je comprends, vous êtes ce jardin et moi la colombe! Mais qui est le cyprès? Votre fille, conclut Edwina sombrement.

— Indu fait partie de moi, elle est moi! s'écria Nehru. Écartez cette pensée, my Dee.

— Alors je ne comprends pas ce poème, soupira Edwina.

— Vous n'avez pas songé que vous étiez un jardin aussi, my Dee, fit-il en caressant ses mains. Je suis le cyprès, et Dickie la colombe. Bientôt, l'automne se prononcera entre nous. L'automne et le destin.

Edwina frémit et retira ses mains brusquement.

— Mais... fit-elle avec effort. Vous ne comprenez pas. Dickie et moi, nous avons un arrangement familial; nous avons été ennemis, nous nous sommes fait la guerre, nous avons signé la paix, nous entretenons désormais de bonnes relations diplomatiques, voilà. Vous n'êtes pas le rival de Dickie.

— Vous en parlez comme de l'Inde et l'Angleterre, fit Nehru lentement. Vous étiez la révolte.

— Eh bien, j'ai gagné ma liberté, s'écria-t-elle. Fallait-il ensuite casser ce lien, divorcer, nous briser l'un et l'autre? Nous ne l'avons pas voulu; et c'est ensemble que nous avons combattu à vos côtés, Panditji!

— Vous en parlez comme Dickie parle du Commonwealth, my Dee, murmura Nehru.

— Le Commonwealth est-il autre chose qu'un arrangement familial? fit-elle en riant. Dites-moi qui est l'auteur du poème.

Nehru, distrait, ne répondit pas; cette femme et l'Angleterre, l'Inde et Dickie, tout se brouillait. La fatigue, le vertige, et ces mains qu'elle avait retirées...

— A quoi pensez-vous, murmura-t-elle. Vous n'êtes plus avec moi.

— Le poète était persan, fit-il doucement, Hali était son nom.

En prison j'ai étudié l'ourdou, la langue des musulmans de l'Inde, douce comme le miel et ronde! Ronde comme la rose. Écoutez...

Sa voix caressante dévidait le chant de la langue admirable; la morsure disparut dans le cœur d'Edwina. C'était la première fois qu'un accès de jalousie s'évanouissait comme un nuage chassé par le vent. A pleins poumons, elle respira.

— C'est passé, Jawahar, dit-elle avec un sourire. Je ne souffre plus.

— Mais nous reparlerons de l'Inde, assura-t-il. Quand nous serons à Nainital.

Simla, 17 mai 1948

Il partait à sept heures; à six heures et demie, elle était debout. Le ciel se partageait entre le noir et le pourpre; dans l'immense maison endormie, les pas traînants des serviteurs, chuchotant pour ne pas réveiller les maîtres, semblaient comploter avec le silence pour protéger l'aurore. Edwina n'avait pas prévenu Nehru.

Elle attendit dans le jardin, où ne poussait aucun cyprès, où ne volait pas la colombe. Les corneilles bien sûr étaient déjà à l'œuvre, et sautillaient partout en picorant hâtivement. Edwina songeait qu'ils seraient séparés une semaine, que c'était intolérable, et qu'elle quitterait Nehru dans un mois, pour toujours. L'idée de retrouver l'Angleterre lui leva le cœur.

— Vous êtes debout! fit-il en la voyant. A cette heure!

— Je ne voulais pas vous laisser partir sans vous dire au revoir, dit-elle à voix basse. Ils dorment tous.

— Quand vous reviendrez, Edwina...

— Je téléphone immédiatement.

— Plus nous parlons ensemble, plus nous avons à nous dire, chuchota-t-il, tant et tant que les mots nous manquent.

— Mais nous nous disons tout, n'est-ce pas, Jawahar?

s'inquiéta-t-elle brusquement. Sans réserves ? Sinon, ce serait terrible...

Il lui ferma la bouche d'un baiser, si bref qu'elle sentit à peine l'effleurement des lèvres.

Il était parti.

Quand elle remonta dans sa chambre, l'aube était dorée. Edwina se sentit transportée : une douloureuse exaltation, une souffrance heureuse, un envol et un vide. Elle s'assit à la table encore tachée d'encre bleue, et plongea son stylo dans un encrier neuf.

« J'ai détesté voir partir la voiture ce matin, je ne voulais pas vous voir partir ainsi... Vous m'avez laissée aux prises avec un étrange sentiment de bonheur. Peut-être vous ai-je apporté le même ? »

C'était un billet sommaire, écrit en tremblant, avec peine. Elle ferma l'enveloppe, sortit dans le jardin et remit la lettre au chauffeur qui régulièrement faisait la navette entre Delhi et Simla, pour acheminer le courrier de Lord Louis. Il partait à huit heures.

Le soir même, un autre chauffeur apporta un message du Premier Ministre à Lady Louis. Leurs lettres s'étaient croisées.

« La vie est un travail solitaire, écrivait Nehru à Edwina, et quand le bonheur nous vient, fût-ce une minuscule et brillante parcelle, il nous coupe le souffle. La joie se mélange à la tristesse, car aujourd'hui, les ombres autour de moi me semblent plus sombres encore. »

Séparé d'Edwina, Nehru ne parvenait pas à en finir avec l'interminable deuil où l'avait plongé la mort de Gandhi. Il était loin, le temps des jeûnes, le pays tout entier suspendu à l'annonce de son taux d'urée sur All-India Radio... Elle était dispersée, la splendide unité d'une nation rivée à l'idéal de son indépendance. Avec l'assassinat du Mahatma, l'épopée s'était achevée ; la mort de Bapu avait été son triomphe, mais elle avait bouclé un cycle. De la chevalerie de l'Honneur à laquelle le Mahatma se référait si souvent, il ne restait plus rien désormais.

Le vieil ennemi impérial s'était transformé en ami paternel, qu'on pouvait encore suspecter de colonialisme, mais avec qui l'on traitait maintenant selon les normes de la diplomatie; quant à l'autre ennemi, celui de l'avenir, et le plus proche de l'Inde, impossible de le désigner par son nom. Et Nehru pressentait qu'il en serait du Pakistan et de l'Inde comme des haines entre les deux grands clans du Mahabharata, la première épopée de son pays : des sentiments indissolublement fratricides, affectueux, jaloux, honorables et secrètement complices. Trop de liens s'étaient tissés déjà qu'on ne pourrait trancher; la guerre serait toujours aux portes, elle éclaterait peut-être, jamais longtemps. Les deux pays issus de la même mère étaient condamnés à une méfiante paix. Mais pour avoir voulu réconcilier les cousins ennemis, comme dans le texte antique les sages du Mahabharata, Gandhi avait payé de sa vie.

L'Inde était entrée dans sa période bâtisseuse; loin des ivresses, loin des massacres, privé d'héroïsme, Nehru lançait les grands projets. Barrages hydrauliques, recherche scientifique, académie des beaux-arts, structures de commandement des armées... Nehru avait posé des premières pierres, assisté à la mise en eau des navires de la flotte indienne, décidé de bâtir de nouvelles cités en Orissa, à Chandigarh; il négociait avec les ambassadeurs et ne cessait de parcourir son pays comme il l'avait toujours fait. Mais si les mêmes foules joyeuses l'entouraient d'une adoration émerveillée, la flamme du combat était éteinte. Désormais, le combat se passait entre Indiens; Patel avait été le premier, le parti socialiste avait suivi, et les Soviétiques allumaient partout, par l'intermédiaire des factions communistes, les incendies des révolutions. Bapu, qu'un Indien avait tué, n'était plus là pour les éteindre.

Lorsque le Premier Ministre rentrait enfin chez lui au 17, York Road, le cœur encore troublé des dissensions du jour, il se retrouvait brusquement envahi par la pensée de cette femme qui s'était trouvée sur sa route, et qui n'était pas indienne. Mais qu'était l'Inde, après tout? Un creuset en fusion, où s'étaient mélangés le Dravidien et l'Européen, le hindou et le musulman, le sikh et le bouddhiste, pour aboutir enfin à la fine fleur du Mahatma... Chacun pouvait y trouver sa place. Edwina s'était spontanément plongée dans l'Inde avant de s'immerger dans le cœur de Nehru; ses bras écorchés dans les camps, ses cheveux décoiffés pendant les longues nuits de terreur, sa bravoure, l'absolu dans ses yeux, il les avait vus d'abord voués à l'Inde. Pour Edwina, il était l'Inde. Et c'était ainsi qu'il la voulait : ni allemande, ni anglaise, ni juive, mais indienne pour lui seul, et pour lui seul une femme.

Lord Louis s'attarda dans son bureau, où l'attendait son prétexte éternel, l'arbre de sa famille. Quand la maison fut endormie, il prit un papier et une plume pour donner à sa fille Patricia les dernières nouvelles de sa mère. Pour ses rendez-vous épistolaires avec sa fille aînée, la consolatrice, la confidente, il lui fallait la solitude et la nuit. Le secret.

« Surtout, gardez cela pour vous, n'en faites pas état, écrivit-il, mais elle et Jawarla sont adorables à voir quand ils sont ensemble. Ils raffolent l'un de l'autre vraiment, ils sont exquis ; votre sœur et moi, nous faisons tout pour les aider avec tact. Votre mère est devenue d'une incroyable gentillesse, et nous sommes une famille si heureuse... »

Il termina sa lettre, et ferma vite l'enveloppe sans vérifier l'impossible orthographe du prénom de Nehru. « Tout de même, songea Lord Louis, pour cette fois, elle a fait un choix digne de nous. »

12

La promesse

Une barque sur le fleuve

Delhi, 11 juin 1948

– Venez, fit Nehru en entraînant Edwina vers sa voiture. La nuit ne va plus tarder. Vous avez mis des sandales comme convenu; c'est bien.

– Où me conduisez-vous? fit-elle, en s'installant à l'arrière de la grosse voiture officielle.

– Au bord du fleuve, fit-il brièvement.

– A l'endroit de la crémation de Bapu? s'étonna-t-elle. Dickie et moi, nous avons prévu de nous y rendre le dernier jour...

– Il me l'a dit. Aujourd'hui, nous serons seuls, coupa Nehru.

Le soir était venu, apportant un peu de répit à la brûlante chaleur. Le long de la grande rue qui conduisait à la vieille ville, les gens commençaient à flâner. La voiture officielle s'arrêta sur le bord d'un trottoir; Nehru fit ouvrir le coffre et prit un paquet enveloppé de papier kraft.

– Des guirlandes, fit-il. Avançons.

L'ombre gagnait le terre-plein entouré d'une maigre palissade de légers bambous; des bêches et des brouettes abandonnées autour de profondes tranchées témoignaient de l'avancement des travaux pour l'édification du monument au Mahatma. La terre où avait brûlé sa dépouille gardait encore une confuse empreinte noircie, pieusement protégée par des mains anonymes; quelques fleurs aux pétales calcinés par le soleil avaient été déposées sur le milieu, et les corneilles avaient investi la place.

– La stèle sera bientôt construite, fit Nehru. En marbre noir, entourée de gazon et d'un muret, avec une allée pavée pour les pèlerins, et de la pelouse. Quand vous reviendrez, elle sera prête.

– Quand je reviendrai! s'exclama Edwina.

– Nous en parlerons demain à Nainital, fit-il, en ouvrant le paquet. Prenez votre guirlande; ce sont des œillets chétifs, tout ce qu'on a trouvé à cette maudite saison.

Puis il baisa les pétales et les lança sur les fleurs fanées, en plein centre; Edwina l'imita comme à regret. Nehru gardait sous un bras le paquet, qu'il avait ouvert à demi.

– Au fleuve, murmura-t-il en lui prenant la main. Voyez-vous cette armée de nuages d'encre à l'horizon? On ne sait si c'est la mousson ou simplement la nuit.

Il fallait enjamber de courtes broussailles épineuses; quelques campements s'étaient installés là, des réfugiés, ou des paysans venus à la ville, ou des pèlerins pour la nuit, on ne savait pas. Affalés sur l'herbe sèche, ils regardaient à peine ces deux silhouettes rapides qui semblaient fuir vers la Jamna, des amants sans doute, ou des voleurs. Un enfant gémit dans son sommeil; une chèvre bondissante leur coupa la route; enfin, ils atteignirent le rivage et s'assirent. Les eaux lentes scintillaient des reflets de la ville, et bourdonnaient de ses rumeurs.

Nehru ôta le papier et ouvrit enfin le paquet aux guirlandes; il en sortit une barque de feuilles tressées, pleine de roses coupées, et une bougie qu'il planta en son centre, au milieu des fleurs.

– On lance ces barques au fil des eaux à la tombée du jour, en signe de respect pour la déesse de tous les fleuves, Ganga, le Gange, fit-il.

D'un geste vif, il jeta la fragile embarcation dans la Jamna.

– Tu es cette bougie plantée au cœur de ma vie, fit-il en se retournant vers Edwina. Comme elle, tu vacilles... Si elle s'éteignait...

La petite barque dériva lentement; seul le minuscule point lumineux de la flamme luisait encore un peu, avant de se fondre dans l'obscurité.

– Tu ne t'éteindras plus, lui dit-il. Nous trouverons la paix, my Dee. Ma barque va descendre la Jamna jusqu'à Allahabad, et là, elle rejoindra le Gange, puis la mer. Demain, je viendrai te chercher à cinq heures ; l'avion décolle une demi-heure plus tard. Nous serons à Bareilly vers sept heures ; et par la route, nous atteindrons Nainital au milieu du jour ; Madame Naïdu nous attend. Notre premier voyage.

La pressante batterie du tambour

Nainital, 12 juin 1948

Sur le pas de la porte de l'immense résidence d'été des gouverneurs de Lucknow, au sommet du grand perron, Madame Naïdu, enveloppée dans un somptueux sari bleu violet, et les bras calés sur son embonpoint majestueux, attendait ses illustres visiteurs. Le Premier Ministre, en kurta-pyjama recouvert d'un gilet de soie bourrette, avait l'air d'un jeune homme emprunté ; quant à Lady Louis, elle le suivait timidement, à grandes enjambées.

– Bienvenue ! Bienvenue au Premier Ministre, et à vous, Lady Louis... fit Sarojini Naïdu sans bouger d'un pouce. Votre avion est arrivé à l'heure, à ce que je vois, et j'espère que la route n'a pas été trop difficile. Je suis heureuse de vous accueillir, ma chère enfant, ajouta-t-elle en enveloppant Edwina d'un regard scrutateur. Toi aussi, cher Premier Ministre, mon Jawaharlal...

La vieille dame arborait son plus merveilleux sourire, mais ses yeux toujours vifs étaient étrangement tristes. Edwina courut l'embrasser : Nehru lui prit affectueusement les mains, que Sarojini lui abandonna sans dissimuler ses larmes. Derrière elle se tenait une belle femme aux cheveux d'un noir intense et à la vaste poitrine, comme une ombre fidèle et vigilante. Nehru l'aperçut, gravit les marches d'un bond, et courut vers elle.

– Et voici notre Bee-Bee, Padmaja, dont je vous ai tant parlé, Edwina, fit-il d'un ton forcé.

– Bonjour, fit Edwina gracieusement en agitant la main. Je suis ravie de vous voir; vous êtes exactement telle que le Premier Ministre vous a décrite.

Padmaja inclina légèrement la tête, d'un air boudeur.

– Entrez, vos chambres sont prêtes, coupa Sarojini vivement. Lady Louis, à côté de la salle de bains, et vous, Jawahar, tout en haut; ce n'est pas grand, mais vous y serez tranquille. Vous avez une table, si d'aventure vous devez étudier un dossier. Ce n'est qu'une maison de montagne, chers amis, mais on y respire bien. Ah! Évidemment ce n'est pas tout à fait le luxe de la résidence du Vice-Roi à Simla, mais c'est une demeure digne de vous. Vous y étiez récemment, je crois?

– Le Premier Ministre nous a fait l'honneur d'une courte visite, en effet, répondit Edwina aussitôt, voici juste un mois. Il a insisté pour m'accompagner jusqu'ici, Madame Naïdu. Je ne pouvais pas quitter l'Inde sans vous faire mes adieux.

– Vous me raconterez cela tout à l'heure, bougonna Sarojini. Vous avez certainement envie de vous rafraîchir.

Les serviteurs se précipitèrent sur les bagages; Nehru fit passer Edwina devant lui, avec ce geste familier qui lui effleurait la taille sans la toucher, comme s'il voulait la porter. Padmaja fronça légèrement les sourcils; et Sarojini poussa un gros soupir.

« Voilà qui ne fait plus de doute, songea-t-elle. C'est arrivé; je reconnais autour d'eux le halo du bonheur. Seuls tous les deux, sans Lord Louis... Nehru a rajeuni; Edwina ressemble à une jeune biche... Jamais ses yeux n'ont été plus bleus. Ils rayonnent! Qu'avais-je donc raconté sur elle à Jawahar? Je ne m'en souviens plus. Ma pauvre Padmaja! Jawahar lui écrivait des lettres enflammées, la comparait à la princesse immortalisée par les fresques d'Ajanta... Ses espoirs s'effondrent. Edwina part dans quelques jours... Nous verrons bien. Plus rien n'a d'importance maintenant. »

De son pas lourd, elle descendit les degrés avant de s'affaler dans un fauteuil. Nehru et Lady Louis ressortaient de la maison en bavardant gaiement.

– Comme les montagnes sont belles, s'exclama Edwina en s'asseyant. A Lucknow, vous n'auriez pas pu tenir pendant les chaleurs.

– Oui... soupira Sarojini. Tout est d'une incroyable pureté, les cimes, les arbres, les ombres mauves à l'horizon, le silence... On dirait que rien ne s'est passé en Inde; la nature ne se soucie ni des massacres ni de la mort de notre Mahatma; elle oublie. La dernière fois que je vous ai vu, Jawahar, c'était pour l'immersion de ses cendres à Allahabad.

– Vous attendiez le cortège au bord du fleuve, murmura Nehru. Je vous ai rejointe avant que l'urne n'y parvienne. Il y avait bien deux millions de personnes, et vous étiez très pâle. Je me souviens de cette interview que vous avez publiée le lendemain dans *The Leader*... : « Ce fut l'une des cérémonies spectaculaires et splendides dans l'histoire du monde, celle des derniers rites pour celui dont... » J'ai oublié la fin.

– « ... pour celui dont le nom illuminera toujours l'histoire de l'humanité, lumière de son chant évangélique d'amour, de vérité et de non-violence », continua Sarojini.

– Et votre discours à All-India Radio, enchaîna Edwina. « Il est bien que sa crémation se soit déroulée au milieu des rois morts enterrés à Delhi, car il était le plus royal de tous les rois. »

– Ce n'est pas tout à fait cela, ma chère enfant, fit Sarojini, mais c'est sans importance. Car le plus important de ce discours c'est la fin. « Père, ne te repose pas! » J'étais si bouleversée, si malheureuse... Mais vous savez, les discours.

– Depuis ce jour-là, maman ne va pas bien, fit Padmaja. Une mauvaise tension, une jambe qui la fait souffrir...

– Bah! grogna Sarojini. Je n'aurais pas dû survivre à mon pauvre Mickey Mouse.

– Mais vous portez toujours vos saris magnifiques... observa Nehru.

La vieille dame eut un léger sourire et détourna la tête.

– Je suis trop vieille pour supporter ce coup, murmura-t-elle. Mais je ne veux pas gâcher votre séjour avec les misères de ce vieux corps fatigué. Quand partez-vous, chère Lady Louis?

– Le 20 juin, répondit Edwina.

– Dans douze jours, fit Nehru en même temps.

Sarojini tressaillit et les contempla longuement. Leur détresse subite était si poignante qu'elle lui serra le cœur.

– Bee-Bee, va donc me chercher mes pilules, lança-t-elle à sa fille. Je les ai laissées je ne sais plus où... Tu les trouveras bien quelque part.

Padmaja disparut dans la maison; les portes claquèrent violemment.

– Vous allez retrouver votre famille, Londres, et peut-être aussi la pluie, cette fine bruine d'été qui parfois noie les prairies, reprit Sarojini avec un soupçon d'ironie. J'espère que vous serez un peu triste de nous quitter...

Edwina jeta un regard vers Nehru qui baissa la tête.

– Dites que je suis désespérée, Madame Naïdu, murmura-t-elle. Je ne sais comment je vivrai ensuite.

– Ma chère petite, fit Sarojini d'un air rêveur, lorsque j'avais quinze ans, j'ai écrit un poème en prose. Moi aussi je souffrais de désespoir; mon bien-aimé m'avait quittée; c'était un jeune docteur. Écoutez...

> Cependant il me faut partir où m'appellent le monde écrasant
> Et la pressante batterie du tambour de la destinée
> Loin du sommeil de vos dômes lumineux
> Loin du songe des murs de votre forêt
> Pour plonger dans le corps à corps de la foule, dans le tumulte,
> Dans la guerre du doux amour contre l'erreur et la folie...

– Quinze ans, Sarojini! s'exclama Nehru. Et qu'est devenu le jeune homme?

– Il m'a épousée, fit Sarojini avec une ombre de sourire. Mais ce n'est pas le plus important, n'est-ce pas? On se marie, ce n'est pas toujours le bonheur, et c'est plus tard seulement que l'on aime vraiment. L'essentiel, c'est que j'ai continué à écrire des poèmes; cette absence était d'une douceur de rêve. Vous comprenez, mon enfant?

Edwina se tourna vers Nehru d'un air interrogateur.

– La pressante batterie du tambour, my Dee... fit-il en se penchant vers elle.

Padmaja revenait, un flacon à la main. D'un regard, elle vit les deux têtes rapprochées, et sa mère qui les regardait pensivement. Le flacon lui échappa des mains et roula sur le sol. Padmaja repartit en pleurant.

— Sarojini, il faut que je vous parle des femmes kidnappées, intervint Nehru brutalement.

— Kidnappées? fit la vieille dame avec surprise. Ah! je comprends. Pendant les massacres. Kidnappées? Vous voulez dire violées, sans doute?

— Violées, épousées de force ou bouclées dans les maisons comme des prisonnières, Sarojini... Nous avons commencé à mesurer l'ampleur du problème en avril; début mai, j'ai annoncé une action de masse pour inciter les kidnappeurs à libérer ces malheureuses. Vous êtes la première féministe du pays; vous êtes Gouverneur. Agissez!

— Je le ferai, cela va sans dire, marmonna Sarojini. Savez-vous ce qu'elles sont? Musulmanes, ou hindoues?

— Des deux côtés. J'ai depuis hier la première estimation de leur nombre : pour les deux pays, un peu plus de douze mille.

— C'est donc que vous avez aussi les chiffres du Pakistan, fit Sarojini avec une vivacité retrouvée. Bapu serait content. Quelles nouvelles avez-vous de Jinnah? ajouta-t-elle d'un air détaché.

— Vous vous souciez encore de ce méchant renard! s'écria Nehru avec colère. Je ne sais rien de lui; je discute avec son Premier Ministre.

— Vous avez tort, mon petit, fit Sarojini gravement. Je vous l'ai déjà dit, Jinnah est un grand homme d'État. Au demeurant, je n'ai pas besoin de vous pour savoir comment il se porte. Il s'en va vers sa mort, comme moi.

— Madame Naïdu! fit Edwina sur un ton de reproche.

— Quoi? répondit Sarojini en pivotant vers elle lourdement. Notre génération a terminé sa tâche; Bapu est parti le premier, Jinnah viendra ensuite, puis ce sera mon tour. C'est à vous d'agir maintenant.

— Mais vous remplissez votre tâche vaillamment! fit Nehru avec émotion. On me parle avec admiration de votre entourage à Lucknow, on dit même sans rire « la cour du Gouverneur », comme pour une Begum des temps anciens; on évoque ses poètes, ses chanteurs, le style incomparable que vous donnez à toutes choses...

– Illusion que tout ceci ; voile entre la vérité et nous ; Maya...
murmura Sarojini, en contemplant le ciel. Je n'ai plus le goût
de la vie. Je vous le laisse.

Nainital, 12 juin 1948

Madame Naïdu avait bien fait les choses ; à la demande du
Premier Ministre, elle avait fait chercher deux pur-sang de
race Marwari assez doux pour la promenade, deux chevaux à
la robe immaculée, aux oreilles en demi-lune et qui frémis-
saient au froid de l'aube.

– Ce sont de beaux animaux, vraiment, fit Edwina en flattant
l'encolure de son cheval.

– Sur ces routes étroites, jusqu'au col, nous ne leur deman-
derons rien que d'aller au pas, fit Nehru. Pour l'instant, vous
pouvez laisser aller le vôtre, mais quand le chemin sera pier-
reux il faudra le tenir serré. Avec ce chemisier à carreaux,
vous avez l'air d'une jeune fille. Mais tenez-vous droite, my
Dee...

Ils chevauchaient paisiblement, sans se soucier de leurs
montures ; sitôt quittée la maison de bois, commençaient les
conifères, tantôt sombres comme des fantômes, tantôt squelet-
tiques, avec des lichens clairs en festons sur les branches
dépouillées. Le sentier tournait à travers les brouillards, légers
nuages matinaux que le soleil dispersait peu à peu ; les chevaux hennissaient en retrouvant les clairières, et leurs naseaux
soufflaient une haleine de brume, tant il faisait frais.

– Quand avez-vous appris à monter ? observa Edwina.

– A l'infanterie montée de l'université, quand je faisais mes
études à Harrow, répondit Nehru. J'adorais le cheval. Et savez-
vous ? J'avais reçu une convocation pour l'examen ; je n'y suis
pas allé, sous prétexte que je n'avais pas le temps. Un Indien
n'avait aucune chance, et je déteste les humiliations.

– J'essaie de vous imaginer à Harrow, fit Edwina ; je n'y parviens pas. Donc vous montiez, vous jouiez au tennis, je pré-
sume, quoi encore ? Vous êtes si différent aujourd'hui.

– L'aviron me passionnait aussi, fit Nehru. J'avoue avoir mis du temps à retrouver mon Inde. Comme Bapu j'ai voyagé. J'ai parcouru nos Himalayas, où l'on monte les yacks, ces montagnes de chair et de poils, et qui sont si craintifs; j'ai reconnu le Cachemire, berceau de nos philosophes, et aussi de ma famille. Au Cachemire nous avons un platane à nous, un chinar protecteur, et tant qu'il vit les Nehru ne craignent rien.

– Vous êtes superstitieux! fit Edwina en riant.

– On n'est jamais complètement rationnel, répondit-il avec humeur. Ne me demandez pas trop! J'ai résisté à la religion. Mais je connais les émotions de mon pays, je les ai ressenties violemment, my Dee. Tenez, dans ma ville, à Allahabad, je me suis plongé dans les grandes fêtes des khumba-mela, au milieu des millions de pèlerins dont la ferveur enivre comme un vin puissant. J'ai suivi le cours du Gange, et puis...

Il se mordit les lèvres.

– Pourquoi vous taisez-vous? fit Edwina avec angoisse.

– Parce que j'ai l'Inde dans le sang, répondit-il. Edwina...

Nehru arrêta son cheval, et prit la bride de celui d'Edwina. Il leva la tête et fixa les Himalayas bleus avec obstination.

– Vous deviez m'en parler, justement, fit Edwina après un silence interminable.

– Je n'y parviens pas, fit-il. Aidez-moi.

– Je ne peux pas. J'ai peur.

– Vous allez me quitter dans quelques jours... fit-il avec une grande émotion. Je veux que vous reveniez près de moi.

– Jawahar... Impossible! souffla Edwina.

– Je le sais. Je ne vous demande pas de revenir vivre à mes côtés. Mais chaque année un peu, my Dee. Quoi qu'il advienne.

– Je vous le promets, fit-elle gravement.

– Ne dites pas cela, vous ne pouvez rien promettre, murmura-t-il. Il n'existera jamais qu'une seule promesse entre nous; et je vous la demande maintenant. Rien de ce que nous éprouvons l'un pour l'autre ne doit entraver ni mes responsabilités, ni les vôtres. L'Inde passera avant vous. Comprenez-vous cela?

– Oui, fit-elle, le cœur serré.

– Rien non plus de ce que nous ferons ensemble, my Dee. Cela souillerait tout, ajouta-t-il vivement. Vous le pensez aussi, j'en suis sûr.

– Oui, répéta-t-elle à voix basse.

– Alors votre départ n'en est plus un, my Dee, fit-il avec exaltation. C'est une autre vie qui commence.

Il lâcha la bride, et envoya son cheval en avant. Le soleil devenait brûlant.

– Les bêtes ont trop chaud! Il faut les mettre à l'ombre un instant, fit-il en flattant son animal.

Elle sauta légèrement à terre, obéissante, et conduisit sa monture sous les sapins. Il la rejoignit; la forêt autour d'eux baignait dans un silence absolu. Les chevaux libérés se reposaient paisiblement et encensaient pour chasser les insectes.

Ils s'assirent sur un talus; Nehru ôta son calot, et s'éventa avec nervosité.

– Je suis heureux de cette promesse, fit-il. C'était si difficile. Je ne peux pas te prendre dans mes bras, Mira.

– Il faut que je parte d'abord, n'est-ce pas? murmura-t-elle.

Il saisit doucement la tête d'Edwina entre ses mains, et lui baisa les lèvres avec ferveur. « Oui, fit-il entre deux baisers, oui, quard tu reviendras, *meri janam*, quand nous serons libres, quand tu ne viendras que pour moi, my love, oui... »

Quand ils redescendirent vers la demeure de Madame Naïdu, le soleil commençait déjà à perdre de sa splendeur. Padmaja aperçut sur la colline leurs silhouettes à contre-jour, elle, légèrement voûtée, lui, qui pointait du doigt les vallées, et tous deux perdus dans le ciel. « Elle n'est pas indienne, songea-t-elle. Moi je suis la princesse d'Ajanta, je le sais. Je ne désarmerai pas. Je la hais. Je hais cette Anglaise qui me l'a pris. »

Le messager de la mousson

Delhi, 13 juin 1948

— Vous voilà enfin de retour, s'exclama Lord Louis. Je m'inquiétais... Il est sept heures du soir! Pour un peu, l'avion n'aurait pas pu décoller à la nuit...

— Des complications avec le Nizam d'Hyderabad? demanda vivement Nehru.

— Justement, fit Lord Louis en l'entraînant. Ces bandes de fanatiques musulmans qui terrorisent les hindous parlent de guerre avec l'Inde à présent; c'est sérieux!

— Depuis le 7 février dernier, cela fait donc déjà quatre mois, j'ai interdit tous les mouvements extrémistes, s'écria Nehru. Les hindous et les musulmans, tous! Leurs leaders sont en prison!

— Ils repoussent comme mauvaises herbes, fit Lord Louis. Et ce sont des violents. Où est le ministre de l'Intérieur?

— A Dehra Dun, fit Nehru, à l'autre bout du pays. Sans lui, nous ne pouvons rien décider. Aucun moyen d'avoir le contact; il faut le rejoindre là-bas. Dès demain matin.

— Bien, fit Lord Louis rapidement. Vous ne voyez pas d'inconvénient à ma présence, je pense?

— Non, bien sûr, répliqua Nehru avec autorité. Lady Louis viendra avec nous. Et le ministre de la Santé.

D'office, dans l'avion, Lord Louis avait pris Amrit Kaur à ses côtés; un peu plus loin, Edwina et Nehru s'étaient installés sur les sièges qu'avait désignés Dickie. A l'aéroport, deux voitures attendaient pour rejoindre Dehra Dun à travers les collines; Lord Louis monta avec Amrit. Edwina se retrouva seule avec Nehru.

— Il n'y a pas deux jours, nous roulions sur d'autres routes de montagne, fit Edwina. Mais aujourd'hui! Cette chaleur, ces tournants, ces cahots, ces discussions à l'arrivée, le vacarme du monde...

– Ne luttez pas, fit Nehru. Abandonnez-vous. Laissez aller votre dos et libérez votre esprit; c'est le seul moyen.

– Vous parlez d'esprit, murmura Edwina. Quand vous évoquez l'Inde, les dieux y sont vivants. Et vous vous prétendez athée! Je ne comprends pas.

– Sans l'esprit rien n'est, fit Nehru. Si l'Inde peut apporter au monde une sagesse, c'est celle-ci; ensuite, nous déguisons l'esprit en dieux innombrables, qui tous viennent de nous.

– Il fait trop chaud... gémit-elle. Comment faites-vous?

Il lui caressa le front d'un geste tendre.

– Avec les années vous vous habituerez, my Dee... Aucune pluie ne tombera avant que l'oiseau des nuages ait chanté.

– Quel oiseau?

– Je vous le ferai écouter... fit Nehru.

– Quand? coupa Edwina, angoissée.

– ... Un tout petit oiseau noir et blanc, et qui s'ébouriffe quand il va pleuvoir. C'est son métier; on l'appelle le messager de la mousson...

Edwina ne répondit pas. Nehru soupira. Ils se taisaient.

– Et si vous restiez en Inde pour continuer votre travail avec les réfugiés? lança-t-il tout à coup.

– Notre promesse, fit-elle, soudain raidie. Souvenez-vous, Jawahar; c'était hier.

– Vous avez raison, soupira-t-il de nouveau. C'est que je suis pris d'horreur à l'idée de la nuit du 20 juin... Vous, serrant des milliers de mains, et puis disparaissant...

– Pour revenir, fit-elle doucement.

– Ni Dickie ni vous ne pouvez contourner le destin, ni moi le mien, fit-il avec angoisse. Vous me quittez, je reste, et je ne peux me passer de vous... Viendra un moment où vous ne serez plus là, et moi! je m'en irai comme un vagabond...

– Nous nous dirons adieu avant, fit-elle.

Les trois adieux des amants

Delhi, 17 juin 1948

Sur la roseraie du jardin du Gouverneur général rôdait le silence des espaces officiels, à peine ébranlé par le jacassement des corneilles. Edwina tourna la tête et chercha vainement un vol de perroquets. Les arbres apaisaient à peine la fureur de juin; la terre étouffée s'asphyxiait.

– Ce n'est pas l'heure, fit Nehru, le regard baissé.

Elle releva vivement son poignet pour consulter sa montre.

– Nous avons encore un peu de temps.

– Je sais! Ce n'est pas cela. Tu cherches les perroquets; ils volent le matin et le soir, mais pas à la mi-temps du jour...

Il devinait tout. Même son désir de perroquet. Qui donc désormais accompagnerait le moindre mouvement de ses pensées? Et quand reverrait-elle les flèches vertes dans le ciel pâle?

– Ne dis rien, murmura-t-il, les yeux obstinément fixés sur le sol. Ici, Your Highness, tu ne m'appartiens plus. Vice-Reine des Indes, et voilà que tu pars!

Elle le revit soudain dans Durbar Hall, la grande salle aux plafonds peints d'éléphants et de roses, debout sur le côté du trône du Vice-Roi, regardant de tous côtés, l'œil attentif et ému à la seconde qui précédait la passation des pouvoirs. Elle le revit à Singapour, lorsqu'il la saluait avec une politesse exagérée, une légère et sourde hostilité. Et voici qu'il semblait revenu brusquement à sa source. Elle esquissa un geste pour toucher sa main, il s'écarta.

– Ne fais pas d'imprudence, les bearers traînent derrière chaque buisson, ne sois pas folle, ne me touche pas, fit-il, exaspéré, en écartant du pied un débris de fleur morte.

– Alors, « Quit India »? s'écria-t-elle avec amertume. Quelle fureur!

– Eh bien oui! Quit India, my Dee, puisqu'il le faut. Allez-vous-en, fit-il, agacé.

Nehru contempla le ciel jaune au-dessus des frondaisons du parc; un nid de vautour s'agitait dans un arbre. Cela n'allait pas; tout sonnait faux, l'amour s'évanouissait, qui était cette femme à ses côtés, ce visage déjà ridé, ce corps anguleux, cette vieille et mince poupée, pourquoi? Elle allait partir, l'Anglaise, et il l'aimait, lui? Non. C'était une illusion, un trait de la Maya, il allait s'éveiller, il serait libre enfin, mais qu'elle s'en aille!

– Comme c'est difficile de se dire adieu, dit-elle.

Adieu d'une altesse britannique au Premier Ministre de l'Inde, pensait-elle, le cœur serré. Cela n'avait pas de sens, pourquoi se trouvaient-ils ici, au milieu de ce silence? Il portait encore ce calot blanc de prisonnier, une chemise de coton blanc froissée par la transpiration, et ces sandales d'homme du peuple; ses cheveux blancs luisaient dans la chaleur, il fronçait les sourcils, les lèvres, ce vieux monsieur ridicule...

– Très difficile, maugréa Nehru, le front plissé. Les pourparlers d'Hyderabad sont rompus; le Cachemire est un casse-tête, Dickie est cloué au lit pour des bêtises, et vous avez des réceptions tous les soirs! Je déteste ce moment.

Ils se turent. Edwina regarda sa montre à la dérobée. Encore un quart d'heure; les larmes vinrent, qu'elle ravala férocement. Soudain, elle vit qu'il s'essuyait les yeux.

– Vous pleurez...

– C'est la chaleur. Le Premier Ministre de l'Inde ne pleure pas devant une femme, cria Nehru. N'est-ce pas ainsi dans ton pays?

– Laissez-moi en paix avec l'Angleterre! cria-t-elle à son tour. Je n'en peux plus.

– Mais toi, tu n'as pas de larmes, fit-il en la regardant pour la première fois en face.

Elle soutint son regard, lui offrit son visage où ruisselait la sueur, et il tendit la main pour essuyer sa joue. Au coin de l'œil une larme coulait, qu'il suivit lentement, jusqu'à la bouche.

– Ne faites pas cela, Jawahar...

– Laisse. Les bearers iront colporter la nouvelle, c'est bien! fit-il en sortant son mouchoir. Et ils diront partout que la Vice-Reine des Indes a pleuré en quittant Nehru! Edwina, ce jardin ne va pas. Retrouve-moi demain à l'aube...

– Où? fit-elle vivement.

Où en effet? La tombe d'Humayun? Quelques réfugiés y stationnaient encore. Sa résidence officielle? Trop de solliciteurs matinaux. Le champ de crémation du Mahatma? Les fidèles y défilaient constamment. Un endroit isolé, un lieu pour un adieu... Brusquement, il sut.

– A Tughlakabad, fit-il en lui essuyant la joue. Cinq heures. A six heures, je commence ma journée. Sur les ruines, à droite, en haut. Tu feras attention aux singes en montant l'escalier.

Sa voix! Elle était revenue. Le cœur d'Edwina se desserra. C'était le jardin bien sûr, c'était ce maudit palais qui les séparait plus sûrement que les continents et les mondes. Elle lui sourit.

– Cinq heures. J'y serai.

Nehru s'arrêta devant un rosier sec. La prochaine mousson rendrait ses roses à l'arbrisseau. Il se pencha, et détacha une fleur imaginaire.

– Pour toi, fit-il en étendant les doigts.

– Non, pour toi, répéta-t-elle en secouant la tête. Laisse-moi la mettre à ta chemise.

– Chaque matin d'hiver, quand je cueillerai une rose, mes doigts seront les tiens, my Dee. A Londres, chaque matin tu cueilleras en esprit l'une de ces fleurs, et j'en devinerai chaque jour la couleur, répondit-il.

Ils se tenaient debout face à face, une femme accrochait une rose rêvée à la boutonnière de l'homme qu'elle aimait, et rien n'était plus simple que le bonheur dans ce jardin. Leurs yeux s'étaient trouvés et ne se quittaient plus, leurs mains se touchaient à peine, une corneille siffla à leurs pieds, l'éternité revint comme une étoile, semblable à celle que Nehru avait posée sur la Jamna, pour elle seule, un soir de paix.

« Tu es dans ma vie comme cette bougie allumée, et qui tremble. Tu flottes sur les eaux, tu ne t'éteindras plus... Shanti! » avait-il murmuré en lançant la fragile embarcation de feuilles et de roses.

Un bearer surgit brusquement et glissa sur la pelouse avec un plateau et des tasses.

– Vos Excellences désirent-elles une tasse de thé? chuchota l'homme avec un respect insistant.

Nehru foudroya l'importun du regard.

– Ne le regarde pas, my Dee! Nous allons nous serrer la main, bien poliment. L'heure est venue.

– Adieu du Premier Ministre à la Vice-Reine des Indes! dit-elle en éclatant de rire.

– Votre Altesse, adieu! fit-il, la main sur le cœur.

« A demain », chuchotaient-ils, et leur rire peupla la roseraie desséchée sous l'œil impassible du serviteur qui les suivit, avec son plateau.

Delhi, 18 juin 1948

Il fit arrêter la voiture; il était en avance. Une brume ocre dissimulait les arbres; au fond d'un champ, une silhouette vague marchait comme un fantôme, avec une extrême lenteur; et il entendit l'écho d'une toux obstinée. Au-dessus de sa tête s'élevaient les ruines du fort, massives et sombres; l'ombre des singes guetteurs se découpait sur la première lueur du jour.

« Existe-t-il un seul endroit désert dans mon pays? » soupira Nehru.

La toux redoubla. D'autres suivirent, venues d'un invisible village. « Cette toux des villages. L'hiver, ils ont froid et je n'ai plus assez de couvertures pour les protéger. Et sous cette chaleur, ils toussent encore. La toux de Kamala. Il manque un dispensaire par ici. Mais que fait-elle? Ridicule. J'ai presque soixante ans, l'Inde brûle, et je l'attends comme si j'avais quinze ans! »

Il marchait pensivement, les mains nouées derrière le dos, le regard fixé sur la poussière. « Dans un an, je l'emmènerai à Simla, dans ma résidence, la sienne jusqu'à hier. Ensuite l'Orissa, qu'elle ne connaît pas... Je ne pense qu'à elle! Ah, voilà que ce paysan recommence à tousser. Que ferait Bapu s'il vivait encore? »

Un klaxon retentit. La limousine noire s'arrêta. Elle, en blanc, comme à son ordinaire. Elle passait la main dans ses cheveux; ses joues moites, son air las, les rides autour de la bouche, et ce regard clair, toujours émerveillé... L'image qu'il voulait garder; il lui sourit.

– Viens, dit-il rapidement.

Il ne l'avait pas saluée. Il portait son calot, ses sandales, et un œillet rouge au troisième bouton de la chemise flottante. Il souriait, comme s'il voulait lui laisser ce portrait de lui qu'elle aimait...

– Je suis en retard, dit-elle sans trouver d'autres mots.

Nehru haussa les épaules, prit la main d'Edwina et l'attira vivement vers les premières marches, en la guidant dans les éboulis.

– Là, attention... encore une dizaine de pas... prends garde à ta tête!

Il avait crié; trop tard. Dans un froissement de velours, une nuée silencieuse les entourait d'ailes déployées. Edwina se débattait, les mains sur la tête pour protéger ses cheveux. Les chauve-souris. Une odeur sauvage se répandit autour d'eux.

– Quelle horreur, se plaignit Edwina en avançant dans la pénombre. Vous n'aviez pas parlé des chauve-souris!

– Je ne suis pas venu depuis longtemps... Sortons vite, c'est irrespirable, fit-il en posant sa main sur la bouche de sa compagne. Viens, c'est fini. Regarde.

Au sommet des marches, les murs du vieux fort ruiné enserraient une plate-forme envahie par les bougainvillées; devant eux s'étalait la ville endormie au fond d'un brouillard de sable. Le confus gémissement des hommes peuplait leur sommeil étouffant; l'aube allait venir et avec elle, la chaleur. Edwina parcourut l'horizon, aperçut de l'autre côté du chemin, noyée dans une vapeur d'or, une tombe de marbre et de grès couleur de sang séché. Autour d'eux se dressaient des arches écroulées; les singes immobiles les fixaient de tous leurs yeux minuscules. Il la serrait devant lui entre ses deux bras croisés, elle transpirait.

– Il faut des siècles pour supporter les jours qui précèdent la mousson, fit-il à son oreille. Les tiens n'ont jamais su. Jamais! Nous, nous savons.

– Ne recommencez pas avec l'Angleterre... C'était le jardin !
Il riait.

– Tu n'es pas anglaise, my Dee, tu as la peau blanche comme une fille du Cachemire. Sais-tu au moins où nous sommes ?

– La ville de Tughlakabad fut construite par les premiers conquérants musulmans de l'Hindoustan... récita-t-elle.

– ... et voici ce qui reste des conquérants de l'Inde, my Dee, fit-il avec emphase. Tous y ont rencontré leur ruine. Que reste-t-il de Tughlak Sultan ? Des chauve-souris éperdues dans les ruines d'une ville morte. Si tu ne fais pas attention en avançant à travers les pierres, tu éveilleras aussi quelques cobras. Ne bouge pas, my love, restons ici. Tu as chaud, je sais, mais je ne desserrerai pas mes bras. Regarde l'horizon ; la mousson approche.

– Demain, peut-être ? dit-elle en suffoquant.

– Oh non ! Il reste encore trop de ciel clair.

– Clair ! Mais il est jaune ! Pas un coin de ciel bleu ! gémit Edwina en se débattant faiblement.

– Rien avant qu'il ne soit entièrement noir. Quand tombera la pluie, je me posterai sous les orages et je boirai l'eau à ta place. Cette année, la mousson sera bonne.

« Elle sera bonne », répéta Edwina pour elle-même, sans trop savoir.

Il fallait donc qu'elle partît avant la mousson ; son âme assoiffée ne verrait pas la joie de l'Inde, ni les parapluies noirs ruisselants de gaieté sous l'averse ; il lui faudrait retrouver les étés pluvieux, là-bas, dans son pays...

Un muezzin se mit à chanter la prière de l'aube. Puis un autre, un autre encore, et les cloches des premières pujas des temples, avec leur ton de bronze fêlé. Une guenon sauta du mur, son petit sur le dos, en piaillant.

– Ah ! fit Nehru en regardant sa montre.

– C'est l'heure, murmura Edwina.

– Tais-toi. Quand s'envoleront les perroquets, il faudra que je parte. Notre avant-dernier matin, Edwina.

Il soupira. Une armée de nuages montait avec l'aurore ; un éclair de chaleur lui fit fermer les yeux.

– Quand reviendras-tu ? dit-il, en la berçant.

– Quand vous aurez le temps...

Où le trouverait-il, le temps? Brusquement, une bouffée de colère l'envahit contre cette Inde dévoreuse qui lui avait mangé sa vie. Il ne laisserait pas sa mère détruire son amour.

– Alors, après la mousson, fit-il solennellement.

– Dans trois mois! La guerre continuera au Cachemire. Les musulmans seront encore inquiets. Les émeutes ne seront pas finies...

Il la coupa.

– Des émeutes! Il y en aura toujours. Ils n'en finiront pas de se massacrer. Je n'y parviendrai jamais, my Dee...

Il la serrait plus fort encore, à l'étouffer. Doucement, elle desserra l'étau des bras nerveux.

– Laissez-moi vous regarder. Je veux vous voir dans le premier soleil, dit-elle d'une voix qui ne lui ressemblait pas.

Il la lâcha. Elle se retourna, et lui prit les deux mains. Un perroquet sillonna l'espace derrière lui, mais il ne le vit pas. Le sable entre eux brouillait leurs regards, entrait dans le repli de leurs paupières et s'insinuait dans leurs cheveux. La guenon les regardait intensément.

– Vous réussirez. Je vous aime.

Il lui ferma la bouche d'un baiser.

– Non... murmura-t-il, en abandonnant ses lèvres. Jamais ces mots-là.

– Même maintenant?

– Allons! Puisque ce n'est pas un adieu..., et il fronçait les sourcils comme s'il était en colère.

– Et si je meurs?

– Tu ne peux pas mourir, gronda-t-il. C'est pour moi que tu trembles, je le sais. Mais je ne mourrai pas non plus. Il nous reste tant d'années encore...

Dans un coin perdu de la tête d'Edwina, un grillon calculateur recommença les comptes. Dix ans encore, vingt ans peut-être, auraient-ils seulement vingt ans à vivre ensemble? Si un couteau se dressait? Un revolver au Parlement, une bombe...

– Quand je mourrai, mon corps ira à la mer, fit-elle d'un trait.

– Arrête! cria Nehru. C'est maintenant que notre vie commence. Tu ne connais rien de l'Inde; je t'emmènerai à Konarak, à...

– Et moi je n'aurai rien à faire que de penser à vous, fit-elle en sanglotant brusquement. A vos journées brûlées, à vos nuits trop courtes, à l'eau glacée près de votre lit, aux assassins derrière votre dos...

– A la rose que tu cueilleras chaque matin pour moi, my Dee. Aux saisons d'hiver, à nos retrouvailles. J'irai à Londres. Ne peux-tu pas comprendre le destin ? Arrête-toi de pleurer, tu me tues, supplia-t-il. Veux-tu que je te dise un poème de Sarojini ? Je t'en prie...

Bien-aimée, adieu, un dernier baiser et va-t-en
Pendant que j'ai encore une faible lueur de force
Pars, amour ! C'est notre destinée, nous nous rencontrerons parfois
Et les lèvres tremblantes qui voudraient un baiser encore,
un goût de sucre
Et les mots passionnés d'amour...

Les sanglots d'Edwina s'arrêtèrent brusquement. Elle passa la main sur ses joues et les frotta.

– Voilà que ma reine s'est salie, constata Nehru en sortant son mouchoir. Tu es toute noire ; laisse-moi faire.

Edwina se mit à rire. Nehru la nettoyait scrupuleusement, suivait la courbe du nez, respirait à petits coups en louchant légèrement pour ne rien oublier. Dickie se serait contenté de lui tendre son mouchoir. La paix descendait sur eux ; elle aurait voulu être sale encore, poussiéreuse à jamais entre ses belles mains... Quand il eut terminé, elle voulut prendre le mouchoir. Mais la guenon, d'un bond, l'attrapa et s'enfuit.

Nehru éclata de rire. La guenon nettoyait son petit avec application.

– Vois-tu comme je suis avec toi ? Une mère ! lui dit-il, en riant toujours.

Puis il se tut, sérieux soudain, comme s'il écoutait l'heure.

Encore un perroquet, un autre, toute une bande. Ils allaient se mettre à siffler... C'était fait. Nehru poussa un grand soupir.

– Il faut, dit-il. Ne rends pas les choses plus cruelles... Je t'en prie, Mira.

Elle s'appuya sur lui et redescendit les marches en silence, à travers le vol furieux des chauve-souris. Encore un peu de temps, elle ne le verrait plus. Encore un degré, et la clarté glauque du soleil de juin étoufferait la terre.

Les chauffeurs se précipitèrent. Nehru prit la main d'Edwina et la porta à ses lèvres ; la porte de la limousine, ouverte par le chauffeur, attendait sa passagère. Quand elle fut assise, il se pencha vers elle et effleura sa joue.

– Va maintenant, murmura-t-il. Nous nous verrons demain matin pour la visite officielle, my Dee, avec Indu et Pammy, nos filles, avant le banquet du soir, et il claqua la porte.

Avant que la limousine ait eu le temps de démarrer, il s'était engouffré dans sa voiture. Le cortège s'ébranla dans un tourbillon de poussière ; Edwina aperçut le calot blanc, puis le visage de Nehru comme une ombre, puis plus rien.

Tous les serviteurs du palais, dans leur uniforme de cérémonie, avec le grand écusson rouge brodé d'or en plastron sur leur tunique blanche, se tenaient en rangs serrés pour la soirée d'adieu. Les Mountbatten les avaient rassemblés avant les réceptions officielles. Pas d'invités ; le personnel, seulement. Plusieurs centaines de domestiques. Leurs femmes, derrière eux, cachaient timidement leur visage sous le pan du sari ou du voile ; elles étaient laveuses, repasseuses ou couturières, et ne s'étaient jamais aventurées dans les espaces réservés aux maîtres. Les hommes s'efforçaient de ne pas trop les regarder ; la mem'saab avait exigé la présence des femmes pour briser les règles redoutables du pardah, et les sortir d'un isolement consenti pendant des siècles, de par la volonté de leurs maris. Elles tremblaient toutes.

Il y eut un orchestre de musiciens du Rajasthan, avec des trompes criardes et des violes gémissantes ; il y eut de grands tambours du Sud aux grondements excités, et des danseuses aux pieds rougis de henné ; il y eut des rondes frénétiques ou gracieuses, mélancoliques ou furieusement gaies, et des sourires épanouis sous les terribles moustaches des Rajpoutes. Il y eut des montagnes de riz pilaf aux carottes, aux raisins ; il y eut des mangues, car c'était la saison ; il y eut des agneaux trempés dans le yaourt et des poissons frits dans l'huile rouge. Des milliers de mains féminines aux paumes décorées de volutes comme pour un mariage se tendaient vers la mem'saab, pour toucher la sienne, ou un pan de sa jupe longue qui traînait à terre; les hommes touchaient leur front avec un grand salut, et parfois, réprimaient un bref sanglot dans un hoquet. Il y eut une chanteuse, assise sur un matelas blanc près d'un harmonium portatif, et qui, la main levée comme une aile d'oiseau, lança sa voix sous les plafonds anglais dessinés en 1922 par l'architecte Luytens pour des siècles d'empire éternel.

Il y eut des prestidigateurs pour faire s'envoler des colombes, et la mem'saab soupira tristement.

Il y eut un moment enfin où ils s'en allèrent en murmurant des remerciements confus, à la nuit tombée. C'était l'avant-dernier soir.

Delhi, 19 juin 1948

Edwina regardait sa montre.

– Ne vous énervez pas ainsi. Nehru arrive dans cinq minutes; avez-vous pensé aux roses? fit Lord Louis, tendu.

– Mon Dieu, j'ai oublié.

– Vous manquez à tous vos devoirs, ma chère; et maintenant, il est trop tard, même si j'envoie mon chauffeur, il n'aura pas le temps. Pas une seule rose de Bombay pour notre ami, vraiment...

Lord Louis semblait fâché, et marchait de long en large, les mains derrière le dos, lui aussi, comme s'il imitait Nehru.

– Je crois... je crois qu'il me faudra m'éclipser pour signer un document, murmura Lord Louis avec embarras.

– Un document? N'avez-vous pas encore fini? Mais nous partons demain à l'aube, Dickie!

– Je vais signer un document, ce ne sera pas long! répondit Lord Louis en haussant le ton.

Edwina réprima un sourire. C'était bien de lui, ménager un tête-à-tête sans perdre la face.

– Merci, souffla-t-elle tendrement. Vous pensez à tout.

– Je ne vois pas ce que vous voulez dire, ma chère, fit Lord Louis en tournant le dos.

Un bearer ouvrit la porte avec des gestes maniérés, et se courba pour faire entrer le Premier Ministre.

Lord Louis s'avança à grands pas, et ouvrit les bras.

– Mon cher Nehru, mon ami, je ne peux imaginer que nous ne nous verrons plus...

Nehru enlaça Lord Louis d'un geste vif, et salua Edwina d'un namasté prolongé.

– Asseyez-vous ici, Jawahar, fit Edwina. Vous connaissez votre place, n'est-ce pas?

Nehru s'assit, gêné. Il se fit un silence.

– Je vais devoir me passer de vous deux, c'est inimaginable, dit-il avec stupeur, et ses yeux allaient de l'un à l'autre comme s'il ne savait où les arrêter. Tous ces mois de combat côte à côte... Vous m'avez civilisé. Humanisé aussi. J'accepte l'humanisation avec reconnaissance, mais pour la civilisation, je me demande si vous n'en avez pas fait un peu trop.

– Curieuse remarque, fit Lord Louis en haussant les sourcils.

– Je vous l'ai déjà dit, je suis un animal sauvage, murmura Nehru, et qui cherche parfois à s'échapper... Quand j'étais timide encore, j'étais plus libre qu'aujourd'hui; une flamme qui brûlait les autres et me brûlait moi-même, au mépris de tout! Mais elle s'est étouffée dans les braises et la fumée. Où est l'étincelle qui me faisait vivre?

– Allons! Elle n'est pas loin, fit Lord Louis en regardant sa femme. Le pouvoir vous la rendra.

– Dickie, fit Nehru avec passion, nous avons vraiment gouverné ensemble. Sans vous...

– Oh! Sans moi tout ira bien, vous verrez, dit Lord Louis en dépliant ses longues jambes. Le pire est passé.

– L'Inde nous manquera, fit Edwina d'une voix enjouée. Nous avons laissé beaucoup de nous ici, n'est-ce pas, Dickie?

– Évidemment. Beaucoup. C'est un peu notre patrie, si vous le voulez bien, Nehru, ajouta Lord Louis, ému.

Nehru se dressa d'un bond.

– Ce que vous avez fait pour l'Inde, Dickie, et vous, ma chère Edwina, restera dans la mémoire de mon pays. Je vous y invite tous deux quand vous voudrez, vous y êtes chez vous. Chez vous! dit-il solennellement.

– Je vous remercie, Jawarla, répondit Lord Louis en lui serrant les mains. Je ne sais si nos chemins se croiseront ici, mais je suis sûr de vous voir en Angleterre. Vous viendrez bientôt en visite officielle ; n'êtes-vous pas resté dans le Commonwealth ? Vous serez le premier chef de gouvernement de l'Inde libre. L'Angleterre saura vous accueillir...

Les deux hommes se tenaient debout, et leurs mains ne se quittaient plus.

– Je ne sais... commença Nehru à voix basse.

– Moi non plus, cher ami, coupa Lord Louis doucement. Nous nous sommes presque tout dit. N'ajoutons rien. Ma chère, avez-vous les cadeaux pour notre ami ? Oui, n'est-ce pas ? Je crois que j'ai oublié un document dans mon bureau : il faut que j'aille le signer. Je reviens.

Et il sortit d'un pas pressé, à grandes enjambées.

– Il n'a rien oublié du tout, murmura Nehru.

– Non. Il veut nous laisser un instant de répit.

– Indu aussi arrivera avec un peu de retard. Je ne le lui ai pas demandé ! Mais elle doit passer par...

– Indu veillera sur vous, c'est bien, coupa Edwina avec un éclair dans les yeux. Êtes-vous vraiment si sauvage ?

Nehru soupira.

– Redis-moi que je n'ai rien brisé, Mira.

– Rien.

– Redis-moi que tu reviendras, my Dee.

– Après la mousson.

Il se tut, et tendit la main dans le vide.

– Je te prends dans mes bras, my love. J'embrasse tes lèvres. Donne-moi les cadeaux.

Edwina prit les trois boîtes sur la table, et les tendit silencieusement.

– En Inde, on n'ouvre pas les cadeaux que l'on reçoit, dit Nehru sombrement. Mais aujourd'hui, il me semble que je dois faire une exception.

Et, brisant les rubans, il ouvrit la première boîte, la plus grande. Une tabatière peinte, incrustée de petites perles.

– Pour mon tabac ? C'est gentil, remercia Nehru sans un sourire. Elle est ancienne... Dix-huitième siècle, je pense. Une splendeur.

La deuxième boîte contenait une lourde bague avec une émeraude.

– Je vois que tu n'as pas oublié ma pierre personnelle, s'exclama Nehru. Me voici protégé. Ce n'est pas de lui, cette pensée, n'est-ce pas?

– Ouvrez la troisième. Elle n'est pas de l'Inde, dit Edwina d'une voix soudain tendue.

La troisième boîte, la plus petite, contenait une médaille que Nehru retourna en tous sens.

– Je ne connais pas cette chose.

– C'est saint Christophe, murmura Edwina, embarrassée. Il protège les voyageurs.

Nehru la regarda tendrement.

– *Mere mehboob...* Que veux-tu que j'en fasse? Que je la porte autour de mon cou? Et que dirait l'Inde, si j'avais sur moi une médaille chrétienne, hein?

– Mais vous ne croyez pas aux dieux, Jawahar... Portez-la pour moi, supplia Edwina.

– Le ciel l'interdit... fit-il en lui rendant saint Christophe.

« C'est égal, songea Edwina. Je le lui enverrai depuis l'aéroport. »

– Avez-vous reçu les cadeaux de Dickie? fit-elle d'un ton léger.

– Oh! fit Nehru, tout à fait. Deux portraits superbes, Dickie et vous, magnifiquement encadrés. Une boîte aussi, avec mon nom gravé, tout de travers.

– Il n'a pas fait cela! fit Edwina, consternée.

– Il n'a jamais réussi à dire mon prénom correctement, vous savez bien, fit Nehru en riant. Encore moins à l'écrire! Mais je suis ravi de ces erreurs, elles me rappelleront Dickie...

Le grand pas de Lord Louis résonna dans le corridor. Le bearer passa la tête et ouvrit la porte avec cérémonie. Du regard, Lord Louis embrassa le salon; tout était en ordre.

– Vos cadeaux vous plaisent-ils, Jawarah? dit-il d'une voix unie.

– Naturellement! Naturellement... répéta Nehru tristement.

Le silence revint. Lord Louis regardait sa femme et son ami,

Edwina baissait les yeux, Nehru tournait et retournait la tabatière en toussotant.

— Ah! fit-il brusquement. Mais j'ai aussi mes cadeaux, j'oubliais.

Il ressortit de la pièce et revint avec trois paquets qu'il posa sur les genoux d'Edwina. Lord Louis, le front sur la fenêtre, leur tournait le dos.

— Une pièce de monnaie très ancienne, un exemplaire de mon autobiographie, fit-il, gêné... et un panier de mangues.

— Comme au jour de notre arrivée? fit-elle, émue. Comme à Palam Airport?

— Vous vous souvenez donc! s'écria-t-il. Tu n'as pas oublié! Lord Louis se retourna vivement.

— Quand tu ouvriras le panier, regarde sous les fruits, chuchota Nehru à l'oreille d'Edwina. N'oublie pas.

La porte s'ouvrit doucement, et doucement Indira pénétra dans la pièce, avec son pas léger. Le silence l'arrêta; elle s'immobilisa sur le seuil, les mains jointes, jetant des yeux inquiets de l'un à l'autre.

— Allons! Disons-nous au revoir, Nehru, fit Lord Louis un peu rudement. Maintenant qu'Indu est là il ne manque plus personne, et nous n'avons plus d'excuse. Je dois vous avouer que notre Edwina a oublié l'essentiel : je voulais qu'elle vous offre une rose de Bombay pour votre boutonnière, elle n'y a plus pensé, pouvez-vous imaginer cela?

— Les roses sont impossibles à trouver avant la mousson, dit Nehru en se levant...

— Vous n'êtes donc pas fâché? C'est donc une rose imaginaire dont elle vous fait le présent, mon cher ami! fit Lord Louis avec un léger sourire. Ce sont les plus belles...
Edwina tressaillit.

Lord Louis prit sa femme par le bras. Indira se dirigea vers son père et se tint à ses côtés, comme un petit soldat.

— A ce soir, au banquet, fit Nehru, en poussant sa fille vers la porte.

Que le jour recommence et que le jour finisse

Le dernier jour, les Mountbatten avaient décidé d'aller se recueillir sur le champ de la crémation de Mahatma, et la rumeur s'en était répandue dans la ville. Mais personne ne s'attendait à voir le Gouverneur général affronter l'immense route de la Vieille Delhi en voiture découverte. Il était de notoriété publique qu'aucun officiel britannique ne pouvait s'y risquer depuis qu'en 1912 le Vice-Roi de l'époque avait fait l'objet d'un attentat dans cette partie de la ville, précisément.

Il fallait longer les remparts du Fort Rouge, les palais ruinés où demeuraient encore, incrustés dans le marbre blanc, les lapis et les cornalines, les onyx et les jaspes. Il fallait apercevoir, par-delà les coupoles légères de la mosquée dite de la Perle, les hauts casernements autrefois britanniques, maintenant affectés à l'armée indienne, et qui défiguraient l'espace. Il fallait traverser la défunte splendeur des Moghols et la misère de la cité indigène, sur l'autre bord du monde colonial, le temps d'un vol de perroquet.

Foules aux brillants sourires, bébés aux yeux géants, cernés de khôl, gamins aux dents éclatantes, voiles noirs des musulmanes au regard luisant sous la dentelle, écharpes rouges au bout des bras, poussières de mains, étoiles des paumes claires tendues comme un appel, pieds nus, diamants étincelants aux ailes du nez, adolescents au sifflement d'insolence joyeuse, vieillards à la barbe rousse, la main levée, le front haut, infirmes galopant sur leurs moignons, la bouche ouverte, turbans défaits, saris glissant sur les épaules et découvrant les seins nus prestement recouverts, jeunes filles aux nattes sombres, les joues caressées par des friselis noirs, vieilles en sari blanc, le sourire édenté...

Edwina espéra une bombe, une explosion qui retarderait l'échéance, ou abrégerait sa vie.

Mais rien n'arriva que cette dernière fête où les plus pauvres entre les pauvres l'accompagnèrent jusqu'au sol calciné où Nehru avait posé les guirlandes, l'autre soir. Rien.

Ne restait plus que le dernier banquet.

La vaste salle à manger impériale recevait pour la dernière fois un Gouverneur général britannique. Derrière chaque haute chaise armoriée se tenait un serviteur au blason rouge et en gants blancs; tout le gouvernement était là pour les adieux officiels. Le successeur de Louis Mountbatten, Monsieur Raja-gopalachari, petit homme sec et mince aux lunettes à la Gandhi, surnommé familièrement « C.R. », et nommé depuis le mois de mai, prendrait ses fonctions le soir même. En dhoti immaculé, en tunique de linon blanc impeccablement repassé, ornée de rubis à chacun des boutons retenus par des chaînettes d'or, un châle brodé plié sur leurs épaules, les ministres assis à la table de bois verni parlaient bas, mangeaient peu, intimidés par un cérémonial dont ils n'avaient pas encore pris possession. Seule la princesse Amrit, en sari clair piqueté de petites étoiles, et sans bijoux, gardait cette simple élégance qui ne lui faisait jamais défaut.

Dickie fit un discours qu'il improvisa brillamment comme à l'accoutumée. Puis ce fut le tour de Nehru, qui se leva lentement, comme pour freiner le cours du temps.

– Vous êtes venu ici, Sir, commença-t-il dans le plus grand silence, auréolé d'une grande réputation; mais nombre de réputations se sont effondrées en Inde. Vous avez vécu ici dans une période de crise et de difficulté, mais vous n'avez pas, fait remarquable, failli à votre réputation. Vous avez été ce matin immensément fêté, et je me demande comment il se fait qu'un Anglais comme vous, et une Anglaise, soient devenus si populaires en Inde en si peu de temps...

Plus élégant que jamais dans son spencer noir, Dickie sortit un cigare pour se donner une contenance, et ne l'alluma pas.

Edwina baissa brusquement la tête pour dissimuler son émotion.

– Ni moi ni aucun de nous à cette table, disait Nehru, nous ne pouvons juger notre œuvre; nous sommes trop intimement liés à ces événements récents. Nous avons peut-être commis des fautes, vous et moi ; les historiens du futur en jugeront plus tard. Mais que nous ayons bien ou mal fait, nous aurons du moins essayé de notre mieux... Nos péchés, je le crois, nous seront pardonnés ; et nos erreurs aussi.

Elle ne put retenir ses larmes, et sortit un mouchoir de son sac du soir.

– Vous recevrez certainement de nombreux cadeaux, des présents par centaines, mais aucun n'est plus précieux, plus réel que l'affection du peuple indien. Et vous avez constaté vous-même, Sir, et vous, Madame, la force de l'amour qu'il vous porte.

Il avait terminé, il relevait la tête. Tous les regards se fixèrent sur Lady Mountbatten ; les épaules secouées de sanglots, son mouchoir inutile serré au creux de la main, elle pleurait sans fausse honte.

Il y eut encore, après le banquet, une réception monstre où sept mille invités s'égaillèrent dans les salons et les jardins. Comme Nehru l'avait prévu, Edwina serra des milliers de mains, croisa confusément des regards familiers, accrocha un sourire, une émotion subite, un rire maladroit, comblée de vaines et tendres paroles qu'elle n'entendait pas. Et comme il l'avait pressenti, Nehru la vit à chaque instant partir, à chaque pas s'éloigner au rythme des heures, des minutes, des secondes.

Vers quatre heures, le palais commença de se vider ; à cinq heures du matin, il n'y avait plus personne. Lord Louis aida Edwina à monter jusque dans leur chambre, où même les bagages avaient disparu. Lord Louis se coucha aussitôt, et, fidèle à ses habitudes, s'endormit comme un enfant.

Edwina posa son front contre la vitre, soigneusement fermée à cause des moustiques ; elle écouta avec nostalgie le ronronnement des ventilateurs, qui l'avait tant exaspérée, et qui allait tant lui manquer. Il ne restait plus que deux heures avant de quitter l'Inde.

Deux heures comme une colombe dans sa cage.

En ouvrant le panier de mangues, elle avait écarté les fruits mûrs, et trouvé un billet plié en quatre. Nehru avait copié quelques vers d'un poème, et avait écrit en dessous « Pour toujours ».

Elle déplia le billet qui ne la quittait plus, et relut les vers que déjà elle savait par cœur.

> Merveilleux sont les bois, profonds et sombres
> Mais j'ai des promesses à tenir
> Un long chemin avant d'aller dormir
> Un long chemin avant d'aller dormir.

A cinq heures quarante-cinq, le téléphone sonna. Lord Louis, aussi vite éveillé qu'endormi, attrapa machinalement le combiné.

– C'est vous, marmonna-t-il. Bien sûr, Jawar. Vous me manquerez aussi. Non, elle ne dort pas, je crois. Je vous la passe.

Et il tendit l'appareil à sa femme, sans un mot. Edwina s'assit, tremblante, au bord du lit.

– Moi aussi je pense à vous, chuchota-t-elle. Je n'ai rien oublié. Je souffre aussi, Jawahar. Affreusement. Merci...

Elle reposa doucement l'appareil, et fondit en larmes. Cela aussi, sa voix toute proche au téléphone, allait disparaître de sa vie.

« Et les lèvres tremblantes qui voudraient un baiser encore... »

Delhi, 21 juin 1948, sept heures du matin

Le temps de traverser les corridors immenses. Les soldats au garde-à-vous devant chaque porte, leurs gros yeux ronds fixant le mur d'en face. La garde d'honneur en grand uniforme, les fanions rouges et blancs au sommet des lances. La calèche noire aux armoiries rouge et or garée devant les marches. Les sept chevaux noirs et les trois postillons moustachus, en livrée cloutée d'or. Le cri bref du capitaine dans la cour. Les photographes au bas des degrés, les poses pour les portraits officiels, Nehru au milieu, pâle, le sourire crispé ; Edwina essuyant ses yeux à la dérobée, Dickie serein et majestueux.

En robe de coton blanc rayé noir, la tête couverte d'un voile de tulle sombre piqueté de fleurs de rêve qui retombaient sur ses épaules, gantée de chevreau clair, jamais Edwina n'avait été plus belle, et Nehru accablé regardait partir cette fée qu'il aimait.

A sept heures quinze, le cortège s'ébranla, sous les soixante-cinq salves tirées par les Gurkhas des frontières himalayennes. L'orphéon joua le *God Save the King* et le nouvel hymne national indien, *Jana Gana Mana*, dont Tagore avait composé les paroles et la musique.

Les touffes jaunes et violettes sur les cimes des arbres et la file lente des femmes en sari. La foule des Indiens enthousiastes, les dernières acclamations, les sursauts d'affection, les fleurs qu'on jetait sur leur passage. Les enfants au regard étonné, les conducteurs de rikshaws affalés entre leurs brancards pour une sieste interminable. L'arche triomphale et le dais de grès rouge, vide de la statue du Vice-Roi, en attente de celle du Mahatma Gandhi. Les troupes de l'armée indienne tout le long du parcours. Les avenues, les rues, les faubourgs, le sable, le vent, les rafales, et les femmes encore, affairées autour des enfants, sous les tentes, les réfugiés partout.

Palam Airport.

Le corps diplomatique dans le salon d'honneur. Poignées de main. Tous les ministres, sagement rangés, le sardar Patel, cachant son émotion sous son éternel air bougon, la princesse Amrit avec son beau regard triste. Accolades, embrassades, la tête qui se met à tourner sous les pales des ventilateurs, les larmes ruisselantes sur tous les visages et Nehru marchant de long en large, les mains derrière le dos, nouées.

Le tarmac sous le soleil, et l'avion tremblant sous les vibrations de chaleur. La dernière garde d'honneur. L'Indian Air Force survolant l'aéroport pour un dernier hommage. Trente-trois coups de canon, trente-trois échos sourds dans chacun de leurs cœurs.

Nehru, la main en visière pour un dernier regard, et Indira, très droite, la mèche en bataille.

Du haut de la passerelle, Lord Louis et sa femme saluèrent Nehru et sa fille. Le capitaine de l'équipage verrouilla la porte de l'avion.

– Je vous aime beaucoup, Edwina, murmura Lord Louis. Faites un signe par le hublot pendant qu'il en est temps encore.

Le bras levé de Nehru au-dessus de sa tête, l'autre maintenant son calot menacé par le vent. Dernière image.

Effacé par une fine poussière, le visage d'Edwina sous le tulle noir, et sa main sur la vitre du hublot. Adieu.

– Huit heures vingt, remarqua Lord Louis. Nous avons failli prendre du retard.

Le tonnerre des moteurs. Le vide dans le ciel.

ÉPILOGUE

Un long chemin avant d'aller dormir

Par une froide journée d'hiver occidental, la frégate britannique *Wakeful* quitta la rade de Portsmouth pour la haute mer. A son bord, le cercueil de Lady Mountbatten, comtesse de Birmanie, attendait d'abandonner son fardeau selon le vœu de la défunte. Un peu plus loin, la frégate *Trishul*, de la marine indienne, suivait le dernier chemin d'Edwina. Ce qui restait d'elle, enfermé dans un sac, glissa dans l'eau glacée avec la bénédiction de l'archevêque de Canterbury. Nehru était trop vieux déjà pour le voyage; mais sur les remous laissés dans l'écume des vagues par le corps disparu de sa bien-aimée, le capitaine du *Trishul*, selon les instructions du Premier Ministre de l'Inde, lança une guirlande d'œillets orange et jaunes qui tournoya longtemps, et flotta à la dérive. C'était le 25 février 1960.

L'amour qui ne pouvait dire son nom avait duré douze ans.

Dans l'avion qui les ramenait de Delhi à Londres en juin 1948, Lord Louis ne parvint pas, malgré ses efforts, à apaiser les sanglots de sa femme. Maladroitement, il lui signala le survol du Pakistan, puis de l'Afghanistan; Lahore, la passe de Khyber, Peshawar, c'était encore un peu l'Empire. Avec l'Iran, l'appareil s'éloignait inexorablement de l'Inde. Ils atterrirent à Malte pour une escale; le chien d'Edwina l'y attendait, traînant une vieillesse affreuse et maladive.

Depuis longtemps déjà, elle ne se résolvait pas à le faire piquer. Elle avait sur ce point consulté Nehru, qui avait décidé pour elle; son premier geste de fidélité amoureuse fut donc de donner la mort à son chien. « Au moins, songea-t-elle en serrant le petit cadavre encore tiède, je peux librement pleurer. »

Le retour à Londres la plongea dans un désespoir hébété ; les amis, les parents, la famille, tous l'entourèrent avec une affection désarmante, un naturel insupportable, une aimable distance ; leurs teints étaient blancs, leurs yeux clairs, leur sourire fermé, leurs gestes anguleux ; elle les trouva froids, sans émotion, et se recroquevilla dans une indifférence susceptible. La vie lui semblait irréelle, vide, solitaire ; elle ne se sentait apaisée que dans sa maison de Broadlands, au milieu des floraisons de juin, entre les arbres et la rivière, maigre réplique des grands fleuves de l'Inde. Mais ce ne fut point suffisant ; elle se rendit en Irlande, puis en Provence avec Violaine et sa sœur ; l'heure n'était plus aux querelles intimes, car l'Europe vivait chichement et ne songeait qu'aux tickets de rationnement, compensés par un marché noir pléthorique et par de fastueuses nourritures à lever le cœur.

A Delhi, Nehru devint maussade, immensément distrait ; ses amis s'en aperçurent et ne le troublèrent pas. Une femme, une vieille amie, osa cependant aborder le sujet interdit ; mais lorsqu'elle lui murmura doucement « Edwina ? », Nehru, après avoir acquiescé d'un brusque signe de tête, tourna les talons et s'en fut, comme le vagabond qu'il avait promis d'être.

Ces instants d'abandon malheureux étaient au demeurant peu visibles ; occupé tout le jour, s'accablant de travail plus qu'il n'était raisonnable, Nehru pouvait paraître en effet absorbé par le poids écrasant de ses tâches ; il l'était. Mais lorsqu'à deux heures du matin il fermait son dernier dossier, il écrivait à Edwina. Chaque nuit.

Chaque matin, Edwina traversait le parc jusqu'à son bureau, où elle trouvait la lettre envoyée par les soins de Krishna Menon, ambassadeur de l'Inde au Royaume-Uni. Nehru la prévint assez vite qu'il n'écrirait pas librement, qu'il devrait se méfier ; le courrier n'était pas sûr, et trop d'intermédiaires pouvaient s'emparer des missives pour en faire un objet de scandale. Nehru prit l'habitude de se faire adresser son courrier personnel avec une sobre mention, à lui seul réservée : « Pour lui-même ». Indira connaissait le code, Edwina aussi, qui redoutait toujours une interception indiscrète. Mais pour retenues qu'elles fussent, les lettres de Nehru la ravissaient tous les jours. Il était retourné au palais, désormais vide de toute trace personnelle des derniers occupants britanniques ; mais lorsqu'il écrivait simplement qu'il sentait toujours la présence d'Edwina « comme un parfum dans l'air », elle passait tout le jour dans une sorte d'extase bienheureuse qui lui permettait d'oublier la grisaille, Londres, Dickie et la Marine.

Lorsqu'au contraire les lettres n'arrivaient pas, la journée redevenait terne, et les migraines revenaient au galop. Au bout de deux ou trois jours, elle se risquait au téléphone.

– Appelez le Premier Ministre dans sa résidence à Delhi, pour Lady Mountbatten, appel d'État, en urgence, disait-elle.

Commençait alors un long parcours ; une fois l'appel commandé, il fallait plusieurs heures pour franchir les frontières et les continents ; et quand enfin la ligne s'établissait, Edwina, l'oreille collée à l'appareil, entendait d'abord la standardiste de Poona, qui passait à celle de Bombay, qui transmettait à celle de Delhi, jusqu'au secrétariat de Nehru dont la voix aimée lui parvenait à travers un brouillage, comme s'il parlait d'un autre monde, une sorte de fantôme. Il leur fallait crier, hurler parfois, et l'écho de leurs moindres mots leur revenait en boucle, coupé parfois au milieu d'une phrase ; il leur arrivait souvent d'entendre les standardistes zélées répéter à tue-tête les mots mutilés... « Le Premier Ministre vous demande si vous dormez bien... » « Lady Mountbatten voudrait savoir la couleur de la rose aujourd'hui. »

Ils en sortaient brisés, le vide au cœur, partagés entre la joie et le néant, le rire et le désespoir.

Dès le mois de juillet, Nehru commença à se préoccuper de sa première visite officielle en Angleterre.

En octobre aurait lieu à Londres la conférence du Commonwealth, dont l'Inde faisait désormais partie. Les pressions conjuguées des Mountbatten avaient eu raison des résistances de Nehru ; au demeurant, à partir de février 1948, on s'était attaqué à Londres à la question juridique soulevée par le Premier Ministre de l'Inde. Et, comme par miracle, quelqu'un avait découvert que le Commonwealth comportait deux sortes de membres, les dominions qui devaient allégeance à la couronne, et les républiques, dont l'Irlande, qui acceptaient le roi comme symbole d'unité. L'Inde appartiendrait donc à la seconde catégorie, et son Premier Ministre assisterait à la conférence.

Depuis près de trente ans, à l'exception d'un voyage en Espagne pour soutenir les républicains pendant la guerre civile, et de quelques étapes londoniennes, Nehru n'avait porté que du khadi, le coton filé à la main, dont le Mahatma avait fait l'emblème de la résistance à l'Anglais; le séjour à Londres encombrait son esprit de quelques préoccupations secondaires. Lui qui avait fait tant d'efforts pour se débarrasser des défroques arborées avec une telle ostentation pendant son adolescence anglaise, voilà qu'il lui fallait y revenir; au lieu des pieds nus dans les sandales, il porterait des souliers de cuir noir. Sur le calot blanc de prisonnier, la « Gandhi cap », il ne fit aucune concession; mais il ferait froid, il faudrait aussi des manteaux, pour lui sur ses tuniques sombres, et pour Indira sur son sari. A quoi s'ajoutait un chapeau. « Je vais ressembler à Charlie Chaplin », gémissait-il dans ses lettres.

Edwina parlait surtout de la rose au troisième bouton.

En août 1948, le gouvernement du Pakistan menaça d'envoyer son armée au Cachemire, dont le sort n'était toujours pas réglé malgré les interventions des Nations unies. Mais le 11 septembre, à Karachi, vaincu par ses poumons détruits, Mohammed Ali Jinnah rendit l'âme en toute lucidité, le regard fièrement ouvert sur son agonie, après avoir refusé la dernière piqûre que son médecin voulait lui administrer.

Depuis quelques mois, il ne buvait plus que du thé et du café, et continuait à fumer. Il disait à sa sœur qui le veillait constamment : « Fatima, la vie ne m'intéresse plus. Plus vite je m'en irai, mieux ce sera. » Ou encore : « Que je vive ou que je meure, quelle importance? » mais des larmes roulaient de ses yeux. Ceux qui le connaissaient bien s'alarmèrent : s'il avait le regard humide, c'est qu'il renonçait à se battre.

Le jour où il mourut, l'ambulance qui le ramenait à Karachi eut une panne. On perdit une heure entière. Le long de la route, les réfugiés du Pakistan s'entassaient dans de misérables cabanes; les femmes vaquaient à leur lessive sans même s'apercevoir que dans cette voiture arrêtée agonisait le père du Pakistan. Les camions klaxonnaient, les bus rugissaient, la vie continuait, implacable, et personne ne vint à son secours. Lorsqu'une autre ambulance arriva enfin, Jinnah s'était endormi. Il ouvrit les yeux une dernière fois et murmura un dernier mot tendre, un seul : « Fatima... »

Il ne pesait plus que trente-cinq kilos. Pour abattre l'indomptable Jinnah, il avait fallu un cancer des poumons, une tuberculose et une pneumonie.

Le Quaid-I-Azam avait enfin perdu sa guerre contre la maladie qu'il avait durement matée, le temps de voir naître son Pakistan. On put alors songer que depuis longtemps il se savait mourant; on comprit confusément que le vieil homme, en se battant pour l'idéal d'un pays neuf, avait mené aussi un terrible combat contre sa propre mort. Nehru admit que Jinnah avait manqué d'amour et mené une triste vie solitaire. Seule sans doute en Inde, Sarojini Naïdu le pleura pour de bon; mais ce n'était qu'un deuil supplémentaire, qui ne la surprit pas.

Le 13 septembre, l'armée indienne envahit l'État d'Hyderabad, pour en finir avec les troubles persistants. Lord Louis n'y put tenir et se mêla de ce qui ne le regardait plus, condamnant l'intervention dans une lettre à Nehru; Edwina se fâcha, et donna raison à l'Inde. Ce fut la première fois qu'elle défendit sa patrie de cœur dans la politique étrangère anglaise.

En octobre, Nehru devait arriver à Londres avec sa fille Indira, promue au rang d' « hôtesse officielle ». Edwina frémissait d'impatience : trois mois sans se parler, sans se voir! Obsédé par le souvenir de leur dernier soir à Delhi, il ne voulait pas revoir Edwina au milieu d'une foule; mais, disait-il, il voulait recueillir son premier regard, tout de suite. Elle comprit qu'il tenterait l'impossible, et, au jour dit, veilla dans son salon en compagnie de Pamela et de Dickie; son hôtel n'était pas loin, il pouvait venir à tout instant, par surprise...

Il passa en effet en venant de l'aéroport, à minuit. Le lende-main, avec la bénédiction de Dickie, Edwina emmena Nehru à Broadlands ; il lui tenait la main, lui pressait le poignet, lui par-lait à l'oreille sous bonne garde ; les domestiques n'étaient pas loin. Il la prit dans ses bras au fond du parc, en fraude, comme un adolescent ému. Mais ce n'était pas l'Inde, il ne resta qu'un seul jour et s'en revint à Londres pour la conférence des Pre-miers Ministres. Pendant le dîner officiel, Nehru n'était plus que l'un des délégués du Commonwealth, un peu perdu. Edwina ouvrit son sac, prit son stylo et écrivit un mot à la hâte sur le dos de son menu : « Vous êtes certainement mieux nourri ici qu'à Delhi, mais là-bas vous avez toujours eu pleine ration d'affection et d'admiration. »

Puis, gracieuse, elle fit passer le menu de main en main jusqu'à son destinataire qui la regarda avec éblouissement.

Bientôt ils furent séparés de nouveau ; Dickie venait d'être nommé commandant de la première escadre de croiseurs en Méditerranée, il quittait l'Angleterre pour Malte avec Edwina ; Nehru partait pour Paris. Quand il revint à Delhi, il trouva un paquet de lettres d'Edwina.

Dickie aussi avait écrit, en estropiant le prénom de Nehru, comme à l'accoutumée.

Autour du Premier Ministre de l'Inde naquirent quelques légendes miraculeuses, comme celles que l'on attribue aux héros divins dans les épopées. On murmura qu'une renon-çante en robe safran, Shradda Mata, était devenue la maîtresse de Nehru, et qu'elle en avait eu un enfant. Puis la belle ascète disparut et la rumeur avec elle.

La première année s'acheva.

*
* *

1949, la deuxième année, commença mal.

Edwina hésitait à venir en Inde ; retenue par une inavouable peur, elle frémissait à l'idée qu'elle pourrait ne pas retrouver là-bas le tragique bonheur où était né son amour. Revoir Nehru ? Comment se comporterait-il ? Son retour à Londres lui avait montré la vanité effrayante de ses amis, leur méchanceté aussi, la frivolité d'un monde qu'elle avait côtoyé pendant près de trente ans. Edwina, qui avait toujours traité par le mépris les attaques de la presse populaire et les perfidies de la cour, redoutait pour Nehru les médisances et les ragots.

Revoir vraiment Nehru? En janvier, il lui avait envoyé un livre d'art reproduisant les célèbres sculptures érotiques du Temple du Soleil de Konarak, où l'œil le moins averti pouvait distinguer dans le fouillis des corps entrelacés les sexes enfin unis, les caresses, les souriantes extases qu'ils s'étaient interdites. Nehru avait même précisé que ces reproductions lui avaient un instant coupé le souffle. «Fortes nourritures», avait-il écrit avant de philosopher sur la liberté de l'Inde ancienne. Edwina s'était montré rétive.

Il insista. Il avait gravé au cœur le calendrier de leurs retrouvailles. Elle accourut.

D'ailleurs, la question des réfugiés était loin d'être réglée, et Pamela vint avec sa mère, en chaperon. Naturellement, le nouveau Gouverneur général, le petit Monsieur Rajagopalachari, surnommé C.R., mais aussi Rajaji depuis qu'il avait accédé à la fonction la plus honorifique, s'empressa d'inviter Lady Louis au palais. Nehru n'eut aucune peine à le convaincre que l'ancienne locataire de la résidence des Vice-Rois souffrirait de s'y retrouver, et qu'il était bien préférable de l'héberger dans la nouvelle résidence officielle du Premier Ministre, Teen Murti House, une somptueuse bâtisse coloniale à colonnades, avec un beau parc et de belles frondaisons. Rajaji ne se fit pas prier.

Pour la première fois, Edwina dormit sous le toit de son bien-aimé.

Il l'emmena à Allahabad, pour lui montrer les lieux de son enfance, les peupliers immenses et la croisée des fleuves; à Calcutta, où elle vit le Gange élargi en son estuaire sous le nom de Hooghly : au Penjab, qu'elle connaissait bien. Chaque fois, ils inauguraient ensemble un pan d'hôpital, visitaient un établissement scolaire, inspectaient les camps. Sur les grands chantiers de Nehru, ils mangeaient des noix avec les ouvriers, et partout on leur passait autour du cou des guirlandes d'œillets au parfum amer. Parfois, dans les montagnes, on leur présentait des ours que leur dresseur faisait danser pesamment; il arriva qu'on leur offrît deux oursons. Edwina portait de hautes semelles compensées et toujours des fleurs sur la tête, comme les danseuses en Inde. Et quand la foule se faisait trop dense, ils se prenaient la main en riant, sans que personne y vît malice.

Car il en fut de leur vie comme Nehru en avait décidé : elle revenait vivre à ses côtés, un peu. Les jours s'éternisèrent; ils eussent été entièrement heureux si la vieille Madame Naïdu n'avait pas un soir décidé qu'il était temps de quitter ce monde.

Malgré une tension élevée, Sarojini avait voulu rendre compte de son mandat au gouvernement central, dans la capitale. De retour à Lucknow, elle avait été prise de migraines affreuses; elle aurait dû s'astreindre à un repos complet, mais pas davantage qu'à l'ordinaire elle n'obéit aux prescriptions. Le souffle lui manquait; on lui administra de l'oxygène.

Enfant, lorsqu'elle avait peur du noir, elle entrait bravement dans les pièces obscures en chantant à tue-tête son hymne préféré : « Jésus, amant de mon âme ». Le noir était venu.

Alors la vieille dame avait convoqué son infirmière, et lui avait demandé de chanter.

« Qu'on ne me parle plus », avait-elle ajouté.

Puis, les yeux fermés, elle avait quitté son corps au son du chant de la jeune fille.

A cinq heures du matin, Nehru réveilla Edwina; Sarojini venait de mourir. Ils prirent l'avion le lendemain matin pour la crémation, à Lucknow. La cérémonie rassembla presque autant de monde que pour le Mahatma, le Little Man que la défunte avait tant aimé. La marche funèbre commença à seize heures; le corps de Sarojini Naïdu, enveloppé dans le drapeau safran, vert et blanc, fut hissé par Nehru en personne sur un char armé d'un canon, et conduit jusqu'aux rives de la rivière Gomati, où une stèle devait plus tard célébrer sa mémoire. Edwina retrouva intacts le souvenir des flammes dévorant le corps, les noires étincelles de la chair envolée, la paix terrible et douce du bûcher. Longtemps emprisonnée dans un corps massif et une laideur épique, l'âme poétique du rossignol de l'Inde avait enfin rejoint son ciel. Sans doute à cette occasion

464

Edwina reparla-t-elle à Nehru de ses propres funérailles, et du sac à la mer où l'on glisserait son cadavre. Sans doute lui répondit-il encore par un poème, comme il faisait souvent.

Il lui avait promis quatre jours de vacances en Orissa; ils partirent, dûment flanqués d'une armée de chaperons féminins, fille et nièces du Premier Ministre. Mais les longues marches sur la plage au clair de lune et les baignades au lever du soleil n'appartenaient qu'à eux; alors ils étaient enfin seuls. A propos du temple en forme de chariot sacré, édifié à Konarak non loin de la mer, Nehru était intarissable; les sculptures, perchées haut sur les frises, se laissaient deviner sans trop de précision. Edwina, la tête au soleil, écouta jusqu'au vertige, puis jusqu'à la fièvre. Le médecin consulté conseilla fort à propos de reculer la date de son départ pour l'Angleterre. Alitée, Edwina jouissait de sa maladie comme jamais auparavant; délicieuse lourdeur dans la tête, bienheureux engourdissement de son dos douloureux; Nehru veillait sur elle. Le soleil, l'Orissa et le temple avaient bien fait les choses.

La première lettre qu'il lui écrivit quand enfin elle fut de retour à Londres était accablée de tristesse; il avait passé la nuit dans le jardin, sous les fenêtres de la chambre d'Edwina, vide de son occupante. « L'ombre était venue, ma lumière s'était enfuie, le signe de la vie, volé, laissant mon cœur à son désert. » Le lendemain, il n'avait plus faim; son cuisinier lui servit avec componction un poussin « comtesse Mountbatten », mais pour minuscule que fût le festin sentimental, Nehru n'y toucha pas.

« Vous m'avez apporté tout ce que je désirais au monde, écrivit Edwina, le bonheur, l'équilibre, et même le malheur! Nous en savons la cause, mais nous n'y changerons rien. La vie est puissante. »

Ils s'étaient retrouvés plus heureux que jamais; jamais non plus ils ne faillirent aux rendez-vous.

Edwina n'avait plus de vraie patrie; l'Angleterre devint son exil, et l'Inde, le pays de son intimité. Elle s'en aperçut un jour qu'elle survolait la Cornouailles à bord d'un petit avion. Un juillet d'Europe éclairait les prairies et les cottages, les haies au bord des champs sagement découpés, les jardins et les roses. Brusquement, elle se souvint du survol du Penjab, en ce terrible mois d'août de la partition des Indes, lorsque dans la poussière infinie marchaient les millions de fuyards, chassés de part et d'autre d'une frontière tracée par un Anglais. Elle se rappela les premières collines des Himalayas, broussailleuses et desséchées, et les étendues profondes des verts jardins de thé au nord du Bengale. Vue du ciel, la campagne anglaise semblait terriblement propre, briquée et nettoyée par des siècles de vie bourgeoise; elle eut la nostalgie des plaines sans rivages, des villages aux rues de sable, des buffles au bord des étangs et du confus désordre des villes. L'amour qui ne pouvait dire son nom était né de ce tumulte, à côté du sang répandu, dans la boue; il avait fleuri aussi dans la paix des fleuves et la beauté des ciels immenses que traversaient les perroquets de l'aube. Edwina ne s'était jamais senti vraiment anglaise; Nehru, en l'attachant à l'Inde comme une petite chèvre au piquet, la rendait apatride.

L'avion volait tranquillement au-dessus du pays où son grand-père Cassel avait choisi de vivre; l'Angleterre, une nation sans risque ni passion. « L'Angleterre, écrivit-elle à Nehru, sereine, paisible et solide. Soudain, elle m'exaspéra. »

Elle reprit donc ses courses à travers le monde, partout où on l'appelait, partout où coulait le sang dans les guerres et les révolutions, au nom de la Croix-Rouge, de la St. John Ambulance, ou de l'association Save the Children. Ainsi, elle devint citoyenne de nulle part et partout; toujours elle s'arrêtait en chemin, à l'aller ou au retour, ou quelquefois les deux, pour l'unique halte qui comptait dans sa vie, Nehru, l'Inde, indissociables l'un de l'autre.

Pendant douze ans, sa montre resta à l'heure indienne; dans les rues de Londres, le moindre parfum d'épices lui montait à la tête; une natte noire, une démarche un peu souple, un visage à la peau foncée lui faisaient battre le cœur; dans chaque gémissement elle entendait les cordes pincées d'un sitar. A Londres, elle ne manquait pas un banquet d'étudiants indiens, pas un spectacle de danse classique indienne. Partout elle respirait l'Inde, partout l'Inde lui apparaissait.

Un jour, il lui envoya un portrait de lui, une photographie très noire, où seuls se détachaient le profil baissé, le calot blanc et les mains lumineuses qui feuilletaient un livre. Elle crut se voir, trouva qu'ils commençaient à se ressembler, comme ces vieux époux qui se sont si longtemps accommodés l'un à l'autre que leurs visages se fondent en un seul, avec les mêmes rides. Pourtant, si les années le pâlissaient légèrement, le regard de Nehru n'avait pas perdu sa noirceur veloutée; et les yeux d'Edwina étaient toujours clairs comme les mers du Nord. Et si les voyages lui avaient un peu tanné la peau, Edwina avait gardé le teint qui avait tant ébloui le jeune Louis Mountbatten sur le yacht des Vanderbilt. Mais cette ressemblance n'était pas inexacte : car entre Nehru et Edwina se tissait avec les années une vie mille fois plus conjugale que celle, officielle, qui la liait à son mari. Les amants d'au-delà les mondes vieillissaient ensemble et marchaient du même pas, elle voûtant ses belles épaules et courbant l'échine, lui prenant de l'embonpoint et le menton empâté, sans que rien vînt ternir l'éclat de leurs regards, ni ce halo de bonheur qu'avait su voir la vieille Sarojini avant de mourir.

Quand elle n'était pas en Inde, quand par miracle elle n'avait pas l'occasion d'une mission humanitaire, Lady Louis retrouvait par bouffées les violences de sa vie avec Dickie. Lord Mountbatten ne changeait pas; obsédé par sa carrière, il allait de son pas vif à travers un emploi du temps toujours aussi organisé, dans lequel il glissait sa femme sans précautions, du moins quand elle était à ses côtés. Edwina n'avait jamais supporté de n'occuper qu'une ligne sur un programme officiel : *Lord Mountbatten et Lady Louis, comte et comtesse de Birmanie...* Une présence de figurante, souriante et muette, tout juste bonne à serrer des mains, à couper des rubans, à distribuer des sourires et à passer le temps. Dickie dut la supplier pour qu'elle consentît à l'accompagner de temps en temps; mais, comme par habitude, elle lui reprochait de la négliger. Comme par habitude aussi, il lui écrivait d'interminables lettres d'excuses, revenant sans cesse sur la faillite de leur mariage, s'accusant d'égoïsme et de maladresse; puis il recommençait le calcul de leurs échanges matrimoniaux, une maîtresse contre un amant, selon ses vieilles manies.

C'est au cours de la deuxième année, en 1949, deux mois après le séjour d'Edwina en Inde, qu'éclata l'une de ces querelles qui les épuisaient l'un et l'autre. Elle était venue rejoindre son mari à Malte, et tout à trac, Dickie avait lâché la nouvelle de sa nomination comme Vice-Amiral, avec un tel air fanfaron qu'Edwina entra dans le typhon de ses anciennes colères. Il lui écrivit à bord de son bateau, une lettre où l'entête portait simplement : « En mer » ; il y confessait son éternelle maladresse avec les femmes. Les marchandages recommencèrent : un soir, il était arrivé à l'improviste à Broadlands où se trouvait Nehru ; Edwina n'avait pas bien pris l'intrusion de Dickie. Lorsqu'il souhaita passer quelques jours seul avec Violaine, elle fut prise d'un accès qui lui venait de loin, des années de détresse. Dickie protesta qu'il ne lui avait jamais interdit de voir en tête à tête Malcolm et Jawahar. Le « et » eut des effets ravageurs. Elle se réfugia dans une bonne crise de sanglots, dont pour se délivrer elle envoya le récit à Nehru.

De son côté, Nehru affrontait les crises de Padmaja Naïdu. Elle n'avait pas désarmé ; d'office, lorsque le Premier Ministre avait quitté le 17, York Road pour la vaste résidence de Teen Murti, Padmaja était accourue pour arranger la maison à son idée. Convaincue que Nehru pouvait lui revenir, et qui sait, peut-être l'épouser, elle n'avait pas renoncé. Depuis de longues années, elle avait pris auprès d'Indira la place d'une seconde mère ; Padmaja, sous son surnom de Bee-Bee, faisait partie de la famille. Et puis l'étrangère était enfin partie. Abusée par l'absence d'Edwina, Padmaja se comporta en maîtresse de la maison.

Avec cet air qu'elle avait souvent de se vêtir comme si elle sortait du lit, et sa gracieuse tête penchée sur sa poitrine, elle laissait volontiers son sari glisser sur ses épaules nues. Elle n'avait pas oublié la lettre de Nehru, et, malgré les vingt années passées depuis leur liaison, posait à la princesse d'Ajanta. Et, sûre de ses charmes indiens, Padmaja s'installait toujours dans la chambre à côté de celle de Nehru. Un jour qu'il était absent, elle pénétra dans la chambre de son illustre voisin. Au chevet du lit, Nehru avait placé deux photographies d'Edwina.

Quand il revint le soir, les cadres cassés gisaient par terre; en face du lit, bien en vue, pendait un portrait de Padmaja, que Nehru décrocha et rangea avec irritation.

Avant qu'Edwina fît son entrée dans la vie de Nehru, Sarojini bougonnait devant ses amies : « Vous savez, cet homme-là n'a pas de cœur. » Et comme elles s'indignaient, la vieille dame insistait : « Ma fille s'est entièrement dévouée pour lui. Eh bien, il n'a plus de temps pour elle, pas plus qu'il n'en avait pour sa femme Kamala qu'il a très mal traitée. Elle était timide et sensible, mais elle était intelligente. Je suis sûre qu'avec sa négligence, il a abrégé sa vie. »

Padmaja connaissait ces terribles accusations; de sa mère elle avait hérité la révolte et l'excès; pas la poésie. Elle reprit le refrain maternel en le modifiant à peine : « Jawahar n'est pas un homme pour une seule femme », disait-elle. Quand Edwina arrivait à Delhi, Padmaja entrait en fureur; elle allait jusqu'à menacer de se suicider. Jamais elle n'admit l'existence d'Edwina dans la vie de Nehru. Et puisqu'il n'était pas homme pour une seule femme, si Edwina était la blanche, Padmaja se considérait comme la brune. D'ailleurs, elles avaient le même âge.

Edwina voulut la rencontrer. En vain. Padmaja boudait.

Mais Nehru n'y prêtait aucune attention.

Il est vrai que la mise en œuvre de la plus grande démocratie du monde lui demandait plus de temps que les susceptibilités d'une femme jalouse. Patel menaçait le Parti du Congrès de sécession; la question du Cachemire n'était toujours pas réglée; il fallait lancer la première phase d'une massive industrialisation, établir des liens avec l'Union soviétique et les États-Unis, sans pencher ni d'un côté ni de l'autre. En octobre, Nehru accepta l'invitation de Truman et se rendit en visite aux États-Unis. Il y fut acclamé et même si vénéré qu'un journaliste s'étonna de cette indianisation soudaine des foules américaines. Nehru en revint content, mais il répétait fréquemment cette phrase ambiguë : « On ne devrait jamais aller aux États-Unis pour la première fois. »

Et à une conférence de presse à New York, il lâcha, sybillin, des mots dont l'ironie cinglante n'échappèrent à personne : « Les plus intimes liens sont des liens qui n'en sont pas. »

Le 15 novembre 1949, Nathuram Godsé, l'assassin du Mahatma, fut pendu jusqu'à ce que mort s'ensuive; Nehru avait refusé sa grâce comme il l'avait juré. Le meurtrier ne voulut pas qu'on jetât ses cendres au Gange, et demanda qu'elles fussent gardées pour être un jour immergées dans l'Indus, le grand fleuve du Pakistan, du moins lorsque celui-ci aurait disparu sous le joug d'un nouvel empire hindou.

*
* *

La troisième année, en 1950, Edwina s'arrêta à Delhi sur le chemin de la Malaisie, pendant l'hiver indien.

A cette époque, l'architecte suisse Le Corbusier fut nommé conseiller du gouvernement du Penjab, qui voulait édifier une nouvelle capitale pour compenser l'irréparable perte de Lahore, désormais ville pakistanaise. Ce serait une capitale des temps modernes, à la mesure de l'humanité à venir. Nehru emmena Edwina visiter le site de Chandigarh, un endroit fort peu vallonné, sur lequel l'architecte visionnaire commençait à travailler avec une rude autorité.

Nehru avait pris l'habitude de lâcher un pigeon dans les cérémonies officielles, et quand il ouvrait ses mains pour le libérer, tout un envol d'ailes grises et roses accompagnait l'oiseau du Premier Ministre, dont le geste symbolique plaisait beaucoup aux foules rassemblées.

La constitution préparée par le docteur Ambedkhar avait été promulguée solennellement le 26 janvier. L'Inde, sous le nom d'Union indienne, devint officiellement une république laïque, avec des élections libres, deux chambres parlementaires, la liberté des cultes. C'était à dessein que Nehru avait confié la rédaction de la constitution au leader des intouchables. En toute connaissance de cause, Ambedkhar préconisa l'interdiction absolue de l'intouchabilité; mais cela n'était pas suffisant. Les citoyens indiens les plus opprimés n'appartenaient même pas au système des castes; les intouchables, des sous-hommes qui ne relevaient pas de l'espèce humaine, et les Indiens des tribus aborigènes qui ne valaient guère mieux. Pour compenser la rigueur de leur sort, et comme il l'avait prévu, Nehru adopta des quotas de postes réservés à leur intention dans la fonction publique. L'un des premiers bénéficiaires de cette mesure fut un jeune étudiant, K. R. Narayanan, que son professeur anglais signala au Premier Ministre comme le plus brillant ; il appartenait à l'une des castes les plus défavorisées. Aussitôt, Nehru en fit un diplomate.

Il fut décidé que le 26 janvier serait désormais le jour de la fête nationale, qui donnerait lieu chaque année à un gigantesque défilé, avec orchestres militaires et parades, chars et enfants agitant des drapeaux.

Le Parti du Congrès n'en était pas moins menacé d'éclatement ; l'affrontement entre Nehru et Patel avait recommencé de plus belle. Patel jouait sans scrupule avec les sentiments antimusulmans des hindous ; il évoquait constamment l'obligation de loyauté des musulmans de l'Inde, comme s'il en doutait ; il trouvait là, pensait-il, une source d'unité pour le pays. Nehru haïssait cette attitude ; profondément laïque, il maintenait la ligne œcuménique tracée par le Mahatma. Lorsqu'au printemps les conflits entre musulmans et hindous entraînèrent à nouveau des idées belliqueuses, quand il comprit qu'on allait vers une guerre avec le Pakistan, Nehru fit céder Patel. De force. La tension ne cessa qu'avec la mort subite de Vallabhbhai Patel en décembre.

Entre-temps, la guerre avait éclaté en Corée, en juin ; et en octobre, la Chine populaire avait envahi le Tibet. Nehru s'efforça de maintenir une difficile amitié avec le grand voisin chinois, afin de ne pas laisser prise à un second conflit frontalier.

Vers la fin de l'année survint en Angleterre un incident hautement symbolique. Le maréchal Smuts mourut.

Smuts avait été le premier adversaire du jeune avocat Gandhi, à l'époque des combats pour les libertés de la communauté indienne en Afrique du Sud. Mais le vieux militaire qui l'avait jeté en prison, en loyal adversaire, lui avait rendu un vibrant hommage au moment de son assassinat. Après la mort du maréchal, sa chaire à Cambridge fut déclarée vacante.

Avec un irrésistible enthousiasme, de jeunes professeurs décidèrent que Nehru serait le successeur du maréchal Smuts ; déjà il réunissait sur son nom quatre-vingt-dix votants... On fit officieusement savoir au Premier Ministre de l'Inde qu'il serait affaibli par une élection démocratique pluraliste dans laquelle il ne recueillerait pas tous les suffrages, puisque l'autre candidat réunirait bien quelques voix en sa faveur; l'opinion publique indienne supporterait mal cette humiliation. Nehru se laissa convaincre à regret, et fit retirer son nom de la compétition. Le fils spirituel du Mahatma ne deviendrait pas le successeur de son adversaire anglais.

Nehru vint à Londres au printemps pour une autre conférence du Commonwealth; il passa quelques jours avec Edwina à Broadlands, dont les colonnades majestueuses rappelaient vaguement les maisons coloniales et l'entrée du palais de Delhi, mais où l'étang n'était pas loin, quoique dépourvu de buffles. Nehru portait des vestons sombres et des pantalons blancs; il s'était résigné à la cravate. Le printemps anglais n'avait pas encore de roses à offrir, ni d'hibiscus, ni de jacarandas, moins encore de tubéreuses entêtantes; mais jacinthes et primevères suffirent pour leur tourner la tête. Nehru repartit ailleurs en visite officielle, Edwina s'envola pour Malte. Mais, en octobre, Nehru quitta Delhi pour les États-Unis; à l'aller comme au retour, il s'arrêta trois jours avec elle à Broadlands.

Broadlands, Delhi : ils avaient deux jardins au monde; entre les frangipaniers et les grands chênes, les pigeons et les perroquets, ils s'y retrouvèrent chaque année, un peu.

Mais les crises asiatiques occupèrent l'esprit de Nehru au point qu'il n'écrivit plus à Londres qu'une ou deux fois par semaine.

*
* *

1951. Patel mort, Nehru fut confronté à d'autres rivalités, menaçantes pour le gouvernement tout entier, autant que pour la personne du Premier Ministre. Les prix montaient vertigineusement, les réformes traînaient en longueur et les dissensions internes freinaient l'action. Les villages de l'Inde souffraient autant qu'avant, peut-être même davantage, et le partage des terres n'avançait pas : car l'aristocratie terrienne était entrée au gouvernement.

C'est alors qu'au printemps 1951 se leva dans les campagnes

un nouveau Gandhi. Comme le Mahatma armé d'un simple bâton de pèlerin, comme le Mahatma frêle et vigoureux tout à la fois, Vinova Bhave, l'un des meilleurs disciples de Bapu, partit sur les routes de l'Andra-Pradesh et demanda aux propriétaires de donner un sixième de leurs terres d'eux-mêmes et sans contrainte. Beaucoup acceptèrent, surtout les moins riches, bien sûr. La guérilla communiste, qui s'appuyait sur la misère des paysans, recula devant le mouvement que le nouveau Gandhi avait appelé Bhudan Yagna, le Sacrifice de la Terre. Nehru lui proposa une escorte militaire; le sage refusa.

Vinova Bhave n'avait qu'une seule différence avec Gandhi : malgré le noir de ses cheveux il portait une grande barbe blanche qui, lorsqu'il marchait à la tête de sa pacifique armée de partisans, flottait au vent.

Nehru gagna la partie politique au sein du Congrès, et se retrouva en août seul maître d'un parti enfin purgé de ses discordes. Les temps étaient mûrs pour le lancement du premier plan quinquennal. Il écrivait encore régulièrement à Edwina. Une fois par semaine.

*
* *

Pour Edwina, 1952 fut une affreuse année.

La carrière de Lord Louis avait suffisamment progressé pour qu'il fût sur le point d'atteindre enfin son rêve, devenir le Seigneur de la Mer. George VI mourut; Lilibeth allait devenir reine. Quelques jours plus tard, après une grave hémorragie, Edwina fut hospitalisée d'urgence, et opérée séance tenante.

Avant l'intervention, elle rédigea son testament, dans lequel elle exprimait le vœu d'être jetée à la mer. Elle écrivit aussi à son mari, une lettre qui n'était point ordinaire.

Sans doute craignait-elle de mourir pendant l'opération; ou peut-être voulut-elle profiter du moment, car elle n'était pas femme à ressentir la peur. Les lettres de Nehru, soigneusement enfermées dans un sac de plus en plus rempli, ne la quittaient jamais. Dickie, pensa-t-elle, serait la seule personne à qui elle pouvait les confier pendant l'opération.

« Vous réaliserez, écrivit-elle, que certaines de ces lettres sont un mélange propre à Jawaharlal, pleines d'intérêt, de vrais documents historiques. Pour les autres, ce sont des lettres d'amour – enfin, en un sens, car vous comprendrez certainement l'étrange relation, pour l'essentiel platonique, qui existe entre nous. A l'évidence, Jawahar compte beaucoup pour moi depuis quelques années, et je pense que c'est réciproque. Nos rencontres ont été rares et précaires, mais je le comprends, je crois, et lui me comprend, nous nous comprenons peut-être autant que deux êtres humains le peuvent... Surtout lorsque, comme nous, ils vivent à des milliers de kilomètres l'un de l'autre, dans des environnements si différents.

« Peut-être voudrez-vous en publier des extraits, comme s'ils avaient été écrits à vous et moi, ou mieux, à personne, comme une sorte de journal. Il serait égoïste que cette richesse de réflexion ne voie jamais le jour...

« Ce qui est merveilleux, c'est que mon affection, mon respect, ma reconnaissance et mon amour pour vous soient assez profonds pour que je préfère vous confier ces lettres ; vous le sentirez, vous n'en serez ni choqué ni blessé, je le sais ; ce serait plutôt le contraire. Nous nous comprenons bien, même si nous avons été souvent en froid, et séparés. Vous avez été très doux pour moi, et nous sommes de bons partenaires. Mon admiration et ma dévotion vous sont acquises. J'ai eu pour l'ensemble une vie pleine et heureuse – grâce à vous. Dieu vous bénisse, avec mon amour éternel. »

Edwina ne mourut pas ; les lettres de Nehru demeurèrent à l'endroit qu'elle avait indiqué à son mari, puis reprirent le chemin des voyages en compagnie de leur destinataire. Et puisque l'opération avait réussi, et qu'Edwina avait survécu, Lord Mountbatten ne répondit pas. Du moins, sur le moment.

C'est alors qu'en février 1952 apparurent en Angleterre, par ricochets, les effets inattendus de l'amour qui ne disait pas son nom. Un certain Ulius Amoss publia un article à sensation dans un bulletin d'informations internationales ; il n'y était nullement question de Nehru, mais des pernicieuses influences qu'exercerait Lady Louis, par Lord Louis interposé, sur leur neveu, duc d'Edimbourg, et à travers lui, sur sa jeune épouse, leur nièce, reine d'Angleterre. L'article s'intitulait : « Une aura rouge plane sur les Mountbatten. »

Ce n'était certes pas la première fois qu'ils étaient accusés d'être « roses »; mais, pour le coup, du rose on passait au rouge. Lord Louis, murmurait-on, était profondément communiste; il ne cachait pas son aversion pour l'expansionnisme des États-Unis, plus encore pour le commandement militaire américain; son ami Peter, un drôle de secrétaire, et son éminence grise, avait même la carte du Parti; quant à Edwina, elle était rangée dans la catégorie des « compagnons de route ». On reparla de Paul Robeson, le chanteur noir, et du célèbre adultère dont personne n'avait jamais su s'il était inventé par la presse ou si la fumée révélait bien un feu. On allait même jusqu'à présenter Lord Mountbatten comme une sorte de nouveau Philippe-Égalité, futur roi marxiste sous le nom déjà prévu de Louis d'Angleterre. Edwina, justement, passait sa convalescence en Inde aux côtés de Nehru; cette année-là, Yehudi Menuhin donna en sa présence son premier concert à Delhi, dans un auditorium de fortune installé au cœur d'un institut scientifique.

Edwina n'écrivait pas à Dickie lorsqu'elle était en Inde, ou très rarement; mais cette fois, elle prit la plume pour s'indigner : ne l'avait-elle pas alerté souvent sur le danger que lui faisait courir Peter, avec ses idées rouges? Dickie lui demanda de ne pas donner prise aux Américains qui, pour la suite de son voyage, la Corée, la surveilleraient étroitement.

« Vous pouvez dormir sur vos deux oreilles, répondit-elle vertement; je me cantonnerai entièrement aux affaires médicales et humanitaires – on ne peut rien faire pour empêcher les gens de s'entre-tuer sans raison, toujours à cause des politiques, et je ne m'intéresse pas aux autres affaires que celles de l'humanitaire. »

Ce qui n'était pas tout à fait vrai.

L'année 1953 allait le démontrer.

*
* *

Au tout début de cette année-là, alors qu'Edwina se trouvait en Inde avec Nehru, Dickie avait brusquement décidé de répondre à la fameuse lettre par laquelle, à la veille de son opération chirurgicale, elle avait voulu lui confier les missives de Nehru.

« Je connais en effet la nature de la relation très particulière que vous entretenez avec Jawaha, écrivit-il à sa femme, et j'en suis heureux; je l'ai toujours comprise. Pour moi, ce fut d'autant plus facile que je l'aime et que je l'admire; Dieu m'a donné beaucoup de défauts, mais, chance immense, il n'y a pas ajouté la jalousie, sous aucune de ses formes. Je n'ai qu'un seul désir, votre bonheur. C'est pour cette raison que j'ai toujours facilité vos rencontres avec lui; mais j'ai beaucoup souffert quand par moments vous ne m'avez pas pris comme confident direct. Lorsque je songe à la profondeur de notre attachement, à ma fierté devant votre réussite exceptionnelle, je ne peux que ressentir de la tristesse et du souci devant nos différends innombrables. Je suis égoïste, je sais, et difficile, mais cela ne change en rien mon profond amour pour vous. Vous avez été mon équilibre, mon inspiration et un vrai compagnon pour plus de la moitié d'une vie. »

Il manquait encore une lettre au prénom de Nehru.

Dès lors, Edwina supporta plus calmement Dickie, et même les séjours de Violaine; les choses étaient à moitié dites, quoique toujours dans la pénombre. Mais tout le monde ne l'entendait pas de cette oreille.

Le 2 juin devait avoir lieu le couronnement de la jeune reine Elizabeth. Et le 1er, la future souveraine recevait les Premiers Ministres du Commonwealth au palais de Buckingham. La malchance voulut qu'Edwina rencontrât le ministre des Colonies; il tint sur l'Inde des discours méprisants qu'elle ne supporta pas, d'autant qu'il lui demanda de le présenter à Nehru. Nehru lui-même s'indignait publiquement des brutalités de la police anglaise au Kenya, pays frappé par les Mau Mau rebelles; et comme déjà il conduisait avec énergie une politique solidaire des pays africains et préparait l'idée d'un groupe afro-asiatique, il dit son fait au ministre britannique, sans ménagements. Edwina n'avait pas davantage l'habitude de dissimuler ses opinions; elle fit chorus avec le bien-aimé. « Cette violence permanente, cette âpreté, cette haine! » s'exclama-t-elle à voix haute devant le ministre.

L'enquête sur le Kénya était en cours; elle ne le savait pas. Le ministre des Colonies entra dans une violente colère.

Edwina changea de sujet, mais il était trop tard. En rentrant chez elle, Lady Louis eut la prudence de rédiger un résumé de l'incident. C'était la veille du couronnement de la reine ; Edwina était choquée dans l'âme, Nehru hors de lui, et Dickie, pour une fois, vraiment inquiet.

Le ministre des Colonies s'empressa d'aller raconter au Premier Ministre britannique les propos de Lady Louis : la police anglaise était pire que les émeutiers, avait osé dire cette altesse dont on connaissait bien les sentiments antianglais ; cette gauchiste !

Lord Mountbatten devait partir en visite officielle en Turquie ; il reçut l'ordre de rester.

Edwina envoya son memorandum au ministre des Colonies, ainsi qu'une lettre violente.

Si l'action humanitaire était de gauche, alors, qui ne l'était pas ? Si la croyance en l'égalité des hommes participait de sentiments antibritanniques, alors, elle était coupable et fière de l'être ! Et tout ceci, concluait-elle, relevait des mêmes pratiques que celles utilisées derrière le rideau de fer.

Elle envoya aussi son memorandum au ministère des Affaires étrangères ; elle y joignit un témoignage rédigé par Nehru. Bien que Lady Louis eût outrepassé sévèrement les limites du médical et de l'humanitaire, l'affaire fut réglée par le palais de Buckingham. Cinq jours plus tard, Lord Mountbatten reçut l'ordre de partir en compagnie de son épouse. L'alerte avait été chaude.

L'année suivante, c'était en 1954, la presse continua ses attaques. Peter parvint à persuader son ami Dickie de ne pas répliquer. Edwina partit pour l'Inde en reprenant son nom de jeune fille, et se fit appeler Mrs. Ashley. Ce ne fut pas suffisant ; bientôt les rumeurs retentirent, et cette fois, elles visaient au cœur. Le Premier Ministre de l'Inde entretenait avec Lady Louis une bien singulière « amitié ».

Edwina et Nehru avaient décidé d'ignorer les ragots. Dickie fit de même. La presse finit par se lasser.

Nehru signa avec la Chine un traité d'amitié ; Chou En-lai, dans un geste attentionné, s'arrêta à Delhi sur le chemin de

Genève. Le Chinois fit à l'Indien de grands compliments ; les deux hommes évoquèrent ensemble « l'ère de paix » que devait vivre à tout prix l'Asie du Sud-Est, nonobstant deux épines dans leurs chairs limitrophes, le Tibet et le Cachemire. En octobre, Nehru se rendit en visite à Pékin ; il y fut accueilli par une foule immense et qui criait sa joie ; il rencontra Mao, qui pensait inévitable une guerre atomique, et qui la trouvait même bienvenue, quoi qu'il en coûtât en vies humaines. Ils discutèrent âprement sur les notions de quantité et de qualité en matière de massacres humains. Mao arguait qu'avec la bombe atomique seule changeait la quantité, cependant que Nehru s'affolait à l'idée d'un changement qui lui semblait surtout qualitatif. « Bien sûr, fit Mao, il est difficile de couler la Chine entière dans l'océan ; l'Inde pas davantage, quel que soit le nombre des morts... »

Mais pendant l'été, Nehru, pris de vertige, avait écrit à Edwina qu'il rêvait de se retirer ; il avait perdu son allant, il était épuisé ; elle n'était pas à ses côtés ; elle lui manquait. Nehru ne démissionna pas ; il rédigea son testament, puis il rendit à Simla, et de là, à Mashobra.

« Six ans, il y a juste six ans... presque jour pour jour, lui écrivit-il ; l'air, les pièces, les couloirs sont pleins des murmures du passé. J'ai vécu là cinq jours, en confondant le présent et les événements d'autrefois. »

En 1955 enfin, Lord Mountbatten fut nommé Grand-Amiral. Le Seigneur de la Mer avait réalisé son rêve ; Edwina, « triste comme un animal pris au piège », s'ennuya à périr. Nehru n'écrivait plus que tous les quinze jours.

Elle osa s'en plaindre, un peu. Très peu.

« Vous me dites que vous attendez jour après jour des lettres qui n'arrivent pas, répondit-il, penaud. A l'exception d'un mot hâtif et officiel expédié du bureau international d'Air India à Genève... Je suis désolé. A partir de maintenant, je vous enverrai une lettre une fois par semaine, en l'écrivant sans doute le dimanche, ou peut-être le lundi. Quand je suis à Delhi, cela n'est pas trop compliqué, mais quand je suis en voyage, il est difficile de tenir le rythme... »

Une semaine plus tard, triomphant, il écrivait : « Voici ma lettre du dimanche ! »

Mais dix jours passèrent. « J'ai manqué le dimanche et je vous écris aujourd'hui jeudi... »

En février, Edwina réussit à conclure ce qu'elle préparait depuis longtemps : une visite du Premier Ministre britannique en Inde. Elle avait invité Anthony Eden à Broadlands pendant l'un des séjours de Nehru ; elle avait fait pression sur les Affaires étrangères. Quand les Eden furent enfin reçus à Teen Murti, Edwina, sûre qu'ils couchaient dans sa propre chambre, les envia.

« Eden me semble très confus », écrivit Nehru.

« Si exquis et charmant, mais si faible », répondit Edwina.

En mars, Edwina, en écoutant la BBC, entendit subitement que le Premier Ministre de l'Inde avait été victime d'un attentat. Comme en septembre 1947, son cœur cessa de battre ; il lui fallut des heures pour joindre la résidence de Teen Murti ; la voix de Nehru, même brouillée, horriblement hachée par les aléas du téléphone, était vivante.

L'homme s'était précipité sur la voiture officielle avec un poignard, mais tout allait bien ; Nehru n'avait pas été blessé. Épouvantée devant sa propre émotion, Edwina devint raisonnable ; plus jamais elle ne se plaignit de l'irrégularité des lettres. Qu'il vive ! Qu'il vive même sans écrire, puisqu'ils se retrouvaient au moins deux fois par an.

Cette année-là, en avril, eut lieu la conférence afro-asiatique de Bandung, qui réunissait vingt-quatre pays d'Afrique et d'Asie. Ce fut pour Nehru un triomphe personnel ; son charisme emporta l'adhésion de nombreux participants. Winston Churchill, qui ne manquait cependant pas de mémoire, lui avait écrit avant la conférence des mots flatteurs : « J'espère que vous penserez à cette phrase, " la Lumière de l'Asie ". Il me semble que vous pourriez être capable d'offrir à l'Inde ce qu'aucun autre homme n'a réussi, une autorité sur toute l'Asie, au moins dans le domaine de l'esprit, avec comme idéaux la liberté et la dignité individuelle plutôt que les machines à décerveler du parti communiste. »

Les vingt-quatre pays, dont seize avaient été colonisés avant d'accéder à leur indépendance, proclamèrent dix principes qui devaient servir plus tard à l'édification du mouvement des pays « non alignés », lesquels se refusaient à choisir entre Washington et Moscou. Le respect des droits de l'homme et de la charte des Nations unies constituait le premier principe; celui de la justice et des obligations internationales le dernier. Le sixième affirmait fermement un refus de servir les arrangements militaires des grandes puissances.

Mais, pendant la conférence, le souriant Chou En-lai, profitant de l'amicale tribune que lui dressait innocemment Nehru, renforça son influence sur les pays arabes, ainsi que sur le Pakistan.

En août, désespérée d'être restée en Angleterre, Edwina trouva un grand réconfort dans un soleil exceptionnel, si chaud qu'il lui rappelait l'Inde.

En octobre, Nehru se rendit à Moscou. « Notre voix n'est pas forte, déclara-t-il au Kremlin le 10 juin; nous nous exprimons avec une voix douce et faible parce que telle est la tradition de l'Inde. »

*\
* *

Au commencement de 1956, le Grand-Amiral et Lady Louis se rendirent en visite officielle en Inde et au Pakistan.

Au Pakistan, le Premier Ministre Muhammad Ali accueillit les Mountbatten à l'aéroport. Le principal journal de Karachi, *L'Aurore*, titra sur celui qu'il appela « le Serpent ». « Un homme comme Mountbatten, écrivit l'éditorialiste, dont les mains sont teintes du sang de milliers de musulmans innocents, n'est rien, qu'un ennemi du Pakistan. »

Muhammad Ali présenta des excuses à Londres.

Pour l'Inde, Nehru avait averti Edwina : « Dickie sera mieux accueilli comme l'ancien Gouverneur général que comme Grand-Amiral. » Et comme huit ans auparavant, les mêmes cris retentirent dans les avenues de New Delhi : « Lord Mountbatten ki jaï! Lady Mountbatten ki jaï! »

Puis éclatèrent en même temps la crise de Suez et la révolte en Hongrie. Pour Suez, Nehru donna à ses diplomates des consignes formelles de non-intervention; puis il s'efforça de convaincre Nasser d'aller à la table des négociations. Anthony Eden traita Nasser de dictateur, et s'assura dès les premières secondes que la flotte britannique pouvait quitter Malte à tout instant; Lord Louis, malgré ses efforts, ne parvint pas à calmer les velléités belliqueuses de son Premier Ministre, qui, pensait-il, perdait son sang-froid.

Le Grand-Amiral ne partageait pas les vues de son Premier Ministre, pour qui Nasser n'était qu'un voyou communiste; aux yeux de Lord Mountbatten, le colonel était un patriote mal conseillé, pas davantage; en aucun cas le futur Hitler que prédisait Anthony Eden. Mais rien n'y fit.

Voyant que Eden était prêt à la guerre, Lord Louis lui écrivit pour exprimer son désaccord, en son nom propre, mais selon l'ordre hiérarchique, par l'intermédiaire du Grand-Amiral – c'est-à-dire lui-même. La lettre privée de Louis Mountbatten, transmise par les services du Grand-Amiral, ne changea pas les esprits du Premier Ministre. Les Nations unies s'en chargèrent; sous l'autorité de Dag Hammarskjöld, Secrétaire général de l'organisation, elles s'emparèrent du différend; mais Eden préparait d'autres plans plus secrets. En octobre, l'Angleterre et la France lancèrent un ultimatum à l'Égypte, et l'armée israélienne l'attaqua.

Nehru écrivit à Eden une lettre incendiaire; l'Inde ne pouvait plus rester neutre. Lord Louis, pris en tenaille entre ses convictions et les instructions de son Premier Ministre, se voyait avec horreur obligé de transmettre des ordres militaires qu'il désapprouvait entièrement.

L'Angleterre, pressée de toutes parts, finit par céder et renoncer à sa guerre; en novembre, le malheureux Eden, déclaré malade d'épuisement nerveux, partit se reposer à la Jamaïque pour trois semaines; en janvier il démissionna. « Si exquis, si charmant, mais si faible... », avait dit Edwina. « Quelque chose comme une tragédie », écrivit-elle à Nehru, lorsqu'il fut tombé.

Puis elle partit pour Vienne, où affluaient les réfugiés hongrois.

Son médecin l'avait pourtant avertie : sa gorge, constamment enflammée, pouvait la mettre en danger, et les voyages ne lui faisaient aucun bien. Elle eut plusieurs extinctions de voix, et une mauvaise angine. Le médecin se fâcha : si elle ne ralentissait pas ses activités, dans trois ans elle serait morte.

Edwina répondit que l'Inde la remettrait sur pied, et se soigna avec ses éternels médicaments : Optalidon contre les migraines, Nembutal pour trouver le sommeil.

En Inde, le premier plan quinquennal fit place au second; l'industrialisation allait bon train.

L'année suivante, en janvier 1957, Edwina était à Delhi avec Nehru lorsqu'éclatèrent les premières vraies campagnes politiques autour de leur « amitié ». Les ragots se firent plus précis; un fils de gouverneur jurait avoir surpris les amants en ouvrant une porte par erreur, à Nainital. « En un clin d'œil », il les avait vus dans le même lit. On ne le crut qu'à moitié; cela ressemblait trop à une vantardise. Mais là n'était pas le vrai problème.

Le Cachemire venait d'être rattaché à l'Inde, malgré l'opposition de l'Angleterre et des États-Unis. Au sein du gouvernement anglais, on avait fermement l'intention de ne rien pardonner à Nehru. La tension entre Londres et Delhi montait chaque jour; et l'opinion publique, en Inde, aurait vu d'un assez bon œil son Premier Ministre claquer la porte du Commonwealth. Nehru était si populaire que, partout en Inde, on lui avait trouvé un surnom affectueux : « l'Oncle », nom que l'on donne aux vieux paysans assez sages pour faire régner la paix dans les villages.

En Angleterre, la BBC commença par diffuser un reportage tourné au Pakistan; des manifestants y avaient brûlé Nehru en effigie. Puis le commentateur enchaîna benoîtement sur la visite de Lady Mountbatten en Inde; elle avait assisté à la parade officielle du « jour de la République », le 26 janvier; elle y avait pris place entre Nehru et le maréchal russe Joukov, ce qui était pire encore. On savait, bien entendu, que Lady Louis nourrissait depuis longtemps des sentiments antianglais et prosoviétiques.

Lord Louis, qui n'était déjà plus Grand-Amiral, donna l'alerte. Comme en 1952, Edwina se mit en colère. « Naturellement, j'étais à la parade, répondit-elle, furieuse; j'y étais avec les chefs d'État de soixante pays, et plus d'un million de gens! Je ne monte même pas en voiture avec Jawahar à Madras, pas plus qu'à Poona ou n'importe où, je me tiens toujours à plusieurs kilomètres de distance! Que puis-je faire de plus pour me préserver de la presse! »

Le nouveau Grand-Amiral conseilla à son prédécesseur de soigneusement protéger sa femme à son retour. Edwina refusa, et revint à Londres bravement.

Le 12 mars, Nehru célébra leur dixième anniversaire amoureux par une lettre écrite à temps pour arriver entre les mains d'Edwina avant le 22 mars, jour de l'atterrissage à Palam Airport en 1947. Étrange cérémonie pour une union secrète que ni les dieux ni les hommes n'avaient vocation à reconnaître; eux seuls en étaient capables, et ce jour-là ils étaient séparés.

Ce faisant, Nehru s'avisa brusquement qu'ils s'écrivaient un peu moins chaque année.

« Dix ans! lui écrivit-il avec une sorte d'étonnement anxieux. J'ai parcouru vos lettres, soigneusement rangées en liasses séparées dans de grandes enveloppes. Chaque année correspond à une grande enveloppe, parfois copieuse. La première date de 1948, et, bien qu'elle couvre uniquement six mois, c'est de loin la plus grosse. La suivante, pour 1949, était aussi lourde, mais plus petite. Peu à peu, ces enveloppes annuelles s'amincirent, et représentèrent moins de lettres. Et, bien sûr, les lettres que je vous ai envoyées ont suivi le même chemin. La poésie s'est-elle transformée en prose? Non! Il y a neuf ans, la nouveauté de la merveilleuse découverte m'a ému jusqu'aux profondeurs et m'a possédé. Cette fraîcheur ne pouvait durer, car l'homme s'adapte à tout, même aux surprises et aux miracles. Mais cette splendeur était suffisante pour nous combler tous deux, même en vivant loin l'un de l'autre, avec de rares rencontres; c'était assez pour poursuivre l'expérience, assez pour retrouver ce sentiment profond, la merveille qui donne une certaine plénitude à la vie. Ma vie a été assez remplie; j'ai été absorbé par elle, j'ai passionnément cherché l'amour de l'Inde et de son peuple, je les ai servis. Mais vous êtes venue, vous vous êtes ajoutée à mon travail sans jamais l'entraver. Je vous en suis infiniment reconnaissant... »

« Dix ans... répondit Edwina avec ferveur. Dix années comme des monuments inscrits dans leur histoire, aux effets si puissants sur nos vies personnelles. Tout ce qui nous est arrivé, l'étrange cours des choses, je m'y noie délicieusement. »

Quand il reçut ces mots, Nehru voyait fleurir au sommet des arbres de Delhi les touffes bleues des jacarandas ébouriffées par les premières chaleurs; Edwina guettait à Broadlands le museau violet des crocus, et les jonquilles, vaillantes malgré le froid du printemps.

Elle eut encore une laryngite.

S'aperçut-elle que Nehru, peut-être mû par un pressentiment, parlait déjà de leur amour au passé? Certainement pas; absorbée dans le souci qu'elle avait de lui, elle l'adorait comme une dévote indienne son dieu d'élection, dans une perpétuelle attente que la moindre apparition, lettre ou visite, comblait entièrement. Ce modèle si peu moderne, elle s'y conformait avec joie, sans même y penser; Nehru le savait bien, qui avait fixé comme seul terme à leur amour la mort. Celle de l'un, ou de l'autre.

* * *

L'année 1958 fut épuisante pour Nehru. Aux élections de 1957, le parti communiste avait emporté le petit État du Kerala, au Sud-Ouest de l'Inde. Nehru s'était réjoui de la bonne marche de la démocratie, et n'avait mis aucun obstacle à la constitution du gouvernement communiste de l'État. Mais quelques mois plus tard, la situation se tendit au Kerala; ce n'aurait rien été si le grand voisin chinois n'avait pas, dans le même temps, resserré son étau sur le Tibet.

En janvier pourtant, alors que le Dalaï-Lama avait invité Nehru en visite officielle au Tibet occupé, Chou En-lai avait ajouté à cette invitation la sienne propre; il n'ignorait pas que le Premier Ministre de l'Inde prêchait la modération, et conseillait l'autonomie, plutôt que l'indépendance. Mais quand vint le moment de décider des dates, le gouvernement chinois suggéra fortement de reporter *sine die* le déplacement de Nehru; il y eut des mouvements de troupes du côté des frontières, des escarmouches. Avec le Pakistan, la situation n'était pas meilleure; des flots de réfugiés hindous se déversaient continuellement sur le Bengale indien, fuyant le Pakistan de l'Est qui, comme sa moitié de l'Ouest, prêchait le Djihad.

Nehru reparla de démission.

Edwina lui enjoignit de partir se reposer; en mai, il quitta Delhi pour un mois de trekking dans la vallée de Kulu, sur les bords des Himalayas, en compagnie de sa fille Indira. Le médecin avait recommandé l'excursion, sous condition toutefois que son patient n'allât pas s'aviser de grimper jusqu'à des hauteurs extravagantes : au-delà de deux mille cinq cents mètres, ce serait pure folie. De retour à Delhi, il écrivit glorieusement à Edwina qu'il avait réussi à monter jusqu'à quatre mille mètres.

Mais il parlait aussi de se retirer entièrement, à la façon d'un renonçant indien, en coupant tous les liens qui le retenaient prisonnier.

Edwina fut prise de panique. « Dites-moi si je dois continuer à vous écrire, ou non? demanda-t-elle par écrit. Je comprendrais fort bien que vous me disiez : pas un mot pendant les prochains mois. »

Nehru accusa le coup, et mesura l'effet de sa lettre ascétique. Pour achever de le désespérer, en juin 1958, les Soviétiques firent exécuter Imre Nagy par junte hongroise interposée. A Krishna Menon il écrivit que c'en était fait de son vieux rêve, « la paix pour une génération au moins ». Quant à Edwina...

« Qu'ai-je dit, écrit ou fait pour mériter cela? lui répondit-il douloureusement. Je suis blessé par votre proposition. Et comment pensez-vous que je passerais les prochains mois sans une lettre de vous? Avez-vous compris ce que signifient vos lettres à mes yeux? »

Elle avait fort bien compris, mais sur l'Inde elle en savait assez pour reconnaître l'immémorial désir du « Tout Quitter » qui jette sur les routes les vieux sages désespérés. Nehru vieillissait; depuis longtemps ses cheveux avaient pris la couleur de la neige sur les Himalayas; son regard s'étrécissait comme celui du Bouddha en extase, et il se voûtait à son tour, malgré la gymnastique, la piscine et le yoga. Edwina aussi avait blanchi; sa peau ressemblait au cuir d'un crocodile, disait-elle en riant; et ses maux de gorge n'en finissaient pas. A l'automne, elle vit apparaître sur son visage une grosseur qu'il fallut extirper; elle en sortit si défigurée que l'on crut pendant un temps qu'elle avait eu une attaque.

De cet incident, elle ne parla à Nehru que l'année suivante, en 1959.

La mort la suit de près; elle va la rattraper, Nehru ne le sait pas. Quand Edwina devrait prendre du repos, elle fonce, se riant des malaises qui l'assaillent de plus en plus. Toute sa vie, elle aura été une femme pressée; avant l'Inde déjà, elle ressemblait à une errante insatisfaite, traînant sur les routes et sur mer ses amants, ses amis, figurants mondains d'un luxueux nomadisme inutile. Sur ce point, elle n'a pas changé; elle court le monde; personne ne pourrait l'arrêter. Les multiples petits maux qui toujours l'ont affaiblie ne s'arrêtent vraiment que lorsqu'elle est en Inde; tout le monde s'y est habitué, elle aussi. Mais ses chemins désormais sont fixés; ils ont désormais deux buts. La souffrance où qu'elle soit, et le bien-aimé en Inde. Quand elle vit avec lui, pour quelques semaines, le temps s'arrête; quand ils se quittent, elle s'abandonne à ses missions avec une telle énergie que le temps n'existe plus. Et quand, par hasard, elle se pose en Angleterre comme un oiseau frileux, ses ailes se ternissent; elle vire à l'aigre, elle ouvre le bec et attaque; le loisir ne lui réussit pas. Le repos? Plutôt mourir. Le repos? Mais ce serait admettre qu'elle ne peut plus voyager. Le repos la séparerait de Nehru.

Hormis l'humanitaire et Nehru, rien ne compte à ses yeux.

Rien? Si. Le mariage de sa fille Pamela, prévu pour les premiers jours de 1960. Mais il reste à Edwina Mountbatten une année encore, une année de cette vie pleine et vide, conjointe et séparée.

En janvier 1959, elle attrapa la varicelle, de l'un de ses petits-enfants.

Elle en profita pour passer sa convalescence en Inde avec Nehru; parfois, l'on eût dit qu'elle désirait tomber malade pour se réfugier à ses côtés, comme pour la fièvre en Orissa en cette première année, l'an 1949 de tous les éblouissements. Dickie, devenu entre-temps chef d'état-major de la Défense nationale, prit la plume en secret, et supplia Nehru de l'obliger au repos. Elle revint à Londres à peu près guérie.

En mars, la Chine entreprit au Tibet une répression massive. Depuis longtemps, le Dalaï-Lama parlait de se réfugier en Inde; Nehru temporisait. Cette fois, il lui ouvrit les bras, et le fit savoir le 19; le 21, le Dalaï-Lama quittait son palais de Lhassa, et traversait à pied la frontière de l'Inde, où il arriva le 31 mars pour un exil qui dure encore. Entre la Chine et l'Inde, ce n'était pas encore la guerre; mais c'était la fin de l'amitié officielle.

En octobre, Edwina partit avec Dickie pour un voyage de douze jours aux États-Unis; voyage « meurtrier », écrivit-elle à Nehru. Quand elle revint à Londres, elle n'arrêta pas une minute, depuis le jour de son retour. « Très heureuse, mais sans souffle », écrivit-elle. Le mariage de sa fille se préparait.

*
* *

Il eut lieu le 13 janvier 1960, en présence de treize cents invités et du duc d'Édimbourg. Chacun remarqua ce jour-là la beauté d'Edwina, éthérée, aérienne, rayonnante de bonheur. La comtesse Mountbatten partait presque aussitôt rejoindre Nehru en Inde avant un voyage humanitaire en Malaisie et à Bornéo. Ses médecins l'alertèrent une fois de plus : l'angine avait empiré, Edwina, cette fois, était sérieusement menacée. Ils lui donnaient trois mois à vivre; elle secoua la tête et s'en fut.

Vint la dernière rencontre, mais ils ne le savaient pas; elle, peut-être, oui; peut-être aussi se croyait-elle à jamais protégée par l'amour de l'Inde. Nehru venait d'avoir soixante-dix ans; Indira était devenue présidente du Parti du Congrès.

De ce dernier séjour on connaît peu de choses. Une fois de plus, Edwina était arrivée en même temps que le président de l'Union soviétique Vorochilov en visite officielle, une fois de plus elle avait été photographiée pendant que Nehru la présentait au chef d'État soviétique : pourquoi Nehru ne l'eût-il point présentée quand si souvent elle était à ses côtés? Comme d'habitude, la presse à scandales en ferait des gorges chaudes; mais cela n'avait plus d'importance. Le jeune président Kennedy venait de prendre ses fonctions; une certaine idée de détente flottait dans l'air, la guerre froide devenait routinière.

Leur vie de couple en Inde reprit paisiblement son cours habituel; Nehru travaillait tout le jour, prenait son petit déjeuner avec elle dans le grand jardin, où l'on coupait l'herbe des pelouses avec une tondeuse tirée par deux zébus blancs, où les frangipaniers nouvellement plantés commençaient à donner leurs fleurs de porcelaine immaculée. Il la retrouvait le soir quand la nuit tombait, au dernier vol des perroquets citron. Depuis quelques années déjà, quand ils étaient ensemble, ils voyageaient moins à travers le pays.

Ce que l'on sait en revanche, c'est que Tara Ali Baig, l'épouse du chef du protocole, qui travaillait avec Edwina sur un programme d'assistance médicale aux enfants, vit soudain au crépuscule Nehru faire irruption dans la pièce où elles étaient assises, la tête penchée sur leurs dossiers.

En apercevant Tara, il s'arrêta net, en fronçant les sourcils.

Edwina se leva vivement, avec ce mouvement souple qu'elle n'avait pas perdu, et essuya tendrement la lèvre supérieure de Nehru, où restaient quelques miettes de sucre argenté. « Vos adorateurs vous ont encore gavé de sucreries », murmura-t-elle.

Puis elle demanda à Tara Ali Baig d'attendre un peu. « Je vais marcher avec lui un instant dans le jardin. »

Elle quitta Nehru et l'Inde le 5 février à cinq heures et demie du matin, avant que ne se lèvent les brouillards de l'aurore hivernale. Après la Malaisie, ce fut Bornéo, le 18 ; le 19, au lieu de se reposer, elle partit dans la jungle ; avant le dîner officiel dans la soirée, elle trébucha et se rattrapa à une palissade. Le lendemain, elle se sentit souffrante.

Le docteur ordonna un repos complet ; mais le soir, elle inspecta les forces de la brigade St. John. Son front était brûlant. On la ramena à la résidence du gouverneur Turner, qui l'hébergeait ; on suggéra d'annuler la réception en son honneur. Elle refusa.

Quand elle sortit de sa chambre, on voulut la soutenir pour lui faire descendre l'escalier, mais la tête haute, elle écarta tout le monde pour entrer seule dans le salon où l'attendaient les invités. A neuf heures, elle s'excusa, se retira et tomba évanouie. Elle devait partir pour Singapour le lendemain.

Elle n'atteignit pas Singapour où, pour la première fois, elle avait rencontré Nehru. A l'aube, on la trouva morte dans son lit. Sur l'oreiller, l'officier d'état-major, Miss Irene Checkley, découvrit une pile de lettres encore ouvertes, qu'elle préféra engouffrer dans son propre sac, par prudence.

Edwina s'était couchée vers dix heures, après son évanouissement ; comme chaque soir, elle avait relu les lettres de Nehru. A deux heures et demie du matin, le cœur avait lâché.

A Teen Murti, quand, à l'heure du déjeuner, sonna le téléphone, Rashid Ali Baig, chef du protocole et mari de Tara, décrocha. « Mon Dieu, s'exclama-t-il, Lady Mountbatten vient de mourir à Bornéo. » C'était à lui que revenait le devoir d'informer son Premier Ministre.

Jawaharlal Nehru annonça solennellement la nouvelle aux parlementaires qui se levèrent spontanément pour une minute de silence.

On rappela qu'un jour de 1951, alors qu'Edwina participait à une rencontre internationale, quelqu'un lui avait demandé quel pays elle représentait. Son voisin l'avait soudain reconnue, et s'était exclamé : « Mais vous êtes Lady Louis, bien sûr, vous nous appartenez à tous ! » Alors, un Indien s'était mis en colère et avait crié de toutes ses forces : « Citoyenne du monde, peut-être bien, mais d'abord elle est à nous, Indiens ! »

489

Le vieux Nehru se voûta davantage et se mura dans le silence; sa fille Indira commença à se plaindre que son père, en famille, ne lui parlait presque plus.

Sur son journal, Dickie écrivit en capitales : TRAGÉDIE.

Le 21 février, c'était un dimanche, on plaça dans un avion le cercueil recouvert du drapeau de la brigade St. John. Le corps d'Edwina revint en Angleterre pour les obsèques officielles, puis s'en fut vers la rade de Portsmouth, où la frégate *Wakeful* l'emporta en mer du Nord pour l'y jeter.

Dickie écrivit lui-même à Nehru pour lui raconter le dernier voyage d'Edwina. Il raconta l'arrivée du corps à Broadlands, le chagrin de la petite chienne qui remuait la queue devant le cercueil, et l'immersion du corps, « un honneur que je n'ai jamais vu, excepté pour les souveraines régnantes », disait Dickie.

Et le lent tournoiement de la guirlande d'œillets safran envoyée par l'amant du bout du monde.

On lui avait remis en mains propres les lettres de Nehru; il préféra les confier à sa fille Pamela.

Nehru continua son travail, rongé par l'âge et le chagrin.

Quelques mois après la mort de sa bien-aimée, il rencontra à Londres le chanteur noir Paul Robeson. Le Premier Ministre de l'Inde contempla avec une douloureuse attention le visage de celui dont la rumeur avait fait un amant d'Edwina; mais elle n'était plus là pour en reparler cœur à cœur.

L'année où mourut Edwina, Nehru se rendit solennellement dans l'un de ses anciens collèges, où les étudiants l'honorèrent d'un discours dans lequel il était « un dirigeant philosophe, agnostique, socialiste, démocrate et nationaliste, à la fois le Rousseau, le Robespierre, et le Napoléon de l'Inde nouvelle ». Mais sans qu'on sût exactement pourquoi, Nehru était de méchante humeur, et la visite ne se passa pas très bien.

La guerre finit par éclater entre la Chine et l'Inde, laquelle essuya une sévère et courte défaite, en 1962. Humilié, épuisé, politiquement diminué et privé de forces, le vieux leader indien replia doucement ses ailes, et se prépara à la mort. On vit se profiler derrière l'ombre du grand Nehru celle d'Indira, dont personne ne soupçonnait qu'elle pût jamais avoir un destin politique, tant elle n'était encore que la fille de son père, effacée, quoique volontaire, discrète, malgré une autorité qui s'affirmait à mesure que le vieil homme s'affaiblissait.

En 1963, le Premier Ministre trouva cependant la force de proposer au monde, pour la première fois, l'arrêt des essais nucléaires.

Malgré la défaite, il demeurait pour son peuple une figure tendrement aimée. Avec les années, ses joues s'étaient remplies ; les yeux rétrécis jusqu'à n'être plus que deux éclairs luisants et sereins, il avait pris davantage encore l'allure d'un vieux Bouddha. On l'appelait toujours l'Oncle, et chacun lui savait gré d'avoir apporté à de nombreux Indiens « du riz, un toit, un livre ». Son tailleur, un musulman, posa sur sa boutique une pancarte où il avait fait écrire avec orgueil : « Tailleur du Premier Ministre », en plein cœur de la vieille cité musulmane. On disait de lui, en roulant les « r » fièrement, qu'il était un « best-sellerr » mondial ; et l'on était très fier de lui.

Et jusque dans les villages du centre de l'Inde, on le célébrait à l'instar des rois. Car le souverain est « celui qui donne le grain », et certains pandits à la longue barbe blanche, jadis profondément heurtés par l'athéisme résolu de leur Premier Ministre, hochaient la tête en murmurant : « Il ressemble aux grands rois de notre mythologie. » Les femmes, elles, n'avaient pas attendu le verdict des brahmanes pour chanter Nehru à pleine voix dans les travaux des champs.

> Nehruji a fait creuser des canaux
> La bonne terre, il l'a donnée
> A tout le monde
> En les faisant couler...

En janvier 1964, pendant une session du Parti du Congrès, à Bhubaneshwar, capitale de l'Orissa, où il avait passé avec Edwina, en 1949, les seuls vrais jours de vacances qu'il eut jamais dans sa vie, Nehru fut frappé par une petite attaque sur le côté gauche. Il s'en remit à peu près ; sa fille l'aidait à marcher. Il y eut encore des émeutes à Calcutta. Indira fit venir des médecins soviétiques qui ne parvinrent pas à le soigner. « Qu'ils aillent au diable! tempêtait-il. Si je me mets au lit pour une semaine, je sais que je ne me relèverai pas! »

Mais lorsqu'il relisait ses notes de prison, il s'attardait sur les plus nostalgiques : « Combien de lunes ai-je regardées, avait-il écrit alors, et combien d'étoiles illusoires, inexorables et majestueuses! Combien d'hiers de ma jeunesse sont enterrés dans ces prisons... » Parfois, il voyait se lever les fantômes de ces jours morts, qui, disait-il, lui chuchotaient à l'oreille les mots du renoncement : « Rien n'est... »

Sur sa table de travail, à côté de la balle tordue ramassée dans le jardin de Jallianwala après le massacre d'Amritsar, près d'une main en bronze et de ses bustes préférés, le Mahatma Gandhi, Abraham Lincoln et le Bouddha, il posa une feuille. Quatre vers y étaient écrits à la main, quatre vers qu'il garda sous les yeux, et que tout le monde put voir.

> Merveilleux sont les bois, profonds et sombres
> Mais j'ai des promesses à tenir
> Un long chemin avant d'aller dormir
> Un long chemin avant d'aller dormir.

Le 27 mai, en pleines chaleurs, la mort le foudroya à sa table, devant le poème. Un astrologue affirma avoir prédit le jour de sa mort cinq ans auparavant.

On hissa son cadavre sur un pan incliné, sous le drapeau de l'Inde, gonflé par la glace qui protégeait les chairs.

Puis, la tête reposant sur un oreiller blanc, il fut conduit sur les rives de la Jamna, tout près de la stèle qui indiquait l'endroit où avait été incinéré le Mahatma, cependant que les hélicoptères de l'armée indienne lâchaient des pétales de roses. Devant le bûcher attendaient les chefs d'État et les personnalités, au rang desquels se comptait Lord Louis Mountbatten, dernier Vice-Roi des Indes britanniques. Nehru fut hissé sur les troncs de santal, sous le regard d'aigle de sa fille Indira en sari de deuil d'un blanc immaculé. Elle demeura de longues minutes à veiller son père, jeta l'eau sacrée sur son corps, puis son fils cadet, Sanjay, alluma le feu. Avec le vieux corps fatigué recouvert de safran, vert et blanc, les flammes firent des étincelles, puis des braises, et pour finir des cendres.

La foule cria : « Nehru est immortel ! »

Un bateau orné de guirlandes emporta l'urne immense posée sur un piédestal et entourée de fleurs ; les ventilateurs brassaient la chaleur infernale sur les tapis de coton blanc ; deux fusiliers marins montaient la garde. Rajiv et Sanjay Gandhi, ses petits-fils, prirent l'urne par les anses et versèrent solennellement dans le Gange la poussière qui fut le corps aimant de Jawaharlal Nehru, cependant que sa fille, une main sur le cœur, la tête un peu penchée, regardait se dissoudre la légère trace paternelle sur les eaux sombres.

« Pour dernier témoignage, pour ultime hommage à l'héritage indien, je demande qu'une poignée de mes cendres soit jetée au Gange à Allahabad, afin de rejoindre les mers immenses qui baignent les côtes de l'Inde », avait-il écrit dans son testament.

*
* *

Le 27 août 1979, vers onze heures du matin, Lord Mountbatten monta à bord du *Shadow V*, son bateau de plaisance, en compagnie de six personnes, pour aller relever des casiers à homards. Comme le bateau ralentissait, la bombe explosa.

L'IRA publia un communiqué de victoire, affirmant que l'exécution avait pour but de « tirer les larmes aux cœurs sentimentaux et impérialistes ». On retrouva le corps déchiqueté de Dickie flottant un peu plus loin, le visage dans l'eau.

Le gouvernement indien, que l'ancien Premier Ministre Indira Gandhi ne dirigeait plus depuis l'année précédente, déclara une semaine de deuil officiel.

Ainsi, ce qui restait d'eux trois sur cette terre s'acheva dans les eaux

« Souriante et dansante au soleil levant, sombre et luisante, mystérieuse sous les ombres du soir, étroit et lent ruisseau gracieux en hiver, charriant bruit et fureur pendant la mousson, largement ouverte sur la mer à laquelle elle ressemble par son pouvoir de détruire, l'eau du Gange fut pour moi le symbole et la mémoire du passé de l'Inde, jusqu'au présent, pour se répandre sur le grand océan du futur. »

Ces mots passionnés, Nehru dans son testament les avait adressés au Gange. Il n'est pas interdit d'imaginer le long chemin maritime qui, de la mer du Nord au golfe du Bengale, finit par réunir les restes d'Edwina et la poignée de cendres, roulés par les mêmes vagues amoureuses.

Sources et commentaires

1. SUR LA PARTITION DES INDES BRITANNIQUES

A tout seigneur tout honneur : le premier document qui raconta en français l'histoire de l'indépendance de l'Inde en 1947 demeure le best-seller que fut *Cette nuit la liberté*, de Dominique Lapierre et Harry Collins. (Robert Laffont, 1975.) Riche d'entretiens avec Lord Mountbatten et nombre de témoins de l'époque, ce livre reste inégalé ; de même que reste inégalable l'amour que portent à l'Inde mes amis Dominique et Dominique Lapierre.

Les importants recueils anglais d'archives internationales, établis d'après la presse indienne et internationale semaine après semaine, *Keesing's Contemporary Archives, Weekly Diary of World Events*, m'ont servi de guide pour les années 1944-1948.

Parmi les sources littéraires majeures qui relatent la période des massacres, je me suis inspirée, avec son accord, du roman de Khushwant Singh, *Un train pour le Pakistan* (Gallimard), paru en anglais chez Grove Press en 1956 *(Train to Pakistan)* ; mais également de *Tamas (Les Ténèbres)*, par Bisham Sahni, traduit du hindi en anglais par Jaï Ratan, Penguin, 1988. Ce dernier roman fit l'objet d'un grand feuilleton télévisé qui suscita en 1988, année de sa projection en Inde, de nombreux commentaires angoissés ou polémiques : c'était la première fois que l'on montrait à la télévision une reconstitution de ce moment d'histoire indienne.

Mais surtout, sans avoir besoin de fiction, j'ai moi-même entendu de 1987 à 1991, dates de mes années de séjour en Inde, de très nombreux témoins directs sur la période de la partition. Parmi eux, Randir Singh, mort en 1990, m'avait décrit l'état des camps de réfugiés à Delhi; Ashis Nandy m'a raconté ses souvenirs d'enfance de la « Journée d'Action Directe » à Calcutta; je remercie Keshav Kothari, ancien directeur de la Sangeet Natak Academy, de m'avoir autorisé à raconter l'épisode terrifiant qui lui arriva dans le train de Delhi à Agra.

L'histoire des quatre cents musulmans rassemblés dans une maison accueillante, et massacrés sur le seuil de la porte par un groupe de hindous avec la complicité de la police, s'est déroulée dans le petit village de Chanderi, au Bihar, en 1990. Elle reproduit à l'identique les sanglants scénarios de la partition, quarante-trois ans plus tôt. En 1990 commença à sévir dans le Nord de l'Inde un dangereux mouvement fondamentaliste hindou, qui, sous prétexte de réveil religieux, suscita un regain de violence meurtrière qui dure encore, et dont les musulmans sont les victimes privilégiées. La presse anglophone indienne, à qui il faut sur ce point rendre hommage, s'est vigoureusement insurgée, et a comparé le massacre de Chanderi à celui de My-Lai, perpétré par les troupes américaines pendant la guerre du Viêt-nam.

Enfin, Hélène Cixous a écrit sur la naissance de l'Inde et du Pakistan une magnifique tragédie épique, *L'Indiade ou l'Inde de leurs rêves*, publiée par le Théâtre du Soleil en 1987, et mise en scène par Ariane Mnouchkine. Nos conversations d'alors ont pour beaucoup nourri ce livre.

2. Sur les personnages principaux

2.1. Jawaharlal Nehru

Hormis la longue et académique biographie de Gopal, la meilleure étude publiée à ce jour demeure celle de M.J. Akbar, *Nehru, the Making of India*, Viking, 1988.

J'ai également consulté *The Nehrus, Motilal and Jawaharlal*, de B.R. Nanda, London 1962, et *Nehru*, par B.N. Pandey, Macmillan London Limited, 1976. Les *Vignettes from Nehru*, éditées par Lakhan Lal Mehrotra, ont été publiées par la Sri-

Lanka-India Society à Colombo en 1989, à l'occasion du centième anniversaire de sa naissance. En Inde, où je vivais alors, cet anniversaire fut l'occasion d'innombrables commémorations et publications ; à cette époque, Rajiv Gandhi, petit-fils du pandit Nehru, était Premier Ministre de l'Inde ; je tiens à saluer sa mémoire.

La correspondance de prison entre Nehru et sa fille Indira, publiée en 1992 par Sonia Gandhi sous le titre *Two Alone, Two Together*, est profondément émouvante. C'est dans ce volume que l'on trouvera le texte anglais des poèmes que Nehru envoyait à sa fille, en ourdou, en anglais et en français. Son amour pour le poème de Verlaine date en revanche de son tout premier séjour derrière les barreaux. Quant aux quatre vers trouvés sur sa table de travail (« Merveilleux sont les bois... »), ils sont de Robert Frost.

La superbe biographie de la fille de Nehru, *Indira, A Biography* par Pupul Jayakar, Viking, 1992, m'a été d'un grand secours.

En français, on lira avec le plus grand intérêt les textes choisis traduits par Monique Morazé et réunis sous le titre *Nehru, la promesse tenue*, édition L'Harmattan, 1986.

Le texte de « la chanson de Nehru » a été recueilli par Jean-Luc Chambard dans le village de Piparsod, où cet éminent ethnologue travaille depuis 1957. (*La Chanson de Nehru : de Râm à Nehru, ce que pensent de leurs rois les femmes d'un village indien*, texte d'une conférence faite à l'Unesco dans un séminaire international consacré à « Nehru, l'homme et le visionnaire », septembre 1989). C'est également à l'un de ses tout derniers articles que je dois les informations sur le puits des femmes suicidées (*Les Violences d'un village hindou, suicide des femmes chez les barbiers et « violences légitimes » des dominants au Madhya Pradesh*, dans *Violence et non-violence en Inde*, Paris, Éditions de l'EHESS, *Purusartha*, juin 1993).

Enfin, en français toujours, l'*Histoire politique de l'Inde indépendante*, par Max Jean Zins (PUF, Politique d'aujourd'hui, 1992), fut l'un de mes livres de chevet pour la dernière époque.

Il en va de même pour *Les Nationalistes Hindous*, de Christophe Jaffrelot, (Presses de la Fondation Nationale des Sciences Politiques, 1993).

Le jeune diplomate promu par Nehru parce qu'il était un brillant intouchable, K.R. Narayanan, est vice-président de l'Inde depuis 1992.

2.2. Lady Mountbatten

Janet Morgan publia en 1991 chez Harper Collins une biographie d'Edwina Mountbatten, *A Life of Her Own*, superbe ouvrage où se retrouvent les extraits – parus à ce jour – de la correspondance entre Edwina Mountbatten et Jawaharlal Nehru, ainsi que de nombreuses et précieuses indications biographiques, sans concessions avec la vérité. On ajoutera pour mémoire : *Edwina Mountbatten, Her Life in Pictures*, par Marjorie Minna Jenkins, comtesse de Brecnock (London Mac Donald, 1961) ; *Edwina, Countess Mountbatten of Burma*, par W. Morrow, 1984 ; *Edwina, the Biography of the Countess Mountbatten of Burma*, par Madeleine Masson (White Lion Publisher 1975).

En français, Françoise Ducout demeure à ma connaissance la première à avoir raconté dans un long article l'histoire d'amour entre Edwina Mountbatten et Jawaharlal Nehru (*Elle*, août 1992).

Mais si l'on veut juger de l'extravagante réputation d'Edwina, c'est par exemple dans la biographie de Churchill écrite par William Manchester (Robert Laffont, 1985) qu'on en trouvera la preuve la plus éclatante : « A l'époque où Lord Louis Mountbatten était Vice-Roi des Indes et négociait les conditions de l'indépendance indienne, les séances furent grandement facilitées par les relations intimes que la Vice-Reine entretenait, au su de son mari résigné, avec Jawaharlal Nehru. Elle s'était montrée beaucoup plus impétueuse auparavant. A une certaine époque, elle disparut pendant quatre mois de la société londonienne. Louis ne donna que des renseignements fort vagues à des amis qui, dans Park Lane, l'interrogeaient sur l'endroit où se trouvait sa femme. A vrai dire, il l'ignorait. Il finit par apprendre qu'Edwina avait embarqué sur un schooner marchand de cinquante tonnes, en partance pour les mers du Sud, comme simple matelot. Toutes les nuits, tandis qu'ils croisaient au milieu des îles luxuriantes, elle assouvissait ses ardeurs dans les bras de ses compagnons d'équipage. » On aura compris que je n'ai nullement suivi cette façon de comprendre Edwina Mountbatten.

2.3. Lord Mountbatten

En anglais, Philip Ziegler est l'auteur d'une monumentale biographie de Lord Mountbatten, *Mountbatten, the Official Biography*, la biographie officielle (Collins, 1985). C'est dans ce livre (p. 473 à 475) que, sur l'impulsion de l'ambassadeur de France André Ross, j'ai eu sous les yeux pour la première fois la preuve évidente de l'amour qui unissait le Pandit Nehru et Lady Edwina Mountbatten : j'en avais souvent entendu parler en Inde, mais comme d'une légende fantaisiste. Mais l'échange de lettres entre Edwina et son mari à propos de cette liaison (1952) ne laissait pas place au doute. On en trouvera le texte pages 476 et 478 du présent ouvrage.

2.4. Le Mahatma Gandhi et sa génération

Parmi d'innombrables ouvrages consacrés au Mahatma, celui de Louis Fischer, *La Vie du Mahatma Gandhi* (Calmann-Lévy, 1952, traduit de l'américain par Eugène Bestaux, puis Belfond, 1983), est un classique indispensable. On lira également, de Suzanne Lassier, *Gandhi et la Non-Violence*, paru au Seuil dans la collection « Maîtres spirituels » en 1983.

Sur Mohammed Ali Jinnah, j'ai utilisé *Jinnah of Pakistan*, de Stanley Wolpert, Delhi, Oxford University Press, 1985.

La grande figure de Sarojini Naïdu a fait l'objet de plusieurs livres indiens, tous parus sous le titre *Sarojini Naïdu* : Abbas, chez Bharatiya Vidya Bhavan, en 1980, à Bombay; Padmini Sengupta, Asia Publishing House en 1966, toujours à Bombay; et surtout Tara Ali Baig, New Delhi, Publication Divisions, 1974. Enfin, en 1993, parurent des poèmes choisis et des choix de discours de Sarojini Naïdu, toujours sous le même titre, édités par Makarand Paranpaje, et publiés chez Harper Collins India.

Dans les deux dernières années de sa vie, j'ai eu le privilège d'écouter Tara Ali Baig me parler de ses souvenirs de Sarojini Naïdu, ainsi que de plusieurs épisodes de la vie de Nehru qu'elle publia ensuite en 1986 sous le titre *Portraits of an Era*, chez Roli Books à New Delhi. On trouve également dans ce livre un fort joli portrait de Gayatri Devi, maharanée de Jaïpur, qui écrivit elle-même un livre très célèbre en Inde, *A Princess Remembers*, traduit en français sous le titre *Une princesse se souvient* (Robert Laffont).

La « Rajmata » (Mère du Royaume) Gayatri Devi se lança dans la politique indienne, et fut élue député en 1962, 1967 et 1972. Elle appartenait au Parti Swatantra, plus tard fondu dans l'actuel « B.J.P. » (Parti Hindou du Peuple), nationaliste hindou. Depuis 1978, elle ne s'occupe plus que d'éducation et de bonnes œuvres.

On entend parfois raconter qu'une maharanée de Jodhpur, en 1953, décida de devenir Sâti, et brûla vive avec le corps de son mari.

3. Photographies et films

La photothèque de la Nehru Memorial Library contient de très nombreuses photographies de toute l'histoire de l'indépendance de l'Inde et de la partition entre l'Inde et le Pakistan, ainsi que sur le Premier Ministre Nehru. Je remercie chaleureusement les bibliothécaires qui, patiemment, m'ont aidée pendant de longues semaines. Souvent, ces photographies en disent plus que les livres d'histoire.

Le très célèbre film de Richard Attenborough, *Gandhi*, raconte admirablement l'histoire du Mahatma.

Enfin, grâce au concours précieux de Peter Dusek, et grâce à la parfaite organisation des archives de l'Österreichische Rundfunk, j'ai pu avoir accès à des documents filmés concernant l'Inde d'une part, et Lady Mountbatten d'autre part.

Le palais du Vice-Roi à New Delhi, construit par l'architecte Luytens en 1922, est aujourd'hui le palais présidentiel; mis à part quelques modifications de décoration intérieure, il n'a pas changé; les jardins non plus. Les uniformes des gardes et le protocole sont demeurés à l'identique; les calèches noires, leurs chevaux et les régiments de lanciers servent aujourd'hui pour les accréditations officielles des ambassadeurs étrangers.

La demeure de Teen Murti, résidence officielle de Nehru Premier Ministre, est devenue un musée consacré à l'histoire de l'Indépendance; certaines pièces ont été pieusement conservées dans l'état où elles étaient à la mort de Nehru, sobrement décorées de mobilier extrêmement simple. On constatera dans ce musée une bizarrerie surprenante : de grandes photographies représentent le moment du lever du premier drapeau indien, le 15 août 1947. L'on y voit Nehru au Fort Rouge, sur un podium, devant une foule impeccablement rangée. Les documentalistes de la Nehru Memorial Library, qui détiennent les véritables photographies du 15 août 1947 à India Gate, ont tenu à me prévenir de l'erreur ainsi commise : *cette photographie au Fort Rouge a été prise seulement deux ans plus tard.* Mais c'est elle que les Indiens ont en tête comme archétype du premier lever de leur drapeau.

La maison de Birla House, où le Mahatma fut assassiné le 30 janvier 1948, est aujourd'hui un musée Gandhi que visitent chaque jour des processions interminables de sages écoliers. La pièce où vivait le Mahatma est demeurée intacte, avec ses objets familiers. On a reconstitué avec du grès rouge les derniers pas de Gandhi, ainsi que le matelas et le tcharpoï sur lesquels il s'installait pour son sermon quotidien.

L'ashram de Sabarmati, à Ahmedabad, où Gandhi fut arrêté pour la première fois en 1922, est devenu un lieu si dévotionnel et si fréquenté qu'on a peine à imaginer le Mahatma dans ce complexe de maisons modernes, où seule demeure inchangée la rivière.

Le lieu de crémation du Mahatma Gandhi est devenu une stèle immensément visitée sous le nom de *Raj Ghat.* C'est tout à côté qu'ont été successivement incinérés le Pandit Nehru en 1964, sa fille Indira Gandhi en 1985, et son petit-fils Rajiv en 1991. Le lieu de crémation de Nehru s'appelle maintenant *Shanti Vana*, Forêt de Paix.

Le dais sous lequel s'élevaient les statues des vice-rois successifs attend toujours la statue du Mahatma Gandhi; trop d'artistes ayant déposé des projets, et la contestation étant très vive, aucun choix n'a encore été fait. Beaucoup de voix s'élèvent aujourd'hui pour désirer que le dais, précisément, demeure tel qu'il est : vide.

Purana Qila, le Vieux Fort, est un jardin bien entretenu où se donnent parfois des spectacles musicaux. L'enclos de la tombe d'Humayun n'a pas changé. Tughlakabad est demeuré à l'état de ruines, envahies par les chauve-souris et si pullulantes de singes qu'il a fallu, voici quelques années, les décimer pour sauver le fort.

A Lucknow, on trouve avec peine la stèle assez mal entretenue sur le lieu de crémation de Sarojini Naïdu.

A Amritsar, le jardin de Jallianwala, où le général Dyer fit tirer sans sommations sur la foule encerclée et désarmée, a été volontairement laissé en l'état. On dit même que les traces sanglantes sont restées; on voit en effet de longues traînées brunes sur le bord intérieur du grand puits. Un monument a été érigé à la mémoire des victimes.

Le Temple d'Or, attaqué à deux reprises pour raison de sécurité intérieure, est resté intact; mais l'enceinte autour du bassin a beaucoup souffert. A la suite du premier assaut, (*Opération Blue Star*, en 1984), Indira Gandhi fut assassinée par deux de ses gardes sikhs. Quelques jours plus tôt, le chinar (platane) protecteur de la famille Nehru s'était desséché au Cachemire.

A Simla, il semble que le palais d'été des Vice-Rois soit devenu une résidence officielle pour artistes.

A Jaïpur, à l'exception d'un palais converti en hôtel, le reste des propriétés du maharajah a été remarquablement conservé; une partie du palais principal est transformée en musée, ainsi que tout le fort d'Amber.

5. Pour conclure

Pour faciliter la lecture, on a supprimé les accents des rares termes en sanscrit, en hindi et en ourdou, et choisi la plupart du temps l'orthographe anglo-saxonne, à l'exception des mots usuels en français, tels que « hindou » et « gourou ». La « francisation » orthodoxe complète des noms propres aurait donné par exemple « Yaouaharlal Nehrou »...

Enfin, et surtout : tous les textes des discours et toutes les correspondances sont naturellement authentiques. Mais qu'on ne s'y trompe pas : les énoncés les plus surprenants, le lyrisme le plus excessif, les épisodes les plus romanesques, les déclarations les plus passionnées et les jugements les plus cruels sont également extraits de documents véritables.

6. Remerciements à :

Maureen Bion-Paul ; Jean-Christophe Brochier ; J. P. Das ; Lyane et Olivier Guillaume ; Sudhir Kakar ; Ila Lumba ; Jean-Paul Phelippeau ; Anton et Sheika Prohaska ; Rajesh Sharma ; Raphaël Sorin ; Françoise Verny ; Francis Wacziarg ; et, naturellement, A. L.

Cet ouvrage a été réalisé par la
SOCIÉTÉ NOUVELLE FIRMIN-DIDOT
Mesnil-sur-l'Estrée
pour le compte des Éditions Flammarion
en septembre 1995

Imprimé en France
Dépôt légal : août 1993
N° d'édition : 16437 - N° d'impression : 32121

Imprimé en France
Dépôt légal : août 1996
N° d'édition : 16189 - N° d'impression : 35131